KB070045

비밀

오영석 장편소설

2

네오픽션

|차례|

제3부_ 유아독존

전지적 시점

1.

"이정우에 대해서 어떻게 생각하나?"

나태식은 천용택이 내준 나이트클럽 사무실에서 하종화와 대면하고 있었다. 하종화는 왼손에 붕대를 감은 채 나태식의 맞은편 소파에 앉아 있었다.

"타고난 놈입니다."

"그렇게 싸움을 잘해?"

"아직 어린 티가 남아 있어서 싸움은 순수합니다. 하지만 임기응변에 능해 보였습니다."

"종화, 너하고 붙으면 어떻게 될까?"

"주먹으로 싸우면 제가 백전백패입니다. 하지만 제 손에 칼이 들린다면…….”

“들린다면?”

“승률은 반반입니다.”

“이정우가 그렇게 대단한가?”

“아마 이삼 년이 지나 근육이 조금 더 붙고 뼈대가 완성된다면 일대일로 맞설 수 있는 사람은 없을 겁니다. 하지만 아직은 성장 중이기 때문에 지금은 상대할 사람들이 몇몇 있습니다.”

“몇몇이라. 가령 예를 들면?”

“저나 동해파의 김민규라면 승률이 있을 겁니다.”

나태식은 감탄스럽다는 표정을 지으며 팔짱을 꼈다.

“이정우. 놔두면 골치가 아프게 될 것 같은데, 이 녀석을 어떻게 처리한다? 자네가 어떻게 해볼 수 없겠나?”

“저는 움직이기가 쉽지 않습니다. 무엇보다 제가 이정우에게 깨질 경우, 천용택이 사장님을 내버려두지도 않을 것이고.”

“그렇지.”

“더구나 요즘은 일대일로 싸우는 경우는 없습니다. 그건 차라리 낭만적이지요. 이정우는 아직 이곳 생리에 대해 잘 모르는 것 같은 데다 최근 행보를 보면 우왕좌왕하는 것 같습니다. 그것보다 구인철이 사장님을 노리고 있다고 하니 조심하십시오.”

“그래서 이정우가 널 찾았던 거 아닌가? 네가 없으면 나도 없으니까. 내가 걱정하는 건 자네 말처럼 구인철보다 천용택이야. 네가 무너지면 그놈이 나를 가만두지 않을 거야. 네가 없으면 나 정도 몰아내는 건 식은 죽 먹기니까. 겉으로는 한 식구지만 속은 시커먼 놈이야."

"무너지지 않겠습니다."

"그래야지. 후우, 갑자기 별 거지 같은 놈이 튀어나와서 날 이렇게 곤란하게 하는군. 50명 몰살이라니."

나태식은 고개를 저었다. 분명 이정우는 새롭게 떠오른 신성이었다.

"그때 납치한 계집애들을 이용하는 건 어때?"

"이정우는 그런 걸로 잡힐 위인이 아닙니다. 또 인질을 이용해 약점을 잡는 것은 제 스타일도 아닙니다."

"네 스타일대로라면 네가 이정우에게 무너졌을 때 이정우 밑으로 들어갈 것인가?"

하종화는 주춤거렸다.

"상황에 따라 다릅니다만 그런 일은 쉽게 일어나지 않을 것입니다. 누가 뭐래도 저는 사장님과 함께합니다."

나태식의 입가에 만족스러운 미소가 새겨지고 있었다. 하종화만 옆에 있다면 누구도 자신을 쉽게 생각하지 않을 테니까.

S 나이트클럽.

끼익! 끽!

봉고차 한 대가 나이트클럽 정문 앞에 멈췄다. 그리고 그곳에서 장정들이 내리고 있었다. 이정우, 김인범을 필두로 한 두현파 소속 행동원들 열 명이었다.

"문 열어."

이정우가 속삭이듯 명령하자 행동원 몇이 손에 야구 방망이와 각목을 들고 정문 앞으로 다가섰다. 한 녀석이 방망이 끝으로 문을 툭툭 두드리며 상태를 살피기 시작했다. 그런 후 방망이를 들어 올리더니 장작을 패듯 사정없이 문틈을 향해 내리찍었다. 꽝! 한 녀석이 그렇게 방망이를 휘두르자 다른 녀석들도 발로 차고 각목을 내리치기 시작했다.

쾅쾅! 쾅!

"무슨 소리야?"

이 소란스런 소리를 처음으로 들은 사람은 나이트클럽 조명 보조였다. 그는 조명실 구석에서 실컷 낮잠에 빠져 있었다.

우지끈! 꽈꽝!

"뭐야?"

심상치 않은 소리에 조명 보조는 몸을 일으켰다. 시간을 보니 오후 2시 30분. 조명 보조는 황급히 조명실에서 홀로 뛰어 내려갔다.

쿵! 쿵!

소리가 들리는 곳은 정문이었다. 그리고 그 정문은 당장에라도 부서질 듯 움찔거렸다.

"무슨 소리냐?"

방 안에서 엎어져 자던 웨이터 몇 명과 간부들이 웅성거리며 나오고 있었다. 아직 출근하지 않은 웨이터들이 많았기 때문에 다 해도 20명이 되지 않았다.

"어떤 새끼야?"

저쪽에서 청바지에 면 남방을 걸친 빡빡머리가 흥분한 얼굴로 다가오며 소리를 질렀을 때였다.

꽝! 콰지직!

정문이 부서지며 홀 안으로 한낮의 햇살이 쏟아져 들어오고 있었다. 그 햇살은 홀을 지나 무대까지 닿을 만큼 길었고 덕분에 모여 섰던 웨이터들의 그림자가 길게 뻗었다.

"이 새끼들이!"

빡빡머리가 문을 부수고 들어서는 열 명 남짓의 무리를 보고 주먹을 쥐었다.

"너희들 뭐야?"

"이정우다."

"이정우?"

무리의 맨 뒤에서 바지 주머니에 양손을 찔러 넣고 거만한 자세로 뚜벅뚜벅 걸어 나온 마른 형체가 빡빡머리의 눈에 들어왔다. 햇볕을 등지고 서서 실루엣만 검게 보였지만 지난번에 하종화를 찾아왔던 바로 그 애송이가 분명했다.

"이건 뭐야? 전쟁이라도 해보자는 거야?"

"너희 태도에 달렸다."

뒤에서 김인범이 걸어 나왔다. 이정우는 양발을 적당하게 벌리고 삐딱하게 서서 빡빡머리를 바라보고 있었다. 만약의 상황에 뛰어오를 준비였다.

"하종화를 내놓든가 나이트클럽을 내놓아라."

"이거 미친놈 아니야?"

빡빡머리의 인상이 험하게 일그러졌다.

"감히 누구를 상대로 전쟁을 벌이겠다는 거야? 여길 건드리면 회장님의 전 식구가 구인철을 죽이러 간다는 것도 모르나?"

"모른다."

"뭐야?"

황당한 대답에 빡빡머리의 입이 벌어졌다.

"나태식이 애초에 상도의를 어겼다. 우리 구역의 여왕벌에 손을 댔으니까 그 죗값을 치르게 하겠다는 거야. 나태식 밑에 있었던 녀석들은 한 녀석도 그냥 둘 수가 없어. 하종화만 내주면 이 나이트클럽은 살려주마."

안하무인도 이런 안하무인이 없었다.

"도대체 네까짓 녀석이 뭔데 여길 살리니 마니 하는 거야? 네가 마음만 먹으면 여길 접수할 수 있다고 생각하는 거냐?"

"그렇다."

이정우의 무표정한 얼굴에 억양 없는 오만한 말투가 슬금슬금 빡빡머리의 속을 긁어대고 있었다.

"이 개새끼가!"

더 이상 참지 못한 빡빡머리가 이정우를 향해 주먹을 쥐고 사정없이 뛰어들었다.

붕! 녀석의 주먹이 허공을 가르는 소리가 홀 전체에 울리고 있었다. 동시에 이정우도 양손을 주머니에 넣은 채 힘껏 뛰어오르며 오른발을 쭉 내밀었다.

쩍!

그 순간 살갗이 찢어지는 기분 나쁜 소리가 홀을 가득 메웠다.

"컥!"

빡빡머리의 턱이 으깨진 것 같았다.

"아악!"

빡빡머리는 저도 모르게 비틀거렸다. 머리가 팽팽 돌았다. 권투 선수가 다운되기 직전에 비틀거리듯 그렇게 정신을 차리지 못하고 비틀거리고 있었다. 빡빡머리의 눈에 이정우의 모습이 두 겹, 세 겹으로 보이고 있었다.

"으으."

빡빡머리가 있는 힘껏 눈에 힘을 주며 이정우의 모습을 다시 한 겹으로 만들고 있었다. 이제 조금 똑바로 보인다 싶은 생각이 들 때였다. 이정우의 몸이 자신을 향해 다시 날아오르고 있었다. 여전히 양손은 바지 주머니에 꽂아 넣은 오만한 자세였다.

슈욱! 빡빡머리의 귀에 태풍 소리가 들려왔다.

콰앙!

"꺽!"

비명조차 제대로 나오지 않았다. 이정우는 상대방의 머리를 박살내려는 것 같았다.

퍽! 빡빡머리의 귓속에서 뭔가 터졌다 싶은 순간 몸은 이미 3미터가량 날아 테이블에 떨어지고 있었다.

와장창!

"아악!"

위잉. 위이이잉.

고막이 터진 것 같았다. 전자음 같은 이상한 소리가 한쪽 귀에서 들리는가 싶더니 이내 먹통이 되고 말았다. 빡빡머리는 고통으로 몸을 꼬며 그제야 비명을 지르기 시작했다. 홀에 모여 있던 웨이터들이 그런 이정우를 보며 자기들도 싸우겠다는 듯이 주먹을 쥐고 있었다. 하지만 놈들의 눈에는 두려움이 가득했다.

"너희는 빠져라. 너희의 일자리는 보장할 테니까."

이정우는 한 걸음 앞으로 다가섰다.

"어, 어?"

"밀지 마."

금방이라도 싸울 것 같던 녀석들이 주먹을 쥔 채 놀라 우르르 뒷걸음질을 치고 있었다. 그때였다.

"무슨 소란이야?"

스테이지 구석에서 한 녀석이 고함을 치고 있었다. 지금껏 나태식과 얘기를 나누다 나타난 하종화였다.

2.

"넌?"

이정우의 얼굴을 본 하종화는 한동안 입을 다물고 그를 보고 있었다.

"후."

이정우의 입김이 그의 앞머리를 쑤욱 들어 올렸다 내려놓았다. 그리고 삐딱하게 서서 하종화를 향해 한숨 같은 웃음을 피식 뱉어내었다.

"이야기는 다 끝난 줄 알았는데, 이정우?"

"맡겨놓은 네 손 가지러 왔다."

꿈틀. 하종화의 미간이 일그러졌다.

"벌써 마음이 바뀌었나? 이제 와서 이런 소란을 피우는 이유가 뭐야?"

"마음이 바뀌었어."

"마음이 바뀌었다? 치사하다고 생각하지 않나?"

"응."

이정우는 하종화를 향해 걸음을 옮겼다. 뚜벅뚜벅 구두 발자국 소리가 경쾌하게 울렸다. 그리고 거의 1미터 정도의 간격을 두고 하종화 앞에 떠억 버티고 섰다. 하종화는 빠르게 머리를 굴려야 했다. 여기서 싸울 수도 있지만 만에 하나 진다면? 나태식이 위험해질 것이다. 그러나 싸우지 않고 다시 적당히 구슬려서 돌려보내기도 어려울 것 같았다. 무슨 일이 있었는지는 모르겠지만 이정우는 얼마 전 보았던 어린애가 아니었다. 지금 하는 행동은 정말 건달이었다. 거기다 이정우는 이미 나이트클럽 중간 간부인 대머리 녀석을 패대기쳐놓은 상황이었다. 그렇다면 곱게 돌려보낼 수도 없었다.

"이러지 마라, 이정우. 서로 복잡해질 거 없다. 네가 지금 나하고 싸운다면 전면전을 각오해야 하는데 자신 있나? 내가 끝이 아니야. 내 뒤를 생각해야지."

"생각하고 있다."

"그런데도 이렇게 막무가내인가? 나는 이제 나태식이 아니라 천용택을 모시고 있다. 네가 나와 여기를 건드리면 결코 감당할 수 없는 일이 발생할 거야."

"감당할 수 있어."

"쉽게 내뱉지 마라. 넌 아직 진짜 조직이 뭔지 몰라."

"알아."

툭 말을 던지는 이정우를 보며 하종화는 도대체 저런 똥배짱이 어디서 나오는 것인지 궁금해지고 있었다. 하종화는 이정우의 자신감 넘치는 거만을 바라보며 알 수 없는 경외감마저 느끼는 참이었다.

'우리 모두를 적으로 돌리고도 상관하지 않겠다고? 이놈은 생각하는 스케일이 다르다.'

하종화가 더 이상 아무 말이 없자 이정우는 여태껏 바지 주머니에 찔러 넣고 있던 양손을 빼내었다.

"오늘 여기 주인을 바꾸러 왔다."

"뭐라고?"

"오늘부터 여기 주인은 이정우다. 명의 이전 서류 준비해라."

"하하."

하종화의 입에서 실없는 웃음이 새어 나왔다. 이제 이정우의 행동은 뻔뻔스럽기까지 했다.

"싫어? 싫으면 힘으로 이기든가."

하종화는 망설이고 있었다. 아무런 의미가 없는 싸움이었다. 반면 이정우는 거침이 없었다. 장춘석에게 당한 것이 큰 계기가 되었지만, 그 동안 이 세계에 적응 못 하고 너무 순진하게 굴었다는 것을 그 스스로 느끼고 있었다. 이제 그런 실수는 없다. 이 세상은 내가 만드는 대로 돌아간다, 는 의지가 샘솟고 있었다.

"애들 불러와."

하종화는 마침내 결심을 굳힌 듯 무거운 한마디를 내뱉었다. 웨이터 몇 명이 부리나케 어딘가로 달려가는 모습이 보였다.

스릉. 그와 동시에 하종화는 양복 속에서 칼 두 자루를 꺼내어 양손에 들었다. 왼손에는 아직 붕대가 칭칭 감겨 있었지만, 하종화는 개의치 않았다.

"이정우, 넌 실수한 거야."

"그래?"

"쳐들어왔으면 바로 뭉개버려야 했다. 그렇게 폼을 잡고 있을 일이 아니지."

"왜?"

천연덕스런 반문에 하종화의 말문이 막히고 있었다. 통이 큰 건지 생각이 없는 건지 이제 혼란스러웠다. 하지만 한 가지는 확실했다. 이정우의 바람대로 보스 전을 펼치지는 않을 것이다. 하종화의 눈동자는 이정우의 뒤에 서 있는 김인범과 행동대원들을 향해 있었다.

타다다다닥. 타닥.

그 순간, 곳곳에서 달려온 어깨들이 하종화의 뒤편에 우르르 섰다. 족히 삼사십 명은 되어 보였는데 손에는 야구 방망이와 쇠막대기를 들고 있었다.

이정우는 알맞게 다리를 벌리고 서서 오른손 주먹을 말기 시작했다. 이제 승부라는 것은 그나 하종화 모두 알고 있었다. 누가 먼저 시작하느냐가 남아 있을 뿐이었다.

"그냥 와라. 받아줄 테니까."

이정우는 그런 와중에서도 배짱을 부리고 있었다. 다른 건 몰라도 담력 하나는 정말 부러운 녀석이었다.

"이 새끼!"

하종화의 뒤에 있던 어깨 중, 선두에 선 두 명이 당장 집어삼킬 듯 이정우를 향해 달려들었다. 휘익! 이정우는 살짝 고개를 젖히며 처음 녀석의 공격을 피해내었다. 동시에 제자리에서 폴짝 뛰어오르며 오른발을 슈욱 날리더니 두 번째 녀석의 턱을 깨뜨려버렸다.

와작!

"컥!"

이정우는 다시 몸을 돌렸다. 앞선 공격을 실패하고 다시 각목을 치켜든 첫 번째 녀석의 콧대를 주먹으로 주저앉혔다. 쾅!

"악!"

순식간의 일이었다. 눈 한 번 깜짝할 새에 이정우는 두 명의 어깨를 바닥에 눕혀버린 것이다.

"아니!"

하종화의 손에 힘이 들어가고 있었다. 이정우는 스스로 한 걸음씩 앞으로 나가고 있었다. 하종화의 패거리들이 뒷걸음질을 치다 이정우를 둘러싸며 커다란 원을 만들었다. 이정우는 그 원 속에 우뚝 섰다.

"잘 들어라. 나는 이정우다. 내 앞에 무릎을 꿇어라. 그렇게 해야만 너희가 살아남는다."

"이정우, 너무 혼자서 재미 보는 거 아냐?"

김인범이 뒤편에서 소리쳤다.

"하종화가 우릴 노리고 있는 것 같은데 말이야. 네가 그 찌꺼기들하고 싸우면 우리가 하종화한테 당할 거 같거든?"

하종화는 그렇게 말하는 김인범을 외면할 수 없었다. 김인범은 하종화와 눈을 마주치자 픽 웃었다.

"봐, 노려보잖아."

하종화의 눈에 들어온 김인범은 커다란 키에 덩치 좋은 흔한 어깨였다. 하지만 상황을 읽는 눈이 있었다.

'머리가 있는 놈이다.'

이정우는 여전히 어깨들이 빙 둘러싼 원 속을 거만하게 걸어 다니면서 말했다.

"그래? 하종화! 너 이리 와."

빙긋 미소를 짓더니 까닥거리며 하종화를 향해 손가락질했다. 이건 동네 아저씨가 귀엽다고 옆집 꼬마를 부르는 모습이었다.

"이 새끼가 미쳤나!"

흥분한 어깨들이 이정우를 향해 무섭게 달려들었다. 이정우는 순간 점프하며 먼저 사방으로 주먹과 발을 날렸다.

퍼, 퍼, 퍼, 퍽!

탱! 한 녀석이 손에 들고 있던 쇠막대기를 놓치고 있었다. 이정우는 그 쇠막대기를 공중에서 낚아채며 녀석의 정수리를 부숴버렸다.

땅!

"아아아아아악!"

긴 비명이 터져 나왔다. 녀석은 한눈에 보기에도 두개골이 함몰되었다.

"비켜라. 너희는 비켜!"

놀란 하종화가 급하게 어깨들을 물리치며 원 안으로 뛰어들었다. 그리고선 이정우를 향해 양손에 든 칼을 번쩍 들어 올렸다.

"우리 둘로 끝내자."

"싫어."

"뭐야?"

"항복하지 않으면 모두 병신으로 만들어버리겠다."

"그렇게까지 할 필요가 있는가?"

"응."

"이런."

더 이상 말을 하는 건 시간 낭비였다. 하종화는 입술을 굳게 다물었다.

쉬익! 하종화의 장도가 급하게 바람을 가르며 이정우의 옷깃을 스쳤다. 이정우는 살짝 피했지만 이미 옷자락이 칼날에 베여 펄렁거리고 있었다. 일순 이정우의 자신만만한 얼굴에 약간의 긴장감이 스치고 지나갔다. 그리고 말없이 두 사람의 탐색전이 계속되었다.

'이거 한 방 맞긴 맞겠는데?'

이정우는 하종화의 칼을 보며 그렇게 생각하고 있었다. 압도적으로 이기기는 힘들다는 생각이 얼핏 들었다. 김인범도 목구멍으로 침을 삼키고 있었다. 김인범은 하종화가 어떤 인물인지 잘 알고 있었다. 아무리 이정우라지만 털끝 하나 다치지 않기란 힘들 것이다. 그렇다고 해도 김인범은 이정우의 승리를 의심하지 않았다.

'이정우, 네가 이겨!'

"다앗!"

순간 하종화의 폭발이 터졌다. 쉬쉬쉭. 하종화의 발걸음이 기묘하게 얽힌다 싶은 순간, 어느새 하종화의 얼굴이 이정우의 얼굴과 붙어 있었다.

"어?"

놀라운 발놀림이었다. 김인범이 당황한 그 순간이었다. 하종화의 오른손과 왼손이 잇달아 이정우의 배와 어깨를 향했다.

콰콱!

"이정우!"

왼쪽 복부를 향해 다가온 칼은 손으로 쳐냈지만 이정우의 오른쪽 어깨에는 하종화의 칼이 쿡 박히고 있었다. 처음부터 복부는 허수였다. 하종화는 기선을 잡은 순간을 놓치지 않았다. 연달아 칼을 놀리며 이정우의 살을 갈라놓을 심산이었다. 이정우는 뒷걸음질을 치며 쉭쉭 자신의 눈앞에서 아른거리는 칼을 피하고 있었다. 아니, 하종화의 공격에 뒤로 몰린다고 보는 것이 옳았다. 사실 하종화의 칼 놀림은 보이지도 않았다. 지켜보는 김인범의 입술이 타들어 갈 지경이었다.

하종화의 눈빛이 번득였다.

'이정우, 끝이다, 넌.'

어느 한 순간 이정우의 발이 둔해질 무렵, 하종화의 무서운 칼이 번개처럼 이정우의 심장을 향했다.

"끝이야, 이정우!"

퍽! 하종화의 외침이 당당하게 홀을 메운 후, 공중으로 한 명의 몸뚱이가 치솟아 올랐다.

"어어?"

"이정우!"

"부장님!"

그리고 그 몸뚱이는 보기 흉하게 몸이 반으로 접어지며 땅바닥에 처박혀버렸다.

쿠당탕!

"뭐가 끝이라는 거야?"

바닥에 엎어진 건 하종화였다. 그 앞에 이정우는 신장처럼 우뚝 버티고 서 있었다.

"이, 이럴 리가 없는데……."

"구경 잘했다. 또 덤벼봐."

이정우가 어떻게 몸을 돌렸는지 어떻게 그 상황에서 반격이 나왔는지 도무지 이해가 되지 않았다. 하종화는 일어나며 다시 자세를 잡았다.

'놈은 아직 10대야. 내가 왜 당황하는 거야?'

하지만 진지한 표정의 하종화에 비해 이정우는 여전히 자신만만해 보였다.

"싸움 실력이 아니라 그릇의 차이다."

김인범이 홀로 중얼거렸다.

"실력만으로 따지면 백중세일지도 몰라. 하지만 정우는 노는 물이 다르다. 스케일이 너무 커. 무조건 정우가 이긴다."

꽉! 승리를 확신하는 듯 김인범은 주먹을 쥐고 가슴께로 들어 올렸다. 그와 동시에 이번엔 이정우가 먼저 몸을 날렸다.

3.

일산 J 골프장.

"하하. 이거 제가 또 졌습니다."

천용택은 골프채를 내리며 누군가에게 박수를 보내고 있었다. 천용택의 박수를 받으며 웃고 있는 사람은 국회의원 김정한이었다. 김정한은 정치권에서 꽤 영향력 있는 인물이었는데 무엇보다 최근에 여야 공동으로 결성한 '민주애국회' 회장을 맡으며 그 역량을 키운 사람이었다.

"천 사장이 자꾸 나한테 져주는 것이 눈에 보이는걸? 하하."

김정한은 홀 안의 골프공을 주워 들며 너털웃음을 터뜨렸다. 방금 김정한은 천용택과의 내기 골프에서 막 승리한 참이었다.

"한 판에 천만 원씩 세 번 이겼으니까 3천만 원인가?"

"그렇군요. 하지만 세 번 연속 졌으니 그 열 곱을 해서 3억입니다. 이거 제가 3억을 잃었습니다."

"하하하. 되었소. 이 회장은 잘 지내시고?"

"연세가 있으시다 보니 예전만 못합니다만 그래도 건강하십니다."

"저런, 올해 연세가 어떻게 되시지?"

"쉰다섯입니다."

"벌써 그렇게 되었나?"

김정한과 천용택. 두 사람은 골프장을 천천히 걸어 나오고 있었다.

"역시 골프는 운동이 된단 말이야."

"그렇지요. 걷는 것이 최고의 운동입니다."

천용택은 김정한의 기분을 맞춰주며 그저 웃고 있었다. 그들의 뒤로 캐디가 따르고 있었고 네 명의 젊은 장정들이 호위하듯 대열을 맞추며 따라오고 있었다.

S 나이트클럽.

우당탕탕! 하종화는 왼손에 든 칼을 떨어뜨리고 바닥을 구르고 있었다.

"크흑."

절로 입가에서 신음이 새어 나왔다.

"멋졌다, 하종화. 하지만 그래 봤자 일대일로는 날 이길 수 없어."

그러면서 이정우는 자신의 옷에 꽂혀 있는 단도를 뽑아내었다. 하종화의 오른손의 단도는 이정우의 배를 찌르는 듯했으나 왼손에 든 사시미는 저 멀리 튕겨나갔다. 위험한 승부였다. 이정우는 어깨에 한 군데 칼을 맞고 빗나간 하종화의 칼을 옷으로 감싸버렸다. 덕분에 하종화의 칼은 이정우의 옷을 베다 만 채 대롱거리고 있었던 것이다. 차라리 혼자서 여러 명을 상대하는 싸움일 경우에는 칼을 든 하종화가 더 유리할지 몰랐다. 하지만 맞장이라면 이야기가 달랐다. 하종화는 다친 왼손 손목에서 뿜어져 나오는 피를 느끼며 그대로 멈춰 있었다. 칭칭 감아놓은 붕대에 붉은 피가 진하게 배고 있었다. 만약 왼손을 다치지 않았더라면? 그래도 승부를 장담할 수는 없었겠지만, 이 정도로 밀리지는 않았을 거란 생각이 들었다. 하종화는 조금 전, 이정우의 오른발에 왼손 손목을 강타당한 후부터 일방적으로 밀려버렸던 것이다.

"부장님!"

흥분한 어깨들이 이정우를 둘러싸며 눈에서 불꽃을 튀기고 있었다.

"그, 그만해라. 물러서."

하종화는 고통을 참으며 녀석들을 제지하고 있었다. 이정우의 오만한 표정이 그런 하종화를 향하고 있었다.

"넘겨라, 이 나이트클럽."

"그럴 수 없다."

"왜?"

"여긴 내 것이 아니야."

"그럼 확실히 다 엎어버려야겠군."

하종화는 말없이 이정우를 바라보고 있었다. 원망 같은 것은 담겨 있지 않았다. 이정우는 바닥에 엎드린 듯 몸을 굽힌 하종화의 앞으로 다가와 섰다.

"하종화라고 했나?"

"그렇다."

"대단했다. 네 손이 말짱했다면 나도 무사하지 못했을 거다. 그렇게 생각하지 않아?"

"졌을 뿐이다."

"하종화."

"……."

"한 가지 제안하지."

"제안?"

"난 네가 마음에 들어. 나와 손을 잡을 생각 없는가?"

"뭐라고?"

뜻밖의 말에 하종화의 어안이 벙벙해졌다. 농담하는 것 같지는 않았다.

"인범이에게 대강의 이야기는 들었다. 네가 제 발로 굴러들어올지도 모른다더군."

"웃기는 소리. 난 오직 한 주인을 섬길 뿐이다."

"누가 날 섬기래?"

"뭐?"

"내 동료가 되어달란 소리다. 그렇게 해준다면 나태식을 건드리지 않겠다."

"무슨 꿍꿍이냐?"

"꿍꿍이는 무슨. 네가 이 꼴이 되어버리면 천용택이 널 제거하고 나태식을 찬이파에서 몰아낼 거라는 것쯤은 나도 들어서 알고 있어."

하종화의 낯빛이 변하고 있었다. 이정우는 목소리를 약간 낮추며 말을 이었다.

"나태식의 안전을 보장하겠다. 여왕벌의 영업권에 간섭한 걸 없던 일로 해주지. 어차피 네가 나에게 무너진 이상 나태식의 안전을 장담할 수 없지 않은가, 안 그래?"

이정우는 하종화를 끌어들이기 위해 나태식까지 품으려 하고 있었다. 하종화는 그만한 가치가 충분했다.

"이 클럽은 어떻게 할 거냐?"

"너한테 주지. 네가 맡아라. 구인철한테 연락해서 새로운 녀석들을 불러오겠다. 저 찌꺼기들은 보내야지."

그러면서 이정우는 눈빛으로 자신을 둘러싸던 어깨들을 가리켰다.

"소유주는 이상찬이다."

"상관없잖아? 그게 문제가 된다면, 다음 목표는 이상찬이다."

"말도 안 돼."

하종화는 고개를 저었다.

"너처럼 막무가내로 나가는 녀석은 빨리 몰락한다. 이상찬이 누구인 줄 알고 함부로 입에 올리는 거냐?"

"나태식, 천용택이 형님으로 모시는 사람이지. 중간 조직 11개를 거느리고 있고 카지노와 유흥업소에서 돈을 벌어들이고 있으며 실적도 없는 건설 회사 대표 이사 아닌가?"

"이상찬을 쓰러뜨리기 전에 네놈이 먼저 죽을 것이다."

"어쨌든,"

"……."

"제안을 받아들여 줬으면 싶은데?"

"거절한다면?"

"나이트클럽은 내 것이 되는 거고 너도 죽고 나태식도 나한테 죽어."

그 말을 들은 하종화의 눈빛이 흔들리고 있었다. 하지만 나이트클럽은 현재 자신의 책임에 있었다. 이정우의 제안대로 할 수는 없었다. 그것은 신의의 문제였다. 그렇다고 이대로 주저앉을 수도 없었다. 나태식은 그에게 은인이었다. 하종화는 긴 침묵 후에야 어렵게 입을 열 수 있었다.

"항복하겠다."

"부장님!"

듣고만 있던 어깨들이 위협적인 목소리로 고함을 쳤다. 그러나 이정우는 환한 표정을 지었다.

"잘 생각했다. 나이트클럽은 구인철의 것이 될 거고 넌 관리인이 될 것이다. 나하고 같은 선에 있게 되는 거지. 동료로서."

"아니, 난 여기를 맡을 수 없다."

"뭐라고?"

"이곳의 관리인은 천용택이다. 난 그 책임을 대행하고 있었을 뿐이야. 너에게 항복하는 건 나 한 사람이다. 클럽의 소유권은 별개의 문제다. 아울러,"

"아울러?"

"내가 항복했으니, 나태식 사장님의 안전 또한 보장해야 할 것이다."

"이거 봐라?"

하종화의 요구에 이정우는 재미있다는 듯 흥미로운 표정을 지었다. 하종화는 나태식의 안전을 도모함과 동시에 이정우에게 남자답게 항복을 선언하고 있었다. 그와 아울러 나이트클럽의 소유권을 지켜내고 있었다. 밉다기보다 감탄스러웠다. 이정우는 하종화를 바라보며 묘한 친근감을 느끼고 있었다.

"그럼 뭐야? 나에게는 이득이 없잖아?"

"하종화라는 동료를 얻은 것으로 모자라는가?"

그렇게 말하는 하종화의 얼굴은 당당했다. 한 치의 흔들림도 없이 자신에 가득 찬 하종화의 눈을 보며 이정우는 감탄을 그칠 수 없었다.

"좋아, 하종화, 그럼 넌 여왕벌로 가라. 그리고 찌꺼기들,"

이정우는 어깨들을 향해 시선을 돌렸다.

"이곳을 되찾고 싶으면 대열을 정비하고 다시 찾아와라. 아니면 여기서 끝을 볼까?"

어깨들은 서로 눈을 마주치며 주춤거리고 있었다. 누군가 자신들을 끌어줄 사람이 필요했다.

"하, 하종화, 이 배신자!"

그즈음 구석에서 빡빡머리가 몸을 일으키고 있었다. 이정우에게 맞고 혼절한 지 30분은 족히 지난 것 같았다.

"더러운 놈 같으니."

하종화는 큰 숨을 내쉬더니 몸을 일으켰다.

"할 말이 없군. 이곳을 잘 지켜라."

"이 개자식."

빡빡머리는 분노를 가득 담아 하종화를 노려보았다. 이정우가 벼락같이 소리쳤다.

"이 새끼들 다 처리해!"

J 골프장.

막 김정한이 승용차를 타고 골프장을 빠져나가자 천용택 역시 돌아갈 채비를 서둘렀다. 천용택이 차에 오르자 차는 곧 출발했다. 운전기사는 20대 초반의 젊은 남자였고 조수석에는 곱게 정장을 차려입은 20대 후반의 여자가 앉아 있었다. 여자는 천용택의 개인 비서인 최현정이었다. 그녀는 163센티 정도의 키에 까무잡잡한 피부를 가지고 있었다. 작은 키였지만 균형 잡힌 몸매는 탄탄해 보였고 미모 또한 있었다. 차가 출발하고 5분여가 지나자 최현정은 입을 열었다.

"김정한에게만 이번 달에 10억이 들어갔습니다."

"자꾸 달라는 걸 어떻게 하겠어? 김정한은 나중에 쓸 데가 있을 테니 아까워할 건 없어."

"하지만 이런 식으로 정치 자금을 대주다가는 영업에 차질이 생깁니다. 이번 달에 정치권에 건네준 돈이 벌써 18억입니다."

"그만한 돈값을 하는 친구들이야. 조만간 사업 확장을 하려면 그들의 도움이 필요해."

"독립하실 생각이십니까?"

"이상찬은 너무 늙었어. 여러 개의 계열을 거느리기엔 벅차지."

"문제는 이상찬이 아닙니다. 이상찬이 직접 키워낸 중간 보스들입니다."

"걱정할 거 없어. 그중에 나태식은 힘이 없고 여차하면 제거해버리면 되지. 나하고 뜻이 같은 놈들도 많으니까 만약의 상황이 발생한다고 해도 큰 문제는 되지 않을 거야."

"뜻을 같이하는 사람?"

"그건 자네에게도 비밀이야. 다이렉트로 거래하는 상황이니까."

최현정은 고개를 끄덕이며 입을 다물었다. 그때 휴대폰이 울렸다.

"여보세요. 예, 누구시죠?"

최현정은 휴대폰을 천용택에게 건네주었다.
“S의 김 실장이랍니다.”
“그 대머리 녀석? 그 녀석이 무슨 일이야?”
천용택은 전화를 받아 들었다. 그리고 곧이어 고함이 터져 나왔다.
“뭐야? 하종화가 배신을 해?”
“지금 나이트클럽은 이정우란 놈이 점거하고 있습니다. 저는 아이들을 데리고 일단 빠져나왔습니다.”
“이정우가 누구야? 그런 놈도 있어?”
“최근에 구인철 밑으로 들어간 어린애입니다.”
“점거하고 있다고? 감히?”
“명령을 내려주십시오.”
“잠깐만 기다려라. 뮤즈의 인원을 지원하라 할 테니.”
“알겠습니다.”
“무슨 일이지요?”
최현정이 잔뜩 골이 난 천용택을 룸미러로 훔쳐보며 말했다.
“전쟁이야. 이정우란 미친놈이 주제도 모르고 S를 점거했어. 하종화가 배신을 했다니 우리 애들이야 속수무책이었겠지.”
“하종화가요?”
“그렇지 않으면 이름도 듣지 못한 이정우란 놈이 어떻게 감히 그따위 짓을 할 수 있겠나? 아, 여보세요? 나다. 너 S 쪽으로 애들 20명쯤 뽑아서 들어가라. 전쟁이다. 나도 곧 가지.”
천용택이 씩씩대며 전화를 끊더니 애꿎은 운전기사의 뒷머리를 치며 고함을 질렀다.

"야, 인마, 빨리 몰아!"

"예."

최현정이 고개를 갸웃거렸다.

"이정우? 혹시 정태 씨는 알아요?"

최현정의 고개는 앞을 보며 운전 중인 기사에게 향했다. 기사는 약간 뜸을 들이고 나서 침착하게 대답했다.

"모릅니다."

하지만 최현정은 그렇게 말하는 운전기사의 눈가가 살짝 흔들린 것을 놓치지 않았다. 운전기사는 그런 최현정의 눈빛을 모른 척 액셀을 힘껏 밟았다.

4.

이정우와 김인범은 부서진 출입문을 대충 테이블과 의자로 가리고 스테이지를 점거한 채 무언가를 기다리고 있었다. 상황을 알지 못하고 뒤늦게 출근한 웨이터들과 룸에서 자고 일어난 수십 명의 웨이터가 한구석에 모여 서로 웅성거리고 있었다. 그들은 정말로 이곳의 대표가 바뀔지도 모른다고 생각하고 있었다. 그것이 웨이터들의 생계에 직접적인 영향을 주는 것은 아니었다. 하지만 그들 입장으로서는 개개인의 사정에 따라 상황에 적응하는 것이 중요했다. 따라서 그들은 한곳에 모여 앞으로 어떻게 될 것인지를 놓고 서로의 정보를 교환하고 있었다.

"몇 시냐?"

"5시 반."

"구인철한테서 지원 언제 오는 거야?"

이정우는 스테이지에 퍼질러 앉아 있었다. 이미 구인철에게 지원을 요청한 상태였으나 아직 별 소식이 없었다. 출입구 쪽에는 벌써 기웃거리며 입장할 수 있는지를 살피려는 젊은이들이 스쳐갔다.

"오늘 바로 안 오려나? 그 대머리 녀석."

"그렇진 않을 거야. 곧 올 거다. 그나저나 저 녀석들 어떻게 할 거야?"

김인범은 웨이터들을 턱으로 가리켰다.

"글쎄."

"집으로 보내야 하지 않아?"

"아니, 녀석들의 주인이 바뀌는 걸 녀석들도 봐야지."

천용택은 자신이 관리하고 있는 또 다른 업소인 가라오케 뮤즈에 도착했다. 뮤즈의 책임자인 도승환이 천용택을 맞이했다. 천용택은 차창을 내리고 그런 도승환을 올려다보았다.

"들어오십시오."

"아니, 시간이 없다. 애들은 다 모았어?"

"여기 지킬 애들 몇 명은 제하고 25명입니다. 그런데 무슨 일입니까, 이사님?"

"구인철이 S를 치고 들어왔다. 지금 점거하고 있는 상태야."

"구인철? 2년 전에 강남에 진출했다가 쫓겨난 놈 아닙니까? 그놈이 정말 죽으려고……."

도승환은 30대 중반의 건장한 체구를 가진 남자였다. 키는 180센티 정도였고 머리는 흔히 올백이라고 부르는 모양새였다. 거기에 기름을 잔뜩 발라 번들거렸다. 몸집은 씨름 선수처럼 컸으나 단단했고 쭉 째진 눈에 툭 튀어나온 광대뼈 탓에 위압적인 외모를 가지고 있었다. 그런 도승환이 눈이 뒤집혀 씩씩거리고 있었다.

"네가 애들 책임지고 김 실장하고 같이 S로 들어가서 녀석들 모두 몰아내. 김 실장은 포토 에이트에 있다."

"알겠습니다. 야, 차에 타라!"

우르르 건장한 어깨들이 미리 준비되어 있던 세 대의 봉고차에 나눠 타기 시작했다. 도승환은 자신의 차에 오르고 있었다.

"우리도 가지."

천용택은 그런 모습을 보며 운전기사 박정태에게 입을 열었다.

"어디로 갑니까?"

"여의도에서 경제인 리셉션이 있어. 거기에 만날 인사들이 많아. 그리고 최 비서,"

"예."

"정 차관 쪽으로 연결 좀 해봐."

"예."

최현정은 이내 휴대폰을 연결하여 천용택에게 건네주었다.

"어, 정 차관! 나 천용택이오. 장관께서는 안녕하시고? 오늘 내 업소에서 약간 소동이 있을 것 같은데 별일 아니니까 그렇게 아시라고 전화 드렸소. 그렇지, 내부 문제야. 사고 크게 터지면 나도 곤란하지. 그러니 단속 좀 해줘요. 오케이, 오케이. 나중에 인사드리지요."

전화를 끊는 천용택은 큰일이라도 난 듯 긴 한숨을 내쉬었다.

"머리 아프군, 정말."

천용택은 그 이후로도 전화를 몇 통 더 돌렸다. 그렇게 모든 곳을 점검하고 난 후에야 적이 안심되는 모양이었다.

"경찰, 검찰 루트는 다 막아놨으니까 도 부장한테 연락해서 모조리 다 없애버리라고 해."

"예."

S 나이트클럽.

끼익. 끼익. 정문 앞에 봉고차 다섯 대가 섰다. 아까 이정우 일행이 타고 온 차를 흘끔 본 도승환은 포토 에이트에서 합류한 빡빡머리에게 말했다.

"이거 그놈들 거야?"

"예."

"이런 씨팔, 깨버려!"

와장창창! 퍽! 퍼석퍼석! 모여든 어깨는 60명이 넘었다. 그들이 한달음에 몽둥이를 휘두르자 이정우의 봉고차가 순식간에 부서져버렸다.

"넘겨버려!"

그러자 어깨들이 우르르 몰려들어 차를 흔들기 시작했다. 수십 명의 힘에 기우뚱거리던 차는 이내 옆으로 넘어지며 굉음을 내었다. 꽝! 콰꽝!

"정문은 막혀 있습니다."

"여기 말고 출입구 없나?"

"있긴 합니다만 좁아서……."

"부숴버려!"

도승환은 성질이 급했다. 하지만 그 수하들도 그에 못지않았다. 또 악다구니처럼 달려든 수십 명이 차고 부수고 밀더니 정문을 막고 있던 테이블이 스테이지 쪽으로 밀리면서 문이 열리기 시작했다.

와르르르르. 쿠당탕탕!

높이 쌓았던 테이블이 마침내 무너지며 우르르 떨어져 내렸다. 그와 동시에 60여 명이 문을 밀어젖히며 와르르 쏟아지듯 들어왔다.

"우아아아아아!"

여의도 K 호텔 대연회장.

천용택은 한쪽에서 경제인들, 그리고 경제인들이 초청한 정치권 인사와 이야기를 나누고 있었다. 최현정과 박정태는 멀리 떨어진 곳에서 접시 하나씩을 들고 뷔페 음식을 집으며 돌아다니는 참이었다.

“참, 정태 씨, 이제 생각났어요.”

“예?”

“이정우! 봄의 하우스! 정태 씨도 생각나죠? 사장님 귀에까지 들어갈 정도는 아니지만, 꽤 유명하잖아요?”

“그래요.”

“기억나죠?”

“예.”

박정태의 표정은 지나치게 경직되어 있었다. 그런 박정태를 바라보는 최현정의 눈에 의문이 들어차기 시작했다.

“왜 그래요? 무슨 일 있어요?”

“아닙니다. 저기, 최 비서님.”

“예.”

“저하고 잠깐 나가시겠습니까?”

“지금이요? 곤란하지요. 전 사장님 곁을 떠날 수 없어요.”

“잠깐이면 됩니다. 중요한 일이고요.”

박정태와 최현정은 눈을 마주친 채 한동안 말없이 서로 바라보고 있었다. 이내 최현정은 야릇한 미소를 지었다.

“좋아요. 빨리 끝내요.”

한편, S 나이트클럽.

“어디 있냐? 하종화 나와라!”

쏟아져 들어온 어깨들 틈으로 도승환이 고함을 쳤다. 하지만 스테이지에서 자신들을 기다리고 있는 것은 불과 10여 명 남짓의 어깨들이었다. 하종화는 보이지도 않았다.

"뭐야? 얼마 안 되잖아?"

도승환이 눈을 껌벅거렸다. 무슨 상황인지 이해가 되지 않았다.

"이 새끼들 쓸어버려!"

이것저것 가리고 재고 할 필요는 없었다. 눈앞에 뭐가 아니다 싶으면 일단 엎어놓고 보는 것이 옳았다. 도승환은 그래야 직성이 풀리는 남자였다.

"죽여!"

"씨발, 죽여!"

"야아아!"

도승환을 중심으로 물결이 갈라지듯 수십 명이 양 갈래로 흩어지며 스테이지에 있는 10여 명을 향해 각목과 몽둥이를 높이 들며 몰려들었다. 그 순간 스테이지 한가운데 있던 마른 녀석이 날아오르듯 뛰어올랐다.

"이정우를 엄호해!"

키 큰 녀석이 소리쳤다. 10여 명의 어깨가 마른 녀석 주위로 몰려들었다.

"이정우?"

K 호텔 지하 주차장.

"정태 씨, 언제부터 날 생각했던 거예요?"

차에 오른 최현정이 상의 단추를 풀고 있었다. 하지만 박정태는 황급히 시동을 거는 중이었다.
“정태 씨?”
“안전벨트 매시죠.”
“네?”
“출발합니다.”
최현정이 사태를 파악하기도 전에 박정태는 급하게 차를 출발시켰다.
“이게 무슨 짓이야? 악!”
부우우우웅! 박정태는 최현정의 몸이 좌석에 착 달라붙을 정도로 급가속하며 액셀을 힘껏 밟았다.

“이게 도대체 어떻게 된 거냐! 한 명을 못 이겨?”
분노에 찬 목소리는 도승환의 목을 찢어버리는 것 같았다. 어떻게 치는지 보이지도 않을 정도로 빠르게 날아다니며 주먹질을 해대는 이정우 앞에서 자신이 데리고 온 아이들은 추풍낙엽이었다. 이정우를 둘러싸고 있는 10여 명이 그를 엄호하며 상대방의 공격 루트를 최대한 줄여주고 있었다. 때문에 이정우는 아무런 걱정 없이 사정없는 공격을 이어갈 뿐이었다. 그렇다고는 해도 이건 너무한 감이 있었다. 정말로 이정우는 화려했다.
쾅! 퍽퍽!
“무작정 들어가지 말고 거리 재면서 각목으로 공격해!”
도승환은 이정우의 움직임을 보며 보통의 수준으로는 결코 잡을 수 없다는 걸 깨달았다. 사람의 몸을 공격하는 방향은 기껏해야 전후좌우, 네 곳. 한 사람이 여러 명을 상대할 때는 이 방향을 줄이는 방법으로 움직이며 싸움을 벌여야 한다.

이정우가 그랬다. 그의 움직임은 눈으로 따라가기 어려울 정도로 빨랐다. 지형지물과 적과 동료를 방패로 사용하며 네 곳을 세 곳, 두 곳으로 줄이며 싸움을 벌이고 있었다. 하지만 무엇보다도 인상적인 건 한 번씩 보여주는 전광석화 같은 움직임이었다. 눈으로 인식하기조차 버거운 빠르기는 한순간 위기에 몰렸을 때 그 빛을 발했다. 네 곳, 아니 그 이상의 놈들을 동시에 치고 찼던 것이다. 그렇게 해서 우르르 몰려들었던 놈들의 간격이 벌어지면 다시 리듬을 타며 차례차례 고꾸라뜨리고 있었다. 말로는 이리 복잡하여도 그것은 실로 순식간의 일이었다. 퍼퍼퍼퍽! 콰콰콱!

"말도 안 돼, 이건!"

마침내 도승환은 입을 벌리고 말았다.

"이건 말도 안 돼! 한 녀석을 치지 말고 주위를 공격해라. 방어만 하는 놈들부터 무너뜨려!"

쉭쉭! 부웅부웅! 각목이 허공을 가르고 있었다. 도승환 패거리들은 이정우의 주위를 엄호하며 뭉쳐 있던 남자들을 난타하기 시작했다. 도승환도 보고 있을 수만은 없었다. 여지없이 난투전으로 뛰어들며 이정우의 사람 중 한 명에게 주먹을 날렸다.

퍼억! 깨진 이빨이 피와 함께 허공으로 치솟아 올랐다.

"어딜!"

김인범이 그런 도승환의 양어깨를 덥석 잡았다.

"이 새끼는 뭐야?"

"나? 김인범이다!"

와그작! 그 소란을 뚫고 뼈가 깨지는 소리가 메아리를 쳤다.

"커헉."

"이야야!"

김인범은 도승환을 번쩍 들었다. 그리고는 자신의 무릎을 향해 도승환의 허리를 내리꽂았다. 뚜두두둑.

"크아아악!"

5.

"아아악!"

길고도 긴 비명이 스테이지를 가득 울렸다. 다행히 도승환의 허리가 부러진 것 같진 않았지만 커다란 충격으로 비틀거리고 있었다. 그리고 바로 그때였다. 김인범은 다시 한 번 비틀거리는 도승환을 들어 올렸다. 이번에야말로 완전히 허리뼈를 끊어 놓을 작정이었다.

"어딜!"

누군가 그런 김인범의 손목을 각목으로 후려쳤다.

"어, 어."

김인범은 약간 몸이 기우는 듯하더니 이내 도승환을 바닥에 거꾸로 내리꽂았다. 꽝! 비명도 제대로 지르지 못하고 바닥에 늘어지는 도승환을 보며, 김인범은 그야말로 포효하고 있었다.

"와봐!"

박정태는 마음이 급했다. 부아아앙. 더욱 속도를 냈다.

"너 이러다가 죽어."

최현정은 이제 조금 여유를 찾은 것 같았다. 안전벨트를 매고 팔짱을 낀 채 박정태를 비아냥거리고 있었다. 박정태는 아무런 말이 없었다.

"정태 씨, 정태 씨 하면서 대우해주니까 내가 그렇게 만만해 보여? 야, 이 새끼야, 말 좀 해봐."

"이 세상에,"

자물쇠를 채운 듯 꽉 붙어 있던 박정태의 입술이 열렸다. 최현정은 떠드는 소리를 멈추고 한껏 굳은 표정으로 입을 연 그를 주시했다.

"한 사람뿐이다."

박정태는 감회에 젖은 듯 목소리까지 떨고 있었지만, 최현정은 이해할 수 없었다. 밑도 끝도 없이 한 사람뿐이라니. 하지만 그는 더 이상 입을 열지 않았다. 최현정도 마음이 가라앉아 입을 다물었다. 물론 표정만은 잔뜩 골이 난 모습 그대로였다.

S 나이트클럽.

와장창! 위잉! 부웅! 이정우를 보호하며 둘러싸고 있던 열

명의 남자 중 일곱 명이 바닥에 뒹굴고 있었다. 도승환의 패거리들은 거의 30명 정도가 바닥에서 끙끙대는 참이었다. 도승환은 일찌감치 김인범에 의해 나가떨어져 있었고 김인범도 어깨, 등, 무릎, 손목 등에 가격을 당해 비틀거리고 있었다. 이정우는 땀을 한 말쯤 흘리며 아직 남아 있는 30명과 대치하고 있었다. 상황이 그쯤 되자 모두 자세를 바꾸며 공격할 틈만 노리고 있을 뿐 아무도 선불리 대들지 못하고 있었다.

"김인범, 넌 좀 쉬어라."

"웃기지 마라."

김인범은 비틀거리면서 기어이 이정우의 옆에 섰다. 아직 무사한 이정우 측 세 명과 함께 다섯 명이 뭉쳤다.

김인범이 말했다.

"너만 재미 보게 할 수는 없어."

"훗, 넌 나하고 레벨이 달라서 안 돼."

"이런, 날 도발하는 거냐?"

"그런데 구인철한테 지원 요청 제대로 한 거야? 왜 안 오냐?"

"차라리 형수한테 할 걸 그랬다. 차가 막혀서 늦나?"

타다다다닥.

도승환 패거리들 30명이 우르르 움직이기 시작했다. 이정우도 그런 놈들의 움직임을 따라 시선과 고개를 돌렸다. 이정우의 왼손은 거리를 재는 듯 앞으로 쭉 뻗어 있었고 오른손은 금방 주먹을 쥘 수 있게 약간 구부린 모습이었다. 양다리는 어깨 너비 정도로 벌렸고 허리는 약간 굽혔다. 그런 상태에서 이정우는 왼발을 축으로 하여 오른발을 움직이며 놈들의 움직임을 따라 몸을 회전시키고 있었다. 꽤 긴 침묵이 지나갔다 싶었다.

"이 새끼!"

"이야아!"

후드드드. 윙! 윙!

"다시 들어온다!"

이정우는 각목이 가르는 바람 소리를 들으며 뛰어올랐다.

쩍! 첫 번째 녀석의 턱이 깨졌다.

휘익! 거꾸러지는 동료의 몸을 밟으며 두 번째 녀석이 나타났다. 이정우의 몸이 공중에서 360도로 돌았다. 꽝! 두 번째 녀석의 목이 떨어져 나갈 듯 등 쪽으로 휘익 돌았다.

"두 명."

"피하지 마라! 계속 들어가!"

눈앞에서 두 명이 나가떨어지는 것을 보고 어깨들은 주춤거리고 있었다. 사람의 본능이었다.

빡빡머리가 그런 녀석들을 뒤에서 독려했다.

"계속 들어가. 놈은 혼자야!"

그의 눈에 김인범과 다른 아이들은 들어오지도 않았다. 정말로 멀쩡해 보이는 건 이정우밖에 없었다.

"방해된다. 너희 다 비켜라."

뚜벅. 이정우가 김인범과 아이들을 뒤로하고 한 걸음 더 앞으로 나왔다. 그러자 30명에 가까운 상대 녀석들이 서너 걸음 우르르 뒷걸음질을 치고 있었다.

"뭐야? 겁먹었어?"

긴장한 표정들이 역력했다. 나름대로 비장한 표정을 숨기지 않은 채 놈들은 이정우의 일거수일투족을 뚫어지게 바라보고 있었다.

뚜벅. 우르르.

뚜벅. 우르르.

"어, 어?"

"아, 씨."

"왜 자꾸 뒤로 오는 거야? 앞으로 나가!"

애가 타는 빡빡머리가 소리쳤다. 그리고 그것이 신호가 되었다. 녀석들보다 이정우의 몸이 먼저 날아오른 것이다.

윙!

여왕벌. 나태식과 하종화는 전형수가 내준 방에 같이 있었다.

"이런 곳에 모시게 되어서 면목이 없습니다."

"하, 네 잘못이 아니야. 손은 괜찮나?"

"괜찮습니다."

"널 구인철에게 뺏기다니."

"구인철이 아니라 이정우입니다."

"그게 그거지 않은가?"

"아닙니다. 이정우라면 몰라도 구인철에게 하종화는 없는 사람입니다."

"하하, 이정우란 어린애가 제법 마음에 든 모양이군."

"묘하게 사람을 압도하는 매력이 있습니다. 저보다 열두 살이 어리지만, 배포가 남다릅니다. 다만 속도 조절을 아직 잘 못해서 문제를 일으킵니다. 앞으로 제가 이정우를 위해 할 일이 많을 듯합니다."

"속도 조절이라……."

"경험과 연륜이 없어서겠죠. 오직 주먹으로 휩쓸어버린다는 순진한 면이 있습니다. 배경이 되어줄 권력이 없으니 저런 식으로 나가면 곧 한계에 부딪히게 될 겁니다."

"정말로 이정우를 보스로 모실 생각이군?"

"죄송합니다."

"아니, 됐다. 난 이제 끝났어. 그나저나 권력이라. 요즘 용택이 그놈이 발을 넓힌다던데."

"천용택 말입니까? 그룹 내에서 부쩍 독자적인 행보가 는 걸로 알고 있습니다."

"내가 힘이 없으니 어찌할 수가 없군. 천용택 쪽에서 사람을 끌어들인다면 이정우 그놈에게 힘이 될 거야. 아는 사람 없나?"

"잘 모릅니다. 천용택의 개인 비서만 데리고 와도 한결 나을 텐데."

"최 비서 말인가? 그야말로 천용택의 최측근이지. 거기까지는 선이 닿을 연이 없다."

가아아앙.

도로 위에서 박정태가 속도를 내며 거칠게 차를 몰았다.

"좀 천천히 달리시지? 퇴근길에 차도 막힐 텐데."

"그러니까 빨리 가는 거다."

"차선 무시, 신호 위반. 교통경찰은 뭐 하나 몰라? 아까 택시 기사가 창문 내리고 너한테 욕하는 거 들었지?"

"……."

"S 쪽으로 가는 것 같은데 이 시간이면 좀 늦지 않았을까? 상황은 정리되었을 텐데?"

"물론이다."

박정태의 단호한 말에 최현정은 어깨를 으쓱였다.

"그런데 가는 거야? 이정우 시체라도 확인하게?"

"정우는 살아 있다."

"그렇게 단정 지으면 곤란하지. 나중에 충격을 어떻게 감당하려고? 이리저리 합쳐서 60명이 몰려갔어."

"100명이라도 안 돼."

"미쳤군. 말도 안 돼."

"내가 알기엔,"

"뭐?"

"한 사람뿐이다."

"뭐가?"

"단 한 사람."

"웃기네."

"잡아! 그냥 붙잡아!"

따각! 빡! 빡빡머리의 외침에도 아랑곳없이 어깨들은 줄줄이 나가떨어지고 있었다. 나중에는 치는 것이 아니라 그저 옷깃을 붙잡고 늘어지는 녀석들도 있었지만 이내 바닥을 뒹굴었다. 그 많던 녀석들이 대부분 가슴과 배를 움켜쥐고 바닥에 누워 끙끙댈 뿐이었다. 이제 서 있는 녀석은 네 명에 불과했다. 그나마 그 네 명도 허리를 제대로 펴지 못하는 모습이었다.

"야, 이 새끼들아! 피하지 마라!"

"야! 빡빡!"

이정우의 시선이 마침내 빡빡머리에게 박혔다.

"뒤에서 떠들지만 말고 앞으로 나와."

"뭐?"

빡빡머리의 입이 벌어졌다.

"정우야, 그만해라."

"김인범?"

"이 녀석들 치워야지. 못 일어나고 있잖아. 원래 어느 정도 깨면 이긴 거야. 애들 데리고 도망가야 하거든. 그런데 지금은 데리고 갈 녀석들이 없다. 전부 다 깨졌으니까."

"그럼 어차피 이리 된 거, 마저 깨자. 그치, 빡빡?"

"뭐, 뭐야? 이 새끼야! 이런 호적에 잉크도 안 마른 애송이 새끼가!"

웡. 빡빡머리의 말이 채 끝나기도 전이었다. 그의 얼굴에 어느새 다가온 이정우의 주먹이 꽂혔다. 퍽! 살이 터지는 소리가 들리는가 싶더니 빡빡머리의 코와 입에서 한 움큼의 피와 이가 쏟아졌다.

"아! 이씨."

빡빡머리는 한 번 휘청거리더니 금방 대들 것처럼 주먹을 들어 올렸다.

"어이구, 이놈아."

이정우는 그런 빡빡머리의 뺨을 손바닥으로 툭툭 쳤다.

"깡은 있네."

그때였다.

쿠당탕!

"이정우!"

정문을 박차고 누군가 들어왔다. 이정우는 낭창 경계 자세를 취하며 몸을 돌렸다.

"넌?"

"정우야!"

"정태?"

이정우의 눈에 박정태와 그 옆에 선 여자가 보였다. 박정태의 눈에는 땀에 흠뻑 젖은 이정우의 그 위풍당당한 모습이 보였다. 금방 샤워라도 하고 나온 듯이 흠뻑 젖은 이정우의 몸에서, 그리고 그 주위에 뻗어 있는 수십 명의 사내를 보면서 박정태는 입을 열었다.

"이정우, 유치한 소리 기억나? 너란 인간을 아는 이상 그 누구도 나를 이끌 수 없을 것이고,"

"……."

"너를 아는 이상 나는 그 누구에게도 진심으로 굴복하지 않을 것이다."

"정태야……."

"2년 만이다, 이정우."

감격에 겨운 듯 박정태의 눈에는 눈물까지 고이고 있었다. 그야말로 연락이 온전히 끊긴 지 2년 만의 재회였다.

6.

"여전히 유치한 놈."

이정우는 그렇게 말하며 두 팔을 벌렸다. 박정태 역시 두 팔을 벌리며 이정우를 덥석 안았다.

"그런데 저 여잔 누구냐? 애인이냐?"

"선물이다. 너한테 필요할 거야."

"선물?"

이정우의 눈에 팔짱을 끼고 자신을 노려보는 최현정의 사나운 모습이 들어왔다.

천용택의 패거리들은 모두 사라졌다. 하루 문을 닫은 S의 손실은 막대했다. 이정우는 김인범으로 하여금 뒤늦게 도착한 구인철의 지원 병력과 함께 부서진 나이트클럽 내부를 치우게 했다. 그리고선 잠도 제대로 못 잔 박정태와 최현정을 불렀다.

"뭐 하는 여자야?"

"천용택의 개인 비서야."

"개인 비서?"

"너 여기서 성공하려면 뭘 잘해야 하는지 알아?"

"몰라."

"골프를 잘해야 돼."

"뭐?"

살짝 올라가는 이정우의 입가에 피식 웃음이 새어 나왔다.

"방해받지 않고 얘기할 수 있는 운동으로 골프만 한 것이 없거든."

"누구랑 얘기한다는 거냐?"

"정치인들."

"정치? 난 그런 거 관심 없어."

"이제부터는 관심을 가져야 해."

이정우의 눈썹이 일그러졌다. 박정태는 말을 이었다.

"배경이 없으면 넌 금방 당해. 그건 주먹 싸움이 아니야. 제대로 길을 잡지 못하면 승승장구할 때 감옥행이라고."

"감옥?"

"전국에 네 몽타주가 새겨진 현상 수배 전단지가 나붙는다고 생각해봐. 넌 발붙일 곳이 없어져."

"그 정도로?"

"얼핏 생각하는 것보다 심각한 상황이 되지. 검경을 움직이는 사람과 손을 잡아야 해."

"나보고 꼬리 치는 강아지 노릇이나 하라고?"

"아니, 그럴 리가. 내가 널 아는데."

"저 여자는 뭔데?"

"저 여자?"

박정태는 순간 알 수 없는 미소를 지었다.

"천용택이 어떻게 정치인을 만나고 자금으로 얼마를 건네주고 로비를 어떻게 했는지 저 여자가 모두 알고 있어."

"모두?"

"모두."

이정우의 시선이 최현정으로 향했다. 최현정이 더욱 눈을 사납게 뜨며 턱을 곧추세웠다.

"기가 세군. 쉽게 털어놓을 것 같지 않은데?"

"당연히 그렇겠지."

한편, 이정우의 이런 도발은 천용택뿐만이 아니라 이상찬까지 분노하게 했다. 이상찬은 연락을 받는 즉시 하부 조직의 대장들을 소집했으며 중간 보스들은 최소한의 호위만 거느리고 속속 이상찬이 지시한 호텔 식당의 연회장으로 달려가야 했다. 그때가 오전 11시였다. 중간 보스들이 다 모인 시간은 점심시간을 조금 넘은 12시 20분. 연회장엔 긴 테이블이 놓여 있었고 열 명의 중간 보스는 좌우로 늘어앉았다. 테이블엔 각종 요리가 뷔페식으로 차려져 있었고 하얀 접시가 자리마다 두 개씩 놓여 있었다. 포크는 다섯 개, 나이프 역시 용도에 따라 세 개가 세팅되어 있었다. 중간 보스들이 데려온 녀석들은 감히 룸 안에는 들어서지 못하고 홀에서 대기하고 있었다.

덜컥. 이상찬의 등장을 기다리던 중간 보스들은 문이 열리자 우르르 자리에서 일어났다.

"앉아."

이상찬이었다. 찬이파의 수괴이자 전국에서도 그 이름이 통한다는 명실상부한 전국구 이상찬이 양옆에 측근 둘을 데리고 룸 안으로 들어서고 있었다. 이상찬의 옆에 있는 사람은 장동욱과 맹수현으로 이상찬을 그림자처럼 호위하는 정예였다. 장동욱과 맹수현은 이상찬의 좌우에 서서 무표정하지만 매서운 눈으로 중간 보스들을 둘러보고 있었다. 이상찬은 쉰다섯의 나이가 믿기지 않을 정도로 탄력 있고 건강했다. 단정하게 빗어 넘긴 머리에 살짝 보이는 새치와 이마에 굵게 자국이 남은 세 줄짜리 주름살 정도가 나이를 가늠하게 할 뿐이었다. 그의 몸은 여느 젊은이 못지않았고 팔뚝에서 불끈 솟아오르는 힘줄이 입고 있는 옷을 진동시킬 정도였다. 모두 그런 이상찬의 모습에 숨을 죽였다. 늙었다 해도 한때 천하를 호령했던 남자였다. 그런 이상찬이 지금 중간 보스들 앞에서 주먹을 쥐며 거친 숨을 내쉬고 있었다.

"음식이 식었습니다. 다시 내오라 할까요?"

장동욱이 이상찬에게 허리를 굽히며 말했다. 장동욱과 맹수현은 30대 중반 즈음이었는데 이들은 자리에 앉을 생각이 없는 듯했다. 이상찬은 말없이 손을 들어 그럴 필요가 없음을 나타내었다.

"내가,"

중간 보스들의 불편한 마음이 얼굴에 역력하게 드러날 때쯤 이상찬이 입을 열었다.

"헛소문을 들었나? 어이, 용택이!"

"예!"

한구석에 앉아 있던 천용택이 떨리는 목소리로 이상찬을 바라보았다. 이상찬의 화난 얼굴이 자신의 가슴에 박히자 덜컹 심장이 내려앉는 것 같았다.

"S가 어제부로 구인철한테 넘어갔다고 들었다, 맞나?"

"아, 아직 서류상으로는 우리 것입니다."

"서류상?"

이상찬의 왼쪽 눈썹이 송충이처럼 꿈틀거렸다.

"나태식은?"

"어, 없어졌습니다."

"하종화는?"

"배, 배신했습니다."

"배신?"

이상찬은 테이블에 놓여 있는 와인 병을 들어 자신의 잔에 쪼르르 따랐다.

"일단 한잔하지. 따라줘."

이상찬이 음성을 누그러뜨리자 장동욱과 맹수현은 와인 병을 들고 테이블을 오가며 빈 잔에 와인을 채우기 시작했다.

"배신은 안 좋은 거야."

이상찬은 잔을 높이 들며 조용히 말했다. 모두 고개를 끄덕이며 건배하기 위해 잔을 들었다.

"지금부터 식사하면서 내 이야기를 듣도록 해라."

"예!"

"태식이 그놈이 여왕벌을 건드렸다가 오히려 한 식구를 모조리 잃어버리고 세력을 접었지. 그래서 용택이한테 보내서 요양을 시켰는데, S까지 구인철한테 뺏기고 말았어."

다들 음식을 삼키지 못하고 긴장했다.

"그런데 내가 알아보니까 구인철 밑에 새로운 행동 대장이 들어왔다는데, 아는 사람 있나?"

모두가 서로 궁금한 듯 돌아보았다.

"이정우란 놈이었다."

"이정우?"

역시 생소한 이름이었다.

"봄의 하우스에서 태식이 가족을 전멸시켰다."

"아, 봄의 하우스."

그제야 들은 적이 있다는 듯 그들은 고개를 끄덕이며 감탄사를 내놓고 있었다.

"그래, 대충 아는가 보군."

"알고 있습니다."

"이름이 이정우였나?"

"그 새끼 어떡해야겠어?"

"죽여야 합니다."

"지금은 때가 안 좋으니 경찰을 이용하는 게 어떻습니까?"

"용택이,"

"예? 예."

"네 생각은 어때?"

"주, 죽여야 합니다. 놔두면 골칫거리가 될 겁니다."

이상찬은 그런 천용택을 빤히 바라보고 있었다.

"하종화 같은 배신자는 어떻게 해야 하나?"

"그, 그 녀석도 죽여야 합니다. 살려둘 필요가 없습니다."

"그래?"

"그, 그렇습니다. 가족을 위해서도 그런 녀석은 살려둬야 할 이유가 없습니다."

"가족?"

이상찬은 와인 병과 금방 들이켠 빈 잔을 들고 천천히 몸을 일으켰다. 모두 따라 일어서려고 했지만, 이상찬은 손으로 앉아 있으라는 신호를 보냈다.

"가족이라……."

뚜벅뚜벅. 이상찬은 테이블 주위를 천천히 걷기 시작했다. 중간 보스들은 그들의 등 뒤로 이상찬이 지나갈 때마다 긴장한 표정으로 테이블에 세팅된 음식과 접시를 만지작거렸다.

"맞는 말이야. 하종화는 좀 아깝긴 하지만 등을 돌린 녀석은 가만히 놔두면 안 되지, 그럼."

뚜벅뚜벅. 이상찬은 조용히 고개를 끄덕였다. 그리고 그의 발이 천용택의 등 뒤에서 우뚝 멈춰 섰다. 그 순간 천용택의 이마에서 주르륵 땀이 흘러내렸다.

"김정한은 왜 만났어?"

"그, 그건……."

이상찬은 들고 있던 잔과 와인 병을 천용택 앞에 탁 내려놓고 커다란 손으로 천용택의 머리를 꾹 짚듯이 감쌌다.

"민주애국회장 국회의원 김정한. 내기 골프를 쳐서 3억을 잃어줬다며?"

"그, 그냥 비즈니스 차원에서……."

"어떤 비즈니스?"

"……."

"날 엿 먹이는 비즈니스? 응?"

"회, 회장님, 그, 그건 오해십니다."

이상찬의 손에 더욱 거센 힘이 들어가고 있었다.

"내가 늙었다고 생각했나? 이빨 빠진 호랑이라 이거지? 그런데 이렇게 만나니 어때? 내 회사의 지분을 야금야금 매입한 게 너였어?"

"오, 오해십니다. 저는, 으억."

"타인 명의를 빌리면 모를 줄 알았나? 이중으로 양도하면 내가 모를 줄 알았나? 김정한이 매입하고 너한테 다시 팔면 내가 모를 줄 알았어? 그 대가로 한푼 두푼 돈을 쥐여주고 둘만 입을 다물면 내가 모를 줄 알았어?"

"아, 악."

"배신은 어떻게 해야 한다고?"

"회, 회장님……."

"배신은 어떻게 해야 한다고?"

"아, 악."

천용택은 뼈가 으스러지는 고통에 터져 나오는 비명을 간신히 참고 있었다. 아니, 비명을 지르고 싶어도 나오지가 않았다. 그저 신음만 입에서 맴돌았다.

"끄윽. 아, 악."

"배신은 어떻게 해야 한다고?"

천둥 같은 이상찬의 고함이 터졌을 때였다.

"죽여야 합니다."

가만히 지켜보고만 있던 장동욱이 입술을 열었다. 바로 그 순간, 이상찬은 천용택의 고개를 휙 꺾어버렸다. 우득.

"컥."

180도를 지나 거의 270도를 회전했던 천용택의 머리는 그대로 몸뚱이에서 굴러 떨어질 듯이 앞으로 축 늘어졌다. 주위가 고요해졌다. 숨소리조차 크게 들릴 정도였다.

"가족을,"

이상찬은 천용택의 몸을 테이블 위로 밀어버리며 다시 와인병과 빈 잔을 들었다.

"해칠 만한 녀석은 죽었군. 어쨌든,"

쪼르르. 이상찬은 다시 잔을 채우고 그 잔을 높이 들었다.

"애도의 건배."

중간 보스들은 눈치를 보며, 몇몇은 담대하게 잔을 채우고 들어 올렸다. 이상찬은 아무 일도 없었던 것처럼 무덤덤하게 말을 이었다.

"이정우는 빨리 죽여. 내가 자체적으로 현상금을 걸겠다."

"……."

"알겠나?"

"예!"

7.

며칠 후 이상찬이 이정우에게 현상금을 걸었다는 소식은 빠르게 전파되었다. 그것은 법적인 효력은 없지만, 법보다도 더 무서운 것이었다. 자신의 사무실로 돌아온 이상찬은 장동욱과 맹수현을 따로 불렀다.

"구인철한테 통보했나?"

"예, 이정우를 알아서 내놓지 않으면 묻어버리겠다고 했습니다."

"S는 어때?"

"사고가 난 다음 날부터 곧바로 영업을 재개했습니다. 현재 김인범이 영업 부장을 맡고 있고 이정우는 아무런 직책이 없습니다."

"뒤에 숨어버렸다? 천용택이 데리고 있던 아이들은?"

“몇몇은 허대정에게 흡수되었고 몇몇은 행방이 묘연합니다. 천용택이 뮤즈를 맡겼던 도승환은 반병신이 되었습니다. 고향으로 돌아간 아이들도 있고.”

“구인철의 반응은 어때?”

“동요하는 것 같습니다. 철없는 애송이가 여왕벌을 지키는 걸 넘어서 S를 쳐버렸다는 것에 자신도 부담을 느낀 것 같았습니다.”

“여왕벌? 거긴 하종화가 맡는다면서?”

“예, 현재 이정우는 S와 여왕벌 두 곳을 맡고 있습니다. 하지만 표면적으로는 나타나지 않습니다. 여왕벌은 하종화가, S는 김인범이 겉으로 드러난 관리인입니다.”

“천용택이 개인 비서는?”

“이정우가 포섭했습니다. 하지만 아직 구체적인 정보를 얻은 것 같지는 않습니다.”

“흠, 김정한이나 검찰 쪽 움직임은?”

“김정한은 여전합니다. 천용택이 회장님 몰래 물밑 거래를 한 것 같습니다만 제거되었으니까 우리에겐 여전한 협력자입니다. 다만, 상당히 노골적으로 뇌물을 요구합니다. 검찰은 아직 변동에 대해서 파악하지 못한 것 같습니다.”

“검찰이 수사 벌이기 전에 이정우를 잡아 죽여야 한다. 괜히 잡히게 해서 오래 살게 하지 말고.”

이상찬은 생각할수록 부아가 가라앉지 않았다. 감히 이상찬의 구역을 빼앗는단 말인가? 전국에서도 통하는 이상찬의 이름에 먹칠을 한단 말인가?

S 나이트클럽은 그날 이후 정상 영업을 계속하고 있었다. 하루에 10억 이상의 매출이 오가는 곳이라 가만히 놀릴 수 없는 곳이었다. S는 구인철에게도 대단한 수입원이 되었으나 한편으로 엄청난 중압감을 주는 골칫덩이이기도 했다. 왜 그런지 전혀 감을 잡지 못하고 있는 사람은 이정우뿐이었다. 이정우는 얼마 전까지 하종화가 쓰던 사무실에서 김인범, 박정태와 담소를 나누고 있었다. 옛이야기부터 시작해서 여자들 못지않은 수다가 이어졌다.

"그런데,"

"왜? 김인범."

"최현정은 어떻게 할 거야? 입 다물고 아무 말 안 하는데. 집에서 실종 신고라도 하면 어쩌지?"

"그건 걱정하지 마."

박정태가 손바닥을 펼치며 김인범의 말을 막았다.

"어차피 혼자 사는 여자야. 결국 스스로 토해낼 수밖에 없을 거야. 뭐, 잘 안 통하면 협박이라도 하고."

"형수는 어떻게 지낸다냐?"

"하종화하고 잘 놀고 있나 봐. 여왕벌 다시 영업 시작한 거 알아? 이름도 퀸으로 바꾸고 하종화가 다시 영업 시작했어."

"그럼 이쯤에서 다음 목표를 정해볼까?"

"다음?"

"좀 쉬는 게 어때? 지금은 S부터 완전히 정리하고 권력에 줄을 대야 해."

"그런 건 상관 안 한다."

"상관해야 한다."

박정태의 단호한 목소리를 듣는 이정우의 표정엔 아무런 변화가 없었다.

"아직 하종화한테 맞은 칼침 아물지도 않았잖아?"

"그런 건 가벼워. 정태야."

"왜?"

"천용택, 나태식이 누구 밑에 있었다고 했냐?"

"이상찬. 거물이야. 잘못 건드리면 폭동이 일어나기 때문에 검찰도 함부로 손 안 대."

"어째서?"

"이상찬이 없어지면 그 밑에 있는 녀석들이 서로 이권 다툼을 벌일 거 아냐? 그럼 여기저기서 전쟁이 나는 거지. 이상찬이라는 절대적인 힘이 통제하고 있기 때문에 그나마 말썽이 적은 거야."

"몇 명이나 데리고 있는 거야?"

"글쎄, 이제 중간 보스 아홉 명 정도? 나태식하고 천용택은 나가떨어졌으니까."

"아홉 명."

"뭘 계산하고 있는 거야?"

"아홉 명 모두 쓰러뜨리고 이상찬을 잡는 게 나을까, 아예 이상찬을 넘겨버리고 아홉 명을 내 밑으로 편입시키는 게 나을까?"

박정태의 입이 열린 채 다물어지지 않고 있었다. 생각하는 규모가 너무나 달랐다. 하지만 그것은 무모한 꿈이기도 했다.

"이게 무슨 고등학교 애들끼리 통 잡는 것도 아니고 말처럼 쉽게 되진 않을 거야."

김인범도 거들었다.

"이상찬을 넘어뜨린다 해도 중간 보스들이 네 밑으로 편입되지도 않을걸?"

"장춘석 소식은?"

"모르겠어. 완전히 짱 박혔어."

"지금 이상찬이 장춘석과 최 마담을 찾는다면 어떨까?"

"또 무슨 소리냐?"

"이상찬이 두려워서 장춘석을 잡아 올리려는 놈들이 있을 거다."

"흠."

"난 그렇게 되고 싶다."

"그렇다고 해도 네 생각은 너무 막무가내야."

박정태가 답답하다는 듯 인상을 구겼다. 하지만 이정우의 표정은 단단했다.

"이런 똥고집."

"천용택이 가진 구역이 또 있다며? 마저 치러 가자."

"아마 가만히 기다려도 너한테 찾아올 거야. 그쪽에서도 너 잡으려고 안달이 되어 있을 테니까."

"그래? 찾아가는 서비스인가?"

이정우의 한마디에 아무도 입을 열지 않았다. 한참이 지난 후에야 김인범이 말했다.

"너 방금 웃기려고 농담한 거지?"

"어찌 되었건!"

이정우는 짐짓 김인범을 모른 척하더니 목소리에 힘을 실었다.

"여기서 깽판 치게 할 수는 없잖아. 이제 내 건데 말이야. 가자. 항복을 받아내야겠다."

"지금?"

놀란 김인범과 박정태가 나갈 듯 옷깃을 세우는 이정우를 그야말로 토끼눈으로 바라보았다.

"당연하지."

"다른 데서 여기로 쳐들어오면?"

"하종화나 전형수 호출해서 여기 지키라고 하면 돼. 그리고,"

"음?"

"최현정 데리고 와."

"뭐 하려고? 같이 가게?"

"아니, 이제부터 여기 회계 관리는 최현정한테 맡기게."

"뭐?"

박정태는 어이가 없어서 웃음부터 나왔다. 이정우의 속마음을 알 수가 없었다. 김인범도 그런 정우를 보며 다그쳤다.

"너한테 아직 적대감을 가지고 있는 여자야. 그런데 그렇게 큰일을 맡긴다고?"

"응."
"너 어떻게 된 거 아냐?"
"정태, 네 생각은 어때?"
"조금 무리가 있다고 생각하지만, 네가 결정하는 거면 따르겠다."
"최현정한테 회계 업무 맡기고 연봉 책정하자고."
"연봉 1억이라도 부르면 어쩌려고 그러냐?"
"준다."
이정우는 단호했다. 모두 더 이상 아무 말도 하지 않았다.
"몇 시냐?"
"오후 3시."
"그럼 최현정한텐 내 생각을 통보만 해야겠다. 빨리 갔다 오자."
"어딜?"
"어디긴. 마저 쳐야 할 곳."
"진짜 간다고?"
"응."
"너?"
"난 따라갈게."
박정태가 몸을 일으켰다.
"그래, 그럼 둘이서 갔다 오면 되겠네. 인범이 넌 여기 있어."
"후우, 진짜 너."
김인범은 어깨를 으쓱하고 자리에서 일어났다. 정우가 씩 미소 지었다.

"세 명?"

그때였다. 노크 소리가 들렸다. 문을 열고 들어선 녀석은 망치였다.

"저기……."

"망치? 왜?"

"그 빡빡머리가 찾아왔는데요."

"빡빡머리? 또 붙어보게?"

이정우는 흥미가 없어져 고개조차 돌리지 않았다. 그때 조금은 억울한 남자의 목소리가 그의 등 뒤에서 울렸다.

"아니우, 붙으려고 온 게 아니우."

망치를 밀쳐내고 빡빡머리는 어느새 이정우 앞으로 와 꼿꼿이 섰다.

"젠장, 쪽팔리네."

그러고서 빡빡머리는 민머리를 손으로 긁적였다.

"뭐야? 무슨 볼일이야?"

"받아주쇼."

"뭐?"

쿵, 하는 소리가 울리더니 빡빡머리는 그대로 바닥에 무릎을 꿇었다.

"갈 데가 없소. 받아주쇼. 날 따르는 애들도 20명은 되는데 모두 받아주쇼."

부탁하는 건지 협박하는 건지 말투가 이상했다. 하지만 멋없이 투박한 그 말에는 어쩐지 순진한 면도 보이는 듯했다.

"갈 데가 왜 없어?"

"천용택 형님이 돌아가셨소."

"죽었다고? 그새?"

"일이 그렇게 되었소. 그냥 받아주쇼. 받아주면 시키는 일은 다 하겠소."

"그럼 뮤즈는 어떻게 된 거야?"

박정태가 말했다. 빡빡머리가 그를 보며 말했다.

"운짱이네? 뮤즈는 넘어갔어. 허대정이 관리해."

"허대정?"

"이봐, 빡빡머리,"

이정우는 발을 꼬며 팔꿈치는 의자에 걸치고 손으로 턱을 짚었다.

"정말 나한테 오는 거야?"

"그렇소."

"그래? 그럼 같이 가자."

"같이? 어, 어딜……."

어리둥절한 두 눈이 이정우를 향했다.

"바, 받아주는 거요?"

"좋아, 그러니까 같이 가자."

무슨 일이 이렇게 쉬운지 빡빡머리는 스스로 생각해도 의심스러웠다. 나름대로 석고대죄라도 할 참이었는데 이정우의 결단은 신속하고 빨랐다.

"일어나. 가자고."

"지, 진짜 받아주는 거요? 우리 애들 다?"

"애들은 어디 있어?"

"밖에서 기, 기다리고 있소."

"잘됐군. 다 같이 가면 되겠네."

"어, 어딜?"

"허대정이라고 했나?"

"그, 그렇소."

"그놈 넘기러 간다."

헉, 하는 소리가 빡빡머리의 입에서 터져 나왔다. 이정우는 이미 걸음을 옮겨 사무실 문을 열어젖히고 있었다. 거침없는 발걸음이었다.

8.

이정우가 뮤즈를 향해 출발한 그때 하종화는 전형수와 말없이 포커를 치고 있었다. 그리고 김인범에 대한 연락을 받은 것은 막 전형수의 돈을 모조리 따고 자리에서 일어설 때였다.

"여보세요."

"종화 형님,"

김인범과 전형수는 자신보다 연배가 10년 위인 하종화를 이제 윗사람으로 대우하고 있었다. 여전히 반말을 일삼는 건 이정우뿐이었다.

"인범?"

"예, 지금 뮤즈 넘기러 가는데요. 여기 와서 좀 지켜주셔야겠습니다."

"뮤즈?"

"예, 허대정이란 놈한테 편입된 구역이라는데 빨리 넘겨야죠."

"알겠다. 정우는 거기 애들 데리고 가는 거야?"

"아닙니다. 빡빡머리 녀석이 받아달라고 해서 그 식구들하고 같이 갑니다."

"알겠다."

전화를 끊은 하종화는 짐짓 심각한 표정을 지었다.

"전형수,"

말을 할 수 없는 그였지만 눈빛만은 그지없이 빛났다.

"너 여기 애들 서너 명만 남기고 전부 S로 데리고 가라. 난 뮤즈로 갈 테니까."

무슨 소린지 모르겠다는 시늉으로 전형수는 어깨를 으쓱였다. 그리고 손가락으로 자신의 자리를 가리켰다.

"여긴 어떻게 하냐고? 여긴 버려도 된다. S에 비하면 말이야. 나중에 다 설명해줄 테니 일단 내 말을 들어. 그나저나 S에서 뮤즈까지는 금방인데 여기서 뮤즈로 갈려면 조금 걸리겠는걸?"

하종화는 서둘러 칼을 품속에 챙기며 자리에서 일어났다. 왼손에 칭칭 동여맨 압박 붕대의 조임을 더욱 세게 당기고 있었다.

'빡빡이 녀석 성품으로 봐서는 진심이었을 거다. 하지만 탈퇴하는 식구들이 감시 대상인 것 정도는 알고 있어야 하잖아.

멍청한 놈, 위험해.'

뮤즈.

허대정의 심복 중에 나상태라는 녀석이 뮤즈의 관리인으로 와 있었다. 나상태는 날치라는 별명을 가진 칼잡이였고 잔인하고도 고약한 일면을 가지고 있었다.

"집합해!"

나상태는 허대정에게서 받은 30명의 아이들과 원래 뮤즈에 있던 천용택 소속의 아이들 수십 명을 모두 홀로 집합시켰다. 아이들은 모두 손에 무기를 들고 있었다.

"전쟁으로 치면 지금은 전시다. 어제 얘기한 거 머릿속에 숙지했나?"

"예!"

"내일쯤 여기뿐만 아니라 사장님 식구들 다 끌어 모아서 이정우 죽이러 간다. 그렇게 모아버리면 적어도 팔구십 명은 될 거야. 준비되어 있지?"

"예!"

"좋아. 이정우 같은 싸움꾼을 정면충돌로 잡을 생각은 아예 하지 마라. 어제 내가 가르쳐준 대로 치고 빠진다. 조별로 들어갔다 나오면서 시선을 뺏고, 오케이?"

"예!"

"변칙 공격이야, 알겠어?"

"예!"

"지금 당장 이정우가 여기 나타나더라도 잡아 죽일 자신 있나?"

"예!"

"좋아, 아주 좋아."

나상태는 고개를 끄덕였다. 룸살롱 뮤즈는 룸이 원형으로 늘어서 있고 그 가운데 커다란 홀이 있었다. 어깨들은 이곳에서 가상의 적을 상대로 연습하고 있었다. 가상의 적은 두말할 것도 없이 이정우였다. 나상태는 이정우에 대해 새로운 대비책을 마련해놓았다. 뛰어난 한 명을 잡기 위해 다수가 선택할 수 있는 모든 방법이 나상태의 머릿속에서는 이미 구체화되어 있었다. 그리고 누구보다도 이 바닥의 생리와 인물에 대해 잘 아는 하종화의 우려는 거기에서 나오고 있었다.

꽝!

"누구야?"

문이 부서지는 소리가 들리더니 20명가량이 저벅거리며 나상태의 앞에 나타났다. 나상태의 눈에 제일 먼저 들어온 건 빡빡머리였다.

"야, 너 뭐야? 너희 애들 편입시키려고?"

빡빡머리는 뭐라고 말을 할 수가 없었다. 불과 어제까지만 해도 결국 한 식구 사이였었다. 빡빡머리는 민머리를 긁적이고 가만히 서 있다가 어렵게 말문을 열었다.

"여기 이정우다, 요."

"이정우?"

편하게 늘어서 있던 어깨들이 그 이름을 듣더니 와르르 싸울 태세를 취하고 있었다.

"이정우라고? 그러니까 지금 여길 먹겠다고 나타난 건가?"

"그렇다, 요."

쑥스러운 듯 빡빡머리는 반말과 존댓말을 섞어가며 민머리만 긁적이고 있었다. 이정우가 그들 틈 속으로 걸어 나왔다.

"시끄럽게 하고 싶은 생각은 없으니까 말로 할 때 못 이기는 척 넘겨라."

"뭐야? 지금? 그걸 협박이라고 하는 거야? 푸하하!"

나상태의 웃음소리가 허공을 때렸다.

"정말 예상 밖의 방문이라 놀랍군. 그런데 이 멍청아, 쳐들어왔으면 뭐가 뭔지 모를 때 다 엎어버렸어야지. 이렇게 서서 대화란 걸 하게 되면 쳐들어오는 보람이 없잖아, 안 그래? 이 개새끼들아, 죽여!"

부웅. 야구 방망이가 날아들었다. 이정우도 몸을 날렸다. 박정태와 김인범도 거침없이 몸을 날렸다. 하지만 빡빡머리는 아이들에게 어떤 지시를 내리지 못하고 있었다. 그렇다고 이정우를 공격할 수도 없었다. 사실상 40 대 3의 싸움이 되어버린 것이다.

"개새끼들, 어제 내가 말한 대로 안 해?"

나상태는 퍽퍽 나가떨어지는 아이들을 보며 고함치고 있었다. 동시에 가장 동작이 둔해 보이는 김인범의 허리에 자신의 칼을 깊숙이 꽂고 있었다.

"억!"

"됐다, 이놈은."

김인범이 발발거리며 바닥에 쓰러지자 나상태는 이정우를 향해 돌아섰다. 지금 당장 급한 건 김인범의 숨통을 끊는 것이 아니라 날아다니는 이정우의 기세를 꺾는 것이었다.

"너희는 저 자식 둘러싸고, 너희가 이정우한테 먼저 들어가."

그러자 일곱 명이 박정태를 에워쌌다. 그리고 여섯 명이 긴 각목을 이용하여 이정우를 찌르듯이 공격하고 있었다. 이정우의 발놀림이 빨라지는 순간이었다. 여섯 명은 약속이나 한 듯 뒤로 쑤욱 빠지더니 그 뒤에 있던 10여 명이 이정우의 공간을 방해하며 치고 들어왔다.

"어엇?"

이정우는 공중에 뜬 몸을 다시 돌리며 그런 녀석들의 주위를 둘러보았다.

"이거 좀 다른데? 그렇다면 좋아!"

녀석들은 정면으로 이정우와 맞서지 않았다. 조를 이뤄 치고 빠지며 이정우의 힘을 빼고 공간을 방해하는 움직임을 보이고 있었다. 이정우에게는 난생처음 보는 싸움 방식이었다.

"개새끼! 엎드려!"

이정우가 대충 알아먹겠다는 듯 고개를 주억거리고 다시 몸뚱이를 날렸을 때였다. 나상태의 손에서 하얀 석회 가루가 이정우의 얼굴을 향해 뿌려졌다.

"어?"

이정우는 본능적으로 고개를 돌리며 눈을 질끈 감았다. 바로 그 순간이었다.

"넌 이제 죽었다!"

나상태의 사시미가 이정우의 복부를 노리며 파고들었다. 이정우는 감으로 그 칼을 피해냈지만 빠져 있던 어깨들이 치고 들어오는 것까지 막을 수는 없었다. 떵! 각목 하나가 한 순간 중심을 잃은 이정우를 놓치지 않고 뒤통수를 후려갈겼다.

"정우야!"

순간, 이정우에게 시선을 빼앗긴 박정태에게도 몽둥이가 날아들었다. 박정태는 황급히 이정우를 안아 일으키며 날아오는 수많은 몽둥이를 몸으로 막아내고 있었다.

"이런 씨!"

이정우는 실눈을 떴다. 뭐가 어떻게 된 상황인지 알 수가 없었다. 다만 귓가에는 쩌렁쩌렁한 나상태의 외침만이 들려오고 있었다.

"대가리를 깨버려라!"

우아아아아!

흥분한 어깨들의 함성이 터졌다. 박정태는 이정우를 몸으로 보호하며 자신의 살갗이 뜯어지고 터져 나가는 것을 감수하고 있었다.

"비켜! 비켜!"

이정우는 그런 박정태를 밀어냈다. 이래서야 도저히 싸울 수가 없었다. 박정태는 이정우의 시야마저 방해하고 있었다. 뭐가 어떻게 된 상황인지 본인이 알아야 했다.

"이것들이 진짜!"

"이정우! 뒤에!"

김인범의 애타는 고함이 터졌을 때였다. 이정우의 뒤편에서 어느새 나상태가 칼을 들이밀고 있었다. 이정우는 급하게 그 칼을 손으로 막았다. 나상태의 사시미가 이정우의 손바닥을 뚫고 손등 밖으로 불쑥 튀어나왔다.

"이런, 씨."

"개새끼, 넌 죽었다니까."

나상태의 또 다른 칼이 이정우의 하복부를 찔렀다. 이정우는 허리를 비틀었지만 묵직한 금속이 복부에 박히는 건 어찌할 수가 없었다.

"아."

입에서 한 줄기 신음이 새어 나오더니 이정우의 온몸에서 힘이 빠져나가기 시작했다. 그때였다.

"아따, 이 시러베자식들아! 꼭 그렇게 이겨야겠냐!"

그때까지 구경만 하고 섰던 빡빡머리가 마침내 목청을 높이더니 나상태의 목을 손으로 잡아채었다.

"너 왜 이래? 크억."

"이런 씨발놈이! 목구멍에 구멍을 내버릴까 보다. 너희 뭐하냐? 빨리 여기 뒤집어라!"

"예!"

마침내 빡빡머리가 데려온 아이들이 함성을 지르며 몰려들기 시작했다.

“이런 씨발놈, 나상태.”

빡빡머리는 나상태의 목에 정말로 구멍이라도 뚫어버릴 듯 손가락에 가득 힘을 싣고 있었다. 하지만 그때였다. 나상태의 양손이 빡빡머리의 양 귀를 퍽, 하고 쳤다. 순간 멍해진 빡빡머리는 그만 나상태를 놓치고 말았다.

“오냐, 그래, 다 죽여주마. 붙을 데가 없어서 이정우한테 붙어? 저딴 어린애한테?”

이정우는 몸에 힘을 주지 못하고 바닥에 주저앉은 채 부들부들 떨고 있었다. 복부를 갈라내는 칼침은 처음이었다. 칼에 맞는다는 것이 이렇게 무기력한 일인 줄은 정말 몰랐었다. 나상태는 빡빡머리의 턱을 발로 걷어차고 다시 이정우의 앞에 섰다.

“어때, 꼬맹아? 비겁하다고? 아니, 네가 순진한 거지. 너처럼 주먹으로만 거는 싸움을 우리가 언제까지 받아줄 거라 생각했니? 이 등신 같은 놈, 이제 그냥 죽어라.”

이정우의 왼손을 뚫고 나온 칼, 그리고 오른쪽 허리에 박힌 칼을 보며 나상태는 허리춤에서 다른 칼 하나를 꺼내 들었다. 이것을 던져 이정우의 정수리에 박아버릴 생각이었다. 마치 서커스에서 회전판에 미녀를 고정해놓고 칼을 집어던져 주위에 박아 넣는 마술사처럼 나상태는 칼을 거꾸로 잡고 높이 들어올렸다.

“새끼.”

쉬익. 손끝에서 떠난 칼이 바람 소리를 내었다.

"걱!"

죽음 같은 비명이 터져 나왔다.

나상태의 입에서.

챙그랑! 동시에 나상태가 들고 있던 칼이 바닥에 떨어졌다. 대신 어딘가에서 날아온 칼이 나상태의 손목을 뚫고 있었다.

"내가 좀 늦었나?"

나상태가 소리가 나는 쪽으로 고개를 돌렸다. 한참 싸우던 어깨들도 시선을 돌렸다.

"하, 하종화?"

하종화였다. 양손에 칼 한 자루씩을 든 하종화가 천천히 이 난장판 속으로 다가오고 있었다.

"석회를 뿌렸군. 온통 하야네."

하종화의 얼굴만 보고서도 나상태는 해쓱해졌다.

"나한테 이긴 이정우를 이렇게 만들어놓다니. 그건 인정해줘야겠군. 하지만,"

번쩍! 하종화의 눈빛이 칼날보다 매섭게 빛났다.

"이젠 끝내야겠지?"

9.

긴장하고 있었다. 나상태와 그 수하들은 하종화의 걸음걸이에서 언제 무엇이 튀어나올지 몰라 잔뜩 긴장하고 있었다. 바싹 마른 입술을 누군가 혀끝으로 축여내었다. 이곳에서 이정우는 몰라도 하종화는 모두가 다 알고 있었다.

그가 어떤 사내인지.

"빡빡머리,"

어느새 홀 가운데로 나아간 하종화가 뒤도 돌아보지 않고 나지막이 빡빡머리를 불렀다.

"아직 내가 배신자인가?"

"아, 아닙니다."

"고맙다. 빨리 이정우를 데리고 S로 가라."

"부, 부장님은?"

빡빡머리는 하종화를 얼마 전의 호칭인 부장으로 부르고 있었다. 피식. 하종화의 입가에서 바람 소리가 흘렀다.

"뮤즈는 생각만큼 가치가 없는 곳이다. 하지만 S는 달라. 빨리 가라."

"부, 부장님은?"

"빨리 가!"

"예, 예!"

"모두 보내면 힘들 텐데? 내가 도와주겠습니다."

어느새 비틀거리며 박정태가 몸의 균형을 잡고 있었다.

"방해된다."

쉉.

그러고서 하종화는 입을 다물고 칼을 들어 올렸다. 왼손에는 35센티의 칼을 자신의 어깨 높이 정도로 들고 오른손에는 20

센티의 단도를 들어 허리춤에 붙였다. 그리고 몸은 정면과 사선이 되도록 약간 삐딱하게 틀면서 무릎을 살짝 구부렸다.

"빨리 가라."

빡빡머리가 박정태의 어깨를 쳤다.

"네가 잘못 도와줘서 저 친구가 저렇게 된 거야. 어쨌든 우린 가자고. 우리 성님이 장난이 아니니까 맡겨놓고 가도 돼."

그 말이 채 떨어지기도 전이었다. 하종화는 몇 번 스텝을 밟더니 쉭쉭 움직이며 단번에 앞에 있던 한 녀석의 목을 덜컥 칼로 뚫었다. 하종화의 칼끝이 녀석의 목 뒤로 삐어 나왔다.

"끄억."

"너희가 움직이지 않으면 내가 움직일 수밖에."

쐐액!

마침내 하종화의 칼이 바람을 가르기 시작했다.

전형수는 아이들을 데리고 S에 와 있었다. 아직 영업을 개시하기 전이었지만 웨이터들은 한창 테이블 세팅을 하며 바삐 돌아다니는 중이었다. 별다른 이상 기운은 보이지 않았다.

"저기……."

사무실에 들어선 전형수는 달리 할 일을 찾지 못하고 책상 위에 놓여 있는 책을 공연히 뒤적거렸다. 그런 전형수에게 망치가 들어와 고개를 깊이 숙였다.

"사장님은 오늘 접수한 애들 데리고 뮤즈에 가셨습니다."

전형수는 알고 있다는 신호로 고개를 끄덕였다.

"그런데 최현정이 면담을 원하는데요? 지금 안 계시다고 해도 막무가내입니다."

전형수는 고개를 갸웃거렸다. 최현정?

"그런 애가 있습니다. 천용택 개인 비서였습니다. 그 동안 살았는지 죽었는지 룸에 박혀서 나오지도 않더니 사장님이 회계장부를 맡기려고 하니까 면담을 하고 싶답니다. 어떻게 할까요?"

전형수는 손가락으로 자신을 가리키며 데리고 오라는 시늉을 했다. 그리고는 책상 위에 놓인 볼펜을 들고 메모지에 거칠게 휘갈겼다.

— 내가 만나 보겠다. 정우도 뭐라 하지 않을 거야.

"알겠습니다."

곧 망치가 데려온 최현정은 입에 검은 마스크를 한 전형수를 보더니 흠칫하는 표정이었다. 전형수는 손짓으로 망치에게 나가라고 이른 뒤 최현정에게 소파를 가리켰다.

"당신은 뭐예요? 난 이정우하고 할 애기가 있는데."

전형수가 메모지에 쓴 글을 보여주었다.

— 난 정우의 친구이자 동료니까 나한테 얘기해요.

"말 못 해요? 벙어리?"

전형수는 말없이 고개를 끄덕였다.

"뭐, 좋아요. 그럼 당신한테 말할게요. 그 망할 이정우가 나한테 회계를 맡긴다고 했다더군요. 도대체 무슨 속셈인지 모르겠지만, 그렇게 나한테 환심을 사봐야 나한테서 티끌만 한 것도 알아낼 수 없을 거예요. 이 말 좀 전해주시겠어요?"

뭐가 그렇게 기분이 나빴는지 최현정은 말을 이으며 점차 흥분하고 있었다. 전형수는 다시 메모지에 급하게 글을 적어 최현정에게 내밀었다.

— 정우는 그런 친구 아닙니다.

"하! 어련하시겠어? 그런데 당신은 어디서 왔어요? 처음 보는데?"

다시 전형수의 손이 바삐 움직였다. 대화가 뚝뚝 끊기며 이어지는 터라 덕분에 금방 흥분하며 달아올랐던 최현정의 기세가 조금씩 누그러들고 있었다.

— 나는 전형수이고 단란주점 퀸에서 영업 과장을 맞고 있습니다. 정우와는 2년 전부터 알았습니다.

"맞고? 철자 틀렸어요. 지읒이 아니라 티읕이에요. 맡고!"

전형수는 그 여드름투성이 얼굴을 붉게 물들이며 손으로 자신의 얼굴을 쓰다듬었다. 그런 수줍어하는 모습은 최현정의 화난 얼굴을 호기심으로 바꾸어놓았다.

"뭐, 좋아요. 그런데 퀸에서 여긴 뭐 하러 왔죠?"

— 정우가 뮤즈를 치러 간다고 해서 대신 여기를 지키러 왔습니다.

"쳇, 그래서 없다고 한 거였군. 하여튼 제 맘대로야. 거래를 하려면 적어도 나하고 먼저 얘기를 해야 하는 거 아닌가? 일방적인 통보 따위나 던지면 얼씨구나, 하고 내가 말을 줄 알았나 보지? 천용택 사장님이 이번에는 가만두지 않을 거예요. 더구나 날 인질로 잡고 있는 걸 알고 있는 이상…….”

전형수는 손바닥을 들어 최현정의 말을 막았다.

— 천용택은 죽었다고 들었습니다.

“뭐라고요?”

놀란 최현정의 눈이 동그래졌다.

“그런 식으로 날 속이려 하는군요. 이정우의 생각인가요? 천 사장님이 죽었다면 내가 넘어갈 거라고 생각했나 보죠?”

전형수는 고개를 저었다.

— 정우는 그런 것을 속이진 않습니다. 정우가 하는 행동은 언제나 올아요.

“도대체 초등학교는 어디 나왔어요?”

최현정은 후, 하고 한숨을 쉬더니 전형수의 손에서 볼펜을 빼어 들고 틀린 철자를 고쳐주었다.

“올아요가 아니고 옳아요.”

전형수의 얼굴은 새빨갛게 달아올라 있었다. 어쩔 줄 모르고 뒤통수만 긁적이는 모습이 딱하게 보일 정도였다.

“어쨌든 이정우가 옳든 그르든 그건 그쪽 사정이고 난 이정우의 장부를 봐줄 생각이 없다고 좀 전해주세요.”

— 정우가 정말 회개를 맏기던가요?

“또 틀렸네? 개가 아니라 계. 어쨌든 그래요. 문제는 내가 맡을 생각이 없다는 거지만. 그럼.”

최현정은 벌떡 소파에서 일어났다. 나가려는 모양새였다. 그러자 전형수가 황급히 최현정의 앞을 막았다. 그리고는 최현정이 조금 전 고쳐준 메모를 그녀의 눈앞에 들이밀었다.

— 정우는 그런 것을 속이진 않습니다. 정우가 하는 행동은 언제나 옳아요.

"글쎄요?"

전형수는 그 메모의 앞부분을 손으로 잡아 찢었다.

— 정우가 하는 행동은 언제나 옳아요.

"비켜요. 갈 거니까."

하지만 전형수는 물러서지 않고 최현정에게 연신 쪽지를 들이밀었다.

— 정우가 하는 행동은 언제나 옳아요.

"도대체 지금 뭐 하는 거예요?"

— 정우가 하는 행동은 언제나 옳아요.

"비키라고요! 이정우 말 들으란 얘기인가 본데 그런 식으로 해봤자 내 기분만 상해요, 알겠어요?"

— 정우가 하는 행동은 언제나 옳아요.

"비키라고 했잖아, 이 자식아!"

마침내 화가 난 최현정이 빽 고함을 질렀다. 그와 동시였다. 전형수가 최현정의 앞에 쿵, 소리가 나도록 무릎을 꿇으며 메모를 들어 올렸다.

— 정우가 하는 행동은 언제나 옳아요.

"하, 정말 이럴 거예요? 도대체 이정우가 뭐기에 이렇게까지. 하나도 감동적이지 않으니까 그만해요. 이런다고 내 마음이 달라지진 않으니깐."

잠시 어색한 침묵이 흘렀다. 전형수는 손으로 들고 있던 메모를 내렸다.

"잘 생각했어요. 이제 그만 일어나요, 엇!"

전형수는 최현정을 향해 고개를 숙이고 있었다. 산만 한 덩치가 조그마한 여자 앞에서 무릎을 꿇고 고개를 숙이고 있었다. 최현정은 그런 전형수를 외면할 수가 없었다. 숨이 막혀버린 최현정은 아무 말도 못 하고 협박보다 더 무서운 전형수의 조아림을 바라보고 있었다.

"이판사판이다!"

"하종화는 한 명이야!"

"크헉."

"억."

하종화가 빙글 도는가 싶더니 어느새 칼이 상대방의 눈을 찌르고 있었고 피한다 싶으면 목을 뚫었다. 콱, 콱, 콱.

한 녀석의 배, 목, 이마를 연속으로 칼로 찍어버린 하종화는 이내 빙글 돌아서고는 괴성을 지르며 방망이를 휘두르는 녀석의 입에 사시미를 꽂아버렸다. 순간 후드득 공중으로 솟는가 싶더니 하종화의 칼은 녀석의 입을 찢어버리고 입속에서 밖으로 나왔다.

"끼에에에엑."

사방에는 쓰러진 적들이 가득했다. 갈라진 목에서, 찢어진 손목에서, 찔린 눈에서, 뚫린 배에서 놈들은 하염없이 붉은 피를 꾸역꾸역 토해내고 있었다. 이제 두 다리로 서 있는 녀석은 불과 예닐곱 명이었다. 그들은 모두 공포에 떨고 있었다. 나상태 역시 그러했다.

"하, 하종화……."

"너희의 수준에 맞게 상대해줄 뿐이다."

"그, 그만해. 이 정도면 충분하잖아."

나상태의 겁에 질린 목소리가 부들부들 떨리고 있었다. 진심으로 공포를 느낀 자의 떨림이었다.

"그럼,"

하종화는 턱을 서서히 들어 올리며 눈을 내리깔고서 겁에 질린 나상태를 바라보았다.

"뮤즈는 이정우의 것이다."

"그, 그래."

"나상태, 이정우를 찌른 손을 내놓아라."

"하, 하종화?"

나상태는 거의 울상이었다.

"손이냐, 목숨이냐? 선택해라."

"제, 제발……."

"목숨인가?"

하종화는 잠시 내렸던 칼을 다시 들어 올렸다.

"아니야!"

나상태의 울부짖는 외침이 터졌다.

"이런, 빌어먹을."

나상태의 공포에 질린 눈동자는 눈물을 쏟아내고 있었다.

"크흑, 크흐흑."

나상태는 부들부들 떨리는 손을 앞으로 내밀고 있었다.

"제, 제발, 크흐흑."

번쩍! 빛이 났다. 하종화는 사정없이 나상태의 손에 칼날을 그어버렸다. 분수처럼 피가 솟았다.

"크아악."

"모두 꺼져. 이정우의 뒤엔 하종화가 있음을 명심해라. 여긴 아이들을 데리고 정리하러 곧 오겠다. 그때까지 너희는 모두 사라져라."

"크어억, 크흐흐흑."

펄럭. 하종화가 옷깃을 날리며 뒤돌아섰다. 긴장이 풀린 나상태와 남아 있던 녀석들은 하종화가 등을 보이자마자 무너지듯 바닥에 주저앉고 말았다.

10.

두두두두두. 빡빡머리는 아이들 몇 명과 함께 이정우를 병원으로 데려갔다. 이정우의 하복부에선 연신 붉은 피가 흘러내렸고 손바닥이 갈라진 왼손은 부들부들 떨리고 있었다. 김인범은 칼이 깊이 들어가지는 않았는지 정신을 차리고 있었고 박정태 역시 온몸에 타박상을 입었지만 견딜 수 없을 정도는 아니었다.

"의사 어디 있어?"

응급실로 이정우를 업고 온 빡빡머리는 사납게 고함을 질렀다. 빡빡머리 역시 얼굴에 피를 가득 묻히고 있었다. 한눈에 봐도 조직 폭력배 같은 그의 인상에 병원에 있는 모든 사람이 일순 긴장하고 있었다. 급하게 의사가 달려왔다. 젊은 의사였다.

"어떻게 오셨습니까?"

"여기 환자들 안 보이나? 어떻게 오긴 뭘 어떻게 와? 여기 이분부터 봐주쇼."

빡빡머리는 이정우를 가리켰다. 의사는 한참 아래로 보이는 이정우를 '이분'이라 칭하는 빡빡머리를 다시 한 번 보고는 이정우의 상의를 가위로 북 찢었다.

"피를 너무 많이 흘렸습니다."

"그래서? 죽기라도 한다는 거요?"

빡빡머리의 눈이 무섭게 빛났다.

"아, 아닙니다. 우선, 검사부터 해야 합니다. 여기 채혈 좀 하시고요. 혈압 재시고요."

"네!"

잔뜩 겁을 집어먹은 간호사 한 명이 잽싸게 혈압계를 들고 와 이정우의 팔에 채웠다. 덜덜 떠는 모습이 이정우의 왼손보다 더 심했다.

다음 날 이정우는 뮤즈를 손아귀에 쥔 대신 병원에 입원해야 하는 신세가 되었다. 병실 밖에는 한눈에 봐도 위압감을 줄 덩치들이 10여 명쯤 몰려 있었다. 김인범도 이정우의 옆에 누워 있었고 박정태는 치료를 받지 않고 악으로 견디고 있었다. 그리고 그런 이정우의 상태를 보기 위해 하종화가 병문안을 왔다.

"손은 괜찮나?"

이정우는 곁눈으로 하종화를 보며 숨을 골랐다. 의식은 멀쩡했지만, 전날 피를 너무 흘려 몸을 움직이기가 쉽지 않았다.

"주먹을 쥘 수가 없군. 손이 말을 잘 안 들어."

"아무리 젊다 해도 칼날에 손바닥이 갈린 건 앞으로 치명적인 약점이 될 거다. 그나마 자주 쓰는 손이 아닌 게 다행이지만."

"훗."

하종화는 이정우의 환자복을 손으로 슬쩍 들어보았다. 하복부에는 복대를 댔고 붕대가 둘러 있었다.

"좀 봐야겠다. 괜찮겠어?"

"물론."

하종화는 거침없이 소매 틈에서 작은 칼을 꺼내 붕대를 북북 찢었다.

"칼에 찔릴 때 허리를 뒤틀었군. 그 녀석이 완전히 칼을 돌려주지 못했어. 복부에 찔린 건 괜찮다."

"그래? 다행이군."

이정우는 자조 같은 웃음을 입가로 흘리며 말했다. 하지만 하종화는 심각했다.

"문제는 손이다. 너 같은 싸움꾼에게 손 하나를 제대로 활용하지 못한다는 것은 치명적이다."

"치명적이라."

"칼을 가르쳐주고 싶지만, 손발 쓰는 녀석과 칼을 쓰는 녀석은 싸우는 스타일이 달라. 적응하는 데 시간도 걸릴 테고."

"배울 생각 없어."

"흠."

하종화는 이정우의 왼손을 들어 유심히 살폈다. 표정 하나 변하지 않는 심각한 모습이었다.

"뮤즈는 빡빡머리가 맡을 것이다."

"빡빡머리?"

"퀸은 현재 공석이다. 임시로 아이들 중 한 명에게 내 자리를 맡겼다. S는 전형수."

"넌?"

"난 병원."

"벼, 병원?"

"S 쪽으로 모든 아이를 다 돌릴 생각이다. 거긴 정말 노른자거든. 뮤즈나 퀸 따위는 S에 비하면 아무것도 아냐. 이상찬의 첫 번째 목표는 S가 될 거다. 하지만 네가 다쳐서 병원에 누워 있다는 소리가 돌게 되면 가차 없이 여기부터 쳐들어올 거다. 병원에는 내가 있어야 해."

"혼자?"

"하종화가 병원에 있다는 소문만 돌아도 섣불리 여길 건드리진 못할 거다."

"이런, 다른 사람이 날 봐도 이런 기분이었을까?"

"어떤 기분?"

"잘난 척하네, 정말."

"하하하."

웃음이 터져 나왔다. 하지만 하종화는 곧 웃음을 그치고 진지한 표정으로 입을 열었다.

"넌 행동하는 스케일이 크다. 난 그저 자신감에 차 있지만 넌 세상을 네 아래 두고 지배하고 있어. 그 누구도 너에게 그런 생각을 품지 못할 거다. 눈앞에서 널 본다면."

이정우는 침묵했다. 무슨 생각을 하는지 굳게 다문 입도 모자라 눈도 깜빡하지 않고 있었다.

S.

최현정은 아침부터 S의 회계를 정리하고 있었다. 결국, 전형수의 조아림에 무너지고 말았다. 애초에 자신이 모시던 천용택의 업소였기 때문에 회계 장부를 만드는 건 손쉬운 일이었다. 거기다 뮤즈까지 편입되었다니 본인이 원래 했던 일을 다시 하는 것뿐이었다.

— 커피 드세요.

커피 잔과 함께 못생긴 글씨가 담긴 쪽지가 놓여 있었다. 이 정도의 글씨라면 가히 엉망진창이라 할 수 있었다.

"형수 씨?"

전형수가 눈웃음을 짓고 있었다.

"나 좋아해요? 왜 그렇게 봐요?"

전형수는 그 말을 듣더니 부리나케 손을 휘저으며 서둘러 몸을 돌렸다. 황급히 최현정의 방을 나가는 전형수의 뒤통수를 보며 최현정은 목소리를 높였다.

"형수 씨!"

돌아보는 형수의 폼이 수줍었다.

"다음 주 목요일이 내 생일이에요. 선물 사줘요."

어안이 벙벙하다는 말은 지금 전형수의 표정에 꼭 맞을 것이다. 전형수의 작은 눈이 방울만 해졌다.

"왜요? 싫어요?"

전형수는 다시 손을 휘저었다. 그리고 급하게 방문을 나섰다. 최현정은 어깨를 으쓱했다.

"하는 짓은 귀여운데 마음에 들어오진 않아, 쯧!"

하지만 전형수가 나간 문을 향해 고정된 최현정의 시선은 쉽게 거두어지지 않았다. 자신 앞에만 서면 어린아이 같은 전형수가 마음을 묘하게 했던 것이다.

저벅저벅.

얼마 전부터 환자와 보호자들의 시선은 일제히 병원의 현관으로 집중되고 있었다. 손에 각목과 방망이를 든 수십 명의 어깨가 백주에 병원에 몰려들고 있었던 것이다.

"아가, 이정우가 들어간 입원실이 어디냐?"

이빨 사이로 찍찍 침을 뱉어내던 30대 후반의 남자가 접수대에 앉아 있는 병원 여직원을 놀라게 하고 있었다. 그는 허대정이었다. 하루 전날 자신의 밑으로 편입시켰던 뮤즈가 이정우에게 넘어갔다는 소리에 열이 뻗쳐 직접 90여 명의 수하를 데리고 병원 현관에 몰려들어 있었다.

"저, 저기 그, 그건 원무과에서……."

"아가, 그래서 우리더러 알아보라고?"

뒤에서 덩치만으론 천하장사감인 스포츠머리가 버럭 고함을 질렀다.

"이정우 어디 있냐고!"

그 소리에 놀란 여직원의 어깨가 한 뼘쯤 올라갔다 내려갔다.

"입원실 709호요."

"709호? 신고하면 안 되는 거 알지?"

"예, 예"

"신고하면 다 죽여버린다! 쌍놈의 새끼들! 전부 눈 깔아!"

뒷줄에서 소리치던 스포츠머리의 목소리가 쩌렁쩌렁 울리고 있었다.

"709호다. 여긴 열 명만 남아. 허튼짓하면 죽는 거 알지? 아가, 네 얼굴 기억해놨다, 어이?"

꽝! 허대정은 여직원의 접수대에 칼을 수직으로 꽂았다.

"악!"

여직원의 입에선 절로 비명이 터져 나왔다.

"가자."

저벅저벅. 수십 명의 구둣발 소리가 공기를 휘감고 있었다.

"밖이 왜 이렇게 소란스러워?"

하종화는 병실에 설치된 TV를 보다가 문밖에서 나는 우당탕거리는 소리에 인상을 찌푸렸다.

"이정우, 손님이 제법 온 거 같은데 움직일 수 있겠어?"

"아니, 꼼짝 못하겠다."

"그럼, 나 혼자 처리해야겠다. 이거 잘하면 전파 타겠는데? 공공장소에서 전쟁하는 건 서로에게 위험한 짓인데."

덜컹! 병실 문이 열렸다. 병실을 지키고 있던 아이들이 피를 흘리며 바닥에 쓰러져 있었다.

"하종화, 네가 여긴 웬일이야?"

허대정이 하종화를 보더니 눈썹을 일그러뜨리며 말했다.

"그렇지 않아도 제가 여기 있다는 소문이 좀 났어야 했는데. 잘 오셨습니다. 애들이?"

하종화는 눈으로 복도에 쭉 늘어서 있는 어깨들의 수를 세었다.

"팔구십 명쯤 됩니까?"

"이거 날을 잘못 골랐군."

"저와 대면하게 된 걸 다행으로 아십시오. 이정우가 다치지 않았다면 이놈들 다 송장입니다. 하지만 전 크게 말썽 일으키고 싶지 않으니 몸뚱이에 목은 붙여놓겠습니다."

"이런 개새끼가 감히 어디서 그따위 거만을……."

쉭. 허대정의 말이 채 끝나기도 전이었다. 하종화의 소매 끝에서 각각 한 자루씩 두 자루의 칼이 흘러내렸다.

"시작하시겠습니까? 여기서 일을 벌이면 9시 뉴스에 나올 겁니다. 전파 한번 타보죠."

마주 보는 허대정과 하종화의 눈빛에서 불꽃이 이는 것 같았다. 허대정은 분한 얼굴이었으나 쉽게 공격 명령을 내리지 못하고 있었다.

11.

"어떻습니까? 전 혼자입니다. 충분히 승산이 있겠지요?"

"너에게 승산이 있다는 말이겠지? 하종화."

허대정의 말에 하종화는 대답 대신 미소를 지었다. 허대정은 어깨가 들릴 정도로 크게 숨을 들이켰다.

"오늘은 그냥 간다, 하종화. 전파 타긴 싫으니까."

하종화의 소매 사이로 다시 칼이 들어갔다.

"곧 다시 보지 않겠습니까?"

"물론이다. 가능한 한 오래 입원해 있는 게 좋을 거야. 퇴원하자마자 바로 죽여버릴 테니까."

"예의상 들어는 두겠습니다."

허대정의 낯이 굳었다. 예의상 들어두겠다는 말은 전혀 위협이 되지 않는 헛소리라는 이야기였다. 말 속에 숨은 모욕을 간파하고도 허대정은 쉽사리 움직이지 못했다. 애써 속으로 삼킨 화는 자신의 패거리들을 향한 공연한 호통으로 이어졌다.

"뭘 멍청히 서 있는 거야? 돌아간다!"

"예!"

모두 군말 없이 몸을 반대 방향으로 돌렸다. 단 한 명의 하종화가 무려 90여 명의 남자들을 오직 기세만으로 꺾어버린 것이다.

"형수 씨! 들려요?"

최현정은 사무실의 전화기를 들고 있었다. 말을 할 수 없는 전형수라 대답이 있을 리 만무했다.

"지금 서류함 열었는데 형수 씨 전화번호도 있네요? 이거 사치 아니에요? 쿡쿡."

"으, 으."

무언가 대답을 하려는 전형수의 음성이 들려왔다. 그의 노력에도 불구하고 그것은 마치 신음 같았다.

"아우, 됐어요. 대답하지 않아도 돼요. 잠깐 이쪽으로 와주세요."

최현정이 전화기를 내려놓는 순간 문이 덜컥 열리며 전형수가 모습을 나타내었다. 최현정이 피식 웃음을 터뜨렸다.

"빨리도 왔네요."

전형수의 얼굴은 벌겋게 달아올라 있었다.

"왜 불렀는지 궁금하죠? 이정우, 어디 있는지 알아요? 소식이 없네요."

— 정우는 다쳐서 병원에 있습니다. 돌아오기 전까지 S는 제가 맡습니다.

전형수는 재빨리 글을 적어 메모지를 펼쳐 보였다.

"그래요? 그럼 저하고 병원에 좀 갈래요?"

최현정은 서류 뭉치를 책상 위에 탁탁 치면서 몸을 일으켰다.

"죄송합니다."

허대정은 이상찬에게 문책을 당하고 있었다. 뮤즈를 자신의 구역으로 편입하자마자 빼앗겨버린 것과 90여 명을 몰고 가서 소득 없이 발길을 돌린 데 대한 문책이었다.

"병원에서는 보는 눈이 많아서 일을 벌이기가 어려웠습니다."

"쯧."

이상찬은 못마땅한 표정으로 허대정을 바라보고 있었다.

"그건 그렇다 치고 뮤즈는 어떻게 된 거야?"

"아이들 말을 들어보면 하종화에게 당했다고 합니다. 아시다시피 하종화는 조금 특별한 놈이라서."

"쯧쯧. 그건 그렇고,"

"예."

"천용택이 남긴 것 좀 찾아봤나?"

"깨끗합니다. 천용택의 개인 비서가 모든 것을 알고 있을 텐데 모두 이중 장부라서 우리로서는 파악하기가 어렵습니다. 빈 돈을 찾아낼 수는 있습니다만 그 빈 돈이 어느 루트를 통해서 누구에게 건네졌는지 정확하게 알 수가 없습니다."

"곤란하군."

"예."

"우리도 보험을 들어둬야 하는데 말이야. 이정우는 당장 죽이기는 어렵겠군?"

"병원에 있는 이상 우리 식으로 쳐들어가서 패 죽이기는 어렵습니다. 그런 사건이 일어났다간 하부 조직 두 개는 무너집니다. 몇 명이 몇 바퀴 돌다 나와야 하고, 득보다 실이 많습니다. 그까짓 녀석 때문에 그것들을 감수할 수는 없지 않겠습니까?"

"좋아, 그럼."

"예."

"구인철을 묻어."

"예?"

이상찬은 한껏 거드름을 피우며 시가를 입에 물었다.

"이정우가 구인철 하부에 있다며?"

"예."

"우선 구인철부터 묻어버려라. 그러고 난 후에 시작하자."

"구인철……부터입니까?"

"빠르면 빠를수록 좋다.

허대정의 입가에 미묘한 미소가 흘렀다. 그다지 눈에 띄지 않아 내버려두고 있었지만 사실 구인철은 그들에게 눈엣가시 같은 존재였다. 이제 이정우를 앞세워 구역을 넘본 죄만으로도 충분히 묻어버릴 일이었다. 그리고 이정우가 다쳐 힘을 못 쓸 이때야말로 마음 편하게 구인철을 묻어버릴 절호의 기회였다.

서류를 잔뜩 들고 최현정이 병문안을 왔다.

"잘난 체하더니 꼴좋네?"

누워 있는 이정우를 보고 최현정이 던진 첫 마디는 그것이었다. 이정우는 할 대답을 찾지 못하고 그저 어이없는 눈으로 최현정을 올려다보고 있었다.

"이게 뭔지 알아요?"

최현정은 하종화를 향해 서류를 들이밀었다.

"난 봐도 모르는데?"

"구원의 손길이라고 하죠."

"구원의 손길?"

"정치인, 경제인 30명의 비리가 담겨 있는 원본이에요."

"뭐라고?"

듣고만 있던 이정우가 끙, 하는 소리를 내며 입을 열었다.

"그게 왜 구원의 손길이야?"

"하여튼 주먹만 쓰는 애들은 이래서 안 돼. 깡패들도 먹물이 들어가야 한다니까?"

최현정은 못마땅한 듯 팔짱을 꼈다. 순간, 고개를 숙이고 있는 전형수가 눈에 들어왔다.

"앗, 형수 씨, 아니에요."

놀란 최현정이 손사래를 쳤다. 전형수는 다 이해한다는 듯 고개를 주억거렸다.

"좋아요. 말할게요. 이게 왜 구원의 손길이냐면, 이걸로 협상을 벌이면 당분간 우리를 건드릴 사람이 없어질 거라는 거죠."

"호오."

하종화가 흥미를 드러냈다.

"아마 S에 들어앉고 나서 집적거리는 애들이 많았을 텐데?"

"오늘 아침에도 한바탕했지."

"난 천 사장님 따라다니면서 온갖 장부 정리를 다 했어요. 돈이 어떻게 오갔는지 난 다 알죠. 천 사장의 인맥을 이정우한테 주겠어요. 아마 권력의 보호를 등에 업는다면 이상찬도 함부로 대하진 못할걸요?"

"하지만 그 권력이 무너질 때는 어떻게 하나?"

"빠져나갈 구멍은 항상 만들어두죠. 나한테 맡겨요."

최현정은 정작 이야기는 하종화와 하고 있었다. 이정우가 다시 입을 열었다.

"그런데 갑자기 왜 그러지? 나한테 바라는 게 있나?"

"있지."

"뭐야?"

"나한테 충실한 보디가드를 붙여줘."

"보디가드?"

"난 위험하거든. 농담이 아니라 진짜로. 틈만 나면 내 목을 꺾어버릴걸."

"너무 쉬운 부탁이라서."

최현정은 어깨를 으쓱였다.

"좋아, 그럼 협상을 해야 하니까 지금 누굴 만나러 가야겠어. 보디가드는 이 자리에서 골라도 되겠지?"

그러자 모두의 시선이 일제히 전형수를 향했다. 순간 전형수의 얼굴이 귓불까지 빨개졌다.

"둘이 사귀나?"

하종화의 한쪽 눈썹이 일그러지며 내려갔다. 하지만 그와는 대조적으로 입술 끝은 삐딱하게 치솟아 있었다.

"그 표정은 뭐예요?"

"놀랍다는 표정. 미녀와 야수잖아?"

"말도 안 돼. 가요, 형수 씨."

야수라는 말에 흠칫하는 전형수의 팔짱을 끼고 최현정은 걸음을 재촉했다. 축복보다는 의심에 가까운 시선을 받으며 두 사람은 병실을 빠져나오고 있었다.

12.

"신고합니다."

"아아, 됐어. 북부 지검의 채수연인가?"

"예."

대검찰청 부장 검사 임수철은 막 발령을 받고 대검찰청에 도착한 채수연을 맞이하고 있었다.

"이것으로 모두 모였군. 회의실로 가서 기다려. 3층에 있어."

"알겠습니다."

임수철은 툭툭 자료를 모으며 책상 안에서 USB를 꺼내 들었다. 그런 후 앞선 채수연의 뒤를 따라 천천히 몸을 움직였다.

회의실에는 각 지검에서 파견된 젊고 유능한 검사 세 명이 앉아 있었다. 북부 지검의 채수연과 부장 검사 임수철까지 모두 다섯 명이 자리를 잡고 앉았다. 임수철은 회의실의 불을 모두 끄고 노트북에 USB를 꽂은 다음 동영상을 재생했다. 동영상은 프로젝트를 거쳐 작은 입사형 스크린에 화면을 쏟아내고 있었다. 임수철은 리모컨으로 화면을 잠시 정지시켰다.

“특별 팀에 합류한 걸 환영하네. 지금부터 제군들에게 영상물 하나를 보여주겠네. 모든 것은 이걸 보고 난 뒤에 얘기하지.”

이어서 임수철은 리모컨으로 플레이 버튼을 눌렀다. 지지직거리는 화면에 이어 검은 안대로 눈을 가리고 입에 재갈을 문 20대 초반의 여성이 나타났다. 여성의 검은 안대 밑으로는 하염없이 눈물이 흘러내리고 있었다. 어깨가 들썩거리는 것이 분명 흐느끼는 모습이었다. 그런 여성의 앞에 두 명의 남자가 나타났다. 남자는 모두 어디서 구했는지 일그러진 해골 가면을 쓰고 있었다. 남자 중에 키 큰 녀석이 여성의 안대를 풀었다. 벌겋게 퉁퉁 부어오른 여성의 얼굴이 드러났다.

“읍, 읍.”

남자의 가면을 본 여성은 미친 듯이 울부짖었다. 그러나 그 목소리는 재갈 속에 묻혀 오히려 작은 신음이 되어 흘러나오고 있었다. 퍽! 그런 여성의 얼굴을 남자는 사정없이 갈겼다. 다른 남자가 여성의 옷을 가위로 찢어내며 알몸으로 만들고 있었다. 이 일련의 과정은 불과 삼사 분 사이에 이뤄진 것이었다. 스크린을 바라보던 채수연의 얼굴이 점점 굳어갔다. 조금 키 작은 남자가 여자를 알몸으로 만든 후 입의 재갈을 풀었다.

"꺄아아악!"

비명이라기보다는 서러움 같은 울부짖음이 화면 가득히 쏟아지고 있었다.

짝! 짝! 그러나 비명을 지르던 여자는 거침없는 뺨 세례를 받을 뿐이었다. 키 큰 남자가 여성의 복부에 주먹을 몇 번 퍽퍽 가하자 여성은 힘을 잃고 고통으로 신음을 내뱉었다. 카메라는 여성의 알몸을 훑고 남자가 손가락으로 활짝 연 질을 비추더니 이내 두 남자의 강간을 질펀하게 화면에 담아내기 시작했다. 여자는 입술에서 피가 날 정도로 굳게 아랫입술을 깨물고 있었으며 흐느끼고 있었다. 그리고 한순간 탄식처럼 누군가의 이름을 부르고 있었다.

"정우야, 정우야……."

약 40분간 이어진 강간이 끝나자 화면이 어두워졌다. 그리고 잠시 후 조금 전 그 여성이 마치 국과수의 시체 부검대 같은 철제 평상에 누워 있는 것이 보였다. 이어서 약 50분간 마취 없이 여성의 몸에서 장기를 적출하는 과정이 그대로 나타나고 있었다. 배를 갈라내는 순간 여자는 고통에 몸을 떨더니 조용히 죽어가고 있었다. 그리고 죽기 전 여자는 섧고 고통스러운 눈물을 흘리며 누군가의 이름을 부르고 있었다.

"정우……."

모두의 표정은 심각했다. 이 동영상을 본다는 것 자체가 모두에게 불쾌한 경험이었다. 한 시간하고도 30여 분이 지나서야 동영상은 끝이 났고 임수철은 재생을 중지했다. 모두 얼이 빠진 얼굴로 아무 말도 못 하고 있었다. 임수철은 입을 열었다.

"최근 은밀하게 유통되고 있는 한국 최초의 스너프 필름이다. 동영상은 총 네 편으로 이루어져 있고 방금 제군들이 본 것은 1편과 3편의 합본이다. 2, 4편은 아직 우리도 구하지 못했다."

"확실한 스너프입니까?"

구석에 있던 서부 지검의 김상운 검사가 조심스럽게 입을 열었다.

"제군들이 본 그대로다. 어떠한 특수 효과도 없다. 아직 제작처가 어디인지는 모르겠지만, 희생자가 한국 여성임은 틀림없어."

"일본에서 유입된 걸까요? 혹시 유학생은 아닐까요?"

"아니야. 한국에서 제작된 것 같아. 여기를 보면,"

임수철은 키보드를 탁탁 눌러 동영상을 어딘가에 정지시켰다. 그런 후 만년필 끝으로 화면의 한 부분을 가리켰다.

"신문 보이나? 한국에서 발행되는 신문이야. 방금 본 것처럼 구겨져 있다. 그리고 누군가 신문 귀퉁이에 낙서를 해놨어. 전화번호 같기도 하고 단순한 낙서 같기도 하다. 이 부분은 나중에 컴퓨터로 떠서 부분 확대를 해봐야 제대로 나올 거야."

"스너프라니."

북부 지검의 채수연이 저도 모르게 중얼거렸다. 임수철은 굳은 표정을 지었다.

"지금부터 비밀리에 수사에 들어간다. 여러분들은 조폭, 마약, 총기, 사채, 강간 등 각 분야의 수사에서 일정 이상의 성과를 거뒀다. 이에 여러분을 특별 팀으로 구성해 스너프 필름에 대한 수사를 진행할 거야. 이 특별 팀의 팀명은 중국집이다. 너희는 배달부다. 나는 요리사. 팀장은 당연히 나다."

"우리가 직접 수사하는 겁니까?"

"지금까지 하던 대로 하면 돼. 다만 그 동안 경찰이 수사하고 송치한 서류를 넘겨받기만 했을 텐데 이건 조금 달라. 기본적으로 여러분 각자와 수사관 한 명씩 2인 1조로 구성하고 수사에 직접 참여해도 돼. 기존처럼 수사관을 활용해도 된다. 다만 일선에서 직접 뛸 때는 같은 조인 수사관과 함께 움직인다. 그리고 화기를 지급할 수도 있다."

"화기요?"

"아직 관계 기관과 협의 중이야. 총기 교육도 받아야 할 테고."

"이 인원이 전부입니까?"

"아니다. 전산 팀이 따로 운영되고 있어. 어쨌든,"

임수철은 회의실의 불을 모두 켰다.

"범인은 반드시 잡아야 한다. 스너프는 절대 용서할 수 없어. 채수연!"

"예."

"최근 5년 사이에 전국에서 실종된 10대 후반부터 30대 초반까지의 여성 모두의 데이터를 뽑아. 그리고 찾아내라. 희생자가 누군지."

"알겠습니다."

"김상운!"

"예."

“이 동영상 중 강간을 다룬 1, 2편이 해외에 서버를 둔 포르노 사이트에 올라와 있다. 어떻게 입수하게 되었는지 입수 경로를 파악해서 보고해.”

“알겠습니다.”

“그리고…….”

임수철은 한 명, 한 명 지목하며 그들이 맡을 임무를 그 자리에서 지정해주었다. 그리고 암호를 정하고 암호 표를 나누어주었다. 그와 더불어 특수한 권리를 가진 ID 카드를 전달했다.

채수연은 그곳에서 자신의 파트너로 박종호 경장을 소개받았다. 그렇게 스너프 필름 사건을 해결하기 위한 특별 팀이 은밀하게 꾸려졌다.

국회의원 김정한 사무실에 최현정이 들어섰다.

“아니, 이게 누구야? 최 비서 아닌가?”

“그 동안 건강하셨습니까, 의원님?”

“나야, 뭐. 하하하. 옆은 누군가?”

“말을 못 하는 사람이니 안심하셔도 될 거예요. 어떤 이야기를 나누어도 새어 나가지 않을 테니까.”

“음?”

김정한의 미소가 살며시 사라지고 있었다.

“무슨 말인가?”

“좋은 말입니다.”

최현정은 가지고 온 쇼핑백에서 서류 한 뭉치를 꺼내 들었다.

"우선은 이것만 가지고 왔습니다."

"이게 뭔가?"

"보시면 알겠죠?"

흠, 하는 소리가 김정한의 목에서 울려 나왔다. 그것은 불쾌함이었다. 김정한은 서류 하나를 풀어 내용물을 열었다.

"이게 무슨 짓이야? 이걸 지금 내 앞에 들고 온 이유가 뭔가?"

조금 보던 김정한은 이내 얼굴이 시뻘겋게 달아올라 소리쳤다. 하지만 최현정은 침착했다.

"사람들이 듣습니다. 제가 이걸 들고 온 이유가 뭐라고 생각하십니까?"

"뭐야?"

"협상하러 왔습니다."

"협상? 네까짓 것이 나하고 협상을 해?"

"원치 않으신다면 물러가겠습니다. 하지만 그 이후의 사태에 대해서는 저도 책임질 수 없어요. 전 빠져나갈 구멍을 모두 만들어놓았거든요."

김정한은 무서운 눈빛으로 최현정을 노려보았다. 한동안 말이 없자 최현정이 다시 입을 열었다.

"천 사장님이 사망한 것은 들으셨습니까?"

"얼마 전에."

"천 사장의 영업장이 지금 이정우란 인물에게 넘어갔어요. 하지만 이상찬이 그걸 두고 보지 않는군요."

"흠, 그래서?"

"이상찬을 막아달라는 겁니다."

"이상찬을 막아?"

"그렇게만 해주신다면 이 서류들을 모두 드리겠습니다. 원본을 통째로."

꿀꺽. 김정한의 침이 넘어갔다.

"만약 거절한다면?"

"만약 거절하신다면, 글쎄요. 야당에 넘겨버릴까요? 언론에 흘려버릴까요?"

"하아! 계집이 협상을 앙큼하게 하는군?"

"고맙습니다. 칭찬으로 듣죠."

"하지만 이상찬이 내 말을 들을지는 모르겠는데?"

"설마요? 전라도에 간척지 개발권을 이상찬이 노리고 있다고 들었는데요. 아마 의원님의 힘이 아니면 따내기 힘들 텐데요."

"하아."

김정한의 입에서 이상한 탄성이 새어 나왔다.

"일단 협상을 하지. 하지만 이상찬이 어떻게 나올지는 나도 모르겠어. 이상찬이 지금은 내 비위를 맞춰주고 있지만, 사실은 나보다 더 무서운 놈이거든."

"설마요."

최현정은 픽 웃음을 보였다.

"그럼 된 걸로 알겠습니다. 오늘 당장 효과가 나면 다음 서류를 가지고 오죠. 아무래도 제가 직접 가지고 오는 게 좋겠지요?"

김정한은 아무 말이 없었다. 최현정은 입꼬리를 슬쩍 올려 미소를 지으며 그대로 몸을 돌렸다.

13.

"실종자 명단, 실종자 명단."

전국에서 뽑아내는 실종자 명단은 만만치가 않았다. 채수연은 컴퓨터 앞에 달라붙듯 앉아 있었다.

"이거다."

그러다 한순간 무언가 확 떠오르는 것이 있었다. 실종 시기는 최근이었으며 한진대학교 미대 1학년 여대생이었다.

"이세진."

컴퓨터에 나타난 화면에 이세진의 정면과 측면 사진이 떠올랐다. 그것은 자신이 동영상에서 본 여성의 얼굴과 흡사한 것이었다. 동영상 속의 여성이 비록 얼굴이 퉁퉁 부어 있었지만 채수연은 알 수 있었다.

"배달 가시죠."

몇 가지 더 확인하던 채수연은 곧바로 파트너인 박종호 경장에게 전화를 걸었다. 앉아서 지시를 내리는 것보다 직접 수사에 참여해보는 것이 그녀의 적성에 맞았던 것이다.

"무슨 말입니까?"

"그렇게 됐소. 이 회장이 내 처지 좀 봐줘야겠어. 막말로 내가 무너지면 서양 그룹도 망하는 거야."

김정한은 이상찬과 직접 통화 중이었다. 서양 그룹은 이상찬이 대주주로 있는 그룹 명칭이었다. 그리고 그 한 갈래인 서양 건설을 통해 이상찬은 간척지 개발권을 노리고 있는 참이었다.

"이정우를 의원님이 직접 막는 겁니까?"

"뭐, 내가 약점을 잡혀서 그래요. 이 회장이 이해하시오. 내 약점이 바로 이 회장 약점 아니오? 이게 터지면 같이 무너지는 거예요. 내 말 무슨 말인지 알겠지요?"

"말씀은 알겠습니다."

"그럼 우선은 내 말대로 해요. 지금 그 이정우인가 하는 녀석은 작은 일 아니오? 크게 봐야지, 크게."

"알겠습니다, 의원님."

"그래, 그래. 내 다음에 밥이나 한번 사지. 그렇게 하는 걸로 알고 이만 끊겠어요."

"건강하십시오."

"그래요, 이 회장도 건강하고."

전화를 끊은 이상찬은 손가락으로 이마를 살짝 짚었다. 수행비서이자 경호원인 장동욱이 입을 열었다.

"문제가 있습니까?"

"이정우가 꽤 성가시군."

"병원에 있다고 하지 않았습니까?"

"흐음."

이상찬은 어깨를 크게 움직이며 숨을 들이켰다. 그 순간 그의 눈빛은 더할 나위 없이 매섭게 빛났다.

"이상찬이 이대로 물러나면 체면이 말이 아니지?"

"어떻게 하실 겁니까?"

"지금 S에 있는 녀석 누구야?"

"전형수라는 놈입니다. 듣기엔 턱이 으깨져서 말도 못 하고 음식도 못 씹는 반편이라던데."

"반편이라."

"예."

"그럼 조금 바꿔볼까?"

"예?"

"허대정에게 얘기해서 이정우는 놔두고 전형수부터 없애라고 해. 그 녀석은 쉽게 없애버릴 수 있겠지?"

"물론입니다."

"더불어서,"

이상찬은 다시 심호흡했다.

"S도 빠른 시일 내에 재편입시켜."

"전형수만 죽이면 쉽게 재편입될 겁니다."

"아니다. 그런 식이면 이정우가 퇴원한 후에 또 소모전이 벌어진다. 뺏고 뺏기고, 치고받고. 그런 건 양아치 대가리나 하는 짓이지, 사업하는 머리로 할 짓은 아니야. 합법적인 방법으로 알아봐라. 합법적으로 쫓아내는 방법."

"천용택의 개인 비서였던 최현정이 이정우에게 붙었다면 쉽지 않은 작업이 될 겁니다. 최현정이 서류를 조작하면 그만이니까요."

"그래서 전형수를 빨리 죽이라는 것 아닌가? 지금 S에는 전형수 밖에 없다며?"

"아."

무언가를 깨달은 듯 장동욱은 짧은 탄식을 내뱉었다. 전형수가 없다면 최현정은 기댈 곳이 없을 것이다. 그러려면 적어도 이정우가 퇴원하기 전에 일을 서둘러야 했다. 이상찬도 생각이 모두 정리되니 마음이 편해진 모양이었다. 등을 뒤로 젖히며 팔짱을 낀 그의 얼굴에도 만족스러운 흐뭇함이 배어 있었다.

"빨리 처리하라고 얘기해두겠습니다."

한진대학교 미술대학.

박종호는 미대 학과 사무실 밖에서 서성이고 있었다. 사무실 안에서 채수연과 한 학생의 대화가 흘러 나왔다.

"모르겠어요. 학교 안 나온 지 좀 됐는데?"

채수연이 미대에서 만난 학생들은 하나같이 고개를 갸웃거렸다. 그것은 조교도 마찬가지였다.

"친하게 지내던 학생도 없습니까? 1학년 중에 유달리 친한 사이라든가."

조교는 안경을 낀 남자였는데 시큰둥한 반응이었다.

"아, 몰라요. 1학년 애가 어떻게 돌아다니는지 내가 어떻게 알아요? 아, 마침 잘 왔다. 수진아, 너 이리 와봐. 1학년 과대표니까 물어보세요."

"과대표예요?"

"예? 1학년."

마침 학과 사무실에 들렀던 수진이라는 여학생이 채수연에게 붙들렸다.

"이세진, 알죠?"

"아, 걔? 학교 안 나온 지 조금 됐어요."

"언제 마지막으로 봤죠? 과에서 친한 사람 없어요?"

"글쎄요? 걘 매일 문대 주위에서만 놀았어요. 문대에 자기가 좋아하는 남자애가 있었거든요. 과에는 별로 어울리는 애들 없었고."

"이름 알아요? 그 남자 이름?"

"모, 몰라요."

"혹시,"

채수연은 동영상 속에서 여자가 뱉어내던 이름을 필사적으로 머리에서 짜냈다.

"정우 아닌가요?"

"정우? 아, 맞다. 국문과 이정우! 같은 학원 나왔다던데."

"학원이요?"

"걔 검정고시 출신이거든요. 둘이 같이 검정고시 봐서 학교 들어왔나 봐요."

"국문과 이정우요?"

채수연의 가슴이 뛰었다.

"문대는 어디 있어요?"

"저기 저 건물 보이시죠? 하얀색 원형 건물. 저게 도서관인데요. 그 뒤쪽의 빨간색 건물이에요."

"고맙습니다."

채수연은 꾸벅 인사를 하고 학과 사무실을 빠져나왔다.

'남자 친구일까? 그 이정우란 학생도 간절히 이세진을 찾고 있을 거야. 빨리 알려야 해.'

채수연의 숨이 가쁘게 차올랐다. 그런 채수연의 뒷모습을 보며 학과 사무실의 학생들은 의아한 눈으로 서로 마주 보았다.

"그런데 저 사람 누구야?"

"예? 이정우요? 이정우 학교 그만뒀는데요?"

"그만뒀다고요?"

국문과 학과 사무실에서 만난 학생들 역시 이정우란 이름을 듣는 순간 고개만 갸웃거렸다.

"이정우, 완전 깡패인데?"

그 와중에 구석에 있던 학생 한 명이 채수연을 보고 말했다.

"뭐라고요? 이정우하고는 어떻게 돼요?"

"이정우, 그 싸가지 새끼. 내가 학교 선배입니다. 선배 몰라보고 아무한테나 주먹 휘두르는 저질 망나니가 이정우입니다."

"태영 선배!"

이정우에게 쌓인 게 많은 듯 씩씩거리며 무언가를 뱉어내던 남학생을 막 사물함에서 책을 챙기던 여학생이 나무라듯 쏘아붙였다.

"없는 자리라고 그렇게 말하지 마세요."

"지랄, 하여튼 세상 좋아졌다. 언제부터 후배가 선배를 똑바로 꼬나보고. 하여튼 개념이 없어."

그가 투덜거리며 자리를 박차고 나섰다. 채수연은 여학생 쪽으로 고개를 돌렸다.

"바쁘세요?"

"아니요. 그런데 정우는 왜 찾으세요?"

"아니, 그것보다 혹시 이세진이라고 아세요?"

"이세진? 알아요!"

이세진이라는 이름을 듣더니 여학생의 목소리가 튀어 올랐다.

"저하고 친구예요."

"친구?"

"예, 소라! 기소라라고 하면 알 거예요. 세진이 지금 어디 있어요? 세진이 부탁받고 오신 거예요?"

환희 같기도 절망 같기도 한 묘한 표정이 기소라의 얼굴에 가득 나타나고 있었다. 그것은 기대이면서 좌절이었다.

"세, 세진이한테 아무 일 없는 거죠?"

기소라의 입술이 바르르 흔들리고 있었다. 순간, 채수연은 가슴을 짓누르는 이상한 직감을 품에 안으며 입을 다물어버렸다. 아니, 입술이 움직이지도 않았다. 두 사람의 이상한 대면에 학생들이 힐끔거리며 그들을 쳐다보았다. 채수연의 눈빛이 흐려지고 있었다. 이걸 어떻게 말을 시작해야 하는 거야? 아무 말도 할 수 없잖아. 동영상 속의 이세진이 느닷없이 머릿속에 떠오르고 있었다. 순간, 채수연의 눈동자에 이슬같이 고운 물방울이 그렁그렁 맺히기 시작했다.

"아, 안 돼."

무엇을 느낀 것일까. 기소라의 눈동자에서 미끄러지듯 눈물이 흘러 볼을 탔다. 툭! 기소라의 손에서 조금 전 챙겨 들었던 책이 바닥으로 떨어졌다.

14.

"그럼,"

휴게실에서 기소라와 대면하던 채수연의 표정이 약간 상기되었다.

"거짓말은 아니겠죠?"

"예."

"이정우가 깡패?"

"난 몰랐는데 고등학교 때부터 유명했대요. 고등학교 때 벌써 성인 조직에 가입했다고 그러더라고요."

"대학은 어떻게 온 거죠?"

"자세한 사정은 모르겠지만 마음을 잡고 공부를 하려 했어요. 그러다 다시 예전의 생활로 돌아간 거고요."

"마음을 잡지 못했군요?"

"우리 책임도 있어요. 유난히 아이들하고 어울리지 못하고 겉돌긴 했는데 우리도 뭔가 어색해서 친하게 지내지 못했거든요. 풍기는 분위기가 뭐랄까, 좀 무섭다고 할까?"

어떻게 되는 거야? 그럼 동영상 속의 이세진은 이정우를 왜 그렇게 간절히 찾은 거지? 채수연은 기소라가 들려주는 이야기로 혼선을 빚고 있었다. 만약 이정우가 깡패라면, 조폭이라면 이세진을 그런 곳에 팔아치운 건 이정우란 남자일지도 몰랐다. 그렇다면 이정우는 중요한 용의자다.

"그런데 세진이는 어떻게…… 죽었어요?"

채수연의 깊은 고민은 기소라의 조심스러운 물음에 깨어졌다.

"주, 죽다뇨? 난 아무 말도 안 했는데요?"

채수연은 빙긋 웃으며 얼버무렸다. 하지만 기소라는 고개를 저었다.

"숨길 필요 없어요. 나도 죽을 뻔했으니까. 그런 일이 없었다고 하더라도 육감으로 알아챘을 거예요."

"그런 일이라뇨?"

"위험한 일이요. 평생 두 번 다시 겪고 싶지 않은 일. 아마 남들한테 얘기하면 거짓말이라고 믿지도 않을 거예요. 진짜 조폭이란 게 있구나, 그랬으니까요."

채수연의 눈이 반짝였다.

"조폭이요?"

"예, 검사님."

"조폭과 커넥션이 되어 있다고요?"

문득 얼음장처럼 무섭게 변한 채수연을 느낀 기소라는 흠칫하며 고개를 돌렸다.

"왜, 왜 그러세요?"

"아닙니다. 정식으로 참고인 조사를 해야겠습니다. 검찰에 출두해주실 수 있죠?"

"예?"

기소라는 당황했다.

"그런 일이 뭔지 간단하게 말해줄 수 있어요?"

"그, 그냥 정우가 얻어맞는데 참관을 하라는 거였어요. 왜 그런 짓을 해야 하는지 이해할 수 없었지만 몇 명이 그런 데 갔었어요."

"참관이요? 누가요?"

"저하고 같은 과 친구하고. 그리고 세진이도요."

"왜 그랬죠?"

"나, 나도 잘 몰라요."

채수연은 뚫어지게 기소라를 바라보았다. 조금 전까지 넋두리처럼 말을 뱉어내던 기소라는 당황하며 얼굴을 붉혔다.

"귀찮게 생각 마시고 수사에 협조해주실 수 있죠? 억울하게 죽은 세진이를 위해서도."

"뭐라고요?"

"나중에 연락드릴게요. 지금은 또 가볼 데가 있어요."

툭툭 바지를 털고 일어서는 채수연을 따라 기소라도 일어섰다.

"지, 진짜 검사님 맞는 거죠? 검사가 왜 직접 수사를?"

"직접 발로 뛸 때도 있어요. 아, 참,"

채수연은 품속에서 명함을 꺼내 들었다.

"혹시 무슨 일 생기면 연락해요. 그까짓 조폭들보단 공권력이 더 세요, 알았죠?"

채수연은 한쪽 눈을 찡긋 감아 보였다.

S의 주차장에 막 중형차 하나가 들어서고 있었다. 최현정과 전형수가 탄 차였다.

"수고했어요, 형수 씨. 들어가서 또 얘기할 게 있어요."

전형수는 메모장에 무언가를 적었다.

— 저한테 얘기하지 말고 정우한테 얘기하세요.

"난 형수 씨가 편해서 그래요. 이정우는 얼굴만 봐도 기분 나빠, 칫! 왕자병. 자기가 진짜 멋있는 줄 안다니까."

— 정우는 그럴 자격이 있어요.

"알았어요. 어쨌든 들어가요."

최현정은 안전벨트를 풀며 차 문을 열었다. 그리고 한발을 바닥에 내딛는 순간, 최현정의 몸이 그대로 굳었다. 전형수는 왜 그러냐는 듯 그런 최현정을 바라보았다. 최현정의 몸이 천천히 다시 차 안으로 들어왔다.

"아무도 없어요."

전형수는 어깨를 으쓱했다.

"이런 주차장에 아무도 없다는 게 무슨 뜻인지 알아요?"

전형수는 고개를 저었다.

"습격을 당했다는 거예요. 여기 지키는 기도들 없잖아요, 지금."

덜컥! 순간, 무언가를 감지한 전형수가 차 문을 열어젖혔다.

"문 닫아요!"

최현정이 깜짝 놀라 소리쳤다. 하지만 전형수의 몸은 이미 밖으로 나와 있었다. 저벅저벅. 형수는 차 뒤쪽으로 가서 트렁크를 열었다. 차에서 내리기 전에 이미 열어놓은 듯했다.

"형수 씨! 여기서 나가요!"

최현정이 서둘러 차창을 내리고 고함을 질렀다. 그러나 이미 전형수의 손에 알루미늄 방망이가 들려 있을 때였다.

"저런 바보가. 혼자서 어떻게 하겠다고."

최현정은 급하게 휴대폰을 꺼내 들었다. 손가락이 바삐 움직였다. 전형수는 알루미늄 방망이를 손바닥에 탁탁 치며 주위를 둘러보았다. 그 표정이 너무나 심각했다. 깡! 까앙! 어딘가에 시선이 멈췄던 전형수가 방망이를 땅바닥에 수직으로 쾅쾅 내려찍으며 저벅저벅 몸을 움직이기 시작했다. 그 순간, 어딘가에서 10여 명의 어깨가 모습을 나타내었다.

"야, 벙어리. 냄새는 좀 맡나 봐?"

빈정거리는 말투로 전형수를 바라보는 건 언젠가 허대정이 90여 명을 이끌고 이정우를 치러 병원으로 갔을 때, 바로 뒤에서 목청을 높이던 씨름 선수 같은 덩치의 스포츠머리였다. 전형수도 체격이라면 남들 못지않았지만, 스포츠머리는 그보다도 훨씬 몸이 좋았다. 전형수는 방망이를 양손으로 잡고 치켜들었다. 그리고 붕, 허공을 갈랐다.

"저만 들고 있나?"

스포츠머리의 손에도 쇠막대기가 들려 있었다. 그 외의 어깨들도 손에 둔탁한 각목과 막대기를 들고 있었다.

"어디서 개폼이야?"

쉬잉. 스포츠머리가 휘두르는 쇠막대기가 전형수의 코끝을 스쳤다.

"오늘은 네 골통만 깨면 돼, 이 벙어리 새끼야."

깡! 깡!

스포츠머리가 무섭게 휘두르는 쇠막대기를 전형수가 막아내기 시작했다. 전형수의 알루미늄 방망이가 순식간에 우그러졌다. 동시에 다른 어깨들이 그를 향해 막대기를 휘두르기 시작했다.

"이 시키."

"죽여!"

전형수의 방망이도 쉭, 쉭 소리를 내며 무섭게 움직이고 있었다. 하지만 스포츠머리의 쇠막대기 하나를 막아내는 것조차 버거웠다. 힘에서 그 상대가 되지 않았다. 더구나 10여 군데에서 날아오는 막대기와 각목의 세례 속에 전형수의 몸이 움츠러들고 있었다. 주춤, 전형수가 뒷걸음치기 시작했다. 하지만 눈빛만은 무섭게 빛나고 있었다.

"하, 이 새끼 독하게 버티네."

스포츠머리가 일격을 날렸다. 부우웅. 그때였다. 전형수의 몸이 그 순간 살짝 움츠러들었다가 스포츠머리의 쇠막대기가 빗나가는 순간 분수처럼 솟아올랐다 떨어졌다. 떵!

"컥!"

스포츠머리의 팔꿈치에 전형수의 방망이가 내리꽂혔다. 뚝! 이상한 소리가 나더니 뼈가 부러진 스포츠머리의 팔이 바깥쪽으로 윙 치솟아 올랐다.

"크아악!"

슝! 전형수의 방망이가 그대로 스포츠머리의 머리를 향해 날아갔다.

떡! 두상이 으깨지는 소리가 주차장의 음침한 공간 속에 가득 울렸다. 털썩!

"이런 개새끼가 혼자서 제법 논다? 응?"

바닥에 쓰러져 꿈틀거리는 건 전형수였다. 스포츠머리에 신경 쓰느라 다른 녀석들의 각목을 피하지 못했던 것이다.

"아, 이 새끼. 시팔, 아프네."

스포츠머리는 왼손으로 부러진 오른팔을 감싸고 있었다. 얼굴에는 땀이 비 오듯 흘렀다. 그러는 동안에도 전형수는 가혹하게 난타당하고 있었다.

퍽퍽퍽!

"으허억!"

말을 잃어버린 전형수의 목에서 찢어지는 비명이 솟아 나왔다. 바로 그 순간이었다.

끼이이익. 차 한 대가 무서운 속도로 주차장으로 미끄러져 들어왔다. 속도를 견디지 못하고 굵은 바퀴 자국과 요란한 굉음을 내며 주차장으로 거의 난입하고 있었다. 일제히 모두의 시선이 방금 들어온 차로 쏠렸다. 차는 최현정이 타고 있는 차 바로 옆에 섰다.

"내가 좀 늦었나?"

차에서 누군가 내리며 최현정을 향해 손바닥을 쫙 펼쳐 보였다. 안심하라는 표시였다.

"하종화!"

탄식 같은 소리가 약속이라도 한 듯 어깨들의 입에서 새어 나온 건 바로 그때였다. 상대는 하종화였다. 우르르. 어깨들이 둘러싸고 있던 전형수에게서 서너 걸음 물러섰다. 스포츠머리가 당황하며 하종화를 바라보았다.

"그, 그만하지?"

"뭘?"

"그, 그게……."

"여기서 뭘 해도 뉴스 탈 것 같지는 않은데? 그리고,"

쉭. 하종화는 소매 속에서 칼을 빼내 들었다.

"전형수를 저렇게 만들어놓고도 병원 같은 행운을 바라지는 않겠지?"

"서, 설마……."

스포츠머리의 얼굴이 사색이 되어 있었다. 하종화는 아무 표정 없이 그들을 향해 다가가고 있었다.

"설마는 뭐가 설마야?"

15.

"안녕하세요? 전단지 보고 전화 드리는 건데요."

채수연은 이세진에 대해서는 아무 말 하지 않고 전화로 몇 가지를 알아보았다. 이세진의 부친인 이현욱은 아직 만사를 제쳐두고 딸을 찾는 데 혈안이 되어 있었다. 채수연은 그 이현욱으로부터 딸이 사망했다고 알려준 사람이 이세진의 고교 선배인 김보영이라는 것을 알아낼 수 있었다. 수사에 재미를 붙인 채수연은 이번에는 박종호와 동행하지 않고 직접 김보영이 일하는 미용실을 찾았다.

"어서 오세요, 손님. 그런데 사람이 많아서 기다리셔야 하는데요."

"머리하러 온 거 아니에요."

미용실에 들어선 채수연은 신분증을 보여주며 주위를 둘러보았다. 얼핏 본 신분증이 무엇인지 알아보지 못한 스태프가 형사처럼 구는 채수연을 보며 고개를 갸웃거렸다.

"여기 김보영이라고 있어요?"

"김보영이요? 저기 남자 손님 머리 감기고 있는 아가씨인데요."

가리키는 손가락을 따라 시선을 옮기니 열심히 샴푸 중인 아가씨가 눈에 띄었다. 채수연만 한 키에 호리호리한 몸매였지만 꽤 깡다구 있게 보이는 얼굴이었다. 채수연은 앞뒤 가릴 것 없이 김보영에게 다가갔다.

"김보영?"

남자 손님을 앉히고 수건으로 머리를 털어주던 김보영의 눈이 예사롭지 않게 빛나며 채수연을 노려보았다.

"예, 손님."

무언가 상한 기분을 억누르는 말투. 채수연은 신분증을 내보였다.

"조사할 게 있는데 협조 좀 해."

김보영은 살짝 내보였다 닫아버리는 채수연의 신분증을 놓치지 않았다. 하지만 표정에는 직업에 눌린 당황스러움보다는 짜증이 먼저 묻어나고 있었다.

"뭐야? 너 검사야?"

받아치는 말투가 예사롭지 않았다. 삐딱하게 솟아오르는 김보영의 말투가 생소한 듯 미용실 내에 있던 사람들이 일제히 고개를 돌렸다. 하지만 채수연도 만만한 상대는 아니었다.

"이세진 알아?"

"아, 정말. 드라이 좀 부탁해."

김보영은 옆 사람에게 손님을 맡기고 채수연의 손목을 덥석 잡아끌었다. 그리고는 그대로 미용실 밖 계단으로 직행했다.

"너 진짜 검사 맞아? 응?"

계단에 둘이 마주 보고 서자 김보영의 눈동자가 핑글 돌아가더니 당장 채수연을 때릴 듯 오른손을 높이 치켜들었다. 채수연은 어이가 없었다.

"아, 검사가 왜 혼자 이런 데를 돌아다니느냐고? 너 사람 만만하게 보고 구라 치면 죽는다? 앙?"

"기가 막혀서."

"뭐?"

순간이었다. 채수연은 김보영의 손목을 꺾으며 몸을 벽으로 밀어붙였다.

"어?"

"까불래? 나 단증이 두 개야."

"아, 이 썅년이 진짜……."

손목 관절을 꺾인 채 벽에 붙어버린 김보영은 여전히 쌍심지에 불을 켜고 있었다. 이내 신고 있던 하이힐로 채수연의 발등을 찍어버렸다. 그리고 그 때문에 채수연이 움찔하는 순간, 김보영은 꺾인 손목을 풀고 한 손으로 채수연의 머리를 움켜잡으며 다른 손으로 손날을 세우더니 목을 쳤다. 퍽! 절로 채수연의 목에서 비명 같은 신음이 터져 나왔다.

"끅."

연이어 채수연의 몸을 당기며 무릎으로 복부를 가격하는 김보영이었다. 퍽!

"내가 누군 줄 알고 이게 죽으려고."

퍽! 김보영은 쉴 틈을 주지 않았다. 채수연이 정신을 차릴 새도 없었다. 쉴새없이 나가는 손매였다. 와당탕탕! 채수연이 바닥에 엎어지고 있었다. 채수연에게는 처음 겪는 난감함이었다. 김보영은 도무지 자신에게 틈을 주지 않고 있었다. 태권도, 검도 단증이 있는 채수연이었지만 이런 싸움에서는 별 소용이 없는 것 같았다. 이내 김보영의 하이힐이 넘어진 채수연의 가슴을 콱 짓누르고 있었다.

"야! 뽕브라 찼냐? 빈대네?"

김보영은 힐로 채수연의 가슴을 짓누르며 빙빙 돌리고 있었다. 채수연의 갈비뼈 틈으로 김보영의 신발 굽이 들어올 것만 같았다. 어느새 미용실에 있던 스태프와 디자이너들이 우르르 몰려나와 있었다. 그들의 눈에 김보영이 다시 보이는 순간이었다.

"야! 눈 안 깔아? 힐로 가죽 뚫고 뼈 부러뜨린다? 썅년아, 조용히 살고 있는데 별 지랄 같은 게 찾아와서 검사 흉내야? 너 뭐야? 어디 있던 년이야? 퉷!"

김보영의 걸쭉한 욕설에 이어 뱉은 침이 채수연의 얼굴에 떨어졌다. 이건 정말 봉변이었다.

"너 발 내려놔."

채수연이 정색을 하고 말했다. 열이 끓어올랐다.

주차장.

하종화의 몸에 피가 가득 튀어 올랐다. 하종화의 주위엔 10여 명이 쓰러져 꿈틀대고 있었고 스포츠머리는 한 손으로 쇠막대기를 휘두르며 저항하고 있었다.

"가까이 오지 마!"

윙! 윙! 스포츠머리는 미친 듯이 쇠막대기를 허공에 휘둘렀다. 단 한 걸음이라도 앞으로 옮겼다가는 어떻게든 그 끄트머리에 걸릴 것 같았다. 그것은 살아남기 위한 본능적인 격렬한 저항이었다. 하종화는 더 이상 앞으로 나아가지 않고 그 자리에 우뚝 서서 칼을 거꾸로 잡았다. 스포츠머리는 절규하듯 소리치고 있었다.

“가까이 오지 마!”

윙윙윙. 하종화는 스포츠머리가 미친 듯이 휘두르는 쇠막대기의 궤적을 눈으로 좇고 있었다. 그리고 손을 높이 들어 올렸다. 쉬익! 하종화의 손이 내려갔다 싶은 순간 칼 하나가 손끝에서 떠났다. 그리고 스포츠머리의 이마 정중앙에 턱, 하고 박혔다. 스포츠머리는 비명조차 지르지 못하고 무너졌다. 들고 있던 쇠막대기는 바닥에 떨어지며 요란한 소리를 내었다. 탱그랑!

“애들 불러서 치워야겠네.”

하종화는 무너진 스포츠머리의 이마에서 칼을 뽑아들며 최현정을 돌아보았다. 최현정은 그제야 차 안에서 뛰쳐나올 수 있었다.

“형수 씨! 괜찮아요?”

“괜찮을 리가 없잖아? 뒤처리하려면 시간 좀 걸리겠어. 이렇게 되면 모조리 병원 신세인데?”

“어떻게 해요?”

“어떻게 하긴. 병원에 보내야지. 그새 눈동자가 풀렸어. 운전할 줄 알지? 빨리 데리고 가.”

“난 초보란 말이야. 면허 따고 운전 한 번도 안 해봤어요!”

“라이트 켜고 비상등 켜고 경찰이 잡아도 무시하고 신호 무시하고 차선 무시하고 미친 듯이 달려. 미친 차다 싶으면 사람들이 알아서 비킬 테니까. 아니면 네가 여기서 뒤처리할래?"

"그러다가 더 큰 사고라도 나면?"

"너 죽고 형수 죽는 거지."

"아, 정말!"

최현정은 울상이 되어 소리쳤다.

"늦으면 형수 죽는다?"

"아무나 한 명 내려오래서 운전하라면 되잖아!"

"지금 누굴 믿을 수 있어? 충성심 없는 놈들이야. 정우, 인범, 정태 모조리 병원인데 형수까지 실려 가면 내부에서 뒤집어져. 내가 이 시점에서 한번 잡아줘야 하지 않겠어?"

"악!"

최현정은 머리를 쥐어뜯고 있었다.

"빨리 뒷좌석에 실어요!"

두 사람의 손이 바빠졌다. 하종화는 거대한 전형수를 뒷좌석에 밀어 넣었다. 핸들을 잡은 최현정의 양손이 부들부들 떨리고 있었다.

"나 진짜 차 뒤집어져서 죽을지도 몰라서 그러는데요."

"왜?"

"천 사장님이 중간 보스 몇 명에게 미끼를 던진 게 있어요. 이상찬에게 불만을 가진 몇몇 중간 보스를 포섭해놨다 하더라고요. 그건 다이렉트로 거래하는 거라서 나한테도 말해줄 수 없다고 했어요."

"그래?"

"원래 형수 씨한테만 얘기하려고 했는데, 어쨌든 그러니까 잘 찾아내서 이용해봐요. 힘이 될 수 있을 거예요."

"알았다. 중요한 얘기로군."

"그럼."

"사이드 내리고 핸들 두 번 오른쪽으로 돌려. 앞만 보고 가. 사고 나면 돈 물어준다는 생각으로 남의 눈치 볼 거 없이 가라고. 차선 바꿀 때 사이드 미러 볼 필요 없어. 그냥 차머리부터 집어넣어. 경찰이 서라고 하면 그냥 가. 오른쪽 액셀, 왼쪽 브레이크 알지? 천천히 밟아볼까? 천천히, 천천히 가!"

부아아앙. 최현정이 모는 차가 무섭게 기우뚱거리며 주차장을 빠져나가고 있었다. 하종화는 걱정스럽게 그 모습을 지켜보며 휴대폰을 꺼내 들었다.

미용실 밖 대로변에 김보영과 채수연이 엉켜 있었다. 사람들이 지나가다 이 흔치 않은 여자들의 싸움에 발길을 고정했다.

"야, 여자들 맞냐?"

"우아."

퍽퍽! 보영은 양 주먹을 쥐고 마치 남자처럼 퍽퍽 채수연의 얼굴을 후려치고 있었다. 채수연은 그렇게 맞다가도 가끔 발로 김보영의 배를 차올리고 있었다. 그런데 두 사람 모두 그 속도가 예사롭지 않았다.

"야! 뽕브라! 너 아작 난다? 아우, 진짜."

"왜 과민 반응이야? 넌 협조만 하면 돼. 누가 너 잡아간대?"

삐삑! 삑!

"아가씨들! 거기 뭐 하는 거야?"

순찰 중이던 경찰이 거리를 난장판으로 만들고 있던 두 사람에게로 달려왔다.

"이 여자들이 미쳤나? 서로 갑시다."

"아, 됐어요. 괜찮아요."

채수연이 손을 들면서 괜찮다는 시늉을 했다. 그러나 경찰이 채수연이 검사인지 알아 모실 리 만무했다.

"이 아가씨 웃기네? 괜찮긴 뭐가 괜찮아? 일단 갑시다."

"아, 난 검……."

채수연은 뭐라고 소리치려다 입을 다물고 말았다. 그 순간에 이건 검사 망신이라는 생각이 들었기 때문이었다. 거기다 특별팀 소속이어서 함부로 입을 열 처지도 못 되었다. 하지만 김보영은 목소리를 높이기 시작했다.

"아, 검사라며? 검사가 경찰한테 쩔쩔 매냐, 이년아?"

"검사? 아가씨 검사야?"

경찰도 웃긴다는 듯 실소를 터뜨리며 채수연을 바라보았다.

"아니, 저기……."

채수연은 우물쭈물하며 신분증을 꺼내 보여주었다. 그리고 소란 피우지 말라는 뜻으로 눈을 찡긋거렸다.

"앗, 검사님!"

눈치 없는 경찰의 목소리가 앙칼진 김보영의 그것보다 더 크게 울려 나왔다.

"검사?"

"야, 저 여자 검사래."

"검사가 뭐 저래?"

구경하고 섰던 사람들이 채수연을 가리키며 수군댔다. 몇몇은 휴대폰을 꺼내 이 웃긴 상황을 촬영했다. 채수연은 얼굴이 벌겋게 달아오름을 느끼고 있었다.

"건강하십니까?"

"웬일인가? 바쁠 텐데."

하종화는 나태식을 찾아온 길이었다. 퀸에 틀어박혀 소일하고 있던 나태식에게 하종화는 반가운 손님임이 분명했다.

"물어볼 것이 있습니다. 혹시 천용택에게서 공조 제의를 받으신 적이 있습니까?"

"음?"

"천용택이 죽기 전 독자적 행동을 하면서 이상찬의 간부 몇몇을 포섭한 것으로 보입니다. 천용택이 다이렉트로 뚫은 것이라서 누군지 알 수가 없습니다. 혹시 아십니까?"

"하아, 난 이제 끝난 인생인가 싶었는데."

"사장님?"

"이렇게 쓰이는구먼."

나태식은 품속에서 라이터와 담배를 꺼내 들었다.

"풍차에서 이정우에게 아이들을 모두 다 잃어버리고 기반이 무너졌을 때 천용택이 나한테 이런 제의를 해오더군."

딸깍. 라이터 불이 담배에 붙어 타들어가는 소리가 큼직하게 들렸다.

"내가 누구누구를 한 편으로 만들고 사업을 추진 중인데 같이 손잡아볼 생각이 없냐고."

"하지만 그때 사장님은 아무런 기반이 없지 않았습니까?"

"나도 그 말을 했다. 그랬더니 하종화만 얻으면 된다더군. 그래서 나는 널 S의 영업 부장으로 천용택 밑에 넣고 은신처를 제공받았어. 겉으로야 천용택과 나 사이가 그다지 좋지 않았지만 이런 내막이 있었다. 그건 자네에게도 숨길 수밖에 없는 일이었고. 그러다가 이정우하고 일이 이상하게 꼬여서 이 신세가 되었고 너도 이정우의 사람이 되었지만."

"제가 천용택에 대해 얘기할 때 맞장구쳐주신 건 진심이 아니셨군요? 어쨌든 천용택의 사업 자료는 최현정이 모두 가지고 있습니다. 천용택이 포섭했던 자들이 누군지 알려주신다면 사장님이 보장받았던 자리에 복귀하실 수 있을 겁니다. 이정우는 천용택보다 가치 있으니까요."

"모든 계획을 그대로 하고 단지 천용택에서 이정우로 머리만 바뀐다는 건가?"

"그렇습니다."

"나보고 모험을 해보라는 거야?"

하종화는 조용히 고개를 끄덕였다.

"이상찬을 무너뜨리려면 천용택이 만들던 사업 동료가 반드시 필요할 거다. 그 누구라도 혼자서는 이상찬이라는 산을 넘길 수 없을 테니까. 후우."

"도박 한번 해보시죠. 전 이정우에게 다 걸었습니다."

16.

"당신 진짜 검사였어?"

"아직도 안 믿어?"

"아니, 뭐."

채수연과 김보영은 길 건너 커피숍에 마주 앉았다. 둘 다 머리카락이 헝클어져 우스꽝스러운 모습이었다.

"근데 왜 검사가 혼자 다녀? 파트너나 꼬봉으로 따라다니는 형사 없어?"

"검사이기 이전에 언니다. 자꾸 반말할래?"

"나 원래 싸가지가 없거든. 언니가 이해해라."

채수연에게는 생판 처음 보는 종류의 여자였다. 김보영은 당당하다 못해 도도하기까지 했다.

"왜 그런 눈깔로 봐?"

"눈깔?"

"언니야, 나 바쁜 사람이거든? 할 말 있거든 빨리 해줄래?"

"좋아, 이세진 알지?"

"세진이? 알아."

"세진이 죽은 거 어떻게 알았어?"

"뭐?"

"세진이 부모님한테 네가 연락했다며? 세진이 죽은 거 어떻게 알고 연락을 해줬냐고?"

"누가 가르쳐주더라고."

"누가?"

"아씨."

김보영은 느닷없이 짜증을 내더니 치마 속에서 담배를 꺼내 들었다. 채수연이 그런 그녀의 손에서 담배를 낚아챘다.

"뭐야? 남의 기호품을 왜 뺏고 그래?"

"대답부터 해."

"한 대 피고 얘기할게."

"대답부터 하고 펴."

"아, 정말!"

김보영은 담뱃갑을 탁자 위에 툭 내던졌다.

"듣고 싶으면 정식으로 소환해."

"여기서 얘기하는 게 편할걸?"

"말 못 해."

"협박이라도 받았어?"

"의리야, 의리."

"의리?"

"아우, 씨, 진짜!"

김보영은 인상을 구기더니 냉큼 자리에서 일어났다. 채수연이 정색을 하고 낮은 목소리로 말했다.

"앉아."

김보영은 무시하고 성큼성큼 입구로 걸어가고 있었다.

"앉아!"

채수연이 큰 소리로 단호하게 소리쳤다. 커피숍에 있던 사람들이 일제히 채수연을 향해 놀란 시선을 보냈다. 하지만 김보영은 잠깐 멈칫하더니 다시 걸음을 옮겼다.

"어떻게 죽었는지 알아? 죽는 모습이 동영상으로 만들어져 불법 유통되고 있어. 얼마나 비참하게 죽었는지 아냐고!"

쾅! 쾅! 채수연은 탁자를 손바닥으로 내려치며 흥분하고 있었다. 김보영이 발걸음을 멈추더니 천천히 고개를 돌렸다. 예상치 못한 충격을 받은 듯 입술이 잔잔히 떨렸다.

"뭐, 뭐라고?"

"당장 이리 와서 앉아. 난 그 개자식들을 잡아야 한단 말이야, 알아들어?"

의사는 응급실로 돌진하다시피 한 최현정을 달래느라 여념이 없었다.

"자, 자, 진정하세요, 진정."

울고불고 있는 최현정을 안쓰럽게 보던 의사가 환자보다 오히려 최현정을 달래고 있었다. 최현정은 정신이 거의 나간 것 같았다.

"선생님, 어떻게 해요? 형수 씨 죽어요?"

"거 참, 울지만 말고 진료 카드를 만들어야 하니까 진정하세요. 환자는 MRI 촬영을 해봐야겠습니다."

"MRI요?"

"머리에 심각한 충격을 받은 것 같아요. 두개골 함몰이 의심됩니다. 하지만 더 심각한 건 턱입니다. 심하게 으깨졌어요. 예전의 상처에 다시 충격을 받은 것 같아요."

"그, 그럼 죽는 거예요? 아직 정신을 못 차리고 있잖아요!"

"검사 결과를 봐야 알지요. 의식은 회복할 거라 생각합니다. 시간이 좀 걸리겠지만."

"어, 얼마나요?"

"글쎄, 오늘내일이 고비니까 좀 기다려봅시다."

"어떡해, 어떡해, 어떡하면 좋아."

최현정은 양손으로 얼굴을 감싸고 하염없이 눈물을 흘렸다. 주체할 수 없는 눈물이었다.

"이정우."

"이정우?"

김보영은 이제 담담해졌다.

"이정우는 어떤 사람이야?"

"열아홉 살 먹은 망나니."

"망나니? 세진이를 이정우가 죽였을 수도 있어?"

"아니, 걔는 여자한테는 손도 안 대."

"똑바로 말해. 한 사람의 생명에 관련된 문제야. 이정우가 너한테 세진이가 죽었다는 소식을 전하고 부모에게 전달하라고 말한 게 언제 일이야?"

"얼마나 됐지? 정태 보고 며칠 지나서였으니까, 1주? 2주? 내가 머리가 나빠서. 어쨌든 최근이야."

"세진이하고 이정우하고 어떻게 알게 됐지?"

"같은 학원 출신이고 세진이가 정우를 졸졸 쫓아다녔는데 정우가 무지 싫어했거든? 뭐, 진짜는 아니지만. 어쨌든 싫다고 그 정도 했으면 존심 상해서라도 물러나야 하잖아. 그런데 병신 같은 년이 옆에서 얼쩡거리다가 그렇게 된 거라고, 씨발."

말은 험하지만, 속마음까지 숨길 수는 없는 모양이었다. 김보영의 눈가가 촉촉이 젖기 시작했다.

"옆에서 얼쩡거리다가 그렇게 됐다는 게 무슨 말이야?"

"휴우. 언니, 이정우 걔가 나이는 어려도 남다른 데가 있어. 2년 전에 고등학교 1학년 주제에 성인 조직을 와해시켰다면 믿겠어? 고작 열일곱 살짜리가 근처에 100명도 넘는 학교 양아치들을 소집해가지고 성인 조직들을 박살냈다면 믿겠냐고? 전부 구라 까지 말라고 할걸?"

"2년 전에 성인 조직이 깨졌다? 그래서?"

"그런데 솔직히 열일곱 살짜리한테 조직이 깨졌다면 열나 쪽팔리잖아? 그래서 정우한테 복수를 하려 했던 모양이야."

"누가?"

"장성태인가? 2년 전에 박살낸 조직 오야는 윤재식이었고. 이건 확실해."

"윤재식? 장성태?"

“들어가서 자료 찾아봐.”

“그게 이정우가 와해시킨 거라고?”

“강력부라서 조폭 돌아가는 건 외고 다니나 봐?”

“형사부다. 자세하게 말해.”

채수연의 얼굴이 점점 굳어가고 있었다. 이세진의 죽음 뒤에 무언가 복잡하게 얽힌 사건이 많은 것 같았다.

조폭이라니. 하지만 점점 신중해지는 채수연과는 달리 김보영은 이야기를 하면서 조금씩 그때의 흥분이 되살아나는 듯 볼이 상기되고 있었다. 김보영에게 이정우와 함께했던 2년 전은 무용담이었다.

“그런데 이제 와서 복수하려니 정우는 번듯한 대학생이 된 거야. 그러다가 칼 한 번 먹고 잡혀갔어. 친구들 보는 데서 작업 좀 한다고. 그런데 오히려 이정우한테 다 깨진 거 알아?”

“잠깐만, 잠깐만. 무슨 소리야? 그렇게 말하면 내가 이해가 안 되잖아?”

“이정우한테 2년 전 일 복수하려고, 잡아서 병신 만들려고 했는데 오히려 지네들이 당했다고.”

“친구 보는 데서라니?”

“그때 대학 친구들 몇 명이 같이 잡혀갔었나 봐.”

기소라한테 들은 이야기였다. 채수연은 평소 자신의 수첩에 그려놓았던 조폭 연계도를 필사적으로 기억해내었다.

윤재식이라면 2년 전 사라진 동해파의 하부 조직 재식이파의 보스였다. 당시 재식이파는 명동의 신흥 세력으로 떠오르던

인철파와 나이트클럽 소유권을 두고 다툼을 벌이다 와해하였다는 게 정설이었다. 그 사건을 계기로 인철파의 세력 역시 크나큰 타격을 입었고 지금 인철파는 명동에서 자리를 뺏기고 규모가 상당히 축소된 상태였다. 그렇다면 이세진을 살해하고 불법 자료를 만들어 유통한 것은 동해파의 짓이란 말인가? 그런 거대한 세력이 스스로 무덤을 파는 행위를 할 리는 없었다. 무언가 이해가 되지 않았다. 채수연의 머릿속이 엉키고 있었다.

"그럼 그때 세진이가 실종된 거야?"

"아니, 그땐 풀려 나왔어. 이정우가 오히려 다 박살냈다니까?"

"혼자서?"

"당연하지."

당연하다고 말하는 김보영의 얼굴에 확신이 배어 있었다.

"몇 명을?"

"사오십 명?"

"혼자서?"

"그렇다니까."

"혼자서 사오십 명을?"

"그쯤이야……. 100명, 1,000명도 문제없어. 하긴 1,000명이면 지쳐서 안 되겠다."

"너무 과장하는 거 아냐?"

"과장? 어떤 똥강아지들이 이정우 얘기를 해주면 안 믿더라고. 그게 가능하냐며, 재미는 있는데 너무 과장되어서 현실감이 느껴지지 않는다고. 언니야, 이정우 싸우는 거 보면 입이 떡

벌어져. 손도 발도 안 보여. 공중에서 날아다녀. 그건 말이야. 자기 눈으로 봐도 못 믿어. 직접 눈으로 봐도 저게 사람인지 뭔지 못 믿는다니까?"

김보영은 흥분하며 열변을 토하고 있었다. 채수연이 말을 잘랐다.

"됐다. 어쨌든 그때는 풀려 나왔는데 다시 장성태가 잡아간 거야? 그래서 죽인 거고?"

"아니."

"아니라고?"

"나도 잘 몰라. 정우가 학교 포기하고 조폭 된 것만 알아."

"이정우하고는 2년간 계속 연락하고 있었어?"

"아니, 태수한테서 연락이 왔더라고."

"태수가 누구야?"

"장태수라고 있어. 2년 전에 이정우가 동진고 서클 해체시켰거든."

"서클?"

"아, 알잖아? 일진회 같은 거."

"아."

"그때 짱이 김인범이었는데 그다음 서열이 장태수였어. 인범이하고 연락되는 거 같던데?"

"김인범? 김인범은 누구야? 뭐가 이렇게 복잡해?"

"정우 오른팔이라 치자. 어쨌든 난 다 말했어. 이제 남대문 앞에서 발가벗겨도 나올 거 없어. 보충한다고 또 찾아와서 귀찮게 하지 마."

"장태수도 조폭이야?"

"아니야. 갠 재수 학원 다녀. 학교 다닐 때 양아치 짓 하면 다 그런 데로 빠지냐?"

"후우."

아직은 정리되지 않은 사실들을 머릿속에서 나열하며 채수연은 한숨을 쉬었다. 도대체 어떤 인생들이 이렇게 복잡한지. 좋은 부모 만나서 평범하게 살 것이지. 그나저나 이세진은 도대체 누가 죽인 거지?

"우대만, 경승호, 한정호. 이렇게 세 명입니까?"

하종화는 나태식을 향해 재차 물었다. 나태식은 고개를 끄덕였다.

"이들이 천용택과 거래하던 중간 보스들입니까?"

"우대만은 의외지? 가장 충실한 심복 같은데 오히려 제일 앞장서서 배신을 때리니까."

"흠."

"이정우가 가지고 있는 게 지금 어디 어디야?"

"구인철에게 배당받은 곳을 빼면 S, 뮤즈입니다."

"합치면?"

"퀸이 있습니다. 그 외에는 영업장이라기보다는 수금하는 곳입니다."

"그래, 그렇지. 어쨌든 천용택이 제거되고 나서 모두 처지가 바뀌었을 거야. 우리 편으로 끌어들이려면 뭔가를 보여줘야 하는데 이정우는 병원에 누워 있으니. 이거야, 원."

"모두 병원 신세입니다."

"아무도 이정우와 손잡으려 하지 않을 것이다. 자본과 권력을 보여줘야 해. 거기에 믿음을 줄 수 있는 세력이 있어야 한다."

"일단 부딪혀볼 생각입니다."

하종화는 나태식 앞에 깊이 고개를 숙였다. 이정우의 진군은 이렇게 시작되고 있었다.

17.

"검사가 어딜 그렇게 돌아다녀?"

검찰청으로 복귀한 채수연을 보고 특별 팀 팀장 임수철이 매섭게 쏘아붙였다. 하지만 채수연은 오히려 목소리에 힘을 주었다.

"많은 걸 알아왔습니다."

"그래? 어디 들어볼까?"

임수철은 탁자 위에 노트를 펼치며 채수연 쪽으로 쑤욱 밀었다.

"누가 언제 어디서 무엇을 어떻게 왜? 육하원칙에 따라서 오늘 뭐 하고 왔는지 적어."

채수연은 어깨를 으쓱했다.

"이거, 제가 피의자 같네요."

"뭘 알아냈는지 얘기나 해."

"비디오 속의 여자가 한진대 미대 1학년 이세진이란 걸 알아냈습니다."

"생각보다 빨리 알아냈군. 그리고?"

"이세진이 좋아하던 남자가 있었는데 조폭이 되었습니다."

"가만, 가만."

임수철은 손가락으로 툭툭 자기 머리를 쳤다.

"이거 그림이 이상하게 맞춰지는데? 조폭이라고?"

"예."

"불법 단체란 말이지? 그럼 그 녀석이 이세진을 그렇게 만든 거야?"

"아닌 것 같습니다. 그 남자는 이정우인데, 동영상 제작과는 직접적 관련이 없어 보였습니다."

"이정우? 전과 조회 해봤나?"

"전과는 없었습니다. 고등학교 1학년 때 불량 서클을 운영하다 퇴학당했고 잠깐 대학을 다니기도 했습니다."

"그래? 그럼 뭐야? 스너프하고 이정우란 녀석하고 무슨 상관이 있다는 거야?"

채수연은 굳게 입을 다물었다.

"채수연?"

"그건……."

"지금부터 알아봐야 하나?"

"예."

"좋아. 그만하면 생각보다 진전이 많이 된 편이야. 하지만 혼자 돌아다니지는 마. 형사들 가동하라고."

"예."

밤.

서울 중심가의 한 고급 호텔 앞 주차장. 검은 승용차가 10여 대 세워져 있었고 어디서 나타났는지 어깨에 잔뜩 힘을 넣은 어깨들이 차 주위에 서너 명씩 서 있었다. 그리고 막 진입한 차에서 누군가 내리자 일제히 머리를 숙였다. 그것은 위압감을 풍겼으며 일대 장관이었다. 하지만 정작 차에서 내린 사람은 예상치 못했는지 약간은 어리둥절한 표정이었다. 그런 남자에게 키가 크고 다부진 체형을 가진 누군가가 다가갔다.

"대만이 형님 오셨습니까?"

"뭐야? 하종화?"

"기다리고 있었습니다."

하종화가 기다린 사람은 우대만이었다. 이상찬의 최측근이기도 하지만 천용택이 미리 포섭해놓았던 인물이기도 했다.

"이게 누구야? 나 마중하려고 너희 새끼들 다 데려온 거야?"

"다찌 한 명만 데리고 조용히 식사하는 걸 즐기신다고 들어 결례를 좀 했습니다. 오늘 식사는 제가 대접하고 싶은데 어떠십니까?"

하종화는 우대만 옆에 서 있는 여자를 보고 우대만을 향해 말했다. 다찌는 우대만의 옆에 서 있는 여자를 일컫는 말이었다.

"탤런트입니까?"

"신인 모델."

"어떻습니까? 식사를 대접하고 싶습니다만."

"너 이 자식, 목이 달아나고 싶은 거냐? 겁도 없이 내 앞을 가로막고 협박같이 초대를 해?"

"어떻게 형님한테 손을 대겠습니까? 보복 따위는 두렵지 않지만, 옛정이 있는데 말입니다."

"뭐야?"

"여기서 바로 찌를 수도 있고 나중에 무슨 일이 있어도 감당할 수 있는데 사람이 그러면 안 되죠. 잘 아는 사이에."

"이 새끼가……."

마음만 먹으면 당장 여기서 찔러버릴 수도 있다는 하종화의 농담 같지만 은근한 협박에 우대만은 신경이 곤두서기 시작했다. 우대만의 옆에 서 있던 여자는 이상한 분위기에 추위를 타는 듯 어깨를 감싸고 있었다.

"서서 얘기하시겠습니까?"

"간단한 말이면 후딱 해라. 오늘 무례에 대해서 오래 기억하지 않도록 말이야."

하종화는 고개를 주억거렸다.

"천용택의 자료를 가지고 있습니다."

"뭐야?"

"이상찬을 엎어버릴 동료로 대만이 형님을 지목해놨더군요."

"이, 이 새끼가……."

하종화의 이 일격은 우대만에게 충분히 적중하고 있었다. 우대만은 당황하고 있었다.

"어떻습니까? 이걸 이상찬에게 넘기면 아마 열두 시간 내로 형님 몸이 이 세상에서 사라지겠지요?"

"어떻게 알았나? 그건 우리끼리의 직거래인데 네가 어떻게 알았어?"

"그건 중요한 게 아닙니다. 어쨌든 대답을 주셔야겠습니다."

"무슨 대답을 달라는 거야?"

우대만이 버럭 고함을 쳤다. 하종화는 정색했다.

"협력하여 도박 한번 해보시죠."

"도박?"

"이정우가 히든입니다."

"그 애송이 녀석을 보고 인생을 걸란 말이야? 지금은 잠깐 미뤄졌지만, 조만간 발라 죽일 녀석이다. 이상찬이 직접 현상금을 걸었단 건 알고 있나?"

"모릅니다. 어쨌든 당장 죽는 것보단 낫지 않습니까?"

"하하하하."

느닷없이 우대만이 폭소를 터뜨렸다.

"하종화, 이런 식으로 날 협박한다고 내가 넘어갈 위인은 아니야. 뭔가 나에게 확실한 걸 보여줘야 돼. 이정우라는 이름만 가지고는 어림도 없지."

두 사람은 호텔 현관 앞에 서서 팽팽한 설전을 벌이고 있었다. 마침내 호텔 직원들이 호기심을 이기지 못하고 창 너머로 기웃거리기 시작했다.

"김정한을 포섭했기 때문에 이정우가 시간을 번 겁니다."

"김정한? 그 녀석은 구린 데가 많아서 하나만 터지면 낙선 운동감이야. 여당에 붙어 있으니까 살아 있는 거지. 오래갈 놈이 아니라고. 정치에 줄을 대려면 있는 듯 없는 듯 오래가는 구렁이들을 알아야 해."

"하지만 현재 대통령을 제외하곤 최고의 실세입니다. 당장은 쓸 만하죠. 그리고 그런 구렁이들은 조만간 기어 나올 겁니다."

"좋아, 좋아, 뭐. 하지만 자네들은 돈이 없잖아? 매일 나보고 빌려달라 할 거 아냐?"

"S가 우리 수중에 있습니다."

"S? 훌륭한 곳이긴 하지만 그래도 작다. 거기서 한번 전쟁이라도 나면 그 뒤엔 어쩔 텐가? 그 수익만 바라보며 손가락 빨란 말이야? 위험 부담이 커."

"세력을 넓힐 겁니다. 우 사장님과 함께요."

"거절이다."

우대만은 또렷한 음성으로 하종화에게 말했다. 하종화는 순간 움찔했으나 애써 여유로운 모습을 보이고 있었다.

"너희는 찬이파의 제거 대상 1호다. 이정우가 퇴원하고 조금만 시간이 지나면 모조리 묻어버릴 새끼들이야. 거기서 너희가 숨이나 쉬면서 살 거 같아? 다 죽을 거다. 이정우나 너 하종화뿐만 아니라 구인철까지 싸그리."

우대만의 삐딱한 입술이 비아냥거리기 시작했다.

"아닐 것 같나? 하종화? 솔직히 말해라. 네 생각에도 너희 꼬락서니로는 어림도 없을 것 같아서 내 힘을 빌려서 세를 불리려고 날 찾아온 게 아닌가? 그럼 이런 무례한 방법은 쓰지 말았어야지. 날 위협하는 상대에게 내가 힘을 빌려줄 것 같은가?"

하종화는 아무런 대답도 하지 않았다. 조금 전의 여유도 사라진 것 같았다. 다만 매서운 눈으로 우대만을 쏘아보고 있었다.

"얘기 끝났으면 비켜. 난 이제부터 즐겨야겠다."

그때였다. 턱! 하종화의 두터운 손이 우대만의 어깨를 덥석 잡았다.

"이게 무슨 짓이야?"

"힘이 없다고 했습니까?"

"뭐야?"

"그 힘을 보여드리면 되겠습니까?"

"뭐?"

"전 자비를 베푸는 겁니다. 한 명이라도 선의의 피해자가 나오지 않도록. 한 명이라도 살려야겠다 싶어서 형님을 찾아온 겁니다. 제가 이러지 않으면 형님도 이상찬과 함께 사라질 테니까요."

"아무리 날고 기어 봤자 이상찬한테는 안 돼, 새끼야. 애들처럼 다이 다이로 붙는 것도 아니고 세력이 가진 힘이 달라."

"그러니 그 힘을 보여드린다는 것 아닙니까. 형님한테 보여드릴까요? 내일까지 형님 업소 모두 문 닫게 할까요?"

"이 새끼 봐라?"

우대만은 아니꼬운 표정으로 하종화를 아래위로 훑어보았다.

"야, 꼬장 부리지 마라. 어디서 허세야?"

"허세가 아닙니다. 내일부로 우대만 일가는 족보 생산 끝입니다. 그럼 돌아가겠습니다."

하종화는 고개를 깊이 숙였다. 우대만은 그런 하종화의 팔을 잡았다.

"얌마, 너 정말 이 시점에서 전쟁 일으킬 거야?"

"하나하나 모두 칩니다. 항복하면 살려주고 거부하면 몰살합니다. 그뿐입니다."

"하종화!"

"돌아가겠습니다."

"기다려, 새끼야!"

우대만의 목소리에 짜증이 섞여 나오기 시작했다. 사실 우대만은 하종화가 두려웠다. 이정우는 이름도 잘 모르는 녀석이니 신경이 쓰이지 않았다. 하지만 하종화가 전면에 나선다면 충분히 위협적이었다.

"좋아, 증명해봐. 그러면 내가 알아서 이정우 밑으로 설설 길 테니까."

"늦었습니다."

"야, 이 새끼야!"

굳건한 하종화를 보며 입술이 바싹 타는 건 우대만이었다.

"증명해봐."

"내가 곧 증명입니다."

"아니, 아니, 너 말고."

"무슨 말입니까?"

"넌 내가 잘 안다. 너 말고 다른 녀석이 야무진지 한번 보자. 너 말고도 괜찮게 돌아간다 싶으면 합류하겠다. 어차피 내 자료를 가지고 있다면 그게 더 낫겠지. 하지만 네놈들이 시원찮으면 차라리 이상찬에게 죽더라도 여기에 남겠다. 어때?"

하종화는 크게 심호흡을 했다.

"저 말고 다른 사람을 시험해본다 했습니까?"

"조금 위험한 일이야. 하종화가 아니라면 목숨을 걸어야 할 거다. 이정우를 위해 목숨까지 바칠 수 있는 광팬을 찾아봐. 그런 녀석이 나타난다면 나도 생각을 바꿔보지."

굳어 있던 하종화의 표정에 의미를 파악하기 힘든 희미한 미소가 피어올랐다. 하종화는 크게 들이켰던 숨을 내뱉으며 말했다.

"좋습니다. 무슨 일인지 말씀하시죠. 금방 처리할 테니까."

"뭐 서둘지 않아도 돼. 다음 주 중에 처리하면 되니까. 어디 보자. 수요일까지 되겠나?"

"물론입니다."

"살아 있어요?"

며칠이 지났다. 최현정은 그 동안 잠도 제대로 자지 못하고 전형수를 보살피고 있었다. 그리고 한동안 의식 불명에 빠져 있던 전형수가 드디어 몸을 뒤척이며 깨어나고 있었다.

"형수 씨?"

"으음."

바람 소리 같은 신음이 전형수의 굵은 목에서 비집고 나왔다. 치료 때문에 언젠가 온전히 뭉개진 턱을 그대로 드러내고 있는 그였다. 고통 때문에 힘껏 찡그린 얼굴은 여간한 애정 없이는 봐줄 수 없는 모습이었다.

"형수 씨?"

"컥!"

커억, 커억. 전형수는 속에 담아두었던 무언가를 토하듯 뱉어내고 있었다. 아무것도 나오지 않았지만 적어도 그에게 그것은 깨어나려는 몸부림이었다.

"아!"

마침내 전형수가 번쩍 눈을 떴다. 동시에 최현정의 탄식 같은 환호성이 터져 나왔다.

"고맙습니다. 고맙습니다. 살려주셔서 고맙습니다."

최현정은 양손을 모으고 누군가를 향해 기도하고 있었다. 종교는 없었지만, 이 순간만큼은 가슴속이 무언가로 가득 차올랐다. 전형수의 풀린 눈동자도 조금씩 동공을 모으며 최현정을 향하고 있었다. 모든 것이 기적같이 감사했다.

18.

의사는 긴장하고 있었다. 하종화는 전형수의 보호자 자격으로 의사와 마주하고 있었다.

"그러니까 어떻게 되는 겁니까?"

"턱 부분의 살이 괴사하고 있습니다. 진행이 무척 빠르고 왼쪽 신경에 마비 증상이 있습니다."

"괴사라면, 생살이 썩고 있다는 겁니까?"

의사는 두어 번 헛기침하더니 차트를 넘기며 심각한 표정을 지었다. 일순 굳은 하종화의 얼굴이 그를 움츠러들게 했음이 분명했다. 하지만 큰 병원에서 하종화류의 사나이들과 만나는 것 또한 일상 중 하나였으므로 의사는 어깨를 한 번 뒤로 젖힌 후 입을 열었다.

"충격이 두 번 있었던 것 같습니다만. 본래 일그러진 데 재차 충격을 받았습니다. 그리고 이 충격이 상당히 심하게 작용해서 세포를 죽여버렸습니다."

"그래서 얼굴 살이 계속 죽어나간다는 겁니까?"

"말하자면 그렇습니다. 방법이 없는 건 아닙니다. 꾸준히 치료하고 무엇보다 수술을 해야 합니다. 어떻게 저런 상태로 생활을 해왔는지 알 수가 없군요. 음식을 씹기도 힘들 텐데."

"수술하면 나아집니까?"

"아무래도 지금보다는 나아질 겁니다. 하지만 워낙 수술이 까다로워서 시간이 많이 필요합니다."

"시간요?"

"2차, 3차 수술까지 생각해야 하고 재활하는 데 1년에서 2년 정도가 걸릴 겁니다."

"그래요?"

하종화는 팔짱을 끼고 짧은 생각에 잠겼다.

"그럼 수술하지 않으면 어떻게 됩니까?"

"사망할 수도 있습니다."

"수술하면 나을 수 있습니까?"

"아마 지금보다는……."

"장담해주시오."

"자, 장담할 수는 없습니다. 수술 중에 쇼크로 사망할 수도 있다는 것을 알려드리겠습니다."

"그럼, 어차피 죽는다는 거요?"

"장담할 수는 없다는 겁니다."

"후우, 머리는 어때요?"

"오른쪽 두개골이 약간 주저앉았지만, 다행히 뇌출혈은 없었습니다. 다만, 뇌의 충격 때문에 왼손, 왼발에 약간의 마비 증세가 있었는데 그리 심각하진 않아요. 손을 조금 떠는 정도일 겁니다. 문제는 턱과 얼굴입니다."

"흠."

하종화는 한동안 침묵했다. 의사는 다른 환자를 받지도 못한 채 그런 하종화의 길고 큰 숨소리를 듣고 있어야 했다.

"알겠습니다."

무언가를 결심한 듯 하종화는 몸을 일으켰다.

"채수연!"

"예."

"이리 와."

특별 팀 팀장 임수철은 아침부터 채수연을 부르고 있었다. 아침 조회를 겸한 시간이어서 특별 팀의 모든 검사들이 긴 회의 테이블에 수척한 얼굴을 한 채 앉아 있었다. 모두 집에도 들어가지 못하고 거의 밤샘을 한 터라 얼굴이 말이 아니었다.

"어제 자네가 브리핑한 거야. 아무래도 이해가 안 되는 게 있는데 이세진, 기소라 등 이정우의 대학 친구들이 재식이파의 장성태 출소 후 이정우를 단죄하는 자리에 불려갔다는 부분 말이야."

"예."

"이거 대체 뭐야?"

"2년 전에 이정우가 재식이파를 해체했다는 가설에서 출발해야 이해할 수 있습니다."

"그때 이정우는 17세였어. 만 16세."

"저도 아직 정확히 확인하지 못했습니다. 당시 학원가에서 불량 서클에 속해 있던 녀석들을 상대로 탐문하도록 지시했습니다."

"열여섯 살짜리가 그게 가능한가? 그리고 가능하다 해도 그렇지. 장춘석이 쓴 방법이 이해가 안 되는데?"

"이정우의 친구 중에 김인범이라고 있어요. 그 김인범이 같이 갈 데가 있다고 연락을 취해서 함께 갔다고 합니다."

"그럼 참관자로 간 건 김인범이 중간에 장난쳐서 그렇다는 거야?"

"예."

"그땐 모두 풀려 나왔었지?"

"예."

"그런데 이세진이 다시 납치된 건가?"

"그렇습니다."

"재식이파?"

"그렇지는 않은 것 같습니다."

"확실해?"

"아닙니다."

"현재 추측할 수 있는 방향은 이렇다. 장성태가 이정우에 대한 복수의 한 방법으로 여자 친구를 살해하고 불법 동영상을 유통시켰어. 그리고 이정우 역시 그에 맞서기 위해 조폭이 되었다, 그렇지?"

"시간상의 오차가 있습니다. 이정우가 조폭이 된 건 최근의 상황으로 보입니다."

"그 녀석 근황은 파악된 거 있나?"

"아직은 없습니다. 나이도 어리고 입문했다고 해봤자 서열은 낮을 것으로 추측되어 데이터에 올라올 정도의 거물은 아닐 테니까요."

“일단 담당 형사와 함께 장성태 만나고 와. 아, 요즘 찬이파 쪽은 어때? 이상찬이 쪽.”

“변동 사항이 있습니다. 나태식과 천용택이 사라졌습니다.”

“그래? 그쪽도 수상한데? 광범위하게 잡고 서울, 수도권 조폭 움직임을 모두 파악해봐. 코피 좀 터질 거야.”

“알겠습니다.”

“김상운!”

“예.”

임수철의 눈이 이번에는 김상운을 향했다. 김상운은 졸린 눈을 비비다 흠칫하며 임수철을 바라보았다.

“피곤한 거 안다. 알아낸 거 있어?”

“이세진의 동영상을 올려놓은 인터넷 방송국에 메일을 보냈는데 회신이 왔습니다.”

“자세하게 얘기해봐.”

“누군가 동영상 샘플을 보내서 구입할 용의가 있냐고 물어왔답니다.”

“그래서 구매를 했군?”

“예.”

“상대방이 누군지는 모를 테고?”

“예.”

“돈은 어떻게 입금했대?”

“밝히지 않았습니다.”

“동영상은 어떻게 받았대?”

"역시 밝히지 않았습니다. 추측하건대 CD에 담아서 항공 우편으로 주고받은 걸로 보입니다."

"이 새끼들이. 그 인터넷 방송국 어디 있어? 모조리 압수해."

"캐나다에 있어서 현실적으로 불가능합니다. 업주는 한인 2세입니다만 한글 서비스를 하는 것도 아니고요."

"포르노는 몰라도 스너프는 캐나다도 불법이야. 공조 요청을 할 테니까 캐나다에 출장 좀 갔다 와라."

"지금 말입니까?"

"공문 보내서 회신 오는 즉시."

"예."

"그리고,"

임수철은 차트를 뒤적거렸다.

"국내 성인 방송에도 동영상 샘플을 보냈을 수 있는 거 아닌가?"

"확인할 수 없습니다."

"국내 모든 성인 방송사 서버와 방송 기자재 모조리 압수해서 검사해."

"예?"

"방송이 너무 야해서 국민 건강 해칠 우려가 있어서 그렇다고 공갈치고 모조리 압수해."

"관계자는 어쩝니까?"

"방송 관계자, 진행하는 아가씨들 모조리 소환 조사하고 혹시 걔들이 만드는 동영상에도 이세진 강간과 비슷한 것이 있는지 알아보고."

"그거 다 조사하려면 열흘 정도는 잡아야 하지 않습니까?"

"넌 그때쯤이면 캐나다 출장 갈 테니까 상관없잖아. 열흘씩이나 시간을 낭비할 순 없다. 최대한 빨리 끝내야지. 아, 그리고 이세진 동영상 두 편이 더 있다는데 아직 못 찾았나?"

"아직입니다."

"알겠다. 여러분들은 경찰이 수사하는 거 지휘만 해서 잘 모르겠지만 원래 수사란 게 뭐 하나 잡고 뒤지다 보면 시간 금방 금방 가는 거야. 여하튼 힘내자고."

"예!"

회의실에 기합이 가득 든 검사들의 외침 같은 대답이 울렸다.

병원.

"회계 관리는 안 하고 매일 병원에 붙어서 뭐 하는 거야?"

전형수의 침상 옆에서 엎드려 자고 있던 최현정을 하종화가 깨우며 말했다. 최현정은 졸린 눈을 들어 올렸다.

"눈에 눈곱이나 떼라."

"왔어요? 아웅."

최현정은 한쪽 손으로 눈을 비비며 다른 쪽 손을 높이 들어 기지개를 켰다.

"전형수 어때?"

"자고 있네요."

"글 쓰고 밥 먹고 하지?"

최현정은 아직 잠이 덜 깬 듯 반쯤 눈을 감은 채 고개를 끄덕거렸다.

"잠깐 전형수하고 할 얘기가 있는데 10분만 자리 피해줄래?"

"알았어요. 그렇지 않아도 목이 타요."

최현정은 전형수의 머리를 한 번 쓰다듬고는 병실을 나섰다. 하종화는 가만히 전형수를 깨웠다. 잠에서 깬 형수는 하종화를 보더니 몸을 일으키려고 했다. 그런 그를 하종화가 손으로 막았다.

"가만히 있어. 몸은 괜찮아?"

전형수가 힘겹게 고개를 끄덕였다.

"흠. 전형수, 단도직입적으로 말하겠다. 네가 해줘야 할 일이 있다. 할 수 있지?"

전형수의 고개가 다시 내려가서는 되돌아왔다.

"우대만이라고 이상찬의 하부 조직에 보스가 있다. 이상찬의 하부 조직이라고는 하지만 우대만의 세력은 구인철보다 커. 우대만을 우리 편으로 포섭하면 이정우에게 한층 도움이 되겠지? 협상했는데 조건을 제시했어."

전형수는 자리에서 몸을 일으켰다. 그리고 습관처럼 침상에 걸려 있던 수건으로 턱을 가리고 하종화를 바라보았다.

"일산 신도시 쪽에 우대만의 하부 조직이 있다. 단란주점하고 주차장 건물 하나를 영업하고 있는데 책임자는 이운수야. 그런데 최근에 이운수가 우대만에게 버티고 있다는 거야. 갑자기 세력이 커져서 이운수가 동원할 수 있는 아이들도 100명이 넘는다는군. 그러다 보니 배짱을 부리는 거지. 우대만도 손을 좀 봐주고 싶은데 이운수가 갑자기 그렇게 커버리니 부담이 되었나 봐. 마침 협상하러 온 나한테 그 짐을 떠넘긴 거지."

전형수는 무슨 말인지 알겠다는 듯이 고개를 끄덕거렸다.

"매달 둘째 주 화요일에 우대만이 수금하는데 벌써 두 달이 밀려 있어. 이번에도 미뤄버리면 우대만으로서는 당연히 밀고 들어갈 수밖에 없는 거야. 물론 이운수도 거기에 대해 준비가 되어 있겠지?"

"……."

"네가 할 일은 이거다. 수요일에 애들 30명 데리고 주차장을 치는 거야. 아이들은 우대만이 지원한다. 이운수는 주차장 쪽으로 아이들을 전부 돌릴 거다. 그때쯤 우대만의 아이들이 단란주점을 접수하고 이운수를 잡을 거야. 넌 주차장에서 20분에서 30분 정도 시간만 끌어주면 돼."

끄덕끄덕. 전형수는 힘차게 고개를 끄덕거렸다. 잠에 취해 있던 눈에 어느새 생기가 돌고 있었다.

"하지만 잘 들어라, 전형수. 사실 이삼십 분은 긴 시간이다. 처음엔 주차장 쪽에 이운수의 아이들이 20명도 안 되겠지만, 네가 난리를 치면 속속들이 여기저기서 모여들 거야. 그때 우대만이 단란주점에 무혈 입성한다는 시나리오인데 그렇게 되면 넌 어떻게 되겠나?"

느닷없이 눈에서 불꽃이 이는 하종화의 진지함에 전형수는 의아한 표정을 지었다.

"단란주점이 털린다는 걸 모르고 팔구십 명이 널 다구리 칠 거다. 넌 몸도 정상이 아니기 때문에 죽을 수도 있어. 목숨을 걸어야 한다는 거다."

흠칫. 전형수의 눈꺼풀에 경련이 일었다. 그는 침상 위에 놓인 메모지와 볼펜을 들었다. 메모지를 든 왼손이 약간 경련을 일으켰지만 이내 진정되었다.

— 우대만은 믿을 만합니까?

"믿어도 된다. 내가 이정우 옆에 있기 때문이다. 날 아는 사람들은 모두 날 두려워하니까."

끄덕. 전형수는 결심을 굳힌 듯 크게 고개를 끄덕였다.

— 수요일입니까?

"내일모레다. 수요일 자정에 칠 테니까 정확한 시간으론 목요일 새벽쯤이겠군."

— 부탁이 있

"부탁이 있다고?"

— 목요일이 최현정의 생일입니다.

"생일?"

— 제 대신 선물을 좀 해주세요.

"그, 그래?"

하종화의 목이 울렁거렸다. 만약 둘이 사귄다면 하종화는 씻을 수 없는 죄를 짓는 것이었다. 둘이 사귀냐는 질문이 목구멍까지 올라왔다. 하지만 하종화는 삼켜버릴 수밖에 없었다.

"아무거나?"

— 반지나 목걸이, 옷, 신발. 그런 것 중에 하나.

"알겠다, 전형수. 그리고 미안하다. 너밖에 없었어."

전형수는 괜찮다는 듯이 눈으로 웃고만 있었다. 그 순간 덜컥 문이 열렸다.

"아직 멀었어요?"

최현정이었다. 하종화는 슬쩍 몸을 돌리는 척하며 전형수가 들고 있던 메모지를 자신의 손 안에 숨겼다.

"어? 아니야. 다 끝났어."

"무슨 얘기 한 거예요? 자."

최현정은 음료수를 하종화에게 내밀었다. 전형수에게는 빨대를 꽂아 내밀고 있었다.

"둘이 혹시……."

"뭐요? 사귀냐고? 에이, 아니에요. 그런데 무슨 얘기 한 거예요?"

"아니야. 경과가 좋아서 내일 퇴원할 거라고."

"와아, 정말? 형수 씨 벌써 퇴원이래요. 좋겠다. 이거 축하해야 하는 거 아닌가?"

최현정이 활짝 웃으며 전형수를 돌아보았다. 전형수 역시 눈가에 미소를 그리고 있었다. 하종화는 서둘러 몸을 일으켰다.

"으음. 그럼 난 퇴원 수속 밟으러 간다."

"그래요. 아, 퇴원해도 통원 치료는 해야 하는 거죠? 아직 왼손 약간 떠는데."

"그래야지."

그렇게 대답하는 하종화의 손은 이미 병실 손잡이를 돌리고 있었다. 사정을 모르고 떠들어대는 최현정을 빨리 피하고 싶었다.

'미안하다.'

그저 병실 문을 열며 마음속으로 그렇게 속삭일 뿐이었다.

19.

우대만과 약속했던 수요일이 되었다.

봉고차 두 대가 S 뒤쪽에 주차되어 있었다. 봉고차 안에는 어깨들 20여 명이 앉아 있었고 전형수는 그 앞에 주차된 그랜저 승용차에 막 올라타는 참이었다. 시간은 벌써 오후 11시. 한 시간만 지나면 최현정의 생일이었다. 예상대로 우대만은 이운수에게서 돈을 받지 못했다.

"괜찮나?"

뒷좌석에 탄 전형수를 보며 밖에 선 하종화가 말했다. 전형수는 조용히 고개를 끄덕였다. 그러는 전형수의 왼손이 파르르 떨렸다. 전형수는 왼손에 쥐고 있던 메모를 하종화에게 건네었다. 하종화는 메모를 보고 고개를 끄덕였다.

"휴대폰 들고 있지? 문자로 지시 내릴게. 우대만 쪽은 벌써 도착했을 거다. 네가 움직이기만을 기다리고 있어."

끄덕. 검은 천으로 얼굴을 가린 전형수의 고개가 다시 아래위로 움직였다. 하종화는 고개를 끄덕이며 차에서 물러섰다.

그와 동시에 승용차가 앞으로 나아가기 시작했다.

밤 11시 50분.

5층짜리 주차장 건물 속으로 전형수가 탄 차가 미끄러져 들어가고 있었다.

"어서 오세요."

눈치 없는 아르바이트생이 쪼르르 달려오고 있었다.

"주차권 저기서 뽑으셔야 하거든요?"

덜컥. 문이 열렸다. 그리고 전형수가 천천히 차에서 내렸다.

"어?"

심상치 않은 분위기를 보며 아르바이트생은 주춤거리고 있었다. 이때 봉고차 두 대가 아르바이트생 앞으로 미끄러지듯 들어왔다. 우르르 내리는 모습이 무섭기까지 했다. 어깨들은 아무 말 없이 내리고는 차 트렁크를 열고 손에 무언가를 집어 들기 시작했다. 그중 말을 못 하는 형수를 대신하여 백구라는 녀석이 무서운 음성으로 입을 열었다.

"오래 살고 싶으면 확 튀어라, 으잉?"

"에, 예?"

스무 살을 갓 넘은 아르바이트생은 후다닥 관리 부스로 뛰어 들어가 인터폰을 들었다.

"여, 여보세요? 여기……."

그때였다. 쉿. 백구가 들고 있던 야구 방망이를 휘둘렀다. 쨍! 관리 부스의 유리창이 말 그대로 갈라지며 요란한 소리를 내었다. 아르바이트생의 놀란 비명이 터져 나왔다.

"살고 싶으면 튀라고 했지?"

백구는 겁에 질려 바닥에 주저앉아버린 아르바이트생을 향해 방망이를 한껏 치켜들었다.

"이상하다."

같은 시각 최현정은 거처에서 장부를 뒤적거리고 있었다. 하지만 정작 이상한 건 돈 계산이 잘못되었다거나 하는 문제가 아니었다.

"뭐가 이상해?"

사무실 문이 덜컥 열리더니 하종화가 들어서고 있었다.

"이상하지 않아요?"

"뭐가?"

"형수 씨 말이에요. 이정우보다 훨씬 심하게 다쳤는데, 왜 벌써 퇴원하느냐고? 이정우는 아직도 병원에 있는데."

"이정우는 아직 나오면 안 돼."

"왜요? 김정한한테 총알 쐈잖아? 나와도 함부로 못 건드릴 걸요?"

"어쨌든 조금 더 요양해야지."

"뭐 그렇게 많이 다쳤다고, 쳇. 하여튼 별나게 굴어. 김인범하고 박정태는 왜 안 나와요?"

"그 친구들은 이제 다 나왔어. 입원 핑계로 이정우를 지키고 있는 거야."

"가만히 보면 형수 씨가 제일 불쌍해. 말도 못 하고. 그런데

이 시간에 여긴 왜 왔어요?"

"넌 안 자고 뭐 하는 거야?"

"난 바빠요. 그 동안 형수 씨 간호하느라고 회계 정리를 못 했더니 많이 밀렸다고요."

"그래?"

하종화는 최현정의 옆자리에 의자를 밀면서 앉았다.

"생일이라며?"

"어떻게 알았어요? 나한테 관심이 있는 줄은 몰랐네. 근데 아직 12시 안 됐어요."

"몇 초 안 남았네. 5, 4, 3, 2, 1, 땡! 책상 밑에 서랍 좀 볼래?"

"음?"

최현정이 의뭉스런 표정을 짓고 있는 하종화를 바라보았다. 그리고 고개를 유지한 상태에서 눈동자가 책상 아래로 쏠렸다.

드륵.

"뭐야, 이게? 언제 넣은 거예요?"

"형수가 주는 선물이야. 옷이야. 꺼내봐."

최현정은 양손으로 옷의 어깨 부분을 들어 올렸다. 파티에 갈 때나 입을 만한 드레스였다.

"이, 이거……."

"파티용 드레스야. 8백만 원짜리."

"마, 말도 안 돼. 형수 씨가 무슨 돈이 있다고."

하종화는 빙긋 웃으며 양복 주머니에서 보석함을 꺼내 내밀었다.

"반지."

"어?"

이번엔 다른 손으로 다른 보석함을 꺼내는 하종화였다.

"귀걸이."

"어?"

"아직 더 있어. 목걸이."

"어어?"

"그리고 신발 상품권. 발 크기를 몰라서."

"뭐, 뭐야? 왜 이렇게 많아요? 이거 다 형수 씨가 산 거예요?"

"내가 샀어. 이걸 다 사려면 골드 카드가 있어야 한도에 안 걸리거든."

"무슨 말이에요?"

"형수한테 부탁받고 내가 샀다고. 걱정하지 마. 형수한테 돈 받아낼 테니까. 하하."

이를 드러내며 웃는 하종화의 눈가에 그늘이 잡히고 있었다.

"그리고 이건, 11시에 출발할 때 너한테 전해달라는 메모."

하종화는 그러면서 작은 메모지 하나를 최현정에게 건네었다. S를 출발하기 직전 전형수가 하종화에게 건넸던 바로 그 메모였다.

— 현정 씨, 생일 축하합니다. 그리고 정우가 하는 행동은 언제나 옳아요. 전형수.

"세, 세상에."

최현정의 입이 벌어지면서 눈가가 젖고 있었다.

“웃으면서 울면 이상해진다던데?”

“상관 마요. 어쩜 사람이 이렇게 바보 같을까. 너무해, 정말.”

“메모지 보고 우는 건 너밖에 없을 거야.”

“부장님은 몰라요.”

최현정은 감격하고 있었다. 자신에게 쏟아부은 선물 때문이 아니었다. ‘올아요’의 잘못을 기억하고 제대로 쓴 전형수에 대한 감격이었다.

와장창.

주차되어 있던 10여 대의 차가 그야말로 으스러지고 있었다. 위협을 받았던 아르바이트생은 벌써 도망친 후였다.

“야야야! 이 개새끼들, 뭐야?”

마침내 한 무리의 어깨들이 전형수의 패거리 쪽으로 몰려들기 시작했다.

“이 개새끼들 뭐야? 왜 남의 차를 부숴?”

맨 앞에서 굵은 금목걸이를 두른 어깨가 소리쳤다. 금목걸이 뒤로 적어도 50여 명은 늘어서 있는 것 같았다. 전형수 뒤에서 백구가 맞고함을 쳤다.

“이윤수 떨거지 새끼들이냐?”

“이 쌍놈의 새끼가 어디 우리 사장님 존함을 함부로 입에 올린다냐? 아가리가 찢어져 봐야 골에 개념이 박힐랑가?”

금목걸이는 손에 든 사시미를 휙휙 허공에 휘두르며 앞으로 걸어 나왔다. 동시에 50여 명이 구두 발자국 소리를 저벅저벅

내고 있었다.

"으메? 대가리 30개 갖고 밀고 들어왔나 부네? 너그들, 어디 아그들이냐?"

백구가 뭐라고 하려는 찰나 전형수가 손을 들어 제지하고 앞으로 걸어 나왔다. 그리고 두말없이 금목걸이의 머리를 향해 야구 방망이를 휘둘렀다.

"이 새끼가."

쉬잉. 전형수의 방망이는 금목걸이의 눈앞을 비켜나갔다. 그것이 신호가 되었다.

우아아아아아!

"개새끼, 죽여!"

"죽여! 죽여!"

"이런 씨팔."

쾅쾅! 쾅쾅쾅! 난투전이 벌어졌다. 그리고 그 순간부터 전형수의 시간 끌기도 시작되었다.

이정우는 잠을 못 이루고 있었다. 마침 병실에는 김인범과 박정태가 환자복을 입고 놀러와 있었다.

"왜 그래?"

김인범이 유달리 안색이 안 좋은 이정우에게 물었다.

"글쎄, 기분이 안 좋네. 찝찝한 것이."

"병원에 오래 있으니 갑갑해서 그럴 거야. 손은 어때?"

"그냥 그렇다."

"심심하면 고스톱이나 칠까?"

박정태가 손으로 화투를 치는 시늉을 하며 말했다.

"할 줄 모른다."

"내가 가르쳐줄게. 나한테 배우면 누구한테도 안 져."

"됐다."

이정우는 누워서 멀뚱거리기만 하고 있었다. 그리곤 가만히 왼손을 들어 보았다. 칼이 관통하고 지나간 자리에 3센티가량의 길쭉한 흔적이 남아 있었다. 이정우는 슬쩍 왼손을 접어 보았다. 어느 정도 말리던 손가락들이 마침내 주먹이 되었다. 하지만 힘이 실린 주먹은 아니었다. 마치 달걀 하나를 쥐고 있는 것처럼 주먹에 커다란 허공이 뚫려 있었다.

'아직 주먹이 제대로 쥐어지지 않아.'

힘을 줄 수 없는 주먹을 보며 이정우는 침묵을 지키고 있었다. 언제쯤이면 완전히 나을까.

왼손이 파르르 떨리고 있었다. 전형수의 주위에는 어느새 이운수의 어깨들뿐이었다. 애초에 왔던 녀석들은 모두 달아났다. 아니, 사실은 작전대로 단란주점을 깨뜨리는 데 원군으로 가기 위해 도망치는 척하고 떠난 것이다. 전형수의 주위엔 어느새 처음의 50여 명이 80여 명으로 불어 있었다.

12시 40분. 전형수는 훌륭하게 시간을 끌어주었다. 하지만 지금 그의 몸은 만신창이였다. 터져버린 눈꺼풀은 퉁퉁 부어 있었고 그 눈꺼풀 아래 핏물이 가득 고여 있었다. 신경이 마비

되는 듯 바닥에 거의 뻗어버린 전형수의 왼손과 왼쪽 다리가 심한 경련을 일으키고 있었다.

"이 새끼 진짜 독하네."

금목걸이가 입에서 피를 쏟으며 숨을 헐떡이고 있는 전형수의 머리를 방망이로 툭툭 치고 있었다.

"생긴 건 왜 이래? 턱이 없네. 재수 없게 생겨 가지고."

찌익. 금목걸이가 전형수의 얼굴을 구둣발로 지그시 짓눌렀다.

"사인할까? 결재는 이걸로 된 거라고 우대만한테 전해라. 혹시 살게 된다면 말이야."

금목걸이는 가래 끓는 소리를 내며 부들거리는 전형수에게 말했다.

"야, 사인하자. 이 새끼 다리 잡아."

"예."

금목걸이 쪽 아이 둘이 다가와 뻗어 있는 전형수의 한쪽 다리를 들어 올렸다. 한 녀석은 그렇게 들어 올린 다리를 당장 꺾어버리려는 듯 발목을 잡고 마사지하듯 손으로 돌렸다. 다른 녀석은 각목으로 조용히 거리와 각도를 재었다.

금목걸이의 방망이가 사정없이 전형수의 다리를 강타했다. 그 순간 뚝, 하고 전형수의 정강이가 부러졌다.

"키억!"

숨만 헐떡이던 전형수의 입에서 비명이 터져 나왔다. 뼈 부러지는 소리가 주차장 안을 가득 메웠다. 부러진 뼈가 살을 찢고 튀어나오는 것 같았다.

"개새끼!"

금목걸이가 비명을 지르며 고개를 번쩍 든 전형수의 두개골을 향해 사정없이 방망이를 내리쳤다. 깡! 전형수는 뒤통수를 바닥에 서너 번 부딪히며 넘어갔다.

"키흐흑. 키흑."

"창자를 뻿겨버릴까 보다. 그런데 다른 놈들은 다 튀어도 넌 용하다? 끝까지 버티네? 엉?"

금목걸이는 떡을 찧는 절구처럼 방망이를 수직으로 세우고 전형수의 콧등을 콱콱 눌러대고 있었다.

"크헉. 꺼어억."

"아, 드러워."

전형수의 목에서 피와 가래가 끓고 있었다. 금목걸이는 그런 전형수의 얼굴에 침을 뱉었다.

"어째 생긴 것도 이렇게 재수 없게 생겼고 더럽기는 왜 이렇게 더러울까? 아우, 짜증나."

금목걸이는 다시 방망이를 들어 올렸다. 완전히 전형수를 보낼 심산이었다. 그때였다.

"형님! 형님!"

당장 숨이 끊어질 듯한 목소리가 금목걸이를 불렀다.

"형님, 급합니다. 본가가 털렸습니다. 완전히 다 엎었어요."

"뭐야?"

한 녀석이 피투성이가 되어 달려오고 있었다. 거의 모든 인원이 주차장 쪽으로 몰린 후에 단란주점을 쳐버린 우대만의 생각은 성공적이었다.

"이런! 빨리 따라와!"

금목걸이는 전형수를 힐끗 본 후 당당한 걸음으로 몸을 돌렸다.

80여 명의 어깨들도 금목걸이를 따라 몸을 돌렸다. 한꺼번에 빠져나가는 구둣발 소리가 음산하게 울렸다.

"키잉. 키이이잉."

그들이 모두 빠져나가자 주차장에는 전형수의 고통스러운 신음만 가득 차고 있었다.

평소엔 들리지도 않던 시계 초침 소리가 아무도 없는 집에서는 그렇게 크게 들리듯 전형수의 꺼져가는 숨소리는 주차장을 가득 메우고 있었다.

"키이이이."

전형수는 안간힘을 내었다.

"흐윽. 끄윽."

전형수의 오른손이 힘겹게 윗주머니에 들어 있던 휴대폰을 꺼내었다. 그것은 마지막 몸부림이었다. 마침내 그의 손이 사력을 다해 1번을 눌렀다. 길게 누르자 신호음이 떨어졌다.

"여보세요? 형수 씨?"

단축 번호 1번은 최현정이었다.

"형수 씨, 전화 잘했어요. 생일 축하한다고요? 말 안 해도 알아요. 그것 때문에 전화했죠?"

생기 넘치는 최현정의 목소리가 울려 퍼지고 있었다. 전형수가 굳이 휴대폰을 귀에 대지 않아도 생생히 들릴 정도였다. 전형수의 입가가 가볍게 진동했다.

"그런데요, 형수 씨. 도대체 돈이 얼마나 많아서 비싼 것만 선물하는 거예요? 이거 안 되겠네? 선물 값이 천오백이 넘어요. 이거 아까워서 쓰기나 하겠어요?"

전형수의 눈꺼풀에 고여 있던 핏물이 아래로 흘러내렸다. 하지만 그의 입가에 그려진 건 작은 미소였다.

"그거 알아요, 형수 씨? 예전에 형수 씨 철자 틀린 거. 그런데요. 오늘 메모 보니까 제대로 썼더라고요. 나 그거 보고 얼마나 기뻤는지 알아요? 형수 씨, 나중에 올 때 케이크나 사 와요. 그냥 촛불 한 번 불고 꽃 한 송이만 받아도 괜찮아요. 아, 형수 씨 생일은 언제예요? 나중에 문자로 보내줘요. 아직 안 지났으면 좋겠다. 그래야 내가 선물하지. 하지만 난 비싼 거 못 해요, 알죠? 킥! 아유, 요즘 나 얼마나 정신없는지 알아요? 이거 다 형수 씨 책임이야. 형수 씨 간호한다고 일을 제때 못 했더니 밀린 게 얼마나 많은지, 깔깔. 근데 형수 씨 언제 와요? 이 늦은 시간에 업소 안 지키고 어딜 돌아다니나, 정말! 푸후훗. 아유, 뭐라고 대답 좀 해요."

금방이라도 숨이 넘어갈 것 같이 헐떡대던 전형수였지만, 최현정의 목소리가 그를 살려내고 있었다. 귀에 최현정의 목소리가 남아 있는 한 눈을 감을 수 없었다.

"형수 씨, 나 때문에 일 못 하는 거 아니에요? 괜히 많이 떠들죠? 그래도 뭐, 일 못 하면 어때요? 히힛. 아니에요, 아니에요. 이제 끊을게요. 나 혼자 떠들기도 지겹다고요. 이건 진심이 아닌 거 알죠? 우리 하나 둘 셋, 하면 끊어요. 하나, 둘, 셋! 에이, 안 끊네? 어머, 어떻게 알았지?"

전형수가 조용히 눈을 깜박였다. 한 움큼 고여 있던 피가 다시 눈물처럼 흘러내렸다.

"형수 씨, 진짜 끊을게요. 안 자고 기다릴 테니까 빨리 와요. 그리고 나…… 아, 아니다. 아직은 민망하네. 끊을게요."

딩동! 최현정이 전화를 끊는 순간 전형수가 들고 있던 휴대폰에서 전자음이 울렸다. 동시에 휴대폰이 그의 손에서 떨어졌다. 전형수의 눈에서 어느새 핏물 대신 맑고 투명한 눈물이 흘러내리고 있었다.

눈꺼풀 밑에 고여 있던 피를 온전히 몰아내고 흘리는 눈물이었다. 피투성이가 된 자신의 얼굴을 씻어주는 눈물이었다.

"하아."

입에서 한숨이 터져 나왔다. 그와 동시에 얕게 유지되던 숨소리가 멎었다. 진동하던 왼쪽 팔과 다리도. 흘러내리던 눈물도 말랐다.

딩동! 딩동! 휴대폰에 문자 메시지가 연이어 떴다.

— 생일 언제예요? 문자 보내줘요.

— 그리고 조금 좋아하게 됐어요. 많이는 아니고 조금. 이건 여자의 자존심, 후훗.

하지만 전형수는 답을 보낼 수 없었다. 반짝거리는 휴대폰의 작은 램프가 이 공간의 전부였다.

20.

"용서를 구하러 왔다."

이정우는 병실에 굳은 얼굴로 나타난 하종화를 볼 때까지만 해도 표정에 아무런 변화가 없었다.

"뭔데?"

"전형수가 간밤에 죽었다."

이정우의 옆에 앉아 있던 김인범이 자리에서 벌떡 일어났다. 박정태 역시 놀라움을 감출 수 없었다. 다만 이정우만은 눈동자에 힘이 들어갈 뿐 별다른 반응은 보이지 않고 있었다.

김인범이 다급하게 물었다.

"그게 무슨 말입니까, 형님?"

"말 그대로야."

"가만있어, 인범아. 하종화!"

"……."

"나한테 용서를 구한다면 네가 뭘 잘못했다는 얘기잖아?"

"그렇다."

하종화는 코로 한숨을 뿜어내었다.

"네가 형수를 죽이기라도 했다는 거야?"

"그랬는지도 모른다."

"만약 그렇다면 넌 나한테 죽어."

그렇게 말하는 이정우의 눈에서 불꽃이 일었다. 하종화는 긴장하고 있었다.

"너만의 힘으로 무언가를 이루어낸다는 것은 불가능하다고 생각했다. 이상찬의 밑에 우대만이라는 녀석이 있어. 그 녀석을 우리 편으로 끌어들이려다 전형수가 희생되었다."

"자세하게 말해라."

하종화는 그 동안 있었던 이야기들을 늘어놓았다. 이야기가 끝나자 이정우는 자리를 박차고 하종화에게 다가갔다.

"너, 죽고 싶냐?"

이정우의 오른손은 이미 단단한 주먹을 만들어놓고 있었다.

"나로선 그게 최선이었다. 어차피 전형수는 오래 살기 힘든 몸이었어. 이런 일을 하면서 사사로운 감정 따위는……."

"한 마디만,"

이정우는 하종화의 말을 잘랐다.

"한 마디만 더 하면 죽여버린다."

그것은 아무래도 농담이 아닌 것 같았다. 이정우의 눈에서 번득이는 건 분명 살기였다.

"나한테 필요한 건 친구다, 알아?"

하종화는 무언가 할 말이 있는 것 같았지만, 굳이 입을 열지 않았다.

"알아먹어, 이 새끼야?"

이정우의 주먹이 하종화의 멱살을 붙들고 있었다.

"나한테 필요한 건 친구라고!"

병실 밖 복도까지 울리는 큰 소리였다. 하종화는 이정우의 손길에 자신의 몸을 맡기고 있었다. 한동안 이정우는 그런 하종화를 노려보고 있었다. 변함없는 하종화의 근엄한 눈동자만 눈에 들어왔다.

"우대만은?"

"너와 뜻을 같이하기로 합의를 보았다."

"같이하다니?"

"말 그대로 연합 전선이 된 거야."

"누구 마음대로?"

하종화는 흠칫했다. 이정우의 말투는 절대 곱지 않았다.

"무엇을 생각하는지 알 것 같다. 하지만 우대만은 천용택과도 동일 선상에 있는 자야. 네 밑으로 들어갈 상대가 아니야. 먼저 이상찬을 거꾸러뜨리고 서열은 그 후에 정해도 돼."

"공동의 목표를 두고 있을 때 이용해라?"

"말하자면 그렇다."

우두둑. 하종화의 멱살을 붙들고 있는 이정우의 주먹에서 뼈마디가 부딪히는 소리가 났다. 그리고는 손을 놓았다.

"너하고 나 사이의 서열은 뭐야?"

"네가 위다."

"그런데 나한테는 아무런 말도 없이 혼자서 일을 처리했다?"

"말하면 승인이 날 리 없으니까."

"두 번 다시 그러지 마라."

"난 이익을 위해서라면 다음에도 그렇게 할 거야."

"두 번 다시 그러지 말라고 했다."

낮게 깔리는 이정우의 목소리. 곁에 있던 김인범과 박정태가 긴장하고 있었다. 하종화도 아무런 말을 하지 못하고 있었다. 이정우가 분위기를 압도하는 탓이었다.

"형수의 시체는 어떻게 했어?"

"회수하지 못했어. 이운수의 똘마니들이 치운 것 같다."

"왜?"

"이운수를 우대만이 잡아갔다. 이운수 쪽에서는 전형수의 시체와 이운수를 바꾸자고 하는데 우대만 입장에선 형수가 중요한 인물도 아니고 하니 지지부진한 모양이야."

"잡아갔다고?"

"확실히 은퇴시킬 모양이야."

이정우는 김인범과 박정태를 돌아보았다.

"준비됐어?"

"당연하지."

김인범과 박정태가 동시에 대답했다.

"하종화, 널 용서한 게 아냐. 일단 형수부터 찾는다. 너하고는 그 뒤에 얘기하자."

"달게 받겠다. 하지만 지금 뭐 하는 거지?"

이정우는 사물함을 열어 사복을 꺼내고 있었다. 그와 동시에 김인범과 박정태도 환자복을 훌훌 벗어 던지고 있었다.

"퇴원한다."

"퇴원?"

김인범이 병상 위에 있는 전화기를 들어 간호사실에 전화했다.

"퇴원하려고 하는데 어떻게 해야 합니까?"

1분도 지나지 않아 간호사 한 명이 튀어 왔다. 모두 사복으로 갈아입고 난 후였다.

"퇴, 퇴원하시게요?"

간호사는 불안한 시선으로 병실을 둘러보았다.

"그, 그냥 하시면 안 돼요. 담당 의사의 소견서와……."

"의사 불러와."

이정우가 한 걸음 성큼 내딛으며 간호사의 코앞에 섰다. 간호사는 이정우가 어떤 사람인지 알고 있었다. 더구나 시커먼 정장 차림을 한 하종화와 190센티가 넘는 키의 김인범이 간호사를 더욱 두렵게 했다.

"예, 예?"

"아니면 의사한테 전해. 나 퇴원한다고."

"저, 저기 이러시면 안 되는데요. 워, 원무과에 가셔서 수납도 하셔야 하고……."

"그러지."

이정우는 거침없이 병실을 나섰다. 하종화가 길게 팔을 뻗어 이정우의 어깨를 붙잡았다.

"뭘 하려고?"

"우대만이 가깝냐? 이운수 똘마니들이 가깝냐?"

"우대만. 버스로 다섯 코스니까."

"우대만? 그리로 간다. 안내해."

"지금?"

"형수 찾아야 할 거 아냐?"

"가서 공연한 소란 일으키는 거 아니야? 내가 다 만들어놓았는데 네가 초를 칠 거 아닌가?"

이정우의 관심은 이미 간호사에게 가 있었다.

"아가씨, 비키시지. 돈 안 떼먹으니까."

"저, 저기 그게 아니라……."

간호사는 거의 울상이 되어 있었다.

"하종화, 앞장서. 안내해."

까딱. 이정우는 턱짓으로 하종화를 불렀다. 하종화는 아무 말 없이 이정우의 눈에 등을 보이며 앞으로 나아갔다. 병실 밖에 늘어서 있던 어깨들이 긴장하며 그들을 바라보았다. 간호사는 울상을 한 채 병실을 뛰쳐나가 수간호사를 찾고 있었다.

"네가 이정우냐?"

이정우는 우대만과 일원각에 방 하나를 잡고 마주 앉았다. 기생 장사를 하는 한옥식 요정이었다. 우대만은 언젠가 하종화가 보았던 신인 모델과 수하 두 명을 대동하고 나타났고 이정우는 하종화, 김인범, 박정태와 같이 자리를 잡았다.

"이거야, 원. 몇 살이나 먹은 녀석이야?"

우대만은 이정우의 뽀얀 살결을 보자 보기에도 우습다는 듯 슬쩍 입꼬리를 올렸다.

"열아홉 살."

뻔뻔하기까지 한 이정우의 무덤덤한 대답이 우대만의 귀로 돌아왔다. 순간 불쾌함 때문에 우대만의 얼굴이 일그러졌다.

"하종화가 그러더군. 네가 천용택 대용이라며? 용택이가 우리를 대표한 건 사실이지만 서열을 두진 않았어. 하지만 서열을 두어야 할 것 같군. 도무지 열아홉 살짜리한테 중심을 맡길 수는 없잖아?"

"이운수를 데리고 있다고 들었다."

우대만의 말은 안중에도 없는 이정우의 거침없는 말이 시작되었다.

"이 자식이 말이 왜 이렇게 짧아? 존댓말 모르나? 앙?"

"전형수의 시체와 바꿔라. 그리고 오늘 내로 S로 보내라."

"하!"

너무 기가 막히면 말도 나오지 않는다. 우대만의 수하 둘이 이정우의 태도에 불끈거렸다. 하지만 누구보다 격분한 건 우대만이었다.

"이 자식이 눈에 보이는 게 없나? 난 너와 한 편이야. 지금 날 적으로 몰 셈이냐?"

"이정우, 이런 식으로는 안 돼. 혼자 앞만 보고 가면 안 된다."

다급해진 하종화가 서둘러 우대만의 분노를 진정시키며 말했다. 긴장감이 감돌았다. 이정우는 아무런 표정 없이 다시 입을 열었다.

"오늘 내로."

쾅! 우대만의 옆에 있던 콧수염을 기른 녀석이 술상을 주먹으로 쳤다.

"이 자식이 선후배도 없나?"

"없다."

말문이 막히고 있었다. 중간에 끼어서 진땀을 흘리는 건 하종화였다. 우대만이 단숨에 술잔을 비우며 말했다.

"은근히 사람을 호전적으로 만드는 녀석이로군. 만약 오늘 내로 그놈 시체를 S에 갖다놓지 못하면 어떻게 되는데?"

"내일부터 적이 될 것이다. 그리고 나한테 밟힌다."

"뭐라고?"

"하하, 하."

우대만은 술을 자작하며 다시 단숨에 입속으로 들이부었다.

"황송하게도 동료로 맞아줄 때 알아서 기라는 말이군. 어차피 너 혼자서도 이상찬을 넘길 수 있다는 말로 들리는데?"

"그렇다."

"이정우!"

놀란 하종화가 이정우를 돌아보았다.

"그런 독불장군 식으로는 안 돼. 이건 고등학교 양아치 서클이 아니야!"

"미안하지만!"

가만히 듣고 있던 박정태가 느닷없이 벼락같은 고함을 터뜨렸다.

"정우가 그렇다면 그런 겁니다, 하종화 영업 부장님."

"뭐라고?"

싸한 분위기였다. 전형수는 이정우란 이름 석 자에 목숨을 내걸었다. 그리고 지금 박정태는 이정우란 인물을 절대적으로 숭배하는 듯한 말을 하고 있었다. 다행히도 우대만은 그리 미련한 머리가 아니었다.

'사람을 끌어들이는 녀석이다. 지켜볼 가치가 있어.'

"오늘 내라고 했나? 좋다, 이정우. 오늘 내로 전형수의 시신을 찾아서 S로 보내지."

"이사님!"

우대만의 수하들이 분한 표정으로 우대만을 소리치듯 불렀다. 우대만은 그들을 손을 들어 제지했다.

"기다리지."

이정우는 자리에서 일어났다. 김인범과 박정태도 따라 일어섰다. 하종화만 이러지도 저러지도 못하고 있었다. 이미 세 사람이 거침없이 방을 나섰는데도 하종화는 우대만을 향하고 있었다.

"하종화, 걱정 말고 돌아가라."

"대만 형님……."

"유아독존이로군. 하지만 사람을 끌어들이는 매력이 있어."

"그 말씀은?"

"조금 더 지켜봐야 할 것 같다. 내가 생각하는 정도의 그릇이라면 난 욕심을 버리겠다."

"무슨 말씀입니까?"

"앞으로 10년, 아니, 20년, 30년. 내 눈이 틀리지 않았다면 이정우가 지배하는 세상이 올 거야."

우대만의 얼굴에 지금껏 한 번도 드러나지 않았던 생기가 넘치고 있었다. 격분하여 투덜거리는 수하들과는 달리 우대만은 차분히 술을 따라 입에 털어 넣고 있었다.

"앞으로,"

"예?"

"흥미로운 일들이 많이 생길 것 같군."

21.

"그런데 어떻게 회수하실 겁니까?"

"전형수 말인가?"

"예, 이운수는 폐기하지 않으셨습니까?"

우대만은 하종화의 진지한 물음에 실소를 터뜨렸다.

"하하. 무슨 생각을 하는 건가?"

"이운수와 바꾸진 않으실 거로 생각합니다만."

"물론이다. 협상이 통하는 상대라는 건 처음부터 인식시키지 말아야 하지. 쳐들어가서 나머지 쓰레기들 모두를 발라버릴 셈이다."

"그렇다면 이번엔 제가 가도 되겠군요."

"나야 상관없지만 그럴 필요가 있나? 그런다고 이정우가 널 잘 볼 것 같지도 않은데?"

"이정우와는 상관없습니다. 어디까지나 전형수에 대한 예의입니다."

"죽은 자에 대한 예의라. 그럼 한 잔만 하고 애들 붙여줄 테니까 출발해."

하종화는 고개를 끄덕이고 잔을 들었다. 우대만은 흐뭇한 얼굴로 술을 따랐다.

"너……."

S로 돌아온 이정우를 본 최현정은 어깨를 부르르 떨면서 노려보고 있었다.

"생일 축하한다."

이정우는 무덤덤한 말을 던지며 최현정 앞에 섰다. 그리고는 뻣뻣한 손길로 장미 다발을 내밀었다. 철썩! 최현정의 손이 이정우의 뺨을 후려갈겼다. 당황한 김인범과 박정태가 이정우의 앞을 가로막았다.

"비켜."

이정우는 그들을 물러나게 했다.

"이정우, 네가 여기서 대장 노릇 하지? 형수 씨 어떻게 했어? 어젯밤에 일이 있다고 나갔는데 왜 아직 소식이 없냐고?"

최현정의 눈에 독기가 어려 있었다.

"형수는 죽었다."

한 치의 망설임도 없는 이정우의 무심한 입이 열렸다. 순간 최현정은 눈을 몇 번이나 깜박였다.

"뭐, 뭐라고?"

아무래도 믿을 수가 없었다.

"뭐라고?"

"내 잘못이다."

"다, 다시 말해봐."

"형수는 죽었다."

"한, 한 번만 더 말해볼래?"

"형수는 죽었다."

최현정은 세 번을 연달아 이정우의 뺨을 쳤다.

"야, 이 더러운 자식아!"

눈동자에 눈물이 고여 들었다.

"어, 어떻게 그런 말을 그렇게 쉽게 할 수 있어? 응?"

최현정의 양 볼에 눈물이 주르륵 흐르고 있었다.

"사, 사람 죽었다는 말이 그렇게 쉽게 나와? 농담으로라도 못 하는 말이야!"

"그만해."

보고 있던 박정태가 다시 들어 올린 최현정의 손목을 붙들었다.

"놔."

하지만 그런 박정태를 무섭게 윽박지른 건 이정우였다.

"비켜, 정태. 한 번만 더 끼어들면 너라도 용서 안 해."

"하지만 정우야……."

"비키라고 했다."

박정태는 슬그머니 최현정의 손목을 놓았다. 최현정의 얼굴은 눈물범벅이 되어 있었다. 앙 다문 입술은 터져 나오는 울음을 참느라 부들부들 떨리고 있었다.

"아흑."

마침내 최현정은 무너졌다. 꺼억, 꺼억 삼키는 울음이 목구멍으로 처량하게 터져 나왔다. 그리고는 바닥에 주저앉았다. 혼이 나간 듯 정신을 잃은 듯 눈동자가 풀려 있었다.

"나쁜 새끼, 이 나쁜 새끼."

누구한테 하는 욕인지 몰랐다. 최현정의 입에서 원망이 가득 담긴 욕설이 새어 나왔다.

"정 다 붙이니까, 이 나쁜 새끼, 실컷 정 다 주고 나니까, 어떻게 생일에……."

이정우는 그렇게 울고 있는 최현정의 눈앞에 손을 내밀었다.

"뭐야? 이 새끼야!"

"앞으로 어떤 일이 일어날지 모르지만, 이것 하나만은 약속해주겠다."

"필요 없어! 이 개새끼야!"

"네 목숨은 반드시 지켜준다."

"다 필요 없어!"

퍽! 퍽! 최현정은 양팔로 이정우의 가슴을 쳤다. 설움이 가득 담긴 주먹질이었지만, 힘이 들어갈 리 없었다. 이정우는 가만히 가슴으로 최현정의 주먹질을 받아주고만 있었다.

"형수는?"

하종화는 주차장 건물 지하에서 금목걸이와 대면하고 있었다.

"이사님은 어디 있나?"

금목걸이의 주위에는 30명가량이 긴장한 표정으로 모여 있었다. 불과 하루 사이에 50여 명이 줄어든 숫자였다. 금목걸이의 얼굴도 다친 듯 눈두덩이 부어 있었다. 하지만 손에는 각목 하나를 들고 있어 만약의 사태까지 대비하고 나온 듯했다.

"이운수? 없다."

"뭐여?"

"그 새끼 폐기해서 버렸다. 한쪽 팔로 수레 밀고 시장통에 구걸하러 다니는 놈 있으면 이운수려니 해라."

"뭐, 뭐시 어째? 이건 약속이 틀리잖아"

"약속? 우리가 언제 약속했는데?"

"뭐, 이런 개 같은 경우가."

"형수나 내놔."

"없다, 이 개새끼들아."

"이봐, 너 이름이 뭐야? 목걸이라고 불러줄까?"

하종화는 칼 한 자루를 품에서 꺼내며 금목걸이를 보았다. 그 눈빛에는 여유가 담겨 있었다.

"너도 자기 몸보신 하려면 처신을 잘해야지. 폐기된 놈한테 매달려서 무슨 이득이 있나? 그런 건 충성이 아니라 미련이라고 하는 거다."

"이 개자식이!"

금목걸이는 더 이상 참지 못하고 각목을 높이 들고 하종화를 향해 달려들었다. 쉭. 하종화의 손이 더 빨리 움직였다. 덜컥!

"컥!"

금목걸이의 왼쪽 눈동자에 하종화의 칼이 깊숙이 박혔다. 그 자리에서 꼼짝도 하지 않고 팔만 내뻗은 하종화의 칼질이었다.

"끄으으으으."

하종화는 손목을 돌렸다. 동시에 금목걸이의 눈알이 칼과 함께 빠져서 바닥에 툭 떨어졌다.

"크아아악."

징그러운 비명이 울려 퍼졌다. 그 순간이었다. 탁, 탁, 탁. 하종화는 놈의 이마, 목, 가슴을 차례로 찌르더니 마침내 배에다 쑤욱, 사시미를 밀어 넣었다.

"킥."

그렇게 찔리면 어떤 소리도 나오지 않는다. 주저앉을 것처럼 다리도 휘청거린다.

사각.

"끄으으으."

하종화는 그렇게 놈의 배를 갈라내고 있었다. 생살을 가르는 소리와 주르륵 피가 떨어지는 소리가 가득 울려 퍼지고 있었다.

"난 이런 놈이다, 알겠나?"

그러자 모두 질린 표정으로 서로를 돌아보았다. 그들은 이미 전의를 잃은 모습이었다.

S 나이트클럽.

"나이트 오늘 닫아라."

최현정을 진정시키고 난 후 이정우가 말했다.

"하루를 건너뛰면 손해가 막심한데?"

"막심한 손해를 보겠다."

"너답다, 이정우."

박정태가 피식 웃었다.

"하지만 닫고 난 후엔 뭐 할 거냐?"

"장례를 치러야지."

"장례는 보통 삼일장 아닌가?"

"사흘간 문 닫아."

"뭐, 뭐?"

이번에 놀란 건 김인범이었다. S 같은 곳을 사흘씩이나 놀린다는 건 말도 되지 않았다. 하루에도 수십억이 왔다 갔다 하는 곳이다. 앉은 자리에서 수십억을 그냥 날려버리는 셈이었다.

"어떤 경우에도 나이트클럽이 사흘씩이나 문 닫는 경우는 없어. 아예 문을 닫으면 모를까."

"형수의 장례식은 네가 말하는 어떤 경우보다 중요하다."

"이정우, 너란 놈은 정말……."

"그리고!"

이정우는 무언가 결심한 듯 단호한 일성을 내뱉었다.

"이런 일이 생기는 근본 문제가 무언지 생각해봤다."

"근본 문제라……."

"결론은 이상찬 때문이었어."

"하지만 이상찬은 워낙 거물이라 같은 편을 좀 만들어놓고

차근차근 도전해야 해. 지금은 어떻게 할 수가 없어. 인력이나 권력이나 재력이나."

"내 생각은 달라. 밑에서 한 놈씩 치고 올라가서 마지막 남은 한 녀석 넘겨버리는 데는 시간이 너무 오래 걸린다. 먼저 치고 나에게 복종할 놈은 받아주고 거부하는 놈은 쳐버리겠다."

"응?"

"바로 이상찬을 치겠다."

"이정우!"

"형수의 장례식을 널리 알려라. 이정우가 커다란 슬픔에 빠져 있다고."

"설마, 너?"

"형수를 화장하기 전에 결과가 나와야 한다."

"그럼, 넌?"

"적어도 장례식 중에 일을 일으킨다고 생각하지는 않을 것이다."

이정우는 실로 무서운 생각을 하고 있었다. 장례식을 이용해 전쟁을 벌일 생각을 하고 있었다. 그것도 정점에 올라 있는 이상찬을 바로 넘겨버릴 속내를 드러낸 것이었다.

22.

"도대체 무슨 소리야?"

오후 5시. 전형수의 시신을 가지고 나타난 하종화는 S의 이상한 분위기에 사무실에 있는 이정우를 찾았다.

이정우는 사무실 소파에 앉아 약간 상기되어 있는 하종화의 얼굴을 멀거니 바라볼 뿐이었다.

"밖에 지금 뭐 하는 거냐, 이정우?"

"장례 준비 중이다."

"장례라니?"

"어디 갔다 왔어?"

"전형수를 찾아왔다."

"네가 왜?"

"그러고 싶어서. 그런데 지금 뭐 하는 거야?"

이정우는 말없이 소파에서 몸을 일으키며 인터폰을 켰다.

"예."

"스테이지로 최현정 불러와. 형수는 스테이지에 있나?"

"관에 넣어서 스테이지에 놔두었다. 이정우! 대답 안 해줄 건가?"

이정우는 사무실 문을 열었다.

하얀 천으로 뒤덮인 나이트 내부가 눈에 들어왔다.

"서울에 있는 조직 중 20여 개에 부고장을 냈다. 이상찬에게도 보냈어."

"무슨 뜻이냐?"

이정우는 2층 사무실에서 계단을 밟으며 스테이지로 내려서고 있었다. 하종화가 급히 그런 이정우를 뒤따랐다.

"궁금해?"

이정우는 주머니에서 하얀 편지 봉투를 꺼내 하종화에게 내밀었다. 하종화는 낚아채듯 받아 들었다.

부고를 알립니다.

퀸 영업 과장이자 S 나이트클럽 영업 상무 전형수가 금일 오전 세상을 떠났습니다.

일차 왕림하여 고인의 길을 밝혀주시기 바랍니다.

일시: ○○○○년 ○월 ○~○일

장소: S 나이트클럽

S 나이트클럽 대표 이정우

"이게 뭐야? 전형수가 영업 상무였나? 그런데 퀸에서는 과장이고? 무슨 직함이 이래?"

"그런 건 상관없다."

"이런 걸 보내면 몇 명이나 올 것 같아? 네 이름을 아는 사람도 없을 거다."

"상관없어."

이정우는 스테이지 한가운데로 나아갔다. 그리고 오동나무 관 앞에 우뚝 섰다.

"뚜껑 열어."

주위에 늘어서 있던 어깨들이 앞다투어 관 뚜껑을 열었다. 아직 못질은 하지 않은 상태라 쉽게 열 수 있었다.

전형수의 망가진 얼굴이 첫눈에 들어왔다.

"염도 하지 않았군."

"시간이 없었다."

"이봐, 최현정은 안 나오나?"

이정우는 아이들을 돌아보며 말했다.

"나올 수 없답니다. 보지 않겠다는데요?"

한 녀석이 나직한 목소리로 말했다.

"이 녀석, 대기실로 들고 가서 염해라."

"예?"

"깨끗이 닦으라고."

"예."

어깨 너덧 명이 관을 들어 가수 대기실로 옮겼다. 이정우는 이제 말없이 자신의 행동을 빤히 보고 있는 하종화를 향해 시선을 돌렸다.

"우대만은?"

"너하고 약속을 지킨 것 보면 모르겠나? 그런데 김인범, 박정태는 어디 갔지?"

"최현정에게 얘기 들었다."

"무슨 얘기?"

"우대만, 경승호, 한정호."

그 이름이 흘러나오자 하종화의 눈썹이 꿈틀거렸다.

"최현정도 그들은 모를 텐데? 그건 사장들끼리의 얘기다."

"나태식은 알더군."

"퀸에 갔었나?"

"천용택과 물밑에서 교류하던 이상찬의 중간 보스들이라더군."

"그래서 인범이와 정태를 보냈어? 우대만처럼 내 편이 될 수 있는가 하고?"

"설마."

"그럼?"

"사흘 내로 몰살당하든지 지금 나와 손을 잡든지 선택하라고 보냈다."

"그런 식으로 사람을 다뤄서는 누구의 마음도 잡을 수 없어. 지금 우리에게 필요한 건 진심으로 마음을 여는 동료와 돈, 권력이야. 그리고 내가 그것을 만드는 중이었어. 전에도 말했지만 아무렇게나 밀어붙이는 건 안 통해."

"정말로 내가 그랬을 거라고 생각해? 그냥 장례식에 오라는 서신을 전달한 거야."

이정우는 그러나 또렷한 목소리로 말했다.

"그러나 사흘 안에 판을 뒤집는 건 분명해."

"도대체 그 막돼먹은 자신감은 어디서 나오는 건가? 자만에 가깝다는 건 알고 있어?"

"모른다."

"이런. 도대체 무슨 생각이야? 사흘 내로 판을 뒤집는다는 건 무슨 말이야? 꿍꿍이속이 있는 거야?"

이정우는 아무런 말도 하지 않았다. 하지만 하종화는 알 것 같았다.

"바보 같은 짓이다. 전에도 내가 말했잖아? 아직 모든 게 준비되지 않았어."

"모든 게 준비되기 전에 움직이는 게 더 낫다고 보는데?"

"뭐라고?"

"이게 뭔가?"

그 무렵 이상찬은 골프 라운딩을 마치고 클럽에 돌아와 땀을 식히고 있었다. 그런 이상찬에게 측근 장동욱이 무언가를 건넸다.

"뭐야?"

"이정우란 놈이 보냈습니다."

"이정우?"

"예, 자기 친구 장례식을 S에서 치른답니다. 오늘부터 사흘간입니다."

"그래서 나한테 오라고 보낸 건가? 이거 순진한 녀석이야, 바보 녀석이야?"

"쉽게 생각할 일이 아닙니다. 아직 어리기 때문에 겁이 없을 수도 있습니다. 어떤 속셈이 있는지 알 수가 없습니다."

"기껏해야 날 끌어들여서 친다는 것 아니겠나? 바보 같은 놈이지. 내가 갈 줄 알았나?"

이상찬은 이정우의 서신을 구겨서 휴지통에 넣었다.

"놈이 장례식으로 눈속임하고 먼저 공격할 수도 있지 않겠습니까?"

"그럴 수는 없지. 날 넘길 아무런 준비도 되어 있지 않아. 설사 운 좋게 날 넘긴다 하더라도 뒤를 감당할 수 없을 거다."

"회장님을 누가 넘기겠습니까? 저와 맹수현이 옆에 있습니다."

"하하하."

크게 웃던 이상찬이 문득 웃음을 그쳤다.

"그래도 혹시 모르니까 한 녀석 보내서 동태를 알아봐라."

한편 저녁 8시 보라 룸살롱 접견실에선 김인범이 우대만의 편지를 들고 경승호를 만나고 있었다.

"우 형의 편지라……."

머리를 짧게 치고 다소 체격이 큰 경승호는 김인범을 만나 그가 가져온 편지를 읽고 있었다. 그것은 김인범이 우대만에게서 받아 온 편지였다.

"흠."

"생각이 있으십니까?"

"우 형 생각이 그렇다면, 나도 그렇게 하겠다."

"이정우에 대해 궁금하지 않으십니까?"

"우 형이 보증한다면 괜찮아."

"그렇다면, 경 사장님이 1조이십니다."

"1조?"

경승호는 무슨 말인지 몰라 다시 우대만의 편지를 찬찬히 뜯어보았다. 하지만 힌트가 될 만한 글은 없었다.

"오늘 애들을 소집하고 대기해주십시오. 내일 일괄적으로 움직이게 됩니다."

"몇 명이나?"

"최대한으로."

"일괄적으로 움직이다니?"

"내일 이상찬을 칩니다."

"뭐라고?"

놀란 경승호가 자기도 모르게 탁자를 손바닥으로 쳤다.

"너무 빠르지 않나? 그런 짓에는 참여할 수 없다."

"참여하지 않으시겠다면 사장님도 넘어갑니다."

"네가 날 협박하는 거냐?"

"단지 알려드리는 겁니다."

"이것 봐라."

경승호는 아랫입술을 지그시 깨물었다.

"흐음. 우 형이 보증한다지만, 이건 좀 위험한데? 정말 이정우가 용택이 대타 맞냐?"

"천용택보다 더 높은 곳에 있습니다. 대타라니요?"

"하아, 우 형, 나태식, 그리고 나인가? 나태식은 지금 조직이 없잖아?"

"한 명이 더 있지 않습니까? 한정호."

"흐음. 그래도 불안하다. 이상찬을 넘긴다 하더라도 뒷감당이 안 돼. 당장 경찰이 범죄와의 전쟁 어쩌고 하면서 치고 들어

와도 막아줄 권력이 없어."

"김정한을 매수했습니다."

"김정한?"

"현 정치권의 실세 아닙니까?"

"흠."

"이제 수긍하십니까?"

"좋다. 명을 걸어보겠다."

"그럼."

김인범은 일어나서 깊이 고개를 숙였다.

"놀다 가. 아가씨 붙여줄 테니. 여긴 우리가 직영하는 곳이니 부담 가질 거 없어."

"아닙니다. 장례식에 가야 합니다."

"장례식?"

"예, 여기 온 것도 장례식에 참석해달라는 서신을 전하기 위해서일 뿐입니다."

"아하?"

경승호는 무슨 말인지 알아먹었다는 듯 고개를 끄덕였다.

같은 시각, 한정호는 사우나에서 박정태를 만나 같은 이야기를 나누고 있었다.

"내가 3조인가?"

"예."

저녁 10시.

S에 처음으로 들이닥친 건 동해파의 김민규와 그의 부하들이었다.

"야아, 오랜만이야. 날 잊지 않고 초대해줘서 고맙군."

검은 양복을 입은 이정우가 역시 검은 양복을 입은 김민규를 맞아들였다.

"그날 그냥 보낸 보람이 있는데? S를 차지하고 앉다니 말이야."

"장성대한테 야단맞지는 않았나?"

"별로. 난 원래 그 사람 밑이 아니니까. 이런, 하종화 형님 아니십니까?"

"김민규, 남의 구역에 이렇게 함부로 들어오면 안 되지."

"하하하. 제가 못 가는 곳이 어디 있습니까? 참, 영정이 어디지? 절부터 해야지."

김민규는 스테이지 한가운데 간이로 설치한 영안실에 들어서서 향을 꽂았다. 그리고는 부조함에 하얀 봉투를 집어넣고 큰 절을 두 번 했다. 그런 후 상주 이정우와 맞절을 하고 나서 일어났다.

"초상이 났는데 문상객이 없는 것 같군."

"올 거라고 기대하지도 않는다."

"네 대학 친구들은 안 불렀어?"

"안 불렀다."

"그때 받은 각서는 폐기했어. 안심하고 살아도 좋을 거야."

"이미 큰일을 당했어."

"큰일?"

"혹시 장기 밀매 조직에 대해 알아? 이세진이 당했는데."

"이세진? 아아, 그 미술 도구 들고 다니던 예쁜 아가씨? 저런! 안됐군. 우린 마약이나 장기 쪽은 다루지 않아. 그런 걸 다루면 검경이랑 협상이 안 돼."

"장춘석이나 이상환에 대해서 모르나?"

"장춘석? 노름쟁이 아냐? 이상환이라면 마약 팔던 놈인데?"

"마약 밀거래하던 수법으로 장기를 매매한 것 같다."

"그래? 한번 알아보지. 이거 어떻게 된 게 친해져버렸군. 나중에 한번 붙어야 할 텐데 말이야, 하하."

평온한 시간이 이어지고 있었다. 김민규는 테이블에 앉아 내오는 음식을 먹으며 시간을 보내다 돌아갔다. 그리고 밤 11시가 되어서 나태식이 조용히 나타났다.

"잘 왔소. 지금부터 날 대신해서 여길 지켜주어야겠소."

"이정우가 나한테 반 존대를 하는데? 감격스럽군. 벌써 움직일 셈인가?"

"친구를 잃은 슬픔을 견디지 못하고 두문불출할 거요."

"그걸 누가 믿어?"

"누군간 믿겠지."

이정우는 뒷일을 나태식에게 맡기고 사무실로 돌아갔다. 때마침 김인범과 박정태가 나이트클럽 내부로 들어서고 있었다. 하종화가 그들을 맞았다.

"어떻게 되었어?"

"모든 준비는 끝났습니다. 이제 천운에 맡겨야 합니다."

23.

다음 날, 이상찬은 오전에 골프 라운딩이 있었고 오후에 낮잠을 취했다. 저녁 7시 즈음이 되어서 이상찬은 호텔에서 누군가 중요한 인사를 만났고 8시 30분, 호텔을 나서 일월이라는 요정에 들어섰다. 일월은 이상찬의 직계 수하인 김일수가 운영하는 곳이었다. 규모는 실로 거대했고 건물은 2층으로 되어 커다란 원형을 이루고 있었다. 건물 앞마당에는 작은 호수를 파 놓았고 그 위에 정자가 놓여 있었다. 이상찬은 2층에서 가장 전망이 좋은 방에 자신의 최측근이자 보디가드인 장동욱, 맹수현과 함께 자리를 잡았다.

"오셨습니까?"

김일수가 직접 이상찬을 찾아와 인사를 했다.

"음, 머리 좀 식히려고 왔어. 요즘 장사는 잘되나?"

"예전만은 못하지만 이 정도면 괜찮습니다."

"오늘은 손님 없나?"

"오늘은 예약된 손님이 없습니다. 어제 장관급 인사와 국회의원 몇이 밀담을 나누고 갔습니다."

"음, 무슨 말이 오갔지?"

"어른 건강이 좋지 않다는 말과 검찰에서 특별 팀을 만들었다는 이야기가 있었습니다.”

“특별 팀이라. 그런 말은 못 들었는데?”

“비밀리에 뭔가를 진행하는 것 같습니다. 그것이 무엇인지는 아직 모르겠습니다.”

“어쨌든 조심해야겠군. 변동 사항 있으면 그때그때 보고하게.”

“예, 알겠습니다. 아이들은 어떻게 하시겠습니까?”

“아직 초저녁이군. 조금 있다가 부르겠네. 이곳으로 누가 오기로 했으니까, 그때 초이스하지.”

“예.”

김일수는 깊이 고개를 숙이고 이상찬의 방에서 나갔다.

그 무렵, 보라 룸살롱 뒤쪽 창고에서 경승호는 소집한 애들을 봉고차 일곱 대에 나눠 태우고 있었다. 경승호가 맡은 곳은 이상찬이 건설 회사 사무실로 쓰고 있는 5층짜리 빌딩이었다.

같은 시각. 우대만 역시 소집을 끝내고 대기하고 있었다.

한정호는 이미 수십 명의 아이들을 이끌고 어딘가에 도착해 있었다.

“아니, 한 형, 이게 어쩐 일입니까?”

이상찬의 계열 중 사채를 하면서 돈 관리를 하는 황정욱의 오피스텔에 한정호가 들이닥친 건 저녁 9시 30분이 막 지났을 때였다. 황정욱은 기세등등한 한정호를 보며 의아한 표정을 지었다.

“황정욱, 기회를 주겠다. 어떻게 할 거냐?”

"기회라니?"

"난 오늘 이상찬의 돈줄을 끊어버리려고 왔거든?"

"뭐, 뭐요? 한 형, 지금 회장님을 배신하는 거요?"

"응."

순간, 선두에 선 한정호의 주먹이 그대로 황정욱의 안면에 내리꽂혔다. 퍽!

"얹어!"

우아아아아아아!

S 주차장.

"행동 개시했다."

이미 소집한 40여 명이 모여 있었다. 하종화가 시계를 보여주며 이정우에게 말했다.

"3조의 한정호가 먼저 움직였어. 우대만과 경승호도 곧 치고 들어간다더군. 문제는 이상찬이다. 일월이라는 요정에서 전라도 간척 사업 관계자와 만나고 있어."

"그런데?"

"일월은 정부 공직자들이 밀담을 나누는 곳이야. 이상찬은 거기에서 많은 소스를 얻고 자신의 경영에 이용한다. 따라서 무척 중요하게 관리하고 있어."

"그래서?"

"일월을 맡고 있는 김일수도 보통 놈이 아니지만, 그곳을 지키는 어깨들이 90명쯤 된다. 더구나 이상찬의 옆에서 장동욱,

맹수현이 경호하고 있어. 이 녀석들 하나하나가 너하고 대등할 거야."

"그래?"

"조심해야 한다. 일월은 우리가 맡았다. 이상찬을 넘기지 못하면 모든 게 헛수고가 되는 거야."

"멀리 있나?"

"지금 출발하면 15분 정도 걸릴 거다. 가깝다."

"출발하지."

"출발!"

"출발!"

김인범과 박정태가 복창을 했다. 어깨들이 봉고차에 승차하기 시작했다. 네 대의 봉고차가 순식간에 어깨들로 가득 찼다. 뒤편에서 벤츠가 깜빡이를 켜며 앞으로 나왔다. 박정태가 이정우를 태우기 위해 몰고 나오는 차였다. 이정우와 하종화, 김인범은 박정태가 모는 벤츠에 올라탔고, 이내 차는 굉음을 내며 무서운 속도로 주차장을 빠져나왔다.

일월.

"반갑습니다. 늦으셨군요."

이 무렵 이상찬은 간척 사업 관계자를 만나 인사를 나누고 있었다.

"일이 많아서 조금 늦었습니다."

"이해합니다. 국정에 힘쓰시다 보면 그럴 수도 있지요."

나타난 사람은 엄일한 국회의원, 노현철 교통부 장관이었다.

엄일한은 공사 수주에 비리는 없는지 감시하고 추궁해야 할 사람이었다. 12명의 국회의원으로 구성된 간척지 개발, 감사단의 수장이었는데 여기에 나타난 것이었다.

"요즘 어른 건강이 좋지 않다면서요?"

"예, 그것 때문에 마음이 아픕니다."

"어허허. 의원님도 참 충신이십니다. 옛날에 태어났으면 1등 공신감입니다. 자, 술부터 받으십시오."

"그러지요."

"그리고 이건 약값입니다."

"아니, 아니, 이 회장, 이럴 것까진 없어요."

엄일한은 짐짓 놀란 듯 손을 저었다. 그러나 억지로 넘겨주는 이상찬의 손을 완전히 거부하는 건 아니었다.

"어허, 이것 참, 이러면 안 되는데."

"뭐 어떻습니까? 우리 사이에. 이제 사업 얘기를 좀 해볼까 싶습니다만."

가아아아아아앙.

박정태가 모는 벤츠는 빨랐다. 뒤에서 봉고차가 쫓지 못할 정도였다.

"이정우, 실전에서 가장 파괴적인 스포츠가 뭔지 아나?"

하종화는 굳은 표정의 이정우에게 화젯거리를 꺼내었다.

"모른다."

"이봐, 김인범, 넌 뭐일 것 같아?"

"복싱 아닙니까? 권투가 실전에서 가장 유용하다고 들었습니다만."

"그런 것 같지? 하지만 아니다. 권투는 틀림없이 위협적이지만 파괴적이진 않잖아. 진짜 무서운 건 유도야."

"유도?"

"스포츠에서 보는 그런 유도 말고, 실전 유도 말이다. 뼈를 꺾고 관절을 뽑아버리는 그런 유도."

"흠."

"사람을 불구로 만들지. 거기다 수십 명이 달려들어도 휙휙 집어 던져 땅바닥에 꽂아버리면 그만이다."

김인범이 말했다.

"하지만 느리잖아요?"

하종화가 답했다.

"그렇게 생각하기 쉽지만, 실전에서 유도를 쓰며 싸우는 상대를 만난다면 생각이 바뀔 거야."

이정우는 팔짱을 끼고 가만히 앉아 있었다. 하종화가 말하지 않아도 알고 있었다. 2년 전 유림정보고를 윤정현과 함께 치고 들어갔을 때, 정현이가 유도의 진수를 보여준 적이 있었다. 그야말로 자신을 향해 달려드는 야구부 부원들을 잡아서 휙휙 던져버렸던 기억이 새로웠다. 김인범이 말했다.

"그런데 갑자기 그 얘기를 왜 꺼내는 겁니까?"

"일월에 있는 김일수가 실전 유도의 대가다. 잔인하고 사나워. 목을 돌려서 숨통을 끊고 손으로 갈비뼈를 부러뜨리고 관절을 잡아서 팔을 뽑아버리는 녀석이다. 키는 190센티에 몸무게는 110킬로. 힘도 장사야."

"조심하라는 의미입니까?"

"그렇다. 지금 들어가는 일월에는 이상찬의 최고 정예들이 모여 있어. 김일수, 장동욱, 맹수현."

이성우는 묵묵히 앉아 있을 뿐이었다. 하지만 김인범과 박정태는 바싹 긴장한 표정이었다. 90여 명의 어깨에 세 명의 고수. 불리한 싸움이었다.

우대만이 쳐들어간 곳은 강남에 있는 A 나이트클럽이었다. S와 맞먹는 매머드급 나이트클럽이었다. A 나이트의 대표인 권혁준은 계열 선배인 우대만의 방문을 처음엔 이해하지 못했다.

"무슨 일입니까? 아이들 끌고 어디 가시는 길입니까?"

"이미 왔다."

"예?"

"오늘부로 여긴 내가 가져간다. 경영권 내놔라."

"무슨 말씀입니까? 이상찬 회장님이 지시 내린 건 아닐 텐데요?"

"그런 건 상관없어."

"설마 배신? 그건 용서받을 수 없는 일인데……."

"설마는 무슨."

휙! 우대만의 주먹이 권혁준의 안면을 향해 날아갔다. 그러나 권혁준은 홱 몸을 돌려서 피했다.

"다 튀어나와! 전쟁이다!"

"꺄아아아아악!"

"아앗."

스테이지에서 춤을 추던 손님들이 한순간에 난장판이 되는 나이트클럽을 보고 비명을 지르며 밖으로 뛰쳐나갔다. 챙강! 쨍그랑! 병 깨지는 소리, 욕설, 퍽퍽 살이 터지는 소리가 홀을 가득 메웠다.

"죽여! 죽여!"

"저 새끼, 대가리 깨!"

"뭐라고? 그게 무슨 말이야?"

최동호는 급히 아이들을 정비하라고 지시하고 있었다. 최동호는 이상찬의 계열에 있는 또 다른 중간 보스였다. 최동호가 운영하는 곳은 성인 나이트클럽, 모텔과 연결된 단란주점이었다. 지금 최동호는 어딘가에서 온 연락을 받고 지원해줄 병력을 모으는 참이었다. 그때 경승호가 아이들 수십 명을 이끌고 최동호의 사무실로 들이닥쳤다.

"아, 승호! 너도 연락받았어? 한정호가 배신을 했다는군."

"연락? 받았지."

"그래? 벌써 애들 준비 다 했구만? 빨리 가자고."

"어딜?"

"한정호 이 새끼 잡아 죽여야지. 우리 업계에서 밀고나 배신은 절대 용서 못 할 일 아닌가?"

경승호는 알루미늄 방망이로 툭툭 손바닥을 치고 있었다.

"그래? 그럼 어떡하지?"

"뭐가?"

쉬익! 경승호가 들고 있던 알루미늄 방망이가 빠른 쇳소리를 내며 최동호의 이마에 박혔다.

"카악!"

그 순간, 경승호는 최동호의 턱을 날려버렸다. 꽝!

일월 앞에 벤츠가 멈췄다. 정문에 기도 두 명이 서 있었다. 분위기가 심상치 않은 것이 역시 보통 업소는 아닌 듯했다.

"오늘은 더 이상 손님을 받지 않습니다."

기도 중 유달리 덩치가 큰 녀석이 벤츠에서 내리는 이정우를 보며 말했다. 이어 하종화가 내리자 덩치는 멈칫했다.

"하종화?"

"비켜라."

"뭐냐?"

"뭐긴 뭐야? 비켜."

그때였다.

끼이이익. 벤츠에 한참 뒤처졌던 봉고차가 막 진입하여 일월 앞에 정차하고 있었다. 그 안에서 어깨들이 손에 무언가를 들고 우르르 내리고 있었다.

"이건?"

덩치가 뭐라고 외치려는 찰나였다. 이정우가 몸을 날렸다.

"어?"

주춤하는 순간, 이정우의 다리가 하늘로 치솟았다. 와작! 덩치의 턱이 이정우의 발끝에 걸려 떨어질 것처럼 덜컥 올라갔다. 그 순간 이정우는 공중에서 몸을 한 번 더 돌렸다. 동시에 커다란 원을 그린 발끝이 다른 녀석의 머리를 강타했다. 쾅!

우당탕. 순식간에 기도 둘이 문 앞에 뻗어버렸다. 이정우는 아무 말 없이 양손으로 일월의 문을 활짝 열었다.

24.

"으리으리하군."

일월은 실로 거대했다. 우대만과 만났던 일원각의 두세 배는 될 만한 크기였다.

"누구냐?"

학교 운동장이라 해도 과언이 아닐 정원으로 들어서자 검은 양복을 입은 녀석이 입을 열었다. 녀석은 중간 키였으나 어깨가 떠억 벌어진 것이 보통 몸이 아니었다.

"어떤 간 큰 녀석들이 감히 일월을 노리고 들어와?"

그 순간 어딘가에서 어깨 수십 명이 나타났다. 유니폼이라도 차려입은 듯 하나같이 말쑥한 검은 정장 차림이었다. 하지만 선두에 선 이정우는 전혀 동요가 없었다.

"이상찬, 안에 있나?"

"그 이름을 입에 담았기 때문에 도저히 살려줄 수가 없구나. 회장님 계시니 소란 피우지 말고 빨리 없애라."

검은 양복은 자신의 아이들을 향해 가벼운 손짓을 했다. 눈앞에 있는 이정우를 전혀 신경 쓰지 않는 것 같았다. 사내들은 어떤 기합도 내지 않고 대형을 짰다. 이정우의 뒤에서 하종화가 스윽 나타났다.

"애들 더 불러야 할 거다, 한태준."

"하종화?"

한태준이라는 검은 양복은 하종화를 보는 순간 멈칫하고 있었다.

"하종화가 배신할 인간인 줄은 몰랐는데?"

"난 이상찬에게 충성을 맹세한 적이 없다."

"흠, 어쨌든 상대가 하종화라면 조금 더 불러야겠군. 사장님께 말씀 올려라. 하종화가 왔다고."

"예."

한태준의 명령을 받은 한 녀석이 급하게 일월 건물 안으로 사라졌다.

"하하하."

"하하하. 이거 이 회장 덕에 일이 술술 풀립니다."

"무슨 말씀을요. 서로 상부상조하는 거지요."

이상찬과 엄일한, 노현철은 이야기가 막바지에 접어드는 듯

웃음소리가 드높았다. 그때였다.

"회장님, 일수입니다."

"음, 무슨 일이냐?"

드르륵. 미닫이문이 열리더니 김일수가 고개를 조아리고 있었다.

"일수, 무슨 일 있느냐?"

"예, 회장님. 마당에서 조금 소란이 있을 것 같습니다."

"마당에서 소란?"

이상찬의 눈썹이 실룩였다.

"밖이 조금 소란스럽더라도 양해해주십시오. 곧 처리하겠습니다."

"어떤 녀석이냐? 감히 여기까지 들어온 녀석이."

"누군지는 모르겠습니다. 다만 하종화가 끼어 있습니다."

"하종화? 그럼 여기 온 녀석이 이정우란 말이야?"

"이름은 모르겠습니다."

"일수야."

"예, 회장님."

"모두 묻어라."

"알겠습니다. 그럼."

묻으라는 것은 죽이라는 말이었다. 김일수는 그 거대한 몸집을 일으켰다.

"동욱아."

"예."

"일수가 실수할 리는 없지만, 뒤를 봐줘라."

"알겠습니다."

이상찬은 곁에 맹수현만 남겨두고 술을 들이켰다. 엄일한, 노현철이 불안한 눈짓을 교환하고 있었다.

"걱정하지 마십시오. 작은 소란일 뿐입니다."

일월 정원에 130여 명이 가득 차 있었다. 이정우 쪽이 40명이었고, 상대편이 90명이었다. 이정우 쪽 사내들은 그 압도적인 숫자에 당황하고 있었다. 이건 기습이 아니라 정면승부였다. 김일수가 성큼성큼 걸어 나왔다.

"살고 싶은 자는 도망쳐라. 처음이자 마지막 은총이다."

이정우 쪽 사내들은 서로서로 돌아보기 시작했다. 그들이 본래 이상찬 쪽이었기 때문에 소문을 들은 바가 있었다. 그들의 앞에 버티고 서 있는 김일수가 그들에게는 저승사자처럼 보였다.

"아무도 없는 걸로 알겠다. 묻어라."

파파팟. 김일수의 말이 떨어진 그 순간, 130여 명이 격돌했다.

"으아앗!"

"이얏!"

"이정우, 넌 뒤에 와라."

하종화는 두 손에 칼을 잡고 인파 속으로 뛰어들었다. 덜컥. 콱콱! 순식간에 한 녀석의 목이 갈라지며 피를 뿜어내었다. 쐐액. 콱! 다시 다른 녀석의 눈에 칼이 박혔다.

"크아악!"

비명이 터져 나오기 시작했다. 한 곳에선 박정태가 바쁘게 주먹을 날리고 있었다.

"이야압!"

퍼퍼퍼퍽. 쾅쾅!

"하종화! 네 상대는 나다!"

한태준이 종횡무진으로 내달리는 하종화 앞에 바람처럼 나타났다.

"좋지!"

하종화는 쑥 칼을 내뻗었다. 한태준이 빙글 회전하면서 그런 하종화의 손목을 발로 차려고 하자 하종화는 발을 빼며 피한 후 무서운 속도로 한태준의 몸을 향해 파고들었다.

슈슈슛.

"컥!"

"목! 눈! 다시 목!"

콱콱콱! 순식간에 한태준의 목은 걸레처럼 갈라져 살갗이 나풀거렸다. 하종화는 그런 한태준을 버리고 다시 다른 무리를 향해 뛰어들었다. 뒤에서 한태준의 몸이 쿵, 하고 고목나무처럼 쓰러졌다.

서너 걸음 물러서서 가만히 보고 있던 김일수가 양복 윗도리를 벗었다. 생각보다 상대쪽이 잘 싸우고 있었다. 하종화가 종횡무진으로 설치니 다른 녀석들도 용기를 얻는 것 같았다.

"이쯤에서 끊어줘야지?"

김일수는 천천히 걸음을 옮겼다. 한 녀석이 그런 김일수를 향해 각목을 휘둘렀다.

"으압!"

김일수는 별것도 아니라는 듯 그 각목을 맨손으로 붙잡았다. 각목을 휘두른 녀석이 당황하고 있었다. 각목을 낚아챈 김일수의 완력에 이끌려 녀석의 몸이 김일수 쪽으로 기울었다. 그 순간이었다. 김일수의 두터운 팔이 녀석의 머리를 껴안는가 싶더니 빙글, 놈의 머리를 돌려버렸다. 뚝!

"끄으."

비명조차 나오지 않았다. 목뼈가 그대로 으스러져 숨이 끊어진 것이었다.

툭. 쓰레기 버리듯 김일수는 한 녀석을 바닥에 떨어뜨리고 다시 걸음을 옮겼다.

"우아아아!"

다시 다른 녀석이 달려들었다. 김일수는 그 커다란 몸으로 번개같이 움직이며 왼손으로 녀석의 어깨를 짚고 오른손으로는 갈비뼈 아래로 손가락을 밀어 넣었다.

우두두두둑!

"크아아악!"

갈비뼈를 완전히 부숴버렸다. 그 처량한 소리에 방에서 술잔을 기울이던 이상찬도 고개를 들었을 정도였다.

일순 정적이 찾아왔다. 미친 듯이 싸우던 녀석들이 숨을 죽이며 김일수를 바라보고 있었다. 김일수는 한 녀석의 목을 한 손으로 꾹 누르며 들어 올렸다.

"이 피라미 같은 새끼들, 너희는 모두 피해 있어라. 나 혼자서도 청소는 충분하다. 하종화, 여기선 너밖에 없는 것 같은데? 나와 한번 해보겠나? 애들 고생시킬 거 없다. 우리 둘 맞장으로 끝내자."

김일수의 손가락이 한 녀석의 목을 뚫고 있었다.

"일수 형이라면 긴장되는데?"

하종화는 이마의 땀을 옷깃으로 닦으며 저벅저벅 걸어 나오고 있었다.

"비켜라."

그 순간이었다. 묵직하고 낮은 음성이 하종화의 등 뒤에서 솟아 나왔다. 이정우였다.

"이건 뭐야? 웬 애송이야?"

김일수는 이정우의 어린 얼굴을 보고 웃음을 터뜨렸다.

"맞장으로 끝내자고 했나?"

"후후후후."

"내가 상대해주겠다."

"상대가 하종화가 아니라 너라고?"

아직 이정우에 대해서는 아는 것이 별로 없는 김일수였다. 이 호리호리한 어린애가 감히 자신을 상대하겠다니 기가 막힐 노릇이었다. 하종화도 짐짓 염려스런 눈길을 보냈다. 하종화는 알고 있었다. 아직 이정우는 왼손을 완전하게 쥘 수 없다. 하지만 이정우는 도무지 속을 알 수 없는 무표정일 뿐이었다.

"일수 형, 방심하면 안 될 거요. 저 친구, 일수 형쯤은 일도 아닐걸?"

김일수의 성질을 돋우기 위해 하종화는 공연한 말을 내뱉고 있었다.

"으하하하! 하종화, 쓸데없는 소릴 하는 걸 보니 저놈이 재주는 좀 부리는 모양이구나. 자, 꼬맹아, 이리 들어와봐라."

그때였다. 도저히 사람의 것이라고 볼 수 없는 무서운 속도로 이정우는 나는 듯 뛰어올라 김일수의 배와 어깨를 밟으며 뛰어넘었다. 순식간의 일이라 누구도 그 동작을 제대로 본 사람이 없을 정도였다.

"이건?"

김일수도 순간 정신이 들었다. 무리 틈에 끼어 있던 장동욱 역시 흠칫 놀라고 있었다. 놀란 김일수가 이정우를 향해 몸을 돌렸다. 이정우는 약간 턱을 끌어당기고 양발을 살짝 벌린 본인 특유의 전투 자세를 취하며 김일수를 노려보고 있었다. 아니, 보고 있다고 생각한 순간이었다. 탓! 이정우가 다시 땅을 박찼다.

25.

"후유."

채수연은 다른 특별 팀 검사들과 함께 압수한 성인 방송 사이트 서버와 방송 기자재 등을 살피고 있었다. 언제 이렇게 많은 성인 방송국이 생겼는지 하나하나 살펴보는데 정신이 없었다.

"이봐, 좀 쉬자. 10분간 휴식."

팀장 임수철이 이마에 땀을 닦으며 말했다. 임수철은 마치 말단 검사처럼, 꾀부리지 않고 누구보다 수사에 열성적이었다.

"지금이 몇 시야? 밤도 깊었는데, 야식 좀 할까?"

"좋습니다."

그때 남부 지검의 유준열이 무언가를 들고 나타났다

"팀장님!"

유준열은 A4 용지 서너 장을 둘둘 말아 쥐고 있었다.

"이거 스너프 필름 분석해서 나온 겁니다. 전산 팀에서 보내왔습니다."

"음?"

임수철은 낚아채듯 그 용지를 받아 들었다. 동영상 속에서 얼핏 드러났던 신문, 그리고 거기에 적혀 있던 검은 글씨. 그것을 드디어 전산 팀이 분석해냈다.

"이게 뭐지? 전화번호인가?"

"중국집 전화번호입니다. 인천에 있는 화룡각이라는 곳입니다."

"화룡각?"

"거기서 음식을 시켜 먹기 위해 전화번호를 메모해놓은 게 아닐까요?"

"그렇군."

임수철은 혼자서 무언가를 중얼거렸다.

"인천 쪽에 조폭이?"

"배한길, 윤영욱, 이태환 등이 있습니다."

평소 모든 조폭 연계도를 외고 다니는 채수연이 빠르게 대답했다. 유준열이 말했다.

"화룡각 주위의 폭력배라면, 이태환 줄입니다."

"이태환이라. 그런 걸 만들고 유통할 만한 녀석은 아닌데?"

"만드는 건 그렇다 치고, 유통은 정말 어려울 텐데요. 마약 거래 같은 점조직을 가지고 있어야 할 겁니다."

"마약 거래."

"이상환!"

누군가 소리쳤다. 대검찰청 소속으로 특별 팀에 들어온 윤찬수였다.

"이태환과 이상환은 친형제입니다. 이상환은 본래 마약 거래를 하던 놈이고요."

"하지만 요즘 이상환은 출소 후 업종을 바꾼 것 같던데요? 라인을 타는 것 같았습니다."

"라인? 도박?"

"예."

"음."

임수철은 탁탁 머리를 두드렸다.

"피곤하니 머리가 안 돌아가는군. 캐나다에 간 김상운한테 아직 연락 없나?"

"아직 없습니다. 사이트 운영자를 만나기가 쉽지 않은 것 같습니다."

"좋다. 채수연!"

"예."

"날 밝는 대로 인천으로 가라. 화룡각 주위를 살펴. 비디오에서 본 창고 같은 곳이 있는지 잘 살펴보고 와."

"알겠습니다."

일월에서 이정우와 김일수는 팽팽히 대치 중이었다. 아직 김일수는 이정우의 날랜 몸을 붙잡지 못했고 이정우는 결정타를 넣지 못했다. 생각보다 대치 시간이 길어지자 장동욱은 조용히 그 자리를 빠져나와 이상찬에게로 갔다.

"회장님,"

"음, 이제 끝났는가?"

"아닙니다, 회장님. 자리를 파하셔야겠습니다."

"파하라고?"

엄일한과 노윤철이 그 소리에 당황하여 서로 얼굴을 돌아보았다. 이상찬의 표정 역시 일그러졌다.

"파하라니? 일수가 당하기라도 했단 말이야?"

"결과는 알 수 없습니다. 하지만 일수가 힘들 것 같습니다."

"무슨 소리야? 일수를 당해내는 녀석이 너와 수현이 말고 또 있단 말이야? 하종화 말인가?"

"아닙니다. 이정우라는 어린아이입니다."

"이정우? 그놈 장례식 치르고 있지 않나?"

"장례식은 기만책인 듯합니다."

"이런."

"제 눈이 틀리지 않았다면 그놈은 무적이 될 겁니다. 왼손을 전혀 쓰지 않는데도 김일수의 머리 위에서 놀고 있습니다."

"뭐라고?"

믿을 수 없다는 듯 이상찬의 눈동자가 커졌다. 불안한 엄일한이 이상찬을 향해 말했다.

"이것 보시오, 이 회장. 우리는 여기 더 있을 수가 없어요. 남들 이목도 있고 하니 그만 가봐야겠소."

그들의 겁에 질린 목소리를 들으며 이상찬은 어금니를 물고 있었다. 이정우라는 놈. 이렇게 자신을 황망하게 하다니.

"동욱아, 정말 안 되겠냐?"

"하종화까지 있기 때문에 어려워 보입니다. 일단은 몸을 피하십시오."

"아니다. 일수가 넘어지기 전까진 결코 물러날 수 없다."

"회장님……."

"넌 이분들 먼저 모셔다 드려라. 비상 출입구를 알고 있지?"

장동욱이 말없이 고개를 끄덕였다. 이상찬은 다시 입을 열었다.

"여기서 정원을 내려다볼 수 있다. 수현이는 내가 보기 쉽도록 문을 열어라."

"하종화가 있기 때문에 함부로 열면 안 됩니다. 놈이 칼이라도 날린다면……."

"괜찮다. 열어라. 그 거리에서 던지는 칼에 맞을 정도로 늙지 않았어."

맹수현은 고개를 조아리고 일어나 창을 활짝 열었다.
"그만 돌아가십시오. 뒤는 제가 보겠습니다."
이상찬은 정중하게 엄일한과 노현철에게 인사했다. 두 사람은 인사를 받는 둥 마는 둥 주섬주섬 일어나 자신들을 안내할 장동욱만을 바라보았다.
"동욱이는 어서 안내해드리고 와라."
"예, 회장님."
"나는 피하지 않겠다. 이 이상찬이 어떤 경우에도 물러서거나 도망간 적은 없다. 이정우 따위에게 이상찬이 꼬리를 내리고 도망쳤다는 소문이 나도록 내버려둘 수는 없다."
이상찬은 굳은 표정으로 일어나 정원을 내려다보았다. 맹수현은 그런 이상찬 옆에 꼭 붙어 서 있었다.

타앗.
이정우는 김일수의 허리띠를 발끝으로 밟으며 치솟고 있었다. 이내 이정우의 오른쪽 무릎이 김일수의 턱을 깨뜨렸다. 퍽! 김일수는 그런 이정우의 허리를 붙잡으려고 손을 내뻗었지만, 이미 이정우는 그의 손아귀에서 벗어나 있었다.
"미꾸라지 같은 놈. 솔직히 너같이 빠른 놈은 본 적이 없다. 하지만 단 한 번만 내 손에 잡힌다면 넌 죽어."
김일수는 약이 바짝 오른 모양이었다. 무엇보다도 저 어린 녀석이 왼손은 전혀 쓰지 않고 치고 빠지는 데에 화가 나 있었다.
한편 김인범이나 박정태도 입술이 바싹 타고 있었다. 이정우가 한 명의 상대에게 이렇게까지 시간을 끈 적은 없었기 때문이었다. 묵묵히 두 사람의 격돌을 지켜보고 있는 건 하종화뿐이었다. 다시 이정우가 김일수를 향해 뛰어갔다.

"어딜!"

김일수는 이번에야말로 걸렸다는 듯 한쪽 팔을 쑥 내밀었다. 이정우의 몸이 허공에서 무언가를 디딘 것처럼 한 번 더 솟아올랐다. 김일수의 뻗은 팔이 허공을 붙잡았다.

"이정우!"

김인범이 자기도 모르게 소리를 쳤다. 김일수가 스텝을 밟으며 몸을 빙글 회전시키자 동시에 김일수의 왼팔에 이정우의 다리가 걸렸다.

"앗!"

박정태의 비명.

"잡았다!"

김일수 패거리가 쏟아내는 환호가 동시에 터졌다. 턱! 김일수는 왼팔로 이정우의 다리를 걸고 동시에 오른손으로 이정우의 왼쪽 발목을 붙잡아 낚싯대를 당기듯 다리를 휘익 끌어당겼다. 허공에 뜬 채 이정우는 김일수의 무서운 완력에 이끌렸다. 콱! 김일수의 왼손이 이정우의 목을 붙잡았다.

"컥!"

동시에 이정우의 목에서 신음 같은 괴성이 터졌다.

"말도 안 돼! 정우가!"

김인범이 믿을 수 없다는 듯이 소리쳤다. 김일수는 무서운

악력으로 이정우의 목을 누르고 있었다. 단번에 목구멍에 구멍이라도 뚫어버릴 것 같았다.

"카악."

"이 새끼."

김일수는 다리를 잡고 있던 오른손을 놓고 왼손을 쭉 뻗었다. 이정우의 몸 전체가 허공에서 대롱거렸다.

"봐라. 일수가 저놈을 결국 낚아채지 않았냐? 어린아이 다루듯 한 손으로 목을 잡고 들어 올렸다. 이제 저놈의 목은 터져버리고 목뼈는 부러질 거야."

정원을 내려다보던 이상찬이 고개를 끄덕이며 말했다. 하지만 맹수현의 얼굴빛은 좋지 않았다.

"외람된 말씀이지만, 어서 이곳을 피하시는 것이 좋겠습니다."

"뭐라고?"

"저놈은 타고난 싸움꾼입니다. 하늘이 내린 천재에게는 모든 것이 통하지 않습니다."

"무슨 말이야?"

"말 그대로입니다. 김일수는 저놈을 이기지 못합니다. 장동욱 형이나 저도 일대일로 맞부딪힌다면 승패를 장담할 수 없습니다."

"무슨 소리냐? 저놈이 그렇게 대단한가?"

"저 나이에 저 정도라면 또래 내에서는 상대를 찾을 수가 없었을 겁니다. 만약 저하고 붙는다고 해도 저는 목숨을 걸어야 합니다."

"저 녀석은 지금 당하고 있어! 일수가 저놈의 목을 부러뜨릴 거라고! 저것이 네 눈에는 보이지 않는단 말인가. 똑바로 봐!"

이상찬은 화가 나서 소리치며 손으로 이정우와 김일수를 가리켰다. 바로 그때였다. 쉿. 이정우의 발끝에서 바람 소리가 났다. 그러더니 한쪽 발이 김일수의 어깨를 짚었다.

"음?"

순간, 다른 다리가 김일수의 팔 위로 올라갔다. 그 모습은 미묘했다. 한쪽 다리로 김일수의 어깨를 짚으며 다른 다리로 김일수의 팔에 걸고 힘을 주는 모습. 그렇게 이정우는 김일수의 팔을 자신의 목에서 밀어내고 있었다. 하지만 김일수는 그럴수록 더 팔에 힘을 주었다. 김일수의 팔이 마치 빳빳한 쇠처럼 단단해졌다.

"어림없다, 꼬마."

동시에 이정우의 입에서 기합이 터졌다.

"으합!"

와득! 김일수의 왼팔이 V 자로 굽히는가 싶더니 뼈 부러지는 소리가 공간을 가득 울렸다. 이정우는 한쪽 다리로 지탱하고 팔에 건 다른 다리로 김일수의 팔을 부러뜨린 것이다.

"크아악."

김일수가 이정우를 놓치고 두어 걸음 물러섰다. 이정우는 김일수가 자신을 놓치는 순간 물러나는 김일수의 무릎을 차며 다시 비상했다. 떠오른 이정우가 허공에서 휭 돌았다. 쾅!

"억."

다시 이정우는 비틀거리며 뒤로 기우는 김일수의 배를 밟고 떠올랐다. 그리고는 오른손 주먹을 그대로 김일수의 안면에 꽂아 넣었다. 쾅!

콰직. 깨진 이가 피와 함께 치솟았다. 주저앉은 코에서도 피가 터져 흘렀다. 김일수의 몸은 뒤로 완전히 기울고 있었다. 이정우는 그런 김일수의 어깨를 밟고 마지막으로 떠올랐다.

"으윽."

김일수가 완전히 뒤로 가려는 찰나 이정우는 무릎을 김일수의 목에 꽂아 넣었다. 쾅!

"키잉."

짐승 같은 비명이 김일수의 목에서 새어 나왔다. 김일수의 육중한 몸이 한 번 튕기더니 그대로 뻗어버렸다. 목뼈가 완전히 부서진 것이었다. 이정우는 김일수가 비틀거리는 짧은 한 순간을 놓치지 않았다. 단 한 번도 땅에 발을 디디지 않고 오직 김일수의 몸만을 디디며 훨훨 날은 것이다.

"회장님……."

맹수현은 나지막이 이상찬을 부르고 있었다. 이상찬은 충격으로 입술을 떨고 있었다.

"회장님, 제가 시간을 벌겠습니다. 어서 피하십시오."

"수현아……."

"제 걱정은 마십시오. 어떻게 해서든 이곳을 피하실 시간은 벌어 보겠습니다."

"……."

"어서 피하십시오. 시간이 없습니다. 우리 쪽 애들은 전의 상실입니다. 이정우는 금방 여기까지 밀고 들어올 겁니다."

이상찬은 몸을 움직이지 못하고 있었다. 맹수현은 다시 한 번 고개를 조아렸다.

"어서, 어서 피하십시오, 회장님. 회장님을 위해 목숨을 걸게 해주십시오. 무사히 회장님이 이곳을 빠져나가신다면, 그것이 제가 사는 이유가 될 겁니다."

"매, 맹수현……."

감동한 이상찬의 발은 더욱 무거웠다. 그러나 이상찬은 그런 맹수현을 위해서라도 더 지체할 수 없었다.

"뒤를 부탁한다."

이상찬은 빠른 걸음으로 비상구 쪽으로 몸을 돌렸다. 맹수현은 조아렸던 고개를 들었다. 그리고 정원 쪽으로 고개를 돌렸다.

"아직 내가 있다, 이정우."

26.

"이쪽입니다."

비상구를 통해 간신히 밖으로 빠져나온 이상찬을 장동욱이 기다리고 있었다.

"그분들은?"

"택시를 타고 가셨습니다. 회장님도 피신하셔야 합니다."

"안에 맹수현이 남아 있다."

"나중에 챙기셔도 됩니다. 일단 피하셔야 합니다. 수현이라면 어느 정도는 버틸 겁니다."

"어느 정도?"

이상찬은 걱정 어린 눈빛으로 일월을 돌아보았다. 요란하게 싸우는 소리가 담을 넘어 이상찬의 귀를 때렸다.

김일수를 잃은 일월의 무리는 이미 무너진 상태였다. 그들은 지휘관을 찾지 못해 우왕좌왕하고 있을 뿐이었다. 하종화가 그런 그들을 향해 일갈했다.

"언제까지 멍청하게 그러고 있을 거냐? 항복하든가, 여기서 죽든가!"

놈들은 서로서로 돌아보고 있었다.

"이정우! 여기는 내가 맡을 테니 넌 애들 몇 명 데리고 안으로 들어가라. 이상찬이 벌써 튀었을지도 모른다."

이정우는 고개를 끄덕이고는 김인범, 박정태와 함께 일월의 내부로 들어갔다.

"이상찬!"

"이상찬! 어디 있나?"

김인범과 박정태가 소리치며 닥치는 대로 방문을 열었다. 쾅! 콰광! 문짝이 너덜거렸다.

"사람이 없는데?"

"2층으로 가자."

이정우는 이미 계단을 밟고 올라서고 있었다. 김인범과 박정태가 서둘러 이정우의 뒤를 쫓았다.

"음?"

2층의 방은 넓다기보다는 광활했다. 그야말로 학교 운동장만큼 커다란 일본식 다다미방이 이정우를 맞이했다. 그 방의 구석에 우뚝 서 있는 맹수현이 이정우의 눈에 들어왔다.

"우선은 세 명인가?"

맹수현은 검은 정장을 말끔히 차려입고 있었다. 넥타이만을 풀어 헤쳤을 뿐이었다.

"이상찬은 어디 있나?"

"묻는다고 대답해줄 거라고 생각하진 않겠지?"

맹수현이라는 사내는 침착했다. 키는 이정우보다 약간 작았지만 탄탄한 몸을 가지고 있었다.

"난 대답해줄 줄 알았지."

"유머도 하나?"

맹수현은 다리를 넉넉히 벌려 땅에 박은 듯 몸을 고정했다. 대신 한쪽 팔을 조금 길게 뻗고 다른 쪽 팔을 자기 얼굴 쪽에 가까이 붙이며 자세를 잡았다.

"네 실력은 지켜봤다."

"그래? 그럼 도망가야 하지 않나?"

탓! 순식간에 거리를 좁히며 이정우는 맹수현을 향해 몸을 날렸다. 동시에 맹수현은 자세를 바꾸며 다가온 이정우의 다리를 손바닥으로 툭 밀었다. 이정우의 몸이 일순 기울어버렸다. 그 순간이었다. 탁탁탁! 마치 손바닥으로 이정우의 몸을 짚는 듯 몇 번 움직였을 뿐인데 이정우의 몸이 휘청거렸다. 맹수현은 손등으로 이정우의 명치를 타격했다.

퉁.

"어어?"

강한 충격 같지는 않았다. 하지만 이정우는 그 일격에 서너 걸음 뒷걸음치더니 그만 엉덩방아를 찧고 말았다.

"이정우!"

놀란 박정태가 보기 흉하게 엉덩이를 바닥에 붙이고 앉아 있는 이정우를 보고 비명 같은 외침을 터뜨렸다.

"소리 지르지 마라. 쪽팔린다."

이정우는 발딱 몸을 일으켰다. 맹수현은 다시 처음의 자세로 돌아가 이정우의 공격을 대비하고 있었다.

'이놈, 뭔가 다르다.'

알 수 있었다. 이정우의 몸이 긴장감을 느끼기 시작했다. 만약 자신이 주저앉았을 때 맹수현이 그대로 공격했다면 커다란 타격을 받았거나 그대로 질 수도 있었을 것이다. 싸움으로는 져본 적이 없는 이정우였다. 그런 이정우가 맹수현이라는 남자 앞에서 긴장하고 있었다.

"어디로 가시겠습니까?"

일월의 밖에서 장동욱과 이상찬은 아직 갈 곳을 정하지 못하고 있었다.

"우대만은 어떤가?"

"안 됩니다."

"안 돼?"

"그놈 혼자서 가진 나와바리가 계열 전체의 26프로입니다. 회장님의 신세를 알게 되면 당장 욕심을 부릴지도 모릅니다. 우대만은 회장님의 도움 없이 클 수 있는 배경이 있습니다. 차라리 구역이 협소한 놈을 택하셔야 합니다. 그런 놈들은 혼자서는 클 수 없다는 걸 알기 때문에 회장님을 외면하지 못할 겁니다."

"흠, 그럼 최동호 쪽으로?"

"최동호라면 괜찮을 듯합니다."

이상찬은 고개를 끄덕였다. 장동욱은 마침 지나가는 택시를 불러 세웠다.

한편, 최동호의 성인 나이트클럽을 접수한 경승호는 서둘러 우대만과 한정호 쪽에 연락을 취했다.

"대만 형님, 여긴 성공입니다."

"우리도 끝냈다. 권혁준은 병신 만들어 놨는데 동호는 어때?"

"제거했습니다."

"정호도 성공했다는데? 이상찬의 손발을 자른 셈이야. 이정우가 이상찬을 놓친다고 하더라도 그 영감은 매장이야."

우르르.

어느새 하종화와 수십 명의 사내가 일월의 2층으로 올라왔다.

"이정우, 아직 못 뚫었나?"

"응."

이정우는 땀을 흘리고 있었다. 말은 안 했지만 김일수와 싸울 때 받았던 일격이 아직 통증으로 남아 있었다. 그런데 상대는 김일수보다 더하면 더했지 결코 못하지 않은 맹수현이었다.

"저놈이 시간을 끌고 있다. 구석에 박혀서 꼼짝도 안 하고 있어. 내가 들어갈 곳은 정면밖에 없고, 놈은 정면만 막으면 돼."

이정우가 하종화에게 말했다. 하종화는 상황을 살피고 대답했다.

"구석에 비상구라도 있나 보지?"

"너도 모르나?"

"여긴 잘 모른다. 그쪽은 장동욱인가, 맹수현인가?"

"맹수현이다."

하종화도 그들은 이름만 들었을 뿐 얼굴은 본 적이 없었다.

"맹수현? 말로만 듣던 사람을 이렇게 보다니 영광이로군. 난 하종화다."

"그런데?"

"이제 비키라는 소리지."

하종화는 양손의 칼을 세우며 한 걸음 나섰다.

"이정우, 저런 녀석에게는 칼이 더 쓸모 있을 거다."

하종화는 말이 떨어지기 무섭게 오른손에 들고 있던 칼을 맹수현에게 날렸다. 맹수현은 빠르게 칼날을 손으로 쳤다. 그와 동시에 번개같이 하종화의 왼손이 맹수현의 아랫배로 들어갔다. 맹수현의 허리가 뒤틀렸다. 그리고 구석에서 빠져나오는 맹수현의 몸에서 도저히 나올 수 없는 각도로 다리가 쭉 올라갔다. 퍽!

"어?"

쾅! 챙강! 하종화의 왼손에 들려 있던 칼이 떨어졌다. 그 순간 맹수현은 벽을 디딤돌 삼아 뛰어올랐다. 파앗!

"하종화! 비켜!"

저도 모르게 이정우의 입에서 단말마가 터져 나왔다.

"늦었어!"

맹수현의 일갈이 터져 나왔다. 퍽! 날아오른 것처럼 높이 뛰어오른 맹수현의 무릎이 하종화의 턱을 날렸다. 이정우를 상대할 때와는 비교할 수 없을 정도의 엄청난 가격이었다. 쾅!

"컥."

하종화의 몸이 허공에 떴다가 바닥으로 풀썩 떨어졌다.

"커억."

하종화의 입에서 피가 터져 나왔다. 천하의 하종화가 일격에 무너져버린 것이다. 이정우도, 김인범도, 박정태도, 그리고 그 뒤에 늘어서 있던 사내들 모두 낯빛이 변했다.

"맹수현은 희망이야. 반드시 꺾어야 해."

박정태가 이정우의 곁으로 다가와 속삭이듯 말했다.

"희망?"

"이상찬의 희망이야. 맹수현이 있는 한 이상찬이나 이상찬을 따르는 녀석들이 희망을 가질 수 있다고. 이정우가 맹수현을 넘겨버렸다는 이야기가 나와야 해. 아무리 맹수현이라도 이정우에겐 안 된다는 평판이 나와야 해. 그렇게 못하면 이번 일은 실패나 다름없다. 이상찬의 세력이 완전히 두 패로 갈라져서 전쟁만 벌일 테지."

"알고 있다."

두 명의 어깨들이 서둘러 바닥에 쓰러진 하종화를 부축해 일으키고 있었다. 하종화는 정신을 잃은 듯 고개가 뒤로 젖힌 채 끌려오고 있었다. 맹수현은 생각보다 훨씬 강했다. 이런 사람도 있던가.

"오직…… 내가 최고다."

낮게 중얼거리며 이정우는 다시 맹수현과 대치했다.

"내 실력을 봤다고?"

맹수현이 조용히 고개를 끄덕였다.

"나도 네 실력을 봤다. 이제 공평해졌군."

27.

"이상합니다."

최동호가 운영하는 성인 나이트클럽 근방에 도착한 장동욱은 주위를 살피고 있었다. 택시에 탄 이상찬이 밖에서 동태를 살피는 장동욱을 바라보고 있었다. 장동욱은 휴대폰을 꺼내 어딘가로 연락했다. 짧은 통화를 하더니 장동욱은 이상찬을 향해 고개를 깊이 숙이며 택시에 다시 올라탔다.

"회장님, 이곳도 넘어간 것 같습니다. 일단 다른 곳으로 옮겨야겠습니다."

"무슨 소리냐?"

"밖의 움직임이 이상합니다. 최동호 쪽 아이들 대신 경승호 쪽 아이들이 분주하게 움직이고 있습니다."

"경승호?"

"아무래도 내부에 모반자들이 있는 것 같습니다. 누군가에 주도된 걸로 보입니다."

"흠."

이상찬의 큰 심호흡이 새어 나왔다. 어쨌거나 한때 천하를 호령했던 이상찬이었다. 그는 절대 경거망동하지 않았다. 덜컥. 이상찬은 택시에서 내렸다. 지갑에서 백만 원짜리 수표를 꺼내 택시 기사에게 던지듯 내밀었다.

"거스름돈은 필요 없소. 오늘 본 것, 들은 것은 모두 없었던 일로 하시오."

기사는 수표를 받아들고 어쩔 줄 몰라 했다.

"회장님, 어떻게 하실 생각이십니까?"

"내 운이 아직 남아 있는지 다했는지 스스로 알아보고 싶다. 상대는 나라는 정점을 치려고 했고, 이미 최동호 같은 말단을 쳐냈어. 내가 가진 사업 전체를 노렸다는 것이 아니겠나?"

"회장님……."

"도망갈 곳이 없다는 이야기다."

이상찬은 경승호가 접수한 곳으로 걸음을 옮기고 있었다. 장동욱이 급히 그런 이상찬의 앞을 막았다.

"가시면 안 됩니다."

"동욱아,"

"예."

"내가 아무리 늙었다고 해도 사자가 토끼 짓을 할 수는 없다. 물려 죽을까 두려워 달아나는 건 사자가 할 짓은 아니지 않느냐?"

"회장님, 아직 기회가 있습니다. 조급한 생각이십니다. 저와 수현이가 있는 한 회장님은 언제라도 다시 일어설 수 있습니다."

"그러니까 내 운을 시험해보려 하는 거다. 동욱아, 날 지켜줄 수 있겠느냐?"

"회장님……."

"적어도 피신할 곳이 없다면 가장 약한 곳이라도 얻어서 내 거점으로 삼아야 하는 거야. 그것이 내가 하는 경영이다. 동욱이 네가 내 옆에 있다면 저기도 거점으로 삼기엔 나쁘지 않을 듯하구나."

"아."

장동욱은 뭔가를 깨달은 듯 이상찬의 앞을 비켜섰다.

"알겠습니다. 그럼 저곳으로 제가 안내해드리겠습니다."

장동욱은 깊이 고개를 숙인 후 결연한 표정으로 앞장서 나아가고 있었다.

일월.

이정우와 맹수현은 서로 대치하고 있을 뿐 선불리 격투를 벌이지 못하고 있었다. 맹수현은 구석에 박혀 지형적으로 유리하기 때문에 이정우로서도 섣불리 달려들 수가 없었다.

"맹수현이 너무 강한가? 정우가 저렇게 힘들어하는 건 처음 본다."

김인범이 나지막이 중얼거렸다. 박정태는 그 소리에 고개를 저었다.

"아니, 하종화도 그렇고 정우도 그렇고 만약 탁 트인 공간에서 싸웠다면 이렇게 곤란하진 않았을 거야. 맹수현은 전방만 터놓고 오직 수비만 하고 있어. 공격할 방향이 한 군데밖에 없다. 이런 상태라면 맹수현이 절대적으로 유리할 수밖에 없어. 맹수현도 보통이 아닌데, 거기에 지형적 이점까지 안고 있으니까."

"음, 거기다 정우는 아직 왼손이 불편하니까"

"큰일이야. 맹수현의 위치상 일대일밖에 할 수 없다. 그만큼 좁은 공간에 들어가 있으니까. 그런데 상황은 정우에게 너무 불리해. 맹수현한테는 정우도 안 되더라는 말이 나오면 안 돼. 반드시 정우 스스로 이겨야 한다."

박정태는 혀로 입술을 적시며 말했다. 도무지 예측할 수 없는 승부였다.

"경승호 있나?"

장동욱과 이상찬이 경승호가 접수한 성인 나이트클럽의 정문에 나타났다. 기도를 보고 있던 녀석들이 그들의 얼굴을 보자 그야말로 놀라 자빠지고 있었다. 장동욱은 그들을 향해 몸을 띄웠다. 퍽퍽! 순식간에 두 녀석의 명치와 턱으로 발이 날아 들어갔다.

"억."

비명조차 제대로 못 지르고 쓰러지는 녀석들이었다. 장동욱은 당당하게 나이트클럽의 문을 열었다.

"뭐야?"

손님은 없었다. 홀에는 경승호와 부하 수십 명이 자기들끼리 잔치를 벌이고 있었다. 그 중간에 있던 경승호가 느닷없이 들이닥친 장동욱과 이상찬을 보고 흠칫 놀라고 있었다. 하지만 그 놀람은 이내 비웃음으로 바뀌었다.

"이게 누구야? 제 발로 죽여달라고 찾아올 줄은 몰랐는데, 이상찬!"

"말을 함부로 하지 마라."

그런 경승호를 장동욱이 무섭게 협박했다.

"하하하. 늙은 호랑이쯤은 무섭지 않아. 하지만 네 녀석은 좀 성가시군, 장동욱."

"성가시다?"

장동욱의 입가에 슬쩍 미소가 그려졌다.

"이제 무섭게 될 것이다."

"긴말할 거 없군. 쳐라!"

경승호가 간단히 손짓으로 신호를 보냈다. 수십 명의 어깨가 우르르 장동욱 쪽으로 몰려들고 있었다. 장동욱은 좁은 입구를 벗어나지 않으며 흥분해 달려드는 그들을 마주하고 있었다. 탁

트인 공간에서 사방의 적을 막는 것보다는 이편이 다수의 적을 막는 데는 훨씬 효과적이었다.

"와라!"

퍽! 장동욱은 첫 번째 녀석의 무릎을 구둣발로 차며 무너뜨렸다. 동시에 휘익 몸을 돌리더니 앞으로 넘어지는 첫 번째 녀석의 등을 밟고 그 뒤에서 달려들던 녀석의 턱을 으깨었다.

"키잉."

녀석의 고개가 돌아갔다. 그때였다. 장동욱의 뒤에 서 있던 이상찬이 앞으로 나오며 한 녀석의 고개를 잡더니 이내 목뼈를 부러뜨리고 있었다. 환갑을 앞둔 나이라고는 믿어지지 않을 정도의 괴력이었다.

"회장님!"

"이거 옛날 생각나는군. 내 걱정은 말아. 동욱아, 치고 들어가라!"

"알겠습니다."

입구에 서서 쳐들어오던 녀석들만 넘기던 장동욱은 이제 자세를 바꾸었다. 그리고 날아오르듯 도약했다. 쾅쾅쾅! 장동욱은 이상찬을 위한 공간을 확보하며 날고 있었다. 경승호의 낯빛이 점점 흙빛으로 변하고 있었다.

"이봐, 이정우, 겁나? 어떻게 못 하겠어?"

한동안 대치 상태가 계속되자 맹수현은 이정우를 놀리기 시작했다. 흥분을 유발하려는 목적이었다.

"재미없군. 어디 보자. 이만하면 회장님도 충분히 피신하셨을 것 같은데, 나도 이만 도망쳐볼까?"

이정우는 자세를 고쳐 잡았다. 왼손을 적절하게 사용할 수 없는 이정우는 자세를 고치며 다른 방법을 모색하고 있었다. 그렇다고 해도 구석에 박혀 있는 맹수현을 끌어낼 방법은 없어 보였다. 이윽고.

"맹수현, 제안 하나 할까?"

"뭐냐?"

"네가 여기서 나한테 진다면 내 밑으로 들어와라."

"하하하."

맹수현의 조소가 터져 나왔다.

"난 주인을 함부로 바꾸지 않는다."

"이상찬은 망했어."

"과연 그럴까? 사람에겐 신의가 있는 것이다. 나에게 은혜를 베풀어준 분을 배신하는 건 사람이 할 짓이 아닌 거야. 설사 회장님이 잘못된다고 해도 내 마음은 변함이 없어."

"이상찬 따위에게 그럴 가치가 있을까? 넌 아까운 녀석이다."

"따위라고?"

문득, 맹수현의 한쪽 눈썹이 꿈틀거렸다.

"그렇다. 이상찬 같은 새끼가 뭐가 좋다는 거야? 결국 미친 협잡꾼 아냐? 사람은 주인을 잘 섬겨야 하는 거야. 그런 놈 밑에 있다니까 네가 아깝잖아?"

흥분으로 맹수현의 몸이 흔들리고 있었다. 오히려 맹수현의 감정을 자극한 건 이정우였다.

"너 죽고 싶으냐?"

"어디 죽여봐라."

맹수현의 어깨가 분노로 잠시 열리자 이정우는 그 틈을 놓치지 않았다. 지나치게 흥분하면 몸이 경직된다. 맹수현은 순식간에 들어오는 이정우의 발을 화급하게 피해내며 중심을 잃고 있었다.

"이제 구석에서 나가!"

이정우의 다른 쪽 발이 그런 맹수현의 얼굴을 향해 날아갔다. 맹수현은 뒷걸음치며 그 발을 막아냈으나 지금껏 지키고 있던 그만의 공간을 약간 벗어나게 되었다. 박정태는 그런 모습을 보며 속으로 환호성을 삼켰다.

"이정우, 역시!"

그와 동시였다. 이정우는 왼손 손바닥을 활짝 펼치더니 방향을 틀어 손등으로 맹수현의 명치를 퉁, 밀었다.

"어어."

투다닥. 맹수현은 급하게 뒷걸음치며 구석에서 튕겨 나왔다. 그러더니 이내 엉덩방아를 찧고 말았다.

"조금 전 너한테 배웠다. 손바닥으로 싸울 수도 있다는 거."

이정우는 여유로운 표정으로 맹수현의 눈앞에 자신의 왼손을 활짝 펴 보였다.

"이 새끼."

"죽으려고."

공간으로 튀어나온 맹수현을 향해 수십 개의 각목과 방망이가 위협을 가하고 있었다.

"이런, 내가 졌나?"

맹수현은 그러나 여유를 잃지 않았다. 그는 툭툭 먼지를 털며 다시 몸을 일으켰다. 수십 개의 각목과 방망이가 그런 맹수현을 따라 움직였다.

"여유 부리지 마라!"

순간 이정우의 몸이 하늘을 갈랐다. 맹수현은 여유롭게 치고 들어오는 이정우의 왼 다리 공격을 막아냈다. 그대로 이어 맹수현이 공격을 들어갈 셈이었다. 하지만 그 순간이었다. 바닥으로 떨어질 것 같던 이정우의 몸이 중간에서 뭔가를 디딘 듯 다시 튀어 올랐다.

"어?"

맹수현은 나가는 주먹을 황급히 거두고 그 두 번째 공격을 팔로 걷어내었다. 아니, 걷어내었다고 생각했다. 이정우의 발이 맹수현의 팔을 딛고 다시 허공으로 차올랐다.

"뭐냐? 이 녀석!"

그 외침이 끝나는 순간이었다. 이정우의 무릎이 맹수현의 안면에 작렬했다. 퍽!

"억!"

기우뚱. 맹수현의 몸이 뒤로 넘어갈 듯이 움직였다. 그 순간 이정우는 오른쪽 팔꿈치로 마지막 일격을 찍었다.

쩍!

콰당탕! 맹수현의 뒤통수가 방바닥에 그대로 꽂혔다.

"잡아!"

그 틈을 놓치지 않고 김인범이 소리쳤다. 맹수현을 향해 우르르 어깨들이 달려들었다.

"네가 아깝다는 말은 취소다."

그 모습을 보며 이정우가 홀로 중얼거렸다.

한편 경승호도 얼굴이 짓이겨져 바닥에 뻗었다. 장동욱와 이상찬은 둘이서 마침내 경승호를 밀어버렸다. 시계는 새벽 3시를 가리키고 있었다.

28.

"하아. 하아."

이상찬은 가쁜 숨을 몰아쉬고 있었다. 아무래도 무리였다. 등에는 뜨끈한 피가 허리 아래로 흘러내리고 있었다.

"괜찮으십니까?"

장동욱이 나이트클럽 밖으로 도망치는 녀석들을 보며 물었다.

"괜찮아. 젊었을 땐 문제도 아니었는데. 하하! 나도 늙긴 늙었어."

"아직 흡수되지 않은 놈들이 있을 겁니다. 그 녀석들을 불러 여기 수비를 견고히 해야 합니다."

"흠."

"아마 이번에 잘 보이면 요직을 얻을 수 있을 테니 야망을 가진 놈들이라면 회장님의 부름을 거절하지 못할 겁니다."

이상찬이 바닥에 뻗은 경승호를 보며 침묵했다.

"회장님?"

"경승호라."

"무엇을 생각하고 계십니까?"

"이놈이 나를 배신했다면 또 누가 있겠나?"

이상찬은 회한에 잠긴 듯했다.

"이 녀석과 가까운 놈들이 누구지?"

"……."

"천용택."

"그렇군요."

"그놈들이 모두 지켜보는 앞에서 나는 천용택의 머리를 부수어 죽였어."

"천용택. 인맥이 넓은 녀석이었습니다."

"배신의 이유가 될 수 있겠군. 천용택과 가까웠던 놈들이 누구였지?"

"한정호, 우대만?"

이상찬은 크게 심호흡을 했다. 만약 우대만이 자신을 배신했다면 다시 일어서기 힘들 것이다.

"우대만?"

장동욱도 침묵했다.

"우대만은 내 밑이지만 거물이야. 금전을 돌리는 능력이나 차지하고 있는 구역이나. 지금의 나도 함부로 할 수 없는 녀석이다."

"함부로 할 순 없지만 감히 회장님을 넘볼 수는 없습니다. 일단 제 아이들을 이곳으로 부르겠습니다."

이상찬은 조용히 고개를 끄덕였다. 하지만 곧 깊은 생각에 잠겼다.

콰직!

그 시각, 사정없이 일월의 문짝이 부서져 흩어지고 있었다.

"안 보인다."

김인범이 말했다.

"이상찬이 안 보여."

"비상구도 안 보인다."

박정태도 소리치고 있었다. 이정우는 정신을 차린 하종화와 함께 있었다. 모두 뿔뿔이 흩어져 비상구와 이상찬을 찾는 중이었다.

"맹수현은?"

"죽어도 말할 것 같지 않다."

"무슨 요정에 마담이나 계집도 없어?"

"다들 튄 것 같아. 그 통로를 찾아야 돼."

그 순간 하종화가 불현듯 말했다.

"여기서 나가자."

"나가자고?"

"꼭 비상구를 찾을 필요는 없어. 나가서 이상찬의 행적을 좇는 것이 나을 거다."

"그렇군."

이정우는 곧바로 지시를 내렸다.

"김인범, 박정태, 너흰 여기를 정리해라. 투항한 녀석들이 몇 명이야?"

"20명 정도? 나머지는 도망쳤거나 기절했다."

"좋아, 그 녀석들은 내가 데리고 간다. 우리가 데려온 녀석들 중에 멀쩡한 놈들이 30명쯤 되나?"

"음."

"우선은 그 녀석들로 뒷정리하고 일월을 지켜라. 나는 우대만에게 연락해서 일월에 지원 요청할 테니까."

"알겠다."

"하종화."

하종화는 이정우와 눈을 맞추며 고개를 끄덕였다.

"너와 난 여기서 편입시킨 20명을 데리고 이상찬을 찾아 나선다. 갈 만한 곳이 어딜 것 같은가?"

"글쎄."

하종화는 열심히 생각하고 있었다. 하지만 아무래도 떠오르지 않았다.

"일단 일월을 접수한 걸 우대만, 한정호, 경승호에게 알려야 하지 않을까?"

"내가 알릴 필요 없어. 보고는 녀석들이 하는 거다."

이정우는 턱을 삐딱하게 들며 오만한 표정을 지었다. 하종화는 픽 웃으며 손을 들었다.

"못 당하겠다, 정말."

그때였다. 김인범의 휴대폰으로 전화가 걸려 왔다. 우대만이었다.

"예, 우 사장님. 예, 예, 알겠습니다. 잠시만."

김인범은 휴대폰을 손바닥으로 막으며 이정우를 돌아보았다.

"우대만인데 경승호한테서 연락이 끊겼다는데? 최동호를 친 것 같았는데 갑자기 연락이 끊기니 이상하다는군. 아무래도 그 쪽으로 병력 넣을까 싶단다."

이정우는 고개를 저었다.

"아니다. 애들은 일월 쪽으로 오라고 해라. 하종화, 최동호가 그렇게 강한가?"

"아니, 경승호가 충분히 넘길 수 있다."

"그렇다면, "

이정우는 획 몸을 돌렸다.

"우리가 간다. 서둘러라. 날이 밝기 전에 형수한테 결과를 보여줘야 하니까."

뚜벅뚜벅. 이정우의 걸음이 경쾌하고 빠르게 움직였다. 그 뒤를 하종화가 따르고 다시 수십 명의 어깨가 분주하게 따랐다.

"동욱아,"

이상찬은 입고 있던 옷을 벗어 상처를 동여매고 테이블 위에 앉아 있었다. 긴장한 장동욱은 자신이 부른 직속 부하를 기다리면서 정문만 바라보고 있었다. 바닥에 엎어진 어깨들은 숨이 끊겼는지 여전히 미동조차 없었다.

"예, 회장님."

"넌 어떻게 생각하냐?"

"무슨 말씀이십니까?"

"이제 내 시대는 끝나는 게 아닌가 싶어서 하는 말이야."

"약한 말씀 마십시오, 회장님. 회장님은 이대로 무너지시면 안 됩니다."

"후우."

이상찬은 담뱃갑을 꺼내 들었다. 툭툭 손바닥으로 치고 쑥 삐어 나온 담배 중 하나를 빼내 물었다.

"세상이 바뀌니 내가 이 자리에 있군, 허허."

불을 붙이는 이상찬의 얼굴이 어둡게 물들었다.

"예전엔 내가 밀어냈지. 헌데 지금은 내가 밀려, 아하하."

"회장님, 아직은 밀려나실 때가 아닙니다. 제가 옆에 있지 않습니까?"

"확실히 그렇다. 넌 든든해. 하지만 동욱아,"

"예."

"퇴물을 너무 믿지 마라."

"……."

장동욱은 고개를 돌려 이상찬을 다시 한 번 바라보았다.

"난 늙었어. 지금 날 치고 들어오는 이정우도 언젠가는 나처럼 망하게 될 것이다."

"회장님은 아직 망한 게 아닙니다."

"하하하하."

이상찬의 웃음이 호탕하게 허공으로 퍼졌다.

"이미 난 땅에 떨어진 거야. 나를 넘길 생각을 했다는 것 자체가 내가 늙었다는 증거야. 그러니까 동욱아,"

"예."

"혹여나 일이 틀어지면 미련 없이 날 버려라."

"회, 회장님!"

놀란 장동욱의 눈이 커졌다.

"네 살길을 도모해라."

"회장님!"

장동욱은 급하게 이상찬 앞에 무릎을 꿇으며 고개를 숙였다.

"그 말씀은 거두어주십시오."

"이 녀석아……."

"회장님께 목숨을 바치기로 결심한 몸입니다. 전 주인을 바꾸지 않습니다."

"허어, 이 녀석. 세상은 바뀌는 것이다. 너무 미련한 생각은 하지 마라."

"아닙니다. 전, 결코……."

장동욱은 감명을 받은 듯 목소리를 떨고 있었다. 그리고 굳게 쥔 주먹엔 힘이 가득 들어가 미세하게 떨리고 있었다.

그때 멀리서 어지러운 오토바이 소리와 차 소리가 들렸다. 장동욱은 자리에서 벌떡 일어났다.

"옵니다."

"그런가?"

"조금 많습니다. 잠시 피신해 계십시오."

장동욱은 정문 쪽을 향해 걸어가 그 앞에 우뚝 섰다.

"회장님은 제가 목숨을 걸고 지키겠습니다."

장동욱은 두 주먹을 불끈 쥐었다.

29.

끼이익. 타다닥. 건물 안에서도 어수선한 소리는 들을 수 있었다. 소란함이 건물 벽을 뚫고 장동욱의 귀에 그대로 전달되고 있었다.

"회장님, 피신하십시오. 비상구 쪽에 길이 있을 겁니다."

"하하하. 도망친다면 누가 나를 이상찬이라 하겠나?"

"회장님!"

그때였다. 정문으로 20명가량의 인원이 우르르 몰려들었다. 이상찬은 장동욱의 어깨를 손으로 쿡 짚으며 얼굴에 희미한 미소를 그리고 있었다.

"이미 도망치기엔 늦었다."

장동욱도 말없이 고개를 끄덕였다. 일순 긴장감이 흘렀다.

"역시 이렇게 된 건가?"

정문에서 처음으로 얼굴을 내민 사람은 하종화였다. 하종화는 양손에 칼을 들고 장동욱과 이상찬을 마주하며 섰다.

"당신이 장동욱이오?"

"칼을 든 걸 보니 하종화인가? 처음 만나는군. 영광이다."

"나야말로."

하종화 역시 긴장하고 있었다. 잠시였지만 맹수현에게 당해 혼절하지 않았던가. 하지만 맹수현은 지형을 이용하여 유리한 싸움을 했을 뿐, 이 정도의 열린 공간만 되어도 승패는 장담하기 어려웠을 것이다. 그리고 정말로 승패를 가늠하기 어려운 자와 마주하고 있었다.

"뭐 하는 거야? 밀어라."

어느새 이정우가 하종화의 옆에 나타났다.

"잠시만 기다려, 이정우. 저 녀석을 잡으려면 작전이 필요해. 공연히 애들 다치게 할 필요는 없잖아?"

"바보 같잖아? 쳐들어와서 눈치만 보는 거야? 쳐라!"

이정우가 고갯짓으로 소리를 쳤다. 하지만 어깨들은 눈치를 보며 주춤거릴 뿐이었다.

"뭐야?"

"이 녀석들은 겁을 먹은 거야. 장동욱이 누군지 모르는 사람은 너밖에 없다, 이정우."

하종화가 고개를 설레설레 저으며 피식 웃었다.

"그럼 또 내가 나서야겠군."

생각할 것도 없이 이정우의 걸음이 빨라졌다. 당황한 건 하종화였다. 이미 이정우는 장동욱의 코앞에 있었다.

"뭐, 뭐야?"

이정우의 거침없는 행동은 장동욱에게도 신선했다. 모두 벌벌 떨고 눈치 보는 상대만 보다가 이정우 같은 녀석을 보고 있자니 어떤 쾌감마저 느낄 수 있었다. 이정우란 녀석, 사람을 흥분시키는 재주가 있었다.

"재미있군. 넌 왼손을 못 쓰는 것 같던데, 불리한 싸움이 아닐까?"

"설마?"

획. 말이 떨어진 동시에 이정우의 다리가 장동욱의 얼굴로 치솟았다. 장동욱은 고개를 슬쩍 젖히며 팔로 앞을 방어했다. 동시에 이정우의 몸이 허공을 차오르며 공중으로 치솟았다.

장동욱은 그 순간 팔꿈치로 이정우의 발목을 쳤고 기우뚱 무너지는 이정우의 복부를 어깨로 툭 밀었다. 이정우는 중심을 잃고 몸이 기울었지만, 바닥으로 추락하며 간신히 균형을 맞추고 곧게 설 수 있었다. 모두가 눈 한 번 깜짝할 사이에 벌어진 일이었다. 이정우도 빨랐지만, 장동욱도 만만치 않았다. 정작 놀란 건 이상찬이었다. 이 어린 녀석이 저렇게까지 몸을 움직일 수 있으리라고는 전혀 짐작도 못 하던 참이었다. 이정우와 장동욱은 모두 입을 닫고 서로에게 집중하고 있었다. 하종화와 다른 어깨들도 그들의 임무를 잃어버리고 순간이라도 놓칠세라 이정우와 장동욱의 움직임을 예의 주시하고 있었다.

그리고 그때,

콰창! 와장창! 부다다다당.

"회장님!"

"동욱 형님!"

일순 이정우와 장동욱을 제외하고 모두의 시선이 소리가 난 방향으로 쏠렸다. 오토바이 여섯 대가 어느새 홀 안으로 난입해 굉음을 내고 있었다.

우대만은 직접 아이들을 이끌고 일월에 도착해 있었다. 김인범과 박정태가 우대만을 맞아 2층 귀빈실로 안내했다. 귀빈실에는 맹수현이 터진 얼굴을 한 채 덤덤히 앉아 있었다. 손과 발은 끈으로 꽁꽁 묶어놓은 상태였다.

"수현이 아닌가?"

우대만은 맹수현의 모습을 보더니 짐짓 놀라는 모양을 취했다. 맹수현은 날카롭게 우대만을 노려보더니 이내 눈을 감았다.

"이 사람들이 참. 수현이를 이렇게 묶어서 어쩌겠다는 거야? 에헤이."

우대만은 품에서 손가락만 한 칼을 꺼내더니 맹수현을 묶고 있던 끈을 잘라내었다. 그리고는 맹수현의 어깨를 툭툭 쳐주었다.

"진작 내가 왔어야 했는데. 천하의 맹수현이 이러고 있을 줄은 몰랐네."

"흣!"

맹수현이 콧방귀를 꼈다.

“어디, 몸은 괜찮나?”

“아는 척하지 마라. 배신자와는 어떤 말도 할 수 없다.”

맹수현은 그렇게 무거운 한마디를 던지더니 입을 다물었다. 우대만이 이런저런 이야기를 던졌지만 맹수현은 그저 침묵으로 일관했다.

나이트클럽에서는 혈투가 벌어졌다. 장동욱이 부른 여섯 명이 뒤늦게 도착하면서 홀은 아수라장으로 변했다. 이정우가 데려온 어깨들도 장동욱만 아니면 해볼 만하다고 생각했는지 손에 각목을 들고 붕붕, 공기를 갈라내고 있었다. 이상찬은 한 걸음 뒤로 물러나 비상구 쪽에 몸을 기대고 있었고, 그 앞을 장동욱이 막고 있었다. 그리고 그를 뚫기 위해 이정우가 버티고 서 있었다. 쉭. 휙. 서로가 바람 소리를 내며 몇 번 마주쳤지만 팽팽함이 유지되고 있었다. 그러나 손을 제대로 쓰지 못하는 이정우의 체력은 조금씩 바닥날 수밖에 없었다. 김일수, 맹수현과의 연속된 맞상대로 심신이 상당히 지쳐 있었고, 이제 그에 못지않은 장동욱과 마주하고 있었다. 장동욱은 노련하게 시간을 끌며 이정우의 체력을 축내려 했다. 어느새 이정우의 이마에 땀방울이 송골송골 맺혀 있었다.

“이제 들어가도 될 것 같군.”

이정우를 보며 장동욱이 슬쩍 미소를 지었다.

“뭐라고?”

이정우가 입을 연 순간이었다. 장동욱의 몸이 번개처럼 빠르게 움직였다.

"어?"

휙, 휙, 휙. 앞으로 다가오던 장동욱의 몸이 순간 옆으로 바뀌더니 이내 뒤로 돌았다. 그 탄력을 이용해 오른발로 뒤돌아 이정우의 가슴을 파고들었다. 이정우는 양손으로 그 발을 막았다. 그 순간 장동욱의 몸이 휙 회전하며 오른발을 따라 들어오던 왼발이 이정우의 머리를 강타했다.

쾅!

"끄억!"

이정우의 입에서 정말로 비명이 터져 나왔다. 그 순간이었다. 장동욱은 이정우를 후려 찬 후 바닥에 떨어지며 그 탄력을 이용해 튕겨 올라왔다. 동시에 비틀거리는 이정우의 턱에 오른손 주먹을 날렸다. 이정우는 그 와중에 고개를 뒤로 젖혀 피하려 했지만, 장동욱의 주먹이 더 빨랐다.

쾅!

달깍. 빗맞았지만 이정우의 턱이 뒤로 넘어갔다. 제대로 맞았다면 턱이 부서졌을 것이다. 와당탕! 이정우가 바닥에 두어 번 굴렀다. 장동욱이 구르는 이정우를 빠르게 쫓아갔다. 이정우가 몸을 일으키는 순간 장동욱의 구둣발이 이정우의 머리를 향해 발사되었다. 이정우는 왼손 손바닥을 펼치며 그 발을 막아내었다. 꽝!

"커억!"

손바닥으로 막았지만, 소용이 없었다. 오히려 다친 왼손에 전기가 흘렀다. 장동욱은 쉬지 않고 이정우를 몰아쳤다. 이정우는 본능적으로 몸을 테이블 밑으로 굴렸다. 테이블이 잠시나마 장동욱의 공격을 막아주었다. 쾅! 하지만 그 순간이었다. 장동욱은 테이블을 손으로 엎어버리며 이정우를 노출시켰다.

"이정우, 안됐지만 이것이 네 한계다."

왼손을 오른쪽 겨드랑이 사이에 넣고 숨을 헐떡이던 이정우를 장동욱은 차갑게 내려다보고 있었다. 공격하는 녀석도 지치게 마련이다. 하지만 장동욱은 얕은 숨을 내쉬고 있을 뿐이었다. 순간, 이정우의 지친 얼굴에서 눈빛이 날카롭게 빛났다.

30.

퍽!

둔탁한 소리가 났다. 이번에도 바닥에 엎어져 고통으로 꿈틀거리는 건 이정우였다. 장동욱은 틈을 주지 않았다. 돌아보니 하종화도 싸우느라 정신이 없었다. 장동욱이 부른 여섯은 생각보다 잘 싸우고 있었다. 하종화와 20명의 어깨가 그들과 팽팽한 접전을 벌이고 있었다. 이정우는 정신을 못 차리고 있었다. 너무 지쳤다.

"이정우! 여기까지 쫓아온 게 실수였어."

장동욱의 기분 나쁜 음성이 이정우의 귓가를 때렸다. 정말로 가망이 없는 걸까. 이정우는 순간순간 틈을 엿보았지만, 장동욱은 그렇게 호락호락하지 않았다. 눈곱만큼의 틈도 보여주지 않았다.

"후후."

이상한 일이었다. 이정우의 터진 입가에서 가만히 웃음이 새어 나왔다. 돌이켜 보면 짧은 인생이었지만 이런 고비는 한두 번이 아니었다. 죽을 고비도 몇 차례 넘기지 않았던가. 마음이 편안해졌다. 여기서 죽는다고 해도 상관없을 것 같았다. 어차피 내몰려서 살아온 인생이니까.

"포기했나? 더 도망쳐봐라."

장동욱은 이정우의 바뀐 태도를 접하며 이죽거렸다. 이정우는 아무 말 하지 않았다.

"그럼 끝낼까?"

장동욱이 빠르게 들어왔다. 이정우는 피하지 않았다. 애초부터 이정우가 피한다는 건 말도 되지 않았다. 꽝! 장동욱의 발이 이정우의 복부를 가격했다. 지친 이정우의 방어가 조금 늦었다. 그와 동시에 장동욱이 몸을 회전하며 주먹으로 이정우의 얼굴을 가격했다. 휘익. 이정우의 등이 활처럼 뒤로 굽었다. 장동욱의 주먹이 그런 이정우의 코끝까지 뻗쳤다. 순간 이정우가 뒤로 훌쩍 곡예사처럼 몸을 넘겼다.

"음?"

장동욱이 흠칫했다. 콱! 길게 주먹을 뻗은 장동욱의 턱을 이정우의 발이 들어 올리고 있었다.

제대로 성공한 최초의 일격이었다. 이정우는 그 여세를 몰았다. 잠시 주춤하다가 쏘아 올리는 로켓처럼 온몸을 활짝 펼쳤다. 한 바퀴 회전하려다 중간에서 멈추고 그대로 다시 가격한 것이다. 콰앙! 장동욱의 몸이 허공에 붕 떴다. 그와 함께 이정우가 몸을 발딱 일으켰다.

"오직,"

퍽! 장동욱의 몸이 바닥에 닿기 전에 이정우의 다리가 다시 한 번 장동욱의 복부를 가격하며 그의 몸을 허공에 띄워 올렸다.

"오직,"

허공에 뜬 장동욱을 향해 다시 가격했다. 퍽퍽!

"내가 최고다."

퍽! 퍽! 퍽!

지금은 두 다리와 오른손 하나가 이정우의 유일한 무기였다. 장동욱이 바닥에 안착하여 다리에 힘을 싣기도 전에 이정우는 파상 공세를 퍼부었다. 파파팟!

"허억."

용을 쓸 수가 없었다. 장동욱의 다리가 풀리고 있었다. 이정우는 한번 잡은 기회를 놓치지 않았다. 장동욱이 자세를 가다듬기도 전에 무자비한 폭격 같은 난타가 이어지고 있었다. 쾅쾅쾅! 그때였다. 이상찬이 몸을 날렸다.

"그만둬!"

이상찬은 장동욱의 몸을 덥석 끌어안았다. 그 바람에 이정우의 발이 이상찬의 머리에 꽂혔다.

퍽! 이상찬은 요지부동이었다. 그의 품 안에서 장동욱은 그제야 호흡을 고를 수 있었다.

"회, 회장님!"

"그만둬라."

이정우는 숨을 헐떡이며 그런 이상찬과 장동욱을 바라보았다. 한순간 온 힘을 끌어내었던 탓에 리듬이 끊어지자 더욱 숨이 가빠오고 있었다. 이상찬은 장동욱을 품에서 놓아주고 스윽 이정우를 돌아봤다.

"충분히 일았다. 이쯤에서 끝내자."

"회장님!"

놀란 장동욱이 소리쳤다.

"모두 그만둬라!"

장동욱의 외침 따위는 아랑곳없는 듯 이상찬은 천둥 같은 고함을 질렀다. 다른 녀석들은 정신없이 싸우는 통에 상황이 어떻게 돌아가는지 모르고 있었다. 이상찬이 다시 한 번 소리쳤다.

"그만두라지 않느냐!"

쩌렁! 사방에 메아리가 치는 것 같았다. 늙은 호랑이의 마지막 포효였다. 그리고 일순 싸움이 그쳤다.

"모두 싸움을 그쳐라. 지금 이 순간부터 서양 그룹의 대주주는 여기 있는 이정우다."

"회장님!"

"회장님!"

단말마 같은 소리가 녀석들의 입에서 터져 나왔다. 이상찬은 말을 이었다.

"확실히 알았다. 이제 내 시대는 갔다. 나는 나를 위해 너희가 내 앞에서 피를 흘리며 싸우는 것을 더 이상 지켜볼 수가 없다."

"회장님, 약해지시면 안 됩니다!"

장동욱이 고통을 참고 눈빛으로 여섯 명을 가리키며 쥐어짜듯 외쳤다.

"저 녀석들을 데리고 안전한 곳으로 가신 후 후일을 도모하신다면 충분히……."

"장동욱!"

이상찬은 준엄했다.

"지금 나보고 바닥부터 다시 시작하라는 거냐?"

"회, 회장님……."

"제왕에게 '다시'라는 말은 없다."

이상찬은 굳건했다.

"실패가 약이 되는 것은 애송이들에게나 해당하는 말이다. 구차하게 몸부림치고 싶지 않구나. 너보다 저 녀석이 강한 걸 내 눈으로 확인했다."

"회장님, 지금 싸우면 제가 이길 수 있습니다."

"틀렸다, 동욱아. 넌 내가 말리는 그 순간 이미 진 거야. 난 이미 퇴물이다. 더 이상의 싸움은 무의미하다."

이상찬의 뜻은 진심인 것 같았다.

"하아."

자신이 섬기던 제왕의 추락이 느껴지는지 장동욱의 눈에 눈물이 맺혀 있었다.

"이정우, 네가 정말 서양의 모든 것을 이어받을 수 있을지 모르겠군. 주먹이 아니라 경영인데 말이야."

"훗!"

"어쨌든 내 시대는 갔다. 나를 넘기기 위해 우대만을 비롯하여 몇몇이 작당을 했다는 것 자체가 창피한 일이야. 그 사실만으로도 나는 부끄러워서 고개를 들 수가 없어."

"회장님!"

"이징우, 너도 늙으면 이런 위기가 올 것이다. 그때가 되면 욕심을 버리고 운명을 받아들여라. 이것이 너한테 해줄 수 있는 내 마지막 말이다."

이정우의 입술이 삐딱하게 올라갔다.

"이봐, 멋있는 척하지 말고 항복했으면 무릎이라도 꿇지그래?"

"무슨 소리냐? 마지막 위신은 살려줘야 할 것 아니냐!"

장동욱이 벼락같이 소리쳤다.

"까는 소리 하네."

"뭐, 뭐?"

"기껏해야 조폭 새끼가 무슨 영웅이라도 되는 줄 알아?"

이정우의 비아냥에 이상찬과 장동욱은 아연해하고 있었다.

"넌 도량은 없는 것이냐? 그렇다면 한동안 시끄럽겠군."

이상찬이 긴 숨을 내쉬며 말했다.

"닥쳐!"

이정우가 그 순간 폭발하고 있었다.

"너희처럼 같잖은 새끼들 때문에 얼마나 많은 사람이 죽었는지 알아? 나한테서 얼마나 많은 친구를 뺏어갔는지 아느냐 말이다. 개 같은 놈들이 폼을 잡는데 구역질이 난다, 이 개새끼들아!”

이정우의 감정이 폭발하고 있었다. 쉽게 감정을 드러내지 않는 그였지만 이번에는 달랐다.

“뭐 하고 있는 거야? 저 새끼들 모조리 묶어!”

자신이 데려온 20명의 어깨에게 고함을 치는 이정우였다. 녀석들은 엉거주춤하더니 이상찬에게 다가갔다.

“하종화, 지금 몇 시야?”

“새벽 5시.”

“좋아, 형수에게 결과를 보여준다는 약속은 지킬 수 있을 것 같군. 서둘러라. 관이 나가기 전에 그놈 앞에 보여줘야 해.”

휙, 정우가 뒤돌아섰다. 하종화는 거침없이 이상찬을 무릎 꿇리고 있었다. 바야흐로 세상이 바뀌고 있었다.

31.

S 나이트클럽에 이정우가 들어서자 사방에서 허리가 90도로 꺾였다. 우대만이나 한정호도 이곳에 와 있었다. 저벅저벅. 이정우가 들어서는 한 걸음마다 늘어서 있던 100여 명의 인원이 허리를 그대로 굽혔고, 이정우가 지나가자 허리를 편 녀석들이 장중하게 박수를 보냈다. 우대만이 그런 이정우를 양팔로 덥석

안았다.

"해냈군."

"관은 어디 있나?"

이정우는 흥분하지 않았다. 침착하게 주위를 둘러보며 전형수의 관을 찾았다.

"이상찬을 끌고 와라. 그리고 가서 최현정을 불러와라."

이징우는 눈앞에 있는 전형수의 관을 보며 낮게 말했다. 시계는 아침 7시 30분을 넘어서고 있었다.

인천 동부 경찰서에서 파견 나온 형사 양호수가 부평역에서 채수연을 맞이했다. 다른 검사들과 달리 채수연은 무척 적극적이어서, 박종호와 함께 다니라는 임수철의 말을 자주 어겼다. 특별 팀에 총기 지원이 결정 난 후로는 더더욱 그랬다. 지금도 채수연의 품속엔 총기 한 자루가 숨어 있었다.

"이거 너무 일찍 오신 거 아닙니까? 아직 8시도 안 되었는데 말입니다. 나 양호수입니다."

"날 밝는 대로 가라고 했는데, 지금에야 왔으니 늦었죠. 채수연입니다."

두 사람은 가볍게 악수를 했다.

"차에 타시죠. 지하철을 타고 오셔서 깜짝 놀랐습니다."

"아뇨, 가급적이면 작은 티도 내고 싶지 않습니다. 화룡각까지 버스로 가죠."

"버스요?"

양호수는 의외라는 듯 손으로 뒤통수를 긁었다.

"그런데 검사님, 듣기로는 특별 팀에 계시다던데 그 특별 팀이란 게 정치인들 뒷조사할 때나 발동하는 거 아닙니까?"

"편의상 특별 팀이라고 하는 겁니다. 말씀하신 건 특검을 말하는 것 같네요."

"아, 예. 아침 식사는 하셨습니까?"

"화룡각에 가서 먹을 거예요."

양호수는 버스 정류장을 향해 터벅터벅 걸어갔다. 도무지 형사라고는 전혀 믿기지 않는 얼굴이었다. 삐쩍 마른 몸에다 머리는 단정하게 빗어 넘겼다. 양복만 입혀 놓으면 그야말로 평범한 회사원이었다. 다만 눈가에 잡힌 깊은 주름만이 그의 만만치 않은 삶의 굴곡을 말해주는 듯했다. 양호수는 버스 정류장에 멈춰 서서 주머니를 뒤졌다.

"그런데 중국집은 오전 10시나 되어야 문을 엽니다."

"괜찮아요. 그 전까지는 주위를 둘러보면 되니까. 그리고 이제 반말하세요. 검사님이라는 호칭 누가 들어서 좋을 건 없으니까요."

"예?"

"그리고 지금은 제가 형사님한테 붙어서 사기 치고 있다고 해두죠. 꽃뱀이라고 하나요? 우린 그런 사이입니다. 남자는 꽃뱀한테 넘어간 불륜남."

양호수가 어깨를 으쓱했다.

"재미있군요. 그런데 검사님은 연기를 잘하십니까?"

"예?"

"이 수사의 목적이 무엇인지는 알 수 없지만, 혹시 이 동네 건달들 때문이라면 방향을 잘못 잡았습니다. 이 동네 건달들은 모두 제 얼굴을 알고 있거든요. 그런 연기를 하면 오히려 의심받게 될 겁니다."

"그, 그런가요?"

양호수는 웃으며 고개를 끄덕였다.

"차라리 이렇게 하죠. 제가 채수연이란 꽃뱀을 체포해서 압송하는 걸로."

"예?"

"그게 나을 겁니다. 연극을 하기도 편하고요."

양호수는 그렇게 말하며 씩 웃었다.

S 나이트클럽.

이상찬이 전형수의 관 앞에 무릎을 꿇고 앉아 있었다. 이정우가 바로 그 옆에 우뚝 서서 전형수의 관을 가만히 바라보았다. 그리고 그 옆에 조용히 최현정이 나타났다. 최현정은 그 동안 충격이 가셨는지 한결 침착해 보였다. 온몸을 보석과 화려한 옷으로 치장했다. 하종화가 전형수 대신 선물했던 바로 그것들이었다.

"얼굴을…… 보고 싶어요."

이정우는 손수 허리를 구부리고 관 뚜껑을 열었다. 그리고 하얀 천을 들어 올렸다. 한껏 일그러진 전형수의 얼굴이 드러났다.

"흑."

막상 얼굴을 보니 최현정의 마음이 동하는 모양이었다. 금세 눈물이 굴러 떨어졌다.

"말도 안 돼, 이건."

이정우는 전형수의 얼굴에 다시 천을 씌웠다.

"출상해라."

양호수는 채수연이 준비한 디지털카메라로 여기저기를 찍고 다녔다. 채수연은 한 걸음 빠져 다른 곳을 배회하고 있었다. 두 사람은 오전 10시경에 화룡각 부근 편의점에서 만나기로 약속한 후 각자 갈라져 있었다.

"캔 커피 하나요."

여기저기를 기웃거렸지만, 채수연은 아무 단서도 찾지 못했다. 도대체 그 비디오를 찍은 창고는 어디에 있을까. 슈퍼 주인이 거스름돈을 채수연에게 건네주었다.

"이 동네 사람이 아니네요?"

"예? 예."

"인천 사람은 아닌 것 같고. 서울에서 놀러 오셨어요?"

"인천 사람 아닌 게 티가 나요?"

"나지요, 호호."

채수연은 캔 커피 뚜껑을 따며 재미있다는 듯 빙글거렸다.

"참, 아줌마, 이 동네에 창고 같은 거 없어요?"

"창고요?"

"예."

"이 동네에 창고 같은 건 없는데."

"못 쓰는 건물이나 최근에 부서진 건물은요?"

"글쎄? 잘 모르겠는데. 아니, 그런데 그런 건 왜 찾아요?"

슈퍼 주인은 이상한 눈으로 채수연의 아래위를 훑었다.

"아, 그냥요."

"그냥?"

채수연은 단숨에 캔 커피를 마시고는 휴지통에 버렸다.

"그럼."

정중하게 인사까지 하고 돌아서는 채수연의 뒷모습을 슈퍼 주인은 한참을 노려보고 있었다. 아무래도 외지인이 갑자기 나타나 엉뚱한 질문을 하고 돌아서는 것이 심상치 않았다.

"이 동네에 혹시 창고 같은 거 없어요?"

채수연이 다시 지나가는 사람을 붙들고 같은 질문을 하는 걸 지켜보던 슈퍼 주인이 전화기를 들었다.

"여보세요?"

거대한 운구 행렬이었다.

이정우는 최현정과 함께 선행차에 올라탔다. 이정우는 최현정에게 상주의 자리를 맡겼다. 운전대는 하종화가 잡았다. 운구차에는 김인범과 박정태 등이 수십 명의 어깨와 함께 올라타 있었다. 나이트클럽에서는 우대만이 진두지휘하며 뒤처리를 하고 있었다. 차가 미끄러져 나가자 하종화가 옆자리의 이정우에게 입을 열었다.

"회장님."

"회장?"

"이제부터 그렇게 부르겠습니다. 엄연히 서열이 있는데 친구처럼 지낼 수는 없습니다."

"후."

대답 대신 이정우는 한숨을 내쉬었다.

"하루 만에 호칭이 그렇게 될 수 있다니 편한 성격이군. 마음대로 해라. 하지만 날 조금이라도 안다면 지금 그런 말은 하지 않았을 텐데."

하종화가 입을 닫았다.

"하고 싶은 말이라도 있는 거냐, 하종화?"

"피곤하시겠지만 이제부터 시작입니다. 찬이파의 주요 핵심부는 넘겨버렸지만, 남아 있는 잔존 세력을 몰아내고 내실을 기해야 합니다."

"그래서?"

"저녁에 모든 관계를 명확하게 해둘 필요가 있습니다. 그리고 구인철과의 연도 끊어야 합니다."

"저녁이라."

"우대만 같은 경우는 본래 가지고 있던 기득권도 컸고 배당에 대한 기대치가 높을 겁니다. 처음에 이들을 확실히 잡아두지 않으면 안 됩니다. 목소리가 커지기 전에 모든 것을 분명히 해놔야 합니다."

이정우는 아무 말이 없었다. 무슨 생각을 하고 있는지 모를 일이었다.

"회장님,"

"조용히 해라."

"예?"

"형수의 장례식이 먼저다."

순간 최현정의 놀란 눈이 이정우를 향했다. 이정우는 이런 중요한 상황에 전형수를 먼저 얘기하고 있었다. 하종화도 주춤했다. 그리고 더 이상 아무 말도 하지 않았다. 이정우는 그저 손으로 턱을 괴고 창밖을 바라보고 있었다. 최현정은 그런 이정우의 모습을 빤히 바라보았다. 어떤 상황에서도 친구를 먼저 생각하는 남자. 그런데 왜 친구를 하나둘씩 떠나보내는 걸까? 왜 뒤늦게 슬퍼하는 걸까? 왜 미리 지켜주지 못하는 걸까? 누구보다 친구를 소중하게 생각하면서. 왜?

문득 이정우의 어깨가 무거워 보였다. 커다란 짐을 지고 있는 듯 내려앉은 어깨였다. 최현정은 눈을 깜박였다. 이정우를 짓누르고 있는 상처가 고스란히 자신의 가슴속에 스며들고 있었다.

시계는 어느새 오전 9시 50분을 가리키고 있었다. 채수연은 별 소득 없이 화룡각을 향해 걸어가고 있었다.

"어이, 아가씨!"

누군가 채수연의 등을 툭 쳤다. 돌아보니 모르는 남자 셋이서 채수연을 건들거리며 바라보고 있었다.

"뭐죠?"

"아가씨가 근처에 창고 같은 거 없냐고 동네 여기저기 물어보고 다닌다며?"

보아하니 지역 건달들이었다. 채수연은 주위를 둘러보았다. 아직 양호수의 모습은 보이지 않았다.

"이거 잘못하면 큰일 나겠는걸."

채수연은 낮게 중얼거렸다.

"이봐, 잠깐 우리하고 같이 가셔야겠어. 이상한 냄새가 난단 말이야."

"무, 무슨 소리 하는 거예요? 난 그냥 잘 곳이 마땅치 않아서."

"잘 곳?"

"그, 그래요."

채수연은 억지웃음을 지어 보이며 아양을 떨었다. 하지만 그 어색한 아양이 통할 리가 없었다.

"더 수상하군. 일단 우리 사무실로 좀 가지. 신원 확인만 하고 바로 보내줄게."

그러더니 한 녀석이 덥석 채수연의 팔을 잡았다. 채수연의 머리가 복잡하게 돌아갔다.

'치고 빠져 나갈까? 그냥 끌려가볼까? 혼자 가긴 위험한데.'

채수연이 망설이고 있는 찰나 그들이 팔을 꽉 잡고 끌었다.

"이리 오시지. 그게 좋을 거야."

채수연의 몸이 끌려가고 있었다. 채수연은 가슴 깊이 품은 총을 느끼며 몸을 내맡겼다.

32.

끼잉. 남자들이 채수연을 데리고 온 곳은 한 오피스텔의 사무실이었다. 사장은 안경을 낀 말쑥한 차림의 30대 남자였는데 채수연을 보더니 얼굴을 일그러뜨렸다.

"이 여자야?"

"예."

"너 이 근처에 창고 같은 거 있는지 묻고 돌아다녔다며?"

"그래요."

"왜 그랬어?"

"빈 창고 같은 곳이 있으면 거기서 지내려고 그랬어요."

"그것뿐이야?"

"예, 뭐 잘못됐어요?"

"인천에는 왜 왔냐?"

"뭐, 오든 말든 내 맘이죠."

남자는 씩 웃으며 채수연에게 다가왔다. 그러더니 채수연의 뺨을 철썩 후려갈겼다. 채수연의 고개가 휭 돌아갔다.

"똑바로 말해, 아구창 날아가기 싫으면. 인천엔 왜 왔어?"

채수연은 빠르게 머리를 굴려야 했다.

"실은 여기서 누구 한 명 공사 들어가려고 그랬어요."

"공사? 누구?"

떠오르는 이름은 하나밖에 없었다.

"이태환이요."

"이태환?"

"푸하."

옆에 서 있던 두 장정이 이상한 웃음을 터뜨렸다.

"우리 오야지를 네가 건설하려 했다고?"

"예?"

짐짓 채수연은 놀랍다는 표정을 지으며 눈을 깜박거렸다.

"오야지라뇨? 난 그런 말 못 들었는데."

"말을 못 들었다? 누구한테서 사주받고 여기까지 흘러들어 왔단 말이지?"

"예."

이렇게 되면 이판사판이었다. 채수연은 침을 꼴깍 삼키며 배포를 부렸다. 안경 낀 남자가 무서운 눈빛으로 채수연을 바라보았다.

"이년이…… 수상한데, 이거?"

불꽃 속에서 건진 전형수의 뼈를 화장터 직원이 쿵쿵 빻고 있었다. 그리고 한 줌의 가루가 된 그를 작은 목갑에 담아 이정우에게 건네주었다. 이정우는 그저 침묵하고 있었다. 그런 그에게 김인범이 다가왔다.

"어디에 뿌릴 거냐? 이거 잘 뿌려야 돼. 함부로 뿌리면 벌금 내야 한다."

"내면 된다."

"하여튼."

이정우는 쪼그리고 앉아 오열하고 있는 최현정에게 다가가 목갑을 건네었다.

"뭐, 뭐야?"

"납골당? 아니면 뿌릴래?"

최현정은 목갑을 그냥 품에 안았다. 소중한 보물이라도 되는 양 그렇게 끌어안고만 있었다.

이정우가 그런 최현정의 어깨를 부축해 일으켰다.

"가자."

가만히 지켜보던 하종화가 김인범에게 말했다.

"아무래도 정이 너무 많아."

"예? 형님, 뭐라고요?"

"못 들었냐? 회장님 말이다."

"형님이 정우한테 회장님이라고 하니까 이상합니다, 하하."

"사람에 대한 정이 저렇게 많아서야 앞으로 위험한 일이 생길 때 누구를 내세울 수 있겠나?"

"아마 모두가 나설 겁니다."

"음?"

"사람을 진심으로 대하면 우리같이 단순한 놈들은 무조건 넘어가지요. 정우가 위험하다면 누가 제 목숨을 마다하겠습니까?"

“핫!”

하종화는 웃었다.

“그럴듯하다만 이제부터 그런 어린 치기는 감춰둬라. 어쨌든 회장님은 간밤의 전투로 서울의 5할을 먹었다. 말만 들어서는 느낌이 오지 않겠지만 실로 막대해.”

“뒤처리를 해야 하지 않겠습니까?”

“물론이다. 뒤처리하고 조직 재정비하는 데만 한 달이 걸릴 거야.”

“서열 때문입니까?”

“아니, 그런 건 일찍 체계가 잡힌다. 문제는 정계, 재계의 실세들과 어떻게 관계를 재확립하느냐, 하는 거지. 동해파가 선수 치기 전에 빨리 회장님 편으로 끌어들여야 한다. 뒤에 확실한 배경이 성립되면 그 누구도 배신을 생각하지 못하게 되지.”

“이미 천용택 리스트가 있지 않습니까?”

“이제부터 그걸 써야지. 이번 도발은 조금 급하게 진행되었어. 더 기다려야 한다고 말했지만, 지금이 기회라고 도발한 거다. 지금부터가 중요해.”

“지금부터가 중요하다. 알겠어?”

안경 낀 남자는 채수연의 턱을 어루만지며 느끼한 웃음을 지었다.

“대답 똑바로 해. 누가 시켰어?”

“시킨 게 아니라 그냥 말만 들었어요. 인천에 부자가 있다고 말만 들었거든요? 내가 하는 짓이 꽃뱀 짓인데 요즘은 경기도 좋지 않고 해서 그냥 와본 거예요."

"그럼 누구한테 들었어?"

"교도소 안에서요."

"교도소 안? 누구?"

"번호만 기억해요. 이름은 기억 안 나요."

"후후후후."

남자는 이상한 웃음을 흘리고 있었다.

"장춘석이 알아?"

"모, 몰라요."

"장춘석이 쪽은 아닌 것 같지만, 뭔가 이상한 냄새가 난단 말이야."

다른 녀석들도 공연히 고개를 끄덕끄덕하고 있었다.

"화룡각 주위에서 얼쩡거린 것도 이상해. 뭐, 상관없겠지."

안경 낀 남자는 손가락을 탁 튕기더니 사무실 전화기를 들었다.

"어, 나요, 동생. 냄새나는 계집 한 명 잡았는데 나무 자를 일 있어요? 보니까 전과자에 혈연도 없어. 묻어도 될 거 같은데."

채수연은 심장이 덜컹 내려앉았다. 자기들끼리만 통하는 말이라 무슨 말인지 정확히 알아듣지는 못했지만 기분이 나빴다. 남자는 이야기를 계속했다.

"하하. 재미 좀 봤잖아, 그거. 이번엔 화면에 뜨지 맙시다. 나 그거 짜증나더라고. 장가? 장가 그놈이야 어디서 하우스 차리고 있겠지. 제 버릇 개 주나? 억울해도 별 수 없는 거지, 뭐."

'장가? 이 남자가 조금 전 말한 장춘석을 말하는 것일까? 장춘석은 또 누구지?'

남자는 곧 전화를 끊었다.

"눈 가려."

"예."

두 장정이 채수연의 목덜미를 홱 낚아챘다.

"악! 왜 이래요?"

"가만히 있어."

한 녀석이 채수연의 손목을 뒤로 돌려 끈으로 묶었다. 다른 녀석은 그녀의 눈에 녹색 테이프를 붙이고 안대를 둘렀다. 그리고 입에 재갈을 물렸다.

"읍! 읍!"

"서너 시간만 가면 된다. 참아, 흣흣."

서너 시간? 그렇게 멀리 떨어져 있단 말인가? 아마도 아닐 것이다. 뱅뱅 돌아갈 것임이 분명했다. 다만 무엇보다도 채수연은 공포에 가슴이 두근거렸다. 이건 전혀 생각하지 못했던 상황이었다. 자칫하다간 죽을지도 몰랐다. 이럴 수가.

"축하드립니다!"

이정우가 S로 돌아오자 수많은 어깨가 고개를 숙이고 있었다. 그 수가 아침과는 달리 이미 200여 명으로 불어나 있었다.

"뭐 이렇게 많아?"

"내가 불렀다. 곳곳에 연락을 넣고 답신과 사자를 보내라고 했지."

우대만이 말했다.

"명실공히 이제 이정우가 인정을 받는 것이지. 저건 선물이야."

홀에는 곳곳에서 가져온 선물들이 언덕을 이루고 있었다. 그야말로 황제에게 진상하는 지방의 토호들 같았다. 거기다 지방에서도 화환을 보내왔다. 이상찬의 영향력이 전국에 뻗어 있었다. 이정우는 홀 한가운데에 우뚝 섰다. 거기에 자신을 향해 줄줄이 고개를 숙이고 있는 하나의 거대한 집단이 있었다. 언제 내왔는지 테이블에 음식이 가득 있었다. 우대만이 손짓했다.

"됐다. 이제 너희는 먹고 마셔라."

"예!"

쩌렁쩌렁한 대답 소리에 홀이 흔들렸다. 이정우가 우대만에게 말했다.

"이제부터는 무얼 해야 하지?"

"감히 답신을 보내지 않은 녀석들을 먼저 밟아야 하지. 빠르면 빠를수록 좋다. 그렇게 다 밟아주고 우리끼리 논공행상을 하면 돼."

"누가 있나?"

"어제까지 이상찬의 영향에 있었으면서 우리에게 반발하는 녀석들은 서울에 일곱 군데, 지방에는 세 군데다. 그리고 우리하고 별 상관은 없지만, 초대에 응하지 않은 괘씸한 놈들이 인천에 한 군데, 서울에 한 군데다."

"우리하고 상관없으면 초대에 응하든 말든 상관없잖아?"

"모르는 소리. 우리가 흡수할 수 있는 녀석들은 미리 길을 들여놔야 한다. 이제 얼굴이 바뀌었으니 좋은 핑계가 되지. 어디에도 속해 있지 않은 군소 조직을 우리 것으로 통합시켜놔야 해. 지금 놓쳐버리면 나중에도 치고 들어갈 명분이 없어. 얼굴이 바뀌었으니 인사를 하라고 했는데 안 했다면 그건 충분히 점령의 명분이 돼지."

"그런가? 그럼 어디부터 치고 들어갈까?"

"아, 그건 내가 알아서 하지. 이제 회장께선 몸을 아껴야 한다네. 내가 각 지역 행동 대장들을 시켜서 쓸어버리면 돼. 그리 오래 걸리진 않아."

"그런가? 하지만 가만히 있으면 몸이 좀 쑤시는데."

"이제 그만 쉬어, 이정우."

김인범이 이정우에게 말했다.

"너 잠도 제대로 못 잤잖아? 네 몸 그만 학대해라."

"학대라. 그럴지도 모르지."

이정우는 한동안 그렇게 우뚝 서 있었다. 잊고 있었던 왼손이 덜덜 떨렸다.

"우대만."

"왜?"

"가장 쉬운 쪽이 어디냐?"

"뭐라고?"

"가장 쉬운 쪽이 어디냐고. 그냥 있으려니 안 되겠다."

"인천이다. 전부 합쳐봐야 열 명 남짓인 작은 조직이야."

"누가 이끌지?"

"이태환인가?"

"알았다. 길 안내할 사람 한 명만 붙여라. 열 명 정도라면 혼자 가도 되겠군."

"미쳤냐? 이정우!"

기겁한 긴 김인범이었다. 박정태도 이정우의 앞을 막아서며 고개를 저었다.

"비켜."

"정우야……."

"나 기분 더러우니까 비켜라. 뭐라도 부숴야 할 것 같단 말이다."

"지금 네 몸으론 안 돼. 네가 철인이냐?"

"응."

"이 자식이 진짜."

박정태가 친구로서 이정우의 멱살을 잡았다. 하지만 이정우는 냉랭했다.

"네가 날 막는 거냐?"

"빌어먹을!"

박정태가 멱살을 놓았다. 그리고 말했다.

"내가 이태환이 있는 곳을 아니까 같이 가자, 이 고집불통아."

이정우는 고개를 끄덕였다. 우대만이 당황하고 있었다.

"지금 바로 갈 필요는 없는데?"

“빠를수록 좋다며?”

“이런.”

“아, 참, 우대만.”

이정우는 몸을 돌리려다 말고 우대만을 불렀다.

“나태식을 회장 자리에 앉혀라.”

“뭐라고?”

“난 프리다.”

그러고 이정우는 뚜벅뚜벅 걸음을 옮겼다. 우대만은 잠시 멍하니 있다가 폭소를 터뜨렸다.

“하하하. 역시 난 놈이로군.”

“뭐가 말입니까?”

하종화가 이해할 수 없다는 듯 말했다.

“나태식은 이미 기반을 잃었다. 그 녀석을 얼굴마담으로 내세운다고 해도 녀석이 진짜라는 사실엔 변함이 없는 거지. 대외적으론 나태식이 나서지만, 이정우는 그 뒤에서 실세로 있겠다는 소리 아니냐? 어린 녀석이 머리 굴리는 게 하여튼.”

하종화는 고개를 끄덕였다.

“그런데 정말 인천에 둘만 보낼 생각입니까?”

“천만에. 내가 이정우를 택한 이상 그렇게 놔둘 순 없다. 어디까지나 우릴 이끌 사람은 이정우니까. 하종화, 네가 애들 데리고 가라. 별일 없으면 물러나고 위험하다 싶으면 뛰어들어라.”

“알겠습니다.”

33.

운전석의 박정태와 조수석에 앉은 이정우는 한동안 말이 없었다. 이정우는 지친 몸을 창가에 기대 스쳐가는 풍경을 가만히 바라보았다. 결국 먼저 입을 연 건 박정태였다.

“괜찮아?”

“뭐가?”

“너 상태.”

“안 좋아.”

“너무 무리하는 거 아니냐?”

“괜찮아.”

박정태는 입을 다물었다가 5분 후 다시 열었다.

“무슨 생각 하냐?”

“그냥 생각하고 있다.”

“뭐?”

“인생이 왜 이리 허무한가, 하고.”

“철학자군.”

“쿠쿠.”

자신이 생각하기에도 웃겼는지 이정우가 입을 다물고 조용히 웃었다.

“끌려왔다고 생각하는 거냐?”

“뭐가?”

“글쎄, 뭐랄까. 넌 항상 다른 쪽을 보고 있는 것 같아서.”

이정우가 기댄 몸을 일으켰다.

"내가 다른 쪽을 보고 있다고?"

"응, 어쩌다 보니 이렇게 되었고 사람들이 원하니 그렇게 올라앉았지만, 어째 네 맘은 다른 데 있는 것 같다."

"그런 건 아니야."

"그래?"

"아직 조금 혼란스러울 뿐이야."

"네가 혼란스럽다니, 공부하면 다 그렇게 되나 보구나, 하하. 차라리 막무가내가 나았다고. 훨씬 매력 있었어."

"철은 없었지만, 그치?"

"하하하."

"곧 마음을 정리할 거다. 하지만 아직 나에겐 당위성이 없어. 그래서 어쩐지 갑갑할 뿐이야."

"당위성? 어려운 말 나오네. 나같이 고삐리 중퇴한 놈은 무슨 말인지 모르겠다."

"나도 중퇸데?"

"그래도 넌 대학생이잖아."

이정우가 하품을 하며 다시 몸을 기대었다.

"공부할 땐 당위가 있었어. 하지만 지금은 내가 이렇게 사는 데 의미를 둘 수 없어. 이렇게 살아도 된다는 의미가 생긴다면 홀가분해지겠지."

"친구 몇이 죽었는데, 복수라는 당위성은 없냐?"

"하고 나면 끝이잖아. 두현이도, 형수도. 이제 남은 건 세진인데 복수하고 나면 그걸로 끝이지 않냐? 삶을 지탱하는 이유가 될 순 없지."

"음."

"더구나 이쪽은 명분이 없는 곳이니까. 누가 나에게 명분을 줄 수 있을까?"

"더 살아봐라. 우린 아직 어리지 않냐? 푸하하하."

"그럴지도."

이정우는 빙긋 웃었다. 박정태가 화제를 바꾸었다.

"그런데 너 그러다 진짜 몸 축난다?"

"벌써 축났어."

"아무리 천하의 이정우라고 해도 지금 그 상태로는 불안해. 야구에서 선발 투수가 사나흘 연속 9이닝 던지는 거라고 할까? 프로 축구 선수들이 사나흘 연속 경기하는 거라고나 할까?"

"훗."

"너 거기다 수전증 걸린 것처럼 손까지 떨고 있잖아, 왼손."

이정우는 말이 없었다. 그러자 박정태는 더욱 목소리에 힘을 실었다.

"잠도 못 잤지. 지금 넌 나하고 싸워도 어림없을 거다. 몸 무겁지 않냐?"

"무겁다."

"간밤에 괴물 세 명하고 연달아 붙고 멀쩡하다면 사람이 아니지. 어디 다친 데는 없냐?"

"좀 뻐근할 뿐이야."

이정우는 손으로 목을 툭툭 쳤다. 박정태는 자못 심각한 표정이 되었다. 아무리 봐도 지금 이정우의 상태는 정상이 아니었다. 한눈에도 몸이 무거워 보였다. 저런 상태로는 고등학교 양아치조차 상대할 수 없을 것이다. 게다가 사실 박정태도 간밤의 격전으로 지친 상태였다. 그 역시 싸우기엔 적합지 않은 상태였다.

"다 왔네, 거의."

박정태는 몰래 한숨을 쉬며 말했다.

"야, 박정태."

"응?"

"기분도 그런데 오랜만에 양아치 놀이 할까?"

"양아치 놀이?"

텅!

그 무렵 채수연은 눈을 가린 채 어딘가에 처박혔다. 눈을 가리고 있어서 상황을 짐작할 수는 없었지만, 땅바닥이 거칠고 차가운 것이 시멘트 바닥인 것 같았다.

"카메라 설치해라."

채수연은 부르르 몸을 떨었다. 동영상이 떠오른 것이다. 이세진의 눈에 두른 안대를 벗겨내면서 그 참혹한 영상이 시작되지 않았던가? 빌어먹을. 이건 어떻게 돌아가는 상황이지?

"카메라, 사무실에 있습니다."

"들고 오라고, 새끼야."

남자 둘이서 뭐라고 떠들어대고 있었다. 채수연은 불안감으로 다리를 꼬았다. 그런 채수연의 안대를 누군가 확 벗겨내었다.

"읍!"

재갈이 입에 물린 채수연은 뭐라고 말도 못 하고 눈을 크게 뜨며 신음을 냈다.

"너무 놀라지 말라고. 일단 하루 정도는 굶겨야 제대로 나오더라고, 후후. 시간이 좀 걸리니까 미리 겁먹을 건 없어."

"우읍, 읍."

채수연은 눈을 부릅뜨고 몸을 흔들고 있었다. 손목에 묶인 끈이 풀릴 것 같더니 오히려 더욱 옥죄고 있었다.

"그래, 그렇게 발악해라, 크크. 나중에는 눈물, 콧물 질질 흘리게 될 거다. 똥오줌 싸고 싶으면 거기에 그대로 싸."

사무실에 있던 남자는 채수연을 보고 기분 나쁜 웃음을 흘렸다. 채수연이 미친 듯이 몸을 흔들었다. 이건 아니었다. 여기서 이렇게 끝날 순 없었다. 이세진의 슬픔과 고통이 온전히 전해지는 것 같았다. 하지만 돌아오는 건 남자의 비웃음뿐이었다. 심부름을 갔던 녀석이 캠코더 두 대를 들고 나타났다.

"가지고 왔습니다."

"하나는 삼각대 위에 설치하고 하나는 이쪽에 둬라."

채수연은 필사적으로 몸을 움직이며 주위를 둘러보았다. 분명했다. 비디오에서 보았던 바로 그 창고였다.

"지금 바로 합니까?"

"지난번에 안 해봤냐? 굶겨서 장기를 비워야 한다고, 앙?"

"예."

심부름했던 덩치는 손으로 머리를 북북 긁었다.

"왜? 내일 해먹기 전에 지금 한번 따고 싶어?"

"아, 아닙니다."

"해볼래?"

"예?"

덩치는 흠칫 놀라는 시늉이었으나 거절할 모양은 아니었다. 사무실의 남자는 그런 덩치를 보고 킬킬 웃고 있었다. 그때였다.

"실장님."

다른 덩치가 창고의 문을 열고 들어섰다.

"뭐야?"

"이상한 녀석들이 와서 이사님 나오시라고 그랬는데요."

"이상한 녀석들? 그래서?"

"지금 이사님하고 애들 전부 다 모였습니다. 자기들 말로는 서울의 이상찬을 넘기고 온 이정우라는데……."

"이정우?"

남자의 눈살이 찌푸려졌다.

"일단 가지."

한편 이태환은 갑자기 사무실로 나타난 어린 녀석 두 명을 어떻게 처리해야 할지 생각하고 있었다. 이태환이 거점으로 삼고 있는 곳은 작은 단란주점이었는데 그 뒤편에 2층짜리 단독 주택이 있었다. 이태환의 사무실이 바로 그 단독 주택을 개조

한 곳이었다. 이태환은 그곳에서 간단한 취사를 하면서 부하들과 함께 지내고 있었다. 그리고 이정우와 박정태는 곧바로 이태환의 사무실로 진입한 것이었다.

"작네. 이게 조폭이야?"

이정우는 사무실 내부를 돌아보며 빈정거렸다. 박정태 역시 빈정거리기 시작했다.

"대여섯 명으로 조직이네, 하는 떨거지들도 많아. 여기도 딱 보니 그 정도인데?"

"쪽팔리게 이런 델 접수해야 한단 말이야?"

"허어."

이태환은 아직 솜털이 마르지도 않은 어린 녀석들이 주절거리는 소리를 들으며 어안이 벙벙해졌다. 이정우가 공연히 인상을 그리며 어색하게 폼을 잡았다. 말 그대로 동네 양아치 같은 폼이었다.

"이봐, 너 왜 이정우한테 축하 서신 안 보내?"

"어린 애들이라 봐주는 거다. 어서 나가라."

이태환은 답할 가치도 없다는 듯 엉뚱한 소리였다. 이정우는 입안에 있지도 않은 껌을 씹는 척하며 건들거렸다.

"묻는 말에 대답이나 하셔."

"그래, 대답이나 하셔."

박정태도 건들거리고 있었다. 둘이서 쇼를 하기로 작정한 것이었다. 이것이 이정우가 말한 양아치 놀이였다.

"어허허."

참으로 기가 막힌다는 듯 이태환이 웃고 있었다.

"우린 이상찬하고도 관계가 전혀 없었는데, 새삼스레 이정우라니? 우린 서울하고 관계없어, 이 애송이들아."

"오우! 관계가 없다는데?"

박정태가 심하게 인상을 쓰면서 말했다.

"그러니까 이제부터 관계를 만들자는 거 아냐?"

"이 녀석들이!"

이태환뿐 아니라 다른 녀석들이 불끈거리고 있었다. 이태환이 손을 들었다.

"됐다. 애들이다. 진짜 서울에서 그것 때문에 왔다면 수십 명이 몰려와서 당장에 우릴 엎어버렸겠지. 어디서 무슨 소리 듣고 왔는지 모르겠지만 이만 돌아가라."

"하!"

"하!"

이정우와 박정태가 똑같이 콧바람 소리를 내었다.

"둘이서도 충분하다."

박정태의 삐딱한 말에 이태환의 얼굴이 잔뜩 일그러졌다.

"볼래?"

순간, 박정태의 몸이 휙 회전하는가 싶더니 옆에 있던 덩치한 녀석을 후려갈겼다. 퍽!

"어?"

생각보다 강력했는지 덩치는 배를 잡으며 몸을 굽혔다. 이태환이 놀라 자리에서 일어났다. 그때였다. 이정우가 몸을 날리면서 외쳤다.

"다 엎어!"

34.

"하종화!"

봉고차에 아이들 10여 명을 태우고 인천에 도착한 하종화는 뜻밖의 사람을 만났다.

"양 형 아니오?"

"양 형? 이 녀석 봐라?"

양호수였다. 양호수는 증발된 채수연을 찾아다니고 있었는데, 이정우를 지원하기 위해 뒤늦게 도착한 하종화의 패거리들을 발견한 것이었다.

"너 이 새끼, 인천엔 무슨 일이야?"

그 순간, 양호수는 날카로운 강력계 형사가 되어 있었다. 하종화는 어깨를 으쓱했다.

"나 아무 죄도 지은 거 없소. 인천에 가서도 성질은 여전하네?"

"아무 죄도 없어? 불법 단체를 조직했다는 것만으로도 빵에 보낼 수 있다는 거 알지? 봉고차에 탄 새끼들 뭐야? 여기 이태환이 구역인데 애들 데리고 우르르 몰려온 목적이 뭐야?"

"이거 왜 이러십니까? 나 조직하고 그럴 위인 못 되는 거 알잖아요? 그냥 관광 온 겁니다."

"서울 사는 놈이 인천 변두리로 관광을 와?"

"아니, 그러지 말란 법 있나?"

양호수는 능청을 떠는 하종화를 무시하고 손가락으로 까딱까딱 손짓했다.

"손에 병 걸렸소? 거 뭐 하는 짓이오?"

"문 열어, 이 새끼야. 연장 다 보인다. 저런 거 왜 들고 왔어?"

"아, 이것 참."

하종화도 어쩔 수가 없었다. 상대는 현직 경찰이었다. 봉고차에서 쏟아져 나오는 알루미늄 방망이와 톱, 각목 등은 꼼짝할 수 없는 증거물이었다.

"경찰서로 가자."

"이거 왜 이러십니까? 아무 죄 없는 사람을 왜 경찰서로 데려가는 겁니까?"

"죄가 있는지 없는지는 가서 얘기해보자. 기다려."

양호수는 휴대폰을 꺼내 어딘가로 연락했다. 이정우가 어떻게 될지 모르는 긴박한 상황에서 꼼짝없이 양호수에게 잡혀버린 하종화는 속으로 애를 태우고 있었다. 곧, 양호수가 부른 호송차가 달려올 것이었다.

이태환의 사무실에서 뒤로 나자빠지고 있는 건 이정우였다. 박정태는 이정우를 호위하며 주먹을 날렸지만, 이내 머리에 각목을 맞고 쓰러졌다. 공간이 너무 협소했고 무엇보다 이정우는 너무 지쳐 있었다. 하지만 이태환은 눈앞에 펼쳐진 광경에 숨을 죽이고 있었다. 자신의 수하 10여 명 중 여덟 명이 뻗어 있었다.

"놀랍군."

"형님!"

그 무렵, 채수연을 창고에 집어넣었던 남자가 막 이태환의 사무실로 들어서고 있었다.

"어, 상환아."

이태환은 남자의 이름을 불렀다. 그는 이상환이었다.

"어떻게 된 겁니까?"

"나도 모르겠다. 어린놈들치고는 꽤 쓸모가 있는 녀석들이었다."

이상환은 사무실을 둘러보았다. 바닥에 뻗어 있는 녀석들은 대다수가 이태환의 졸개들이었다.

"설마?"

"설마가 아니야. 뭐 하는 녀석들인지 모르겠군."

이태환은 바닥에 늘어져 있는 이정우와 박정태를 보며 고개를 갸웃거렸다. 어느새 겁도 없이 자신의 사무실을 쳐들어왔던 두 놈은 기절한 듯 꼼짝도 하지 않고 있었다. 순간.

"드르릉."

"응?"

"아니?"

낮게 들려오는 코 고는 소리. 이상환의 시선이 발밑으로 내려갔다.

"이, 이 녀석이……."

시선이 꽂힌 곳에서 이정우가 새우처럼 몸을 구부리고 있었다. 이건 분명히 자기 집 안방에서 속 편하게 자는 모습이었다. 그랬다. 이정우는 싸우다 당한 것이 아니었다. 맞아서 넘어진 김에 그냥 잠들었을 뿐이었다. 그것을 깨달은 이태환의 어깨가 수치심으로 부르르 떨렸다.

"이 새끼가!"

"지금 자고 있는 겁니까?"

어이없는 코 고는 소리에 이태환보다 더 황당한 건 이상환이었다. 그때였다. 드르르릉. 이정우의 옆에 곱게 누워 있던 박정태 역시 코를 골기 시작했다.

"이 녀석들, 어떻게 할 겁니까?"

당혹스러움을 주체하지 못하고 이상환이 격앙된 말투로 이태환에게 물었다.

"어떡하다니?"

"그냥 내칠 겁니까?"

"처음에는 그럴 생각이었지만 싸우는 걸 보니 생각이 바뀌는군. 붙잡아서 좀 알아봐야겠다. 도대체 어떤 녀석이 이런 애들을 시켜서 무모한 짓을 했는지."

"장춘석이 아닐까요?"

"장춘석?"

"그 늙은 놈, 최 마담인가 뭔가 하는 년이랑 우리한테 쫓겨나지 않았습니까?"

"가능성은 있지만, 그 노름쟁이가 이런 짓을 하기엔 무모한데? 어쨌든 좀 더 두고 보자. 이놈한테 알아내면 되겠지."

그때 이상환의 얼굴이 기묘하게 일그러졌다.

"왜 그래?"

"형님, 안구 하나에 시가가 얼마인지 아십니까?"

"난 그런 쪽은 몰라. 몇 억씩 하나?"

"예."

"뭐?"

"진짜 몇 억씩 합니다. 이놈들도 나무로 쓰면 한순간에 10억 가까이 벌 수 있습니다."

"나무라……."

"예, 여자 하나 잡아놓았고, 이놈들까지 세 명입니다. 전부 통나무로 쓰죠?"

이태환은 심각한 표정을 짓고 있었다. 이상환은 몸이 달았다.

"형님,"

"가만있어. 통나무 작업은 우리 세계에서도 금기시하는 짓이다."

"벌써 한 번 했잖습니까?"

"그땐 네놈하고 장춘석이하고 같이 와서 뒤를 봐달라고 해서 장소만 제공한 것뿐이야. 또 그 짓을 하려니 기분이 이상하군."

"돈이 들어옵니다."

"그냥 잡아놓은 계집애 포르노만 찍어서 풀어주는 게 어때? 그것도 꽤 짭짤했잖아? 한국 포르노라고 하면 눈에 불을 켜고 달려드는 놈들 많다고."

"그렇다고 해도 나무 장사보다 돈이 되겠습니까?"

"음."

"한 번에 셋입니다. 셋을 한 번에 처리하고 크게 법시다. 그리고 딱 손 터는 겁니다."

이태환은 망설이고 있었다.

"형님……."

"일단은 이 녀석들, 창고로 데려가라. 나중에 얘기해보자."

이상환은 고개를 숙였다. 다른 덩치들이 이정우와 박정태를 끌어냈다. 모두가 물러간 후 이태환은 손으로 턱을 고이고 생각에 잠겼다. 아직도 바닥에는 이정우, 박정태한테 맞아서 일어나지 못하고 있는 수하들이 있었다.

"감이 안 오는데? 도대체 왜 나한테 이런 일이 생긴 거지? 정말 이상찬이 넘어갔을까? 설마……."

이태환은 고개를 저었다. 애초에 이상찬이 이정우에게 넘어갔다는 말조차 믿지 않았던 이태환이었다. 지금 이태환에게 필요한 건 돈이 아니었다. 정말로 이상찬을 넘겨버린 이정우란 어린놈이 자신에게 인사를 요구했다면, 이는 자신의 생존과 관련된 문제였다. 자칫 판단을 잘못해서 지금까지 다져놓은 자신의 기반이 모두 사라질 수도 있었다.

"지금은 돈이 문제가 아니다, 상환아."

이태환은 낮은 목소리로 중얼거렸다.

쾅!

채수연은 깜짝 놀랐다. 느닷없이 자신의 눈앞에 마치 시체같이 늘어진 두 사람의 형체가 굴러 떨어졌기 때문이었다. 말할 것도 없이 두 사람은 이정우와 박정태였다. 둘 다 손이 뒤로 묶여 있었고 양발에도 테이프를 칭칭 감아놓고 있었다. 다만, 입에 재갈은 물려 있지 않았다.

"저승길 길동무다."

이상환은 놀란 눈으로 자신을 바라보는 채수연에게 한마디를 툭 던지더니 그대로 문을 닫고 나가버렸다.

"음, 정우야, 자냐?"

순간 죽은 듯 뻗어 있던 박정태가 몸을 뒤척이며 입을 열었다. 잔뜩 긴장하고 있던 채수연이 놀라 펄쩍 뛰었다. 박성태가 그런 채수연을 바닥에서 올려다보았다.

"아가씬 뭐야?"

"너흰 뭐야?"

"나? 난 박정태."

박정태는 몸을 한번 뒤트는가 싶더니 뒤로 묶여 있던 손을 엉덩이 밑으로 넣어 앞으로 빼내었다.

"어?"

"놀랄 것 없어. 이런 건 소년원 친구들한테서 금방 배우니까."

"소년원?"

"서로 별의별 걸 다 가르쳐주지. 열쇠가 없어도 문 따는 법이라든가, 수갑 푸는 법 등등."

그리고서 박정태는 손가락으로 채수연을 불렀다. 채수연은 흠칫하며 박정태를 경계하고 있었다.

"내가 당신 묶인 거 풀어줄게. 당신도 나 좀 풀어줘."

박정태는 그런 채수연을 보며 빙긋 웃었다.

"가까이 와. 등 돌리고 앉아. 손 뒤에 있잖아, 이 바보 아가씨야."

"바보라고?"

순간 목소리가 올라가는 채수연이었다.

"그런 말은 듣기 싫은 모양이네? 당신은 왜 여기 잡혀 온 거야? 야, 너 진짜 자냐?"

이정우는 정말 깊이 곯아떨어진 모양이었다. 박정태는 한숨을 쉬었다.

"내 친구인데 저놈 진짜 바보 같지 않아? 어떻게 이런 상황에서 잘 수 있는지. 영웅이거나 바보일 거야."

박정태의 솜씨는 능숙했다. 순식간에 채수연의 두 손은 자유가 되었다. 동시에 채수연의 경계심도 풀어졌다.

"야아, 이거 고마운데?"

"자, 나도 빨리 풀어줘."

"으음, 정태야,"

그때였다. 부스럭거리며 이정우가 몸을 일으키고 있었다.

"어? 나 묶였네? 야, 이것 좀 풀어줘."

"잠깐만. 나도 풀고 있어."

"응?"

그제야 이정우는 채수연을 발견했다.

"저 여잔 뭐야?"

"여기 있던데? 통나무인 것 같아."

"통나무?"

"이런. 넌 진짜로 잠든 거였군. 난 자는 척하면서 다 들었는데."

박정태가 어쩐지 억울한 듯 씩씩거렸다. 이정우는 혼자서 묶인 것을 풀기 위해 용을 쓰고 있었다.

"아, 갑자기 잠이 와서. 몇 명 안 남아서 너 믿고 그냥 뻗었어. 몸도 무겁고 해서."

"내가 너냐? 왜 날 믿어?"

"아자!"

이정우는 그 순간 손을 앞으로 내놓고 입으로 끈을 풀기 시작했다. 아무래도 박정태의 솜씨와는 비할 바가 못 될 정도로 서툴렀다. 박정태는 채수연의 도움을 받아 순식간에 결박하고 있던 모든 것을 풀어내었다.

"정우야."

"왜?"

"이제 다 잤어?"

"아니."

"근데 왜 일어나?"

"자는 데 불편해서. 이것 좀 풀고 자려고."

"헉!"

말 그대로 헉, 하는 바람 소리가 정태의 입에서 샜다. 이건 무슨 똥배짱인지. 이정우는 아무런 말도 없이 열심히 끈과 테이프를 풀고 있었다. 이들의 난데없는 출현에 넋이 빳긴 채수연은 그런 이정우의 모습을 멍하니 바라볼 뿐이었다.

35.

하루가 꼬박 지났다. 채수연과 박정태는 거의 뜬 눈으로 밤을 지새웠지만 이정우는 동이 틀 무렵에야 기지개를 켜며 몸을 일으키고 있었다.

"아함."

"다 잤냐?"

"응, 그런 거 같다."

이정우는 입이 찢어져라 하품을 하더니 일어나서 우두둑우두둑 뼈 맞추는 소리를 내며 몸을 좌우로 기울이고 있었다. 험하게 자느라 헝클어진 머릿결이 우스꽝스럽게 보였다.

"어떡할 거야?"

"뭘?"

"몰라서 물어?"

"응."

말로 상대하면 허무했다. 박정태는 그저 한숨만 내쉬었다.

"여기서 나가야 할 거 아냐?"

"나가면 되지 않나?"

"어떻게?"

"문 열고."

"문 잠겨 있는데?"

"그럼 열어주면 나가지."

"아아악!"

박정태는 두 손으로 머리를 벅벅 긁었다. 채수연도 이정우라는 이 남자의 엉뚱함에 일순 호기심이 일었다. 묘한 남자였다. 모두가 심각해야 할 상황에서도 이정우는 그렇지 않았다. 세상을 발아래로 내려다보는 오만함이 없다면 이럴 수는 없을 것이다. 묘하게 사람을 빨아들이는 매력이 있었다.

"뭐 먹을 거 없냐?"

"없어."

"굶어야겠군. 정태야,"

"왜?"

"한숨 푹 자고 일어났더니 내 손이 안 떨린다."

이정우는 왼손을 바라보면서 정말 기쁜 듯 큰 소리를 내고 있었다.

"그래?"

그건 박정태에게도 반가운 소식이었다.

"그래도 주먹은 못 쥐겠다. 이거 이러다 손 병신 되는 거 아냐?"

"가만있어봐."

박정태는 자신들을 묶고 있던 끈을 세로로 부욱 찢었다. 그리고 이정우의 손에 몇 겹으로 단단하게 감은 후 역시 손발을 묶고 있던 테이프로 둘레를 단단히 고정했다.

"압박붕대라 생각해라. 좀 도움이 될 거야."

"흠."

이정우는 창고 틈으로 스며드는 햇빛에 왼손을 비춰 보았다.

"이거 마음에 드는군."

그때였다. 지금까지 가만히 보고 있던 채수연이 입을 열었다.

"어떻게 할 거예요?"

"뭘?"

순간, 채수연의 이마에 주름이 잡혔다.

"처음 본 사람한테 왜 반말이야?"

채수연도 다혈질이다. 솜털이 보송보송한 남자애들 둘한테 휘둘릴 정도의 여자가 아니었다. 하지만 이정우는 그런 채수연의 표정 변화에도 아랑곳없었다.

"너도 말 놔."

"야! 너희 몇 살이야?"

"열아홉 살."

"뭐? 이, 이것들이……."

채수연이 주먹을 쥐고 부르르 떨었다. 하지만 성질을 내봐야 본인만 손해라는 걸 깨닫는 데는 그리 오랜 시간이 걸리지 않았다.

"관두자. 어린 애들하고 상대하니까 나까지 유치해지는 것 같다."

이정우는 채수연의 말을 듣는 둥 마는 둥 하고 주위를 살폈다.

"정태야."

"응?"

"여기 생각보다 단단해 보이는데?"

"응."

"진짜 밖에서 열어주지 않으면 못 나가겠군."

채수연이 발끈해서 소리쳤다.

"열어줘도 나가기 힘들어! 여기가 무슨 너희 집 안방이야? 조폭들 아지트라고!"

이정우는 대답이 없었다. 조금 전까지 허무한 소리만 하던 이정우는 사라지고 없었다. 느닷없이 골똘히 생각에 잠긴 모습이 진지해 보였다.

"정태야,"

"응?"

"넌 저 여자만 잘 지켜라."

"어, 알았다."

"여긴 기분이 나쁘군. 뭔가 기분이 나빠."

S 나이트클럽.

우대만은 얼마 전까지 모시던 이상찬과 귀빈실에서 밤을 새워 독대하고 있었다. 그것은 마지막 예우였다.

"낙향하시겠습니까?"

"물론이다."

"일월에서는 무엇을 하셨습니까?"

"하하. 내가 비록 낙향한다지만 그런 것을 말해줄 수는 없지 않은가?"

"우리도 천용택 리스트를 가지고 있습니다."

"천용택 리스트?"

"천용택이 죽기 전까지 정치인, 경제인과의 거래를 위해 만들어놓은 리스트입니다."

"그래서?"

"회장님의 리스트도 얻기를 원합니다."

"하아."

이상찬은 숨을 깊게 들이켰다 내뿜었다.

"우대만, 네놈이 앞장서서 내 숨통을 조일지는 몰랐구나."

"후후. 뭘 그런 걸 가지고 그러십니까?"

"하지만 내가 직접 그 이름들을 발설할 수는 없다. 다만 일월에서 만난 분들에 대해서는 한 가지 힌트를 주지. 전라도 간척사업의 개발권이 달린 문제여서 나는 그 당사자들을 일월에서 만났다. 그 외에는 어느 것도 내게서 알아낼 수 없을 거다."

우대만은 씨익 웃었다.

"그렇다면 한 명은 엄일한이고, 한 명은 짐작이 잘 안 되는군요. 엄일한은 맞습니까?"

"대답할 수 없다."

우대만이 유심히 이상찬의 표정을 살폈지만, 이상찬이 거짓을 말하는지 참을 말하는지는 도저히 알 수 없었다. 그야말로 포커페이스였다.

"장동욱과 맹수현은 어떻게 할 겁니까?"

"그 녀석들이 결정할 문제야."

"장동욱은 충성심이 남다르니 그렇다 쳐도, 맹수현은 회장께서 한마디만 하면 여기에 남을 것 같은데 어떻습니까?"

"맹수현을 넘기라는 말인가?"

"솔직히 말해서 행동 대장이 부족합니다. 하종화에 맹수현. 이 두 명이 모두 우리 식구라면 동해에서도 함부로 나서지 못할 겁니다."

"동해에는 김민규가 있지."

"그래봤자 동해에는 한 명뿐입니다."

"이정우도 꽤 잘하지 않는가?"

"최고의 행동 대장감입니다만, 이정우는 이제 보스입니다. 보스를 일선에 내세울 순 없지요."

"정말로 넌 이정우에게 네 명을 맡긴 거냐?"

"그렇습니다. 그놈은 날 처음 보는 자리에서 나한테 막말을 한 녀석입니다. 어린 치기가 아니라 놈이 가진 기상이었습니다. 어쩌다 보니 이쪽으로 운명이 풀렸지만, 삼국 시대에 태어났으면 역사에 남았을지도 모를 놈입니다. 제 명을 걸어볼 만하다고 생각했지요."

"지금은 세상이 좋지 않다. 함부로 날뛰다간 검찰에서 봐주지 않을 텐데?"

"물론 어려서 아직 처세에 대해서는 혼란스러운 부분이 있습니다. 하지만 일찍부터 본인의 주위에서 친구를 많이 잃었고 평탄치 않은 삶을 살다 보니 나이에 비해 속은 깊습니다. 그리고 무엇보다 제가 옆에 있지 않습니까?"

"흠."

이상찬은 입을 다물고 한참을 생각하고 있었다.

"좋다. 내가 가진 건 이정우에게 모두 주겠다. 하지만 리스트는 곤란하다. 장동욱, 맹수현에게는 내가 직접 얘기해보지."

"장동욱까지입니까?"

"난 이미 퇴물이다. 퇴물을 따라다니는 건 충성심이 아니야. 미련한 거지. 단, 놈들이 평범한 일상으로 돌아가고 싶다 하면 나도 어쩔 수가 없다. 그건 알아둬라."

"알겠습니다."

"그리고,"

"예."

"혹시나 싶어서 하는 말인데 동해와의 전쟁은 일으키지 마라."

우대만은 침묵했다.

"이정우의 기세라면 서울을 통일시켜버릴 것 같더군. 하지만 동해는 만만한 곳이 아니야. 수십 년 동안 동해와 내가 이끄는 찬이파가 서울을 사실상 양분해왔다는 건, 너도 충분히 알고 있을 것이다."

"그렇습니다."

"동해와 전쟁을 일으키면 모두 잡혀 들어간다. 그렇게 되면 어중이떠중이 잔챙이 같은 것들이 더 세상을 어지럽게 만들 것이다. 거물이 꽉 잡아놓고 있지 않으면 더 혼란스러워진다는 것을 명심해라."

우대만은 담배를 꺼내 입에 물었다.

“하지만 동해 밑의 장성태인가? 예전에 윤재식 밑에 있던 녀석인데, 그놈이 이정우를 노리고 있습니다.”

“이제 이정우는 너무 거물이 되었으니 어떻게 하지 못할 것이다.”

“놈이 이정우를 직접 어떻게 할 순 없어도 자신의 보스를 선동할 수는 있습니다. 어쨌든 피할 수 없는 한판이라면 부딪힐 생각입니다. 그래서 권력자의 리스트가 필요합니다.”

“판이 너무 크게 벌어지면 방패막이가 되어줄 수 없다. 설사 대통령이 뒤를 봐준다고 해도 안 될 것이다.”

“그건 뒤에 걱정할 문제입니다.”

몇 시나 되었을까. 끼이익. 굳게 닫힌 창고 철문이 열렸다. 채수연이 앞장서며 이정우와 박정태를 양팔로 막았다.

“너희는 가만있어. 난 유단자야.”

“유단자?”

박정태는 우습다는 듯 이정우를 돌아보았다. 하지만 이정우는 말 그대로 가만히 있었다.

“어?”

창고 문이 환하게 열리고 안으로 들어서던 이상환과 수술 도구를 든 사내, 그리고 몇 명의 어깨들이 사지를 묶었던 끈을 풀어내고 자신들을 노려보는 세 사람을 대하며 처음 내뱉은 말이었다. 그와 동시였다.

채수연이 미끄러지듯 앞으로 나가며 맨 앞에 섰던 이상환에게 정권을 찔러 넣었다.

"얍!"

"억!"

그 순간 채수연의 발이 쭉 올라갔다. 이상환의 머리가 떨어질 것처럼 턱이 높이 들어 올려졌다. 퍽!

"압!"

채수연이 주먹을 불끈 쥐며 기합을 넣었다. 이상환의 뒤에서 있던 어깨들이 흥분하며 달려든 건 그때였다.

36.

"압!"

채수연은 가장 먼저 달려드는 녀석의 손을 피하고 껑충 뛰어올랐다. 그리고 뜬 상태에서 다른 녀석의 뺨을 손으로 치고 바닥에 떨어지면서 무릎으로 턱을 부쉈다. 퍽! 그때였다. 채수연에게 처음으로 달려들었던 녀석이 채수연의 뒷덜미를 턱 잡았다. 그 바람에 앞으로 나서며 다음 공격을 가하려던 채수연은 중심을 잃고 기우뚱 뒤로 넘어갔다.

"이년이."

사내는 낚싯대를 낚아채듯 그대로 채수연의 뒷덜미를 당겨 땅바닥에 엎어버렸다.

"앗!"

우악스러운 힘에 채수연은 데구루루 바닥을 굴렀다.

"윽."

"배고파서 그런 거지?"

문득 채수연이 고개를 들어보니 이정우가 자신을 내려다보고 있었다.

"뭐, 뭐라고?"

"하나, 둘, 셋, 넷. 다섯. 전부 해봤자 겨우 다섯이네. 한 명은 돌팔이 의사 같고, 기껏해야 넷이군."

"뭐라는 거야?"

"여기서 나가면 밥이나 사라. 나도 배고프거든."

"뭐?"

채수연이 황당한 표정으로 이정우를 보았을 때였다. 이정우는 저벅거리며 앞으로 걸어 나갔다. 채수연에게 턱을 맞아 이가 부서진 이상환이 고개를 흔들며 정신을 차리고 있었다.

"대체 어떻게 된 거야? 애들 불러와."

그러자 수술 도구를 들고 있던 사람이 후다닥 밖으로 뛰쳐나갔다.

"이쪽! 이쪽!"

어딘가를 향해 외치는 소리가 창고 벽을 넘어 들어오고 있었다.

"엇!"

채수연이 놀라 자기도 모르게 단말마를 내뱉었다. 서너 명에 불과했던 어깨들이 순식간에 10여 명으로 불어나 있었다. 밖에서 창고를 지키던 어깨들이 일거에 몰려든 것 같았다.

이상환이 소리쳤다.

"이 새끼들 죽여도 좋다! 작살내!"

이정우는 묵묵히 창고 내부를 곁눈질로 살피고 있었다. 10여 명이 한꺼번에 싸우기엔 좁은 곳이었다. 박정태는 채수연을 일으키며 빙그레 웃었다.

"지금부터 잘 봐두라고. 저 녀석이 어떻게 싸우는지."

"뭐?"

"당신은 살아생전 두 번 다시 못 볼 거야. 그러니 두 눈 크게 뜨고 봐."

채수연은 박정태의 여유가 무슨 의미인지 알 수 없었다. 혼자서 10여 명을 감당하는 건 불가능해 보였다. 채수연은 여차하면 품속에 숨겨놓은 총을 빼낼 수 있도록 손을 펼치고 긴장을 풀고 있었다. 그때였다. 휙. 사방이 막힌 공간에서 바람 소리가 났다. 이정우가 날아올랐다!

"어?"

쉬익! 따각! 이정우의 오른발이 미사일처럼 정면에 서 있던 한 녀석의 낯짝에 박혔다. 당장 둔탁한 소리와 함께 코뼈가 부서져 내리는가 싶더니 피가 튀었다.

"어?"

"어라?"

이정우는 그 순간 허공을 차고 올랐다. 공중에 뜬 몸이 빙글

한 바퀴 회전하는가 싶더니 발이 발사되었다. 꽝!

"컥."

"어이쿠."

"아앗."

우당탕탕! 한 녀석이 넘어지면서 그 뒤에 있던 녀석들도 우르르 무너지고 있었다. 순식간의 일이었다. 이정우는 땅에 착지하자마자 육상 선수처럼 앞으로 튀어 나가며 넘어진 한 녀석의 얼굴을 밟고 다시 뛰어올랐다. 녀석들이 손 쓸 새도 없었다. 이정우의 오른쪽 무릎이 한 녀석의 명치에 꽂혔다. 그리고 이정우는 뒤로 넘어가는 녀석의 몸을 계단 밟듯이 왼발로 어깨를 밟고 오른발로 머리를 밟으며 허공으로 몸을 띄웠다. 모든 것이 순식간의 일이었다. 휘익.

"말도 안 돼!"

채수연은 품속의 총은 까맣게 잊고 자기도 모르게 소리쳤다. 충격을 받았는지 그 소리는 마치 비명 같았다. 그러나 박정태는 흥분하며 주먹을 불끈 쥐고 있었다. 콰콰쾅!

"컥!"

"아윽."

"억!"

놀란 건 채수연뿐이 아니었다. 이상환의 입이 절로 쩍 벌어졌다.

그 시각, 이태환은 사무실에서 어딘가로 열심히 전화하고 있었다.

"어, 접니다. 이태환입니다. 물어볼 게 있는데 서울에 이상찬이 진짜 넘어갔습니까?"

책상을 툭툭 두드리며 초조하게 전화를 하던 이태환의 낯빛이 점차 흐려지고 있었다. 표정도 정지되더니 이내 굳어버렸다.

"그게 사실입니까? 정말로 그 거인이 넘어갔단 말입니까? 그것도 열아홉 살 먹은 꼬맹이한테?"

사실을 확인하는 이태환의 목소리가 절규처럼 터져 나왔다. 무슨 이야기를 들었는지 놀란 그는 자리에서 벌떡 일어났다.

"사실은 나한테 전갈이 왔었습니다. 이상찬 대신 이정우가 입성했으니 성의를 보이라는 거였습니다. 당연히 전 무시했습니다. 그런데 그게 사실이란 말입니까?"

흥분한 이태환이 거의 소리치듯 전화기를 붙들고 있었다. 전화기 너머에서 누군가 열심히 상황을 설명하고 있었다.

"나도 놀랐다. 이제 나도 어떻게 할 수 없는 거물이 되었어. 다만 이정우가 원래 내 소속이었던 녀석이라 나의 안전은 보장해주었다."

"구인철 사장님, 지금 이야기하신 것이 틀림없는 사실이겠지요? 제 사업장의 존망이 걸려 있습니다. 잘못하여 그놈들 눈 밖에 나면 전 죽습니다."

"내가 이 나이 먹고 실없는 소리를 하겠나? 자네 찾아온 두 명이 어린애들이라고? 조심해. 어린애들이라면 진짜 이정우가 보냈을지도 몰라."

"알겠습니다. 고맙습니다."

이태환은 서둘러 전화를 끊고 사무실을 나섰다. 이상환이 창고에 가둬버린 두 녀석을 어떻게 해버린다면? 만약 그 애송이들이 정말로 이정우가 보낸 거라면?

"큰일이다."

입술이 바싹 타오르고 있었다. 이태환은 걸음을 서둘렀다.

잠시 후, 창고로 달려온 이태환은 고개를 갸웃거리고 있었다. 창고 주위에 늘어서 주위를 감시하고 있어야 할 놈들이 보이지 않았다. 대신 어딘가에서 끙끙 앓는 소리가 들렸다.

"뭐야?"

소리를 따라갔더니 열린 창고 문 안의 광경이 눈에 들어왔다. 자신의 부하들 10여 명이 바닥에 뻗어 끙끙대고 있었고 동생인 이상환은 마치 어린아이가 벌서듯 두 팔을 높이 든 채 무릎을 꿇고 앉아 있었다.

"아니?"

"넌 뭐야?"

헝클어진 머리를 손으로 쓰윽 넘기며 이정우가 이태환을 돌아보았다.

"난 너희를 풀어주려고 왔다."

도무지 믿을 수가 없는 이태환이었다. 이정우가 픽 웃었다.

"그래? 좀 빨리 오지 그랬어? 자, 그럼 어제 하던 말 계속해볼까?"

"어, 어제 하던 말?"

"나한테 복종하겠나, 버티겠나?"

"뭣?"

이태환은 느닷없이 강하게 나오는 이정우를 보며 혼란에 빠졌다.

"너한테 복종하라고? 넌 누구냐? 이정우라도 되는가?"

"맞다, 내가 이정우다."

"그, 그럴 리가……."

저벅. 이정우가 한 걸음 앞으로 다가갔다.

"믿기 싫으면 믿지 마라. 단, 선택은 해라. 살겠는가, 죽겠는가?"

이태환은 다가오는 이정우를 보며 뒷걸음을 치고 있었다. 머리가 복잡하게 돌아갔다.

"구, 구인철을 아나?"

"안다."

"열아홉 살 애송이……."

무언가를 깨달은 듯 이태환의 눈동자가 부들부들 흔들렸다.

"뭐?"

이정우가 고개를 슬쩍 들며 반문했다. 그 순간이었다. 이태환의 몸이 땅바닥으로 내려앉고 있었다. 털썩!

"뭐야?"

"이, 인천의 이태환이 서울의 이정우에게 조, 조직의 처분을 바랍니다."

이태환의 목소리가 급격하게 떨리고 있었다. 두 손을 들고 있던 이상환의 눈동자가 휘둥그레졌음은 물론이었다. 그때였다. 철컥!

"이게 무슨 소리지? 설명 좀 해줘야겠는데?"

채수연이었다. 어느새 채수연은 품속에서 권총을 꺼내 들고 창고 모서리 부분에서 이정우를 향해 총구를 겨누고 있었다. 하지만 채수연의 눈동자는 단 한 명의 동작도 놓치지 않았다. 박정태가 얼핏 움직이려 할 찰나 채수연은 일순 총구를 박정태에게 향하며 무섭게 목소리를 깔았다.

"움직이지 마라. 단 한 명도."

37.

채수연은 권총을 고쳐 쥐었다. 이정우는 말없이 그런 채수연을 보고 있었다.

"묻는 말에 대답해라. 니들 뭐 하는 놈들이야?"

문득, 이정우는 채수연을 향해 걸음을 옮겼다. 채수연은 그런 이정우를 노려보며 무섭게 소리쳤다.

"가까이 오지 마!"

그러나 이정우의 걸음은 멈추지 않았다.

"생명의 은인에게 이러긴가?"

"가까이 오지 말랬다."

탕! 순간이었다. 채수연은 가차 없이 권총의 방아쇠를 당겼다. 공포탄 한 발이 천장에 박혔다. 다른 모든 사람은 주춤거렸지만, 이정우는 눈도 깜짝하지 않고 채수연에게 더 빠른 걸음으로 다가가고 있었다.

"내가 못 쏠 거라고 생각해?"

"아니."

"그런데 뭘 믿고 이렇게 오만하지?"

"내가 안 맞을 거라고 생각해."

"뭐라고?"

채수연은 인정사정없이 방아쇠에 손가락을 걸었다. 그 순간이었다. 타다닥. 이정우의 손이 번개처럼 움직였다. 제대로 쓸 수 없는 왼손으로 채수연의 팔꿈치를 치고 오른손으로 들고 있던 총을 낚아챘다. 순식간에 채수연의 총이 이정우의 손으로 넘어가 있었다.

"어?"

직접 당하고도 믿을 수 없는 채수연이었다. 도대체 이 남자, 뭐가 이렇게 빨라?

"자, 이제 말해보실까? 넌 뭐야?"

채수연이 들고 있던 총이, 이정우를 향했던 총구가 이제 채수연을 향하고 있었다. 채수연은 이렇게 쉽게 역전된 상황이 이해가 가지 않아 눈꺼풀을 깜빡거렸다. 탕!

"악!"

이정우란 이 남자는 채수연보다 더한 인간이었다. 대답이 없자 가차 없이 방아쇠를 당겼다. 총알은 채수연의 귀를 스치며 벽에 박혔다.

"무, 무슨 짓이야? 이젠 실탄이란 말이야!"

"넌 뭐냐고 물었다. 왜 총을 들고 있어?"

"총 내려놔."

탕! 채수연의 한마디가 끝나기가 무섭게 두 번째 탄환이 발사되었다. 놀란 채수연이 어깨를 움찔거렸다. 두 번째 탄환은 채수연의 머리 위를 지났다. 그리고 이정우는 한 걸음 더 다가왔다.

"이만하면 더 잘 맞힐 수 있겠군."

턱! 그리고는 한 치의 망설임도 없이 채수연의 이마에 총구를 들이대었다. 총알을 발사하여 제법 따듯해진 총구가 채수연의 이마를 데웠다.

"넌 누구야? 머리 터지기 전에 말해."

이런 인간은 처음이었다. 채수연은 난생처음 당혹감을 느끼고 있었다. 하지만 채수연도 성질 하나는 만만치 않은 여자였다. 곧 죽더라도 눈동자는 당당했고 목소리에도 흔들림이 없었다.

"나는 검사다."

"검사?"

검사라는 말에 이태환과 이상환이 경악에 가까운 표정으로 채수연을 바라보았다.

"나는 대한민국의 검사야. 너 같은 놈 손에 죽을 사람이 아니야."

"여자치곤,"

이정우는 총구를 거두며 중얼거렸다.

"제법 용기가 있군. 검사라고?"

"그렇다."

"검사가 왜 여기까지 왔는지 들어봐도 될까?"

"난 스너프 필름이 어디서부터 빠져나왔는지 찾고 있었을 뿐이야."

"스너프?"

"강간이나 살인이 실제로 나오는 거야."

박정태가 말했다. 이정우는 고개를 끄덕였다.

"그럼 저놈들이 그걸 찍었다는 거야?"

"가능성이 있지. 조사 중이었어. 무엇보다 나를 잡아서 하려 한 짓이 그거였고. 그런데 저놈들이 너한테 무릎을 꿇는군. 넌 대체 뭐 하는 녀석이지?"

채수연은 이정우의 기에 조금도 밀리지 않고 당당하게 말하고 있었다. 이정우는 그런 채수연의 태도에 어떤 흥미와 상쾌함을 느끼고 있었다. 자신에게 함부로 굴었던 최현정 같은 경우도 있었지만 채수연은 또 달랐다. 이건 거의 기상이었다.

"나? 뭐 하는 놈인지 나도 모르겠는걸?"

"너희를 체포하겠다."

"그 상황에서 어떻게 체포한다는 거야? 말이 되게 행동을 해야지."

이정우는 그러면서 총을 거꾸로 쥐고 채수연에게 내밀었다. 갑작스러운 이정우의 행동에 채수연의 눈이 동그래졌다.

"뭐야?"

"총 주는 거다."

"내가 널 쏠 텐데?"

"쏴라."

이정우는 심드렁하게 대답하고 등을 돌렸다.

"멈춰!"

채수연은 총을 고쳐 잡았다. 그러나 이정우는 거침없이 앞으로 나아가고 있었다.

"이정우, 멈춰! 체포하겠다!"

채수연이 소리쳤지만 이정우는 이미 창고 문을 나서 시야에서 사라진 후였다. 분노와 수치심으로 채수연의 몸이 부들부들 떨렸다. 그때까지 옆에 서 있던 박정태가 말했다.

"이것 보쇼. 참말인지 거짓말인지 하여튼 검사 씨, 검사라고 그러면 우리가 벌벌 떨 줄 알았나? 오늘 좋은 구경 했지 않아요? 정우가 싸우는 거 본 것만으로도 행운인 줄 아시오."

척! 채수연의 총구가 이번에는 박정태를 향했다. 그때였다. 창고 밖에서 무언가 요란한 소리가 들리더니 이내 하종화와 10여 명의 어깨들이 창고 내부로 들이닥쳤다. 박정태는 하종화를 보고 씩 웃었다.

"형님, 웬일입니까?"

"회장님께 무슨 일이 생길까 싶어 뒤따라왔다. 오는 길에 양호수라는 형사를 만나서 떼고 오느라 조금 늦었어."

"회장님이라. 정우, 조금 전에 나갔는데요?"

"봤다. 차에 타고 있을 거다. 상황은 종료된 거 같은데, 저 여자는 뭐야?"

"검사랍니다."

"검사?"

"회장?"

하종화와 채수연이 동시에 다른 말을 중얼거렸다.

"회장이라고? 그 어린 녀석이? 니들 어디 소속이야?"

하종화는 어깨를 으쓱였다.

"총이나 내려놓으시지요, 검사님. 검사가 직접 현장에서 뛸 리는 없을 텐데. 맞는 것도 같고. 여경인가?"

"아직 여기는 총알이 남아 있다."

"그래서?"

"두렵지 않나?"

"두려워해야 하는 건가? 총에 맞으면 깔끔해서 좋지. 난 칼 들고 있는 놈이 더 무서워. 맞으면 아프거든."

이정우나 하종화나 뭘 먹고 사는 녀석들인지 총을 보고도 눈도 깜짝하지 않았다.

"검사께선 어서 나가시오. 우린 마무리해야 할 일이 있으니."

"못 나가겠다면?"

"문은 여기요."

하종화는 정색하고 말했다. 채수연은 그런 하종화를 노려볼 뿐이었다.

"정식으로 수사해서 잡아가든가 말든가 하시오. 그 총은 내려놓고."

"불법 단체는 조직 및 결성만 되어도 체포할 수가 있다."

"그래 봤자 금방 나올 텐데? 우릴 우습게 보지 마시오. 가르쳐줄 수는 없지만, 당신 같은 평검사가 함부로 건드릴 수는 없을 테니까."

"뭐가 어째?"

그 한마디에 채수연의 눈동자에 불꽃이 일었다. 감히 공권력을 도발하는 저 방자한 말을 입에서 뱉어내는 저 남자를 어떻게 해야 할 것인가?

서울 W 호텔 로얄 스위트룸.

한 백발의 사나이가 목욕 가운을 걸치고 손에 와인을 든 채 창밖을 내려다보고 있었다. 그리고 그의 등 뒤에서 검은 양복 차림의 누군가가 말하고 있었다.

"소식 들으셨습니까?"

"무슨 소식?"

"이상찬이 넘어갔다는 소식 말입니다."

백발의 사나이는 와인을 단숨에 들이켰다.

"들었다."

"이대로 계실 겁니까?"

"음."

백발의 사나이는 빈 와인 잔을 들고 몸을 돌렸다. 머리가 눈처럼 하얬지만, 그것은 나이 탓이 아니었다. 염색을 한 머리였다. 남자는 이제 서른을 갓 넘긴 것 같은 젊은 용모를 가지고 있었고 키는 180센티가 조금 넘었다. 운동으로 다져진 구릿빛 피부에 약간 곱슬머리의 머릿결이 코끝까지 내려와 있었다. 손에는 금팔찌를 찼고 귀에는 둥글고 빛이 나는 백금 귀고리를 하고 있었는데 목욕 가운 틈으로 살짝 드러난 가슴엔 용의 머리가 보였다.

"그래서 어떻게 하자는 거냐? 장성태."

"지금 기회를 놓치면 안 됩니다. 아직 조직을 정비하기 전에 쳐서 넘겨버린다면 우리는 서울을 통일하게 됩니다."

백발의 남자 앞에 있는 사람은 장성태였다. 그리고 그의 말을 듣고 있는 사람은 동해파의 보스 현태철이었다. 현태철은 짙은 눈썹을 기묘하게 일그러뜨렸다.

"서울 통일엔 별로 관심이 없다. 네 녀석이 날 부추기는 이유가 뭐냐?"

순간 장성태는 움찔거렸다. 그리고 두려운 눈으로 현태철을 바라보았다. 와작, 챙! 현태철은 장성태와 눈이 마주치는 순간, 한 손으로 와인 잔을 그대로 깨뜨렸다.

"똑바로 말하지 않으면 네 머리를 이렇게 해주겠다."

38.

이태환과 이상환은 인천 지방 검찰청으로 즉각 연행되었고 다른 부하들도 모두 경찰서 유치장에 갇혔다. 채수연은 대검으로 이들의 신변 인도를 요청했다. 그리고 이정우는 하릴없이 S로 돌아왔다. S에는 우대만이 이정우를 기다리고 있었고 곳곳에서 몰려왔던 축하 인사들은 이미 돌아가고 난 뒤였다.

"인천은 뺏겼다."

이정우는 우대만을 보자마자 그 한마디를 하고 사무실로 들어섰다. 우대만이 따라 들어왔다.

"뺏기다니? 감히 누가 그런 짓을?"

"경찰."

"경찰?"

"일이 좀 꼬여서 모두 연행해간 걸로 알고 있다. 나중에 하종화 오면 자세하게 얘기 들어. 난 좀 쉴 테니까."

이정우는 팔을 들어 눈을 가리면서 소파에 깊숙이 몸을 묻었다. 우대만은 맞은편 소파에 앉았다.

"잠깐만 얘기를 했으면 하는데."

"뭐야?"

이정우는 눈을 가렸던 팔을 내렸다.

"우선 이곳은 보스가 있기에는 부적합한 곳이다. 서양 그룹의 본사 건물로 자리를 이동하는 게 좋아."

"내가 전에 말하지 않았나?"

"뭘?"

"나태식이 대장이라고. 거긴 나태식을 앉혀. 난 여기가 마음에 드니까."

"그럼 나태식이 정말 보스가 되는 건가? 그건 아니잖아. 지금 너를 중심으로 모두 모여 있다. 이정우란 인물이 중심에 서지 않으면 아무도 힘을 모으지 않아."

"난 중심이다."

"음?"

"하지만 나태식이 대장이다."

"실권만 잡고 전면에는 나서지 않겠다?"

"그렇게 생각해도 좋다. 마음대로 생각해라."

"흠."

우대만은 팔짱을 끼고 생각에 잠기는 시늉을 했다. 그러다 다시 입을 열었다.

"두 번째는 이상찬이 추진하다 이번 거사로 실패한 전라도 간척 사업권이다. 이상찬은 아무것도 정보를 주려 하지 않아. 접촉한 인물이 국회의원 엄일한이라는 건 알겠는데 또 한 명의 주요 인물이 있다. 아직 노출되지 않았어."

"그런데?"

"정치권 로비를 해야 한다. 현장 감각도 익힐 겸 직접 뛰어야 해. 물론 내가 옆에서 도와주겠다."

"나보고 늙다리들을 만나서 아양을 떨란 소리인가?"

"아양이라. 생각하기에 따라서 다르겠지. 하지만 이것은 중요한 문제다. 또 몇 개의 기업체에서 정치권에 건네는 돈을 우리한테 의뢰할 거야."

"그래?"

"그들은 우리 뒤에 숨어버린다. 각종 청탁, 이권에 대해 우리가 대행해주고 상당수의 수수료를 챙기는 사업도 있지."

"복잡하군. 알아서 해."

"나보고 알아서 하라고? 이봐, 이정우, 내가 그러다 뒤에서 딴짓이라도 하면 어쩌려고 그래?"

"어쩌긴 때리지."

"핫핫."

우대만은 크게 웃었다.

"간단명료해서 좋긴 하군. 충고하는데 아무리 믿는 사람이라도 전적으로 일을 맡기지는 마. 다른 곳에서 말이 생긴다. 정말로 믿는 사람을 보호하고 싶다면 네가 어느 정도는 통제해야 해. 하물며 나같이 위험한 인간은 말할 필요도 없지."

"흠."

이정우는 가볍게 하품을 하며 손으로 입을 두드렸다.

"잠이 와서 무성의한 건가? 원래 사람이 무딘 건가?"

"좋아, 내가 결정해주지. 우선은 네가 혼자 해결해라. 단, 최현정과 박정태를 끌고 다녀라, 이상!"

이정우는 그렇게 말하고 다시 소파에 몸을 묻고 팔을 들어 눈을 가렸다.

"아직 안 끝났어."

"또 뭐야?"

"장동욱과 맹수현 문제다."

"그 자식들이 뭐?"

"맹수현은 여기에 남고 싶어 하는데 보직을 정해줘야겠다."

"기도나 세워."

"이런."

우대만은 저도 모르게 픽 웃으며 말했다.

"그건 좋지 않아. 투항한 녀석에겐 신뢰를 보여줘야 충성심을 끌어낼 수 있다. 찬밥 신세로 만들면 마음 한 구석에 불만이 싹트게 되지. 내가 여기서도 인정받는다는 기분을 심어줘야 해."

"내 앞에서 기도 서라고 해."

"뭐라고?"

"내 보디가드나 하라고. 그 정도면 괜찮지 않을까?"

"이런 또 한 방 먹었군. 그리고 마지막으로,"

"또 있나?"

"내일모레 경제인들 리셉션이 있다. 가서 안면을 터야 해."

"알았다."

"또,"

"아까 마지막이라며?"

"이번이 진짜 마지막이다. 스케줄을 짜고 조정할 비서가 필요해."

"최현정이 있잖아?"

"최현정은 회계 일체를 맡았기 때문에 곤란하다. 조만간 면접을 볼 테니까 그렇게 알고 있어. 아, 진짜 마지막인데 오늘부터 당장 상류층 사교계에 필요한 것들을 익히게 될 거야."

"후."

이정우는 이제 귀찮다는 듯 긴 숨을 내뿜었다. 우대만은 어쨌거나 말을 이었다.

"레스토랑 예절이라든가 와인 마시는 법이라든가, 하다못해 사교춤까지. 그리고 골프. 골프는 필수다. 이제부턴 주먹질보다는 사교계에 나갈 준비를 해야 한다."

"알았다. 이제 나가라."

이정우는 긴 숨을 몰아쉬며 잠을 청했다. 우대만은 더는 아무 말 않고 자리에서 물러 나왔다.

"얘기해봐라, 장성태."

그 무렵 현태철은 장성태를 거의 협박하고 있었다.

"내가 동해를 재정비한 지 1년. 아직 특별한 문제는 없었다. 1년 동안 내실을 다지기에 바빴으니까. 그런데 그러자마자 너는 전쟁을 유도하는 거냐?"

"……."

장성태는 말이 없었다.

"나는 복잡해지는 건 원치 않는다. 전쟁을 일으켜서 구역을 통일하고 싶은 생각 자체가 없어. 이 정도 밥그릇만 해도 충분하니까."

"하지만 지금은 좋은 기회입니다. 막 판도가 바뀌었기 때문에 저쪽은 체계가 잡히지 않았습니다. 이럴 때가 아니면 기회가 없습니다. 혼란에 싸여 있을 때 밀고 들어가야 합니다."

"물러가라."

현태철은 차갑게 말했다. 장성태는 침통한 표정으로 입술을 깨물었다.

"물러가!"

현태철이 폭발하듯 외쳤다. 장성태는 고개를 깊이 숙이고 방을 빠져나갔다. 장성태가 완전히 사라지자 현태철은 테이블 위에 있는 와인 병을 들고 병째로 목을 축였다.

"서울 통일이라. 설사 내가 그런 생각을 하고 있더라도 너하고 의논할 수는 없는 일이지, 장성태."

현태철은 문득 휴대폰을 들었다.

"나다. 김민규를 불러 올려라."

그리고 현태철은 휴대폰의 전원을 껐다. 그의 입술이 뭔가를 다짐하는 듯 삐딱하게 올라갔다.

39.

"부르셨습니까?"

"음."

현태철은 침대 끝에 걸터앉으며 와인을 잔에 따랐다. 김민규는 맞은편 소파에 앉았다. 부서진 유리 파편이 김민규의 시선을 끌었다.

"와인 잔입니까?"

"그래. 김민규."

"예."

"지난 기간 동안 지켜본 장성태에 대해 말해봐."

"윤재식에 대한 충성심이 남다릅니다. 속에는 이정우에 대한 복수심밖에 없습니다."

"그때 넌 왜 이정우를 살려주었나?"

"첫째는 제가 맡고 있던 아이들을 살리기 위해서였습니다. 두 번째는 진짜에 대한 배려였습니다."

"진짜라. 너하고 일대일로 붙으면 어떻게 될 거 같아?"

"아직은 질 생각이 없습니다. 앞으로는 모르겠지만."

"녀석이 그 정도인가?"

"적어도 싸움에 관해서는 타고난 천재처럼 보였습니다. 나이가 조금 더 들고 근육이 더 붙는다면 감히 그 녀석을 상대할 자는 없을 겁니다."

"흠, 그럼 더 크기 전에 제거하는 게 좋겠군. 그 녀석 성정은 어때?"

"자세히는 모릅니다만 남자답고 그릇이 큽니다. 가만히 있어도 사람을 끄는 매력이 있었습니다. 진짜 리더감입니다."

"이대로 놔두면 골칫덩이가 될 것 같은가? 네가 보기엔 어때?"

"이정우의 성격상 장성태와는 끝을 보려 할 겁니다. 빚을 얻으면 반드시 갚아줄 위인입니다."

"흠."

현태철은 고개를 끄덕였다.

"이런 세계에 어울리는 녀석이군. 마음에 들어. 기다리다 보면 어차피 우리하고는 트러블이 생기겠군."

"그럴 거라고 생각합니다."

"그렇다면 기다릴 필요가 없겠지?"

"예?"

"놈이 움직이려면 체제를 모두 정비하고 밖으로 눈을 돌릴 때가 아니겠는가? 이제 막 내실을 다질 시기인데 지금 치고 들어가는 게 우리한테는 낫겠지."

"이정우를 칠 생각입니까?"

"생각 중이다."

현태철은 쭈욱 와인을 들이켰다.

"위협이 되지 않는 녀석이라면 공조를 하는 것이 편하다. 이상찬과 서울을 나누었던 것처럼 그렇게 서로 인정하고 살면 그만이야. 하지만 놈은 아직 어리고 그 나이엔 야망이라는 것이 있게 마련이지. 아직 세상과 타협할 나이는 아니란 거야. 꿈을 좇을 나이다."

현태철은 침대에 걸터앉았던 몸을 일으키고 서너 걸음을 걸었다.

"흠, 내 판단은 녀석이 위험하다는 것이다. 일찌감치 잘라내는 게 좋겠다."

"전쟁입니까?"

"아니다. 지금 전쟁을 일으키면 둘 다 손해야. 우선 이정우의 주위에서 포섭할 만한 인물을 찾아봐라. 어린애를 보스로 모시고 고개를 숙이는 데 불만을 품은 녀석이 분명히 있을 거야."

"알겠습니다."

"그리고 이제 너도 장성태에게서 나와라. 장성태도 이제 어느 정도 구역을 정비했으니 네가 없어도 될 거다."

"그렇게 되면 장성태의 방어진이 너무 허술해집니다."

"상관없어. 그것을 이용해보자는 속셈도 있으니까."

"알겠습니다."

"천천히, 그러나 확실하게 움직여라. 놈이 관계를 모두 다지기 전에 끊어놓아야 한다."

"예."

"저기, 저기요."

한참 불쌍한 모습으로 소파에 기대어 자고 있던 이정우를 누군가 흔들어 깨웠다. 이정우는 실눈을 뜨고 누군가를 보더니 기지개를 켜며 몸을 세웠다.

"뭐야? 넌?"

"아, 안녕하세요. 전 김세화입니다. 사교춤 강사예요."

20대 중반으로 보이는 여자였다. 웨이브 진 머리가 허리에 닿았고 발목까지 내려오는 블라우스 치마를 입고 있었는데 왕방울만 한 눈을 깜빡이며 이정우를 보고 있었다.

"사교춤 강사?"

절로 이정우의 눈썹이 일그러졌다.

"오늘부터 출장 교습 받으시기로 하셨죠? 이정우 고객님 맞으시죠?"

나긋나긋한 목소리가 귀여웠다. 하지만 이정우는 여전히 얼굴을 잔뜩 일그러뜨리고 있었다.

"우대만이 부른 모양이군. 그냥 가라, 오늘은."

"예? 아, 안 되는데요."

김세화는 울상을 지었다.

"아우, 씨!"

이정우는 양손으로 머리칼을 마구 흩어버리고 소파에서 벌떡 일어났다. 그리고는 저벅저벅 냉장고로 걸어가 생수를 꺼냈다.

"카하! 시원하다. 왜 안 되는데?"

"저기, 그냥 나오면 가만 안 두겠다고 해서……."

김세화는 커다란 눈동자를 굴리며 이정우를 보는 듯 마는 듯 했다.

"알았다, 알았어. 뭐 하면 되냐?"

이정우는 똑바로 서서 김세화를 마주 보았다. 키는 약 167센티 정도의 미인이 약간 긴장한 모습으로 서 있었다.

"거 눈 더럽게 크네. 눈 깔아."

"예? 예."

김세화의 고개가 푹 떨어졌다. 그리고는 눈도 마주치지 못하고 속삭이듯 말했다.

"저기 지금부터 배우실 건 가장 기본적인 건데요. 블루스입니다."

"블루스? 그거 둘이 끌어안고 왔다 갔다 하는 거 아냐? 내가 변태냐?"

"아니, 제가 가르쳐드리려는 건 그런 게 아니고요. 진짜 블루스요. 끌어안는 게 아니거든요?"

김세화는 땀을 빼고 있었다. 이정우는 아무 말 없이 그런 김세화의 허리를 끌어당겼다.

"이렇게 하는 거 아니야?"

김세화는 당황하며 이정우의 왼손을 자신의 오른손으로 잡았고 그의 오른손을 자신의 허리에 대었다. 그리고 한걸음 뒤로 물러섰다.

"그렇게 가깝게 붙는 거 아니에요. 이 정도는 떨어져야 해요. 앞으로 그러시면 무례하다는 소리를 들을 거예요."

"그래?"

이정우는 심드렁하게 대답했다. 김세화는 순간 어떤 용기가 났는지 단호한 목소리로 말했다.

"자 이제 스텝 가르쳐줄게요. 블루스 스텝은 쉽고 간단해요. 어떤 춤이나 사교춤은 남자가 리드하는 거니까 남자가 잘해야 해요. 먼저 오른발을 이렇게 빼보세요."

"이, 이렇게?"

"너무 빨라요. 파트너하고 싸울 거예요? 부드럽게 이끌어야죠."

"으음."

"너무 늦잖아요!"

이정우는 진땀을 흘리기 시작했다. 자다 일어나서 밥도 못 먹고 이게 뭐 하는 짓인지 모르겠다. 역시 무엇이든 새로 배우는 건 어려웠다.

이상환과 이태환은 대검으로 소환되었다. 채수연은 그들을 조사하기 위해 따로 취조실에서 만났다. 이 특별한 검사 팀의 팀장인 임수철도 함께 있었다.

"너희가 찍어서 돌린 거 맞지?"

이태환과 이상환은 아무 말도 못 하고 있었다.

"대답해!"

"그렇습니다."

이상환이 덤덤하게 말했다.

"여자는 어떻게 구했어? 우리 조사에 따르면, 한진대 미대에 다니던 이세진이야. 너희들이 납치했어?"

"자세한 건 우리도 모릅니다. 장춘석이 여자를 공급했습니다."

"장춘석?"

"하우스장입니다. 전과 기록 조회해보면 나올 겁니다."

임수철은 즉시 전화를 걸었다.

"나다. 장춘석이 넣고 조회해봐."

채수연이 다시 물었다.

"장춘석하고 또 누구하고 선 닿은 거야? 어떻게 알고 작업한 거야?"

이태환이 길게 한숨을 쉬었다.

"대답 안 해?"

"담배 한 대 피우고 얘기하면 안 되겠습니까?"

채수연이 임수철을 돌아보았다. 임수철은 잘게 고개를 끄덕였다.

"피워."

"고맙습니다. 우리 어떻게 되는 겁니까?"

"스너프 필름에 장기 밀매. 너흰 사형감이다."

"사형."

"멀쩡한 여자를 잡아서 죽인 뒤 장기를 적출하고 그 필름을 유통했어. 그러고도 살아남기를 바라나? 너희 같은 것들은 이 세상에서 없어져야 돼."

"검사님, 말씀이 참 감정적이시군요."

"감정적?"

채수연이 사정없이 주먹으로 이태환의 뺨을 후려칠 것처럼 들어 올렸다.

"이거 왜 이럽니까? 사람 치겠네. 수사에 적극적으로 협조하면 사형은 면제해줍니까?"

순간, 뭐라고 말하려는 채수연을 대신해 임수철이 입을 열었다.

"형량 거래를 하자는 거냐?"

"주범은 따로 있습니다. 장춘석 그놈이 전부 계획하고 꾸민 겁니다."

"흠. 어디 일단 얘기를 들어보지. 말해봐라."

40.

"식사 준비되었습니다."

이정우가 춤 강습을 끝내고 씻고 나오자 김세화가 공손히 인사했다.

"뭐야? 끝났으면 갈 것이지."

"아뇨, 제 강습은 식사 예절까지입니다."

"하아."

"이쪽으로요. 오늘은 양식에 관한 겁니다."

이정우의 사무실은 완전히 치워져 있었고 그 자리에 카트가 들어와 있었다. 김세화는 카트에서 음식을 내려 탁자 위에 차리기 시작했다. 비좁은 탁자라 음식들이 다 차려지지 않았다.

"다음에 진짜 레스토랑에 가서 실습하도록 할게요. 오늘은 약식입니다. 앉으세요. 맞은편에 사람이 있다고 생각하고 가볍게 눈인사를 해주세요."

"이런 씨벌."

이정우는 눈을 부릅뜨고 있었다.

"그러면 안 돼요. 그게 무슨 눈인사에요? 그리고 인사말을 그렇게 하는 사람이 어디 있어요?"

어느 정도 이정우라는 사람에게 적응되었는지 김세화는 제법 타박이었다.

"아, 어쩌라고?"

"이렇게요. 앉을 때도 기품이 있어야 해요. 의자 끝에 걸터앉지 마세요. 그렇다고 의자에 바싹 붙어 앉지도 마세요. 허리는 꼿꼿이 펴세요. 등이 너무 굽었잖아요."

"이거 정말."

투덜투덜하면서도 이정우는 말은 잘 듣고 있었다. 하지만 입은 한발이나 나와 있었다.

"입 넣어요. 애도 아니고 뭐예요?"

"아, 정말 딱딱거리네. 이러면 돼?"

"좋아요. 잘했어요. 그리고 화제는 남자를 상대할 경우 정치나 경제, 스포츠에 대해서 자연스럽게 이야기를 이끌어갈 수 있어야 하고 여자들을 상대할 때는 가급적이면 상대방의 인품과 아름다움, 날씨, 일상적인 화제 등에 관해서 얘기를 이끌어 가세요."

"뭐야, 여자는 돌대가리라서 그래? 왜 차별해?"

"그런 말이 어디 있어요? 파티에 가면 대충은 그러시면 돼요. 하지만 요즘은 여자도 일하시는 분들이 많으니까 파악을 잘하셔서 대화를 리딩해가세요."

"아는 게 있어야 리딩을 하든 라이트닝을 하든 하지."

"라이트닝?"

"리딩, 읽는 거 아냐?"

"도대체 대학은 어떻게 갔을까. 휴우, 중학생보다 더하네요. 나중에 영어 공부도 할 것 같던데 가르치긴 편하겠네요. 완전 백지 상태니까."

"이거 왜 이래? 영어, 수학을 못해서 그렇지 암기 과목이랑

국어는 잘했다고."

"흔히들 공부 못하는 사람들이 그렇게 말하죠."

"나 참. 근데 이거 뭐야? 포크가 왜 이렇게 많아?"

"거긴 다섯 개가 놓여 있죠? 처음부터 다섯 개로 하면 머리 아플 테니까 세 개로만 시작할게요. 이거 두 개는 빼고. 자, 이건 샐러드용, 이건 전채 요리용, 이건 메인 요리용이에요. 스푼은 스프를 먹을 때 쓰는 거 하나예요. 나이프도 세 개. 전채 요리용, 메인 요리용, 그리고 이건 빵에 잼 발라 먹을 때 쓰는 거. 다 외웠어요? 헷갈리면 바깥쪽에 놓여 있는 것부터 순서대로 사용한다고 생각하세요, 알았죠?"

"밥을 먹이겠다는 거야, 내 머리를 터트려서 죽이겠다는 거야?"

"시끄러워요. 오늘의 메인 요리는 스테이크입니다. 제가 주문을 받는 웨이터라고 생각하고 주문해보세요."

"여기 스테이크 하나."

"목소리는 조금 낮추고 시선은 이렇게 반쯤 내려요. 저 따라 해보세요. 스테이크 하나 부탁합니다."

"이런 돈 내고 시켜먹는 놈이 부탁까지 해야 해?"

이정우가 발끈했다. 김세화는 고개를 저었다.

"모든 행동에 기품을 담으라는 거예요. 그럼 웨이터는 물을 거예요. 고기는 어떻게 하시겠습니까?"

"뭘 어떡해?"

"레어, 미디움 레어, 미디움, 미디움 웰던, 웰던. 다섯 가지 중

하나를 고르세요."

"레어."

"레어? 여기 있습니다."

김세화는 말이 떨어지기 무섭게 카트에서 접시를 꺼내 정우 앞에 놓았다. 이정우의 얼굴이 일그러졌다.

"내가 짐승이냐? 차라리 날고기를 먹여라."

"레어로 한다면서요?"

"취소다."

"다음부터는 미디움 웰던이나 웰던으로 시키세요. 기억하세요, 웰던이란 단어. 그리고 생각했던 것이 나오지 않으면 정중하게 다시 익혀달라고 하시거나 주문을 바꿀 것을 요구하시기 바랍니다."

김세화는 접시를 바꾸어 이정우 앞에 놓았다.

"안 쓰는 손은 항상 무릎 위에 놓으세요."

"너 진짜 밥 가지고 사람 고문할 거냐?"

"이게 고문이라고요? 어림도 없어요. 일곱 가지 코스를 제대로 익히려면 아직 멀었어요. 이건 그야말로 약식이라는 걸 명심하세요. 첫날이라 이 정도로 하는 겁니다. 천천히 먹어요."

"이런 씨, 안 먹엇!"

이정우는 막 들어 올리던 포크와 나이프를 그대로 탁자 위에 놓았다.

"식사 끝났으면 포크와 나이프는 비스듬하게 해서 접시 아래쪽에 놓습니다. 나이프의 날은 자기 몸 쪽으로, 포크는 후면을 위로."

이정우는 대답하지 않았다. 나름대로 골이 나 있었다.

"혼자서 식사 예절에 익숙해지면 그때부터 저와 함께 식사하면서 다른 사람을 배려하는 것에 대해서 배우게 될 겁니다. 특히 숙녀를 어떻게 배려해야 하는지에 대해서."

"네 맘대로 해라."

이정우는 관심 없다는 듯 심드렁했다. 그러거나 말거나 김세화는 말을 이었다.

"그리고 난 후 결혼 정보 회사의 여자 회원들과 맞선을 보게 될 거예요."

"맞선? 내 나이가 몇인데 맞선이야?"

"일종의 훈련이라고 생각하세요. 누가 진짜 장가가래요? 거기 회원 가입하기 정말 어려운데 억지로 가입한 거니까 실수하지 않기를 바랄게요. 총 열 번의 맞선 후 세 명 이상의 여자에게 퇴짜를 맞으면 처음부터 다시 교육할 겁니다."

"휴우, 놀고 있네."

이정우의 시선은 천장으로 향했다. 휘파람이라도 불 모양인지 입술을 모으고 건들거리고 있었다.

"그때 만나는 여자들은 최상급 여자들일 겁니다. 재색과 부를 겸비한 최고 등급 여자들만 소개될 거예요. 적당히 4년제 나와서 얼굴만 가지고 회원으로 등록한 여자들과는 질이 다를 겁니다."

"거 재수 없는 말이군. 사람에도 등급이 있나?"

"앞으로 재수 없는 상황을 많이 보게 될 거예요. 그럼 오늘 강습은 이것으로 마치겠습니다."

김세화는 고개를 숙이고 음식들을 다시 카트에 담았다. 이정우는 말없이 입술을 씹으며 그런 모습을 응시하고 있었다.

"그럼 결국 장춘석 소재는 너희들도 모른다는 거야?"

채수연이 호통을 치고 있었다. 하지만 이태환은 당황하지 않았다.

"어딘가에서 하우스를 차리고 불법 도박판을 벌이고 있을 겁니다. 어쨌든 멀리 가진 못했을 겁니다."

"그걸 어떻게 알아?"

"도박판도 팀이 있어야 하는데 예전에 이정우한테 팀이 완전히 깨진 적이 있습니다. 여왕벌이라는 단란주점에서 하우스를 할 때였어요. 그때는 이정우가 구인철 밑에 있었고 나태식이 여왕벌의 경영권에 관여하면서 장춘석과 손을 잡고 있었습니다. 이걸 깨뜨린 게 이정우인데 그때 장춘석이 구성하고 있던 팀도 깨졌습니다. 한 녀석은 손이 불구가 되었고요. 그 때문에 장춘석이 이정우한테 앙심을 품게 되었고 그 복수로 나태식을 끌어들였던 겁니다."

"그런데 나태식도 이정우한테 깨졌다?"

"그렇습니다. 줄줄이 나가떨어지고 결국 이정우가 지금은 이상찬마저 넘어뜨렸습니다. 그 위세를 과시하기 위해 우리한테 인사를 요구했다가 우리가 믿지 않고 가지 않았더니 쳐들어온 거 아닙니까?"

"잠깐만."

채수연은 이태환의 말을 잘랐다.

"그러니까 창고에서 보았던 그 어린애가 지금까지 네가 말한 그 이정우라고?"

"그렇습니다, 검사님."

"동일 인물이라고?"

그 언젠가 한진대를 찾아갔을 때 기소라가 했던 말이 생각났다.

'고등학교 때부터 유명했나 봐요. 고등학교 때 벌써 성인 조직에 가입했다고 그러더라고요.'

"이정우가 깡패? 맞아, 그랬었지. 하지만……."

쉽게 이해가 되지 않았다. 불과 몇 개월 만에 그 이정우가 서울의 반을 차지할 정도로 성장할 수 있단 말인가? 기껏해야 지금쯤이면 조직의 행동 대원 노릇이나 하고 있어야 할 것이었다. 그런데 그 정도의 거물이라고? 그럼 창고에서 보았던 이정우가 바로 그 이정우라고? 상식적으로 말이 되지 않았다. 정말로 그렇다면 이정우는 비록 조폭이지만 참으로 불세출이었다.

"그게 가능해?"

"우리도 그래서 믿지 않았습니다. 그리고 이정우도 장춘석과 최 마담을 찾고 있다고 들었습니다."

"일단 장춘석부터 전국에 지명 수배 때려야겠어."

임수철 팀장이 말했다. 하지만 채수연은 이정우의 존재에 대해 묘하게 끌리고 있었다. 극과 극의 위치에 있는 두 사람이었고 반드시 잡아야 할 대상이었지만 창고에서 보여주었던 여유와 감각은 분명 대단한 것이었다. 더구나 채수연은 그가 여자친구의 복수를 위해 조직에 가담한 불쌍한 사람이라고 생각했던 것도 틀렸음을 알 수 있었다. 이정우? 그의 존재 자체가 궁금해지고 있었다. 그것은 강렬한 이미지였다.

북경루.

한현성이 누군가를 만나기 위해 접견실에서 홀로 시계를 들여다보며 기다리고 있었다. 한현성은 최근에 이정우에게 흡수된 군소 조직의 수괴였고 이전에는 이상찬의 그늘 아래 있었다.

“오래 기다리게 해서 죄송합니다.”

접견실에 역시 누군가 혼자 몸을 드러내었다. 김민규였다. 한현성은 30대 초반이었는데 다부지고 눈매가 매서웠다. 하지만 김민규에 대한 명성은 익히 들었던지라 말을 함부로 할 수 없었다.

“뭘? 20분 정도는 기다려줄 수 있지.”

자신을 상대로 아량을 베풀려는 한현성을 보고 김민규는 속으로 웃고 있었다. 그것은 자신을 두려워하고 있다는 뜻이 아닌가?

“단도직입적으로 말씀드리겠습니다, 한 형.”

“말해봐.”

“이정우 밑에서 애송이 명령이나 들으며 살고 싶습니까?”

“음?”

한현성의 입술 끝이 기묘하게 꿈틀거렸다.

"날 도발하려는 건가? 이정우 옆에는 우대만이 붙어서 모든 권력을 다 쥐고 흔들고 있어."

"한 형더러 이정우를 치라는 게 아닙니다. 약간의 정보만 주면 우리가 합니다."

"정보?"

"그렇습니다. 어떻습니까? 동해가 직접 나선 일입니다. 한 형의 안전은 우리가 보장할 테니 한번 공사를 해보시겠습니까?"

41.

"어디 말이나 들어보지."

한현성은 귀를 세웠다. 김민규가 입을 열었다.

"이상찬이 운영하던 회사가 서양 그룹이었지요?"

"이젠 대주주가 이정우로 바뀌었어. 경영진에는 나태식이 올라앉았고 이정우는 S에 처박혀 있어."

"자금은 어떻게 조달합니까?"

"우대만이 자금줄을 장악했고 재벌 몇의 자금이 연루가 되어 있다는 것만 알고 나머진 모르지."

김민규는 손으로 딱딱 탁자를 두들겼다.

"우대만을 치지 않으면 이정우를 치는 건 어렵겠군요?"

"아마도 그럴 것이다. 모든 건 우대만이 쥐고 있으니까. 그리고 본심은 모르겠지만 어쨌든 우대만은 이정우를 적극적으로 지원하고 있어."

"우대만은 영리하니까 실권을 가진 2인자라도 만족할 위인입니다. 그런데 이정우가 아직도 S에 박혀 있다는 것은 의외군요. 그다지 좋은 곳도 아닌데."

"천용택이 죽기 전에 잘 갈고 닦아놔서 생각보다 S가 치고 들어가기가 어려운 요새야. 누가 뭐라고 해도 이상찬과 맞장을 뜰 생각을 가졌던 천용택이었으니까."

"하지만 이정우가 그런 S를 넘겼지 않습니까? 누가 뭐라고 해도 거긴 보스가 머무를 곳이 못 됩니다."

"S에서 일을 치를 생각인가?"

"아닙니다. 그건 분쟁의 소지가 있습니다. 어디까지나 우리는 조용히 일을 처리하려 합니다. 그리고 사실 이정우는 기습으로 넘길 위인이 아니지요. 오히려 우대만이라면 모를까."

한현성의 눈썹이 꿈틀거렸다.

"그 말은?"

"1차 타겟은 우대만입니다."

"우대만?"

"우대만의 실수는 자신이 너무 많은 실권을 쥐었다는 겁니다. 이정우에게는 도움이 되겠죠. 하지만 이는 곧 우대만이 없어진다면 금방 조직 전체가 붕괴할 수도 있다는 의미 아니겠습니까?"

꿀꺽. 한현성의 목구멍으로 침이 넘어갔다.

"우대만의 스케줄에 대해서 말씀해주시겠습니까?"

"그건 어렵지 않지. 하지만 우대만도 보디가드들이 겹겹으로 둘러싸고 있어. 예전의 우대만이 아니야."

"그건 두고 봐야 알겠죠. 스케줄이 어떻게 됩니까?"

"보통은 아침에 일어나서 운동하고 골프를 치러 가지."

"그런 것 말고 특별한 이벤트 말입니다."

"며칠 후에 경제인 리셉션에 참석할 거야."

"리셉션?"

김민규는 의미를 알 수 없는 미소를 그렸다.

"그런 날에는 보디가드들을 조금 떼놓아야겠군요."

"설마 그날?"

"뭐, 설마일 것까지."

김민규는 씩 웃었다. 한현성의 심장이 급격히 뛰었다.

"1번 응시자입니다."

다음 날 아침 이정우는 심드렁한 표정으로 사무실에서 비서 면접을 보고 있었다. 지원자는 모두 세 명에 불과했는데 이는 미리 김인범과 박정태가 세 명을 추려냈기 때문이었다. 재미없는 얼굴로 이력서를 뒤적이던 이정우에게 박정태가 말했다.

"뭐, 질문도 좀 하고 그래라. 능력은 셋 다 출중하다. 너하고 성격이나 생각하는 게 맞아야 할 것 같아서 너보고 보라고 한 거니까 말도 좀 나눠보고 그래."

"흠."

이정우는 아무렇게나 이력서를 넘겼다. 응시자는 이정우의 모습에 잔뜩 긴장하고 있었다.

"뭐, 능력까지 필요하나? 기껏해야 스케줄 조정하고 커피나 타주는 거지."

"그래도 너하고 궁합이 맞아야 돼. 일하는 데 궁합도 중요한 거야."

"흣, 셋 다 출중하다고 했나?"

"음."

"셋 다 고용해."

"어? 세 명 다?"

"귀찮다. 세 명 한꺼번에 들여."

이정우가 그렇다는데 어쩔 수가 없었다. 김인범과 박정태는 응시자 세 명을 모두 불러들였다. 여자 두 명에 남자 한 명이었다.

"은상희, 윤영진, 조연혜."

"예."

"가위바위보 해라."

"예?"

뜻밖의 말에 지원자들이 놀라고 있었다. 그러나 시키는 대로 할 수밖에 없었다. 가위바위보 결과 유일한 남자인 28세의 윤영진이 1등을 했다. 이정우가 그런 윤영진에게 말했다.

"네가 비서실장이다."

황당한 선발 방법이었다. 김인범과 박정태가 서로 돌아보는데 윤영진이 큰 목소리로 말했다.

"언제부터 출근합니까?"

"너희들 알아서. 면접 끝."

이정우는 그대로 몸을 돌려 사무실을 나섰다. 김인범이 한숨을 내쉬었다.

"저 자식 왜 저래?"

"모르지. 요즘 사는 게 재미가 없나 봐. 갑자기 삶이 편해져서 그런가?"

세 명의 응시자들은 여전히 얼떨떨한 모습으로 자리에 앉아 있었다. 그러나 명색이 비서실장으로 선출된 윤영진은 조금 남다른 자세를 보여주었다.

"죄송합니다만 이사님이 꽤 젊어 보이는데 평소엔 무슨 일을 하시는지 스케줄 표를 볼 수 있겠습니까?"

"뭐?"

윤영진의 요구에 김인범이 그를 다시 보고 있었다.

'이거 생각보다 똑똑한 놈인걸?'

며칠 후 이정우는 우대만, 윤영진과 함께 R 호텔 연회장으로 들어섰다. 머리카락은 기름을 발라 뒤로 넘겼고 옷은 쏙 빼입은 쥐색 정장이었다. 그곳에 전혀 어울릴 것 같지 않은 젊은 청년이 들어서자 사람들의 시선이 일제히 이정우에게 쏠렸다.

"안녕하십니까? 이쪽은 서양 그룹의 이사 이정우입니다."

우대만은 만나는 사람마다 붙잡고 이정우를 소개했다. 이정우는 가벼운 눈인사로 그들에게 예의를 지켰다.

"이정우? 아직 젊어 보이는데."

"예, 아직 젊지만 장래가 밝습니다. 이쪽은 TRG 그룹의 총수이신 한상수 회장일세."

"반갑습니다."

이정우는 고개를 숙이거나 허리를 굽히지 않았다. 다만 미소만 살짝 지었을 뿐이었다. 한상수는 그런 정우에게서 어떤 기품을 느꼈다.

"귀공자로군. 만나서 반가워요."

"예."

이정우는 와인 잔을 들고 왔다 갔다 하며 여러 명의 사람과 안면을 텄다. 그러던 중이었다.

"이사님,"

윤영진이 목소리를 잔뜩 낮추어 정우를 불렀다. 이정우와 우대만이 동시에 윤영진을 돌아보았다.

"조금 이상하니 조심하시는 게 좋겠습니다."

"음?"

우대만이 무슨 소리냐는 듯 인상을 그렸다.

"뭘 근거로 그런 얘기를 하는 거야?"

"저쪽에……."

윤영진은 눈짓으로 어딘가를 가리켰다. 이정우가 눈치도 없이 그쪽을 돌아보았다. 그다지 이상한 점은 찾을 수 없었다.

"뭐지?"

"대화하지 않고 이곳을 주시하는 사람들이 있습니다."

"음?"

"서로 자기들끼리만 대화하고, 이유는 알 수 없지만 다른 사람들과는 대화를 전혀 나누고 있지 않습니다. 그런데 시선은 계속 이사님을 따라다닙니다."

"오호."

우대만은 진심으로 감탄하고 있었다. 이 정도면 비서가 아니라 거의 참모였다.

"그렇군. 어쩐지 눈에 익은 놈들이야. 조심하는 게 좋겠어."

"아는 놈들인가?"

"내 기억이 맞다면, 동해 쪽 아이들이군."

우대만은 고개를 끄덕이며 말했다.

"동해?"

"음, 얼굴이 저렇게 팔린 애들을 심어놓은 걸 보면 큰 위협은 안 될 것 같지만, 의도를 모르겠군. 왜 저들을 여기에 심어놓았는지."

"그래?"

이정우는 무신경하게 답하고 다시 걸음을 옮겼다.

한편 호텔 밖에서는 김민규가 호텔 건너편에 있는 레스토랑에서 혼자 식사를 하고 있었다. 테이블 모서리에는 휴대폰이 놓여 있었다.

"우대만, 네 복을 시험해볼까?"

문득, 김민규는 포크를 내려놓고 휴대폰을 들었다.

"실행해."

42.

저벅저벅.

구석에 모여 있던 녀석들이 어느 한순간 다 같이 움직였다. 그리고 그들은 이정우와 우대만을 가로막았다. 우대만이 인상을 썼다.

"뭐야?"

"동해에서 나왔습니다. 저는 전이석이고 이쪽은 경길수입니다."

"무슨 할 말이라도 있나?"

"잠시 자리를 옮겨주시겠습니까? 이곳은 보는 눈이 많아서 저희가 소란을 피우면 우 사장님만 곤란하게 될 것 같습니다만."

우대만의 얼굴에 가소로움이 배어 나왔다.

"날 희롱하는 거냐? 건방지게."

"뭐, 정 뜻이 그렇다면 여기서 소란을 피울 수밖에 없습니다만."

우대만의 눈빛이 번득였다. 이정우가 목소리를 낮추며 그들에게 말했다.

"비켜라."

"네가 이정우인가?"

순간, 우대만이 가볍게 놈의 멱살을 잡았다. 어떤 각도에서도 볼 수 없는 교묘한 멱살잡이였다. 전이석은 양팔로 그런 우대만의 허리를 붙잡으며 버티기 시작했다. 우대만은 얼굴에는 싱긋거리는 미소를 띠었지만, 입으로는 흉측한 협박을 뱉어내었다.

"대가리가 쪼개지고 싶으냐? 혓바닥을 잘라내줄까? 누구 이름을 함부로 부르는 거냐?"

그때였다. 우대만의 허리를 붙잡고 있던 전이석의 팔이 살짝 움직인다 싶었다.

"어?"

우대만의 얼굴이 굳어버렸다.

"어어?"

주르륵. 투둑, 투두둑.

우대만이 더 이상 버티지 못하고 금방 주저앉을 듯이 다리를 휘청거렸다. 그제야 갑작스러운 상황에 우대만의 얼굴만 보던 이정우의 시선이 아래로 내려갔다.

"이건?"

우대만의 바지 아래로 핏물이 흘러내리고 있었다.

"아, 아."

신음도 나오지 않았다. 우대만의 손에 힘이 풀리며 멱살을 잡고 있던 손이 아래로 내려갔다. 전이석은 마치 그런 우대만을 부축하는 것처럼 자세를 취하고 있었다.

"놔라."

이정우가 싸늘하게 말했다.

"흐흐흐흐. 우리는 여기서 죽을 각오가 되어 있다."

전이석이 킥킥거리며 말을 할 때 우대만이 안간힘을 쓰며 손을 내저었다.

"이정우, 여기선 안 된다. 여기선, 어엇."

휘청. 우대만이 꺼질듯이 내려갔다. 이상한 분위기를 느낀 사람들이 이정우와 우대만 쪽으로 다가오고 있었다.

"거기 무슨 일입니까?"

"아무것도 아닙니다."

전이석의 옆에 있던 경길수가 얼른 시야를 가로막으며 능청을 떨었다.

"끄으."

간신히 모든 것을 참고 있던 우대만이 그 순간 피를 토해내었다.

"커헉! 컥!"

"어?"

연회장이 일순 술렁였다.

"우 사장, 어디 아픈 겁니까?"

조금 전 인사를 나누었던 TRG의 총수 한상수가 다급히 우대만을 불렀다. 우대만이 피를 토하자 전이석은 옆구리를 누르고 있던 손을 떼었다. 그러자 우대만은 그대로 앞으로 고꾸라지며 얼굴을 바닥에 처박았다.

"커헉. 꺽!"

"우 사장!"

소동이 일었다. 사람들은 우왕좌왕했고 누군가는 급히 호텔 측에 신고했다. 분수처럼 뿜어져 나오는 피가 모두를 흥분하게 만들었다. 우대만은 그 와중에도 이정우를 향해 손을 뻗었다.

"여기선, 여기선 안 돼."

이정우는 입을 다물었다. 전이석과 경길수는 그런 소란을 틈타 은근슬쩍 자리에서 빠져나가고 있었다.

"윤영진, 주차장에 있는 맹수현에게 연락해서 뒤를 맡겨라. 죽이지는 말라고 해라. 동해가 뭔지 자세히 알아야겠다."

"예."

"끄으으. 아아."

우대만의 눈동자가 풀리고 있었다. 그때 호텔 측에서 부른 구급대가 재빠르게 연회장 안으로 들어서고 있었다.

레스토랑. 김민규는 식사를 마치고 후식을 즐기고 있었다. 창밖으로 보이는 어수선한 풍경이 눈에 들어왔다. 들것에 실린 우대만이 구급차에 오르고 있었고 이정우가 함께 오르고 있었다. 김민규는 그런 우대만을 향해 건배했다.

"잘 가라, 우대만."

김민규는 천천히 자리에서 일어났다. 카운터로 가서 계산을 끝낸 김민규는 서둘러 레스토랑 건물을 빠져나왔다.

한편, 전이석과 경길수는 지하 주차장으로 내려가 차를 빼기 위해 시동을 걸었다. 그런 그들의 차를 누군가 가로막았다.

"뭐야?"

"올 게 온 거지. 기운 내자고. 이것만 넘기면 우린 자유다."

전이석은 경길수를 격려하며 차에서 내렸다.

"뭐야?"

"내 얼굴 모르나? 인상착의를 보니 너희가 틀림없는 것 같은데 설마 날 모른단 말인가?"

"누구야?"

"하긴 모를 만도 하군. 너희 같은 잔챙이들이 날 만나기는 어려웠겠지. 하지만 이름은 들어봤을 거다."

"뭐야? 대체 누구란 거야?"

"나 맹수현이다."

"맹수현?"

전이석과 경길수가 동시에 흠칫했다. 그들도 이름만은 잘 알고 있었다.

"이상찬의 최심복 맹수현?"

"최심복일 것까지야. 어쨌든 여긴 돌아가는 CCTV도 많고 조용히 일을 해결하고 싶으니까 따라와라."

전이석과 경길수는 서로 돌아보았다.

"싫으면 어떻게 해봐도 상관없다. 한번 해볼 테냐?"

침묵이 흘렀다. 맹수현은 주위를 압도하고 있었다. 그때였다.

"그럴 필요 없다!"

굵직한 목소리가 맹수현의 뒤에서 터져 나왔다. 동시에 전이석의 당황했던 얼굴이 환하게 펴졌다.

"김민규!"

"김민규?"

맹수현이 뒤를 돌아보았다. 이제 갓 스물다섯 안팎으로 보이는 젊은 사내 녀석이 느긋한 자세로 서 있었다.

"수고했다. 이제 정착금 지원해줄 테니까, 너희들은 어디든 가서 잘 살아라."

"잠깐, 잠깐만."

맹수현이 고개를 갸우뚱거렸다.

"나한테 먼저 인사를 하고 네 할 말을 해라. 네가 정말 김민규라면 맹수현의 이름 또한 들어봤겠지?"

"팔도 한 짝 못 쓰는 이정우에게 당한 그 맹수현 말인가?"

"훗."

"이봐, 맹수현, 여긴 보는 눈이 너무 많아. CCTV 다섯 대가 돌아가고 있어. 여기서 판을 벌이는 멍청이는 아닐 거라고 생각하는데."

"그런 건 일을 벌이고 호텔 측에 의뢰해서 테이프를 압수하면 그만이다."

"하하하하. 그렇군. 너희는 차에 타라. 내가 시간을 벌어줄 테니 알아서 빠져나가."

그 말이 떨어지기 무섭게 전이석과 경길수는 차에 올라탔다. 맹수현은 어깨를 돌리며 우두둑 뼈 맞추는 소리를 냈다. 김민규는 별 자세 없이 가만히 서 있었다.

'어차피 이놈을 상대로 이기고 지는 승부를 내는 건 무의미하다. 철저하게 방어 위주로 나가면서 시간을 끌면 된다.'

김민규는 머릿속에서 모든 계산을 끝내었다. 그러자 갑자기 마음이 편안해지는 것 같았다. 김민규는 슬쩍 자세를 낮추며 맹수현과 대치했다.

"자, 와라."

43.

뚜벅뚜벅. 일대 소동이 일어난 연회장에 머릿기름을 듬뿍 발라 올백 머리를 한 장정 한 명이 들어서고 있었다. 그는 손에 시가를 들었고 한눈에 봐도 외제 고급 제품인 검은 양복을 입고 있었다. 그리고 그의 뒤로 두 명의 건장한 사내가 따라오고 있었는데 모두 세련된 차림새와 용모였다.

"무슨 일이 있었습니까?"

방금 들어선 남자는 입가에 여유 있는 미소를 지으며 굵고 낮은 음성으로 말했다. 우왕좌왕하던 사람들은 이 남자의 여유로운 모습에 호기심과 흥미를 보이고 있었다. 그런 사람들 틈에서 한상수가 놀라운 듯 눈을 크게 떴다.

"현 이사 아니오?"

"예, 현태철입니다."

남자는 현태철이었다. 구릿빛 피부와 서글서글한 용모, 세련된 행동거지 하나하나가 연회장의 모든 사람들의 주목을 받았다. 그리고 그중 현태철을 알아본 사람들은 모두 얼굴에 긴장한 빛이 역력히 드러나고 있었다. 현태철은 시가를 쭉 빨고 큰 걸음으로 홀 중앙으로 걸어 나왔다. 그의 움직임을 따라 모두의 시선이 이동했다.

"경제인의 모임에 저 같은 놈이 끼어서 죄송하게 되었습니다. 다른 분들께는 별 볼 일 없고 한 회장님께 약간 드릴 말씀이 있는데 잠깐 얘기 좀 나눌까요?"

한상수는 경계하는 눈빛을 띠었다. 현태철은 너털웃음을 터뜨렸다.

"하하하. 걱정 마십시오. 제가 무슨 짓을 할 수 있겠습니까? 잠시 이쪽으로."

그러면서 현태철은 마치 웨이터가 손님을 맞듯 허리를 약간 구부리더니 손으로 밖을 가리켰다.

"룸이 마련되어 있습니다."

"좋아, 가지."

한상수는 고개를 끄덕이고 먼저 연회장을 박차고 나섰다. 현태철은 어깨를 으쓱하더니 남은 사람들에게 큰 소리로 인사했다.

"하시던 거 계속 하십시오. 그럼."

병원으로 이송된 우대만은 숨을 헐떡이고 있었다. 옆구리에서는 계속 피가 흘러넘쳤고 입으로는 무섭게 피를 토해내고 있었다. 이정우는 의사를 붙들었다.

"어떻게 된 겁니까?"

"옆구리에 예리한 날로 그어버린 자국이 있고 온몸에 독이 퍼졌습니다."

"살기 힘듭니까?"

"예."

이정우는 입을 굳게 다물었다. 살기 힘들다? 이정우는 고통으로 헐떡거리는 우대만 곁으로 다가갔다. 우대만은 온몸을 쥐어짜며 이정우를 부르고 있었다.

"이, 이정우."

"듣고 있다."

"내, 내 말 잘 들어라. 지금 내가 사라지면 네 자리도, 보장받기 힘들다. 나태식은 아무런 힘이, 없어. 내부에서 먼저 무너질지도 몰라. 그리고 그 틈을 타서 동해에서 밀고 들어오면 우리는 끝, 끝이다."

"그래서?"

"우, 우선 거물을 포섭해야, 한다."

"거물?"

"우리 뒤를 봐줄 수 있는 거물. 최, 최현정에게 말해서, 커억, 그런 놈들을 추려달라고 해라. 크헉, 컥."

"우대만……."

"며, 명단이 있다. 이미 돈을 먹어서 부탁하면 거절할 수 없는 놈들은 신경 쓸 거 없다. 지, 진짜배기들을, 진짜배기들을……."

우대만은 이제 숨이 넘어가고 있었다. 급격히 온몸이 부들부들 떨리더니 더 이상 말을 못 하고 하염없이 굵고 붉은 핏물을 토해내었다.

"비, 빌어먹을. 비, 빌어먹을."

우대만은 원통한 듯 눈물을 흘렸다.

"이제, 이제 시작인데, 빌어먹을……."

우대만은 주먹을 쥐고 굵은 눈물을 쏟아내었다.

"미안하다, 우대만. 널 위해 울어주고 싶지만, 내 눈물은 두현이란 놈이 가져가버렸거든."

"후훗, 보스가 함부로 울면 안 되지. 미안하다, 이정우, 함께 가지 못해서."

우대만은 그렇게 말하더니 불현듯 눈을 감았다.

"우대만?"

"으음."

희미한 신음이 대답을 대신했다. 하지만 우대만의 숨소리는 그렇게 잦아들더니 이내 호흡을 멈추었다. 그렇게 조용히 우대만은 숨을 거두었다.

"씨."

이정우가 주먹을 쥐며 들릴 듯 말듯 작은 목소리로 중얼거렸다.

한편, 연회장을 나온 한상수와 현태철은 스위트룸에서 와인을 기울이며 독대를 하고 있었다.

"날 보자고 한 이유가 뭡니까? 현 이사."

"건설 업종에,"

현태철은 자신을 잔뜩 경계하고 있는 한상수에게 웃음을 보이며 말을 하기 시작했다.

"뭔가 하나 크게 떨어졌더군요. 전라도 간척 사업 말입니다."

"그건 이 회장이 가져간 걸로 아는데?"

“이상찬이 로비 중이었는데 중간에서 낙마했습니다. 그리고 서양 그룹은 속된 말로 이제 완전히 맛이 갔습니다. 아마 백지 상태에서 새롭게 업체 선정이 시작될 겁니다.”

“그런데 나를 찾아온 이유가 뭡니까?”

“에…….”

현태철은 와인을 죽 들이켰다.

“우리는 이상찬네 같은 유령 회사가 없습니다. 건설 쪽은 백지입니다. 하지만 TRG 그룹이라면 주종이 건설 아닙니까?”

“그래서요?”

“도와드릴 테니 사업장을 따내시지요.”

“도와준다?”

“일을 맡은 놈들은 우리가 구워삶겠습니다. 정책 세워 넣고 밀어붙이고 있는 국회의원 엄일한이랑 그 외 몇 명 위원들. 접대 몇 번 하면 될 겁니다.”

“도대체 내가 왜 현 이사하고 손을 잡아야 하는지 모르겠소만? 나는 검은 거래는 하기 싫은 사람이오.”

“후후후. 깨끗한 척하지 마십시오. 어차피 뒷구멍으로 돈 집어주는 건 똑같지 않습니까?”

“으흠.”

한상수는 얼굴을 붉히고 헛기침을 했다. 현태철이 껄껄 웃었다.

“빤한 사이에 뭘 숨기고 감추고 합니까? 우리 툭 터놓고 얘기합시다. 이번 간척 사업이 노른자라는 건 공공연한 비밀입니다. 말이 간척이지 사실상 지도를 다시 만들고 위락 시설을 건

설해서 관광지로 만들자는 거 아닙니까? 카지노도 들어선다던데요. 하긴 전라도에도 이제 그런 게 들어설 때가 되었습니다."

"그래서요?"

"황금알을 낳는 거위 아닙니까? 회장님도 좋고 나도 좋고, 그런 거 아니겠습니까?"

"아니, 이봐요, 마음만 먹으면 나 혼자서도 할 수 있는 일을 왜 현 이사하고 손을 잡아야 하는가, 그걸 알고 싶어요."

"그건,"

현태철은 씨익 웃었다.

"얼마 전까지 서양 그룹하고 회장님과 친분이 있었기 때문입니다."

"뭐요?"

"이상찬, 우대만, 이런 놈들한테 그 동안 등골 많이 뽑히셨을 겁니다."

"그렇지 않소."

"그렇지 않기는요? 이번 간척 사업권도 서양이 먼저 따고 그 권리를 TRG 건설에 넘긴 거 아닌가요?"

"흠. 사업권을 딴 업체가 수주를 주는 건 당연하지."

"하지만 어차피 뒷구멍에서 입을 맞춘 거 아닙니까? TRG가 뒤에서 접대하고 돈 찔러 넣고 하기 민망하니까 서양을 내세워서 그런 것이죠. 공생 관계 아니셨습니까?"

"대체 나한테서 무슨 말을 듣고 싶은 겁니까? 현 이사는 등록된 건설 업체를 가지고 있지 않잖소? 나를 어떻게 도와준다는 거요?"

"뭐 꼭 이중으로 일 처리할 필요 있습니까? 회계 장부 복식으로 꾸민다고 그런 편법을 쓰신 것 같은데 합법적으로 하면 되는 거 아니겠습니까? 저희가 TRG 배지 달고 영업 한 번 근사하게 뛰겠습니다."

"그 수고비를 달라? 그런 거라면 굳이 도움 필요 없소."

"왠지 도와주고 싶습니다. 그리고 수고비라니요? 동해가 그래도 서울의 반을 먹고 있는 곳인데, 나와바리 싸움이나 하는 애들도 아니고 돈 몇 푼은 아니죠."

"그럼?"

한창수의 눈이 동그래졌다.

"모든 게 잘 풀리고 나면 카지노 지분의 반을 주십시오."

"카지노? 이봐, 간척권을 따내는 것과 카지노를 운영하는 건 아무 상관이 없어요."

"아닙니다. 반드시 카지노를 소유하셔야 합니다."

"이게 무슨 말이오, 도대체?"

화가 난 한상수가 벌떡 자리에서 일어났다. 현태철이 싱긋 웃었다.

"잘못 알아들으셨나 본데,"

현태철도 서서히 자리에서 일어났다. 그리고 금세 싸늘하게 식은 표정으로 입을 열었다.

"이건 협박이다, 이 개새끼야."

"뭐?"

"따지지 말고 하자는 대로 해라. 알겠냐? 한 회장."

순간, 한상수는 할 말을 잃고 말았다. 현태철은 무서웠다.

"이상찬도 끝났고 우대만도 끝났소. 이제 나하고 손을 잡읍시다. 어차피 서양 그룹도 곧 내 손에 떨어지게 되어 있어요."

"……."

"조만간 이상찬을 내몰았던 이정우의 목을 딸 겁니다. 검경의 움직임이 파악되는 즉시 다 쓸어버릴 생각이오. 그러니 딴 생각 마시오, 알겠습니까?"

현태철은 그러면서 섬뜩한 미소를 지어 보였다. 그 미소에 놀란 한상수가 저도 모르게 움찔 어깨를 떨었다.

44.

"내, 내게 뭘 원하오?"

"뭐, 별로."

현태철은 어깨를 으쓱했다.

"우선은 나하고 손을 잡읍시다. 그리고 조만간 서양 그룹에 감사가 뜰 겁니다. 그런 후에 개발권을 내놓게 될 것이고, 그 후 TRG에서 다시 나온 개발권에 입찰하면 되는 겁니다. 물론 우리와 어느 정도 지분 조정을 합시다."

"음."

"서로 공생하는 겁니다. 이상찬하고 하던 만큼만 합시다. 더 이상 욕심내지 않을 테니."

별 수 없었다. 한상수는 고개를 끄덕였다. 현태철은 만족한 듯 섬뜩한 미소를 지었다.

"그럼 이야기가 된 걸로 알겠습니다."

"김상구, 황현호, 정인욱, 준비되었나?"

동해파의 김양주는 현태철이 한상수를 맞고 있을 무렵 어딘가로 꾸준히 연락을 취하고 있었다.

"김상구, 넌 우대만이 쥐고 있던 S 호텔 카지노, R 나이트클럽, K 룸살롱, 그 외 10여 개의 업소를 치고 들어간다. 황현호는 한정호를 밀어라. 그리고 정인욱, 대외적으로 서양의 대표는 나태식이다. 서양 그룹 본사 건물로 치고 들어가서 나태식을 밀어라. 나는 우대만이 입원해 있는 병원으로 밀고 들어가서 그곳에 혼자 있는 이정우의 목을 따겠다. S 나이트클럽은 김민규와 장성태가 맡을 것이다. 이렇게 되면 동해가 일순간에 서울을 통일한다."

김양주는 분주하게 사무실에서 움직이고 있었다. 그러던 어느 순간 그의 휴대폰에 전화벨이 울렸다.

"현태철이다."

"예, 이사님."

"검경 쪽 움직임은 어때?"

"별일 없습니다. 요즘은 시국이 어수선해서 이쪽으로는 눈을 돌리지 않고 있습니다."

"좋다. 여기도 다 끝났다. 이제 오더를 내리겠다. 전쟁 개시해. 그리고 이정우는 죽여라."

"알겠습니다."

그 시각, 호텔 주차장에선 맹수현과 김민규의 주먹이 바람을 가르고 있었다. 김민규는 애초에 승부를 내려는 싸움이 아니어서 방어만 하고 있었는데 아무래도 맹수현의 맹렬함을 방어만으로 제어하기는 어려웠다.

"이봐, 맹수현, 제안 하나 할까?"

"제안?"

"난 이제 S를 치고 들어갈 작정이다. 그리고 내일 해가 뜨면 이정우가 이어받은 찬이파의 서양 그룹은 없어진다."

"뭐라고?"

"모든 준비는 끝났다. 이정우의 목이 떨어질 것이다. 어때? 이런 상황에서 고작 여기서 승부를 겨룬다는 건 의미가 없지. S에서 날 한번 막아보지그래?"

"무슨 소린가? 전쟁인가?"

"물론이다."

맹수현은 크게 숨을 들이켰다.

"장성태, 대기하고 있나?"

현태철은 한상수를 돌려보내고 전화를 걸어 장성태를 찾았다.

"예."

"그날 일은 너무 서운해하지 마라. 일을 도모하려면 우리 편부터 속여야 했다."

"괜찮습니다."

"그래, 김민규하고 합동해서 S를 쳐라. 이정우가 있는 아지트다. 이정우는 김양주가 직접 치러 갈 것이다. 목은 양보해라."

"예."

한편 이정우는 비서인 윤영진에게 병원으로 오라고 전화를 하는 참이었다. 우대만은 영안실로 옮겨졌고 이정우는 병원 밖에 서 있었다. 그때였다.

"이사님."

누군가 이정우의 뒤에서 낮은 목소리를 내었다. 이정우가 몸을 돌렸더니 맹수현이 고개를 숙이고 서 있었다.

"뭐야?"

"문제가 생겼습니다."

"문제라니?"

"전쟁입니다."

"전쟁?"

"동해파가 대대적으로 밀고 들어올 것 같습니다. 지금 우리는 조직이 개편되지 않은 상태에다 실질적으로 하부 조직을 이끌었던 우대만이 죽어버려서 방어하기가 어려울 것 같습니다."

"무슨 소리야?"

"말 그대로 전쟁입니다."

이정우는 들고 있던 휴대폰을 다시 귀에 가져갔다.

“듣고 있나?”

“예, 아직 안 끊었습니다.”

“지금 즉시 각 중간 보스들에게 연락해서 전쟁 준비하라고 해라. 그리고 최현정에게 연락해서 리스트 즉시 빼돌리라고 해.”

“아, 예.”

그런 후 이정우는 서둘러 전화를 끊고 김인범에게 전화를 걸었다.

“나다. 거기 당장 문 닫아. 전쟁이다. 하종화한테 말해서 인원들 배치해둬라.”

이정우가 그렇게 말하고 막 전화를 끊는데 맹수현이 그런 그를 보면서 고개를 저었다.

“안 됩니다.”

“안 돼? 뭐가?”

“그렇게 해서는 안 됩니다. 지금 우리는 우왕좌왕입니다. 작정하고 들어오는 동해를 막을 수 없습니다. 우선은 업소를 모조리 비우고 철수해야 합니다. 지금 충돌을 하게 되면 타격이 너무 큽니다.”

이정우는 입술을 깨물었다.

“우선 이곳을 피하시지요. 병원도 안전한 곳이 못 됩니다. 오더가 떨어지면 대낮에 명동거리에서도 칼부림할 수 있는 것이 건달이란 놈들입니다.”

“음.”

이정우는 다시 전화를 들었다.

"인범아, 나다. 지금 즉시 문 닫고 모든 인력들 다 동원해서 빠져나와라. 전쟁을 피한다."

"무슨 소리야? 천하의 이정우가 뭐가 무섭다고 피해?"

"지금은 그게 최선이야. 우대만도 죽었다. 내 말에 따라."

"뭐라고? 우대만이 죽었다고?"

이정우의 머리가 아파 오기 시작했다. 정말로 갑작스러운 상황이었다. 하지만 이런 상황에서 이정우의 머리는 빛이 나게 굴러가고 있었다. 삐리리.

"누구야?"

"최현정이요."

"왜?"

"방금 연락받았는데 무슨 일이에요?"

"알 거 없다. 리스트는?"

"대충 빼놨어요. 도저히 상황이 안 좋으면 김정한한테 가서 도움을 요청해보세요."

"김정한?"

"벌써 잊었어요? 정치인 있잖아요. 민주애국회장이고 현재 실권에선 1위에요. 천 사장님이 그 사람을 자기편으로 끌어들이려고 하다가 걸려서 이상찬한테 제거당했잖아요."

"알고 있어."

"무슨 상황인지 모르겠는데 급하면 그 사람한테 부탁해봐요. 돈세탁한 회계 장부가 우리 쪽으로 몇 개 얽혀 있어서 거절하지 못할 거예요."

"음."

S 나이트클럽.

"뭐야? 무슨 일이야?"

하종화가 손님들을 내보내는 김인범을 붙들었다.

"전쟁이랍니다. 동해에서 쳐들어온다는데요?"

"동해?"

사람들은 마구 항의하고 소리 지르면서 거의 쫓겨나다시피 밖으로 나가고 있었다.

"이러면 장사 안 되는데."

"장사가 중요한 게 아닙니다, 형님. 우대만이 기습으로 죽었답니다."

"뭐?"

하종화도 적잖은 충격을 받은 모양이었다.

"이거 심상치 않은데? 그 외 다른 지시는 없었나?"

"업소를 비우고 전쟁을 피하랍니다."

"음."

하종화는 고개를 끄덕였다.

"사람들 어서 보내고 애들 다 불러 모아라. 여기 있는 녀석들이 전부 몇 명이지?"

"20명 정도 됩니다."

"20명! 전쟁을 치르기엔 부족하다."

"전쟁을 피하라는 오더인데요?"

"피하기는 어려울 거다. 우리 귀에 들어올 정도라면."

중얼거리던 하종화는 퍼뜩 정신이 난 듯 소리를 쳤다.

"빨리 애들을 모아! 어서!"

45.

S 나이트클럽 근방에 봉고차 서너 대가 모여들었다. 그리고 그곳에서 무장한 어깨들 수십 명이 뛰어내렸다. 진두지휘는 장성태. 김민규는 보이지 않았다.

"1진 들어가. 2진 뒤따라 바로 까고 들어가라."

"예!"

전쟁. 이른 바 전쟁이 시작되었다.

"우아아아아아!"

다다다닷! 꽝! 1진이 S의 문을 부수며 스테이지로 뛰어들었다. 그와 동시에 나이트클럽의 모든 조명이 꺼졌다.

한편 한정호는 급히 윤영진의 연락을 받고 사내들을 소집하고 있었다. 그러나 채비가 갖추어지기 전에 이미 동해의 황현호가 업소를 밀고 들어오고 있었다.

"뭐야? 어디야?"

와장창! 어딘가에서 유리창 깨지는 소리가 났다. 3톤 트럭이 한정호가 지키고 있던 룸살롱을 그대로 밀어버리며 난입하고 있었다.

"아악!"

"꺅!"

안에 있던 손님들과 일하던 아가씨들이 괴성을 지르며 뿔뿔이 흩어졌다. 그 순간 어디서 나왔는지 손에 각목을 든 황현호의 아이들이 우르르 몰려와 닥치는 대로 기물을 부수고 박살을 내기 시작했다. 쾅! 쾅! 쾅쾅!

"모두 죽여!"

황현호의 악에 받친 소리가 터져 나왔다. 한정호는 급히 자신이 아끼는 어깨 둘을 데리고 아이들을 선동하여 방어를 위해 나섰다.

"뭐냐? 이 새끼들아!"

"우아아아아아!"

"한정호! 네 목은 내가 딴다!"

황현호가 손에 칼을 들고 나타난 한정호를 알아보았다. 아직 사태를 파악하지 못해 혼이 나가 있는 한정호에게 황현호는 사정없이 야구 방망이를 휘둘렀다. 빽!

"커억"

"죽어! 죽어!"

와작. 빡! 순식간에 한정호의 두개골이 으스러졌다. 한정호는 비명조차 제대로 지르지 못하고 그 자리에서 죽어갔다. 악에 받친 황현호의 비명 같은 외침이 건물 내부를 가득 채웠다.

"죽여! 다 죽여버려!"

김양주는 50여 명의 어깨를 이끌고 병원으로 쳐들어갔다. 그들의 기세등등한 모습에 병원에 있던 모든 사람들이 바짝 긴장하고 있었다. 김양주는 직접 병원 안내 데스크로 다가가 일을 보고 있던 직원에게 말했다.

"안내 방송 해라. 이정우, 당장 병원 로비로 오라고 해."

"예?"

자리를 지키고 있던 여직원은 김양주의 심상치 않은 모습에 벌벌 떨면서 반문했다. 김양주는 천천히 여직원에게 다시 입을 열었다.

"이정우, 당장 병원 로비로 나오라고 해."

"예, 예. 알려드립니다. 병원 내에 계신 이정우 씨, 이정우 씨, 지금 즉시 병원 로비로 와주시기 바랍니다."

"다시 해."

"다시 한 번 알려 드립니다. 이정우 씨……."

여직원은 겁에 질려 울먹이고 있었다. 김양주는 담담하게 그런 여직원을 지켜보고 있었다.

S 나이트클럽.

"불이 꺼졌다!"

"어엇! 불을 켜라!"

장성태가 지휘하며 몰고 들어온 어깨들은 난관을 맞고 있었다. 기세 좋게 들어오긴 했는데 암흑 천지였다. 아무것도 보이지 않았다.

"밖으로 나가라. 다시 밖으로 나가라."

장성태가 급하게 깨뜨린 문을 가리키며 소리를 쳤다. 그러나 그때였다. 장성태를 비롯한 어둠 속에서 허둥대던 어깨들의 머리 위로 무언가 액체가 퍼부어졌다.

"아앗, 뭐야?"

"이거 시너다."

"씨발, 이거 뭐야?"

아우성이었다.

"빨리 밖으로 나가!"

그들의 머리 위에 쏟아지는 건 분명 시너였다. 냄새로 봐서 분명했다. 모두 미친 듯이 밖으로 나가려고 어둠 속에서 허둥대다 오히려 균형을 잃고 서로 엎어지고 있었다. 그와 동시에 S의 조명이 활짝 켜졌다.

"아앗!"

어깨들은 일시에 어딘가를 향해 시선을 돌렸다. 하종화였다. 무대 위에 하종화를 비롯한 어깨들 20여 명이 가만히 서서 아우성치는 그들을 지켜보고 있었다. 하종화는 침착한 모습으로 품속에서 담배 한 개비를 꺼내 물었다. 철컥! 그리고 라이터 불이 지글지글 타올랐다. 하종화는 무대 위에서 나이트 소속 가수들이 잡아야 할 마이크를 손가락으로 톡톡 두드렸다.

위잉. 스피커가 째지는 소리가 사방을 울렸다. 하종화는 만족한 듯 씩 웃으며 마이크를 잡았다.

"한 놈도 움직이지 마라. 바닥에 담배만 던져도 너희가 타죽는 건 시간문제니까."

주춤. 모두가 주춤거리고 있었다.

"여기 행동 대장 누구야?"

장성태가 앞으로 나섰다.

"나 장성태다."

"장성태? 행동 대장이 아니라 중간 보스가 직접? 동해가 지금 전쟁을 선언한 것이라고 봐도 되나?"

"물론이다!"

장성태가 막 입을 열려고 할 때 부서진 입구에서 누군가의 낭랑한 목소리가 먼저 들렸다. 김민규였다. 어느새 김민규가 앞으로 나오고 있었다.

"그리고 S는 오늘부로 동해에 지분을 넘겨야 할 거다."

"그래? 우선 여기 있는 놈들 다 태워 죽이고 생각해보자."

하종화와 김민규는 한 치의 양보 없는 팽팽한 대립을 보여주고 있었다. 하종화도 본능적으로 이 무리들의 진짜 상대는 김민규임을 느끼고 있었다.

동해의 정인욱은 나태식을 밀어버리기 위해 막 서양 그룹 본사에 도착해서 아이들을 돌격시켰다.

"밤이 늦었지만 나태식은 여기 있다. 허수아비 회장이라 아무런 힘도 없을 거다. 치고 들어가서 모가지를 꺾어버려!"

"예!"

파바바밧. 건물 안으로 진입하는 어깨들의 발걸음 소리가 빠르게 건물 천장을 부딪쳐 메아리쳤다.

"알려드립니다. 병원은 모두 포위되었습니다. 달아날 곳은 없습니다. 이정우 씨, 이정우 씨……."

안내 데스크의 여직원은 거의 호소하듯 울먹이고 있었다. 김양주가 또렷하게 방송할 말을 불러주고 있었다. 그리고 그 많던 환자들과 의사, 간호사, 보호자들. 언제 사라졌는지 병원 로비에는 김양주와 어깨들, 그리고 안내 방송을 하는 여직원 밖에 남아 있지 않았다.

"어떻게 하시겠습니까?"

병원 정원에 몸을 숨기고 있던 맹수현이 이정우에게 물었다. 이정우 역시 갑작스럽게 돌아가는 상황에 적응할 수가 없었다.

"제가 어떻게 시간을 벌어보겠습니다. 그 틈을 타서 김정한을 찾아가십시오."

맹수현이 무언가 각오를 한 듯 말했다.

"아니, 그런 수고는 하지 않아도 된다."

"지금은 허세를 부릴 때가 아닙니다. 상황을 정확히 직시해야 합니다."

"허세?"

"지금 동시다발적으로 동해와의 전면전이 있는 것 같습니다. 이사님이 여기서 실력을 뽐내보았자 아무런 의미가 없습니다.

우리가 살 길은 김정한을 찾아가 도움을 요청하는 것뿐입니다."

"음."

그때였다. 여직원의 목소리가 아니라 김양주의 목소리가 쩌렁쩌렁 원내를 울렸다.

"이정우? 나 김양주다. 넌 모르겠지만 네놈 목을 따러 온 사람이다. 넌 여기서 한 발자국도 벗어나지 못한다. 여기서 바로 죽여서 바로 영안실로 보내줄 테니까 순순히 나와라, 앙?"

능글능글하고 느끼한 목소리가 장난처럼 울려 퍼졌다. 순간, 이정우와 맹수현이 서로 눈빛을 교환했다.

46.

불쑥, 맹수현이 몸을 일으켰다.

"열린 공간이기 때문에 혼자서 막을 수 있는 놈들은 한계가 있을 겁니다. 일단은 현관 로비에서 병원 입구 쪽으로 유인하겠습니다. 그 틈에 이사님은 저쪽 담을 넘어가시면 이곳을 빠져나갈 수 있을 겁니다."

"나, 난 어떻게 합니까?"

윤영진이 약간은 두려운 목소리로 말했다. 그러나 맹수현은 차가웠다.

"지금은 당신까지 신경 쓸 틈이 없소. 당신은 얼굴도 신분도 노출되지 않은 사람이니 그냥 민간인이나 똑같아요. 놈들이 눈앞에 보이면 그냥 벌벌 떨고 서 있으시오. 아마 건드리지 않을 겁니다."

"건들면 어떡합니까?"

"건달은 이해관계가 없는 민간인은 건들지 않아요."

"으음."

그때 삐리리리, 하고 이정우의 휴대폰이 울렸다. 이정우는 아직도 쩌렁쩌렁 병원 전체를 울리는 김양주의 목소리를 들으며 휴대폰의 통화 버튼을 눌렀다. 최현정이었다.

"뭐야?"

"김정한 쪽에 연락을 취하려고 했는데 아예 수신을 거부하고 있어요. 여기저기 알아보니까 자택에 있는 것 같아요. 나도 지금 자택 쪽으로 가고 있으니까 청담동으로 와요. 근방에 도착하면 연락해요."

"알겠다."

이정우는 전화를 끊고 고개를 끄덕였다. 맹수현이 천천히 앞으로 걸어 나갔다.

쾅! 하고 서양 그룹 본사 회장실의 문짝이 떨어져 나가는 순간, 나태식은 벌떡 몸을 일으켰다.

"누구냐?"

돌격 대장이었던 동해의 정인욱이 알루미늄 방망이를 들고 나태식의 코앞에 서 있었다. 밖에서는 우당탕거리는 소리가 사내들의 처참한 비명에 묻혀 흐르고 있었다. 나태식의 눈썹이 꿈틀거렸다.

"전쟁인가?"

"정복이다."

정인욱의 팔이 하늘 위로 치솟았다. 그와 동시였다. 쇡 하는 소리와 함께 방망이가 허공을 갈랐다. 떵!

"꺽!"

정인욱은 손을 들어 마지막 사력을 다하는 나태식의 머리를 박살내고 피가 묻은 방망이를 아무렇게나 바닥에 집어 던지며 회장실을 나섰다.

"서양 그룹 접수, 훗!"

S 나이트클럽.

"어디 한 번 태워보시지?"

김민규는 천천히 한 걸음씩 앞으로 나서고 있었다. 하종화가 김민규의 담대함에 흥미를 보이기 시작했다.

"너는 무섭지 않은가?"

"수가 빤히 보이는데 무서울 게 있나?"

"수?"

"나이트클럽은 화재에 안전한 곳이 아니다. 발연성 물질이 많은 데다 각종 조명 기구 설치로 한번 불이 붙었다 하면 전소된다고 봐도 좋겠지. 나 같으면 S라는 아까운 나이트클럽을 모두 전소시키지는 않을 것 같은데?"

"허어."

하종화의 입꼬리가 삐딱하게 올라갔다. 쓴웃음이었다.

"배짱과 머리가 있는 놈이군."

"과찬이군. 어떤가, 하종화. 에이스 대결로 끝을 보는 게 좋지 않겠나?"

하종화는 빙긋 웃고 양복 윗도리를 벗었다. 그리고 철컥, 하는 소리와 함께 양손에 한 자루씩 칼을 들었다.

"넌 나를 잘 알고 있군. 여러 사람의 희생보다 나 혼자 감당할 선으로 끝낸다는."

"나도 그런 성격이니까."

김민규도 입고 있던 양복 윗도리를 휙 벗어 던졌다.

"길을 터라."

저벅저벅. 하종화와 김민규는 서로를 향해 거침없이 발걸음을 옮겼다. 그리고 두 사람이 마주 보고 선 순간 자연스럽게 다른 녀석들이 거대한 원을 그리며 공간을 만들었다. 그리고 한동안 침묵이 흘렀다.

"방송은 그만해라."

마이크를 잡고 또 뭐라고 하려는 김양주의 귓가를 찌르는 목소리가 터져 나왔다. 김양주가 돌아보니 서른 안팎의 한 사내가 팔짱을 끼고 현관 로비를 막고 서 있었다.

"하? 이건 뭐야? 늙어 보이는 걸 보니 이정우는 아닌 것 같은데?"

"이사님을 만나려면 나부터 넘어라."

"츱!"

김양주는 이빨 사이로 침을 찍 뱉어내며 뚜벅거리며 맹수현에게 다가왔다. 그 뒤를 50여 명의 어깨들이 우르르 따라갔다. 그 틈을 타서 안내 데스크에 앉아 있던 직원이 급하게 어딘가로 달아났다.

"이 녀석 아는 놈 있어?"

김양주가 손가락으로 맹수현을 가리키며 말했다.

"맹수현입니다."

"맹수현? 이상찬이 데리고 있었던 맹수현? 장동욱, 맹수현 할 때 그 맹수현?"

김양주는 얼굴에 가득 흥미를 보이고 있었다.

"그 맹수현이 틀림없다면 대접을 해줘야겠군."

김양주는 품속에 손을 집어넣더니 불쑥 뭔가를 꺼내 들었다. 권총이었다. 탕!

"어?"

퍽! 맹수현이 본능적으로 몸을 돌렸지만 이미 총알은 맹수현의 어깨를 뚫은 후였다.

"컥!"

"별것도 아닌 새끼가."

저벅저벅. 김양주의 구둣발 소리가 거침없이 빈 로비를 울렸다.

"개량된 총이긴 한데 성능은 아주 좋아."

다시 한 번 방아쇠를 당겼다. 탕!

맹수현은 몸을 돌리며 그대로 달아났다. 탕! 탕! 총성이 여러 번 울렸다. 맹수현이 달아나는 복도 벽에 총탄이 튀었다.

맹수현은 피를 뿌리며 비상구를 통해 달아났다. 우당탕거리는 소리가 들렸다. 아마도 급히 뛰다 넘어지는 것 같았다.

"총에는 장사 없지. 빨리 쫓아!"

"예."

몇 명이 맹수현을 찾아 비상구 안으로 들어갔다. 그리고는 잠시 후 비상구에서 한 녀석이 나왔다. 녀석은 밖을 보며 큰 소리로 외쳤다.

"굴러 떨어져 죽었습니다. 숨을 쉬지 않습니다. 어떡할까요?"

김양주는 복도에 떨어진 맹수현의 피를 보며 이죽거렸다.

"뭘 어떡해? 시체 치울 시간 없다. 이쪽으로!"

김양주는 으스대며 뚜벅뚜벅 앞으로 걸어 나갔다.

"이놈이 나선 걸 보니 근방에 이정우가 도주로를 찾고 있을 거다. 이 잡듯이 뒤져라."

"예!"

우르르 어깨들이 밖으로 뛰쳐나갔다. 김양주도 천천히 걸어서 현관 밖으로 나왔다.

"총에는 장사 없지. 이정우, 네 놈도 저 꼴이 나겠지."

철컥. 김양주는 들고 있던 총의 안전장치를 채우고 다시 품속에 갈무리했다. 무겁고 끔찍한 시간이 흐르고 있었다.

47.

현태철의 스위트룸. 오디오에서는 베토벤의 〈운명〉이 흐르고 있었다. 현태철은 홀로 앉아 와인 잔을 들고 분위기에 흠뻑 취해 있었다. 현태철에게는 상황이 연속적으로 보고되고 있었다.

"우대만이 확보했던 A 나이트, 할부 금융, 단란주점, 룸살롱, 나태식의 서양 그룹 본사."

현태철은 보고받은 상황을 가만히 되짚어보았다.

"훗훗, 재미있군."

굵직한 것 하나가 떨어지면 그 아래에 대여섯 개가 같이 넘어온다. 이미 현태철의 손아귀에는 이정우가 차지했던 것의 7할이 넘어와 있었다. 이미 수십 개, 아니 수백 개의 업소와 자금줄이 현태철의 손에 장악된 것이었다. 이제 남은 것은 그야말로 S와 일월뿐이었다.

"이정우는 어디 있어?"

김양주가 소리치고 있었다. 어깨들은 병원 안팎을 뒤지고 다녔으나 이정우의 흔적은 보이지 않았다. 김양주의 옆으로 한 녀석이 조용히 다가왔다.

"병원을 점거한 지 꽤 오랜 시간이 지났습니다. 물러나야 합니다."

"이미 경찰 쪽엔 손이 들어갔다. 누가 신고해도 출동하는 데 시간이 걸릴 거다."

"그 시간의 여유분이 다 지나갔습니다. 더 이상 점거하고 있을 순 없습니다."

"흠."

김양주는 번득이는 눈으로 여기저기를 쏘아보고 있었다.

"일단 애들 병원 밖으로 빼."

"이사님."

김양주가 마지못해 명령을 내리는데 다른 녀석이 다가왔다.

"뭐야?"

"최현정이 살고 있는 원룸을 빠져나와 청담동 쪽으로 가고 있습니다."

"최현정?"

"이정우의 회계 담당입니다. 본래 천용택의 개인 비서였는데 지금은 이정우의 모든 자금 관리를 하고 있습니다."

"그런데 청담동 쪽으로 가고 있다? 거기 누가 있나?"

"김정한이 살고 있습니다. 이상찬이 무너지기 전에 돈독한 관계를 유지했던 국회의원입니다. 천용택과도 이중 거래를 했었고, 동해가 이상찬과 섣불리 전쟁을 벌이지 못했던 이유이기도 합니다."

"김정한. 나도 안다. 김정한에게 통할 카드가 아직 남아 있나?"

"모르는 일입니다."

"청담동 쪽으로 애들 돌린다. 이정우 사냥은 그곳에서 한다."

"김정한의 자택에서 치면 안 됩니다."

"아니야. 김정한에게도 지금의 이정우는 짐이 될 뿐이야. 오히려 눈앞에서 우리가 잘라주면 속이 시원할걸?"

김양주는 확신한 듯 고개를 끄덕였다.

"최현정은 어떻게 합니까?"

"회계 담당이면 뒷거래를 많이 알고 있겠군. 그렇다면,"

김양주는 분명히 말했다.

"죽여야지. 눈에 띄는 대로 바로 죽여."

"하지만 잡아서 뽑아내면 뭔가 우리에게 도움될 게 많이 나오지 않겠습니까?"

"아니다. 비밀을 알고 있는 연놈은 그냥 죽여야 한다. 뒤에 뭐가 있나 캐보려다가 다 망치는 거야. 그냥 세상에서 지워버리는 게 답이다. 명심해라. 비밀은 비밀로 남겨둬도 아까울 게 없다. 어차피 몰랐던 것이었으니까."

"알겠습니다."

김양주는 휘익 몸을 돌렸다.

"애들 다 소집해. 청담동으로 간다."

S 나이트클럽.

쉭! 하종화의 칼이 김민규의 얼굴과 허벅지를 몇 번이고 스쳤다. 김민규의 주먹과 발도 하종화의 뺨과 복부를 수차례 훑고 지나갔다. 그들은 극도로 긴장한 상태에서 싸우고 있었고 그들을 구경하고 섰던 이들도 극도로 긴장하고 있었다. 하종화는 보폭을 짧게 가져가며 번개같이 왼쪽, 오른쪽 칼날을 휘둘렀고 김민규의 옷자락은 이미 걸레처럼 너덜너덜해져 있었다. 그러나 하종화는 김민규의 옷은 베었지만, 살을 찌르지는 못했다. 김인범과 박정태는 몇 번이나 주먹을 불끈 쥐며 입술을 씹었고 장성태는 연신 혀로 입술을 적셨다. 모두가 한마디도 하지 않았다. 거친 두 남자의 헐떡이는 숨소리와 이따금 들리는 바람 소리만이 이 공간에 맴돌고 있었다.

"체력 싸움이 될지도 모르겠다."

한참을 지켜보던 박정태가 입을 열었다. 김인범이 박정태를 곁눈으로 돌아보았다.

"체력 싸움?"

"둘 다 자기가 가진 모든 것을 걸고 싸우고 있어. 자기 실력의 120프로다. 저 정도의 긴장감이라면 쉽게 승부가 나지 않겠는데?"

"만약 체력 싸움이라면 누가 유리할 거 같나?"

"김민규."

"김민규?"

김인범이 침을 삼켰다.

"젊기 때문인가?"

"아니야, 종화 형님이 칼을 들고 있기 때문이야."

"칼?"

"손에 무언가를 들고 있는 자와 맨손은 달라. 아무래도 칼이 리치가 길기 때문에 김민규는 방어 위주로 웅크리면서 공격하고 있어. 스태미나는 오히려 종화 형님이 더 나아 보이지만 급격하게 지쳐가고 있다."

"그럼 우리는 어떻게 되지?"

"종화 형님을 생각하면 물러나야지. 자기 이름을 걸고 싸우고 있는데."

"그래서 그냥 여길 그냥 넘겨주자는 거냐?"

"그러게."

박정태는 팔짱을 끼고 한숨을 쉬었다.

"네 생각은 어때? 김인범."

"내 생각?"

"그래, 너도 머리가 제법 돌아가는 놈이잖아. 경영에 소질이 있는 걸로 아는데."

"내 생각엔 장성태가 먼저 우리를 칠 거 같다."

"장성태가?"

"만약 그렇지 않다면 그렇게 만들어야지."

"음?"

김인범이 입을 앙다물었다. 박정태도 무언가 느끼는 것이 있었다.

"합리적인 싸움을 걸 생각이군. 하지만 김인범, 설사 그렇다고 하더라도 수로 보나 지금 상황으로 보나 우리가 불리해."

김인범은 답하지 않았다. 그랬다. 어쩌면 하종화가 김민규를 누른다고 하더라도 장성태가 움직일 것이다. 지면 말할 것도 없었다. 이 싸움은 그렇다면 애초에 전멸을 각오한 싸움이 아닌가? 만약, 만약 정말로 그렇다면 하종화가 이 싸움을 벌일

이유가 없지 않은가? 도대체 무슨 뜻이지? 왜 아이들한테 이런 모습을 보여주는 거지? 꿀꺽. 박정태는 마른 침을 삼켰다. 거의 균형을 이루던 승부가 한쪽으로 서서히 기우는 것이 보였다.

"지금의 정우라면 김민규에게도 질 것 같다."

박정태가 낮은 목소리로 중얼거렸다.

"뭐?"

"요즘처럼 흔들리는 정우라면 저 김민규를 만나지 않기를 바라야겠다. 정식으로 붙어도 알 수 없는 상대란 말이야."

박정태는 아랫입술을 입속으로 말아 넣었다.

"어?"

그 순간, 김인범이 탄성을 질렀다. 김민규의 손이 마침내 하종화가 들고 있던 왼쪽 칼을 떨어뜨린 것이다.

챙강! 움찔. 지켜보고 있던 양편의 어깨들이 동시에 몸을 움직였다. 땀에 젖은 하종화가 머리칼을 고갯짓으로 뒤로 넘기며 김민규를 바라보았다. 김민규 역시 땀에 젖은 얼굴로 하종화를 마주 보았다. 꿀꺽! 이번에는 김인범의 목이 침을 삼키느라 출렁였다. 순간, 하종화의 입가에 희미한 미소가 걸렸다.

"목숨을 걸게 해주는 상대라. 이정우도 못 해준 걸 네가 해주는구나, 김민규."

"훗."

하종화의 눈에서 불꽃이 일었다. 그것은 적대감 이전에 진정한 상대를 만났을 때 찾아오는 희열이었다. 지켜보던 박정태의 눈동자가 흔들리기 시작했다.

"김인범……."
"나도 안다. 끝이 보이는군."
"이제 알겠다, 종화 형님의 뜻을."
"나도 알 것 같다."
"준비하자, 우리도."
"목숨을 걸 준비."

48.

"부총재님, 누가 찾아왔습니다."
비서는 마침 자택 독서실에서 차를 마시며 정국에 대해 구상을 하고 있던 김정한을 찾았다. 김정한은 어느새 당내에서 부총재의 지위에 올라 있었다.
"누가?"
"동해의 김양주라고 합니다. 자금 문제로 상의드릴 게 있다는데 어떻게 할까요?"
"동해?"
김정한의 눈이 의아한 듯 열렸다.
"동해라니?"
그때였다. 독서실 문이 덜컥 열리더니 김양주와 두 명의 어깨들이 모습을 드러내었다.
"죄송합니다, 부총재님."

"이게 무슨 짓이야? 당신들 누구야?"

김정한이 호통을 쳤다. 김양주는 가볍게 목례를 하고 난 후 입가에 슬쩍 미소를 그렸다.

"거듭 죄송합니다. 이런 무례를 보여드려서. 너무 걱정 마십시오. 해하러 온 것이 아니라 도움을 드리러 왔습니다."

"도움?"

"예, 혹시 이정우나 최현정을 아십니까?"

"뭐?"

김정한은 그 이름을 듣는 순간 불쾌한 듯 고개를 비서에게 향했다.

"두어 시간 전부터 최현정에게서 계속 연락이 왔다는 보고는 들었네. 그런데 자네들이 무슨 상관이 있다는 건가?"

"우리와 그다지 사이가 좋지 않은 친구들입니다. 어떻습니까? 제가 알기론 최현정이 자꾸 회계 장부 가지고 장난질을 치는 것 같은데, 저희가 그자들을 처리해버린다면 서로에게 이익이 되지 않겠습니까?"

"처리라니?"

"부총재님이 보시는 앞에서 이정우와 최현정을 묻어버릴까 합니다. 어떻습니까?"

김정한은 고개를 들며 숨을 들이켰다.

"그게 무슨 소리야? 그들이 이쪽으로 온다는 소리인가?"

"아마 그럴 겁니다. 틀림없이 이쪽으로 옵니다."

김양주는 확신에 차 있었다. 김정한은 팔짱을 끼고 머리를 굴리고 있었다.

"김인범."

"왜?"

"넌 달아나라."

"무슨 소리야? 지금 종화 형님이 밀리고 있어. 조금 있으면 결과가 나올 거고 S는 넘어가게 된다. 모든 책임을 혼자 지려는 형님의 뜻은 알겠지만 그럴 수는 없는 거 아니야?"

"혼자 책임을 지려고 하면서 지켜보는 우리의 투지까지 자극하고 있지. 도망쳐야 한다고 우왕좌왕하던 우리한테 몸으로 보여주는 거야. 여러 가지 노리는 수가 많아. 어쨌든."

박정태는 픽 웃으며 말했다.

"형님이 져도 우리가 만만히 물러서지 않을 것이고 형님이 이겨도 장성태가 물러서지 않을 거다. 이렇게 싸우든 저렇게 싸우든 우리의 투지를 끌어낸 건 틀림없어. 하지만 객관적으로 패싸움으로 번졌을 경우 우리가 이곳을 지키기는 힘들다."

"아니, 할 수 있다. 사기가 올랐을 거야."

"그럴 수도 있지. 하지만."

박정태는 한참 싸우고 있는 두 사람을 지켜보면서 들릴 듯 말듯 교묘한 목소리로 이어 말했다.

"그럼에도 불구하고 아닐 수도 있다. 이럴 땐 어떻게 해야 하나?"

"……."

"만일의 경우를 대비해 누군가는 목숨을 보전해야 한다. 여기서 다 죽을 수도 있고 다 살 수도 있다. 하지만 모두 죽어버리면 곤란하잖아?"

"그럼 네가 살아남아. 나보고 도망치라는 말은 하지 마라."

"지금 정우에게 필요한 건 내가 아니라 너다."

박정태의 말에는 확신과 신념이 배어 있었다. 김인범이 그런 박정태를 흘깃 돌아보았다. 박정태는 말을 이었다.

"나는 소년원에서 배운 잡기가 있다. 정우 바로 옆에선 내가 필요할지도 몰라. 묶인 손을 푼다든가, 닫힌 문을 옷핀으로 연다든가. 하지만 너는 조직을 관리하고 움직이는 경영에 소질이 있다. 정우가 크게 되려면 나 같은 잡놈보다는 너 같은 경영인이 필요하다."

"경영인?"

"물론 둘 다 살면 좋다. 하지만 둘 중 하나를 택하라면 아무래도 나보다는 너야."

"이봐, 멋있는 척하지 마."

"목숨을 걸고 멋있는 척할 놈이 어디 있어? 너도 생각해봐, 김인범. 내 말이 옳다는 건 네가 더 잘 알 거야. 다만 내 희생을 강요할 수 없어서 네가 먼저 제안을 못 하는 거야, 안 그래? 네 부담을 덜어주는 거다."

"개소리군. 난 그런 거 모른다."

"넌 만약을 대비해서 반드시 도망쳐야 한다. 김인범, 날 우습게 만들지 마."

"이쪽이에요."

차를 몰고 나타난 최현정은 먼저 와서 골목길에서 기다리고 있던 이정우에게 손짓으로 신호를 보냈다. 이정우는 빠르게 최현정의 차에 올라탔다.

"운전은 좀 늘었나?"

"훗, 예전에 하종화 덕분에 엄청 늘었죠, 쿡쿡."

"왜 이렇게 늦은 거야?"

"늦은 시간이지만, 역시 서울엔 차도 많고. 차라리 그때처럼 무식하게 몰았으면 모르겠는데, 운전하는 데 겁이 많아져서……."

최현정은 그러면서 운전석 아래에 손을 넣어 서류 봉투를 꺼내 들었다.

"이게 우리를 살려줄 거예요."

"이건?"

"내가 가지고 있는 마지막 회계 장부. 이것마저 넘기면 더 이상은 협박할 건더기가 없어져요. 그건 앞으로 이사님은 완전히 혼자 일어서야 한다는 얘기입니다."

"음, 그런 건 원래 신경 쓰지 않았다."

"신경 써야 할 걸요. 정말로 제왕이 되려면."

"제왕?"

"대통령이 빛의 제왕이라면 이사님은 어둠의 제왕이 될 수 있어요. 그리고 실제로 이 나라를 돌리는 건 어찌 보면 어둠의 손인지도 몰라요."

최현정은 차를 몰아 골목길로 들어섰다. 그리고 정차를 시켰다.

“정치인은 잘 다스리면 충직한 신하가 됩니다. 물론 잘못 건드리면 큰일 나겠지만.”

“김정한은 잘 다스리고 있는 건가?”

“아니요, 우린 잘못 건드리고 있어요. 도움을 요청하며 거래만 하고 있으니까. 우리가 가진 것을 자꾸 꺼내서 건네주고 있잖아요. 이런 건 도움이 되지 않아요. 손에 쥐고 있는 카드를 버리는 셈이니까. 지금으로서는 어쩔 수 없지만요. 내려요.”

덜컥. 이정우와 최현정은 차에서 내렸다. 최현정은 고개를 돌려 어딘가를 손으로 가리켰다. 이정우의 시선이 최현정의 손끝에 가 멎었다.

“저 집이에요.”

“들여보내 줄까?”

“아마 서양 그룹과의 복식 장부 때문에 왔다고 하면 거절할 수 없을걸요?”

“그럼 들어가지.”

“잠깐만.”

최현정은 서두르는 이정우를 막았다.

“자택 앞 귀퉁이에서 사람을 기다리기로 했는데요.”

“누구?”

“도움이 될 만한 사람.”

“언제까지?”

“오래 못 기다리죠. 급한 건 우리니까.”

"맞아, 급한 건 우리야. 도움이 될 만한 사람은 내가 운이 좋으면 도와주러 나타나겠지."

"그럼?"

"들어간다."

최현정은 고개를 끄덕였다. 궁지에 몰린 이정우가 뿜어내는 의연함은 아직도 여전했다.

챙강! 하종화의 다른 칼 하나도 바닥에 떨어졌다. 하종화의 눈이 얼핏 돌아가는 찰나 김민규의 손바닥이 하종화의 턱을 밀었고 동시에 김민규의 발은 하종화의 영역으로 불쑥 들어왔다. 쾅! 하종화는 몸을 돌려 충격을 최소화하려 했으나 지친 몸이라 말을 듣지 않았다. 대책 없이 김민규의 발에 명치를 내준 화종화는 거짓말처럼 이삼 미터가량을 밀려 나오더니 바닥에 주저앉고 말았다.

"하아, 하아."

김민규는 가쁜 숨을 몰아쉬며 버티고 있었다. 혈투에 가까운 치열한 접전이 마침내 끝나버린 순간이었다. 하종화는 후들거리는 다리를 끌고 간신히 자리에서 몸을 일으켰다.

"훌륭하군. 이정우보다 나을지도 모르겠어."

하종화의 얼굴에는 희미한 웃음이 걸려 있었다. 마치 희열 같았다.

"약속을 지켜라. S는 지금부터 동해가 접수한다."

"훗."

김민규의 낮은 목소리에 하종화가 웃었다.

"미안하지만 S에 대한 결정권이 내게는 없다."

"뭐라고?"

"그럴 줄 알았어. 비겁한 새끼들!"

장성태가 소리치며 나섰다.

"비겁함이라?"

하종화가 쓴웃음을 지었다.

"네놈들 입에서 그런 말이 나오다니 우습군. 말을 끝까지 들어라. 내게 결정권은 없지만 난 내 새끼들을 살리고 싶다. 이 녀석들의 안전을 보장해라. 그러면 넘겨주마."

"다른 녀석은 되지만 저놈은 안 돼."

문득 장성태는 김인범을 손으로 가리켰다. 김인범이 멈칫거렸다.

"저놈은 안 된다. 이정우는 김양주에게 맡기더라도, 김인범 저놈은 내 손으로 죽여야겠다."

김민규가 그런 장성태를 돌아보았다.

"그때 다 끝난 일입니다. 김인범과 이정우에 대한 보복 조치는 끝났습니다."

"끝나지 않았어. 너에게 맡기고 나간 내 실수는 인정하겠다. 하지만 난 목숨을 원했었다. 민간인 몇 명이 참관하러 왔었지만, 그런 게 무슨 상관이야? 네놈이 이정우를 살려두었기 때문에 일이 커진 거야."

"잠깐, 잠깐."

박정태가 뚜벅거리며 스테이지에서 걸어 내려왔다.

"너희끼리 씨부리지 마라. 어차피 여길 넘길 생각은 없다."

"뭐라고?"

"크크크크."

하종화가 킥킥 대며 웃음을 터뜨렸다. 박정태가 말을 이었다.

"어차피 S에 대한 결정권은 이정우가 가지고 있다, 알겠어?"

"무슨 소리야? 말이 틀리잖아?"

김민규가 소리쳤다. 박정태가 말했다.

"약속? 나하고 약속했던가? 아, 종화 형님, 형님이 한 약속은 무효요."

박정태의 능청에 하종화가 폭소를 터뜨렸다.

"하하하, 정태야. 무리할 필요 없다. 여기서 살아나가서 후일을 도모하는 게 현명하다."

"형님은 저놈이 우리를 순순히 보내줄 것 같습니까?"

박정태가 장성태를 턱짓으로 가리켰다. 하종화도 웃음을 그쳤다.

"S는 우리가 지키는 곳입니다. 미리 말해두는데, 나갈 사람은 나가도 좋다. 말리지 않는다."

박정태는 몸을 돌려 20명 남짓한 어깨들을 보고 소리쳤다. 하지만 아무도 움직이지 않았다.

"김인범?"

"안 가."

"후."

박정태는 고개를 저었다.

"할 수 없군. 모두 쳐라!"

그와 동시였다. 선두에 서 있던 김민규가 번개같이 몸을 날렸다. 꽝!

"억!"

김민규의 주먹이 박정태의 턱을 부쉈다.

"바보 같은 놈, 이건 오히려 우리가 원하는 바다."

콰쾅. 조금 전까지 격렬한 싸움을 벌이던 김민규였다. 하지만 믿을 수 없을 만큼 빨랐다.

"쳐라!"

장성태의 외침도 터졌다. 우아아아아아! 함성이 터졌다. 박정태는 김민규의 주먹에 정신을 못 차리고 있었다. 김인범이 그런 박정태를 끌어안아 뒤편으로 던졌다. 그 순간 김인범의 어깨에 쇠막대기가 떨어졌다. 우둑!

"악!"

"김인범!"

김인범의 어깨뼈가 부러졌다. 박정태가 비명같이 외치며 바람같이 날았다.

"어림없다."

쉭! 그 순간이었다. 떵! 바람을 가르는 소리가 나더니 알루미늄 방망이 하나가 박정태의 뒤통수를 후려갈기고 있었다.

"끅."

박정태의 눈동자가 흰자위만 드러내며 돌아갔다. 하종화가 뒤춤에서 다시 칼 두 자루를 꺼내 들고 소리쳤다.

"그만해!"

49.

"멍청한 놈들."

하종화는 입에 거품을 물며 휘청거리는 박정태와 부러진 쇄골을 반대편 손으로 감싸고 진땀을 흘리는 김인범을 무서운 눈으로 보았다.

"살 길을 터줬으면 곱게 물러갈 것이지, 무슨 생각으로 뒤집은 거냐?"

"형님! 저놈들이 그냥 보낼 리가 없지 않습니까? 우린 형님의 뜻을……."

"닥쳐!"

김인범의 쥐어짜는 소리에 대답하는 하종화의 고함이 나이트클럽 전체를 쩌렁 울렸다.

"내 뜻을 잘못 짚었다. 이정우 친구라고 어린 것들을 간부 자리에 앉혀놨더니 생각하는 게 왜 그 모양이야? 이건 이정우의 실수다. 친구라는 이유로 서열을 무시한 것은. 어린 너희 때문에 모든 것이 틀어져버렸다."

하종화는 새로운 기운이 솟아난 듯 눈에 잔뜩 힘이 들어가 있었다. 그런 그의 눈길이 김민규를 향했다.

"나의 패배다. 이들을 그냥 보내줄 수 있는가?"

"이미 늦었다는 것은 잘 알 텐데?"

"후."

하종화는 고개를 천천히 들며 긴 숨을 내쉬었다.

"역시 그런가?"

"전멸밖에 없다."

"전멸? 새끼들은 시키는 대로만 할 뿐이야. 행동원들에게 선택할 시간을 주지 않겠나?"

김민규는 대답 없이 고개를 끄덕였다. 하종화도 눈을 깜박이며 미세하게 고개를 끄덕거렸다.

"잠깐만 기다려라."

하종화는 몸을 돌려 S에 있던 어깨들에게 목소리를 높였다.

"간부급 외 새끼들은 모두 가라. 이건 명령이다."

어깨들은 주춤거렸다.

"가라고, 새끼들아! 이건 선택할 문제가 아니다. 내가 명령하는 거야. 썩 꺼져."

"형님! 안 가겠습니다!"

누군가 무릎을 꿇으며 소리쳤다. 하종화가 화를 버럭 내며 고함쳤다.

"꺼지라고! 새꺄! 내 마지막 명령을 거역해?"

"형님, 지금 저 새끼들 다 보내면……."

김인범이 숨을 몰아쉬며 말했다. 그랬다. 그러면 간부 세 명만 남는다. 하종화, 김인범, 박정태. 사실상 하종화 혼자만의 싸움이었다.

"닥쳐. 너희들은 빨리 나가. 어서!"

어깨들이 주춤거렸다. 하종화가 왼발로 땅바닥을 찼다. 쿵!

김정한의 자택은 한마디로 으리으리했다. 그것은 집이 아니라 작은 요새였다. 담은 3미터는 족히 될 것 같았고 그 높은 담 위로 저택의 지붕이 보였다. 하지만 저택의 모습은 잘 보이지 않았고 곳곳에 경보기와 서너 대의 CCTV가 설치되어 있었다. 그럼에도 집 근처에 경비 초소까지 설치되어 있는 철통같은 요새였다. 최현정이 먼저 대문 앞에 가서 벨을 눌렀다.

"의원님, 접니다. 최현정."

최현정은 대문 앞에 붙어 있는 CCTV에 얼굴과 서류 봉투를 들어 보이고 있었다. 철컹. 말없이 대문이 열렸다.

"빨리 와요."

한 걸음 떨어져서 지켜보고 있던 이정우는 급하게 최현정의 뒤를 따랐다. 대문을 넘어서니 초등학교 운동장같이 넓은 정원이 펼쳐져 있었다. 대문에서 현관까지는 돌다리처럼 듬성듬성 대리석을 박아 길을 만들어놓았고 양쪽에 우뚝 솟은 나무 사이사이엔 전등이 걸려 대리석으로 만든 길을 환하게 비추고 있었다. 덕분에 나무 뒤편은 오히려 잘 보이지 않았다.

"기다리고 있었네."

김정한은 가운을 걸치고 정원 한가운데에 서서 이정우와 최현정을 맞았다.

"의원님."

최현정이 서류를 의도적으로 잘 보이게 앞으로 들면서 허리를 숙였다.

"나한테서 아직도 얻어갈 것이 있나?"

"죄송합니다. 이번이 정말 마지막입니다. 지금 전쟁이 일었습니다. 당장 검경 병력을 출동해 진압해주십시오."

"난 국회의원일 뿐이야."

"국회의원이 제보하는 사건에 검경이 놀 수가 있겠습니까?"

"허허."

김정한은 웃음을 터뜨렸다.

"이렇게 당돌하게 부탁을 하니 웃음이 먼저 나오는구먼. 자신들의 실패를 나 같은 권력을 이용해 덮으려 하면 되는가?"

"이것이 필요하지 않습니까?"

최현정은 서류 봉투를 들었다.

"필요 없어."

"예?"

뜻밖의 대답에 최현정이 눈을 깜박였다. 김정한은 의미 있는 웃음을 지었다.

"역시 패는 내가 들고 있군. 날 협박하러 온 사람이 그렇게 놀라서야 되는가?"

"의원님, 이 서류가 바깥세상에 알려지면 의원님뿐만 아니라 당과 대통령 모두에게 피해가 있을 겁니다."

"하지만 필요는 없네. 어찌 되었건 그것을 막기만 하면 그만 아닌가?"

"뭐라고요?"

그때였다. 철컥, 하는 소리가 들리더니 나무 뒤에 숨어 있던 어깨들이 하나둘씩 모습을 드러내었다. 이정우는 아직 불편한 왼손을 가드로 올리고 오른손은 주먹을 쥐며 본능적으로 싸울 자세를 취하고 있었다.

"허튼짓하지 마라. 네가 아니라, 저년 머리에 구멍 난다."

김양주였다. 김양주의 총구는 최현정의 머리를 겨누고 있었다. 그리고 30여 명에 달하는 어깨들. 이정우는 그런 김양주의 눈과 시선을 마주쳤다. 김양주의 입꼬리가 한쪽 방향으로 기울어 있었다. 명백한 조소였다.

"서류 가져와."

김양주의 한마디에 두 명의 어깨가 얼어붙은 최현정의 어깨를 짓누르며 서류를 뺏었다. 그리고 최현정을 김양주의 앞으로 끌고 와 강제로 무릎을 꿇게 했다. 털썩!

"악!"

그 순간 김양주는 총구를 최현정의 입속에 밀어 넣었다. 하지만 시선은 이정우에게서 조금도 떼지 않았다.

"아, 악."

"후후후. 움직이기만 하면 이년의 입속에다 쏴버릴 거야."

겁에 질린 최현정이 바들바들 어깨를 떨고 있었다. 두 눈에서는 눈물이 볼을 타고 흘렀다. 이정우도 별 수가 없었다.

"제압해."

김양주의 한마디가 떨어지는 순간, 누군가 쇠파이프로 이정우의 등을 때렸다. 퍽!

"읍!"

부웅. 바람을 가르는 묵직한 소리였다. 퍽!

"읍!"

이정우의 몸이 앞으로 기우는 순간 다른 녀석이 발로 이정우의 무릎을 차며 땅바닥에 그를 패대기쳤다. 이정우는 저항하지 않았다. 콰당.

"큭."

이정우의 얼굴이 대리석에 닿았다. 둘이서 다가오더니 이정우의 손을 등 뒤로 해서 묶고 무릎과 정강이 부분을 또 묶었다. 두 녀석이 이정우를 그렇게 제압하는 동안 다른 녀석은 이정우의 뒤통수를 구둣발로 지그시 밟았다.

"이년도 묶어."

김양주는 최현정의 입에서 총을 빼며 이정우를 향해 걸어왔다. 그리고 땅바닥에 바짝 붙어 뺨을 대리석에 맞대고 있는 이정우 앞에 쪼그리고 앉았다.

"병신 새끼, 열아홉 살이라고?"

툭툭. 김양주는 총구로 이정우의 머리를 쿡쿡 찔렀다. 이정우는 아무런 반응이 없었다.

"영웅은 빨리 죽으면 안타까움이 커지는 법이지. 널 영웅으로 만들어주마. 네 이름 석 자는 두고두고 회자될 것이다. 하지만 실리는 우리가 가져간다, 알겠냐?"

김양주는 총을 품에 넣으며 일어섰다.

"쇠파이프."

"이보게."

막 쇠파이프를 건네받고 이정우의 머리를 박살내려던 김양주를 김정한이 제지했다.

"예, 의원님."

"내 집에서 일을 치를 건가?"

"아, 죄송합니다. 제가 흥분하다 보니. 이런 놈의 피로 물들일 정원이 아니군요."

김양주는 구두로 이정우의 입을 툭툭 걷어차며 능글거렸다.

"끌고 가."

어깨 둘이 바닥에 붙어 있던 이정우를 일으켰다.

"잠깐만."

그제야 이정우가 입을 열었다. 많이 지친 듯 기운은 없었지만, 아직 기세는 남아 있었다. 하지만 김양주는 쇠파이프로 가볍게 이정우의 머리를 때리고 그 끝을 이정우의 입속에 밀어 넣었다.

"입 닥쳐라. 여기서 혀를 잘라버리기 전에. 이 새끼 입 막아."

"예! 저기……."

"뭐야?"

"재갈을 물릴 만한 게 없습니다만……."

"양말 벗어서 저 새끼 입에 처넣고 러닝 찢어서 묶어."

"예!"

어깨는 고개를 숙였다. 곧 녀석의 퀴퀴한 양말 한 짝이 이정우의 입안에 들어갔다. 다른 한 짝은 최현정의 몫이었다.

"음, 음."

최현정은 고개를 저으며 저항하다가 복부에 주먹 한 대를 맞았다. 김양주는 웃으며 김정한을 돌아보았다.

"고맙습니다, 의원님. 오늘의 인연이 앞으로도 좋은 방향으로 나아가기를 바랍니다. 이 연놈들은 영원히 묻어버릴 테니 앞으로 걱정하지 않으셔도 됩니다."

"어서 나가게."

"예, 다음에 다시 뵐 수 있기를 바랍니다. 가자."

"예!"

끼잉. 대문이 열렸다. 최현정은 눈물을 뿌리며 몇 번이고 김정한을 향해 고개를 돌렸다. 애원이었다. 하지만 김정한은 이미 현관 안으로 들어서고 없었다. 이번엔 이정우를 향해 고개를 돌렸다.

"읍, 읍, 읍."

지켜준다지 않았던가. 전형수의 장례가 있었던 날 자기만은 지켜준다지 않았던가. 하지만 이정우는 조용했다.

"읍, 읍."

"조용히 해라. 죽고 싶냐?"

"읍, 읍, 읍!"

소리 나지 않는 절규였다. 최현정의 눈앞이 눈물로 잔뜩 흐려지고 있었다.

"아, 이 썅년이 근데!"

50.

최현정의 복부에 한 녀석의 주먹이 그대로 꽂혔다. 최현정은 고통스러운 허리를 굽히며 엉거주춤했다.

"읍!"

기다렸다는 듯이 대문이 닫혔다.

"봉고차 이쪽으로 끌고 와."

"예."

세 녀석이 어딘가로 달려갔다. 김양주는 제대로 몸을 펴지 못하는 최현정을 눈으로 확인한 후 이정우 앞에서 시선을 멈추었다. 이정우는 아직 살아 있는 눈빛으로 김양주를 마주 보고 있었다.

"개새끼가, 눈 안 깔아?"

휘익! 순간, 김양주의 주먹이 이정우의 안면에 작렬했다. 꽝!

"큭."

휘청, 속절없이 공격을 당한 이정우의 몸이 뒤로 휘청거렸다.

"이 새끼 똑바로 잡아."

어깨 둘이서 이정우의 양팔을 붙잡아 세웠다.

퍽! 김양주의 주먹은 컸다. 바윗돌 같은 단단한 주먹이 이정우의 콧대를 주저앉혔다.

"커억!"

김양주는 왼손으로 이정우의 머리털을 붙잡고 오른손 주먹으로 이정우의 얼굴을 겨냥하더니 가차 없이 꽂아 넣고 있었다. 꽝! 꽝! 코가 내려앉았다. 모르긴 해도 재갈을 풀어보면 이도 부러졌을 것이다. 이정우의 얼굴은 만신창이가 되어 있었다. 피범벅이 된 얼굴이 주저앉은 콧대와 어울려 흉측하게 변해 있었다.

"으음."

정신을 잃어가는 듯 이정우의 고개가 힘없이 떨어졌다. 김양주는 그제야 머리털을 잡고 있던 왼손을 놓고 어깨를 이리저리 움직였다.

"개새끼가 죽으려고."

"허윽, 흑흑."

지켜보고 있던 최현정이 흐느끼며 눈물을 떨어뜨렸다. 그때 봉고차 두 대와 김양주가 타고 왔던 구형 그랜저가 그들의 앞으로 미끄러져 들어왔다.

"태워."

"흐흐, 흐흐흐흑."

"아, 이년이 조용히 안 해?"

거의 통곡이 되어가는 흐느낌에 누군가 고함을 질렀다. 하지만 최현정은 흐느낌을 멈출 수 없었다. 미련이 남는 듯 고개가 자꾸 어딘가로 돌아갔다. 누군가를 기다리는지 무언가를 찾고 있는지 최현정의 눈에는 간절함과 애원이 가득 묻어 있었다.

한 녀석이 그런 최현정의 고개를 손으로 붙잡고 봉고차 속으로 밀어 넣었다. 얼굴이 뭉개져 거의 혼절한 이정우도 아무렇게나 쑤셔 넣었다. 김양주는 만족한 듯 차에 올랐다.

"산에 가서 묻어버리면 다 끝나는군. 가지."

운전대를 잡은 녀석은 가볍게 고개를 숙이고 시동을 걸었다. 세 대의 차가 어둠 속을 미끄러지듯 빠져나왔다. 문득, 멀리서 오토바이 소리가 들려오고 있었다.

하종화, 박정태, 김인범. 셋은 서로 등을 맞대고 있었다.

"어차피 우리는 살 수 없는 싸움이다. 서로 도와줄 필요 없다. 각자 앞으로 치고 나가라. 살 놈은 살고, 죽을 놈은 죽겠지. 단, 김인범은 살린다."

하종화가 조용히 중얼거렸다.

"준비되었나?"

"갑니다, 형님."

박정태가 머리에서 피를 흘리며 대답했다. 김인범은 부러진 어깨뼈를 한 손으로 감싸고 고통스러운 표정을 짓고 있었다.

"형님……."

"목표가 생기면 싸움에 집중하게 된다. 김인범, 넌 이곳의 사정을 이정우에게 알려라. 어떻게 해서든 살아서 나가라. 간다!"

"아앗!"

"가자!"

세 사람이 폭발하듯 앞으로 튀어 나갔다. 깡! 깡! 깡! 쇠파이프 하나가 박정태의 옆구리를 때렸다. 박정태는 비틀거리다 몸을 돌려 팔꿈치로 한 녀석의 머리를 찍고 오른발로 허공을 차고 오르며 왼발로 턱을 깨뜨렸다. 그와 동시에 다른 녀석이 박정태의 발목을 각목으로 후렸다. 딱!

"악!"

"개새끼!"

깡! 깡! 박정태는 본능적으로 몸을 웅크렸다. 각목 하나가 그런 박정태의 머리를 내려치다 부러졌다.

"이쪽이다!"

하종화는 벌써 두 녀석의 목에 칼날을 꽂아 넣었다. 터더더덕. 다가오는 녀석의 목에 찔러 넣은 칼끝이 뒤통수를 뚫고 나왔다. 명치와 무릎, 겨드랑이, 목, 심지어 입과 눈까지. 하종화의 칼이 춤을 추고 있었다.

"비켜라!"

종횡무진하는 하종화의 앞을 김민규가 가로막았다. 쉭! 하종화는 직선으로 김민규의 눈앞까지 칼을 밀었다. 김민규는 고개를 틀어 칼끝을 피하며 한 손으로 하종화의 소맷자락을 끌어당겼다. 그 바람에 중심을 잃은 하종화의 몸이 앞으로 기울었다.

"하종화!"

슈욱. 김민규의 손에서 바람이 일었다. 동시에 하종화의 목을 뚫을 듯이 진격하고 있었다.

콱! 김민규의 손이 하종화의 목을 붙잡고 있었다.

"이대로 틀어버리면 넌 죽는다."

"웃기는, 소리."

채챙, 칼 소리가 났다. 하종화가 손목의 스냅만으로 던진 칼이 김민규의 어깨에 그대로 박혔다.

"엇?"

김민규가 손을 놓고 주춤거리는 순간 하종화가 그런 김민규에게 날아들었다.

"설마 네 몸에 상처 하나 입히지 못할까?"

콱!

"억!"

김민규의 왼쪽 어깨에서 피가 튀어 올랐다. 하종화의 긴 칼이 마치 한쪽 팔을 떨어뜨릴 것처럼 그대로 찍어버렸다. 김민규는 그 찍어 내리는 힘을 견디지 못하고 바닥에 엎어졌다. 와당탕탕탕!

"저놈이다. 저놈부터 막아!"

장성태가 하종화를 가리키며 소리쳤다. 땅! 땅! 땅! 그때 김인범은 피투성이가 되어 바닥에 쓰러져 있었다. 깨진 머리에서는 연신 피가 흘러내렸고 부서진 쇄골 때문에 한쪽 팔은 덜렁덜렁 힘없이 늘어져 있었다.

"개새끼들아!"

그리고 박정태는 마지막 악을 쓰고 있었다. 허리에 굵은 사시미가 박혀 있었고 얼굴은 찢어져 있었다. 깨진 머리에서는 피가 터져 흘렀고 어디로 날아갔는지 오른쪽 손목은 잘려 민둥한 그곳에서 붉은 피가 폭포처럼 떨어지고 있었다.

"으아아아악!"

"죽여버려!"

마지막 발악을 하는 박정태의 머리에 한 녀석이 쇠파이프를 내리꽂았다. 떵! 떵! 떠덩! 박정태는 마지막 힘을 내어 그 방망이질을 피하고 있었다. 그 바람에 쇠파이프는 엉뚱한 곳을 부수며 윙윙 원을 그렸다. 하지만 박정태도 이제 기운이 없었다. 이마에서 흘러서 눈으로 들어오는 핏물이 그의 시야를 방해하고 있었다. 박정태는 눈앞에 누가 있기라도 한 듯 휙휙 주먹을 내질렀지만, 모두가 허공을 가르는 헛손질이었다. 그리고 마침내 한 녀석이 그런 박정태의 정수리에 쇠파이프를 꽂아 넣었다. 깡!

"키익."

51.

머리를 박살낼 듯 내려친 쇠파이프에 순간 박정태의 눈이 빙글 돌아가며 흰자위가 드러났다. 그러나 박정태는 필사적인 집념으로 쓰러지지 않고 버티고 있었다.

"이 새끼가. 무릎 꿇어!"

쇠파이프가 다시 박정태를 향해 내려왔다. 그 순간이었다. 박정태의 몸이 공중으로 날았다.

"한 명뿐이다."

쉬익. 꽝! 기적처럼 박정태의 발이 쇠파이프를 들고 내리치던 녀석의 안면에 꽂혔다.

"날 무릎 꿇게 하는 건."

이미 목숨을 걸었다. 박정태의 뒷골에서는 뜨뜻한 핏물이 목을 휘감아 타고 흘렀지만, 박정태는 고통을 느끼지 못하고 있었다. 순간, 벼락같은 박정태의 외침이 터졌다.

"와봐! 이 개새끼들아!"

부우웅. 이정우와 최현정을 태운 봉고차는 서울 도심을 지나 외곽으로 빠져나와 있었다. 선행차인 김양주가 탄 승용차가 빠른 속도로 어딘가를 향해 달려가고 있었다.

"이사님."

선행차를 몰던 녀석이 뒷자리에 앉아 있던 김양주에게 말했다.

"뭐냐?"

"오토바이 한 대가 자꾸 따라옵니다."

"오토바이?"

"예, 처음엔 그냥 지나가려니 생각했는데, 이 새끼 계속 따라오는데요?"

"세워서 족쳐버려."

선행차는 미등을 깜박이며, 따라오는 차량들에 그들만의 신호를 보냈다. 선행차와 뒤따르던 봉고차 두 대가 도로 한가운데에 그대로 멈춰 섰다.

가아아앙. 김양주는 다가오는 오토바이 소리를 들으며 휴대폰으로 후미 차량 조장에게 연락을 취했다. 맨 끝에서 달려오던 차량에서 어깨들이 우르르 손에 각목을 들고 내려섰다. 오토바이는 이들을 빙 둘러서 그대로 지나쳤다.

"뭐야? 저 새끼."

김양주는 입술을 일그러뜨렸다. 달아나듯 돌아간 오토바이를 보며 어깨들은 다시 봉고차에 올랐다. 선행차는 다시 액셀을 밟았다. 그때,

"어?"

지나쳐갔던 오토바이가 되돌아오고 있었다. 가아아아아앙.

"뭐야, 저 새끼들?"

"새끼들?"

운전 기사가 낮게 중얼거리는 소리를 들은 김양주가 눈을 키웠다.

"어라?"

그랬다. 지나쳐간 오토바이는 한 대였지만 되돌아온 오토바이는 일곱 대였다. 거기다 그들의 손엔 저마다 쇠파이프가 들려 있었다.

"저 새끼들이?"

챙! 챙강! 한 녀석이 선행차를 스쳐가면서 그대로 쇠파이프를 차 유리에 내리꽂았다. 쩌억.

순식간에 거미줄 같은 금이 가며 유리가 내려앉았다.

"저 새끼들 뭐야? 빨리 내려!"

김양주가 흥분하여 소리쳤다. 봉고차에 올랐던 어깨들이 다시 급하게 우르르 도로로 쏟아져 나오고 있었다. 그 순간이었다. 왱. 오토바이 한 대가 앞바퀴를 들더니 먼저 내리던 어깨 한 녀석을 그대로 바퀴로 치었다. 우당탕탕. 그 바람에 급하게 내리던 녀석들의 발이 꼬여 모두가 엎어지고 있었다.

"씨발."

"일어나. 일어나!"

작은 소란이 일었다. 그러나 오토바이의 남자들은 인정을 두지 않았다. 윙윙. 쩍! 쩌적! 사정없이 내리치는 쇠파이프가 무더기로 엎어진 어깨들을 박살내고 있었다. 순식간에 붉은 피가 분수처럼 터져 솟았다.

"이 개새끼들이!"

흥분한 김양주가 자리에서 박차고 차 밖으로 나오며 총을 꺼내 들었다. 하지만 막 품에서 총과 함께 빠져나오던 김양주의 손목은 어느새 날아온 칼 한 자루에 그대로 뚫리고 있었다.

"어엇."

탁! 총이 바닥에 떨어졌다.

"이런 개 같은!"

눈을 부릅뜨고 총을 주우려 손을 뻗는 김양주의 뒷덜미에 칼 한 자루가 깊이 꽂혔다. 푹!

"끄억."

김양주의 허리가 활처럼 뒤로 휘었다. 오토바이 한 대가 그 순간 지나치며 비명을 지르는 김양주의 목에 사시미 하나를 깊이 쑤셔 넣었다. 목을 뚫은 사시미의 끝이 뒷덜미를 뚫고 나오는 순간, 김양주는 비명조차 지르지 못하고 바닥에 무너져 내렸다.

와장창! 챙챙챙! 서로 부딪히는 금속 소리가 어지럽게 밤하늘을 수놓았다. 그리고 거짓말처럼 김양주의 패거리들은 전멸해가고 있었다.

"으아아아악! 이 씨발새끼들!"

날아간 오른손을 대신해 박정태의 왼손엔 어느새 상대 녀석들에게서 뺏은 각목이 들려 있었다. 박정태는 미친 듯이 각목을 휘두르며 악을 지르고 있었다.

"덤벼! 덤벼, 이 개새끼들아!"

터진 머리에서는 피가 봇물처럼 흘렀고 피와 땀으로 범벅된 얼굴 때문에 제대로 눈을 뜨지도 못하고 있었다. 지금 박정태는 그저 발악하고 있을 뿐이었다. 그것은 위협은 될 수 없었지만, 상대를 긴장시키기엔 충분했다.

"와봐! 와봐!"

절규였다. 그것은 혼을 담은 절규였다. 박정태를 빙 둘러싸고 선 녀석들은 비틀거리며 각목을 윙윙 휘둘러대는 박정태를 구경하고 있었다. 한 녀석이 문득 자세를 낮추며 박정태의 발목을 후려갈겼다.

"억!"

쿵. 박정태의 몸이 그대로 바닥으로 엎어졌다. 하지만 박정태는 바닥에 쓰러지자마자 벌떡 몸을 일으켰다.

"왔냐? 이 씨발, 왔냐? 응?"

휙. 딱! 이번엔 뒤에서 다른 녀석이 박정태의 허리를 때렸다. 박정태는 휘청거리며 쓰러질 듯하더니 몸을 뒤로 돌렸다.

"어림없다!"

왱. 박정태는 사력을 다해 들고 있던 각목을 휘둘렀다. 하지만 각목이 갈라낸 곳은 허공이었다. 동시에 다른 녀석이 박정태의 한쪽 발목을 각목으로 걸었다. 콰당. 걸음을 옮기던 박정태가 흉하게 넘어졌다.

"퉤!"

발을 걸어 넘겼던 녀석이 손바닥에 침을 뱉었다. 그리고 부르르 어깨를 떨며 다시 일어나려는 박정태의 머리를 겨냥해 각목을 높이 들었다.

52.

"최 비서?"

오토바이를 이끌고 온 일곱 명의 무리는 단숨에 김양주 패거리를 제압하고 봉고차에서 최현정과 이정우를 끌어내렸다. 그중 한 녀석이 최현정의 재갈을 풀어주었다.

"커억, 컥."

입에서 재갈이 풀리자 최현정은 거친 숨을 내쉬었다.

"하아, 하아."

그런 최현정의 앞에 누군가 헬멧을 벗으며 앞에 섰다. 장동욱이었다.

"살아 있어서 다행이군. 이쪽은 이정우인가?"

"그, 그래요."

"완전히 맛이 갔군."

장동욱은 이정우의 재갈을 손수 풀고 입안에 틀어박힌 냄새 나는 양말도 빼내었다. 순간, 이정우의 입에서 후드득 부러진 이가 쏟아졌다.

"앞니도 부러졌어. 잘생긴 얼굴 다 망쳤구먼. 이정우, 정신 차려."

툭툭. 장동욱이 이정우의 뺨을 두들겼다. 김양주의 바위 같은 주먹에 정통으로 대여섯 대를 맞고 정신을 잃었던 이정우가 희미하게 눈을 뜨고 있었다.

"나 기억하나? 장동욱이다. 최 비서가 연락해서 조금 전에 도착했어."

이정우는 힘없이 고개를 끄덕였다.

"세상을 삼킬 것 같더니 고작 이거야? 정신 차려봐."

이정우는 늘어져 있었다. 장동욱은 고개를 저었다.

"안 되겠군. 일단 피신처로 옮기지. 이봐, 최! 괜찮은가?"

"괘, 괜찮아요."

"이정우는 얼굴 수술부터 시켜야겠다. 다른 업소들도 거의 무너진 것 같은데, 늦지 않았으면 좋겠군."

"늦지 않았으면 좋겠다니요?"

"신고했어. 현태철 패거리가 벌써 쓸어 넘겼으면 어쩔 수 없고, 아직 버티고 있는 녀석들이 있다면 도움을 받을 수 있겠지."

"신고?"

"음, 어쨌든 빨리 가지. 회장님이 기다리고 계시니까."

"회장님이요? 이상찬? 고향에 내려간 거 아닌가요?"

"훗."

장동욱은 피식 웃었다. 최현정은 살았다는 안도감을 느끼며 장동욱이 내미는 손을 잡았다.

애애애애애애앵!

쉴 새 없이 박정태를 내리치던 녀석들이 느닷없이 들려오는 사이렌 소리에 일순 동작을 멈추었다. 하종화와 김민규는 서로 힘겨루기를 하고 있었고, 김인범은 바닥에 뻗어 숨을 헐떡이고 있었다. 장성태는 경찰차 사이렌 소리를 듣고 고개를 들어 바깥쪽을 내다보았다. 두두두두두! 서울시경 기동 대원들이 우르르 차에서 내리고 있었다. 그들은 순식간에 S의 홀로 진입하여 총구를 겨누고 섰다. 그리고 누군가 선두에 서서 확성기를 들고 소리쳤다.

"너희들은 완전히 포위됐다. 순순히 투항해라."

다음 날 대검에서는 채수연이 화난 표정으로 걸음을 재촉하고 있었다.

"팀장님,"

신문을 보고 있던 팀장 임수철은 채수연을 돌아보지도 않고 있었다.

"뉴스 보셨습니까?"

"뉴스?"

"조폭들이 S 나이트클럽에서 전쟁 치르다가 일제히 연행된 거 말입니다."

"봤다. 왜?"

"S 나이트클럽 대표 이사가 이정우입니다."

"이정우? 그런데?"

"제 생각이 맞다면, 스너프 필름의 희생자인 이세진 양과 관련이 있는 인물입니다."

"그럼 몇 살이야? 기껏해야 스무 살이겠군. 그런데 대표 이사라고?"

"뭔가 이상하지 않습니까? 알아봐야 합니다."

"흠."

채수연은 주먹을 쥐고 있었다. 틀림없다. 인천에서 만났던 그 애송이. 임수철은 신문을 접었다.

"출장 갔다 와."

"예?"

"이번 폭력배 난동 맡은 데가 어디야?"

"남부 지검입니다."

"남부 지검에 갔다 와. 너무 귀찮게 굴지는 말고 적당히 알아보고 와. 필요하다 싶으면 모조리 대검으로 데리고 오면 되니까 모나게 굴지 말고."

"알겠습니다."

채수연은 고개를 숙이고 물러 나왔다. 문득, 언젠가 만났던 기소라가 생각났다. 채수연은 휴대폰을 들고 빠르게 번호를 검색하기 시작했다. 그리곤 바로 통화 버튼을 눌렀다.

"여보세요?"

"예."

잠에 취한 기소라의 목소리가 들려왔다.

"나 기억해요? 채수연 검사인데."

"예? 아, 기억해요. 지난번에 학교에 오셨던."

기소라는 금세 잠에서 깨어났다.

"자고 있었어요?"

"예, 아뇨, 이제 일어났어요. 오늘은 휴강이라서."

"잘됐네요. 내가 했던 말 기억하죠? 필요하면 소환해서 조사할 테니까 협조해달라고."

"예."

"오늘 오후에 봐요."

"예?"

"다시 연락할게요."

채수연은 당황하는 기소라의 목소리를 뒤로 하고 통화를 종료했다. 오랜만에 머릿속이 복잡하게 돌아가기 시작했다.

"정신이 드나?"

이정우가 눈을 떴다. 어딘지 정확히 알 수는 없었지만, 통나무로 만든 별장 같은 곳이었다. 이정우는 눈을 뜬 순간 이상찬과 마주하고 있었다.

"음?"

이상찬을 확인한 이정우는 흠칫하며 자리에서 몸을 일으켰다. 그러나 이내 따라오는 아픔 때문에 얼굴을 일그러뜨려야 했다.

"아, 인상 쓰지 마라. 수술했으니까."

"수술?"

입에서 헛바람이 새어 나왔다. 그제야 이정우는 간밤에 자신이 김양주의 주먹에 얼굴을 맞았던 것을 기억해냈다.

"야매로 한 수술이지만 실력은 뛰어나니까 걱정할 것 없어. 이는 지금 어떻게 할 수가 없고, 밤새 콧대를 세웠네. 부기가 빠지면 꽤 미남자가 되어 있을 테니까 너무 아쉬워 말라고."

"당신이, 왜 여기 있지?"

"장동욱이 데리고 왔더군."

"장동욱?"

"최현정이 연락을 했나 봐."

도움이 될 만한 사람에게 연락했다는 것이 그 얘기였던가.

"그나저나 이게 어떻게 돌아가는 일인지 설명 좀 해주겠나?"

이상찬은 빙긋 웃으며 말했다. 이정우는 숨을 들이켰다.

53.

한편 현태철은 그 무렵 호텔에서 바깥을 내다보며 보고를 기다리고 있었다. 그리고 김양주와 김민규에 대한 보고를 들을 수 있었다.

"무슨 소리야? 김양주는 죽고 지금 장성태와 김민규가 잡혀갔단 말이야?"

보고를 하러 온 사람은 은수라는 남자였다. 은수는 현태철을 똑바로 보지 못하고 고개를 숙이며 말을 이었다.

"예, 현재 남부 지검에서 조사를 받고 있습니다. S에서 너무 오래 전투를 치르다가 출동한 경찰에 붙잡혔습니다. 아침 뉴스에도 나왔습니다."

"허, 그럼 S는 어떻게 된 거야?"

"현재 서류상 대표가 이정우로 되어 있습니다. S는 문을 닫은 상태고, 경찰은 이정우를 찾는 데 총력을 기울이고 있습니다."

"하종화나 다른 녀석들은?"

"하종화도 같이 잡혀 들어갔습니다. 김인범과 박정태는 병원에 들어갔고, 박정태는 혼수상태입니다."

"김인범이나 박정태 따위는 관심 없어. 이정우가 지금 사라졌단 말 아닌가?"

"그렇습니다."

"도대체 일을 어떻게 한 거야? 김민규 신변엔 이상 없나?"

"자세히는 모르겠습니다만, 하종화의 칼에 어깨를 찔렸다고 합니다."

"등신 같은 놈, 도대체 일을 어떻게 하고 다니는 거야? 알았다. 나가봐라."

"예."

은수는 숙인 고개를 더 깊이 숙였다가 호텔 방을 나섰다. 현태철은 전화기를 들고 어딘가에 전화를 걸었다.

"어, 김 변호사님, 나 현입니다. 혹시 아침 뉴스 보셨습니까? 예, 다행이군요. 남부 지검에 애들 들어가 있다고 하는데, 애 좀 써주셔야겠습니다. 예, 예."

채수연은 빠른 걸음으로 남부 지검 건물 안으로 들어가고 있었다. 이미 약속이 된 남부 지검의 황인욱 검사는 자신의 집무실에서 채수연을 기다리고 있었다.

"어서 오게."

"예, 반갑습니다, 선배님."

"유명한 여자 꼴통 검사가 직접 행차를 다 해주시고 영광이군."

채수연은 이 희한한 칭찬에 눈썹을 슬쩍 들었다 내렸다.

"조사해보셨어요?"

"나이트클럽 이권 다툼이야. S를 놓고 장성태가 이끄는 신재식파와 하종화가 이끄는 S파가 붙은 거지."

"신재식파?"

"예전에 재식파라고 있었는데 2년 전에 구인철하고 성인 나이트 이권 다툼을 벌이다가 망했지. 그때 재식파 서열 2위였던 장성태가 출소 후 재식파를 재건하고, 새로운 이권 다툼을 벌이고 있었던 거야. 요는 김민규인데…….”

“김민규요?”

“음, 동해파의 행동 대장이야. 이 녀석이 장성태와 붙어 있더라고. 동해파와 신재식파의 관계가 어떻게 되는 건지 조사 중이야.”

“빤한 거 아닙니까? 신재식파가 동해파 하부 조직이겠죠. 현태철을 잡아넣고 조사해보시죠.”

“심증은 가지만 증언도 없고 물증도 없어. 현태철은 함부로 넣기엔 거물이라고.”

“거물이요?”

채수연의 눈썹이 일그러졌다. 황인욱은 어깨를 으쓱거렸다.

“뒤를 봐주고 있는 정재계 인사들이 많아. 어차피 다 그렇고 그런 작당들 아닌가.”

“씨발, 대한민국.”

채수연이 중얼거렸다. 황인욱은 수연의 거침없는 욕설에 약간 당황하는 듯했다.

“왜요?”

“아니야.”

“S파 쪽은요?”

“하종화 이놈이 전부 뒤집어쓰려고 그러는군. 배후에 분명 누가 있을 텐데 말이야.”

“하종화?”

"유명한 놈이야. 칼잡이인데 전에 나태식 밑에 있던 놈이지."

"나태식은 어떻게 되었어요?"

"모르겠어. 간밤에 사고가 많이 난 것 같은데 현재까지는 S 나이트 말고는 파악된 게 없어."

"S 대표가 이정우라면서요?"

"음."

황인욱은 크게 고개를 끄덕였다.

"나도 이게 이상해. 고작 열아홉 살짜리야. 그런데 대표 이사거든? 그래서 하종화를 추궁하고 있는데, 하종화는 다른 소리만 하고 있어."

"제가 좀 만나봐도 되겠어요?"

"괜찮지. 이쪽으로 부를까?"

"그래 주세요."

황인욱은 전화기를 들었다. 그리고 얼마의 시간이 지난 후, 손목에 수갑을 찬 하종화가 검사보의 인솔하에 황인욱의 집무실로 들어서고 있었다.

"거기 앉아."

하종화는 픽 웃으며 자리에 앉았다. 검사보도 한쪽에 자리를 잡았다.

"아가씨는 언제 한 번 본 것 같소만?"

하종화는 채수연을 보더니 빙긋 미소를 띠며 말했다. 채수연이 눈을 치떴다.

"인천에서 본 그 멍청한 여자 검사 아닌가? 여기서 일하고 있소?"

"닥쳐."

"후후훗."

흥분하는 채수연을 황인욱이 손으로 막으며 제지했다.

"됐어. 물어볼 거나 물어보자고."

"흠."

채수연이 숨을 들이켰다.

"S 대표 이사로 나와 있는 이정우는 어디 있어?"

"이정우? 아, 그 똘마니 자식?"

하종화가 껄껄 웃음을 터뜨렸다.

"S, 그거 내 거요. 이정우 나이는 봤소?"

"열아홉 살이던데?"

"세상에 어떤 미친놈이 열아홉 살짜리한테 S 같은 나이트를 맡깁니까, 검사님?"

"그래서 이정우는 어디 있냐고? 이 새끼야!"

황인욱이 소리쳤다.

"새끼라. 거 그래도 남자라고 입이 거네. 민주주의 국가에서 검사가 이래도 되는 거요? 막말로 내가 무슨 잘못이 있어? 내가 사람을 죽였나? S가 내 영업장인데 장성태하고 김민규하고 작당해서 쳐들어온 걸, 내가 내 업소 지키려고 싸운 죄밖에 없어요."

"너는 칼을 들고 신재식파 조직원 10여 명을 죽이고 김민규에게 자상을 남겼어."

"그거 정당방위요. 쇠파이프 들고 골을 부수러 치고 들어오는데, 그럼 맞아 죽으란 말이오?"

"이것 봐, 하종화!"

채수연이 능글거리는 하종화의 말을 끊었다.

"내가 알고 싶은 건, 이정우가 어디 있느냐는 거야."

"내가 아나?"

"왜 이정우가 대표 이사로 되어 있어?"

"이름만 빌려준 겁니다, 이름만."

"이름?"

하종화는 훗, 콧방귀를 날렸다.

"나한테 얼마 전에 웬 어린애가 받아달라고 무릎 꿇고 빌더라고. 미성년자라서 어디 써먹을 데가 있겠다 싶어서 내가 받아준 겁니다. 그리고 S 대표 이사로 그놈 이름만 가져다 쓴 거라고. 그 자식 전과도 없고 어린애라서 무슨 일 생기겠나 싶어서 말이오. 그냥 꼬붕인데 도망을 쳤는지 어쨌는지 내가 어떻게 압니까?"

"단순히 명의만 빌린 거다?"

"그렇소."

"너,"

채수연이 입술을 깨물었다.

"내가 바보로 보이냐?"

"설마 내가 어떻게 검사님을 바보로 보겠습니까? 후훗."

"내가 인천에서 본 게 있는데 그 말을 믿으라고 떠들어대는 거야?"

"믿고 안 믿고는 검사님 자유 아닙니까? 난 사실만을 말할 뿐입니다. 그나저나 난 죄 지은 것도 없는데 너무하는군. 내가 전과가 있는 건 사실이지만 이번엔 진짜 억울해요."

"넌 조폭 괴수야. 아무 짓 안 해도 조폭 결성한 것만으로도 처벌할 수가 있어."

"아니, 손 씻고 나이트 하나 인수받아서 새 삶을 살아보려는 사람한테 조폭이라니? 내가 예전에 조폭이었지 지금도 조폭인 줄 압니까?"

"잠깐, 잠깐."

황인욱이 황급히 말을 끊었다.

"너 S는 어떻게 인수받았어?"

"거기가 원래 천용택이라는 분이 하시던 곳인데 나한테 그냥 넘기더라고요."

"천용택?"

"지금은 죽었습니다."

"네가 죽인 거 아냐?"

"하하하."

하종화는 폭소를 터뜨렸다.

"소설을 쓰시오, 소설을 써. 조사해보면 되겠네. 내가 죽였나 아닌가. 아, 수사해봐요. 나 천용택 밑에서 일한 적 있으니까."

"너 원래 나태식 밑에 있었잖아?"

"그런데 천용택 밑에서 S 영업 부장으로 일했다니까? 말귀를 못 알아들으시네."

"하종화,"

채수연이 나지막이 하종화를 불렀다. 하종화는 왜 그러냐는 듯 턱을 추켰다.

"지금 이렇게 나오면 너 혼자 다 뒤집어쓰게 된다. 지금 그걸 노리고 이러는 거냐?"

"무슨 소린지 모르겠군."

"이정우가 어느 정도의 위치에 있는지 나는 짐작할 수 있어. 확인만이 필요할 뿐이야. 너 말고도 확인할 루트는 얼마든지 많아."

"그럼 다른 루트로 한번 확인해보든가?"

"나한테는 이정우가 필요해. 이세진과 어떤 사이인지 꼭 알아야 되거든."

"이세진은 또 뭐야?"

"어디 있는지 말해. 어디로 빼돌렸어?"

"하하, 하하."

문득 하종화의 눈매가 날카롭게 빛났다.

"수사해서 밝혀내시지? 난 정말 모르고, 이정우는 그냥 이름만 빌린 내 똘마니니까. 도대체 내가 그딴 어린애를 상관으로 모시고 있을 거라는 추측은 어떻게 할 수 있는지 모르겠군."

채수연이 하종화를 노려보았다. 하종화도 그 눈길을 피하지 않았다.

"반드시 집어넣는다, 너희 모두."

하종화는 응답하지 않았다. 그저 여유로운 눈길로 그런 채수연을 마주 보고 있을 뿐이었다.

54.

"흠."

이상찬은 손수 탄 커피를 마시며 이정우의 이야기에 귀를 기울이고 있었다.

"그러니까 너도 갑작스럽게 당한 것이로군."

이정우는 그 질문엔 대답하지 않았다. 대신 최현정에 대해서 물었다.

"최현정은?"

"옆방에 누워 있지. 처음엔 안정을 취하는 것 같더니, 충격을 크게 받았는지 식은땀을 흘리면서 내내 잠꼬대야."

"……."

"그나저나 현태철이 밀고 들어온 것 같은데, 내가 알아보니까 내가 가지고 있던 거의 전부가 현태철의 손에 넘어갔더군."

"할 말이 없소."

"내가 사람을 잘못 봤나? 아니면 역시 기반이 없어서 크게 놀기가 어려웠던 건가? 묻겠네. 나는 물러설 때를 알고 뒤끝 없이 물러섰다. 이정우, 네 생각은 어때?"

"모르겠소."

"모르겠다? 하하하."

이상찬은 소리 높여 웃었다.

"정말 기운이 빠졌군. 이게 자네의 진짜 모습이라면 실망이야."

이정우는 침묵했다.

"무슨 생각을 하고 있는지 내가 맞춰볼까?"

이상찬은 빙긋 웃었다. 이정우는 시선을 들었다.

"무슨 소릴 하는 거요?"

"네 나이를 봤을 땐 아직은 의리나 꿈이 있을 나이지. 혹시 자신 때문에 옆의 동료들이 쓰러져가는 걸 두려워하고 있나?"

"……."

"그런 눈으로 볼 것 없어. 나 역시 그랬으니까."

"그것만은 아니오. 그런 이유는 내가 정말로 강해지면 해결되는 문제니까."

"맞아, 네가 강해지면 네 동료들을 지킬 수 있어. 정말로 강해지면 말이야. 그럼 뭐가 문제지? 마음에 담아놓은 짐이 있다면 털어버려."

"쓸데없는 소리 마시오. 난 내가 알아서 하니까."

"독불장군인가? 유아독존이야? 그래서 알아서 한 게 이 모양이야? 규모가 커지면 혼자서는 감당할 수 없는 무게가 된다. 동료를 믿고 동료와 함께하지 않으면 그런 독불장군은 반드시 칼을 맞게 되어 있지. 지금의 자네처럼 말이야."

"날 가르치려는 거요?"

"그렇다."

"뭐라고?"

"지금은 나한테 배워. 나중에 네가 나를 무시하고 우습게 여길 날도 올 거야. 하지만 지금은 나한테 배워야 할 때다."

이상찬은 무겁게 말을 끝맺고는 어느새 식어버린 커피를 단숨에 마셔버렸다. 이정우가 말했다.

"난 동료들을 믿었소. 함께했소."

"동료가 아니라 친구들이었겠지."

"……!"

이정우의 눈동자가 순간 커졌다. 그것은 새로운 깨달음이었다.

"동료와 친구는 달라. 새로 동료가 된 사람들을 너는 품지 못했어, 아닌가?"

"……."

"네가 남들보다 그릇이 크다는 건 인정한다. 세상에 거칠 것이 없는 남자로 보이더군. 네 삶의 스케일이 워낙 크고 네가 그것을 감당할 인물이라는 건 알아. 그래서 너한테 반한 녀석들이 널 따르는 것은 당연한 것이고. 그러나 너는 규모가 점점 커지는 너의 제국을 통치하지 못했어. 어째서인가?"

"내가 부족해서겠지."

"겸손할 필요 없어. 내가 정확한 진단을 내려주지."

이상찬은 자신만만했다.

"네 마음속에 빛이 있기 때문이다."

"빛?"

"그래, 빛. 너처럼 두려움 없이 세상을 살아가는 자는 마음에

진 빚은 반드시 갚아야 해. 왜냐하면 마음속에 있는 빚이 세상을 두렵게 만들거든."

"마치 다 아는 것처럼 말하는군."

"난 알 수 있다. 나 역시 그랬으니까. 마음에 빚이 늘어나면 세상이 점점 꼬이고 복잡해진다. 내가 당당할 수 없는 거야. 그래서 그걸 숨기기 위해 더 과장된 몸짓이 나오지. 완벽한 척. 넌 그 동안 완벽한 척했던 거야. 하지만 마음 한구석은 비어 있었어."

이상찬은 그렇게 말하고 나서 스스로 대견한 듯 미소를 지었다. 그것은 이정우의 상태에 대한 확신이었으나 이정우는 그런 이상찬을 인정하고 싶지 않았다.

"내가 요즘 무슨 일을 하고 있는지 아나?"

"관심 없소."

"요즘은 그냥 도박이나 하면서 소일하고 있어. 잘 아는 하우스장이 있거든."

"그런데?"

"생각보다 규모가 큰 하우스야. 그런데 언젠가부터 거기에 두 남녀가 나타나서 하우스 2층을 임대했지."

이정우의 눈썹이 꿈틀거렸다.

"그놈들은 내 얼굴은 몰라도 이름은 알더군. 이상찬이라고 하니까 처음엔 안 믿더라고. 그러다가 내가 돈이 많아 보였는지 나를 건설하려고 설계도를 그리더군."

"도대체 무슨 말을 하는 거요?"

"들어보게. 하지만 내 옆에 장동욱이 있다는 걸 그들은 간과했지. 나중에 동욱이한테 박살이 났고 내게 술을 대접하면서 이런저런 아부를 하더군. 그 와중에 내게 비디오를 하나 건네주더군. 우리나라 최초의 스너프 필름이라면서 말이야."

"뭐요?"

이상찬이 말한 비디오는 DVD였다. 하지만 그는 그의 나이답게 DVD를 비디오라고 표현했다.

"비디오를 보고 난 기분이 나빴네. 아무리 내가 사람 죽이는 걸 예사로 하던 인간이지만, 그건 기분이 나쁘더군. 하지만 딴에는 나에게 성의 표시를 한 건데 무시할 수는 없었어. 나는 비디오를 어떻게 찍었는지 궁금해서 그들에게 물어보았네."

이정우의 몸이 부르르 떨렸다. 설마, 설마……. 이상찬은 말을 이었다.

"그랬더니 이건 정말 비밀이라면서 말을 해주더군. 어차피 내가 있는 이곳은 인적이 없는 곳이니까. 그놈들도 사람 눈을 피해서 숨어들어 온 것이고. 어느 정도 안심은 했겠지. 술기운도 있었을 테고."

"혹시, 그놈 장춘석……?"

이상찬은 픽 웃었다.

"맞았어. 그 녀석의 이름은 장춘석이야. 뭐, 이름은 여러 개를 쓰는 것 같지만, 그냥 장 사장이라 부르라더군. 여자는 그냥 최 마담이라 부르고 말이야."

이정우의 어깨가 부르르 떨렸다. 이렇게 만나게 되다니.

"어때, 이정우? 난 그자의 입을 통해서 많은 이야기를 들을 수 있었네. 놈은 내가 무서워서 아첨 떤다고 하는 소리였겠지만, 그 얘기에서 너의 빚을 발견할 수 있더군."

"그, 그 비디오 아직 가지고 있습니까?"

"왜? 안 보는 게 좋을 텐데?"

"봐야겠습니다. 언젠가 장춘석의 사무실을 습격해서 모든 동영상 DVD, 외장 하드, 방송용 비디오테이프까지 압수해서 살핀 적이 있었는데, 끝내 세진이의 모습이 담긴 원본은 보지 못했고, 며칠 후 세진이의 시체만 배달되어 왔습니다. 웨딩드레스를 입은 모습으로."

"좋아, 기다려. 하지만 보고 후회하지는 마라."

이상찬은 자리에서 일어났다. 이정우는 저도 모르게 몸을 떨었다.

황인욱은 하종화가 계속 발뺌을 하자 김민규를 불러 올렸다. 대질을 시킬 셈이었다.

"김민규, 여기 앉아."

"예, 검사님."

김민규는 조폭답지 않은 준수함이 있었다. 하종화의 칼에 찔려 다친 오른쪽 어깨 때문에 오른팔에 깁스를 하고 팔을 걸고 있었다.

"하종화 알지?"

황인욱은 하종화를 가리키며 말했다. 김민규는 고개를 끄덕였다.

“알고 있습니다.”

“어떤 녀석이야?”

“나태식의 행동 대장이었습니다. 그리고 지금은 S 나이트클럽의 영업 부장인가? 영업 이사인가?”

김민규는 정말로 모르겠다는 듯이 고개를 갸웃거렸다.

“왜 싸웠어? 너희들 전쟁 왜 치렀어?”

“사소한 다툼입니다.”

“김민규.”

듣고 있던 채수연이 입을 열었다.

“찬이파와 함께 서울의 양대 산맥인 동해파의 행동 대장이자 현태철의 후계자로 지목받고 있지? 난 전국의 조폭 연계도를 다 외우고 있다. 빠져나갈 생각은 마. 영역 다툼이었나?”

채수연은 아직 전쟁이 동시다발적으로 크게 일어났음을 모르고 있었다. 단지 S에 국한된 문제로만 여기고 있음을 김민규는 재빨리 감지해내었다.

“뭘 잘못 알고 계시네요. 저는 어제 장성태 이사님과 함께 있었습니다. 저 동해파 나왔습니다. 신재식파에 들어간 지 꽤 됐어요.”

“뭐라고?”

“그리고 전 장 이사님이 시키는 대로 한 것뿐입니다.”

“뭐가 어째? 이것들이!”

채수연이 발끈하며 소리쳤다. 황인욱도 화를 내고 있었다.

"나중에 들어가면 다 밝혀져, 새끼야!"

"조사해보십시오. 저 아직 전과도 없는 깨끗한 놈이에요."

"너 변호사라도 만났어? 이 새끼 왜 이렇게 능청맞게 말을 잘해?"

황인욱이 소리쳤다. 김민규는 그 질문에는 대답 없이 앉아 있었다. 그때였다. 황인욱의 사무실에 전화가 걸려왔다.

"예, 황인욱입니다. 아, 예?"

황인욱의 안색이 낭패의 빛을 띠고 있었다. 채수연이 이상한 낌새를 느끼고 말했다.

"왜 그래요?"

"아니, 당장 풀어주라니요? 조사할 것이 많이 남아 있습니다. 하지만……."

무슨 말을 하는지 황인욱은 전화기를 들고 한참 동안 그대로 있었다.

"선배님, 뭐라는 거예요?"

황인욱은 대답 대신 화난 눈으로 김민규를 쏘아보고 있었다.

"이 새끼, 든든하겠군."

"무슨 말씀이십니까?"

"현태철이 수를 쓴 모양인데, 지금 빠져나간다고 좋아할 것 없어, 알아?"

"갑자기 무슨 말씀이십니까?"

"무조건 널 풀어주라는 명령이 떨어졌다. 검사라는 직업이 좆같은 데가 있어서, 위에서 시키면 시키는 대로 해야 하거든.

그렇다고 방심하지 마라, 너.”

“선배님!”

채수연이 소리쳤다.

“선배님!”

“조용히 해, 채수연. 나도 어쩔 수 없어.”

“하하하.”

옆에서 가만히 보고만 있던 하종화가 웃음을 터뜨렸다.

“역시 검사나 조폭이나 똑같군. 그러면서 정의로운 척하기는. 안됐소, 젊은 검사님들.”

하종화의 조롱을 듣고만 있을 채수연이 아니었다. 채수연의 강단은 전혀 녹녹하지 않았다.

“입 닥쳐!”

‘저, 정우야…….’

화면에 죽어가는 이세진의 모습이 그대로 나오고 있었다. 두 눈에 흐르는 눈물도. 이정우를 부르는 그 입술도. 부들부들 떠는 가느다란 어깨도. 그와 함께 이정우의 어깨도 부르르 떨리고 있었다. 시간이 흘러 이제 화면은 지지직거리는 영상만 내보이고 있었다. 플레이가 끝난 것이었다. 하지만 이정우는 꼼짝도 않고 눈을 부릅뜨고 있었다. 마침내 이상찬이 이정우의 어깨를 붙잡고 흔들었다.

“이봐, 괜찮나?”

“장춘석 어디 있습니까?”

"하우스 안에 숨어 있지. 거기서 한 발짝도 안 나와."

"안내해줘야겠습니다."

이정우는 침대에서 몸을 일으켰다. 어느새 오른손 주먹을 굳게 말아 쥐고 있었다.

55.

한편 현태철은 조용히 호텔에서 김민규를 기다리고 있었다. 그가 호텔에 투숙한 지도 벌써 사흘이 지나 있었다.

"죄송합니다."

얼마의 시간이 지난 후 김민규가 팔에 깁스를 한 채 현태철 앞에 나타났다. 현태철은 그런 김민규를 못마땅한 듯 내려다보다 무겁게 입을 열었다.

"어깨는?"

"뼈는 다치지 않았습니다."

"하종화가 너보다 한 수 위인가?"

"제가 방심했습니다."

"쯧쯧. S는 신경 쓰지 마라. 장성태가 죄다 뒤집어쓸 테니까."

김민규는 침묵했다. 현태철은 옷장으로 걸어가 양복을 꺼냈다.

"어디 가십니까?"

"일을 벌여놨으니 슬슬 움직여야지. 검찰이 어디까지 알고 있는 것 같아?"

“S에만 집중하고 있습니다. 전면전이 벌어진 걸 모르는 듯했습니다.”

현태철은 고개를 끄덕였다.

“김양주가 죽었다는 이야기는 들었나?”

“오면서 들었습니다.”

“그렇다고 해도 우리는 수확이 많았다. 하지만 결과적으로 이정우를 놓쳤어.”

“예.”

“어떻게 생각하나?”

현태철은 와이셔츠를 입고 넥타이를 목에 걸었다. 그리고는 거울 앞에 섰다.

“이정우는 아직 어린앱니다. 이렇게 된 이상, 입지가 없기 때문에 다시 일어서기 힘들 겁니다.”

“아무것도 없이 이상찬을 거꾸러뜨린 녀석이다.”

“하지만 지금은 곁에 아무도 없습니다. 우대만도 죽었고, 나태식도 죽었습니다. 맹수현도 실종되었고, 하종화는 구속되었습니다.”

“김민규,”

“예.”

“적어도 열아홉 살의 나이에 세상의 반을 먹은 남자에게 그렇게 대접하면 안 되는 것이다.”

“예?”

“이정우를 찾아내서 목을 따지 못하면 조만간 귀찮은 일이 생길 거야, 알겠어?"

김민규는 침묵했다. 현태철은 막 넥타이를 고쳐 매고 양복 상의를 입었다.

"나가지. 나하고 갈 데가 있다."

"어디 가십니까?"

밖에 있던 장동욱이 별장을 나서는 이상찬을 보고 말했다. 장동욱의 시선은 이상찬의 뒤에 있던 이정우에게는 가지도 않았다.

"하우스에 간다."

"모셔다 드리겠습니다."

장동욱은 표정에 아무런 변화가 없는 남자였다. 묵묵히 별장 뒤로 돌아가더니 이내 승용차 한 대를 몰고 왔다.

"타지."

"여기서 멉니까?"

"그렇게 멀진 않아."

이정우와 이상찬은 뒷좌석에 나란히 앉았다. 장동욱은 룸미러로 두 사람이 앉은 것을 확인하더니 아무 말 없이 차를 출발시켰다.

"그런데 이정우, 이제 어떻게 할 생각인가? 하늘 높은 줄 모르고 치솟다가 땅바닥에 처박힌 꼴인데."

이정우는 이상찬의 질문에 대답하지 않았다. 하긴 자신도 어떻게 해야 할지 판단이 서지 않았다. 이상찬이 혼잣말처럼 되되었다.

“다시 일어서지 못한다면 죽을 것이고, 다시 일어서려면 혼자 힘으로는 어렵지.”

“…….”

“내가 평생을 걸려 일군 것을 하루아침에 빼겨버리다니. 난 그래도 10년은 내 것을 지켰어.”

“하고 싶은 말이 뭐요?”

“자네가 이 꼴이 된 건 곧 내 자존심과도 관련되어 있어. 이정우가 이렇게 쉽게 무너지면, 그 이정우한테 자리를 빼앗긴 나는 뭐가 되냐는 거지, 안 그런가?”

“미안하게 됐군.”

이정우의 거친 대답에 장동욱이 룸미러로 슬쩍 이정우의 얼굴을 보았다.

“이것 보라고. 어찌 되었건 난 자네를 살려주었어. 그렇게 말하면 안 되는 것 아닌가?”

이상찬은 그러나 부드럽게 농담처럼 말을 뱉었다. 그때였다. 목석같던 이정우가 고개를 이상찬 쪽으로 돌렸다.

“왜?”

“생명의 은인?”

“음?”

“당신이 내 생명의 은인?”

그것은 충격을 받은 얼굴이었다. 이상찬은 그 뜻을 알 수가 없어서 의아한 얼굴로 그런 이정우를 지켜보고 있었다.

"차 세워."

이정우가 낮게 말했다. 하지만 장동욱은 그저 시골 길을 나아가고 있을 뿐이었다.

"차 세워."

이정우가 다시 말했다. 장동욱은 성가신 듯 인상을 그리며 룸미러로 이정우를 바라보았다. 이상찬이 말했다.

"세워라."

끼익. 이상찬의 말에는 두말없이 차를 세우는 장동욱이었다. 이정우는 서둘러 차에서 내렸다.

"이 친구가 왜 이러는 거야?"

이상찬도 반대편으로 내렸다.

"아니?"

이정우는 무릎을 꿇고 있었다. 양손을 자신의 무릎 위에 올리고 고개를 숙였다. 사뭇 그 모습에 비장함이 배어 있었다.

"은인에게 인사를 드립니다."

장동욱도 그런 뜻밖의 모습에 조금 호기심을 보이며 운전석에서 내렸다. 세상에 두려움이 없던 이정우가 무릎을 꿇다니. 조금 전까지만 해도 반말과 존칭을 섞어가며 대꾸하던 이정우였다. 이상찬은 조용히 이정우에게 다가가 그 커다란 손으로 양어깨를 덥석 잡았다.

"자넨 함부로 무릎을 꿇을 사람이 아니야."

"목숨을 구해준 사람에게는 예외입니다."

"일어나게. 그런 순진한 모습으로는 크게 못 돼. 야비한 면이 있어야 크게 되는 거야."

이정우는 순순히 이상찬이 이끄는 대로 몸을 일으켰다.

"차에 타. 잠깐 얘기 좀 하지. 동욱아, 이 근처에 주차 좀 시키지."

"예, 회장님."

장동욱은 두 사람을 태우고 길가에 차를 주차했다. 그리고 자동차 안에서 이상찬이 입을 열었다.

"보면 볼수록 사람을 끌어들이는 매력이 있군. 거친 것 같아도 의리가 있고, 냉정한 것 같으면서도 정이 있어. 너라면, 확실한 기반만 있다면 꿈을 펼칠 수 있을 것이다."

"꿈은 없습니다."

"너의 제국을 만들 꿈이 없나?"

"……?"

"너의 제국이 만들어지면, 너는 물론 네 주위의 그 누구도 다치지 않을 것이다."

이정우는 크게 숨을 들이켰다.

"너에게 필요한 건 제국이야. 이 세상을 지배하는 너의 나라가 필요해."

"지금은 장춘석의 목숨이 필요합니다."

"그런 늙은 개미는 언제든지 틀어버릴 수 있다. 개인적인 복수심은 냉정한 판단을 잃게 하지. 하지만 지금 나는 너에게 판단을 요구하겠다. 내 기반을 물려받을 테냐, 말 테냐?"

뜬금없는 말에 이정우보다 놀란 건 장동욱이었다.

"회장님, 무슨 말씀이십니까?"

"가만있어. 세상의 반을 먹었던 내가 완전히 통일할 남자에게 거래를 하는 거야."

"아직 기반이 남아 있습니까?"

이정우의 차가운 물음에 이상찬은 피식 웃음을 터뜨렸다.

"내가 어렸을 때 외가에 놀러 간 적이 있었어. 나는 서울 사람이지만 모친은 전라도 남원 사람이지."

무슨 생각에서인지 이상찬은 유년 시절의 얘기를 꺼내고 있었다.

"난 어릴 때부터 또래보다 덩치가 크고 힘이 셌는데. 한 날은 외가 쪽 아이들하고 시비가 붙었어. 그러다가 혼자서 아이들 세 명을 패주었지. 그랬더니 외가 쪽 아이들이 동네 형들을 불러오더군. 그때 내가 열다섯 살. 그 형이란 놈들은 열여덟 살짜리 하나, 열일곱 살짜리 둘에 열여섯 살짜리 넷이었어. 모두 일곱이었지."

이상찬은 그때가 생각나는 듯 고개를 약간 뒤로 젖혔다.

"지금 와서 생각해보면 외사촌, 이종사촌 간에 싸움질한 창피한 일이지만, 어쨌든 그땐 나름대로 심각했지. 형들 일곱에 외사촌 셋. 외사촌들은 나보다 나이도 어리고 아무것도 아니었지만, 형들은 동네에서 좀 논다는 인간들이었거든. 여하튼 무려 10 대 1의 싸움이었어. 동욱아, 열다섯 살에 나보다 큰 형들 여러 명하고 붙었다. 누가 이길 거 같으냐?"

"회장님이 이기셨을 겁니다. 조금 고전은 하셨겠지만."

"시간은 얼마나 걸렸을 것 같은가?"

"20분 정도."

"이정우, 넌?"

"이겼습니다."

"몇 분 만에?"

"열 명이면 10초에서 15초입니다."

황당하다고 생각될 정도의 대답에 장동욱이 이정우를 돌아보았다. 하지만 이상찬은 폭소를 터뜨렸다.

"하하하. 이정우, 그게 네 스케일이다."

"무슨 말입니까?"

"보통 혼자서 몇 명하고 싸워서 이겼다고 하면 절대 믿지 못하는 놈들이 있어. 그게 그놈들 스케일이지. 아무리 대가리를 굴리고 이해를 하려 해도 그게 그놈들의 한계야. 절대 믿지 못하고, 있을 수 없는 일이라 생각하거든. 하지만 자넨 적어도 싸움에선 생각하는 스케일이 다르잖아. 남들보다 스케일이 더 크기 때문에 더 멀리 보고, 어려운 것도 더 쉽게 여길 수 있어. 남들이 벌벌 떨고 고민하는 것도 넌 간단하게 결정할 수 있지."

이상찬은 잠깐 말을 끊었다 다시 이었다.

"내가 기반을 다 잃었다고 했던가?"

"그렇게 생각합니다."

"자네 전국구라는 말 들어보았나?"

"……!"

"이제 경영인으로서 스케일을 키우게. 난 전국구야. 부산, 목포, 광주, 대구, 천안, 수원, 인천, 대전. 찬이파의 이상찬이라면 모두 통한단 말이지."

"그 말은?"

"지금이라도 마음만 먹으면 전국 곳곳에서 수백 명을 소집할 수 있다. 어때? 내가 제안 하나 하지. 내 기반을 모두 물려줄 테니 그것으로 서울을 통일해라. 이번엔 네가 나를 쳐서 넘기는 것이 아니라 내가 물려주는 것이니, 우대만 혼자서 도와주는 것과는 비교가 안 될 힘이 생길 것이다. 그러고 나면 너의 제국을 만들어주겠나?"

"왜 내게 그런 걸 말하는 겁니까?"

"난 제국을 보고 싶다. 그게 내 꿈이기 때문이야."

"당신의 꿈을 왜 내가 이루어야 합니까?"

"나는 할 수 없지만, 너는 할 수 있기 때문이다."

이정우는 침묵했다. 이상찬은 이정우의 대답을 기다렸다. 그러는 중에 장동욱이 입을 열었다.

"회장님, 지금 대답을 듣기엔 조금 이른 것 같습니다."

이상찬은 고개를 끄덕였다.

"대답은 나중에 듣지. 그럼 하우스로."

"잠깐."

막 시동을 걸려던 장동욱의 손이 이정우의 짧은 외침에 멎었다. 이정우는 낮고 묵직한 목소리로 말했다.

"모두 물려주십시오. 남김없이."

장동욱은 새삼 이정우의 스케일에 놀라고 있었다. 자신이라면 며칠을 고민하고 힘들어해도 결론이 나지 않을 제안이었다. 그러나 이정우는 적어도 그런 자신의 눈으로 보기엔 너무나 쉽게 결정하고 있었다. 그것은 그 결정을 담을 그릇이 있어야 가능했다. 그리고 장동욱은 그런 그릇의 크기를 비로소 이정우를 통해 보았다.

56.

"100 받고 100 더."

"콜."

"콜."

"레이스. 100에 100 받고 150 더."

"콜."

"콜."

"콜."

하우스에서는 한창 포커가 진행 중이었다. 장춘석은 커피와 꿀물을 타며 선수들의 돈을 환전해주는 식모 역할을 하고 있었다. 한참 포커가 진행 중인 테이블엔 만 원짜리, 오만 원짜리 돈 뭉텅이가 수북이 쌓여 있었다.

"7 트리플."

"10 스트레이트"

"에이스 투 페어."

“2 풀 하우스”

“2 풀 원.”

막 승리를 챙긴 선수가 테이블에 쌓인 돈을 모조리 쓸어 자신의 앞에 놓았다. 맞은편에 있던 다른 선수가 기지개를 켰다.

“날이 아니네, 젠장.”

“잃었어요?”

식모 노릇을 하던 장춘석이 싱글싱글 미소를 지으며 커피 한 잔씩을 선수들 앞에 내려놓았다.

“오늘은 마담은 어디 가고 아저씨가 식모 하고 있는 거요?”

“하하하. 마담은 자고 있습니다. 많이 잃었습니까?”

“3천 정도.”

선수는 그 정도는 아무것도 아니라는 듯 피식 웃으며 말했다. 그때 초인종이 울렸다. 장춘석은 문 옆의 인터폰을 받고 밖에 서 있는 사람을 확인했다. 이상찬이었다.

“아, 회장님, 오셨습니까?”

“음.”

이상찬은 가볍게 고개를 끄덕이며 하우스로 들어서고 있었다. 그러자 막 플레이를 하던 선수들이 일제히 자리에서 일어나 이상찬에게 묵례를 했다.

“자네들 좀 쉬지.”

“예? 예.”

이상찬이 쉬라는데 쉬어야 마땅했다. 그 말이 무슨 뜻인지 잘 알고 있는 선수들은 주섬주섬 돈을 챙겨 옆방으로 넘어가버렸다.

“무슨 일이 있습니까?”

장춘석이 의아함을 느끼며 말했다.

“최 마담은?”

“자고 있습니다.”

“자네한테 소개해주고 싶은 사람이 있는데.”

“예? 누굽니까?”

“그렇게 반갑진 않을걸?”

“하하. 이거 회장님께서 무슨 말씀을 하시려고.”

이상찬은 손목시계를 들여다보았다.

“이제 올 때가 되었네. 문을 열어두게.”

“예, 예.”

장춘석은 자신에게 다가온 운명을 느끼지 못하고 그저 가만히 서 있었다. 뚜벅뚜벅 현관을 향해 다가오는 조용한 구두 발자국 소리가 들리기 시작했다. 그 소리가 가까워졌다 싶은 순간 문이 열렸다.

덜컥.

팀장 임수철은 윤찬수라는 대검찰청 소속 검사로부터 새로운 보고를 받고 있었다.

“그러니까, 간밤에 서울 시내 곳곳에서 조폭끼리 전쟁을 치렀단 말인가?”

“현재 정황으로 봐서는 그렇습니다. 그리고 그 배후에 동해파의 현태철이 있습니다."

"동시다발적으로 전면전을 벌였다?"

"예, 그뿐만 아닙니다. 성모병원에 조폭이 난입했다고 신고가 30여 차례에 걸쳐 들어왔고, 112 사령부에서 출동 지시를 내렸는데 무려 한 시간이나 출동 시간이 지체되었습니다."

"그건 무슨 소리야? 중간에서 누가 장난친 거 아냐?"

"정치인이 개입된 것 같습니다."

"정치인?"

임수철은 손으로 깍지를 꼈다.

"이것 봐라?"

"냄새가 고약하지 않습니까?"

"고약해도 밀고 들어가야지. 배후에 현태철이 포착된 건 확실한 거야?"

"간밤에 전쟁을 일으킨 군소 조직이 모두 동해파의 하부 조직입니다. 쉽게 말해서 동해파가 찬이파를 밀었습니다."

"이상찬은?"

"행방불명입니다. 이상찬의 행방은 이미 몇 주 전부터 포착되지 않았습니다. 다만 우대만이 사망했고 맹수현은 실종되었습니다. 듣기론 죽었다는 소문이 돌고 있습니다."

"맹수현은 이상찬의 심복 아냐?"

"그렇습니다. 찬이파의 행동 대장이자 이상찬의 보디가드입니다."

"흐음."

임수철은 손으로 머리를 툭툭 두드렸다.

"그럼 뉴스에 나온 게 다가 아니란 말이군?"

"예?"

"뉴스에 나왔잖아. S에서 조폭들끼리 싸움이 났다고. 하종화가 S에 대해 모든 책임을 뒤집어쓰려 하고 있어. 그런데 S뿐만 아니라 동시다발적으로 서울 곳곳에서 전쟁이 났다?"

"예."

"이거 흥미롭지 않은가? 이렇게 대규모로 움직인다는 건 우리를 시험해보는 게 틀림없겠지?"

"그렇습니다."

"그럼 한 방 먹여야겠지?"

"물론입니다."

"조폭 새끼들 뒤를 캐봐. 뒤를 봐주는 정치인이 누군지 치고 들어가라고."

"알겠습니다. 그런데 그러다 우리가 당하면 어떡합니까?"

"쓸데없는 걱정은 마라. 정치 검사로 낙인 찍혀도 좋다. 이번에 정화 한번 시켜보자고."

임수철은 손바닥으로 책상을 쿵 내리쳤다. 그것은 그의 강력한 의지였다.

"아, 아니?"

장춘석은 입을 반쯤 벌린 채 현관을 들어선 남자를 바라보고 있었다. 놀란 표정은 곧 경악으로 바뀌었다.

"이, 이정우……."

이정우는 말없이 다가왔다. 장춘석은 경악하다 못해 오금이 저렸다.

"자, 잠깐! 이정우, 잠깐!"

팡! 뭐라고 소리치는 장춘석의 눈앞에 번개같이 이정우의 주먹이 뻗었다. 그 주먹은 장춘석의 코앞에서 거짓말처럼 멈춰 섰다. 눈을 찔끔 감았다가 뜬 장춘석의 다리가 후들거렸다.

"자, 잠깐, 이정우, 우리 대화를 해보자고. 대화를 해보면……."

퍽! 순간, 장춘석의 코가 박살났다.

"커헉."

주저앉은 코에서 금세 코피가 흘렀다. 그리고 그 서슬에 부러진 이가 투둑 튀어나왔다.

"이정우, 이 자식, 얼마 전에 해 넣은 이빨인데……."

장춘석이 양손으로 얼굴을 감싸며 쥐어짰다. 그 순간 이정우의 몸이 회전하더니 오른발이 커다란 원을 그리다 장춘석의 머리에 내리꽂혔다.

쾅!

"꺽!"

장춘석의 고개가 떨어지듯 주저앉았다. 동시에 힘이 풀린 다리가 휘청거리더니 이내 바닥에 무릎을 꿇었다.

"아, 아."

이제 말이 나오지 않는 모양이었다. 이정우의 정타에 두 번을 맞고 장춘석은 옅은 신음만 뱉을 뿐이었다.

"으, 으."

장춘석은 힘겹게 고개를 들었다. 그리고 무언가 간절한 눈으로 이정우의 차가운 얼굴을 쳐다보았다. 그 얼굴을 이정우의 왼발이 벽으로 밀어버렸다. 장춘석의 뒤통수가 폭격처럼 뒷벽에 부딪혔다.

쿵!

"껵."

장춘석의 눈에 공포가 어렸다. 이정우와는 말이 통하지 않는다. 이제 그의 눈길이 향할 곳은 한 군데뿐이었다.

"회, 회장님, 컥!"

꽝! 미처 입을 떼기도 전에 이정우의 오른발이 장춘석의 정수리를 직선으로 뚫었다.

"크헉."

"장춘석."

이상찬이 차가운 입을 열었다. 장춘석은 눈이 풀려 마주 볼 수조차 없었다.

"이세진을 죽이고 장기를 불법으로 거래한 사실을 인정하는가?"

"쿨럭, 쿨럭."

장춘석의 힘없는 머리가 살짝 움직였다.

"사형이다."

"회, 회장, 님, 쿨럭."

"설마 그런 짓을 하고도 살기를 바랐단 말이야? 멀쩡한 여대생을 납치해서 산 채로 장기를 빼내는 걸 비디오로 찍고 그걸 팔아서 돈을 벌어?"

"회, 회장님……."

"나도 더러운 놈이지만 그건 우리끼리였어. 어차피 이 바닥에 있는 놈들끼리였단 말이야. 하지만 네놈은 아무 상관도 없는 민간인을 해쳤어. 정식 재판까지 갈 거 없다. 재판에 가면 10년? 15년? 차라리 나 같은 무지렁이한테 집행당하는 게 나을 거다."

"회, 회장님!"

"사형 집행."

거의 울먹이는 장춘석을 싸늘하게 바라보며 이상찬이 한마디를 뱉었다. 그 순간 이정우의 오른발이 장춘석의 턱을 박살냈다.

와작!

"키익!"

그것은 장춘석이 겨우 잇고 있던 희미한 숨소리가 영원히 지워지는 순간이었다.

57.

"아, 안녕하세요?"

커피숍에 나타난 기소라는 먼저 와서 기다리며 커피를 마시고 있던 채수연에게 인사를 했다. 채수연은 자리에서 일어나며 기소라를 맞았다.

"오랜만이죠?"

"예, 예."

"긴장하지 마세요."

"예, 그런데 무슨 일로?"

"이정우의 행방이 포착되었는데 몇 가지 물어볼 게 있어서요."

기소라는 꿀꺽 침을 삼켰다. 그 바람에 목이 일렁였다.

"이정우가 S 나이트클럽 대표 이사였어요. 혹시 그런 얘기 들어봤어요?"

"아니요."

종업원이 주문을 받으러 나타나자 기소라는 손으로 채수연의 커피를 가리키며 주문했다. 채수연은 말을 이었다.

"혹시 소라 양한테 이정우가 연락한 적은 없었나요?"

"없었어요."

"그래요?"

"예, 저기,"

"말씀하세요."

"정우를 찾고 있는 건가요?"

"주변 인물에게 도움을 요청할 가능성이 크기 때문에 소라 양한테 얘기하는 겁니다. 혹시 도주 중에 연락이 오거든 즉시 연락해주세요."

기소라는 대답하지 않았다.

"왜요?"

"아마, 정우는 저한테 연락 안 할 거예요."

"어째서죠?"

"정우는 그런 애거든요."

"그런 애라니?"

"나한테 도움을 받고 싶지는 않을 거예요. 갠 이 세상에 혼자 존재하거든요."

"이 세상에 혼자?"

"예, 유아독존이죠."

"유아독존?"

그 단어에 모든 것이 포함되어 있었다. 유아독존이라고? 채수연은 흥미를 나타냈다.

"어째서 그러한지 얘기 좀 들을 수 있어요?"

"그, 글쎄요."

기소라는 막 종업원이 가져온 커피를 마셨다.

"그 앤 어디서나 왕이에요. 아무리 숨기고 감추려 해도 세상이 결국 왕으로 불러들여요."

"무슨 교주 같네요."

"정말이에요."

별소릴 다 듣겠다는 듯 싱긋 웃는 채수연의 얼굴을 기소라는 똑바로 바라보았다.

"그 앤 적어도 자기를 따르는 사람들에겐 교주 같아요. 아마 정우를 위해서라면 목숨도 내놓을 사람들 많을걸요?"

"뭐라고요?"

"정우는 그래요. 주머니 속의 송곳이에요. 언제나 튀어나와서 모두를 이끌고 자신이 중심이 되고 말아요."

"만약 자기보다 열 살 이상 나이가 많은 사람을 만난다면?"

"걘 나이 같은 거 상관 안 해요. 자기보다 서른 살이 더 많아도 반말부터 나올걸요?"

"하, 그래요?"

인천의 창고에서 보았던 이정우가 불현듯 스쳐가고 있었다. 그 상황에서도 미련하게 보일 정도의 여유를 부리던 이정우의 모습이 채수연의 머릿속에 가득 차기 시작했다.

'역시 중심은 이정우, 너야. 모든 건 널 잡으면 끝나겠지?'

채수연은 조용히 마음속으로 다짐하고 있었다.

"아악!"

곤히 자고 있는 최 마담을 끌어낸 건 장동욱이었다. 최 마담은 홀에서 숨이 끊어져 있는 장춘석을 발견하고는 공포에 질린 채 비명을 질렀다.

"사, 살려주세요. 전 시킨 대로 한 것뿐이에요."

거의 최 마담은 울부짖고 있었다. 그런 최 마담을 이상찬이 가만히 내려다보았다.

"시키는 대로? 장춘석과 최 마담이 그 정도로 경직된 사이인 줄은 몰랐군."

"저, 정말입니다. 저, 정말이에요. 나, 난……."

"이정우, 어떻게 할 거냐?"

이정우는 성큼성큼 최 마담 앞으로 다가왔다.

"세상에는 살 가치가 없는 사람들이 있습니다."

"사형이로군. 동욱이 집행해라."

장동욱은 묵례를 한 후 주저앉은 최 마담의 머리채를 붙잡아 끌어 올렸다.

"아악!"

노란 오줌 줄기가 최 마담의 사타구니 새로 흘러나왔다.

"잠깐만."

"예."

무슨 생각에서인지 이상찬은 장동욱을 멈추게 했다.

"목숨이 걸린 인간은 때로 도저히 할 수 없는 일을 해내곤 하지. 최 마담이라고 했나?"

"예, 예."

"마약이나 장기 매매 같은 점조직은 나도 잘 모른다. 너는 장춘석과 다니면서 어느 정도 그런 조직 틀에 적응해 있으리라 보는데, 맞나?"

"예, 예."

"이정우, 이 자의 생명을 연기해주는 게 어때? 나에게 생각이 있어서 그러니까."

"은인의 부탁이라면 그렇게 하겠습니다."

"하하하. 은인, 은인 하지 말라고. 그건 인연이니까. 자넨 나에게 얽힐 사람이 아니란 걸 알고 있어. 어쨌든,"

이상찬은 최 마담의 얼굴을 그 큼직한 손으로 턱, 하고 붙잡았다. 최 마담의 작은 얼굴이 그대로 이상찬의 손에 묻혀버렸다.

"조직을 짜라. 약 100명가량이 일사불란하게 움직일 수 있는 점조직을 짜."

"100명요?"

"못 한다면 지금 죽는다."

"아, 아니요. 하, 하겠습니다."

"일주일 내로 짜라."

"무슨 생각이십니까?"

장동욱이 물었다.

"정보를 얻기 위해서지."

"정보?"

"100여 명을 곳곳에 투입해 검경과 현태철의 움직임을 파악한다. 그다음에 전쟁을 벌일지 전략을 세울지 판단할 것이다."

이상찬은 고개를 돌려 이정우를 바라보았다.

"그럴 때 네가 필요해."

이정우는 아무 말 없이 그런 이상찬을 응시했다.

"나는 결단은 내릴 수 있지만, 구체적으로 진행할 능력이 없다. 모사꾼은 우대만이었는데 그 녀석은 나를 배신했고, 지금은 죽었지."

"나를 믿습니까?"

"너는 결단을 내릴 수 있는 데다 일을 진행시킬 능력도 갖추고 있다고 판단하네. 거기다 최현정의 비밀 루트까지 가동하면 뭔가 일을 꾸밀 수 있겠지."

"실은,"

"실은?"

"검찰을 이용할 작정입니다."

"검찰?"

이상찬과 장동욱이 동시에 이정우를 바라보았다.

"그런 배짱은 처음 보는군. 검찰을 이용한다?"

"눈에 봐둔 검사가 있습니다. 여자였는데 꽤 적극적인 인물이었습니다."

"흠?"

"그를 잘 쓰면 길이 보일 겁니다. 전국에서 동생들 불러 모으는 건, 최후에 생각할 문제입니다."

"재미있군. 그 여검사 뒷조사부터 들어가야겠군. 최 마담 들었나?"

"예, 예."

"너에게 내 별장의 방 하나를 내주겠다. 사흘 내로 100여 명을 움직이는 점조직을 짜라. 물론 그 조직의 수장은 나와 이정우다. 나와 정우는 언제 어디서든 100여 명을 컨트롤할 수 있어야 해."

"예, 아, 알았어요."

최 마담은 숨 막히는 소리를 내었다. 이상찬은 최 마담의 얼굴을 덮고 있던 솥뚜껑 같은 손을 내려놓았다.

"그럼, 우리는 일단 기다리지. 판이 어떻게 돌아가는지 말이야."

그 순간 긴장이 풀린 최 마담은 바닥에 털썩 주저앉았다. 장동욱이 그런 최 마담의 머리 위로 옷을 던졌다.
"따라와."

58.

일주일 후.
이정우는 채수연에게 동거남이 있다는 걸 알아내고 그를 정중히 산장으로 데리고 왔다. 사실상 채수연을 끌어내기 위한 납치였지만 남자 친구에겐 아무런 위해도 가하지 않았다. 이정우는 동거남의 사진을 찍어 채수연에게 보냈고 사진을 찍은 후 동거남에게 최고의 대접을 해주고 있었다.
채수연은 이정우가 요구하는 장소에 나타난 후 눈을 가리고 별장까지 왔다. 그것은 이정우의 협박에 응해서가 아니었다. 남자 친구를 구하기 위해서였는데 호사스런 생활을 하며 잡혀 있던 남자 친구는 뜻밖에도 이정우를 걱정하곤 했다.
"수연이와 독대를 하려 한다고요? 그 성질 사나운 애와? 견디기 힘들 텐데……."

작은 산장 안에는 이정우와 채수연이 둥근 탁자를 사이에 두고 마주 앉아 있었다. 이정우는 말없이 탁자 위에 놓여 있는 과자 한 접시를 채수연 앞으로 슬쩍 밀었다.

"오랜만이군, 이정우. 신수가 훤해졌는걸?"

"그렇군."

"이 자식이 누구한테 반말이야?"

"그때도 존칭 쓴 기억은 없는데?"

"닥쳐! 네가 부탁하는 입장이라는 걸 잊지 마!"

두 사람의 만남은 역시 예사롭지 않은 분위기를 풍기고 있었다. 극과 극이 부딪히듯 그들의 분위기는 살벌하기까지 했다.

"뭔가 잘못 생각하는 것 같은데 당신 남자 친구는 내가 데리고 있어."

"그래? 그따위 협박에 내가 넘어갈 거라고 생각한 모양인데 아예 죽여보시지?"

"당신도 우리 수중에 있어."

"뭐?"

그들의 독대는 팽팽한 협박으로 막을 올렸다. 멋이나 운치는 조금도 없는 어찌 보면 유치한 신경전이었다.

"칼자루는 내가 쥐고 있다는 얘기야, 검사 씨."

"어디 한번 휘둘러보시지?"

이정우는 한 마디도 지지 않는 채수연에게서 지금까지와는 다른 신선함을 느끼고 있었다.

"하!"

절로 웃음이 터져 나왔다. 그 순간, 채수연의 눈가에 장난기가 맺혔다. 이런 상황에서도 장난기가 돈 채수연과 이런 상황에서 웃음을 터뜨린 이정우의 기가 팽팽하게 마주치는 듯했다.

"야, 너 어느 치과 갔냐?"

"야매다."

"이 했구나? 안 쪽팔리니? 색깔은 맞아야 될 거 아냐? 분위기 엄청 잡더니, 너 좀 깬다?"

"……."

이정우의 말문이 막히고 있었다. 천하의 이정우 입을 채수연이 막아버린 것이다.

"거울 보고 반성해라, 응? 이 꼬맹아."

"이는 임시로 해 넣은 거야."

"이는 임시로 해 넣은 거니? 오호, 그랬어?"

"못 당하겠군."

이정우는 쓴웃음을 지으며 고개를 설레설레 저었다. 이런 대화를 해봤자 채수연을 감당할 수가 없었다.

"그런 얘기 그만하고 본론으로 들어가지, 채수연 검사."

"검사님이다, 꼬마야. 아니면 누나라고 부를래?"

"본론이다. 그쯤 해둬."

이정우가 차갑게 말을 뱉었다. 하지만 채수연은 전혀 동요하지 않았다. 이정우의 아지트에서 사실상 채수연은 혼자였다. 거기다 무슨 뾰족한 방법이 있는 것도 아니었다. 하지만 채수연은 적어도 지금까진 이정우를 압도하고 있었다. 적지에서 오히려 활개를 치고 있었다.

"끝내 나이도 어린 게 반말이나 찍찍 하겠다는 거야? 나 이런 말 더럽게 싫어하지만 너 몇 살이야? 응?"

"열아홉 살."

너무나 천연덕스럽게 내뱉는 말에 이번엔 채수연이 흠칫하고 있었다.

"열아홉 살이다. 그만 떠들고 이거나 봐."

"뭐? 떠들고?"

채수연이 흥분하여 소리치려는데 이정우는 리모컨을 눌러 벽면에 설치된 TV를 켰다.

"음?"

채수연의 숨이 멎었다.

"이건?"

"이세진의 스너프 필름이다. 내 정보망에 의하면 당신이 지금 찾는 게 이 필름의 제작자지?"

"너 이거 어디서 났어?"

"흠, 글쎄?"

"대답해!"

화난 채수연이 쾅, 하고 탁자를 손바닥으로 내리쳤다.

"그렇지 않아도 널 만나면 물어보고 싶었다. 이정우, 네가 이 필름의 제작에 관여하고 있나?"

"아니."

"그럼 어디서 났어, 이 새끼야?"

"우연히 얻었다."

"우연히 누구한테서?"

"그리고 범인도 찾아냈지."

"뭐라고?"

"범인 중 한 명은 죽었고, 다른 한 명은 내가 데리고 있다."

"무슨 헛소리를 하는 거야? 나보고 믿으란 말이야?"

"응."

이정우는 리모컨을 다시 눌러 TV를 껐다.

"이건 꺼도 되겠지?"

"너 헛소리 말고 똑바로 말해. 무슨 꿍꿍이야?"

"인천에서 잡아들인 이상환, 이태환은 아직 구치소에 있겠지?"

"그런데?"

"그들과 장춘석, 최 마담으로 통하는 최지예가 바로 범인들이야."

"……?"

"그중 장춘석은 죽었고 최지예는 내가 억류해놨다. 데려갈 텐가?"

"사실이야?"

"응."

채수연은 눈동자를 굴렸다. 사실이든 아니든 확인할 필요는 있었다. 이정우가 말을 이었다.

"이상환과 최지예를 대질시켜보면 답이 나오겠지. 내 말이 거짓인지, 아닌지. 그리고,"

이정우는 무언가 준비한 서류를 채수연의 앞으로 밀었다.

"이건 뭐야?"

"국회의원 김정한 알아?"

"김정한?"

"사실상 정치 파워 1위라지?"

"그런데?"

"그 서류를 보면 재미있는 것들이 많을 거다."

채수연은 서둘러 봉투를 열고 서류를 꺼내었다. 그것은 서양 그룹과 김정한의 거래가 담긴 회계 장부였다.

"이건?"

"분석해보면 재미있는 사실이 많이 나올 거야."

"서양 그룹이 어디야? 아, 찬이파가 세운 유령 회사?"

"전라도 간척 사업 공사 수주를 딴 건설 회사였지만, 아마도 찾기는 어려울 거야. 그 수주권을 다시 팔아버린 데다, 지금은 서양 사장이 죽어서 그룹의 주식도 상당수가 넘어갔으니까."

"서양 사장? 이상찬 말이야?"

"이상찬은 은퇴했어. 나태식이었다."

"뭐라고?"

"그리고 지금 서양은 현태철에게 넘어갔다."

"현태철?"

채수연은 약간의 의아함으로 이정우를 뚫어지게 보고 있었다. 어떻게 이 녀석은 검사인 자신보다 많은 것을 알고 있지? 물론 그것은 최 마담이 짜낸 점조직의 힘이었다.

"그리고 얼마 전에 일어났던 S 나이트클럽 전쟁은 실은 동해파가 두현파를 모두 넘기는 전면전의 하나일 뿐이야."

"두현파는 뭐야?"

"이상찬을 은퇴시키고 찬이파를 와해시킨 새로운 조직이지."

"두현? 그런 이름은 처음 듣는데?"

"내 친구다."

"뭐라고?"

"곧 두현파의 장은 나다."

"……?"

거침없이 쏟아내는 이정우의 이야기에 이번엔 채수연의 말문이 막히고 있었다. 이자, 도무지 겁이 없지 않은가? 잡아달라고 부탁하는 것이 아니라면 이렇게 천연덕스럽게 모든 것을 털어놓을 수는 없을 터였다.

"이렇게 털어놓는 이유가 뭐야? 잡아가 달라는 거야?"

"숨길 것 없이 털어놓는 이유는 당신을 믿기 때문이야."

"깡패가 검사를 믿는다고?"

"물론! 나보다 현태철을 체포하고, 그 뒤를 봐주는 정치권 인사들을 물먹이고, 김정한의 비리를 파헤칠 것으로 믿기 때문이다."

채수연의 얼굴이 정지되었다. 이정우의 그 말이 무거운 돌덩이가 되어 가슴속에 떨어졌다.

"거기다 너까지 잡아넣을걸?"

"안됐지만, 난 죄를 지었다는 증거가 없다."

"방금 네 입으로 그랬잖아."

"진술은 바꾸면 된다."

"영악하군."

"당신이라면 내가 말하는 걸 할 수 있겠지?"

"날 이용해서 뺏긴 세력을 되찾고 싶은 모양이지?"

"부인하지 않겠다."

"그렇게 내가 내버려둘까?"

"그건 내 운이겠지."

"흠."

이정우는 팔짱을 낀 채수연을 보며 차분하게 입을 열었다.

"나는 그렇게 생각한다. 밝은 곳에서 법으로 정의를 세우는 데도 한계가 있지 않을까? 어두운 곳에서 주먹이 같은 목적으로 법과 합친다면 오히려 이상적이지 않을까?"

"네 입에서 정의라? 아가리를 찢어버리기 전에 닥치시지, 어린 깡패 씨."

"당신은 모르겠지, 나도 밝은 곳에서 살아보려고 발버둥 친 것을. 하지만 운명이 나를 여기까지 끌고 왔어."

"패배자의 핑계지."

"그 운명 중 하나가 바로 그 스너프 필름이었다."

"뭐라고?"

"당신은 몰라. 나만의 일이라면 난 끝까지 버텼겠지만, 나 때문에 죽어간 수많은 사람들을 당신은 몰라. 내가 결국 길을 이곳으로 택한 이유를 모르지."

"그래? 그럼 알아먹게 얘기 좀 해볼래?"

"비밀이다."

"하! 웃기시네. 하여튼 혼자 잘난 인간이로군."

이정우는 미소를 짓고 있었지만, 그 미소는 아픔이었다. 하지만 이정우는 곧 그 옅은 슬픔을 지웠다.

"나 역시 부당한 것에는 반대하고 있어. 난 법을 어기지는 않아. 적어도 앞으로 법적으로 나를 처벌할 수는 없을 거야."

"두현파의 수괴라는 이유만으로 법을 어긴 거야."

"앞으로라고 했어."

두 사람은 말없이 서로의 눈을 노려보았다. 이정우는 의자에서 일어섰다.

"검찰청으로 돌아가 있으면 또 다른 정보를 보내겠다. 내가 바라는 건 당신이 진실을 파헤치는 거야."

"네가 내 정보망이 된다? 검사가 깡패에게서 정보를 빼내고 수사에 이용한다? 감히 나하고 거래를 하자는 거야? 그게 통할 거 같아?"

"그럼 익명의 제보자라고 하지. 거래는 없어. 날 잡고 싶으면 재주껏 잡아. 내가 당신에게 주는 정보는 모두 익명의 제보니까."

"……."

"얘긴 끝났지?"

"무슨 말인지는 알겠군."

채수연은 고개를 끄덕였다. 이정우는 피식 웃었다.

"당신은 나하고 통할 줄 알았어."

"이게 통한 거야?"

"훌륭한 적은 서로 통하는 법이니까."

"이나 새로 해 넣으시지?"

이정우는 어깨를 으쓱했다.

"그러지."

"다음에 만날 땐, 네 손목에 수갑을 채울 거란 걸 명심해."

"명심하지."

채수연도 일어섰다. 적과 적의 만남은 이렇게 마무리되고 있었다.

59.

며칠 후 현태철은 골프 클럽에 나가서 반나절 동안 라운딩을 즐겼다. 그리고 돌아온 골프장의 홀에는 김민규가 버티고 서서 현태철이 돌아오기를 기다리고 있었다.

"뭐냐?"

"일이 생겼습니다."

"무슨 일?"

현태철은 그때까지 곁에 있던 캐디에게 팁을 건네주며, 가 있으라는 손짓을 했다. 돈을 받은 캐디가 고개를 숙이고 사라지자 현태철은 김민규를 가까이 오게 했다. 아직 한쪽 팔에 깁스를 한 김민규는 현태철에게 다시 한 번 고개를 숙이고 다가왔다.

"검찰에서 이상한 냄새를 맡은 것 같습니다."

"냄새라니?"

"대검 지휘로 서울 전 지역 유흥업소 일제 단속에 들어갔는데, 아무래도 목적하는 것이 따로 있는 것 같습니다."

"흠? 누가 진두지휘하는 거야?"

"임수철입니다."

"임수철?"

"예."

"임수철이라. 그 친구 꼴통인데……."

현태철은 임수철 부장 검사의 이름을 몇 번이고 되짚었다.

"약을 좀 쳐야겠군. 김정한하고는 연락되지?"

"김정한은 더 이상 엮이는 걸 원치 않습니다만."

"일단 언질은 해봐. 엮어놔야 뒤가 편해. 어차피 김정한한테 말을 한다 해도, 몇 다리 건너야 하는 거니까 이번 일은 별 효용 가치가 없어."

"언질만 해둘까요?"

현태철은 고개를 끄덕였다.

"검찰이라……. 그래 봤자 단속은 경찰이 할 텐데, 경찰 쪽에 약을 칠까? 어차피 검찰들이야 앉아서 보고만 받겠지. 아래에서 차단하면 상관없겠지?"

그러나 김민규는 고개를 저었다.

"죄송한 말씀입니다만, 문제가 간단하지 않습니다."

"간단하지 않다?"

"대대적인 일제 단속은 핑계 같습니다. 그 분위기를 타고 그 속에 묻혀서 몇몇 검사들의 움직임이 조금 달랐습니다."

현태철은 이맛살을 찡그렸다.

"그게 무슨 소리냐?"

"우리가 파악한 바로는 그중에서도 채수연이라는 여자 검사가 노출되었습니다."

"채수연? 뭐 하는 여자야?"

"북부 지검에서 무슨 이유인지 대검으로 파견 나와 있는 검사입니다. 뒷조사를 해보니 꽤 대단한 꼴통이었습니다."

"꼴통?"

"예, 법무부 장관이었던 천보현과 싸운 적도 있고, 어쨌든 외압이나 약발이 통하지 않는 자입니다. 더군다나 남들이 꺼리는 일에는 눈에 불을 켜고 달려드는 성격이라, 약을 치기가 쉽지 않을 것 같습니다. 최근에는 직접 수사에 참여한다고 합니다."

"츠읏."

현태철은 혀를 끌며 이상한 소리를 내었다.

"아직도 그런 인간이 있어?"

현태철은 불쾌한 듯 인상을 구겼다.

"죄송합니다. 아셔야 할 것 같아서."

"흠. 검사가 냄새를 맡았단 말이지?"

현태철은 이리저리 머리를 굴렸다. 정부 기관에서 냄새를 맡았다면 이건 누군가가 제보를 했다는 것이다. 하지만 누가 제보를 할 수 있단 말인가?

"쥐새끼를 잡아내야 합니다."

"뭐?"

"누군가 하부 조직에 쥐새끼가 들어와 있습니다. 우선 쥐새끼부터 찾아내야 합니다."

"흠. 그리고 또 있다."

현태철은 크게 숨을 들이켰다.

"현 법무부 장관이 누구야?"

"최욱입니다."

"최욱이라. 그놈도 골치 아프군. 하지만 약점은 있는 놈이야."

"약점 말입니까?"

"그렇다. 임수철은 찔러도 피 한 방울 안 나올 놈이고, 채수연은 조금 더 뒤를 캐봐야겠다. 하지만 최욱이라면 방법이 있다."

현태철은 의미를 알 수 없는 미소를 얼굴에 그렸다.

"어차피 부당함과 타협하는 것은 그가 돼먹지 못해서가 아니라 자신을 지키기 위해서 선택하는 것이니까."

"무슨 말씀이신지 모르겠습니다."

"돈은 통하지 않지만, 사람은 통하는 위인이야. 팔순이 넘은 노모가 있으니 적당히 구슬려봐."

김민규는 숨을 들이켰다. 팔순의 노모?

"검사가 제아무리 날뛰어도 법무부 장관이 스톱 사인 보내면 그만이야. 최욱은 잡을 수 있다."

"김정한에게는 언질을, 최욱에게는 약을. 맞습니까?"

현태철은 고개를 끄덕였다.

"그리고 쥐새끼를 찾아라."

"알겠습니다."

김민규는 깊이 고개를 숙이고 물러 나왔다. 현태철은 그 순간에도 빠르게 눈동자를 굴리며 무언가 머릿속을 정리하고 있었다. 분명했다. 이건 누군가가 뒤에서 작업을 걸고 있는 것이다. 그가 누구란 말인가?

전북 남원.

이곳에는 남원을 넘어 인근 일대를 점령하고 있는 거물이 한 명 있었다. 그의 이름은 황석현이었는데 나이는 서른여덟, 몸은 씨름선수처럼 거대했고 그 때문인지 힘이 장사였다. 황석현은 그의 쭉 찢어진 눈으로 긴급하게 소집한 아우들을 돌아보고 있었다. 장소는 남원 근교에 있는 야외 레스토랑이었는데 레스토랑 건물을 통째로 빌려 그들 외에는 아무도 없었다.

"한 가지, 너희에게 들려줄 중요한 말이 있어서 불렀다."

황석현은 잔뜩 어깨에 힘을 주고 있었다.

"찬이 형님이 서울에서 불러올리는데, 나는 그 양반이 부르면 무조건 가야 한다."

순간, 2열로 늘어앉아 고개를 숙이고 경청하고 있던 녀석들이 흠칫하며 고개를 들었다. 하지만 황석현의 곁에 있던 애꾸눈은 피식 웃었다.

"형님, 어색하게 서울말 쓰지 맙시다. 수도권이 고향인 제가 듣기엔 영판 어색합니다."

"아따, 이 잡것이!"

와아, 웃음이 터졌다. 흔히 볼 수 없는 광경이었다.

"해서 나가 느그들 생각을 물어볼라는 것이다. 나를 따라 갈래, 여그 있을래?"

그러자 애꾸눈은 들을 것도 없다는 듯 큰 소리로 말했다.

"생각할 것이 뭐 있습니까? 형님이 가면 나도 가고, 나도 가면 아그들도 가고, 그런 것이제!"

"시방, 너는 어설프게 사투리 쓰지 말아라잉."

다시 폭소가 터졌다. 확실히 서열을 생명으로 여기는 조폭 사회에서 이들의 분위기는 뭔가 다른 데가 있었다.

"좋아! 나를 따를 것이냐?"

"예!"

순간, 조금 전의 중구난방은 온데간데없이 수십 명의 머리가 일제히 내려가며 우렁찬 목소리가 터졌다. 황석현은 흐뭇한 표정으로 그들을 바라보고 있었다.

60.

"흠."

거울 앞에 선 이정우는 연신 이를 드러내며 자신의 모습을 비추고 있었다.

"새로 해 넣었는데 어때?"

"괜찮아요."

최현정은 고개를 끄덕였다.

"내가 성형 수술을 받을 줄은 몰랐는데. 재미있는 세상이야."

"언제 출발할 거예요?"

"지금."

이정우는 양복을 차려입고 머리에는 기름을 발라서 넘긴 상태였다. 잘 차려입은 모습이었다. 어쩐지 양복과 머리가 이정우의 앳된 얼굴과는 거리가 있었지만, 이정우는 넥타이를 매는 데 열중하고 있을 뿐이었다.

"넥타이 길이 좀 잘 맞춰봐요."

한참 이정우를 지켜보던 최현정이 다가와서 넥타이를 고쳐 매주었다.

"그런데 어디 가는 거예요?"

"알려줄까?"

"아니, 됐어요."

"알려줘도 상관없어. 최욱이라는 법무부 장관을 보호하러 가."

"최욱? 보호?"

"역시 이 바닥에서 오래 구른 사람은 틀리더군."

"이상찬 말인가요?"

이정우는 고개를 끄덕였다.

"지금 동해에서 수를 쓸 수 있는 상대는 최욱뿐이다."

"그렇게 말하던가요?"

"응."

"우대만이 살아 있었어도 그 정도는 알아냈을 텐데."

"그래."

이정우는 거울 앞에서 돌아섰다.

"그리고 만날 사람들이 있어."

"만날 사람들?"

"이상하군."

임수철은 고개를 갸웃거리며 백지에 볼펜으로 뭔가를 그리고 있었다. 하지만 어딘가에서 막혀버린 듯 임수철은 연신 입술을 씹고 있었다.

"이상해."

"뭐가 말입니까?"

"채수연, 이리 와봐."

임수철은 마침 눈앞에 나타난 채수연을 손가락질로 불렀다.

"예."

"보고할 거 있어? 그것부터 말해봐."

"특별한 것은 없습니다. 최 마담이 자수한 것을 제외하고는."

"최 마담?"

"스너프 필름 제작자입니다."

"뭐야?"

임수철은 자리에서 벌떡 일어났다. 애초에 이 팀이 결성된 것은 스너프 필름 때문이었다. 그렇다면 이제 해체가 눈앞에 있다는 소리였다.

"그게 정말이야? 느닷없이 자수라니?"

채수연은 머릿속에서 이정우를 떠올렸다. 최지예는 이정우가 보낸 것이었다.

"인천에서 잡아들인 이상환과 대질 심문을 해보면 답이 나올 겁니다."

"이거 갑자기 너무 쉽게 풀리니까 맥이 빠지는걸? 뭔가 우리가 보지 못한 게 있을 거야."

"두고 보면 알겠죠."

"음, 정말로 진범이 잡혔다면 우리 팀은 해체야."

"그런데 왜 부르셨습니까?"

"아, 이것 좀 보라고."

임수철은 자신이 볼펜으로 무언가를 새까맣게 그려 놓은 16절지의 백지를 들어 보였다.

"뭐죠?"

"조폭 연계도야. 작년에 검경에서 분석한 자료인데 전국의 조폭들이 총망라되어 있지."

"그걸 다 외고 계세요?"

"그게 직업이니까. 그중 이게 서울 쪽이야."

임수철은 구석으로 밀어둔 A4 용지를 들어 올렸다.

"뭔가 느껴지나?"

"모르겠습니다."

"조직원 대여섯 명밖에 되지 않는 군소 조직은 일단 제외하자. 그러고 나면 남는 것이 이 정도인데, 결국 이놈들은 찬이파와 동해파로 양분되어 있어. 독립된 위치를 보장받는다 해도 필요에 따라 누군가에게는 복종해야 하지. 서열이 형성되어 있다는 거야."

"알고 있습니다."

"그중 천용택의 움직임이 잡혔어."

"천용택이요?"

"작년, 아니 재작년부터 천용택은 끊임없이 정계 인사들과 접촉을 시도했다. 그리고 이 친구는 본래 S 나이트클럽의 대표였어. 얼마 전 뉴스에 난 바로 그 S 나이트클럽 말이야."

"그런데요?"

"뭐가 그런데야? 천용택이 증발되었단 말이야. 완전히."

"지금 이상찬은 물론, 찬이파에 소속된 중간 보스들 대부분 행적이 없습니다."

"그래, 그런데 이상찬은 훨씬 이전부터 행적이 없어. 천용택은 그 이전부터 사라졌고. 이정우란 어린 애가 S 나이트클럽의 대표로 등재된 것도 따지고 보면 꽤 오래된 날짜였어."

"음."

"찬이파의 내부에 문제가 발생한 것이다. 그리고 그 틈을 타서 현태철이 밀어붙인 거야. 어때 설득력 있지 않아?"

"내부의 문제요?"

다시 한 번 이정우가 떠올랐다. 인천에서의 일을 토대로 하자면 이정우가 이상찬은 넘어뜨린 것이 분명했다. 그리고 서울을 놓고 다툰 세력 싸움에서 현태철에게 완전히 밀려났다. 하지만 지금 선불리 말할 수 없었다. 그것을 받쳐줄 어떤 증거도 포착되지 않았기 때문이었다. 무엇보다 지금 S 나이트클럽 대표 이정우도 공식적으로는 증발한 상태였다.

"그런데 뭐가 이상하다는 겁니까?"

"만약 그렇다면, 찬이파를 엎어버린 인물이 누구냐는 거야. 그가 살았느냐, 죽었느냐에 따라서 후폭풍이 있을 거란 말이지."

"살아 있을 겁니다."

"어떻게 장담하나?"

"직감입니다."

"직감?"

"하지만 지금 우리에게 급한 것은 조폭 뒤를 봐주는 정치권 인사를 파헤치는 것일 텐데요."

"나도 알아. 그런데 뭔가 복잡하게 꼬여 있어. 뭔가를 놓치고 있다는 생각이 들어. 검찰이 이용당할 수도 있어."

"예?"

"우리가 조사하고 집어넣는 건 당연한 일이지만, 그것을 기회로 살아나려는 속셈이 있을지도 모르지. 우리가 봐야 할 범위를 넓혀야 해. 눈앞의 것이 아니라 그 이면의 것까지."

임수철은 와락 주먹을 쥐었다.

"무슨 말인지 알겠나? 지금 서울은 동해파가 사실상 장악했어. 우리가 그 이면을 파헤치고 수사를 벌이는 건 당연한 일이다."

"하지만 그 틈에서 누군가 고개를 내미는 건 용서할 수 없다는 거겠죠?"

"맞아. 세력 다툼에서 밀려난 얼굴 없는 인물을 찾아야 돼. 동해파는 물론 그놈도 잡아넣어야 해. 그렇지 않으면 놈이 해야 할 일을 우리가 대신해주는 꼴밖에 안 돼. 동해파를 무너뜨리는 것 말이지."

"이정우가 아닐까요?"

"너무 어려. 이정우는 눈속임이야. 하종화 뒤에 누가 있는 건 분명하지만, 이정우는 아닐 거야."

"그럴까요?"

"그래, 나는 놈들을 알아. 천용택이나 우대만 정도가 이상찬을 엎을 수 있는 자들이다. 어딘가에서 숨어서 이 상황을 지켜보고 있을지도 몰라."

임수철의 머리가 막힌 듯 주먹으로 가볍게 이마를 쳤다.

"이상찬의 모든 권리는 나태식이 물려받은 것 같던데요?"

"나태식 뒤에도 누가 있어. 천용택이나 우대만이 아니면 이상찬을 엎을 수 없어. 대체 누굴까? 이걸 풀지 못하면 조폭 새끼들 잡아들여 봐야 의미가 없다."

채수연은 고개를 끄덕였다. 결국, 이정우를 잡아들여야 한다. 이정우가 자신과의 독대를 통해 얻으려는 건 결국 동해파의 와해였다. 좋아, 일단은 그 생각대로 움직여준다. 하지만 마지막 장면은 이정우, 너의 체포야. 채수연은 그렇게 생각하며 주먹을 꽉 쥐었다. 그때였다.

요란하게 전화벨이 울렸다.

"예, 임수철입니다. 예? 그게 무슨 말입니까? 뭐라고요?"

흥분한 임수철의 목소리가 커지고 있었다.

"그게 무슨 말도 안 되는 소립니까? 이거 외압 아닙니까? 이런 게 외압입니다!"

채수연은 영문을 몰라, 흥분하여 소리치는 임수철을 바라보았다. 하지만 짐작 가는 바는 있었다.

"에잇!"

임수철은 전화기를 박살이라도 낼 듯이 내리꽂았다.

"좆같은 새끼들. 채수연, 좀 더 수사해보고 경과를 즉각 알려줘. 난 어디 좀 갔다 와야겠다."

"어딜요?"

"법무부 장관과 한판 뜰 생각이야."

"장관요?"

"왜? 내 목이라도 떨어질 것 같아?"

임수철은 서둘러 윗도리를 입었다.

"뭔가 수수께끼가 많아. 장관이 첫 번째 수수께끼를 풀어줄지도 모르잖아?"

채수연이 뭐라고 대답하려는데 임수철은 이미 방을 나가고 있었다. 그리고 곧 뛰어가는 발자국 소리가 복도를 시끄럽게 울렸다.

김포공항 톨게이트로 막 황석현과 애꾸가 빠져나오고 있었다. 커다란 덩치에 짧게 친 머리, 팔뚝에 슬쩍 드러나 보이는 문신 등. 황석현은 주위 사람들의 이목을 끌기에 충분했다.

"애꾸야, 여기가 서울이냐?"

"형님, 어색하게 서울말 흉내 내지 마시라니까요."

"시끄러!"

"그런데 우리만 이렇게 비행기 타고 와도 되겠습니까?"

"무슨 소리냐? 표 값이 얼마나 비싼데. 우등 버스도 편안할 거야."

"뭐, 그렇긴 하지만."

"자, 그러면 형님의 후계자를 만나러 가야겠다."

"후계자요?"

"그라제. 후계자. 기대가 되는구나."

61.

"일개 부장 검사가 장관을 만나는 건 안 된단 말이오?"

"아니, 이 사람이 도대체 어디서 행패야? 장관님이 그렇게 한가하신 분인 줄 알아요? 국정 수행에 바쁜 분입니다."

무작정 장관실로 돌진해 들어간 임수철은 처음부터 직원의 제지에 걸렸다. 하지만 임수철은 물러서지 않았다.

"국정 수행에 바쁜 건 아는데 좀 만나야겠소."

"글쎄 막무가내로 쳐들어와서 뭐 하자는 겁니까? 당장 나가요!"

"이런 젠장할! 영장이라도 들고 올까? 장관인가 뭔가 나오라고!"

임수철은 직원들이 강제로 끌어내는 와중에 고래고래 고함을 치고 있었다. 그때였다.

"무슨 소란이야?"

최욱이 장관실을 나서고 있었다.

"장관님, 말씀 좀 나눕시다! 나 대검에 있는 임수철입니다."

그 말을 듣는 순간 최욱은 눈살을 찌푸렸다.

"요즘은 아래위가 없군. 예의를 좀 차리는 게 어떤가?"

"이 새끼들부터 좀 치워주시죠. 그럼 예의 차려드릴 테니까!"

최욱은 아무 말 없이 손짓으로 직원들을 물러나게 했다. 임수철은 씩씩거리며 옷매무새를 가다듬었다.

"장관하고 한번 해보겠다고 찾아온 용기는 가상하군. 무슨 일인가?"

"후우, 직원들 다 있는 데서 떠들어도 되겠습니까?"

"난 부끄러운 짓 한 적 없네."

"그렇습니까? 수사를 중단하고 팀을 해체하라는 이유를 들어봐도 되겠습니까?"

"이거야, 원. 부장 검사가 나한테 요구하기엔 순서가 바뀐 것 같은데?"

"장관님의 지시인 걸 알고 있습니다. 이유를 듣고 싶습니다. 그리고 지시를 철회해줄 것을 요청합니다."

"뭐야?"

최욱의 눈썹이 한껏 일그러졌다.

"자네가 내 상관이라도 되는가?"

"제 무례가 범죄를 처단하는 데 방해가 된다면 기꺼이 처벌을 감수하죠. 하지만 도움이 되었으면 되었지 방해는 되지 않을 겁니다."

"이거 정말로 건방진 작자 아닌가? 내가 자네한테 그런 걸 설명해야 할 이유는 없어. 대검에 별 이상한 팀이 만들어졌다기에 정도를 벗어난 비밀 팀은 해체하라고 지시한 것뿐이야."

"그 이상한 팀이 무언가 범죄의 실체에 접근하고 있습니다. 여기서 팀이 해체되면 모든 게 바닥 속에 묻혀버립니다."

"검사가 국정원이라도 되는 줄 알아? 쓸데없는 소리 말아."

"팀의 해체에 대한 모든 재량권은 제가 가지고 있습니다. 어차피 조만간 팀의 해체에 대해 결론이 나올 겁니다. 하지만 지금은 아닙니다."

"난 변호사 모임에 참석해야 하니 이제 비키시게."

"장관님! 팀 해체를 철회해주십시오!"

"이런 막무가내가 있나? 비키라고 하지 않았나?"

임수철은 물러설 생각을 하지 않았다. 최욱이 눈짓으로 직원들에게 신호를 보냈다. 순간, 세 명의 직원이 일제히 임수철을 들어 올려 강제로 밖으로 내몰기 시작했다. 임수철의 발악이 쩌렁쩌렁 울렸다.

"장관님! 이건 아닙니다. 이건 아니라고요!"

김포공항.

"이야, 형님 아닙니까?"

황석현 뒤에서 누군가 우렁찬 목소리를 터뜨리고 있었다. 황석현이 돌아보니 부산에서 터를 일군 자갈치였다.

"갈치 아냐?"

"언제 오셨수? 형님도 찬이 형님 전갈 받고 오셨수?"

갈치의 뒤에는 20여 명의 어깨들이 주르르 늘어서 있었다.

"새끼들 모두 비행기 태웠냐?"

"그럼 비행기 태우지, 경운기 태울까요? 형님 새끼들은 안 보이네? 또 버스 대절했구먼? 거, 있을 때 좀 씁시다. 아니지, 남원에서 비행기 타고 오는 게 더 이상한 거 아닙니까? 거, 차로 와도 금방 오겠네."

"흠, 시끄럽다. 약속 장소로 이동해야지?"

"그래야지요. 공항 출구 쪽으로 우리 애들 리무진 끌고 마중 나오기로 했으니 같이 갑시다, 형님."

갈치는 황석현의 어깨를 두르고 너스레를 떨었다. 갈치는 키가 180센티 정도에 스포츠형으로 짧게 자른 머리는 노랗게 물을 들였고 녹색 선글라스를 끼고 있었다. 치렁치렁한 금줄 같은 두꺼운 목걸이를 걸치고 있었고 시가를 빼내 물었다.

"그런데 형님, 전국에 찬이 형님 동생들이 줄줄이 서울로 올라오는 거 같은데 무슨 일이 난 거예요?"

"내가 알겠냐? 찬이 형님이 오라면 무조건 가는 거지."

"하긴. 무언가 재밌을 것 같단 말이지요. 전국 곳곳에서 동생들 다 부른 모양인데, 새끼들까지 다 불러서 모일 장소가 있을까 모르겠네?"

"어서 오……?"

미용실 문이 열리고 방울 소리가 요란하자 뛰어 나오던 스태프가 순간 경직된 듯 그 자리에 섰다.

"안녕?"

"너?"

"오랜만이다, 김보영."

"이정우……."

"잘 살았어?"

"꺄아, 정우야!"

김보영은 정말로 반가운 듯 사정없이 이정우를 껴안아버렸다. 미용실 안에 있던 손님과 미용사들이 일제히 김보영을 향해 고개를 돌렸다.

"너 어떻게 된 거야? 애가 얼굴도 좀 달라진 거 같고. 너 코 세웠니?"

"그렇게 됐다. 누구한테 맞아서 코가 부러졌거든."

"세상에. 널 때릴 수 있는 사람도 있어?"

"응."

"세상에."

김보영은 신기한 듯 이정우를 이리저리 보고 있었다.

"하는 김에 쌍꺼풀 수술도 하지 그랬니? 넌 쌍꺼풀도 없는 주제에 눈은 큰 편이지만, 푸훗훗"

"실없는 소리 그만하고 잠깐 얘기 좀 할까?"

"그래, 나가자."

김보영은 거침없이 미용실 문을 열고 이정우의 손을 잡아끌고 나왔다. 그녀의 거침없는 행동에 미용사들의 눈치를 보는 것은 오히려 이정우였다.

"신경 쓰지 마. 어디 가까운 커피숍에나 갈까?"

"됐어. 할 일이 많으니 여기서 간단히 말할게."

"응."

"너, 애들하고 연락돼?"

"애들?"

"그래, 옛날 애들."

"너 학교에서 퇴학당한 후로 애들 전부 경찰 일제 단속에 걸렸어. 군대 간 애들도 있고, 자리 잡은 애들도 있고, 정신 못 차린 애들도 있고."

"예전처럼 싸우게 하려는 건 아니고 몇 명이 필요해."

"여자도 돼?"

"가능해. 여자가 더 나을지도 몰라."

"그럼 내 후배들한테 연락해볼게. 배성여고 동지회, 아직 내 말이라면 껌벅 죽어."

"그래, 그럼 몇 명 불러서 다음에 나하고 만나게 해줘. 위험한 일은 안 시키니까 걱정 말고."

"위험해도 상관없어, 홋홋."

이정우는 씩 웃었다.

"그럼 간다."

"그래. 참, 정우야,"

"응?"

"언젠가 여검사가 찾아왔었어. 너에 대해 묻던데?"

"만났어. 다음에 다시 찾아오면 나 봤다고 하지 마."

"물론이지."

"그래, 그럼."

이정우는 손바닥을 펼쳐 보이면서 작별의 인사를 보냈다. 김보영도 고개를 끄덕였다.

62.

"오셨습니까?"

"어서 오십시오."

수백 명의 인원이 하나의 건물로 집결하고 있었다. 그중 보스들은 따로 떨어져 나와 스카이라운지로 오르고 있었다. 그중엔 물론 황석현과 갈치도 있었다.

"회장님!"

각 지역에서 올라온 지역 보스들이 이상찬이 모습을 보이자 일제히 자리에서 일어나 고개를 숙였다. 이상찬은 오랜만에 검은 양복을 입고 아무 표정 없이 그들 앞에 섰다.

"앉아라."

전국 각지에서 올라온 지역 보스만 20여 명. 그들이 일시에 자리에 앉는 소리도 요란스러웠다. 이상찬은 잠시 그들을 둘러보다 입을 열었다.

"오늘 이렇게 아우님들을 불러 모은 것은,"

이상찬의 굵직한 음성이 터졌다. 지역 보스들의 눈동자가 그런 이상찬에게서 떨어질 줄을 몰랐다.

"중대한 발표가 있기 때문이다."

이상찬은 일부러 천천히 입을 떼면서 주위를 한번 둘러보았다. 그것은 그가 연출한 위엄이었다.

"아는 사람은 알겠지만 나는 얼마 전 우대만과 나태식이 주도한 내부 반란에 의해 일선에서 은퇴했다."

"그 개새끼들이 누굽니까?"

어딘가에서 분에 못 이기는 소리가 솟았다. 이상찬은 한번 그쪽을 향해 시선을 맞추고 나서 다시 입을 열었다.

"그들은 동해파에게 전멸당했고, 내가 필생의 공을 들여 만들어놓았던 계보를 모두 잃었다."

지역 보스들은 서로 얼굴을 돌아보았다. 그러나 그 표정에 당혹감 같은 것은 없었다. 아마도 현태철을 향한 적개심이 끓어오른 듯 흥분을 감추지 못하고 있었다.

"회장님, 말씀만 하십시오! 더 들을 것 없습니다."

흥분한 누군가가 소리쳤다.

"우리가 묻어버리겠습니다!"

"이름 석 자만 대주십시오!"

여기저기서 고성이 오갔다. 이상찬은 잠시 그들을 지켜보다 목청을 돋웠다.

"모두들 조용히 해!"

쩌렁. 흥분한 지역 보스들이 약속이라도 한 듯 입을 닫았다.

이상찬의 한마디가 홀 전체를 울렸다.

“내 말이 끝나거든 떠들어라. 네놈들이 보기에도 내가 퇴물로 보이냐?”

모두들 말이 없었다. 이상찬은 숨을 들이켜고 말을 이었다.

“어찌 되었건 나는 힘을 잃고 은퇴를 했던 인물이다. 생각해보면 아쉬운 면도 있지만 그게 내 운이라는 거다. 해서,”

이상찬은 다시 말을 끊고 천천히 주위를 둘러보았다.

“구차하게 더 먹어보려고 기웃거리지는 않으려 한다. 나는 완전히 뒤로 물러나며 아우님들이 모인 여기서 공식적으로 은퇴를 발표한다.”

“회장님!”

“형님!”

흥분한 황석현과 갈치가 자리에서 일어서고 있었다.

“후계자를 소개해준다고 하셨을 때 짐작은 했지만 이건 아닙니다. 찬이 형님이 어떤 분인데 여기서 뒤로 빠진단 말입니까?”

“후계자? 황석현! 후계자라고?”

충청도에서 올라온 최석우가 소리쳤다.

“회장님, 저한테는 그런 말씀 없으셨잖습니까?”

“후계자라니? 여기서 후계자를 뽑는 거야?”

더러는 팔짱을 끼고 생각에 잠기는 듯 침묵했고 몇몇은 흥분해서 자리에서 일어나 큰소리를 쳤다. 이상찬이 다시 고함을 쳤다.

“조용히 못 하겠어?”

이상찬이 고함을 터뜨리자 다시 조용해졌다. 확실히 이상찬은 사람들을 통솔하는 카리스마가 있었다.

"잘 들어라. 나는 은퇴한다. 이것은 내 운이 다했기 때문이야. 이제 뒤에서 쫓아오는 후배들에게 자리를 내주어야 할 때이기 때문이다."

"회장님, 하지만 그 씹새끼들은 묻어야 할 거 아닙니까? 당하고 어떻게 삽니까?"

"물론이다. 해서 나는 이 자리에서 내 후계자를 소개하겠다. 나는 운이 다했지만, 그렇다고 이대로 물러설 수도 없는 일. 내가 진 빚은 내 후계자와 너희들이 힘을 합쳐서 갚아라."

모두들 서로 돌아보았다. 후계자? 누굴까? 이 중에서 한 명을 뽑을 모양인가? 그들의 얼굴에는 당혹감과 어떤 기대감이 함께 묻어 있었다.

"이리 나와라."

그러나 그들의 표정은 이내 놀라움으로 바뀌었다. 이상찬이 불러낸 것은 그냥 어린아이가 분명했다.

"잘 들어라. 나는 오늘 공식적으로 여기 있는 이정우에게 내 모든 권한을 넘기겠다. 싫으면 이 자리에서 일어나서 돌아가 나를 적으로 삼아라."

이상찬의 차가운 일설이 이어졌다.

"형님, 형님의 뜻을 무시하자는 것은 아니지만, 도대체 우리보고 이 어린애를 따르라니 어째서 분란이 일어날 후계 지명을 하신 겁니까?"

갈치가 짐짓 진지한 얼굴로 말했다.

"싫으면 돌아가라고 했다."

모두들 이러지도 저러지도 못하고 있었다. 한눈에 보기에도 어린애처럼 보이는 이정우에게 복종을 하라니, 이건 분란의 시작이 될 수도 있었다. 그때였다. 이정우가 한 걸음 나섰다. 그리고는 무표정한 얼굴로 억양 없는 그 차가운 말투를 뱉었다.

"내가 미덥지 않으면 여러분들은 나를 시험해보시기 바랍니다. 기회는 이번뿐이오."

기회? 어린 정우가 잔뼈가 굵을 대로 굵은 이들에게 기회를 주겠단다. 모두들 기가 막혔다. 하지만 황석현은 팔짱을 끼고 가만히 있었다. 흥분한 갈치가 황석현에게 말했다.

"형님, 저 새끼 작살내버릴까?"

"작살낼 수 있을 거 같으냐?"

"뭐요?"

"저런 오만함을 가지고 있다는 것만으로도 찬이 형님의 후계자가 될 자격은 있어."

"이보시오, 형님. 지금 행동 대장 뽑는 게 아니라 전국 보스가 나오는 자리요. 저 어린 것이 우리 머리 위에 앉아서 이래라 저래라 하는 게 좋단 말이오?"

"나이가 무슨 소용이야? 좋아, 시험해보자."

황석현은 불현듯 자리에서 일어났다.

"아래층에 내가 데리고 온 동생 중에 애꾸라고 있다. 그놈하고 붙어보겠나?"

"그래, 애꾸하고 붙어보시지!"

어딘가에서 큰소리가 터져 나왔다. 이상찬은 넌지시 이정우에게 귓속말을 했다.

"애꾸는 전형적인 싸움꾼이야. 칼도 쓰고 주먹도 쓰고 잡스러운 놈이지. 하지만 전국에서도 알아주는 놈이다."

이정우는 말없이 고개를 끄덕였다. 그리고는 황석현을 향해 말했다.

"거절하겠다."

"뭐라고?"

"겁먹은 거냐?"

"우리의 숙인 머리를 보고 싶으면 응하는 게 좋을 거다."

여기저기서 곱지 않은 목소리가 터졌다. 하지만 이정우는 더욱 차가운 목소리로 말을 이었다.

"한 놈과는 상대하지 않겠다. 잘 치는 행동 대장들 다 불러와라. 모두 눕혀줄 테니까."

이 선언 같은 한마디가 모두의 화를 돋웠다. 오만하고 건방지다 못해 무모한 선언이었다. 이상찬도 놀란 듯 이정우를 돌아보았다. 하지만 이정우는 전혀 미동이 없었다.

"넌 아직 왼손도 다 안 나았잖아?"

"상관없습니다."

이정우는 한 걸음 더 앞으로 나섰다. 무언가 기분이 상해 얼굴을 붉히고 있는 이들을 돌아보며 마지막 소리를 내었다.

"1분 안에 불러와라. 너희에겐 나를 끌어내릴 처음이자 마지막 기회가 될 것이다."

63.

"김보영! 애들한테 모이라고 했다며?"

이기주는 막 커피숍으로 들어서는 김보영을 향해 손을 흔들었다. 김보영은 피식 웃음을 머금고 이기주의 맞은편에 앉았다.

"이정우 언제 왔다 갔어?"

"두 시간쯤 되었나? 넌 어디서 소식 들었어?"

"애들이 이리저리 꼬여서 나한테까지 알려주더군."

"그래서?"

"그래서라니? 이정우가 부르는데 날 빼놓을 셈이냐?"

"여자애들이 더 나올지도 모른다던데?"

"어쨌든 난 못 빠져. 노정래한테도 말해놨다. 그 자식도 자리 못 잡고 빌빌거리고 있던데, 이정우 이름만 듣고 무조건 콜이야."

"난리 났네, 푸훗."

김보영이 웃었다. 이기주도 따라 웃었다.

"2년 만이야. 가슴이 뛰는 게."

"이정우가 움직이는 것도 2년 만이지."

이기주는 테이블 위에 올려놓은 담배를 빼내 입에 물었다.

"어쨌든 나 빼면 가만 안 둘 거라고. 한 번 멋지게 하고 군대나 가야겠다."

"군대?"

"어, 군대 가기 전에 사고 치지 언제 치겠냐?"

이기주는 담뱃불을 빽빽 빨아들였다. 눈가엔 희미한 미소가 잡혔다.

"괜히 마음잡고 열심히 사는 애들 부를 필요 없잖아? 우리 같은 양아치가 나서야지, 안 그래?"

"이 양아치 새끼가……."

이정우는 같은 시각 20명이 넘는 각 지역의 행동 대장들과 마주하고 있었다.

"이 어린놈의 양아치 새끼가 뒈지려고 이러나?"

먼저 그들은 입으로 이정우를 위협했다. 하지만 정말로 어린 애처럼 보이는 이정우와 싸우고 싶은 마음은 없는 듯했다. 사실 그들로서도 창피한 일이었다. 이정우는 턱을 끌어당기고 다리를 어깨너비로 벌리고 서서 무릎을 살짝 굽혔다.

"뒈지려고 이런다."

"하하. 이것 참……."

애꾸가 황석현을 돌아보았다. 정말로 이정우와 싸워야 하는지 눈치를 보고 있었다. 황석현은 말없이 고개를 끄덕였다.

"애 죽으면 어쩝니까?"

아예 이정우를 향해서는 눈길조차 주지 않는 애꾸였다. 황석현이 대답했다.

"상관없어."

"아, 갑갑하네, 진짜! 이런 짓을 해야 합니까?"

그때였다. 쉭. 어디선가 바람 소리가 흘렀다.

"어?"

애꾸가 돌아보는 순간 어느새 이정우의 오른손 주먹이 자신의 코앞에 멈춰 있었다. 순간 주위에 늘어앉아 지켜보고 있던 지역 보스들이 멈칫하고 있었다. 황석현은 저도 모르게 어깨를 움찔거렸다. 이정우가 애꾸를 보며 차갑게 말했다.

"기회 줄 때 살려라."

"기회? 야, 진짜 이거 말이 안 나오네. 어이구, 더워."

애꾸는 손으로 부채질을 했다. 그 순간이었다.

"이 새끼."

부채질하던 손이 주먹이 되어 이정우를 향해 날아갔다. 그러나 이정우는 왼쪽 팔꿈치로 날아오는 애꾸의 손목을 걷어내는 것과 동시에 오른손 주먹을 그대로 애꾸의 안면에 꽂아 넣었다.

"억!"

애꾸가 그대로 엉덩방아를 찧었다.

"아니, 이 씨."

사람 한 명이 쓰러졌다. 조금 전까지도 굳이 이정우를 상대로 주먹을 쓰고 싶지 않았던 행동 대장들의 눈에 불꽃이 피었다. 그러나 그들의 눈동자에 솟은 전의보다 이정우의 발이 더 빨랐다.

타다닷!

"어?"

황석현이 자리에서 벌떡 일어났다. 이정우의 몸이 공중에 떠오르더니 마치 계단이라도 있는 듯 허공을 차고 한 번 더 튀어오르고 있었다. 그와 동시에 바닥에 엉덩방아를 찧은 애꾸를 훌쩍 넘어 그 뒤에 있던 녀석의 턱을 무릎으로 올려쳤다. 빡! 녀석이 고목처럼 그대로 뒤로 넘어갔다. 쿵!

"이런. 쳐라!"

더 이상 두고 볼 사람들이 아니었다.

"으아아!"

"이 새끼가!"

한 녀석이 먼저 달려들었다. 이정우는 몸을 낮추며 놈의 다리를 걸어 넘어뜨리고 다시 몸을 돌려 그 뒤쪽에서 달려오던 양쪽의 두 녀석을 향해 펄쩍 뛰어올랐다. 퍼퍼퍽!

왼발이 먼저 왼쪽 녀석의 복부를, 뒤이어 오른발이 오른쪽 녀석의 명치를, 다시 왼발이 왼쪽 녀석의 턱을. 실로 찰나의 순간, 두 녀석을 향해 세 번의 발길질이 정확히 들어갔다. 문제는 그것이 끝이 아니란 것이었다. 오른발이 다시 허공을 차며 몸을 띄웠다. 그야말로 나는 것 같았다. 이정우의 몸이 허공에서 방향을 틀었다. 동시에 휘청거리는 왼쪽 녀석의 등판을 오른발로 밟으며 뒤쪽에서 에워싸고 다가오던 녀석들을 향해 방향을 틀었다. 쾅쾅쾅!

"아니!"

"뭐야?"

이제 자리에 앉아 있는 사람이 없었다. 모두 자기도 모르는 사이 벌떡벌떡 몸을 일으켰다.

"사람 칠 줄 아는 놈이다."

황석현이 중얼거렸다. 갈치가 넋이 나간 듯 말했다.

"처음 봅니다, 저런 싸움."

이정우는 땅에 발을 디디지 않았다. 놈들의 몸을 밟으며 허공에서 싸우고 있었다. 때로는 무릎을, 때로는 어깨를, 때로는 머리를, 그리고 때로는 허공을.

좁은 공간에 들어선 20명의 몸뚱이가 이정우의 계단이고 땅이었다. 도무지 보이지도 않을 정도의 민첩함이 그것을 가능하게 했다. 놈들은 이정우를 좇다가 서로 동료를 때려야 했고, 허공을 향해 주먹을 갈라야 했다. 놈들의 눈보다 이정우의 몸이 더 빨랐다.

"형님,"

갈치가 황석현에게 속삭였다.

"왜?"

"저런 싸움꾼은 신이 싸움만 하라고 태어나게 한 놈입니다."

"그런데?"

"하지만 저놈, 행동 대장으로서는 몰라도 보스로는 검증받지 못했습니다. 해서 난……."

"바보 같은 놈아,"

"예?"

"저 녀석은 찬이 형님을 제외하고 지금 이 홀에서 사실상 40명이 넘는 인원의 적대감을 샀다. 하지만 놈은 오히려 우리를 제압하려고 들었어. 우리에게 기회를 줄 테니 살려보라고 하지 않더냐?"

"그, 그건……."

"절대적 강자만이 가질 수 있는 오만이다. 녀석은 우리를 이미 아래로 보고 있어. 그리고 문제는……."

"문제요?"

"결국 우리를 제압할 것이다."

황석현의 마지막 한마디가 끝나는 순간이었다.

퍼억!

어느새 일어난 애꾸가 채 균형을 잡지 못하고 휘청거리는 순간, 이정우의 날아든 오른발이 애꾸의 어깻죽지를 내리꽂았다.

"컥."

애꾸가 무너졌다. 이정우는 그와 동시에 바닥에 땅을 디뎠다. 모두가 바닥에 누워 고통을 호소하며 뒹굴고 있었다. 애꾸가 쓰러져 정신을 추스르고 몸을 일으키는 약 3분여의 그 짧은 시간 동안 20여 명을 눕혀버린 것이다. 오히려 좁았기 때문에 가능한 싸움이었다. 그 순간이었다.

"남원에서 온 황석현이 보스로 모십니다."

한쪽에서 우렁찬 소리가 터졌다. 사람들의 시선이 일제히 황석현에게로 쏠렸다.

"무슨 소리요?"

"싸움 잘하는 것하고는 상관없는 자리야!"

여기저기서 불평이 터졌다. 황석현이 말했다.

"형님들, 아우님들, 저 오만스러운 배짱과 그 배짱을 증명할 실력을 보았잖습니까? 이제 포용력과 결단을 볼 차례입니다."

"포용력과 결단?"

"고개를 숙이고 밑으로 들어가겠다는 사람과 돌아서겠다는 사람을 어떻게 대하실 겁니까?"

황석현은 이정우를 보고 말했다. 이정우가 대답했다.

"나를 시험하지 마라."

"옛날 장군들은 주군을 정하기 위해 시험을 합디다."

"네가 선택하는 것이 아니라 내가 선택하는 것이다. 내 품에 날아왔으면, 더 이상 날 시험하지 마라."

이정우의 한마디는 많은 이들을 동요하게 했다. 체질적으로 강한 자에게 충성심을 느끼는 그들만의 특성이었다. 이상찬이 입을 열었다.

"나를 평생의 적으로 삼을 녀석들은 돌아가라. 이정우에게 고개를 숙일 수 없다는 놈들도 돌아가라. 하지만 한 번 숙이면 그 맹세를 죽는 순간까지 지켜라."

황석현이 말했다.

"우리가 거칠긴 해도 한 번 윗사람으로 정하면 배신은 못 하는 종자들입니다."

"젠장, 나 부산의 갈치입니다."

황석현의 옆에 서 있던 갈치가 무릎을 꿇으며 양손으로 바닥을 짚고 고개를 숙였다. 그와 동시였다. 늘어서 있던 이들이 우르르 무너지듯 무릎을 꿇으며 이마를 바닥에 붙이고 있었다.

"명령을 따르겠습니다!"

"처분을 기다리겠습니다!"

이정우는 자신을 향해 이마를 땅에 붙인 수많은 장정들을 내려다보고 있었다. 그제야 이정우의 이마에서 한 줄기 땀이 흘러내렸다.

64.

"자자, 그럼 지금부터는 마시고 노는 거다."

"하하하."

홀은 다시 정리되었다. 이정우는 이상찬과 테이블에 앉았고 지역 보스들은 돌아가며 빈 잔을 들고 이정우의 앞으로 와서 그가 따르는 술을 받았다. 황석현과 갈치는 자신의 테이블에서 애꾸를 불렀다.

"너무 쉽게 진 거 아니냐?"

갈치가 기분이 좋은 듯 싱글거리면서 말하자 애꾸는 손으로 뒤통수를 긁었다.

"그렇게 잘 칠 줄은 몰랐습니다. 어린애한테 함부로 손을 쓰려니 부끄럽기도 해서 방심을 했습니다."

"방심하지 않았다면 이길 수 있었다는 소리냐?"

황석현이 말했다. 애꾸는 고개를 저었다.

"이렇게 쉽게 물러나진 않았겠지만 이길 수 없는 사람이었습니다. 쓰러지는 녀석들의 몸을 밟으면서 싸우는 거 보고 질리더군요."

황석현은 고개를 끄덕였다.

"스타일은 어때? 무술을 배운 것 같던가?"

"아닙니다. 그냥 막싸움입니다. 준비 동작이 전혀 없는 상태에서 손발이 마구 나오더군요. 배운 것 같지는 않았습니다."

"넓은 공간에서 싸웠다면 어땠을 것 같아?"

"공간이 넓었다면 우리가 유리했을 겁니다. 하지만 잡을 수는 없습니다. 일대일로는 세상에 적수가 없을 듯합니다."

황석현은 고개를 끄덕였다. 옆에서 갈치도 이야기를 들으며 다시 한 번 감탄했다.

대검. 임수철은 어깨가 축 늘어진 모습으로 돌아왔다.

"무슨 일 있으세요?"

"채수연, 팀원들 좀 불러와."

임수철은 손으로 머리를 꾹꾹 눌렀다. 진지한 표정이었다.

"다 모을 수가 없는데요. 각자 자기 식대로 뭔가를 하고 있어서. 밖에 나간 검사도 있고."

"후우."

임수철은 목을 죄고 있던 넥타이를 거칠게 풀어헤쳤다. 절로 한숨이 뿜어져 나왔다.

"채수연."

"예."

"우리 팀은 이번 주 내로 해체된다."

"예?"

채수연은 눈을 깜박였다.

"자네도 수고했어. 곧 인사 이동이 있을 거야. 수사 중인 스너프 필름 제작자 최 마담은 대검에서 내 지휘로 계속하게 될 거야. 하지만 자네는 북부 지검으로 돌아가서 하던 일을 하게."

"조폭들 동향 수사는요?"

"적어도 이곳에선 정지된다."

"팀장님……."

임수철은 괴로운 듯 고개를 뒤로 젖히고 두 눈을 깜박였다.

"조폭은 어차피 관할이 없어. 자네 혼자서도 수사할 수 있는 거야. 각자가 자기 자리에 돌아가고 난 후에도 각자 수사를 할 수가 있지."

"그렇지만 전체 그림이 안 보일 텐데요."

"방법이 없다. 법무부 장관의 명령이다. 설사 내가 검찰 총장이라고 해도 버틸 명분이 없다."

"장관의 뒤를 누가 보고 있는 게 아닐까요?"

"아마 그렇겠지."

임수철은 손바닥으로 이마를 가볍게 두드렸다.

"해서 돌아오면서 한 가지 생각한 것이 있는데……."

"예."

"어차피 팀이 해체된다 해도 각자 조폭 수사는 할 수 있어. 그러니 갈라져도 어떤 선을 서로 유지했으면 하네."

채수연은 침을 삼켰다. 임수철은 또 무슨 계획을 생각하고 있는 것인가?

"일종의 비상 연락망 같은 커뮤니티가 우리끼리는 진행되어야 한다는 거야. 서로 역할도 나누고."

"역할이요?"

"국회의원 김정한 알지?"

"예."

"뒤가 구려."

"그 정도 거물 정치인은 제가 건드리기가 어렵습니다. 더구나 지검으로 돌아가서는……."

"건드리라는 게 아니야. 그 정도 정치인은 대검에서 뒤를 훑아야겠지. 하지만 대검에서 좀 잡고 들어가려고 하면 어딘가에서 제지가 들어오거든. 수위 조절 하라는 거지. 하지만 지검의 일개 평검사에 대해서는 크게 신경 쓰지 않아."

"제게 무얼 원하시는 겁니까?"

"김정한의 전면에 나서는 건 내가 대검에서 지휘한다. 자네는 김정한의 움직임과 조폭 새끼들 연계하는 동향 정도만 체크해주게."

"체크라고요?"

"그렇지. 그렇게 부담되는 건 아닐 거야. 혹여나 김정한의 심기는 건드리지 말고. 눈치를 채면 골치 아파지니까. 내 말 알겠지?"

"알겠습니다. 하지만,"

"하지만?"

"전 체크 정도로 끝낼 위인이 아니란 걸 아셔야 해요."

"음?"

채수연의 눈에 생기가 돌고 있었다. 임수철은 뒤로 젖혔던 고개를 똑바로 하고 그런 채수연을 마주 보았다.

"그런데 우리 어떻게 합니까?"

같은 시각, 이정우는 차례대로 술을 따라주다 갈치와 눈이 마주쳤다.

"어떻게 하다니, 뭘?"

"우리들 찬이 형님 말씀만 듣고 무작정 올라왔습니다. 다시 내려가야 합니까?"

갈치의 질문은 사실 모든 이들이 품고 있던 의문이었다. 이정우가 대답했다.

"아니다."

"그럼 어떻게 합니까? 우리 터를 버릴 수도 없고. 서울 쪽에서 일이 안 잡히면 굶어 죽겠는데 말입니다."

갈치는 은근히 이정우를 떠보고 있었다. 고개는 숙였지만, 아직 믿지는 않는다는 제스처였다.

이정우는 차분하게 대답했다.

"여기서 대부분 돌아간다. 각 거처로 돌아가서 내 지시를 기다려야 할 것이다."

"누가 돌아갑니까?"

"지리적으로 서울과 가까운 놈들. 멀리 떨어져 있는 녀석들은 내 곁에 있어야 할 것이다. 너처럼 부산에서 왔거나 남원에서 온 황석현 같은 녀석들은 내려갈 수 없다."

"그럼 어디서 거주합니까? 업소는 있습니까?"

"있다."

"어딥니까?"

이정우는 눈을 내리깔았다 들었다. 갈치는 그 눈동자에 주춤했지만 물러서지는 않았다.

"제가 듣기론 서울 전 지역을 현태철에게 뺏겼다고 하던데."

"서울은 그렇다."

"그럼?"

"일산에 거점이 있다."

"일산?"

모여 있던 그들이 서로 돌아보았다. 이정우는 일산의 주차장과 단란주점을 떠올리고 있었다. 우대만을 끌어들이기 위해 하종화가 전형수를 희생시켰던 그곳. 전형수가 죽어갔던 바로 그 주차장과 단란주점. 그 업소들은 고스란히 이정우의 수중에 떨어지지 않았던가? 그리고 아직 현태철은 서울 외 지역엔 관심을 두지 않고 있었다.

"우선은 일산을 거점으로 한다. 그리고 서울에도 구인철이란 자가 있다. 표면적으로는 현태철의 영향권에 들었지만 나를 거절하지는 못할 것이다."

"구인철? 2년 전에 명동에 들어왔다가 외곽으로 쫓겨난 퇴물 아닙니까?"

"그렇다."

"그자를 아십니까?"

"그 전에 당시 구인철이 윤재식과 나이트 영업권을 두고 전쟁을 벌이다 고삐리들한테 당한 것은 알고 있나?"

"그거 유명한 애기 아닙니까? 모두 쉬쉬 하고 있지만."

"그때 그 고삐리들을 지휘했던 자가 바로 나다."

모두의 시선이 일제히 이정우에게 쏠렸다. 경계와 감탄이 동시에 어린 모습들이었다. 갈치는 더 이상 아무것도 묻지 않았다. 아니, 물을 수가 없었다. 새파란 어린애인 줄 알았더니 이미 화려한 전력을 가진 자가 아닌가.

"안녕하세요."

어딘가를 향해 걸어가는 김세화를 누군가가 길거리에서 가로막았다. 김세화는 낯선 남자를 의심스러운 눈으로 바라보았다.

"누구시죠?"

"김민규라고 합니다. 지금은 팔을 다쳐서 이 신세지요."

그러면서 김민규는 자신의 오른팔을 들어 보였다.

"아니, 그런데 누구시냐고요?"

"김세화 씨 맞지요?"

"그런데요?"

"얼마 전 S 나이트클럽에서 이정우에게 사교춤을 가르친 적이 있습니까?"

김세화는 대답하지 않고 김민규를 빤히 바라보고 있었다. 도무지 뭐 하는 사람인지 모를 일이었다.

"그런 적이 있지요?"

"뉴스에 나온 후로는 계속 폐업이어서 지금은 안 해요."

"그렇군요. 이정우의 성격상 한 번 자기 사람이다 싶으면 끝까지 믿죠. 의리가 아주 좋더군요."

"대체 누구시죠?"

"아가씨 뒷조사를 해봤더니 집안에 빚이 꽤 많더군요."

"이봐요!"

"그 빚을 내가 모두 청산해준다면 부탁 하나 들어줄 수 있습니까?"

"도대체 당신 누구예요?"

"그건 중요하지 않을 겁니다. 지금의 당신에겐."

"길 가는 사람 붙잡고 무슨 수작이에요? 비켜요. 저 아르바이트 있어요."

"어디도 갈 수 없습니다. 부탁이 통하지 않으면 협박이 들어갈 테니까."

"뭐라고요?"

김민규는 정중하게 말하고 있었지만, 결코 호의를 담고 있지는 않았다. 김세화의 앞을 막고 선 김민규는 가볍게 어딘가를 향해 수신호를 보냈다. 그러자 길모퉁이에서 건장한 사내 둘이 건들거리며 김세화를 향해 다가오기 시작했다.

65.

황석현은 이정우의 명령으로 애꾸가 모는 차를 타고 어딘가로 향하고 있었다. 그곳은 법무부 장관 최욱의 사택이었다.

"그런데 우리 젊은 보스가 최욱하고 무슨 원수가 졌다고 우리를 보내는 걸까요?"

"우리는 시키는 대로만 하면 되는 거여."

"그런데 나라 녹을 먹는 사람을 이렇게 겁도 없이 찾아가도 되는 건지 모르겠네요."

"시키는 대로만 하면 된다니까."

차는 곧 최욱의 사택 앞길로 들어섰다. 최욱의 집은 2층짜리 주택이었는데 그렇게 큰 집은 아니었다.

"이야, 이 양반, 남의 돈은 그렇게 등치지 않은 것 같은데요? 생각보다 집이 작네."

"돈보다는 모시고 사는 노모한테 약하다고 허더라."

"그런데 형님,"

"왜?"

"이정우라는 친구……."

"친구라니? 보스다."

"예, 보스한테 장래가 보입니까?"

"흠."

"아무리 우리가 생각할 문제는 아니라지만 이거야, 원, 걸쩍지근해서. 혹시 회장님이 잠시 숨고 얼굴마담으로 내놓은 놈

아닐까요?"

"그렇진 않을 거다. 하지만,"

"예?"

황석현은 입을 다물었다.

"찬이 형님이 후계자로 내세웠으면 그만이야. 문제는 본인의 장악력인데 지금은 아무 소리 않고 모두 복종하겠지. 앞으로가 문제다."

"그렇군요."

애꾸도 고개를 끄덕였다. 앞으로 어떻게 이정우가 이들을 장악해나갈까? 누가 봐도 이정우에게 불리한 여건이었다. 더구나 이정우만 움직이는 것이 아니었다. 서로가 각자의 자리에서 일을 꾸며나갈 것이다. 그 치열한 머리싸움에서 승자가 되지 못한다면 아무리 혼자 잘나도 결코 마지막 승리는 거둘 수 없을 것이다. 열아홉 살의 이정우에겐 너무 큰 짐이 아닐까?

김세화는 김민규에게 끌려와 단란주점 룸에서 마주하고 있었다.

"너무 놀랄 것 없습니다. 해치지는 않을 테니까."

김세화는 팔짱을 끼고 화난 인상을 풀지 않았다. 하지만 입술을 자주 혀로 적시는 것으로 보아 속으로는 부쩍 긴장하고 있는 것이 분명했다. 김세화는 크게 숨을 들이켜 마음을 진정시킨 후 입을 뗐다.

"부탁이 뭐예요?"

"아가씨는,"

따다닥. 김민규는 손으로 탁자를 피아노를 치듯이 손가락으로 두드리며 김세화를 정면으로 응시했다.

"우대만의 소개로 이정우에게 사교춤과 사교계의 예절에 대해서 교습을 나갔습니다, 그렇지요?"

"그런데요?"

"우대만과는 어떻게 알게 되었습니까?"

"……."

"알고 봤더니 당신은 얼마 전까지 1프로의 고급 콜걸이었더군요."

김세화는 말이 없었다.

"본래는 탤런트 지망생. 일월이라는 고급 요정에 나가기 시작하면서 정재계 고위 인사들과 접촉. 그들만의 파티 문화에 노출되기 시작했고 TRG 그룹의 총수 한상수의 에스코트 걸로 많은 정재계 비리의 숨어 있는 스피커였더군요."

"그런 걸 어떻게 알았죠?"

"나를 우습게 보면 안 됩니다. 나는 조직원 대여섯 명을 데리고 한 평 남짓한 사무실을 빌려서 운영하는 양아치가 아닙니다."

"후, 그래서 나한테 뭘 바라요? 나 이제 그런 쪽 일은 안 해요."

"이정우는 당신이 어떤 사람인지 알고 있습니까?"

"몰라요. 그냥 가르치는 것만 머리에 넣었지, 나 개인 신상에 대해서는 알려고 들지 않았어요."

"말하자면 우대만 정도만 아는 사람이었겠군요."
"천용택도 알았어요."
"그 사람은 죽었으니 신경 쓸 거 없고. 어쨌든,"
김민규는 다시 손가락으로 탁자를 두들겼다.
"이정우에게 접근해주어야겠습니다."
"이정우에게? 어디 있는지도 몰라요."
"아가씨가 노출되면 이정우가 나타날 거요. 우린 지금 이정우를 찾고 있어요. 완전 제거를 위해서 말이지요."
"완전 제거? 대체 나보고 어떡하라는 거예요?"
"아가씨는 미끼입니다. 숨어 있는 정우가 나타날 미끼."
김세화는 숨을 들이켰다. 아직 무슨 부탁을 하는 것인지 쉽게 감이 오지 않았다. 하지만 마음 한구석에 드는 일말의 불안감을 내몰 수는 없었다. 김민규가 말했다.
"아가씨는 지금부터 우리 이사님을 만났다는 것을 기억해야 할 겁니다."
"이사라니요?"
"현태철."
"현태철?"
그 이름만 듣고도 김세화의 얼굴이 파랗게 질렸다.
"역시 이사님이 유명하시군. 당신도 알고 있는 걸 보니."
"대체 무슨 꿍꿍이예요? 만났다니요?"
"실제로 만났다는 건 아니니 너무 걱정 마세요. 지금 당신은 이사님과의 대면이 잘못되어서 나에게 넘겨진 겁니다. 그런 걸로 하죠."

"대체……."

"그리고 아가씨는 나에게 협박과 고문을 당하게 됩니다. 이정우가 어디 있느냐고 밝히라는 것이 나의 요구지요."

"난 진짜 몰라요!"

"나도 알고 있어요. 그러니 미끼라고 하지 않았습니까? 이 소문이 퍼지는 건 일주일 후. 그럼 그 소문이 다시 이정우의 귀에 들어가는 건 길어야 사흘?"

"장담할 수 없잖아요!"

"장담할 수 있습니다. 소문이 퍼지자마자 이정우는 금방 당신을 캐치해낼 겁니다. 우리가 파악한 바로 이정우는 점조직과 비슷한 조직을 가동시켜서 정보를 취득하고 있으니까."

"그래서요?"

"내가 파악한 이정우라면 당신이 위험에 빠졌다는 소문을 듣고 가만히 있지는 않을 겁니다. 이번에도 또 그런다면 정말 말도 안 되는 거니까. 반드시 스스로 노출할 거예요. 꼭 본인이 아니더라도."

"그래서요?"

"나는 정말 간발의 차이로 아가씨를 놓치게 되는 거죠. 이정우는 당신을 아슬아슬하게 구해내게 될 겁니다. 그 뒤에 당신이 해야 할 일이 있어요."

김세화는 불안한 듯 연신 눈동자를 이리저리 굴렸다.

"이정우의 움직임을 포착해서 우리한테 넘겨야 합니다."

"마, 말도 안 돼. 난 스파이 짓은 못 한다고요."

"설마? 진짜 못 한다고 해도 아가씨의 가족이 관련된 문제이니 해야 할 겁니다."

"내 가족을 해칠 거예요?"

"말을 듣지 않으면 물론 그렇게 할 겁니다. 이제 상황이 어떤지 계산이 섰습니까?"

꿀꺽. 목구멍으로 침이 넘어갔다. 김민규가 웃었다.

"너무 긴장할 것은 없습니다. 다만, 이렇게 정중하게 부탁의 형식을 빌려 이야기하고 있지만 거절할 수 없는 부탁이라는 것만은 기억하시길 바랍니다."

"거절할 수 없는 부탁?"

"이렇게 존댓말을 하고 있지만, 지금보다는 나를 좀 더 무서워해야 할 겁니다. 사실 난 무서운 사람이니까."

김세화는 현기증을 느끼고 있었다. 머리가 어지러웠다.

"자, 잠깐만요. 마음의 준비가……."

그때였다. 탕! 김민규가 어느새 뽑아든 칼로 탁자를 내리찍었다. 마주앉아 있던 김세화는 움찔하며 어깨를 떨었다.

"아직 안 되었습니까?"

낮은 목소리로 차분하게 말하는 김민규의 목소리가 섬뜩했다. 김세화는 파르르 입술을 떨었다. 김민규는 미소를 지었다. 도무지 종잡을 수가 없었다.

"이제 되었겠지요?"

대답할 수가 없었다. 김세화는 알아먹었다는 듯 잘게 고개를 끄덕였다.

애꾸는 최욱의 집이 보이는 길 맞은편에 차를 세웠다.

"지금 최욱이 있을까요?"

"당연히 없겠지."

"집에 누가 있을까요?"

"지금 이 시각에는 노모와 부인밖에 없을 거다. 아들은 회사 갔을 테고."

"그럼 그냥 밀고 들어가면 되겠군요."

"혼자서 할 수 있겠나?"

"걱정 마십시오. 여자 둘 정도야."

황석현은 고개를 끄덕였다. 애꾸는 운전석에서 차 문을 열었다.

"그런데 이런 교란책이 먹힐까요?"

"두고 봐야지."

교란책. 이정우의 지시는 교란이었다. 무엇을 교란하라는 것인지 황석현과 애꾸는 알고 있었지만 내심 불안했다. 정말 이 방법이 최욱에게 먹힐까? 그리고 이 정도로 교란이 될까?

66.

김인범은 경찰의 신변 보호를 받으며 경찰 지정 병원에서 다친 몸을 치료하고 있었다. 박정태는 혼수상태에 빠져 아직도 깨어나지 못하고 있었다. 덜컹. 김인범의 병실 문이 열렸다. 김인범은 병실 한쪽에 놓여 있는 TV를 보고 있다가 고개를 돌렸다.

"김인범, 몸은 어때?"

채수연이었다. 김인범은 조금씩 몸을 회복하고 있었다.

"괜찮습니다. 하종화 형님은 어떻게 되었습니까?"

"훗, 어떻게 되긴? 옥살이하고 있지. 구속 수사 중이다."

김인범은 침울한 듯 입술을 깨물었다.

"여긴 왜 오셨습니까?"

"검사가 피의자 보러 오는 것도 마음대로 못할까?"

"그렇군요."

"어쨌든,"

채수연은 또각또각 병실을 걸어 다니며 김인범과 눈을 맞추었다.

"이제 입이 좀 열린 것 같으니 간단하게 조사를 해볼까 하는데 괜찮겠지?"

"제가 안 괜찮다고 해도 검사님이 한다면 하는 거 아닙니까?"

"맞아, 똑똑하군."

"하실 말씀이 뭡니까?"

"S 나이트클럽에서의 세력 다툼 이후 경찰에 너희들이 일괄 검거되면서 적어도 S는 주인을 잃고 방치된 상태야. 대표 이사가 이정우라고 되어 있던데, 실질적인 조직의 괴수가 이정우

맞지?"

"아닙니다."

김인범이 단호하게 대답했다. 이놈이 하종화하고 짜기라도 했나? 하나같이 이정우를 위해 보호막을 펼치고 있었다. 생긴 것 답지 않게 김인범은 경영에 남다른 재질이 있었다. 해서 채수연의 질문에 손쉽게 넘어가지는 않았다.

"뭘 잘못 알고 있으신 것 같은데, 이정우는 막내입니다. 제가 고등학교 다닐 때 제 밑에 있던 녀석이에요. 내가 고 3일 때, 겨우 1학년이었던 놈입니다."

"너 보기보다 잔머리가 빨리 돌아가는구나."

"잔머리가 아니라 사실입니다. 이정우는 명의만 빌려준 겁니다."

사전에 만난 것도 아닌데 하종화와 입을 맞춘 것처럼 똑같은 소리를 하고 있었다.

"징역 몇 년 나올 것 같아?"

"예?"

"그렇게 이정우를 감싸 돈다는 건 결국 책임질 일은 네가 덮어쓰겠다는 이야긴데, 그럼 징역 몇 년 나올 것 같아?"

"모르겠습니다."

"억울하게 되었다고 나중에 후회해도 소용없어. 하종화는 사람 죽인 게 많아서 사형감이야. 너도 여죄를 추궁해봐야겠지만 못해도 삼사 년은 썩어야 돼."

"지은 죄가 있으니 마땅히 그래야 하겠지요."

"훗, 조만간 다시 보자. 병원 옮길 테니까 옷 갈아입어."

"예?"

"넌 이제부터 북부 지검 소관이야. 나도 북부 지검으로 복귀하고."

"그럼 정태는?"

"그 식물인간? 여기 남는다. 어쨌든 난 너에게서 알고 싶은 게 많아. 몸도 많이 나은 것 같은데 이제부터 귀찮아질 거야. 옷 갈아입어."

김인범은 천천히 고개를 끄덕였다. 그리고 한숨을 길게 쉬었다.

애꾸는 능숙한 솜씨로 담을 넘어 안마당으로 떨어졌다. 현직 장관의 집치고는 오래되고 검소함이 엿보였지만 그래도 뜰은 넓었다.

"누구요?"

마루에 앉아 있던 노파가 인기척을 느끼고 고개를 돌렸다.

"어미냐?"

며느리도 어디 나가고 없는 모양이었다. 애꾸는 눈이 침침한지 눈꺼풀을 연신 깜박이는 노파 앞에 불쑥 나타났다.

"에구머니나!"

노파는 말 그대로 기겁을 했다. 애꾸가 그런 노파 앞에 얼굴을 디밀었다.

"누, 누구요?"

침침한 눈에 어렴풋이 잡힌 윤곽이었지만 무섭고 떨리는 데는 충분했다. 노파의 이가 절로 딱딱 부딪혔다.

"별래무양하십니까, 어머님?"

"어, 어머님이라니. 도대체 누구여?"

"아닙니다. 제가 누군지 아실 것 없습니다. 놀라게 해드렸다면 죄송합니다."

그다지 악의가 있는 사람 같지는 않다는 생각이 들자 노파의 두려움도 조금은 멎었다. 애꾸가 말했다.

"어머니, 별일 있으면 있다고 말씀해 주십시오. 제가 아드님과 약속을 했습니다."

"아드님이라면 우리 욱이 말인가?"

"예, 최욱 장관님과 어머니를 지켜드리기로 약속을 했습니다."

"지, 지켜?"

애꾸는 씨익 미소를 지었다.

"뭐, 아드님한테는 이런 말 하지 마시고요. 여하튼 무슨 일 있으면 저한테 말씀해주세요. 요즘 어머니를 해치려는 놈들이 많아서 걱정이 됩니다."

"해, 해쳐?"

도무지 안심시키려는 것인지 걱정을 끼치려는 것인지, 애꾸의 말장난은 교묘했다.

"해, 해치다니? 이 늙은 것이 어디에 쓸 데가 있어서?"

"쓸 데가 없으니 해치려고 하는 거죠. 소용할 데가 있으면 살려서 소용해야지요."

"에구머니."

말로만 들어도 끔찍한 소리였다.

"아, 이거 죄송하네요. 공연한 말을 한 것 같습니다. 그럼 어머니, 전 이만 갑니다. 아드님께는 절대 말하지 마세요. 공연히 공무 중에 심려를 끼쳐드리면 안 되니까 말입니다."

그러면서 애꾸는 꾸벅 인사를 했다. 노파는 손으로 가슴을 짓누르며 불안감에 사로잡혔다.

"여보세요. 어, 당신 무슨 일이야?"

아내의 전화를 받은 건 최욱이 막 대통령께 브리핑할 문제에 대해 서류 검토를 끝냈을 즈음이었다.

"여보, 당신 혹시 어머니 때문에 이상한 사람들하고 약속한 거 있어요?"

"무슨 소리야? 그게."

"어머님은 절대 말하지 말라시는데 생각해보니 이게 그냥 넘어갈 일도 아니고……."

"무슨 소리야? 알아듣게 얘기해."

아내는 전화상으로 낮에 노파에게 일어났던 일들을 비교적 상세하게 이야기했다. 노파에게 전해들은 말이었지만 마치 그 자리에 같이 있기라도 한 듯 여성 특유의 섬세함으로 이야기를 이끌었다. 그리고 아내의 이야기가 끝날 무렵 최욱의 주먹이 꾹 쥐어져 있었다.

"방금 그 말, 분명하지?"

"예, 어머니는 절대 말하지 말라고 하셨는데 그럴 문제가 아니잖아요. 당신이 나서서 막아줘야지요. 누가 우리 어머님을 해치려고 하는 거예요?"

"집에 가서 얘기하지. 일단 끊어."

"여보!"

아내의 목소리를 멀리하며 최욱은 전화를 끊었다. 생각해보면 어머니를 담보로 대검의 특별 팀을 해체해달라고 요구한 자는 현태철이었다. 그런데 어머니가 위험하다? 이건 또 무슨 꿍꿍이인가? 현태철이 또 무슨 협박을 하려는 것인가? 최욱의 두뇌는 그렇게 돌아갔다.

"이사님."

장동욱이 이정우를 찾아왔다. 이제 장동욱도 이정우를 깍듯이 모시고 있었다.

"왜?"

"소식 들으셨습니까?"

"무슨 소식?"

"혹시 김세화라고 아십니까?"

"김세화? 안다."

"그 김세화가 지금 김민규에게 붙들려 있답니다."

"뭐야?"

이정우가 앉아 있던 자리에서 벌떡 일어났다.

"그게 사실이야?"

"예."

"그건 안 될 말이지. 애들 몇 명 모아서 빼내."

이정우가 생각할 것도 없다는 듯이 빠르게 지시했다. 이로서 이정우는 최욱을 이용하여 현태철을 견제하는 데에는 성공했지만, 김세화를 이용하여 그에게 접근하려는 김민규에게도 자신을 노출했다. 그러나 그는 이런 사실을 모르고 있었다. 그야말로 물고 물리는 혼전이었다.

67.

"회장님 좀 뵈러 왔습니다."

한편, 구인철의 업소에 낯선 사람이 들이닥쳤다. 소식을 들은 구인철은 몸 상태가 좋지 않아 조용히 지내는 편이었는데, 도무지 주위에서 내버려두지 않자 은근히 짜증이 났다.

"밖에 누가 왔다고?"

"부산의 갈치라고 한답니다. 꼭 회장님을 뵈어야겠다고 하는데요."

"부산의 갈치? 이제 부산이라는 말만 들어도 화가 나는군. 이정우 그놈도 부산 놈이었지?"

구인철은 씹어뱉듯이 한마디하고 보고를 하러 들어온 부하에게 손짓했다. 그냥 보내라는 신호였다. 그때였다. 쾅!

"뭐야?"

문짝이 부서지더니 어느새 갈치가 눈앞에 버티고 서 있었다. 구인철이 호통을 쳤다.

"뭐 하는 녀석이야?"

"훗."

그러나 갈치는 조금도 주눅이 들지 않는 모양이었다. 구인철에게 보고를 하러 왔던 녀석이 잔뜩 인상을 그리며 손에 몽둥이를 들었다.

"이 새끼가!"

"아아, 잠깐 있어봐. 지금 나 혼자 네 새끼들 전부 눕히고 들어오는 길이거든?"

갈치는 그러면서 손짓으로 자신의 등 뒤를 가리켰다. 아니나 다를까, 복도에 길게 뻗어 곧 죽을 것처럼 꿈틀거리는 놈들이 일렬로 쭉 늘어서 있었다.

"회장님, 나 할 말이 있어서 왔습니다. 적이 아니니 무조건 막지 마시고 한번 들어보십시오."

그러면서 갈치는 넉살을 떨었다. 구인철의 이마에 깊은 주름이 생겼다.

"도대체 넌 누구냐?"

"부산의 갈치입니다."

"부산의 갈치가 누구야?"

"얼마 전까지는 이상찬 회장님 밑에 있었습니다."

"이상찬?"

구인철의 눈동자가 둥그래졌다.

"이상찬이라고? 자, 잠깐, 난 그분께는 아무 감정 없네."

여왕벌 단란주점을 놓고 나태식과 구역 다툼을 벌이던 일이 엊그제 같았다. 이상찬이 지금은 행방불명이라지만 그 동생들이 혹시 이제 와서 그 책임을 묻는 것이라면? 구인철처럼 작은 조직을 가지고 있는 자에겐 생각만 해도 아찔한 일이었다. 갈치가 껄껄 웃었다.

"알고 있습니다. 그것하고는 상관없습니다."

"그럼?"

갈치는 뚜벅뚜벅 구인철 앞으로 다가왔다.

"이정우를 아십니까?"

"이정우?"

금세 구인철의 목소리에 환멸이 스며들었다.

"그 어린 새끼 말이야?"

"예, 지금 이상찬 회장님의 후계자로 지목받으셨습니다."

"음?"

뭐라고 욕을 늘어놓으려던 구인철의 목구멍이 턱 막혔다. 그리고는 더듬거리며 말을 이었다.

"가, 가만. 이상찬 회장님을 몰아낸 것이 그 이정우인데? 그리고 현태철에게 다시 밀려났단 말이야. 그런데 이정우가 회장님의 후계자라니?"

"그렇게 됐습니다. 어쨌든 구 회장께 말씀드릴 것이 있어서 말입니다."

"잠깐만. 무슨 말을 하려는지 대강 짐작이 가니까 날 닦달하지 마라. 한 가지 확실히 말해줄 것은 난 이제 아무런 힘이 없어. 지금 와서 또 이정우 쪽으로 넘어가는 것을 현태철이 안다면 난 죽는 거란 말이야. 난 그저 내 영역이나 지키면서 살면 그만인 사람이야. 내 위에 누가 있든 상관없다고. 이정우가 있든 현태철이 있든 그저 내 목숨만 보전할 수 있으면 그만이야. 그런데 지금 나에게 자네가 찾아온 건, 이정우의 전진 기지 노릇을 해달라는 말이 아닌가?"

"맞습니다."

"그렇게는 못 해. 난 더 이상 적을 만들면서 살고 싶지 않아."

"당장 눈앞에 적이 있는데, 앞으로 생길 적을 두려워한다는 겁니까?"

"이러지 말라고. 썩어도 준치라고 했어. 협박으로 나온다면 나도 가만있지 않겠네."

"츱."

갈치는 입술 사이로 이상한 헛바람 소리를 내었다. 구인철이 목소리를 높였다.

"이정우는 불과 몇 달 전만 해도 내 밑에서 구역 관리나 하던 녀석이야. 거기다 난 그 녀석과는 악연이 많아. 사실상 서울을 점령하고 있는 현태철 눈 밖에도 나기 싫어."

"이정우 이사님의 눈 밖에 나는 건 괜찮다?"

"날 협박하지 말라고 했어."

"협박이 아니라 거래입니다."

"관심 없어. 난 현태철이 더 무서우니까."

"현태철로부터 당신을 지켜주죠."

"뭐라고?"

"날 행동 대장으로 기용하시지요."

"그게 무슨 소리인가?"

"그리고 우리 애들을 구 회장님 업소 곳곳에 배치하죠."

"지금 날 보고 껍데기를 하란 거야?"

구인철의 업소에 이정우의 아이들이 배치된다? 그것은 사실상 영업권을 박탈한다는 소리였다. 거기다 행동 대장이 갈치라니? 말 그대로 자신은 껍질만 하라는 이야기 아닌가? 실리는 이정우가 모조리 취하겠다는 소리였다.

"이정우가 시켰나? 그 새끼가 시켰어?"

"이것 보시오, 구인철 씨."

어느새 회장님이 구 회장으로 변하더니 이제 구인철 씨가 되어 있었다.

"세상은 바뀌는 거요. 새로운 스타가 나타나면 물러나야 하는 거고."

"여긴 내 구역이야!"

"정말 그렇게 생각하나? 찬이 회장님이 갖지 못했던 구역이 어디 있고, 그 후계자인 이정우가 명령을 내릴 수 없는 구역이 어디 있단 말이야?"

그 말에는 구인철도 침묵했다. 갈치는 이제 눈꼬리를 추켜올리고 있었다.

"당신 같이 적당히 사는 사람들은 이 분위기에는 맞지 않아.

당신의 노후 보장은 확실히 해주지. 재산, 구역, 모두 보존해줄 게. 하지만 지금은 우리의 뜻에 따라. 지금부턴 명령이다. 거역할 때는 힘으로 눌러주지."

"이, 이건……."

뭐라고 말하려 했으나 구인철은 기운을 내지 못했다. 갈치가 다시 말했다.

"지금부터 당신 업소는 하나의 기지가 되는 거야. 일산과 여기에서 야금야금 세력을 넓혀가게 되겠지. 그렇게 되면 당신의 공이 가장 클 것이고 나중엔 편안하게 노후를 즐기게 될 거요. 그럼 피차 손해 보는 건 아니지 않겠나?"

"……."

구인철은 그저 입을 다물었지만, 갈치를 노려보는 눈에 가득한 원망은 그대로였다.

"알았으니 돌아가게."

"아니, 난 지금부터 이곳의 행동 대장인데 가긴 어딜 간단 말입니까, 회장님? 훗훗."

"무슨 소리야?"

"지금부터 저와 제 아이들이 회장님을 모시죠."

"그게 무슨 소리야!"

구인철이 벼락같이 호통을 쳤다. 부서진 문틈으로 수십 명의 낯선 장정들이 어슬렁거리고 있는 것을 본 건 바로 그때였다.

장동욱은 아이들 몇을 데리고 김민규가 자주 나타난다는 길

목에 차를 댄 채 손수 기다리고 있었다. 정보에 의하면 김민규는 김세화와 함께 차량으로 이동할 예정이었다. 마치 잠복근무하는 형사처럼 두어 시간을 기다리자 아니나 다를까 맞은편 건물 지하 주차장에서 시커먼 승용차가 쑤욱 올라왔다. 분명했다. 뒤에 타고 있는 사람은 김민규였고, 그 옆에는 겁에 질린 표정의 김세화가 앉아 있었다.

"쫓아가라."

김민규의 차는 빠른 속도로 도로에 올랐다. 장동욱의 차도 놓칠세라 급하게 그 뒤를 쫓았다.

"뒤에 뭐가 하나 붙었습니다."

운전석에 앉은 녀석이 김민규를 향해 말했다. 김민규는 고개를 끄덕였다.

"속도를 올리되 놈들이 따라올 수 있게 운전해라."

"예."

"형님, 우리가 쫓아가는 거 눈치챈 거 같습니다."

조수석에 앉아 있던 녀석이 장동욱을 돌아보며 말했다.

"갑자기 빨라졌는데요?"

"속도 올려."

"예."

장동욱의 차도 속도를 붙였다. 김민규의 차는 서울 외곽으로 향하는 듯했다.

"성남 쪽으로 가는데요?"

"성남?"

장동욱은 빠르게 판단했다.

"그쪽으로 차를 몬다는 건 그곳에 뭔가가 있기 때문이다. 도착하기 전에 길에서 잡아야 한다. 차로 몰아붙여."

"예."

가아아아앙. 차에서 이상한 소리가 났다. 장동욱의 차는 금세 김민규의 차 꽁무니를 바싹 추격했다.

"쳐라."

그리고 그대로 차 뒤 범퍼를 박아버렸다.

쿵!

"저 새끼들 막 나오는군."

김민규가 뒤쪽에서 전해지는 둔탁한 울림을 느끼며 중얼거렸다.

"어떻게 할까요?"

"다음 블록에서 우회전하면서 잡혀줘라."

"알겠습니다."

"악!"

그 와중에 겁에 질린 김세화가 짧은 비명을 터뜨렸다. 김민규는 가만히 창밖을 내다보며 수를 세고 있었다.

"지금!"

끼이이이익! 운전하던 녀석이 급브레이크를 밟으며 핸들을 꺾었다. 장동욱의 차도 놓칠세라 함께 돌았다. 그리고 부릉. 툭!

"시동 꺼졌습니다."

"잘 껐다. 몇 번 거는 척해."

김민규가 그렇게 말할 때였다. 김민규가 타고 있던 차 문이 방망이에 의해 깨졌다. 이어 깨진 창으로 손이 들어오더니 곧 차 문이 양쪽으로 활짝 열렸다.

"이런?"

"김민규, 순순히 아가씨를 넘기는 게 좋을 거다."

어느새 장동욱과 몇 명이 김민규의 차를 에워싸고 있었다. 김민규는 가만히 눈을 감았다가 떴다.

"이거 장동욱 아니신가? 영광이로군. 그런데 어쩌지? 난 지금 이 아가씨를 보내줄 생각이 없는데?"

김세화가 고개를 돌렸다. 김민규의 말은 결코 진심이 아니었다.

'아주 아깝게 놓치는 거지.'

그 말이 김세화의 귓속을 맴도는 찰나, 김민규는 거짓말처럼 열린 차 문을 통해 튀어나오며 그 반동으로 앞에 있던 한 녀석의 턱을 구둣발로 후려갈겼다. 빽!

"억."

와그작! 순식간에 부서진 녀석의 이빨이 붉은 피와 함께 허공에 치솟았다. 김민규는 전투 자세를 취하며 사방을 둘러보았다

"어디 데려갈 테면 데려가 봐, 장동욱."

68.

장동욱은 아이들을 손짓으로 물리치고 김민규 앞에 섰다.

"괜히 아무 죄도 없는 여자 괴롭히지 말고 사라져라."

"훗."

김민규는 더 들을 것도 없다는 듯이 오른발을 차올렸다. 장동욱이 슬쩍 어깨를 젖히며 왼쪽 팔꿈치로 김민규의 발목을 쳤다. 그러나 그와 동시에 김민규의 왼발이 그대로 장동욱의 허벅지를 후려갈겼다.

퍽!

"음?"

장동욱이 비틀거리다 자세를 고쳐 잡았다. 김민규가 소리쳤다.

"찬이파에 장동욱이 있다면 동해에는 김민규가 있음을 잊었는가!"

"놀랍군."

장동욱이 어깨를 으쓱했다.

"하종화의 칼에 찔린 어깨는 아직 다 낫지 않은 것 같은데? 그럼에도 불구하고 꽤 하는군."

"듣자니 이정우는 아직 칼에 구멍이 난 왼손 때문에 주먹을 제대로 못 쥔다지? 하지만 누가 이정우를 이빨 빠진 호랑이로 보겠나?"

"좋다, 일대일로 하자."

"아니, 그럴 수 없지. 누가 뭐라고 해도 너는 장동욱. 하종화,

맹수현과 더불어 찬이파의 삼인방 아닌가? 부상당한 몸으로 그런 자와 일대일로 싸울 순 없지."

"김민규, 숫자로 싸우면 우리가 훨씬 많다. 이러나저러나 너한테 불리한 건 마찬가지야."

"정말 그렇게 생각해?"

김민규는 눈으로 빠르게 주위를 둘러보며 뇌까렸다. 그리고 왼발을 축으로 삼고 오른발은 슬쩍 앞으로 디뎠다. 그와 동시였다.

"타앗!"

"엇!"

"여기 마담 없나?"

이정우의 후계자 계승식에 참석했던 충청도의 최석우가 단란주점 퀸의 문을 열고 소리를 치고 있었다. 퀸은 한때 여왕벌이라는 이름으로 단란주점보다 하우스로 이용되었던 곳임은 잘 알고 있을 것이다.

"누구세요?"

최석우가 몇 번 소리를 치니 한쪽 구석에서 누군가 고개를 내밀었다. 심영주였다.

"당신이 마담이야?"

"그런데요?"

"어려 보이는데? 뭐, 어쨌든 좋아. 여기 단란주점 뒷마당에 예전에 하우스로 쓰던 곳이 있다며?"

"누군데 다짜고짜 그런 소리를 하는 거예요?"

"여기가 구인철 영역이지?"

"그, 런데요?"

"난 최석우다. 이번에 새로 구 영감 밑에서 일하게 되었지."

밑에서 일한다는 사람이 구인철을 서슴없이 영감이라 부르고 있었다. 심영주는 그런 최석우를 의심 어린 눈길로 바라보았다.

"하우스 어디야?"

"이것 보세요! 다짜고짜 뭐 하는 짓이에요?"

그때였다.

"비켜줘라, 심영주."

최석우의 뒤에서 낯익은 목소리가 들렸다. 심영주의 눈길이 급하게 최석우의 등 뒤를 향했다.

"헉."

심영주가 자기도 모르게 신음을 내었다.

"이정우……."

"오랜만이군."

이정우가 최석우의 앞으로 빠져나왔다. 심영주는 손으로 입을 가렸다.

"시간이 없으니 빨리 말하지. 하우스에 지금부터 구인철의 식구로 가장한 내 아이들이 진을 치게 될 거야. 특별히 퀸에는 피해주는 일 없을 테니 염려하지 말고."

"맙소사, 이게 어떻게 된?"

"그리고,"

뭐라고 입을 열려던 심영주의 말을 이정우는 급하게 잘라내었다.

"내 친구들이 며칠 내로 올 거야. 미용실에서 공부하는 김보영이라는 애가 오거든 하우스의 방 하나를 따로 내주고 단란주점에서 간단하게 일을 시켜."

"미용실에서 공부하는 김보영?"

"그래, 알아보기 쉬울 거야. 김보영이 애들 몇 명 데리고 오면 일을 좀 가르쳐."

"일만 가르치면 돼요?"

이정우는 고개를 끄덕였다.

"일단은."

"일단은?"

"여자애들 몇 명과 웨이터 할 남자애 한두 명 정도가 찾아올 거야."

"도대체 무슨 일이에요?"

"자세히 말해줄 수는 없지만 내가 지금 뭔가 일을 꾸미고 있어. 지금은 하나하나 준비하는 과정이야."

그러면서 이정우는 최석우의 어깨를 짚었다.

"이 친구 새끼들 거처가 될 만한 곳이 여기밖에 없더군. 그럼 부탁해도 될까?"

"어떻게 거절하겠어요? 오갈 데 없는 날 받아준 분인데."

"난 그렇게 생각하지 않아. 어쨌든 그럼 얘기는 된 걸로 알겠다.”

“잠깐만.”

심영주가 이정우를 불렀다.

“다시 돌아오나요?”

이정우가 씩 웃었다.

“지금은 일산에 머무르고 있다.”

“일산?”

이정우는 더 이상 아무 말 하지 않고 몸을 돌렸다. 그런 이정우의 등 뒤를 심영주의 눈길이 좇는데, 최석우가 힘주어 말했다.

“곧 돌아와.”

“예?”

“돌아오느냐고 물었잖아? 내가 대신 대답해주지. 조금만 기다리면 돌아올 거야.”

“…….”

순간 최석우는 목소리에 힘을 주며 단호하게 말했다.

“황제의 지위로.”

“윽!”

김민규가 한쪽 무릎을 꿇었다. 장동욱이 그런 김민규의 턱을 걷어 올렸다. 퍽!

“컥!”

“이제 끝났나?”

장동욱이 주위를 둘러보았다. 이미 김민규 외 동해 쪽 녀석은 바닥에 뻗은 지 오래였다.

"아직 안, 끝났다."

"다리는 풀렸어, 김민규."

김민규는 부들거리며 넘어졌던 몸을 힘겹게 일으켜 세웠다.

"장동욱, 내가 부상만 없었다면 너 같은 녀석은……."

장동욱은 말없이 훌쩍 김민규를 향해 날아올랐다. 후드득. 옷이 바람결에 펄럭이는 소리가 요란하게 울렸다. 그리고 퍽! 장동욱의 무릎이 그대로 김민규의 턱을 강타했다.

"끄윽!"

이번에야말로 김민규는 일어설 수 없을 정도의 강력한 충격을 받았다. 머리가 떨어질 것처럼 뒤로 꺾이더니 그대로 고목처럼 바닥에 내리꽂혔다. 쿵!

"내리십시오."

완전히 바닥에 무너져 혼절해버린 김민규를 내려다보며 장동욱은 차 문을 열고 김세화를 맞았다.

"고, 고마워요."

"타십시오."

"예."

장동욱은 김세화를 차에 태우고 자신과 함께 온 녀석들을 깨웠다. 놈들은 모두 김민규에게 맞아 일찌감치 바닥에 누워 있었다.

"운전은 내가 해야겠군. 김민규, 부상이 낫거든 다시 보자."

장동욱은 김세화를 뒷자리에 태우고 자신은 운전석에 앉아

차를 몰았다. 그리고 빠르게 도로에 올라 어딘가로 질주했다. 그 순간,

"우욱, 아프군."

김민규는 고개를 이리저리 기울이며 몸을 일으키고 있었다. 그리고는 장동욱의 주먹에 일찌감치 나가떨어진 녀석을 발로 툭툭 건드려 깨웠다.

"일어나라. 언제까지 누워 있을 거야?"

"으음, 부장님, 어떻게 된 겁니까?"

"계획대로 되었다."

"장동욱한테 일부러 져준 겁니까?"

"일부러 져주는 인상을 주고 어떻게 장동욱 같은 인간을 속이겠냐? 난 죽을 힘을 다해 싸웠다."

"그럼 장동욱한테 안 되는 겁니까?"

"훗."

김민규가 피식 웃었다.

"나는 아직 부상이 완치되지 않았기 때문에 사생결단으로 싸워도 장동욱을 이길 수 없음을 알고 있었어. 차라리 부상이 이럴 땐 도움이 되는군."

"예?"

"내 몸이 멀쩡했다면 져줘야 했을 테니까. 그런 연기는 익숙하지 않아서 말이야."

김민규는 한 손으로 품속의 담배를 꺼내 들었다.

"이런 다 찌그러졌군."

그리고는 익숙한 솜씨로 담뱃갑을 구두 굽에 툭툭 쳐 입으로 장초 하나를 빼내었다. 장초는 격투에 찌그러져 이상한 모양을 하고 있었다.

"이제 연락을 기다려볼까? 이정우가 어디에 숨어 있는지부터."

"어디로 가는 거예요?"

김세화는 두려움이 가득한 목소리로 소리치듯 물었다. 장동욱이 차분하게 대답했다.

"일산으로 갑니다. 당분간 그곳에서 모시겠습니다."

"일산이요?"

"예, 서울 외곽 지역이면 김민규도 쉽게 찾아내지는 못할 겁니다."

"서울 외곽 일산."

김세화는 몇 번이고 그 말을 중얼거렸다.

"왜 그런 데 있는 거예요?"

"도약하기 위해서 웅크린 것입니다. 조만간 서울로 진입할 겁니다."

"그, 그래요?"

김세화의 가슴이 두근두근 뛰었다. 김민규의 당부가 아직 귓가에 메아리치는 듯했다.

'아가씨는 미끼입니다. 숨어 있는 정우가 나타날 미끼.'

70.

시간이 흘렀다. 거의 12시가 가까운 밤이 되어서야 김세화는 이정우가 있다는 일산의 모처에 도착할 수 있었다. 김세화는 호텔처럼 꾸며진 방에서 샤워를 하고 몸을 단정히 하고 난 후에야 이정우를 만날 수 있었다.

"괜찮나?"

이정우도 밖으로 돌아다니다 이제 들어온 모양이었다. 나이트클럽에서 볼 때와는 다르게 간단한 면바지에 머리에는 모자를 쓰고 있었다. 이정우는 거실에서 모자를 벗고 눌린 머리를 손으로 쓸어 올리며 김세화에게 손짓했다.

"거기 소파에 앉아."

"예."

"그렇게 다친 데는 없군. 여긴 내가 거주하는 집 별채야. 생활하는 데 불편한 건 없을 거야."

"예."

이정우는 손수 싱크대로 가 컵 두 잔을 빼내 들었다. 그리고 냉장고에서 주스 병을 꺼내 잔을 채웠다.

"술을 줄까?"

"아니요."

"이렇게 건네주는 것 맞나?"

"쟁반에 담아서 오면 각자 알아서 컵을 들어 올리는 거예요. 하지만 이렇게 건네주는 것도 나쁘진 않아요."

"훗."

"생각보다는 신수가 좋네요?"

"그렇게 보여?"

김세화는 고개를 끄덕였다.

"그런데 여긴 어디예요?"

"서울 외곽."

"외곽이요?"

이정우는 쉽게 입을 열지 않았다.

"쉬고 있어."

그리고 이정우는 가볍게 잔을 부딪치고는 단숨에 주스를 마신 후 별채를 빠져나왔다. 본채에는 이상찬이 거실에서 TV를 보다가 들어서는 이정우를 보고 소리를 낮췄다.

"김세화에게 외상은?"

"안 보입니다."

"그럼 좋지 않아."

"장동욱이 거의 사투를 했다는데, 설마 그렇기야 하겠습니까?"

"설마? 설마가 사람 잡지."

이상찬은 아예 TV를 꺼버리며 소파에 기대앉은 이정우를 돌아보았다.

"끄나풀일지도 몰라. 긴장을 풀지 마. 어쨌든 조심해서 나쁠 건 없으니까."

"그러죠."

이정우가 고개를 뒤로 젖히며 대답했다. 피곤이 쌓인 듯 늘어진 모습이었다.

"만약 회장님 말씀대로라면……."

이정우가 천장을 보면서 입을 열었다. 느릿느릿한 것이 거북이 같은 말투였지만 한마디, 한마디 하면서 무언가를 생각하고 있는 것 같았다.

"어쩔 텐가? 내 말이 맞다면?"

"섭섭하겠지요."

"훗, 명언이군."

일주일이 지났다. 김민규에게서 별다른 보고가 없자 현태철은 곧장 김민규를 불러들였다.

"어떻게 된 거야?"

"죄송합니다."

"내가 쥐새끼를 찾아내라고 했을 텐데?"

"조금 다른 방식으로 접근했습니다만 아직 효과가 없는 것 같습니다."

"다른 방식이라니?"

"예전에 이정우 개인 교습을 해주었던 아가씨를 잠입시켰습니다. 그런데 아직 소재지를 파악하지 못한 것 같습니다."

"연락은 주고받나?"

"하루에 한 번씩 문자 메시지나 메일이 옵니다."

"그게 뭐야?"

현태철은 못마땅한 듯 이맛살을 찌푸렸다.

"가뜩이나 안팎으로 힘든 마당에 이런 일로 시간을 끌면 곤란해."

"죄송합니다."

"요즘 최욱이 비협조적이야. 하부 조직에서 문제 일으킨 거 아냐?"

"모르겠습니다."

"김정한은 꽁꽁 숨었고 간척 사업권은 진전이 안 되는군. 전부 몸 사리는 추세야. 이정우는 어디 숨어서 무슨 꿍꿍이짓을 하는지 모르겠고, 내가 고민이 많아."

"죄송합니다."

"다친 곳은 괜찮아? 어깨였나?"

"다행히 이제 다 나았습니다."

"츠읏, 앞으로는 조심해. 하종화는 감옥에 들어갔으니 이제 널 위협할 만한 상대는 이정우밖에 없겠지?"

"장동욱도 있습니다."

"그렇군. 요즘은 무료해. 뭔가 깜짝 놀랄 일이 벌어져야 하는데 말이야."

그때였다. 삐리리리. 현태철은 눈썹을 슬쩍 들어 올리며 전화를 받았다.

"뭐야?"

"이사님, 구인철이라고 아십니까?"

"구인철? 가만있자."

현태철은 생각이 날 듯 말 듯하여 눈을 깜박거렸다. 김민규가 말했다.

"예전에 명동으로 들어오려다 밀려난 퇴물입니다."

"아, 기억나는군. 구인철이 왜?"

"구인철이 업소 정비를 하는데 접대를 하고 싶다고 사람을 보내왔습니다."

"이런, 별 신경도 안 쓰는데 알아서 기는 놈이군. 들여보내."

현태철이 전화를 끊고 기다리는데 10초도 지나지 않아 건장한 사내가 양복의 깃을 세우며 들어서고 있었다. 한 손에는 바구니를, 다른 한 손에는 편지 봉투를 들고 있었다.

"이사님을 뵙게 되어서 영광입니다."

사내의 머리가 거의 땅바닥까지 내려갔다.

"구인철 밑에 있나?"

"예, 별호는 갈치입니다."

"갈치. 나도 말로만 들었는데 부산에 갈치라고 있지. 부산에서는 힘 좀 쓰나 보던데 설마 그 갈치는 아니겠지?"

"그렇게 되고 싶습니다, 이사님."

"하하하. 그래, 그 정도만 해도 성공한 것이지. 자네도 그렇게 되길 바라네."

"예, 이사님."

그는 갈치였다. 이정우의 새로운 식구가 된 갈치. 구인철을 사실상 허수아비로 돌려놓은 바로 그 갈치였다.

"여기 과일 좀 사왔습니다."

"거기 놓아."

갈치는 과일 바구니를 탁자 위에 내려놓고 손에 들고 있던 편지 봉투를 현태철에게 올렸다.

"초대장입니다."

현태철은 열어보지도 않고 말했다.

"구인철이 날 초대한다? 그럴 만한 자리가 있나?"

"작은 요정이 있습니다. 저희가 준비한 최고의 계집애들로 모시겠습니다."

"요정? 구인철 그자는 욕심이 많군."

"잘 못 들었습니다, 이사님."

"그만한 나이고 경력이면 어서 은퇴해야지, 끝까지 버티고 있는 게 너무하다 싶단 말이야."

갈치는 그저 고개를 숙인 채 현태철의 말을 듣고 있었다.

"그런데 지금 보니 여태껏 버티는 이유가 있기는 있군. 눈치가 빨라."

"예, 이사님."

"자넨 언제부터 구인철과 함께 일했나?"

"3년 되었습니다."

"3년. 한참 명동 들어간다고 주가 올릴 때군. 1년도 안 되어서 박살났지만."

현태철이 말없이 김민규에게 봉투를 건네주었다. 김민규는 봉투를 열고 내용물을 꺼냈다.

"신장 개업 인사랍니다, 이사님."

"그래?"

현태철은 책상 서랍에서 수표책을 꺼냈다. 그리고는 거침없이 무언가를 적어나갔다.

"여기 1억이다. 개업 사례다."

"아닙니다. 이걸 받으면 구인철 사장에게 제가 죽습니다."

"받지 않으면 내가 죽인다고 하면 되잖나, 안 그래?"

"하, 하지만……."

갈치가 당황하는 척하고 있는데 김민규가 현태철에게서 수표를 받아서 갈치가 가지고 온 편지 봉투에 담은 뒤 돌려주었다.

"가지고 가시오."

"겁먹을 거 없다. 갈치라고 했지? 화환은 보내준다고 해라. 나 대신 이 친구가 갈 테니 접대 잘하고."

"이사님을 초청하러 왔습니다만."

"3년이나 되었다면서 이사님 성품을 몰라서 그러시나? 그런 자리에 함부로 참석하시는 분이 아니시니 마음만 받고 돌아가시오."

갈치가 멋쩍어하는데 현태철이 이어 말했다.

"이 친구는 사실상 2인자야. 잘 보여둬."

"그, 그렇습니까?"

갈치는 짐짓 놀라는 척하며 김민규를 다시 한 번 보았다. 그러더니 고개를 숙였다.

"몰라 뵈었습니다. 그럼 전 돌아가겠습니다."

"그래, 걱정하지 말라고 해."

갈치가 다시 머리가 땅에 박힐 정도로 인사를 하고 방을 나갔다. 현태철은 피식 웃고 말았다.

"저놈들은 나한테 잘 보이려고 별 쇼를 다 하는군. 난 요즘 머리가 지끈거리는데. 이래서 사람은 강해야 하는 거야."

퀸.

심영주는 일주일 째 합숙 중이던 이정우의 친구들을 불러냈다.

"조만간 호출이 있을 거예요. 그 동안 연습 많이 했죠? 실수하면 안 돼요."

"걱정 붙들어 매세요. 이건 정우 일이니까 우리가 실수할 리 없어요."

김보영이 얼굴을 만지며 말했다. 그러자 모두 고개를 끄덕이며 미소를 짓고 있었다. 그것은 앞으로 일어날 일에 대한 두려움보다는 기대임이 분명했다.

71.

며칠 후 이정우는 아침부터 옷매무새를 만지작거리며 외출 준비를 하고 있었다. 그러는 중에 장동욱이 가만히 옆으로 다가왔다.

"뭐야?"

"김세화가 답답하답니다."

"답답?"

"며칠 동안 방 안에만 박혀 있으니 속이 너무 갑갑하다고 그럽니다."

"그래서?"

"여쭈러 왔습니다. 그대로 내버려두어도 되겠습니까?"

내보내도 되느냐가 아니라 내버려두어도 되느냐를 물었다. 이정우가 픽 웃었다.

"사람이라면 갑갑하겠군. 나도 속이 좁았어. 데리고 와라. 같이 돌아다녀야겠다."

"자칫하다간 이곳이 노출될 수도 있습니다."

이정우가 머리를 손으로 만지며 말했다.

"그러니까 내가 속이 좁았다는 거야. 사람을 의심하기 시작하면 곤란하지. 오늘 저녁 준비는 잘되고 있나? 구인철의 이름으로 초대했잖아."

"현태철 대신 김민규가 참석할 거 같습니다."

이정우는 고개를 끄덕였다. 장동욱이 다시 말했다.

"만약 김세화가 김민규가 심어놓은 자라면 어떡하시겠습니까?"

"그렇다고 해도 달라질 건 없잖아? 여하튼 데리고 와."

이정우의 확고한 목소리를 듣고서야 장동욱은 고개를 숙이고 물러 나왔다. 그리고 곧 김세화가 왔다.

"부, 불렀어요?"

"음, 가지."

"어, 어딜?"

"바람 쐬러."

그 시각, 김민규는 아이들을 불러 모아놓고 정신 교육을 하고 있었다.

"오늘 저녁 구인철의 초대로 너희들 중 20명과 만찬에 가게 된다. 다시 한 번 말하지만, 그 자리는 서울 곳곳에서 중간 보스들이 초대를 받고 오는 자리야. 너희들이 속 편하게 웃고 떠들 수 있는 자리가 아니란 거다. 항상 신중하고 조심스럽게 행동해라."

"예!"

우렁찬 대답이 터졌다. 김민규는 고개를 끄덕였다. 그때 휴대폰이 울렸다.

"여보세요?"

"현이다."

"예."

"조심해라."

"예?"

"갈치 그놈 아무래도 수상해서 부산에 애들 풀어 조사를 해봤다. 부산의 갈치가 맞아."

"그렇습니까?"

김민규는 놀라움을 전혀 내색하지 않았다. 부하들 보는 데서 당황하는 모습을 보이지 않는 것이야말로 김민규의 강점이었다. 현태철이 말을 이었다.

“그놈이 이상찬의 복수를 위해 개인적으로 모사하는지 누군가가 뒤에 있는지는 분명치가 않다. 어쨌든 조심하고 필요하다면 진압해라.”

“그렇습니까? 알겠습니다.”

김민규는 전화를 끊었다. 그리고 어깨들을 다시 돌아보았다.

“조금 전에 했던 말은 모두 잊어라. 여기 전부 몇 명인가?”

가장 앞에 있던 녀석이 대답했다.

“42명입니다.”

“42명 모두 간다. 그리고 이 중 24명은 각 지역의 대표로 참석하게 된다.”

무슨 소리인지 몰라 모두 서로 돌아보고 있었다. 김민규가 말했다.

“너흰 서울 각 지역의 보스다. 내가 술잔을 바닥에 내던지는 게 신호다.”

“뒤집는 겁니까?”

“그렇다. 각자 무기 준비해. 오늘 구인철을 묻어버린다.”

김민규는 차갑게 한마디를 던지고 곧 참석하기로 예정되어 있던 각 지역 보스들에게 연락을 취해 그들의 움직임을 막았다. 김민규는 어깨를 돌려보았다. 하종화의 칼에 맞았던 어깨가 아직 쑤셨다. 하지만 어차피 칼을 맞고 살아온 삶이었다. 이 정도라면 완치된 거나 다름없었다.

“뒤에 누가 있는지 모르겠지만, 동해를 너무 쉽게 생각했어.

대가는 비쌀 것이다."

심영주는 김보영의 무리들과 함께 단이라는 요정에서 한참 무언가를 준비하고 있었다. 김보영이 데리고 온 아이들 중 여자들은 한복을 차려입고 그릇을 닦았고 남자들은 웨이터 차림으로 이곳저곳을 왔다 갔다 하고 있었다. 한참을 그러고 있는데 갈치가 찾아와 김보영을 불렀다.

"보스 친구지?"

"보스? 정우 출세했네. 그런데요?"

"너도 룸에 들어가?"

"난 안 들어가요."

갈치가 고개를 끄덕였다.

"좋아, 그럼 보스한테 연락 좀 취해줘."

"무슨 연락이요?"

"자리가 무르익으면 내가 술을 더 가져와야겠다고 웨이터를 부를 거야. 그때 네 친구가 주문을 받을 텐데, 거기에 메시지가 담겨 있어. 그걸 보스한테 전달해줘."

"그럴게요. 그런데 오늘 위험해요?"

"모르지. 성공하면 단숨에 다 넘겨버리는 거지만 만약 실패한다면……."

김보영이 단호하게 말했다.

"실패는 없어요."

갈치가 겁 없는 김보영의 목소리에 쓴웃음을 지었다.

"그렇군. 어쨌든 너희들은 위험할 일 없어."

그 시각, 이정우는 부하가 모는 차를 타고 김세화와 함께 일산을 벗어나고 있었다.

"어때? 바깥 공기 마시니까 좋은가?"

"모르겠어요."

"기분 풀라고. 외식이나 할까?"

"어디 가는 거 아니에요?"

이정우는 앞좌석의 시계를 보며 말했다.

"아직 세 시간 남았어."

"세 시간? 어디로 가는데요?"

"공항 있는 쪽으로."

"강서?"

이정우는 고개를 끄덕였다.

"거기 뭐가 있어요?"

"뭐가 있기는 한데 거기로 갈지 말지는 결정하지 않았어."

김세화가 침묵했다. 그러더니 불현듯 입을 열었다.

"나 화장실이 급해요."

"저기 건물 앞에 차 세워."

이정우의 화법은 간단했고 경쾌했다. 이내 차가 건물 앞에 정차하자 이정우가 말했다.

"안에 화장실 있을 거야. 일 보고 와."

김세화는 인사라도 하듯 고개를 까딱거리고 차에서 내렸다.

그리고는 주위를 살피며 건물 속으로 들어갔다.

"뭔가 이상하지 않습니까?"

김세화가 완전히 건물 안으로 사라지자 운전을 하던 녀석이 지금껏 침묵하던 입을 열었다.

"뭐가?"

"아니, 그냥 동작이나 태도가 쫓기는 것 같습니다."

"그래?"

이정우가 대수롭지 않게 대꾸했다. 하지만 그는 어느새 손으로 턱을 괴고 무언가 생각에 잠겨 있었다. 그리고는 낮게 중얼거렸다.

"어쨌든 상관없어."

"준비됐나?"

한편 김민규는 마지막 점검을 하고 있었다. 각 서울 지역 보스를 대표하도록 훈련받은 녀석들은 말쑥한 차림이었다.

"미리 얘기해놨으니 24명은 각자 약속된 장소에 가라. 지역 보스들의 차가 대기하고 있을 거다. 그 차를 타고 진짜인 것처럼 의젓하게 굴도록 해라."

"예."

"좋다. 이제 두 시간 남았다. 흩어질 녀석들은 지금부터 출발해라. 다른 녀석들은 무기 챙기고 명령 시각까지 대기해."

그러자 모두 소리 없이 고개를 숙였다. 침묵 속에 움직이는 자들이 정말 강한 자들이다. 김민규는 마지막 점검을 마치고 김세화에게서 온 문자 메시지를 열었다.

"강서 쪽이라. 밀려나고 밀려난 구인철의 현재 거점이군. 모든 것이 일치하지? 구인철의 뒤에 있는 건 이정우 너였나?"

김민규는 표정 없이 어딘가로 전화를 걸었다.

"나다."

"이정우의 신변을 발견했습니다."

"그래?"

상대는 현태철이었다. 김민규가 낮은 목소리로 말을 이었다.

"이정우는 일산에 거점을 두고 있으며 오늘 구인철의 행사장으로 향하고 있습니다. 참석할지는 정확히 알 수가 없다고 합니다."

"그런가?"

"예, 아이들 증원해야겠습니다. 구인철도 묻어버리고 완전히 쓸어버리겠습니다."

"좋다. 정확한 위치를 말해라. 완전히 쓸어버릴 정도의 인원을 보내줄 테니까."

재깍, 재깍.

시간이 계속 흐르고 있었다. 김보영은 테이블 세팅을 도와주다 문득 벽에 걸린 시계를 바라보았다.

"앞으로 30분."

"뭘 생각하고 있나?"

어느새 다가온 갈치가 조용히 김보영의 어깨를 손으로 짚었다. 김보영이 그 손을 툭 쳐내며 말했다.

"그냥 긴장돼서요."

"홋홋, 별일 없을 거다. 우리 계획은 완벽해."

갈치는 자신만만하게 말했지만 어쩐 일인지 김보영은 불안했다.

"그렇겠죠?"

72.

"입장하십니다!"

"기립!"

시간이 되었다. 김민규가 꾸며서 보낸 가짜들이 속속 차를 몰고 나타나 입장을 시작했다. 그리고 김민규는 남들보다 조금 늦게 도착해 안내를 받았다. 갈치가 모두를 일일이 안내했고 구인철은 말쑥한 양복 차림으로 나와 한 명, 한 명과 손을 맞잡았다.

"어서 오십시오."

"예, 수고가 많으십니다."

구인철은 그러나 이상한 느낌을 받고 있었다. 비록 자신이 이제 변방으로 밀려난 신세라고는 하지만, 그래도 이렇게 북적대는 인파 중에 아는 얼굴이 하나도 없다는 것은 아무래도 이상했다. 정말로 김민규 외에는 아는 얼굴이 없었다. 하다못해 2

년 전까지 입성하려고 기웃대던 명동에서 왔다는 녀석도 전혀 생소한 얼굴이었다.

"성함이 어떻게 되십니까?"

"김수경입니다."

"김수경? 내 알기로는 이승우일 텐데……."

"직접 오실 거 없지 않습니까? 제가 대신 왔습니다."

구인철은 눈알을 번득이는 김수경이라는 사람 앞에서 그냥 물러섰다. 가만히 보고 있자니 아무래도 이들의 진짜 모습이 궁금해지고 있었다. 오랫동안 이쪽 세계에서 살아왔던 갈치도 무언가 이상한 점을 느끼고 있었다. 지금 몰려든 이들에겐 보스가 가지는 특유의 박력이 없었다.

"내 자리는 어디요?"

갈치가 인상을 쓰고 있는데 김민규가 다가왔다. 갈치가 웃었다.

"현 회장님을 대신해서 오셨으니 당연히 최상석입니다."

"그렇군."

김민규는 고개를 빳빳이 들고 있었다. 일전에 갈치를 보았을 때는 그래도 제법 신사다운 면모가 있었는데 지금은 전혀 아니었다. 자리는 방 네 개의 문을 터서 길쭉하게 마련되었다. 김민규는 맨 윗자리에 앉아 양옆으로 쭉 늘어앉은 자신의 부하들을 둘러보았다. 김민규의 바로 오른편에는 구인철이 앉았고 구인철의 옆에 갈치가 자리했다.

"찾아주셔서 영광입니다."

구인철이 먼저 고개를 숙였다. 김민규가 고개를 끄덕였다.

"이사님을 대신해서 왔는데 섭섭하게 생각지 마십시오."

"여부가 있습니까? 물론입니다."

그때 한복을 곱게 차려입은 여자들이 우르르 들어왔다. 그중에는 이정우가 김보영을 통해 심어놓은 아이들도 있었다. 김민규가 여자들을 보고 차갑게 말했다.

"너희들은 물러나라."

순간, 맨 앞에 섰던 심영주와 갈치의 눈이 마주쳤다. 심영주가 곧 살갑게 웃었다.

"술을 따라드리려는데요."

"자작할 테니 물러가라."

한복을 입은 여자들이 서로 돌아보았다. 이건 전혀 예상치 못한 일이었다. 순간 김민규가 고함을 쳤다.

"물러가라지 않아!"

꽝! 동시에 손바닥으로 탁자를 내리치고 있었다. 당황한 갈치가 서둘러 사태를 수습했다.

"너희들은 빠져라."

별 수 없었다. 여자들이 뒷걸음을 치며 방에서 물러서고 있었다. 그러자 갈치가 너털웃음을 터뜨렸다.

"하하하. 이거 안 좋은 일이 있으신가 보군요. 아이들이 조금 놀란 것 같습니다."

"갈치라고 했나?"

김민규는 웃지 않았다. 현태철과 함께 갈치를 대할 때는 존중을 해주던 김민규였지만, 지금은 압도하려 하고 있었다. 김민규는 빠르게 눈동자를 굴리며 주위를 살피더니 갈치를 향해 잔을 내밀었다.

"따라라."

"예?"

"따르라고 하지 않나?"

"예, 예."

갈치가 술병을 들었다. 그때 김민규가 낮게 말했다.

"웨이터가 30명 남짓에 기도가 30명 정도. 합이 60."

"예?"

김민규는 갈치가 따라주는 술을 받으며 차갑게 말했다.

"한 가지 물어보자. 영업권을 뺏기 위해 너는 행동 대장으로 나서서 아이들을 끌고 업소를 치러 갔다. 업소에는 60명 정도가 있었다. 너에게 주어진 아이들은 40명 정도. 이럴 때 어떻게 하겠나?"

갈치가 빠르게 머리를 굴렸다. 김민규의 의중을 짐작할 듯 말 듯 모호해지고 있었다.

"어떻게 하겠나?"

"기습을 하면 가능성이 있다고 생각합니다."

"기습?"

"예."

김민규는 갈치가 따라준 술을 홀짝 마셨다.

"나 같으면 증원을 요청하고 퇴로를 다 막아버리겠다. 기습은 그다음에 하겠지."

"말씀을 듣고 보니 그런 것 같습니다."

갈치는 긴장하고 있었다. 김민규가 떠드는 말이 지금 상황을 빗대어 하는 말이라는 걸 모르는 갈치가 아니었다. 구인철도 잔뜩 긴장하고 있었다. 또 김민규 외에는 그 누구도 술을 입에 대지도 않고 있었다.

"따라라."

김민규가 다시 술잔을 내밀었다. 갈치는 손을 뻗어 술병을 잡으려다 그만 잘못 건드려 탁자 위에 쓰러뜨리고 말았다. 쿠당탕. 술병 안의 술이 김민규의 옷에 튀며 술상 밑으로 흘러내리고 있었다. 갈치가 당황하며 급하게 웨이터를 불렀다.

"여기 행주 좀 가져와라."

김세화는 아무 일도 없다는 듯 건물에서 나와 다시 이정우의 차를 타고 어딘가로 향하고 있었다.

"아직 목적지에 도착 안 했어요?"

"응."

"나 화장실 간 동안 뭐 했어요?"

"전화."

"누구한테요?"

"여자."

"칫, 정말 대답 짧으시네."

김세화는 팔을 쭉 앞으로 내밀며 기지개를 켰다.

"그래도 한결 기분 좋아졌어요. 역시 바깥 공기가 좋아요."

이정우는 대답하지 않았다. 대신 무언가를 기다리는 듯 가끔 시계를 들여다볼 뿐이었다.

급하게 다가온 웨이터에게 갈치가 낮게 말했다.

"술을 다시 가져와. 그리고 행주도 좀."

웨이터는 고개를 숙이고 서둘러 주방으로 나는 듯이 달려갔다. 그곳엔 김보영이 있었다.

"행주 가지고 오래."

"행주?"

웨이터는 고개를 끄덕였다. 김보영도 고개를 끄덕였다.

"알았어. 연락할게."

웨이터는 빠르게 고개를 끄덕이고는 새 술병을 가지고 주방을 나섰다. 김보영이 급히 이정우에게 전화를 넣었다. 띠리리리.

그 시각 김민규의 휴대폰도 울리고 있었다.

"예, 지금 모두 모여 있습니다."

갈치는 새로 받은 술병을 들고 김민규가 전화 끊기를 기다렸다.

"현 이사님입니까?"

"그렇다."

김민규는 술잔을 든 채 다시 입을 열었다.

"아까 하던 얘기를 다시 해보지."

"예."

"응원군이 와서 퇴로를 막고 나면 기습을 해도 성공할 확률이 높아진다."

"그렇지요."

"자, 나에게 방금 한 통의 전화가 왔다. 만약 너라면 언제 기습을 하겠는가?"

"예?"

갈치는 도통 모르겠다는 시늉을 했다.

"모르겠습니다. 한 수 가르쳐주십시오."

"그럴까?"

그 순간이었다. 김민규는 술이 가득 차 있던 술잔을 그대로 던져버렸다. 동시에 목석같이 앉아 있던 녀석들이 순식간에 품에서 무기를 꺼내며 일어나고 있었다. 와장창! 술상이 뒤집어졌다. 갈치의 눈동자가 돌아가는 찰나 김민규는 그대로 술병을 들어 갈치의 머리를 내리찍었다. 와장창!

"으헛."

구인철이 저도 모르게 몸을 웅크리는데 이미 술상 건너편에서 넘어온 한 녀석이 구인철의 허리에 칼을 찔러 넣었다.

"끄억."

동시에 김민규의 일갈이 터졌다.

"개새끼들, 다 쓸어버리겠다!"

73.

"꺄악!"

비명이 터졌다. 김민규의 어깨들은 순식간에 요정을 난장판으로 만들고 있었다. 구인철은 허리에서 피를 흘리며 엉금엉금 기었고 갈치는 머리에서 피를 흘리며 비틀거리고 있었다. 어딘가에서 기도들이 우르르 몰려나왔지만, 느닷없이 치고 들어온 김민규의 기습에 허둥대고 있을 뿐이었다. 김민규는 주머니에 양손을 찔러 넣고 피를 흘리는 구인철과 갈치를 거만하게 내려다보고 있었다.

이정우는 김보영으로부터 전화를 받고 침묵에 잠겨 있었다.

"무슨 전화예요?"

김세화가 뭐라고 말했지만 이정우는 대답하지 않았다. 운전하던 녀석이 입을 열었다.

"잘못된 거 아닙니까?"

"타이밍이 틀어졌지만, 아직 결과가 난 건 아니야."

김세화는 이정우를 다시 한 번 돌아보았다. 일이 틀어진 것 같은데 무언가 믿는 구석이 있는 듯 동요가 없었다. 설마 그냥 대범한 척하는 건 아닐 테고.

"김세화 선생,"

이정우가 앞을 가만히 보며 무겁게 입을 열었다.

"예?"

"김민규는 어떤 사람이었지?"

"그, 글쎄요. 난폭하고 못된 사람이었어요."

처음으로 신변에 대해 묻는 이정우였다. 김세화는 조금 당황했다. 이정우가 고개를 저었다.

"거짓말이군."

"예?"

"일부러 나쁘게 말할 필요는 없어. 난 김민규를 조금은 아니까."

"그, 그래요?"

"김민규를 나쁘게 말하는 건 나한테 숨기는 게 있다는 말이겠지?"

김세화는 대답하지 않았다. 등에서 저도 모르게 식은땀이 흘러내리고 있었다. 이정우가 말했다.

"너무 자만하지 마. 장동욱한테 연결해라."

"예."

운전사는 거치된 휴대폰을 만지며 어딘가로 전화를 걸었다. 곧 장동욱의 목소리가 차내 스피커를 타고 울려 나왔다.

"예."

"타이밍이 틀어졌다."

"그럼 지금 들어갑니까?"

"아니다. 그래도 대기해. 20분 후 모두에게 연락해서 일제히 치고 들어가."

"알겠습니다."

김세화가 이정우를 돌아보았다.

"무슨 얘기예요?"

"김세화."

"예?"

"화장실에 갔을 때, 내가 여자와 통화했다는 말 기억하나?"

"그런데요?"

"그 여자가 움직이기 전에는 나도 움직이지 않아."

"그 여자가 움직이면 어떻게 되는데요?"

"서울이 비어 버리지. 많은 경찰들이 한쪽으로 몰리게 될 테니까."

"그, 그럼?"

김세화의 가슴이 두근거렸다. 이건 무슨 소리야?

애애애애앵. 도심을 가로지르는 건 분명 경찰차와 호송차였다. 각 지검과 지서에서 연합하여 보내는 의경이 수백에 이르고 있었고 채수연도 직접 차를 몰고 신고 받은 현장으로 달려가고 있었다. 치직.

"채수연입니다."

"나다, 임수철. 조폭들이 전쟁을 치르고 있다는 신고가 들어왔다며?"

"예, 익명을 요구한 제보자였습니다."

"익명을 요구해? 누군지 안다는 소리인가?"

"알고 있습니다."

"신빙성 있는 거야? 김정한에 대한 뒷조사는 해봤어?"

"요즘은 조용합니다. 최욱이 조금 이상하고요."

"최욱? 법무부 장관?"

"참, 최욱을 좀 막아주시겠어요? 아무래도 현태철과 커넥션이 있는 것 같아서요. 제동 걸어버리면 우리만 곤란해지니까."

"알았다. 신고는 자네가 받아도 현장 지휘는 대검에서 나가는 도명우가 할 거야. 충돌하지 마."

"알겠습니다."

채수연은 더욱 힘껏 액셀을 밟았다. 번쩍, 하고 무인 카메라가 터졌다.

"으아아아! 이 개새끼들."

순식간에 무너져 초토화가 될 것 같았던 갈치의 부하들은 이내 조직을 정비하며 난타전을 벌이고 있었다. 그 선두에 선 건 뜻밖에도 김보영이었다.

"개새끼들이 죽으려고."

김보영은 주방에서 들고 나온 식칼을 들고 복도 모서리에 몸을 숨기고 있다가 다가오는 김민규의 수하들을 가차 없이 쑤시고 있었다. 웨이터로 변장하고 있던 이기주도 몸을 날렸다.

"씨바!"

"죽여!"

"뽀개버려!"

구인철과 갈치는 불의의 습격에 거의 정신을 못 차리고 있었지만, 갈치의 부하들은 김보영의 지휘로 빠르게 안정을 찾아가고 있었다. 김보영이었기에 가능한 지휘였다.

"야! 왼쪽! 칼 받아!"

창창창! 요정의 문이 이리저리 떨어지고 부서졌지만 아무래도 실내는 좁았다.

"구석에 박혀! 너 지금 나가!"

김보영의 앙칼진 목소리가 째질 듯 터져 나오기가 여러 번. 양손을 주머니에 찔러 넣고 보고만 있던 김민규가 드디어 몸을 움직이고 있었다. 복도 끝에 나타난 김민규를 보고 김보영이 앞장서 있던 이기주에게 소리쳤다.

"앞에 한 놈!"

"알았다."

이기주가 다리를 차올렸다. 김민규는 주머니의 손도 빼지 않은 채 고개만 살짝 젖히더니 이기주의 공격을 피해내었다.

"어?"

김민규는 레벨이 달랐다.

"애들이 설쳐대는군. 그 나이에 벌써 이러면 곤란하지."

김민규가 잔뜩 고개를 추켜올리며 거만한 자세를 잡았다.

"모두 뒤로 빠져."

뚜벅. 어깨들을 뒤로 물리며 김민규가 한 걸음 앞으로 걸어 나왔다. 이상한 기운이었다. 정신없이 싸우던 이기주와 갈치의 부하들, 그리고 소리소리 질러대던 김보영이 일순 모든 동작을 멈추었다.

"복도에서는 혼자서 여러 명을 상대하기 쉽다. 공간이 좁아서 차례대로 한 명씩 쳐들어올 수밖에 없거든."

뚜벅뚜벅.

"전부 몇 명이야?"

김민규가 눈동자로만 휙 주위를 둘러보았다.

"아직 서 있는 녀석은 20명 남짓, 그리고 저 계집애. 이게 다인 것 같군."

김보영이 주춤했다. 김민규는 아무렇지도 않은 듯 발로 툭툭 바닥을 차고 있었다.

"이 새끼!"

이기주가 몸을 날렸다. 동시에 김민규의 다리가 쭉 뻗어 나갔다. 빽!

"크엑."

멋지게 몸을 띄워 김민규를 공격하려던 이기주가 공중에 뜬 상태에서 김민규의 발에 정통으로 박살나며 떨어졌다. 일순, 모두의 시선이 김민규에게 박혔다.

"뭐야?"

"빠르잖아."

김보영도 침을 삼켰다.

'정우한테 뒤지지 않아.'

김민규는 천천히 주머니에서 손을 빼내며 말했다.

"너희들은 어차피 다 쓸어버린다. 도망갈 생각 마라."

주춤. 갈치의 부하들이 서로 돌아보았다. 그때였다. 김민규가 점프하는 것 같더니 복도의 벽을 차며 앞에 있는 녀석의 턱을 무릎으로 쳐올렸다. 빠각! 녀석의 고개가 떨어질 듯이 뒤로 넘어가더니 몸뚱이도 바닥으로 무너져 내렸다. 김민규는 뒤로 넘어지는 녀석의 몸뚱이를 방금 무릎으로 차올렸던 발을 펼치며 디뎠고, 그 순간 다시 도약하며 반대편 발을 쭉 뻗었다. 꽝!

"카악."

번개 같은 몸놀림이었다. 김보영은 입술을 깨물었다.

그때였다. 위잉. 애애애애앵!

"이건?"

김민규와 김보영이 동시에 바깥쪽으로 고개를 돌렸다. 분명했다. 경찰차의 사이렌 소리였다.

"20분."

바깥에서 장동욱은 시계를 손목에서 끌러내며 낮은 목소리로 중얼거렸다. 장동욱 주위에는 어깨들이 가득했고 장동욱이 바라보고 있는 곳은 전혀 생소한 건물이었다.

장동욱이 무겁게 말했다.

"행동 개시."

74.

지금까지의 상황은 이랬다. 요정 단으로 현태철의 지역 보스들을 불러 모아 쳐버리려 했던 이정우의 계획은 처음부터 뒤틀렸다. 김민규는 자신의 부하들을 지역 보스로 변장시키고 스스로 제압하기 위해 갔던 것이다. 하지만 구인철을 완전히 제압하기 위해 김민규가 실수한 것이 있었는데, 그것은 현태철에게 지원 병력을 요청한 것이었다. 지원 병력이 요정 단 일대를 둘러싸고 완전히 포위하고 있다는 것을 확인한 후에 술잔을 집어 던지며 제압에 나선 김민규는 어느새 200여 명에 달하는 조폭들이 서로 싸우고 있다는 신고를 받고 출동한 경찰 병력에 둘러싸이게 된다. 그것은 곧 최소한의 인원을 남기고 경찰 병력이 한곳에 모였다는 소리였으며, 현태철의 지역 보스들도 상당수가 지원 병력을 보냄으로써 인원의 출혈이 있다는 이야기였다. 한마디로 한곳으로 모두가 집중함으로써 서울이 비어 버린 것이다.

"경찰인가?"

싸움이 멎었다. 이미 요정 단 바깥에서는 현태철이 보낸 지원병들이 경찰에게 쫓겨 다니고 있었다. 몇몇은 도망을 쳤고 몇몇은 저항을 했으나 조직적으로 훈련받은 경찰들이 총기로 위협하며 진압하는 데는 당해낼 도리가 없었다. 곳곳에서 공포탄을 쏘는 소리가 울렸고 눈앞에서 총을 본 조폭들은 저마다 손을 들었다. 인근 건물 위에는 경찰 특공대의 사수가 배치되었고 강서 쪽에서 급파된 형사들도 권총을 들고 미친 듯 휘저으며 다니고 있었다.

"으아아아아!"

퍽! 퍽! 그리고 건물 안에서는 그야말로 정적이 흐르고 있었다.

"훗, 이거 당했군."

김민규는 어깨를 으쓱했다. 김보영이 긴장하며 그런 김민규의 다음 말을 기다렸다.

"이정우는 여기 나타나지 않는 건가?"

"그럴걸?"

"하!"

김민규가 고개를 젖혔다.

"재미있군그래. 이거 아무래도 내가 당한 거지? 쿠쿠."

김민규는 손가락으로 딱 소리를 내었다. 한 녀석이 옆에 서서 고개를 숙였다. 녀석은 김민규와 풍채와 얼굴이 꽤 닮아 있어서 꼭 형제처럼 보였다.

"지금부터 이곳의 책임자는 너다."

"예."

"도망가려는 거야?"

김보영이 소리쳤다.

"어린년이 깡다구가 있군. 내 얼굴에 대놓고 쏘아붙이는 걸 보니."

"비겁하게 이런 데서 도망가려는 건 아니겠지?"

"비겁? 여기서 경찰에 잡혀주기를 바라나 보지? 한 가지 일러둘 테니 나중에 이정우에게 반드시 전해라. 이제부터 시작일 뿐이다. 내가 버티고 있는 한 결코 뜻대로 되지 않을 것이다."

김민규는 그렇게 말하고 슬쩍 눈웃음을 흘렸다. 궁지에 몰린 김민규였지만 역시 흔들리지 않았다.

“알아서 막아봐. 난 알아서 나가볼 테니.”

김민규는 돌아서며 옆에 선 녀석의 어깨를 두드렸다. 녀석은 고개를 숙이고 아무 말 없이 돌아서 걸어 나가는 김민규를 지켜주고 있었다.

“뭐야?”

꽝! 꽝! 그 무렵 장동욱을 중심으로 서울 곳곳에서 동시다발적으로 대대적인 습격이 있었다.

예전부터 이상찬의 식구였던 이들 중 몇몇은 스스로 협력했으며 몇몇은 저항하다 급속하게 무너졌다. 그리고 얼마 후, 이정우는 장동욱의 보고를 받았다.

“장동욱입니다.”

“말해.”

“청담, 명동, 종로, 동대문, 압구정, 광화문 일대를 이사님의 이름으로 접수하였습니다.”

“남은 곳은?”

“강남 일부와 남대문, 건대, 도봉은 현태철의 세력이 지나치게 강합니다. 모두 삼키려다가는 아무것도 되지 않습니다.”

“좋다. S는?”

“S는 주인이 비어 있는 상태입니다. 하종화가 잡혀 나간 후로 현태철도 검찰의 눈이 집중해 있는 S만은 건드리지 않고 있었습니다. S를 건드릴 경우 표적이 됩니다."

이정우는 전화기를 들고 고개를 끄덕였다.

"가면 되나?"

"일월로 오십시오. 이제 다시 일월입니다."

이정우가 전화를 끊었다. 김세화는 불안한 눈동자로 이정우를 바라보고 있었다.

"가자."

"어디로 가요?"

"가면 안다."

"왜 날 데리고 다니는 거예요?"

"궁금해?"

김세화가 고개를 끄덕였다.

"신뢰하기 때문이야."

"뭐라고요?"

"내가 할 줄 아는 건 사람을 믿는 것밖에 없다. 그것이 나중에 나한테 독이 되건 약이 되건."

"난 독일걸요?"

"이유가 있겠지. 난 기다릴 셈이다."

"뭘 기다려요?"

"솔직히 말하고 도움을 요청하기를."

김세화는 다시 한 번 이정우의 얼굴을 바라보았다. 이정우는 묵묵히 앞만 보고 있었다. 도대체 속을 알 수 없었다. 사람이 커서 그런 것인지 단순히 어리석어서 그런 것인지조차 알 수 없었다. 묵묵히 앞을 바라보고 있는 이정우의 옆모습을 보는 김세화의 시선은 떨어지지 않았다.

“진압되었어요?”

채수연은 뒤늦게 현장에 도착해 대검에서 나온 도명우에게 다가갔다. 도명우는 채수연이 검사보 생활을 할 때 함께 일했던 검사였기 때문에 서로 잘 아는 사이였다.

“북부에서 여기까지 오느라 고생했다.”

도명우는 차에서 내려 팔짱을 끼고 운전석에 몸 전체를 기대며 진압 상황을 지켜보고 있었다. 앞에서는 이마가 깨져 피를 흘리며 연행되어 나오는 어깨들이 줄을 이었고 경찰 호송차 인근에는 김보영과 종업원 몇이 모여 서서 형사들에게 무언가를 설명하고 있었다.

“거의 다 끝났어. 잔챙이들 몇 명 놓치긴 했지만, 구인철과 김민규를 체포했어.”

“김민규? 어디 있죠?”

“저기.”

도명우가 가리키는 곳을 보니 경찰차 뒷좌석에 김민규가 고개를 숙이고 있었다. 채수연은 성큼성큼 다가가 창을 두드렸다. 김민규는 고개를 들었다.

“선배, 이게 무슨 김민규라는 거예요?”

“뭐? 무슨 소리야?”

채수연의 도발적인 소리에 도명우도 다가왔다.

"닮았지만 아니에요. 달라도 너무 달라요."

"그런가? 나야 얼굴을 잘 모르니."

"구인철은 어디 있죠?"

"부상을 입고 병원으로 호송되었다. 옆구리에 꽤 깊은 상처가 났어."

채수연은 손으로 머리를 훑었다. 뭔가 일이 자신이 원하는 방향대로 흐르지 않고 있는 것 같았다. 순간 채수연은 한쪽에서 형사의 물음에 답하고 있던 김보영을 발견했다.

"형사님, 잠깐만요."

채수연은 신분증을 보이며 김보영의 허리를 둘러싸고 방향을 돌렸다.

"너 미용실에서 일하지 않았어?"

"못난이 검사? 휴가 받았는데?"

"왜 휴가를 받았는데? 너 여기서 뭐 했어?"

"서빙."

"너도 투 잡이냐?"

"칫, 이거 놓으셔. 난 잘못한 거 없어."

김보영은 채수연의 손을 뿌리치고 다시 형사에게로 몸을 돌렸다. 채수연은 급하게 머릿속을 정리하고 있었다.

'미용실에서 일하던 년이 요정에서 서빙을 했다고? 이건 냄새가 나. 뭔가 의도적으로 짜인 냄새 말이야.'

이상찬의 최대 업소 중 하나라면 정부 요인들과 밀담을 나누던 일월을 빼놓을 수 없었다. 이정우는 밤늦게 일월에 도착했다. 일월을 접수한 장동욱은 이정우를 보자마자 크게 머리를 숙였다.

“내일 아침까지 모두 이곳에 모일 겁니다. 점령한 곳의 인원은 빠지지 않습니다만 지난번 후계자 회의 때 모였던 전국의 인원들이 모두 모일 겁니다.”

“그래.”

이정우는 덤덤하게 일월을 둘러보았다. 그다지 실감이 나지 않았다.

“방을 마련해놓았습니다. 주무시지요. 아이를 넣어드릴까요?”

“됐다.”

이정우는 묵묵히 장동욱의 안내를 받아 방에 들어섰다. 호텔의 특실이 부럽지 않은 호화스러운 방이었다. 이정우는 그 방 한가운데에 앉았다. 어쩐 일인지 잠이 오지 않았다.

다음 날 아침.

“모두 모였습니다. 한 말씀 해주십시오.”

장동욱이 방 밖에서 조심스럽게 이정우의 의사를 물어왔다. 이정우는 그 시간까지 잠을 못 이루고 있어서 금세 일어날 수 있었다.

“그러지.”

이정우는 장동욱의 뒤를 따라 정원으로 나아갔다. 복도를 나아가고 있는데 사람들의 웅성거리는 소리가 들렸다.

"제법 모였나 보군."

"모두 새벽같이 달려왔습니다."

"모두라면 어느 정도야?"

장동욱은 미닫이문 앞에 멈춰 섰다. 그리고 이정우를 돌아보며 살짝 고개를 숙이고 미소 지었다. 문을 열었다.

"이 정도입니다."

"어!"

이정우의 입에서 저도 모르게 감탄사가 터져 나왔다. 정원에는 그야말로 수백 명에 달하는 어깨들이 빽빽하게 들어차 있었다. 미닫이문이 열리자 앞줄에 서 있던 황석현이 큰 소리로 말했다.

"회장에 취임하신 것을 축하드립니다, 이사님!"

그 순간이었다. 뒤에 빼곡히 늘어서 있던 어깨들이 일시에 무릎을 꿇으며 머리를 조아렸다.

"축하드립니다!"

장관이었다. 학교 운동장만 한 넓은 정원이 나무와 돌로 꾸며진 공간을 제외하고 모든 곳이 사람의 숙인 등과 머리로 채워지고 있었다. 미닫이문 사이로 보이는 이정우를 향해 마루 밑에서 모두가 그렇게 고개를 숙인 것이었다.

75.

"당했군."

그날 저녁, 현태철은 산장에 휴식을 취하러 왔다가 뒤늦게 소식을 들었고 서둘러 서울로 향했다. 그리고 호텔에 짐을 풀고서야 경찰망을 뚫고 달아난 김민규와 대면할 수 있었다. 현태철은 소파에 앉아 시가를 입에 물고 무릎을 꿇은 김민규를 내려다보고 있었다.

"면목 없습니다."

현태철은 고개를 저었다.

"좋은 작전이었어. 너를 끌어들이고, 너는 나에게 지원을 요청하고, 나는 각 지역 보스들에게 애들을 뽑아서 지원하라고 명령하고, 동시에 검경이 출동하고. 한 자리에 필요한 최소한의 인원만 제외하고 모두 모아버렸어. 그런 후에 비어버린 서울을 치고 들어갔지. 이건 어쩔 수 없다. 지금 방송과 신문은 이 일로 떠들썩하지? 그것만으로도 시끄러워서 더 큰 것들은 묻혀버리겠군."

현태철 역시 젊은 나이였지만 생각하는 것이 남달랐다.

"어디가 넘어간 거야?"

"본래 이상찬의 구역이었던 곳은 모두 이정우에게 넘어갔습니다. 그리고 통합 전 우리 구역이었던 곳 중에서도 서너 군데가 넘어갔습니다."

"재미있군."

현태철은 소파에서 일어나며 시가를 고쳐 물었다.

"이 상황이 무척 재미있어. 검경을 건드려놨으니 당분간 소모전은 일어날 수 없을 것이다. 우리도 함부로 움직일 수가 없겠지. 그리고 이정우는 그 시간을 이용하여 조직을 정비할 수 있을 거야. 이만하면 우리는 그야말로 완벽하게 당한 거로군."

"제 불찰입니다."

"괜찮아, 오르막이 있으면 내리막이 있는 거야. 내게도 만회할 인원과 병력이 있어. 아직은 실망할 거 없지. 다만,"

현태철은 대범하게 말하면서도 속은 편치 않은 듯 연신 시가를 빨아들였다.

"긴 싸움을 다시 시작해야 한다는 것이 불만일 뿐이야. 나보다 이정우가 어리니까 놈이 더 유리하지 않겠나?"

"아직 애송입니다."

"광개토대왕은 열여덟 살에 천하를 정벌했어. 하지만 누구도 애송이라고 하지 않지."

"……."

"위업이 있으면 나이는 문제가 되지 않아."

"죄송합니다."

"괜찮아, 녀석이 재정비할 때 우리는 한 발 앞서 나가면 돼. 초대장이나 돌리지, 뭐."

현태철은 깊게 시가를 빨아들였다. 김민규는 더욱 깊이 고개를 숙였다.

며칠이 지났다.

"그게 사실입니까?"

구치소에 갇혀 있는 하종화를 차성우라는 남자가 찾아왔다. 그는 본래 구인철의 고문 변호사였지만 최근에 이정우 쪽으로 넘어와 있었다. 차성우의 면회를 받은 하종화의 입이 귀에 걸릴 정도가 되었다. 그리고는 이내 통쾌한 웃음이 터져 나왔다.

"하하하! 그렇다면 내가 이 옥에 들어앉은 보람이 있군그래, 하하하!"

"조금만 기다리시기 바랍니다. 회장님은 당신을 조만간 빼내길 바라고 있습니다. 우선 보석 신청을 해놨습니다."

"나 같은 놈한테 신경 쓸 것 없어요. 괜히 그러다 표적이 되면 어쩌려고?"

"아닙니다. 많은 사람이 당신을 원하고 있습니다."

"그런가? 내가 할 일이 있는 모양이군."

차성우는 의미 있는 미소를 띠며 고개를 끄덕였다.

"가만. 지금 회장은 어디에 있는 겁니까?"

"일월에 거처를 마련하고 있다고 합니다."

"거긴 너무 편해서 뼈가 녹아내리는 곳인데, 걱정되는군요."

그렇게 말하면서 하종화는 자리에서 일어나 옷매무시를 가다듬었다.

"일월이라면 여기서는 남쪽이군."

하종화는 뭔가 생각하더니 이내 남쪽을 향해 큰절을 올리기 시작했다.

"이봐, 뭐 하는 거야?"

한쪽 구석에서 지켜보던 교도관이 그런 하종화를 보고 다가왔다. 그러나 하종화의 입에서 터진 건 통쾌한 웃음뿐이었다.

"하하하! 그 영광을 함께하지 못해서 죄송합니다. 그러나 마음으로 기뻐합니다."

"이봐!"

"곧 찾아뵙겠습니다. 곧 찾아가겠습니다!"

"일어나지 못해?"

차성우가 교도관을 향해 소리쳤다.

"구치소에 있는 사람은 형이 확정되기 전까진 죄인이 아닌데 왜 죄인 다루듯 하는 겁니까?"

"뭐예요? 이 사람은 특별 관리 대상입니다. 위험한 놈이에요. 일거수일투족을 모조리 감시하게 되어 있습니다."

"대체 어느 나라 법이요, 그건? 그런 걸 지시한 검사가 누구요? 인권위에 진정서를 낼 테니 말해보시오!"

차성우가 세게 나오자 교도관은 아무 말도 못 했다. 하종화는 그제야 감격에 겨운 얼굴을 들어 올리며 몸을 일으켰다. 웃음을 날리던 그의 눈가가 젖어 있었다.

"아니?"

"놀라실 것 없습니다, 하하하. 난 사실상 활용 가치가 떨어진 놈이에요. 그런데 날 아직 생각해주고 있었다니 감사할 뿐이군요."

하종화가 감동한 표정으로 말을 잇는데 어쩐지 울먹이는 것 같았다. 예전부터 하종화에 대해 익히 들어왔던지라 이 철인 같은 남자가 감동을 받은 것이 무척 생소했다.

"이런 날은 소주가 필요한데. 조만간 꼭 찾아 뵙는다고 전해 주십시오."

차성우는 고개를 끄덕였다. 하종화는 흐뭇한 미소를 언제까지고 지우지 않고 있었다.

"이게 뭔가?"

김정한은 모처럼 사무실에 나와 한 신문사와 인터뷰를 했다. 인터뷰가 끝날 무렵 김정한 앞으로 한 통의 편지가 배달되었다.

"모르겠습니다. 몹시 급한 전갈인 것 같아서 인터뷰 중에 실례를 무릅쓰고 전해드립니다."

비서관은 김정한의 어이없는 표정에 약간 당황하며 말했다. 김정한은 인터뷰하러 온 기자에게 양해를 구하고 편지 봉투를 뜯었다.

"음?"

귀빈을 모십니다.

정재계 인사 100여 분을 모시고 시국에 관해서 이야기하는 뜻 깊은 자리를 마련해볼까 합니다.

장소는 ○○호텔 크리스털 룸이며, 날짜는 다음 주 토요일입니다.

많이 바쁘시더라도 잠시 내왕하시어 자리를 빛내주시기 바랍니다.

그것은 현태철의 이름으로 된 초대장이었다. 김정한은 눈살을 찌푸렸다.

같은 시각 김정한에게 보낸 초대장은 정재계 인사 100여 명에게 배달되었다.

"뭔가 이상해."

채수연은 대단한 성과를 올렸지만, 한편으로는 무언가 체한 듯 답답함을 느끼고 있었다. 단에서 일망타진한 녀석들은 대검으로 넘어갔기 때문에 채수연이 그들로 인해 답답함을 느끼는 것은 아니었다.

"아, 그것 참, 김민규 때문인가? 아닌데……."

현장에서 놓쳐버린 김민규? 그것도 아니었다. 무언가 큰 것을 놓치고 있다는 기분이 들었다.

"아, 그거 더럽게 찜찜하네."

채수연이 몸을 꼬았다. 도무지 답이 나오지 않았다. 그때 검사보 최주열이 급하게 검사실 문을 열고 들어서고 있었다.

"검사님,"

"예."

"변호사가 하종화를 만나고 갔답니다."

"예? 하종화가 변호사를 살 처지가 되나요?"

"뒤에서 누가 봐주고 있는 것 같습니다. 면회실에서 이정우란 이름이 여러 차례 언급되었다고 합니다."

"이정우? 구석으로 내몰린 처지라서 그럴 여유가 없을 텐데?"

그러다 문득 채수연의 뇌리를 뚫듯이 스쳐가는 무언가가 있었다.

“가만! 잠깐 생각 좀 정리해보자고요.”

“검사님?”

“그때 동원된 경찰 병력이 얼마나 될까요?”

“예?”

“단에서 조폭들 다 때려잡을 때 말이에요.”

“글쎄요.”

“기동대 4개 중대가 동원되었어요. 데모 진압도 아니고 4개 중대면 몇 백 명인지 알아요?”

“잘 모르겠습니다.”

“거기다 그놈의 조폭들. 단에서는 100명가량이 어우러져 싸웠고 우리가 체포한 건 80명가량. 20명 정도는 놓쳤지요. 그런데 문제는 단을 포위하듯이 에워싸고 있던 놈들도 100명이 넘었다는 거예요.”

“무슨 말씀이시죠?”

“단 주위에 조폭들과 경찰 병력만 1,000명 가까이 몰려들었다는 거지요. 대규모 진압이었어요. 그리고 지금 언론에서 시끄럽게 종일 방송하고 있습니다. 무슨 대단한 검거 작전이라도 펼친 것처럼.”

“그렇습니까?”

솔직히 최주열은 채수연의 복잡한 머리를 이해하지 못하고 있었다. 지금 타오르고 있는 건 채수연뿐이었다. 순간 채수연은 숨 막히는 소리를 내었다.

"헉!"

"왜 그러십니까?"

"구멍이 생겼어요."

"예?"

"그 순간 서울에 커다란 구멍이 생긴 거예요."

"검사님?"

"하종화를 변호사가 찾아왔다고요?"

"예."

채수연은 주먹을 쥐고 입술을 깨물었다. 모두가 언론에서 떠드는 소란 통에 감지해내지 못하고 있던 이정우의 움직임을 처음으로 잡아낸 채수연이었다.

"그렇단 말이지? 마음대로는 안 될 거야, 이정우."

76.

"이쪽으로 와!"

"빨리 움직여, 새끼들아."

경찰서는 분주했다. 단에서 잡아들인 어깨들을 한꺼번에 유치장 안에 집어넣으며 형사들은 험한 소리를 서슴지 않았다. 녀석들은 건들거리며 일제히 반항이었다.

"아, 대한민국 경찰이 시민 인권을 이렇게 짓밟아도 되는 거야?"

"개새끼야! 네가 시민이냐? 시민이야?"

철썩! 도끼눈을 치켜뜨며 대들던 녀석의 뒤통수가 여지없이 형사 한 명의 손바닥에 묻히며 철썩 소리를 내었다.

"김보영!"

"여기요."

누군가 김보영을 부르는 소리가 쩌렁 울렸다. 김보영은 짜증스런 표정을 지으며 손을 들어 올렸다.

"넌 이쪽으로 와. 검찰 호출이다."

"아, 씨발, 짜증나네. 누군데요? 채수연인가 하는 그년이야?"

"이게 어디서 욕지거리야? 검사가 네 친구냐? 친구야?"

김보영의 작은 반란도 여지없이 묻혔다. 김보영은 이내 호송차를 타고 대검으로 진입했다. 그곳에는 도명우가 김보영을 기다리고 있었다.

"김보영?"

"이건 또 뭔 꼰대야?"

"그년 입 한번 거네."

도명우의 옆에 있던 검사보 최철이 무서운 얼굴로 김보영을 다그쳤다. 본시 검사보들이 자잘한 업무를 보는 일이 많은데 피의자 앞에서 큰소리치고 험한 인상을 구기는 것도 다 검사보들의 몫이었다.

"여기가 네 집 안방이냐? 어디서 인상 쓰고 있어?"

"아, 진짜 짜증나."

김보영은 천장을 한번 올려다보고는 맞은편 소파에 털썩 주저앉았다.

"누가 허락도 없이 앉으래? 엉?"

"아, 됐어, 됐어."

도명우가 최철을 만류했다. 한참 짜증난 인상을 쓰고 있는 김보영을 도명우는 차분히 바라보았다.

"미용실 스태프로 얼마 전까지 일했던데 단에는 어떻게 취직한 거야?"

"알바예요."

김보영이 심드렁하게 대답했다.

"알바를 주선해준 사람이 있을 거 아냐?"

"몰라요."

"모른다는 게 말이 되나?"

도명우는 흠, 하고 헛기침을 하더니 책상 위에 놓여 있던 종이를 들어 올렸다.

"이름 김보영. 배성여중 2학년 때 일진회 창설. 무기정학 두 번. 배성여고 입학 후 폭력 서클 동지회 결성. 인근 학교와 폭력 다툼을 벌이다 학교 휴학. 스무 살에 3학년으로 복학. 동지회 재결성. 당시 동진고의 김인범, 유림정보고의 지존 회장 이영수 등과 함께 폭력 다툼을 일으키다 퇴학당했지. 그런 후 검정고시 학원에 3개월가량 다니다 때려치우고 컴퓨터 학원에 6개월 동안 등록하면서 동시에 미용 학원 등록. 그 후 1년 반 동안 미용 기술을 익히며 블루레인 헤어 클럽에서 스태프로 일함."

"동지회는 내가 입학할 때는 없었어요. 복학하고 만든 거예요. 그리고 지금 뭐 하자는 건데요?"

김보영이 다리를 꼬며 팔짱을 꼈다.

"들어봐. 그런데 말이야. 우리가 잡아낸 바로는 중요한 인물이 한 명 빠져 있더군."

"누구요?"

"이정우."

"칫, 걔가 뭐요?"

"네가 움직이는 동선에 이정우의 접촉이 있다는 거지."

"도대체 무슨 소리인지?"

"2년 전 나이트클럽을 습격한 고등학생 무리들 때문에 조폭 두 개 조직이 작살난 적이 있었어. 물론 사건 처리는 양 조직이 서로 싸우다 신고를 받고 출동한 경찰에 일망타진된 걸로."

"새삼스레 그 얘긴 왜 하는데요?"

"그 일을 전후해서 동진고 짱 김인범은 학교를 지켰는데 정작 퇴학당하고 나간 건 이정우였어. 그리고 그 후 학교 폭력 일제 단속 기간이 계속되었고."

도명우는 다시 말을 이었다.

"네가 이정우의 소식을 확실히 들은 건 너 역시 학교를 퇴학당하고 난 후, 검정고시 학원을 일시적으로 알아볼 때였어. 물론 그때는 소식만 듣는 정도였지. 문제는 이정우의 움직임을 너는 대충이나마 알고 있었다는 거야. 그리고 대학에 입학한 이정우의 소재를 김인범, 전형수에게 알려준 것도 김보영, 너지."

"소설 써요?"

김보영의 눈꼬리가 한쪽으로 휘어 올랐다.

"그리고 이정우가 소식을 전달하는 매체로 삼은 것도 김보영, 너야."

"하! 담배 한 대 줄래요? 이거 신경질 나서 한 대 빨고 싶은데."

"채수연은 만난 적이 있지?"

"채수연이 누구야?"

"검사 채수연. 미용실로 찾아간 적이 있을 텐데?"

"아, 그 뽕브라아?"

"알고 있으면서 모르는 척하지 마. 이번 면담도 그 녀석이 힌트를 줘서 하는 거니까."

"글쎄요, 기억이 안 나서요. 날 듯 말 듯 하네요?"

"그때도 뭔가가 있었던 거지. 이쯤 되면 무슨 소리를 하고 있는지 짐작하겠지?"

"제가 돌대가리거든요? 아직 한글도 못 깨우쳤어요."

"이정우 어디 있어?"

"예?"

김보영의 얼굴이 그야말로 찌그러졌다. 도명우가 재차 말했다.

"단으로 널 불러들인 건 이정우지? 이번 일 뒤에 숨어서 일을 꾸미는 건 이정우야. 실제로 단에서 경찰과 동해파가 상당수 빠진 틈을 타서 유흥업소의 관리자가 일제히 바뀌었어. 진짜 일은 뒤에서 꾸미고 있었다는 거지."

"그게 정우랑 무슨 상관이에요?"

"네가 단에 있었기 때문에 이정우와 상관있다고 생각하는 거다. 거기다 단에서 웨이터를 했던 이기주 역시 2년 전 동진고와 함께 학원 폭력을 주도하던 녀석이었어. 2년 전의 고삐리들이 다시 뭉치고 있다는 거지. 우연치고는 우스운 우연 아닌가? 널 단으로 넣은 것도 이정우지?"

"심영주라는 분이에요. 이거 왜 이러세요?"

"심영주 역시 애초에 이정우의 직속 부하인 하종화가 관리하던 퀸의 종업원이야."

김보영은 화난 표정으로 도명우를 노려보았다. 도명우는 여전히 차분하게 말했다.

"대한민국 검사가 그렇게 우습게 보이나? 조폭들을 완전히 쓸어버리면 경찰 행정력으로는 어찌할 수 없는 문제가 생기는 걸 알기 때문에 어느 정도의 공생은 한다. 하지만 이렇게 전반적인 흐름을 좌지우지하게 되면 좌시할 수가 없지."

"……."

"똑바로 들어. 아무리 조직이 강건하다 해도 국가 공권력을 당할 수는 없어. 검경을 넘는 조직은 없어. 우리가 독하게 마음먹고 전부 뒤집으면 버틸 놈 아무도 없어. 그런데 우리가 이정우는 안 되겠다고 찍었지. 그러면 이정우는 안 되는 거야."

"뭔 말인지 하나도 모르겠는데요?"

"이정우가 서울 유흥업소를 싹쓸이할 경우에 생기는 복잡한 문제에 대해서 막아야 된다는 거지."

"다른 놈이 싹 쓰는 건 괜찮고요?"

"너에게 설명할 수 없는 정치적 문제가 있어. 어쨌든 신흥 세력이 나타나서 뒤집고 다니면 여러모로 곤란해지거든?"

"어쨌든 난 이정우 어디 있는지 몰라요. 진짜라고요."

"연락은 되겠지?"

"안 돼요."

"아마 연락이 올 거다. 우리가 파악한 이정우는 친구를 그냥 두고 보지 못하더군."

"아, 글쎄, 나한테는 연락 안 한다니까요?"

"너는 구치소로 옮겨질 거다."

"예?"

"재판을 기다리겠지."

"아니, 내가 무슨 죄를 지었다고?"

"구치소에 옮겨놓고 시간이 지나면 이정우가 반응을 보일 거다."

"뭐라고요?"

"자, 어떻게 할래? 네가 여기서 협조를 할래, 아니면 구치소로 들어갈래?"

"두 개에 무슨 차이가 있는 건데요?"

"네가 이정우를 검거하는 데 협조하면 너에 대한 모든 것은 불문에 붙여주지. 새로운 일자리도 알아봐 주고, 미용 일을 계속하겠다면 다시 그곳에 넣어주지. 하지만,"

"하지만?"

"비협조적으로 나온다면 너는 너대로 이정우는 이정우대로 법이 얼마나 무서운지 깨닫게 될 거다. 우리는 시간이 많아. 네가 원치 않는다면 우리는 우리 식으로 하면 그만이야. 빠르냐, 느리냐의 차이뿐이란 거지. 네가 없어도 이정우는 결국 잡히게 되어 있다는 걸 알아야 할 거다."

김보영은 침을 삼키며 침묵했다. 검사라고 하더니 은근히 조폭보다 더한 놈이라는 생각이 들었다. 그러나 도명우의 입장에서는 당연했다.

"잠깐만요. 아, 갑갑하네, 씨발."

김보영의 입에서 절로 욕이 나왔다. 그리고는 팔짱을 끼고 고개를 들어 올려 천장을 향했다.

"후우."

"하지 않겠다면 그만둬. 너 말고도 많이 있어."

"치사하게 친구를 배신하라고 지금 꼬시는 거예요?"

"치사? 비뚤어진 영웅심은 버려. 법과 질서 앞에서 의리는 필요 없어."

"아, 대가리 안 굴러가네, 진짜."

김보영은 머리를 벅벅 긁었다. 그리고 벌떡 자리에서 일어났다.

"생각할 시간을 줘요. 두 시간만."

"왜 두 시간이야?"

"하여튼 두 시간만 달라고요. 담배 한 갑 미친 듯이 피우는 데 그 정도 들어요."

도명우는 픽 웃으며 책상 서랍 속에서 담배 한 갑을 꺼내 김보영에게 던졌다. 아직 뜯지도 않은 새 담배였다. 김보영은 그것을 한 손으로 낚아채었다.

"이 친구, 조사실로 데려가서 두 시간 동안 내버려둬."

도명우가 최철에게 말했다. 최철은 고개를 끄덕이고 김보영에게 고갯짓했다.

끼잉.

하종화가 구치소를 나서고 있었다. 하종화는 빙긋 웃으며 맑은 하늘을 바라보았다. 그의 앞에는 검은 세단 승용차가 서 있었고 뒷문에서 두 명의 어깨가 내려 머리가 땅바닥에 닿을 듯이 고개를 숙였다.

"보석 석방을 축하드립니다."

하종화는 녀석들의 어깨를 툭툭 치고 미소를 지었다.

"기다리시겠군. 빨리 가자. 내가 할 일이 많을 테니."

77.

"영업 부장님, 오셨습니다."

이정우는 일월의 안채에서 정좌를 하고 있다가 그 소리에 몸을 일으켰다. 드르륵. 미닫이문이 양쪽으로 열리자 하종화가 미소를 짓고 서 있었다.

"하종화."

"건강해 보이십니다."

하종화는 그렇게 말하고 그대로 무릎을 꿇고 고개를 숙였다.

"축하드립니다, 회장님!"

하종화의 목소리가 격앙되어 있었다. 이정우는 손으로 그런 하종화의 어깨를 짚었다.

"일어나라. 역시 돈이 좋군. 변호사를 쓰니까 이렇게 쉽게 나올 수 있는 것을. 고생했다."

이정우도 부드럽게 하종화의 어깨를 쓸었다. 하종화는 무언가 감격이 북받치는 듯 부르르 몸을 떨었다.

"보석이지?"

"예."

이정우는 고개를 끄덕였다.

"보석이라 함부로 움직이기 힘들겠지만 도와주었으면 해."

"물론입니다."

"인범이도 빼내고 싶은데 아직 병원 신세를 지고 있는 모양이야. 정태는 말할 것도 없고. 지금 내가 마음을 진정으로 열어 보일 수 있는 사람은 하종화 너뿐이다."

"뭐든지 말씀만 하십시오. 제가 할 수 있는 일이든 할 수 없는 일이든 다 하겠습니다."

"전부?"

"예."

대검 조사실 건너편에서 도명우와 임수철은 대형 이중 거울을 통해 김보영을 지켜보고 있었다. 김보영이 보기엔 그저 커다란 거울이었지만, 도명우와 임수철은 생생하게 김보영의 일거수일투족을 관찰할 수 있었다.

"어때?"

"1시간 30분 동안 똑같은 자세로 담배만 피우고 있습니다. 계집애치고는 별종이에요."

"넘어올 것 같아?"

"모르겠습니다. 하지만 김보영이 진심으로 협력하든 거짓으로 협력하든 우리에겐 상황에 맞는 시나리오가 두 개 있으니까요."

임수철은 고개를 끄덕였다.

"시나리오는 많이 있지. 설마 저 꼬맹이가 우리 머리 위에서 놀 수는 없을 테고."

도명우도 그렇다는 듯이 고개를 끄덕였다. 김보영은 그야말로 미동도 없이 기계적으로 담배만 피우고 있었다. 때때로 눈을 깜빡이는 걸 제외하고는 말 그대로 동상 같았다.

일월.

이정우와 하종화는 술상을 앞에 두고 서로 마주 앉아 독대하고 있었다.

"보석 중이라 행동에 많은 제약이 있겠군."

"괜찮습니다. 김민규도 나가서 김세화를 통해 일을 꾸몄다고 들었습니다."

"김민규는 무혐의 처리되었다. 너하고는 달라."

"그렇습니까?"

"어쨌든,"

이정우는 하종화의 잔에 술을 부어주다 말을 멈추었다.

"나는 한편으로는 회사를 재정비하고 한편으로는 빠르고 신속하게 남아 있는 현태철의 영업장을 통합할 생각이야."

"신속하게……."

"아직 현태철이 차지하고 있는 노른자위가 많아."

"제가 할 일이 뭡니까?"

"유인이다."

"유인?"

"보석 석방이 된 후로도 정기적으로 검찰에 출두해야 하는 것으로 알고 있는데?"

"저한테 배정된 형사도 있지요. 저는 위험 인물로 지정되어서 동선이 하나하나 형사들에게 파악되고 서울 외로 나갈 수도 없습니다."

"그러니까 네가 움직이면 검경도 너를 따라 촉수를 세우겠지."

씨익. 무슨 말인지 알았다는 듯이 하종화는 입가에 미소를 그렸다.

"그럼 제 뒤에서 움직이는 사람은 누구입니까?"

"장동욱이다."

"장동욱."

"네가 한쪽으로 시선을 돌려주면 장동욱이 움직인다. 물론 항상 그렇다는 것은 아니야. 기본 얼개가 그것이지."

"장동욱이라면 믿고 움직일 수 있습니다."

"그럼 먼저 역삼 쪽으로 가. 사람을 한 명 붙여줄 테니."

"역삼에 뭐가 있습니까?"

"안마 시술소가 밀집해 있는데 제법 규모가 커. 아무 말 말고 안마나 받아. 하종화가 현태철의 구역에 나타났다는 것만으로도 뭔가 긴장되지 않겠나?"

"무슨 말인지 알겠습니다."

하종화는 술잔을 단숨에 비웠다.

"두 시간 지났다."

도명우는 조사실 문을 열었다. 그때까지 김보영은 미동 없이 담배를 입에 물고 있었다.

"두 시간 지났다고."

"기다려봐요."

김보영은 필터 끝까지 마지막 한 개비를 빨아들이고 도명우를 돌아보았다.

"그렇게 합시다."

"뭘?"

"아저씨 말대로 하자고."

"잘 생각했어."

김보영은 담배 20개가 쌓인 재떨이에 입술을 모으고 침을 떨어뜨렸다.

"그럼 내가 할 일은 뭐죠?"

"급할 거 없어. 너무 빨리 움직이면 오히려 의심을 사기 쉬우니까. 너는 조만간 무혐의 처분을 받고 풀려나게 될 거다. 그리고 미용실에 복귀해서 평소처럼 일해라. 너에게는 형사가 매일 찾아가서 네 동태를 체크한다. 그리고 이것은,"

도명우는 손에서 작은 목걸이와 반지, 귀걸이를 꺼내 들었다.

"위치 추적 장치가 들어 있다. 과학자들이 철새들 연구할 때 쓰는 건데 이 액세서리 속에 집어넣었지. 가벼워서 착용해도 불편하지는 않을 거야. 다른 예쁜 걸 하고 싶겠지만 당분간 이것들만 하고 다녀. 만약 목걸이, 귀걸이, 반지, 이 셋 중에서 하나라도 착용하지 않았을 시 바로 점검 들어간다."

"말귀가 어두우시나? 내가 할 일이 뭐냐고요?"

"때가 되면 가르쳐준다. 일단은 나가서 네 생활 해."

김보영은 못마땅한 듯 팔짱을 끼고 도명우를 바라보았다. 그러면서 김보영의 머릿속은 복잡한 여러 경우의 수를 계산하느라 급하게 돌아가고 있었다.

"어서 오세요."

역삼동 J 안마 시술소 카운터에서 유니폼을 차려입은 여직원이 밝은 미소를 띠며 하종화와 일행을 맞았다.

"처음이세요?"

"그래, 얼마야?"

"요금은 선불이구요. 카드 18, 현금 16입니다. 마일리지 카드 발급해드리고요, 열 번 채우시면 한 번은 서비스예요."

"사장님은 안 계시나?"

"잠시 밖에 나가셨는데요?"

하종화는 카드를 내밀며 말했다.

"사장은 개인 사업자인가?"

"예?"

"들어오시거든 나 사장님 모시던 하종화가 인사 차 들렀다고 해."

여직원은 카드를 긁고 마일리지 카드를 내밀며 하종화의 눈치를 살폈다. 그때였다.

"여, 이게 누구야?"

위층 계단에서 누군가 내려오더니 하종화를 보고 반색을 했다. 하지만 그 표정에는 어쩐지 비아냥대는 듯한 묘한 조롱이 담겨 있었다.

"자네도 이런 데 다니나? 그런데 남의 나와바리에서 뭐 하는 건가, 응? 넘기려고 왔어?"

"손님일 뿐이야."

"진짜? 응?"

녀석은 목에 굵은 금목걸이를 하고 꽃무늬 반팔 셔츠를 입고 있었다. 그 소매 밑으로 문신한 말 한 마리가 슬쩍 고개를 내밀고 있었다.

"보석했다며?"

"그래."

"짜바리들 눈이 벌겋더라고. 위에서 근신하라고 해서 근신하고 있지만 날씨 풀리기만 해봐. 너희 새끼들 다 창자 발라서 죽여버릴 테니까."

"지금 나를 도발하는 거냐?"

하종화는 눈을 살짝 내리깔고 목소리를 한껏 죽였다.

"설마 어느 간 큰 놈이 하종화를 도발해? 뒈질라고? 크크크. 그런데 말이야. 그거 하나만 알아뒀으면 좋겠다. 이런 식으로 남의 영업장에 염탐하러 오면 성질이 나거든? 경찰들 때문에 몸 사리고 있는 거지, 니들이 무서워서 가만히 있는 게 아니란 말이야."

"염탐? 손님한테 못 하는 말이 없군."

"크크크."

남자는 하종화의 앞에서 징그럽게 웃었다.

"씨발놈. 루비 넣어줘."

남자는 툭툭 하종화의 가슴팍을 치고 나더니 양 주머니에 손을 집어넣고 건들거리며 계단을 내려갔다. 그런 남자를 보며 하종화가 중얼거렸다.

"여기 박혀 있었나? 고길수."

78.

"안녕하세요? 루비입니다."

목욕 시설이 갖춰진 룸에 들어가 앉아 있던 하종화의 눈앞에 모델이라도 해도 믿을 것 같은 여자가 빙긋 웃으며 섰다.

"처음이세요?"

"아니야."

"벗겨드릴까요?"

하종화는 씩 웃었다.

"그럴 필요 없다. 한 시간 정도 있다가 나가서 안마 받고 갈 거야."

"어머?"

루비라는 여자는 말도 안 된다는 듯 생뚱맞은 표정을 짓더니 눈알을 이리저리 굴려 보였다.

"안마만 받으실 거면 안마비만 내시면 돼요."

"그럴 순 없지."

"예?"

"넌 밖에 나가서 누가 물어보면 코스대로 다 했다고 해."

"어머? 이 오빠 웃기네?"

루비는 재미있다는 표정을 지으며 하종화를 이리저리 훑어 보았다.

"그래요, 뭐. 나야 편하고 돈 벌고 손해 볼 거 없지. 그런데 오빠는 이런 데 와서 안 싸고 가면 서운할 텐데?"

"내가 그렇게 보여?"

"남자는 다 똑같은걸? 아닌 척해도 다 똑같아."

"몇 살이냐?"

"스물."

"스무 살치고는 너무 비관적인 거 아냐?"

"비관적이 아니라 개방적이야. 난 나중에 시집가도 단란 가는 남편 이해할 거야, 깔깔."

하종화는 비딱하게 미소 지었다.

"술은 없나?"

"있어, 가져다줄까? 담배는?"

"얼마야?"

"손님한테는 공짜야."

하종화는 그래도 만 원짜리 몇 장을 지갑에서 꺼내 건네주었다.

"팁."

루비는 구태여 내주는 돈을 마다하지 않았다. 잽싸게 챙기더니 문을 열고 밖으로 나갔다. 그 순간 하종화의 눈빛이 번득였다. 하종화는 욕실 쪽으로 걸어가서 벽을 두드렸다.

"뭐 해?"

순간 문을 열고 루비가 들이닥쳤다. 하종화는 개의치 않고 벽을 주먹으로 두드렸다.

"단속 뜨면 어디로 도망가나 싶어서."

"그게 왜 갑자기 궁금해?"

루비의 표정과 목소리가 변했다. 하종화를 의심하는 눈빛이었다.

"오빠, 뭐야? 경찰이야?"

하종화는 동작을 멈추고 루비를 바라보았다. 루비는 막 들고 온 양주병을 거꾸로 들고 잔뜩 하종화를 경계하고 있었다.

"아니다."

"뭐야, 그럼? 조폭이야? 우리 업소 함부로 넘보다간 큰 코 다칠걸?"

"인근 안마 시술소 세 군데, 그리고 단란주점 두 군데, 룸살롱 한 곳이 같은 업소의 관리에 있다는 것은 알고 있어. 그게 고길수인가?"

"나가."

루비가 매섭게 말했다.

"내가 뭘 잘못했나?"

"나가라고!"

챙강! 루비는 그러면서 양주병을 벽에 쳐서 깨뜨렸다. 깨진 유리병을 앞으로 세워 하종화를 향했다. 하종화는 어깨를 으쓱하며 조용히 현관으로 걸었다. 이 정도면 충분하다. 어차피 하종화의 임무는 많아야 거기까지였다.

"현관을 막고 있으면 어떻게 나가나? 비켜야 나가지."

하종화는 툭툭 루비의 어깨까지 두드려주었다. 그의 얼굴에는 여유가 넘치고 있었다.

"하종화가 역삼에?"

한편 김민규는 자신의 사무실에서 뜻밖의 보고를 받았다.

"예, 별다른 충돌은 없었다고 합니다."

"그럴 수밖에. 보석으로 나와서 사고 치면 곤란하니까. 그런데 우리 업소인지 뻔히 알 텐데 일부러 찾아왔다? 이건 냄새나는 일인데?"

"어떻게 할까요? 하종화 그 자식 묻어버릴까요?"

"그렇게 쉽게 말할 수 있는 상대가 아니야."

김민규는 팔짱을 끼고 생각했다.

"이제 김세화에게서도 연락이 없고"

머리가 복잡했다. 이정우가 이렇게 빨리 움직일 줄은 몰랐다. 아직 함부로 움직이기엔 위험한 시기였다. 검경이 두 눈 시퍼렇게 뜨고 있는 이때에 오히려 움직인다? 현태철의 밑에 김민규가 있다는 걸 너무 과소평가하는 거 아닌가, 이정우?

"하종화가 우리 업장에 오거든 VIP로 모시라고 각 지역에 연락해. 이정우 이놈 너무 설치는군."

"전쟁입니까?"

"아니다, 두 번 실수는 할 수 없지. 대신 다른 곳을 노리겠다."

"다른 곳입니까?"

"그래, 이정우의 눈에서 피눈물이 흘러내릴 만한 곳."

김민규는 그러면서 주먹을 쥐었다. 한순간에 이정우에게 서울의 반 이상을 내주고 다시 재정비하느라 정신이 없는 판인데 이정우는 무모하게 싸움을 걸어오고 있었다. 골치가 아팠다. 이렇게 몰아쳐 봐야 녀석도 손해일 뿐이다. 어차피 서로 정복전은 할 수 없다. 단지 어려서 제멋대로라는 생각이 들었다. 그렇다면 그 대가가 무언지 가르쳐주지. 결코 힘이 없어서 우리가 침묵하는 것이 아니라는 것도 알려주지.

"어린놈이라 겁이 없군. 이 순간에도 한번 해보자는 거냐?"

이정우는 비밀리에 황석현을 불렀다. 황석현은 일월의 방에서 하루하루를 보내고 있는 이정우를 만나기 위해 여덟 개의 문을 지나야 했다.

"찾으셨습니까, 회장님?"

"애들 몇 명이나 되지?"

"이번에 흡수한 녀석들까지 50여 명 됩니다."

"그중 순혈은?"

"제가 남원에서 불러온 놈들은 20여 명 남짓입니다."

"그 20명, 장동욱한테 빌려줘."

"예."

황석현은 내심 고개를 갸웃거렸다. 그 정도의 일이라면 전화 한 통으로 얘기해도 될 문제였다. 분명 다른 말이 있을 것이다.

"그리고 지난번에 최욱을 묶어놓으라는 거 말인데,"

"예."

"아직 유효하지?"

"그렇습니다. 조만간 개각이 있을 거라는 정보가 있어서 크게 신경 쓰지 않아도 될 듯합니다."

이정우는 서서히 고개를 끄덕였다.

"경찰 지정 병원에 김인범이란 친구가 있다, 아나?"

"본 적은 없지만 이름은 익히 알고 있습니다."

"변호사를 써서 빼내려고 했지만 여의치가 않았어. 그 친구

담당이 채수연이란 검사인데 녹녹치 않더군."

황석현은 바싹 긴장하고 있었다.

"그 친구를 빼내야겠다."

"현재 혐의를 받고 수사 중인 친구를 빼내면 오히려 해가 됩니다."

"그러니까 최욱에 대해서 물어본 거 아닌가?"

"예?"

"개각하기 전에 서둘러서 일을 진행해. 최욱이 법무부 장관직을 놓기 전까지는 처리해야지."

"무슨?"

"어차피 채수연은 건드려봐야 씨알도 안 먹히고, 최욱을 협박해서라도 김인범을 빼내라."

"제도권 인사를 건드리면 위험합니다."

"뒷일은 내가 책임진다. 인범이까지 돌아와야 내 진짜를 보일 수 있다."

진짜? 아직 진짜는 보이지 않았다는 소리? 어디서 나오는 자신감인지 알 수 없었다. 황석현은 고개를 숙였다.

"알겠습니다. 최욱을 압박해보겠습니다."

김인범은 하루하루 건강을 회복하고 있었다. 요즘 그의 일과는 밥을 먹고 난 후 가볍게 윗몸 일으키기를 하며 몸을 단련하는 것이었다. 아무에게도 알리지 않았지만 김인범은 거의 회복을 한 상태였다.

"여기가 김인범 씨 병실입니까?"

덜컥. 병실 문이 열렸다. 김인범은 잽싸게 병상 위로 아픈 듯이 드러누웠다. 하지만 생판 처음 보는 사람 둘이 자신을 찾아 병문안을 온 것이 이상했다.

"누구십니까? 앞에 경찰이 있을 텐데 여긴 어떻게 들어온 겁니까?"

남자 둘은 아무런 대답도 하지 않았다.

"당신들 누구요?"

"지옥에 가거든 알아봐라."

그 순간이었다. 남자 한 명이 품속에서 길쭉한 사시미를 꺼내 들었다. 김인범이 외마디 비명을 지르는 찰나, 남자는 칼날을 세워서 그대로 김인범의 복부에 집어넣고 있었다.

79.

콱! 김인범의 배에 꽂힌 칼은 채 모두 들어가지 않았다. 김인범이 맨손으로 그 칼날을 붙잡았기 때문이었다.

"이 새끼가!"

김인범의 눈에서 불꽃이 튀었다. 동시에 짐승 같은 포효가 폭발했다.

"으아아아아아!"

동시에 칼날을 힘껏 붙잡고 있던 김인범의 손가락이 잘려 덜렁거리기 시작했다. 남자가 칼을 앞뒤로 흔들며 김인범의 손가락을 썰어내고 있었다.

"아아아아악!"

대검.

도명우는 피곤한 듯 눈을 붙이고 고개를 젖히고 있었다. 그런 자세는 임수철이 급하게 도명우의 방을 열어젖히고도 한동안 계속되었다.

"흠, 흠."

임수철이 헛기침을 두어 번 하자 그제야 도명우는 자세를 고쳤다.

"아, 부장님."

"어때? 성과는 있어?"

"아직 없습니다."

"김보영이가 작품이 될 거 같아?"

"10년이 넘어가는 수사도 결국 사소한 시비로 파출소에 붙잡혀 와서 신원이 탄로 나는 경우가 많습니다. 김보영은 만분의 일을 대비한 겁니다. 그 아이를 어떻게 해서 이정우를 확실히 끌어낼 수 있다고는 생각하지 않습니다. 다만 미세한 가능성이라도 있다면 미리 장치를 해두자는 거지요. 어차피 김보영은 사안이 경미해서 내보낼 수밖에 없었으니까요."

임수철이 고개를 끄덕였다.

"그래, 거물이 되면 꼬리조차 잡기가 어렵지. 솔직히 나는 아직 이정우가 몸통이라는 걸 믿지는 않지만, 그래도 그런 식으로 예의 주시하다 보면 뭐가 나오겠지."

"예."

"그나저나 나도 골치가 아프군. 회의도 들고."

"무슨 일 있습니까?"

"장관이 김인범을 풀어주라고 채수연한테 바로 지시를 내렸어."

"북부의 채수연이요?"

임수철은 고개를 끄덕였다.

"장관이 이렇게 중심이 없으니 우리만 죽어나는 거지."

"수연이가 수긍할까요?"

"안 하면 어쩌겠나? 이미 수사관들이 병원으로 가고 있을 거야. 채수연이 아무리 대가 세다 해도 장관의 직접 명령을 거부할 순 없지. 그건 옳고 그른 것을 떠나서 국가 조직 체계니까."

"마음이 아프시겠습니다."

"그냥 그래. 한참 발에 땀나도록 쫓아봤자 위에서 캔슬 놓으면 그만이니. 일선에서 뛰는 경찰은 더하겠지."

"이 새끼!"

김인범은 눈을 부릅뜨며 악을 쓰고 있었다. 칼날을 잡았던 손은 갈라져 꾸역꾸역 피가 흘렀다. 그러나 김인범의 필사적인 저항에도 불구하고 남자는 주도권을 쥐고 있었다. 김인범은 다리가 풀려 바닥에 주저앉았고 남자는 손에 쥔 칼을 마치 묘기 부리듯 빙글빙글 돌리며 김인범에게 접근하고 있었다. 콱!

"끄윽."

내리꽂은 칼을 김인범이 저도 모르게 손바닥으로 막았다. 칼끝이 김인범의 손등을 뚫었다.

"크악!"

그 순간 남자는 김인범의 어깨와 등을 찔렀다. 콰콱!

"끄악."

"아직도 숨이 붙어 있네?"

"이 개새끼들아, 내가 여기서 죽을 거 같아?"

김인범이 마지막 포효를 하며 몸을 솟구쳤다. 그리고 마지막 힘을 짜내 앞에 선 녀석의 허리를 감싸고 그대로 벽에다 던져 버렸다. 쾅!

"난 아직 못 죽어!"

김인범의 눈에 독이 올랐다. 하지만 상대는 둘이었다. 다른 녀석이 킬킬거렸다.

"어떡하나? 이제 죽어야겠는데?"

그 순간 덜컥.

"뭐야?"

일제히 열린 문으로 시선이 쏠렸다.

"어?"

다행이었다. 막 병실을 들어선 이들은 최욱의 명령 때문에 채수연이 보낸 수사관들이었다.

"뭘 생각하고 있나?"

별채 안쪽에 박혀 있던 이상찬이 이정우를 찾아왔다. 이정우는 가만히 자리에 앉아 있다 몸을 일으켜 고개를 숙였다.

"생명의 은인이라고 너무 깍듯하게 할 필요는 없어. 그런데 무슨 고민 있나?"

"고민보다는 그냥 생각에 잠겨 있었습니다."

"무슨 생각."

"앞으로의 일들."

"음."

이상찬은 함께 침묵하더니 이정우의 어깨를 두드렸다.

"하긴 단번에 너무 큰 권력을 쥐었으니 조절하기 힘들겠지."

"그것 때문은 아닙니다."

"그럼?"

이정우는 무언가 말할 것처럼 입술을 모으더니 이내 고개를 저었다.

"아닙니다."

"나한테도 숨길 것이 있나?"

"개인적인 것입니다."

"음, 뭔지는 모르겠지만 너무 걱정하지 말게. 다 원하는 대로 될 테니까. 다만 서두르지는 마. 서두르면 될 일도 안 돼. 앞으로 넉넉잡고 10년을 바라봐야 해."

"10년은 너무 멉니다."

"큰일을 이루려면 10년이야. 내 경험은 그래."

이정우는 침묵했다. 10년은 길다. 이정우에겐 그렇게 기다릴 여유가 없었다. 그때.

"회장님, 장동욱입니다."

방문 밖에서 장동욱의 목소리가 울렸다. 성격이 워낙 무던해 급한 일인지 아닌지 알 수가 없었다. 하지만 굳이 장동욱이 나서는 걸 보니 무언가 일이 생긴 모양이었다.

"보고해."

"경찰 지정 병원에 입원해 있던 김인범이 동해가 보낸 아이들한테 당한 것 같습니다."

"뭐?"

말없이 침착하던 이정우도 그 말에는 충격을 받은 모양이었다. 장동욱이 말을 이었다.

"다행히 마침 경찰이 나타나 생명에는 지장이 없었습니다. 하지만 오른손 손가락 세 개가 약간 잘렸습니다. 완전히 토막난 건 아닙니다."

불끈. 이정우가 주먹을 쥐었다. 부르르 입술이 흔들리고 있었다.

"현재 손가락 접합 수술을 받고 입원해 있습니다. 신변은 서류상으로 변호사가 인계한 상황입니다. 하지만 당분간 김인범을 만나기는 어려울 것 같습니다."

"그 병원이 어디야?"

"예?"

이정우가 일어섰다. 입을 굳게 다물고 있었지만, 눈꺼풀은 분노로 파르르 날갯짓을 했다.

"가자."

"예?"

이상찬이 놀라 만류했다.

"경찰이 있는 곳이야."

"압니다."

"그런데 가겠다고?"

"예."

"이런."

이정우의 말아 쥔 주먹이 격렬하게 흔들리고 있었다. 이정우는 지금 크게 숨을 들이켜며 폭발하는 어떤 감정을 힘겹게 이겨내고 있었다.

"보고 얘기하자. 내 눈으로 보고 얘기하겠다."

"흥분하지 마라. 조금 전에 얘기하지 않았나. 10년이라고. 자칫 눈앞의 복수심에 빠지지 마. 그리고 동욱이는 이곳을 비우면 안 되네."

우드득. 이정우는 대답 대신 주먹을 꽉 쥐었다. 단지 주먹만 쥐었지만 뼈가 맞부딪히는 소리가 났다. 이정우는 탁한 목소리를 내었다.

"그럼 하종화와 함께 가지요."

80.

"병문안 왔습니다."

하종화는 김인범의 병실을 지키고 있던 형사에게 고개를 숙이며 말했다. 형사는 하종화를 대번에 알아보았다.

"하종화?"

"예."

형사가 눈을 돌려 보니 하종화의 뒤에 한 녀석이 모자를 눌러 쓰고 있었다.

"뒤엔 뭐야?"

"김인범의 친구입니다."

"일반인 면회는 안 돼. 너도 안 되고."

"고등학교 친구입니다. 이 친구만이라도 들어가게 해주시지요. 무슨 나쁜 짓을 하겠습니까?"

다행히 형사는 이정우를 못 알아보고 있었다. 하긴 본 적이 없으니 그럴 수밖에.

"문제가 생기면 제가 책임지겠습니다."

하종화는 그러면서 편지 봉투를 꺼내 조용히 형사의 주머니 속에 찔러 넣었다.

"이 자식 봐라?"

형사는 인상을 썼지만 그렇게 싫지는 않은 모양이었다.

"알았다. 그럼 5분이다. 하종화, 넌 내 옆에 있어."

"고맙습니다."

이정우는 하종화의 손짓을 보고 병실 문을 열고 안으로 들어섰다. 형사는 이정우가 병실 안으로 들어서자 하종화에게 손가락으로 가까이 오라는 시늉을 했다.

"보석으로 나가서 뭐 하고 돌아다녀?"

"그냥 가만히 있습니다."

"역삼에 가서 안마 받았다던데?"

"그런 것까지 소문이 납니까?"

하종화는 짐짓 놀랍다는 시늉을 했다. 하지만 그건 하종화가 의도한 짓이었다.

"검찰 출두는 언제야?"

"다음 주 수요일 출두합니다."

"후후후, 어쨌든 조용히 지내라고. 차라리 그렇게 몸이나 얌전하게 풀고 다녀."

"그러죠."

김인범은 병상에 누워 자고 있었다. 수술한 손은 붕대를 감고 깁스를 한 상태로 가만히 가슴에 올려놓고 있었다. 환자복 상의는 무슨 생각인지 벗어서 병상에 걸어놓았는데 덕분에 몸 곳곳에 서린 칼자국이 제대로 보였다. 배에도 칼이 들어갔는지 아랫배를 감싼 붕대에는 말라붙은 핏자국이 보였다.

이정우는 조용히 김인범에게 다가가 손을 이마에 올렸다. 김인범의 이마는 불덩이처럼 끓어오르고 있었다.

"끄응."

순간 김인범이 신음을 내며 힘겹게 눈꺼풀을 들어 올렸다. 반쯤 뜬 눈으로 이정우를 바라보았다. 이정우도 모자를 벗고 김인범을 마주 보았다.

"……!"

"……."

말 없는 대면. 하지만 이정우도 김인범도 가슴이 벅차오르고 있었다. 그날 이후 이게 얼마만의 만남인가?

"새끼……."

이정우가 뿌옇게 흐려지는 김인범의 눈을 손으로 닦아주었다. 따듯한 눈물이 손바닥에 배었다.

"간다."

무언가 결심한 듯 이정우는 한마디를 던지고 돌아섰다. 김인범은 희미하게 열린 눈으로 병실을 나서는 이정우의 뒷모습을 한없이 지켜보았다.

일월로 돌아온 이정우는 긴급히 회의를 소집했다. 고문 역할을 맡고 있는 이상찬은 물론 하종화, 최현정, 황석현, 장동욱 등 중요한 인물 몇이 모두 모여들었다.

"나는 지금 이 시점에서 승부를 걸려 한다. 서울을 취하느냐, 토하느냐의 결판을 내려 한다."

"위험합니다."

황석현이 먼저 제동을 걸었다.

"지금 공기가 좋지 않습니다. 공권력의 움직임이 예사롭지 않습니다."

하종화도 거들었다.

"제가 강남 쪽 업소를 돌아다니면서 은근히 찔렀는데 김민규는 오히려 김인범을 공격했습니다. 저쪽에서도 우리의 수를 어느 정도 감지하고 있다는 이야기입니다. 그럼에도 조용히 있는 것은 현재 검찰의 수사망이 제법 단단하기 때문입니다. 우리가 섣불리 나서면 우리에게 불리합니다."

이상찬이 고개를 끄덕였다.

"지금 설치면, 설치는 놈만 잡혀 들어가. 우리가 설치면 우리 쪽으로 수사 포인트를 맞추게 될 거야. 그렇지 않아도 이제 슬슬 이정우란 이름이 검찰 쪽에 퍼지고 있는 것 같은데……."

쾅! 이정우가 책상을 내리쳤다. 일순 긴장하며 이정우를 향했다.

"최현정, 김정한하고 아직 연락되나?"

"연락은 되지만 더 이상 김정한을 이용할 순 없어요. 더구나 요즘 정치적 입지도 많이 흔들리고 있어서 별 도움도 되지 않아요."

"하종화, 현태철을 치려면 김민규를 넘겨야겠지?"

"예, 김민규가 없으면 종이호랑이입니다."

"강남 쪽이 뭐라고?"

"특별한 변동 없습니다. 다만 역삼 안마 시술소 일대를 고길수가 관리하는 것 같았습니다."

"고길수가 누구야?"

"머리는 그렇게 잘 돌아가지 않지만, 성격이 난폭하고 잔인한 녀석입니다."

"현태철을 치려면 김민규와 고길수를 넘기면 되나?"

"김민규만 넘기면 현태철의 안방까지 들어가는 겁니다. 하지만 김민규를 넘기기 전에 고길수를 만나야 합니다. 그러면 현태철 입장에선 일전을 피할 수 없게 됩니다."

이정우는 고개를 끄덕였다.

"장동욱."

"예."

지금껏 한마디도 하지 않았던 장동욱이었다.

"고길수는 네가 친다."

"알겠습니다."

장동욱은 언제나 그랬다. 언제나 말없이 시키는 일을 해낼 뿐이었다. 이정우가 다시 목소리를 가라앉혔다.

"난 결심했다. 따르기 싫으면 날 버려라."

침묵이 흘렀다. 숨소리조차 들리지 않았다.

"지금 버리지 않으면 평생 날 따라라."

이상찬은 팔짱을 끼고 눈을 감았다. 역시 침묵만이 흘렀다.

"하종화, 김민규는 지금 어디 있지?"

"정확한 위치는 모릅니다. 아마도 강남 일대에 은신하고 있으리라 여겨집니다."

"김세화를 불러와."

"예? 지금 말입니까?"

"뒤쪽 별채에 있다. 지금 당장 불러와!"

하종화는 서둘러 일어나 방을 나섰다. 이상찬이 그런 이정우를 염려하고 있었다.

"자넨 다 좋은데 우정과 복수가 가장 문제로군. 일을 그르칠지도 몰라."

"다시 말하지만, 이것으로 내 인생의 승부를 걸려 합니다."

얼마 후 하종화와 함께 김세화가 들어섰다. 김세화는 심상치 않은 분위기를 느끼며 멈칫거렸다.

"아직 김민규와 연락되지?"

"여, 연락은 되지만……."

전례 없이 눈빛이 날카로운 이정우의 모습이 김세화를 당황스럽게 했다.

"김민규가 어디에 은신해 있는지만 알면 된다. 나는 3일 뒤 김민규를 칠 생각이다. 3일 뒤 김민규가 어디에 있는지 그것만 알아내라."

"가, 갑자기 그게 무슨……."

황석현이 김세화를 돌아보았다.

"말을 듣지 않으면 죽어."

"김세화, 나는 네 목숨과 김민규의 장소를 거래하는 거다. 잔머리 굴리지 마."

이정우가 단호하게 말했다. 이정우가 언급하는 목숨은 그 급이 달랐다. 저도 모르게 김세화의 어깨가 부르르 떨렸다.

"황석현,"

"예."

"넌 애꾸와 함께 현태철을 넘긴다. 장동욱은 고길수를, 황석현은 현태철을, 나는 김민규를 넘긴다."

그때 이상찬이 목소리를 높였다.

"직접 움직이는 건 좋지 않아. 아이들한테 시켜."

"내가 직접 합니다. 김민규와는 풀어야 할 문제도 있습니다."

"풀어야 할 문제?"

"개인적으로 반드시 풀어내야 할 문제입니다. 그놈만은 내가 직접 상대해야 합니다."

"왼손 주먹 쥐어지나?"

이상찬이 손가락으로 정우의 왼손을 가리켰다.

"아직 낫지 않았지?"

"영원히 낫지 않을지도 모릅니다. 그런 건 상관없어요. 정태가 그러더군요. 압박 붕대를 감으면 좀 낫다고."

"어쨌든 만의 하나 잘못되면 어쩌나? 자넨 행동 대장이 아니야. 더구나 고길수는 싸움만은 김민규 못지않아. 장동욱이 고길수를 넘길 것을 장담하기가 어려워."

"내가 직접 합니다."

이정우의 얼굴에는 어떤 의지가 서려 있었다. 이상찬도 입을 다물었다.

"3일 뒤, 일거에 몰아치겠다. 이 한 순간에 내 모든 것을 걸겠다. 각자 돌아가서 아이들 모으고 준비시킨다. 모두 움직일 필요는 없다. 고길수, 김민규, 현태철을 넘길 최소 인원만 간다."

"전 뭘 합니까?"
하종화가 말했다.
"넌 보석 중이잖아? 함부로 움직일 것 없다."
"운명을 건 한 판에 저를 빼실 생각입니까?"
"뭐?"
"저도 끼워주십시오. 서울을 먹느냐, 마느냐 하는 일생일대의 격전인데 그 자리에 제가 빠질 수는 없지 않습니까?"
하종화가 씩 웃었다. 장동욱은 팔짱을 끼고 가만히 고개를 끄덕였다. 황석현과 최현정은 이정우의 얼굴을 뚫어지게 바라보았다. 그리고 이정우가 말했다.
"좋다, 같이 가자."

81.

회의가 끝난 저녁. 이상찬은 조용히 최현정을 자신의 방으로 불렀다.
"부르셨어요?"
"음, 잘 지냈나?"
"그럭저럭. 무슨 말씀을 하시려고요?"
"무슨 말이긴? 정우를 이대로 내버려둘 순 없잖아?"
"막으시게요?"
"막을 수도 없지."

"그럼?"

"김정한을 만나주겠나?"

"전 이제 약발이 떨어졌어요. 가지고 있던 자료도 다 썼고, 몇 개 있기는 하지만 위협이 안 될 거예요. 김정한도 지금은 정치적으로 밀려난 상황이고요."

"약발은 나야."

"예?"

최현정은 무슨 소리인지 못 알아듣고 고개를 갸웃거렸다.

"나를 거래해."

"무슨 뜻이죠?"

"이상찬의 목을 걸고 거래한다면 김정한도 꽤 구미가 당길 거야. 찬이파의 괴수 이상찬, 김정한 의원의 신고로 붙잡다. 김정한은 한순간에 정의로운 인사가 되는 것이고, 추락하는 당내 입지도 다시 세울 수 있겠지."

"정치 생명을 연장시켜주는 건가요?"

"정치인에게는 달콤한 유혹이 될 거야."

"그럼 우리가 얻는 건 뭐죠?"

"이정우."

"이정우?"

"나의 목과 이정우를 거래한다면 김정한의 입장에서는 손해 보는 게 아닐 거야."

"그 말은?"

"최악의 경우, 이정우만은 무사하도록 하는 거지."

"그렇게까지?"

최현정은 부르르 어깨를 떨었다.

"간신히 발견한 내 후계자야. 거기다 내가 10여 년 동안 생각만 하고 실천하지 못했던 일을 이정우는 추진하고 있어. 비록 복수에서 시발되었지만 말이야. 난 감옥에 가도 동생들 수발 받으면서 편하게 지낼 수 있네. 하지만 현장에는 있어봤자 소용이 없지. 지금 현장에 필요한 건 이정우야."

"무슨 말인지는 알겠지만……."

"어쨌든 김정한을 만나. 내가 직접 만났다가 나중에 구설수 생기면 곤란하니까 자네가 뛰어주게."

최현정은 눈을 깜빡였다. 그리고 조용히 고개를 끄덕였다.

"알았어요. 그런데,"

"응?"

"김세화를 이용하는 건 성공할까요? 김민규를 끌어내지 못한다면 제가 뛰어봤자 소용없잖아요."

"가능할 거다. 이정우의 뚝심이 김민규처럼 머리가 바쁘게 굴러가는 녀석을 흔들어놓을 테니까."

"예?"

"김세화는 아직도 이정우와 같은 곳에 기거하고 있어. 만약 모든 것이 들통났다면, 나나 김민규 같으면 어떤 식으로든 처벌했겠지. 하지만 이정우는 김세화에게 아무것도 묻지 않았고 벌을 가하지도 않았어. 김민규는 이런 걸 이해 못 하지. 아마 김세화가 아직 들키지 않았을 거라고 생각할 거야. 그게 나나 김민규 같은 부류이지."

"그러고 보니 이정우는 특별하군요."

"그릇이 다르다는 말이 무언지 알 것 같지?"

최현정은 고개를 끄덕였다.

"무슨 소리야?"

김민규는 인상을 찌푸렸다. 어딘가 외출하고 왔더니 누군가 김세화의 메시지를 전달하고 있었다.

"자신의 신분이 들통날 것 같다고 도망치고 싶답니다."

"김세화가 지금 어디 있지?"

"일월 별채에 기거하고 있답니다."

"이정우의 최측근에 있는 걸 보면 아직 신뢰를 받고 있는 것 같은데."

"요즘 그쪽 분위기가 좋지 않다고 합니다. 김인범을 부장님이 쳤다면서 조만간 치고 들어올 거라고 합니다."

"조만간? 미친 거 아닌가? 거리 곳곳에 경찰이 깔렸는데 같이 죽자는 거야? 지금 이러면 동해나 이정우나 같이 망하는 거야."

"어떻게 할까요?"

"뭘?"

"김세화 말입니다. 그냥 버릴까요? 본인은 중요한 정보가 있는데, 자신을 도와주지 않으면 말 안 할 거랍니다."

"중요한 정보가 뭐야?"

"이정우가 공격하는 날짜와 목표 장소를 알고 있다고 합니다."

"그래?"

김민규는 그 말에 구미가 당기는 듯했다.

"이제 나하고 거래까지 하는군. 제법 귀여운데?"

"어떻게 할까요?"

"사전 접선해서 나한테로 데리고 와. 잘하면 손 안 대고 코 풀 수도 있겠어."

"예."

부하 녀석이 고개를 허리까지 숙였다. 김민규는 자신의 회전 의자에 앉아 빙글 몸을 돌렸다. 혹시 함정은 없을까 생각해보았지만 아무래도 그런 답은 나오지 않았다.

"김인범을 쳤더니 흥분해서 날뛰는군. 역시 어려. 회사 경영을 그렇게 감정적으로 해서야 되나. 결국 이 싸움은 우리가 이길 거다. 아직 너의 시대가 아냐."

생각해보니 무언가 통쾌했다. 사람에게만은 바보같이 정을 주는 이정우 덕분에 이제야 일이 잘 풀린다는 생각이 들었다. 진작 사람을 이용할 것을 그랬다. 사람에 약한 놈이 사회에서는 제일 약한 놈이다. 대책 없이 김세화를 믿고 아직도 자신의 옆에 데리고 있다니?

김민규의 얼굴에 저도 모르게 미소가 새겨졌다.

"정우야!"

김보영은 자취집에서 이정우를 맞았다. 자취집 밖에는 이정우를 보호하려는 장동욱과 몇몇이 경계를 섰다.

"너 우리 집에 웬일이야?"

"오면 안 되나?"

"아니, 뭐 그런 것은 아니지만."

"풀려난 거 축하할 겸 왔다."

"아, 그거? 나쁜 검사가 나 끄나풀 삼는 조건으로 풀어준 거야. 걱정하지 마. 말만 그렇게 했지, 실제로 너한테 해 끼칠 일은 안 할 거니까."

"언제부터 일 나가냐?"

"다음 주부터. 당장 일 나가려니 기분이 안 좋아서."

"미용 기술 배운 지 얼마나 되었지?"

"2년."

"머리 자를 줄 알지?"

"응?"

"도구가 없나?"

"도구는 있는데 난 마네킹 가발만 잘라봤어. 사람 머리는 아직 자른 적 없지. 나 아직 스태프야."

"마네킹처럼 꼼짝 않고 있을 테니 내 머리 좀 잘라줘, 친구."

"뭐?"

친구라는 말이 김보영의 가슴에 박혔다.

"너 별일이다. 친구라는 말 생전 안 하더니. 하지만 난 함부로 사람 머리에 가위 대면 안 되는데."

"내 앞머리 보이지?"

"그래, 너 앞머리 좀 잘라. 옆에서 보면 너 눈이 안 보여. 남자애들은 이상하다니까? 여자들이 보기엔 남자 머리 짧은 게 더 좋아."

"그래, 부탁하자."

"정우야……."

"세상이 보기 싫어서 그렇게 길렀는데 이젠 안 되겠다. 네가 잘라줘. 돈 줄게."

"그럼?"

이정우는 등을 보이며 앉았다. 어쩐지 김보영의 콧날이 시큰해졌다.

"너 이제 정말 예전으로 돌아가는 거지? 마음의 짐 다 벗는 거지?"

"그래."

"너 그 건방지고 오만하고 못돼먹은 그때로 돌아가는 거야? 응?"

"응."

"야, 너 내가 지금 얼마나 좋은 줄 알아?"

"응."

"그래, 그럼 어떻게 잘라줄까? 넌 내 첫 손님이야, 친구."

"짧게 쳐. 그렇다고 고등학생처럼 까까머리로는 말고."

"알았어. 잠깐만, 분무기에 물 담아 와야 돼. 머리카락 떨어지니까 이거 입어. 미용 가운이야."

이정우는 말없이 고개를 끄덕였다. 김보영은 서둘러 미용 도구를 챙기고 전신 거울을 앞에 세운 다음 이정우의 뒤편에 엉거주춤하게 섰다.

“의자가 없어서 자세가 안 나오는걸?”

철컥. 김보영은 이정우의 앞머리를 손으로 잡더니 이내 싹둑 잘라내었다. 그 동안 세상의 반만 보고 살던 이정우의 눈이 환해지고 있었다.

“보영아.”

“응?”

“검사 끄나풀이랬지?”

“아, 신경 쓰지 마.”

“아냐, 그 검사한테 끄나풀 짓 좀 해.”

“응?”

“조만간 큰 전쟁이 있을 거야.”

“그래?”

“그런데 방해받으면 안 되거든.”

“응?”

“그러니까 유인해. 작은 다툼은 내가 따로 마련할 테니까.”

“무, 무슨 일이야?”

“좋은 일.”

김보영은 더 묻고 싶었지만 입을 다물었다. 이정우가 하는 일이니까.

“보영아.”

“응?”

“넌 아무 일도 없을 거야.”

"응?"
"이제 사흘만 지나면 내 친구 누구도 못 건드릴 거야."
"정우야……."
김보영의 가위질이 멎었다. 이정우의 무표정한 얼굴이 사라진 앞머리 덕에 환하게 거울에 비쳤다.

82.

무려 한 시간하고도 반이 지나서야 김보영의 가위질은 멈추었다. 머리 감고 말리고 헤어 왁스를 바르고 나니 두 시간이 지나 있었다.
"원래 이렇게 오래 걸려?"
"아니, 내가 서툴러서 그래. 자꾸 고치고 다듬고 하다 보니."
이정우는 거울에 자신의 모습을 비춰 보았다.
"잘하네. 네가 디자이너 되면 내가 미용실 차려줄게. 자."
이정우가 내민 오만 원짜리 몇 장을 보고 김보영은 손을 내저었다.
"됐어, 너한테는 안 받아."
"무슨 장사를 하든지 개시할 때는 받아야 해. 처음으로 받은 손님이라며? 기념이니까 받아."
"정우야."
이정우는 거의 반강제로 김보영의 주머니 속에 돈을 집어넣었다. 김보영은 서둘러 돈을 끄집어내 한 장을 남기고 나머지를 이정우의 주머니에 찔렀다.

"그럼 한 장만 받을게."

이정우는 어깨를 으쓱했다.

"머리 감는 데 물이 좀 차갑더라."

"미지근하게 맞췄는데?"

"겨울이잖아."

"그, 그래, 겨울이구나."

"내일 아침에 찾아가."

"누굴?"

"검사."

"으응, 근데 뭐라고 말해야 돼?"

"내가 말한 대로."

김보영은 알 수 없다는 듯 어깨를 으쓱했다.

"그거 위험하지 않아?"

"날 위험하게 하는 일이 있을 수 있다고 생각해?"

"응?"

"그런 건 없어."

"그, 그래."

김보영은 문밖으로 나서는 이정우의 실루엣을 보며 두 손을 모았다. 저런 모습을 보고 싶었다. 가슴속에 아픔을 안은 모습보다는 바로 저런 보습을 보고 싶었다. 김보영은 완전히 밖으로 사라진 이정우의 흔적을 가슴속에 품으며 조용히 속삭였다.

그런 김보영의 얼굴이 환하게 빛났다.

"복귀한 걸 축하해, 통!"

D-2.

하루가 지났다. 이제 이정우가 정한 시일까지 이틀이 남았다. 그날 아침.

"아무래도 이상한데?"

도명우는 이른 아침부터 찾아온 김보영을 조사실에 내버려 두고 밖으로 나왔다. 그리고 임수철에게 지휘를 받기 위해 의견을 물었다.

"김보영이 뭔가를 가지고 왔나?"

"예, 제법 달콤한 것을 들고 왔습니다. 그런데 조금 의심이 갑니다."

"달콤한 것?"

"내일모레. 이정우가 현태철을 상대로 대대적인 공격을 감행한답니다. 서울을 통째로 먹어버린다는 겁니다."

"내일모레?"

임수철은 인상을 구겼다.

"너무 급하게 꾸민 것 같지 않아?"

"그렇죠? 김보영이 이렇게 쉽게 이정우를 배신할 위인도 아니고."

"내일모레면 31일인가?"

"예, 12월 31일입니다. 31일 오후에 전쟁이 있을 거랍니다.

장소는 확실히 모르겠는데 강남 쪽 일대랍니다."

"도대체 무슨 꿍꿍이야?"

임수철이 쓴 인상은 펴지지 않았다. 도명우도 동의한다는 듯 고개를 끄덕였다.

"아무래도 그날이나 그 전날 이정우가 움직이지 않을까요? 하지만 불과 이틀 후에 전면전을 벌인다는 건 아무래도 심한 것 같고 뭔가 다른 움직임이 있는데 경찰의 눈을 돌리려는 게 아닌가 싶습니다."

"지난번에 단에서도 그런 식이었지? 단으로 모조리 모아놓고 정작 뒤통수를 쳤지."

"그렇습니다. 한 번 통하니까 자꾸 써먹고 싶은가 봅니다."

"보자. 상식선에서 서울 주먹들이 하나로 통합되는 전쟁이 지금 발생하기엔 시기상으로 안 맞는 부분이 너무 많아."

"그렇습니다. 전면전은 지금 상황으로는 도저히 불가능합니다. 아마도 전면전을 흘리고 국지전으로 진행하려는 게 아닐까 싶습니다."

"국지전."

임수철은 혀로 입술을 축였다.

"하나씩 하나씩 넘기려 한다? 그런데 지금 경찰이 워낙 많이 배치되어 있으니 눈을 좀 돌려야겠다. 그래서 생각해낸 것이 전면전의 루머를 흘린다."

"아귀가 맞지 않습니까? 어린 녀석이라 수가 보입니다."

"이번에는 그렇군. 하지만 지난번에는 멋지게 해냈잖아."

"그러니까 재미있지 않습니까? 지난번에 한 번 먹혔다고 또 그러는 모습이라니."

임수철은 고개를 끄덕였다.

"현재 현태철과 이정우 쪽이 충돌할 만한 지점이 어디야?"

"신촌, 홍대 일대 유흥업소입니다. 그리고 노원구 상계, 중랑구 일부분. 그 외에는 세가 확연하게 나뉘어져 있습니다. 강남 같은 경우는 일대를 현태철이 장악하고 있습니다."

"김보영이 강남 일대라고 했나?"

"예."

"강남 쪽은 최소한의 인원만 남겨두고 나머지는 모두 빼서 세 곳으로 분산 배치하도록. 노원구는 북부에 협조 요청 넣어."

임수철은 그렇게 명령을 내리면서 고개를 연신 끄덕였다. 감이 왔다. 이번에 하나만 엮으면 일망타진인 것이다.

"의원님, 약속하지 않은 손님이 왔습니다."

김정한. 그는 자신의 사무실에서 신문으로 얼굴을 덮고 회전 의자에 앉아 자고 있었다. 하지만 눈치 없는 비서의 콜이 전화기를 타고 방 안을 가득 메우는 바람에 부스스 잠에서 깼다.

"가라고 해."

"예전부터 많이 오시던 손님이라서요. 최현정인데요."

"최현정?"

그 이름을 듣는 것만으로도 분통이 터졌다. 이제 또 뭐로 우려먹으려고 왔단 말인가?

"가라고 해."

"중요한 말씀이 있답니다."

"이런!"

김정한은 벌떡 자리에서 일어났다. 씩씩거리는 폼이 잠은 온전히 달아난 것 같았다.

"들여보내."

말이 떨어지기 무섭게 최현정이 문을 열고 상체를 드러내었다.

"또 뭔가?"

"거래를 하러 왔습니다."

"이런 개!"

김정한은 책상에 놓여 있는 재떨이를 들어 올렸다. 금세 던질 것처럼 폼을 잡았지만, 차마 그러기는 어려웠는지 이내 제자리에 내려놓았다.

"난 지금 당내 비주류에도 밀려서 가치 하락이야. 어른도 날 못마땅하게 생각하고 있어. 그러니 이제 그런 건 안 통해."

"이번 거래는 의원님께 득이 될 거예요."

"나한테? 하하."

김정한은 고개를 뒤로 젖히며 웃었다. 그것은 일종의 조소였다. 하지만 최현정은 진지했다.

"이 거래가 성공하면 단번에 의원님의 정치적 입지가 탄탄해질 겁니다. 당내 1인자로 다시 올라갈 수도 있죠."

"제법 그럴듯한 유혹이군. 어디 내용을 말해봐."

"예, 조만간 이상찬 회장님이 세상에 모습을 드러낼 겁니다."

"은퇴하지 않았나?"

"하지만 의원님 때문에 나오게 됩니다."

"뭐라고?"

김정한은 귀를 최현정 쪽으로 고개를 돌렸다.

"의원님의 신고로 조직 폭력배의 괴수 이상찬은 우리나라 검사에게 잡히게 됩니다."

"잠깐만, 잠깐, 이해가 안 가는데?"

"저는 신고 정신이 투철한 익명의 제보자입니다. 평소 의원님이 보여주시는 자유 민주주의에 대한 투철한 정신에 감명을 받아 의원님께 제보하게 된 거지요."

"이것 봐라? 그게 시나리오인가?"

"만약 누군가 제보의 상세한 내용을 취재하려 한다면, 제보자의 신변 보호 차원에서 더 이상 공개할 수 없다고 막을 치시면 될 겁니다."

"흠."

"오늘 중에 익명으로 등기가 하나 올 겁니다. 거기에 상세한 이상찬의 비리와 상대 정당의원들과의 거래 등이 상세히 기술되어 있습니다."

"상대 정당?"

"예, 의원님이 계신 여당 쪽 비리는 모조리 뺐습니다. 요즘 야당 공세에 어려우시죠? 제 작은 성의가 전환점이 되길 바랍니다."

"으흠, 제법이군. 나 같은 욕심쟁이는 거절하기 어려운 제안이야. 그런데 이건 누구의 생각인가?"

"그건 비밀입니다."

"좋아, 그런 거야 상관없어. 어쨌든 자네가 직접 제안한 거니 틀림없겠지?"

"예, 그리고,"

"그리고?"

"등기로 오는 서류를 자세히 보시면 아시겠지만 보호해야 할 미성년자가 있을 겁니다."

"음?"

"조직 폭력배들이 그 아이를 얼굴로 내놓고 이용하고 있을 뿐, 그 애는 아무런 죄도 없습니다."

"가만 자네 지금 혹시?"

김정한이 뭐라고 하려는 찰나 최현정이 정색하며 말했다.

"의원님, 의원님은 그 아이를 아시면 안 됩니다. 단지 조폭들에게 명의를 빼앗긴 그 애를 아끼고 보살펴주어야 할 뿐이지요."

"음?"

"그 아이를 아십니까?"

"으음."

김정한은 짧은 신음을 내었다.

"모른다. 당연히 모르지."

김정한은 그러면서 어색한 미소를 지었다. 최현정도 그런 김정한을 보며 차가운 미소를 그렸다. 두 사람의 거래는 그렇게 끝났다.

그리고 하루, 또 하루가 지났다. 오전 10시. 하종화가 막 옷을 챙겨 입고 왼손에 압박 붕대를 칭칭 감은 이정우를 찾아왔다.

"총원 100명입니다. 우리는 김세화를 미끼로 던지고 낚시를 합니다. 고길수는 김민규를 지원하지 못하도록 장동욱이 미리 칩니다. 황석현은 몇 명을 데리고 우리 주위에서 대기하고 있다가 지원을 하거나 상황에 따라 현태철을 공격합니다."

"현태철은 어디 있대?"

"호텔에 있습니다. 아마 김민규도 현태철의 부근에 있을 겁니다. 고길수는 현태철과 차량으로 약 20분 떨어진 곳에 있습니다."

"조 편성은?"

"장동욱에 40, 황석현에 25, 우리가 35입니다."

"황석현과 우리 측 인원수를 바꿔."

"예?"

"너무 많으면 눈에 띈다."

"하지만……."

"명령이다."

이정우는 차가웠다. 하종화는 고개를 숙였다.

"작전 개시는?"

"오후 2시. 김세화가 이곳에서 출발합니다. 그때부터 우리도 움직입니다. 장동욱은 역삼 부근에서 명령을 기다리고 있습니다."

이정우는 고개를 끄덕였다.

"오늘이군. 드디어."

83.

오전 11시. 김정한은 사무실에서 익명으로 전달된 서류를 뒤적이고 있었다. 한참을 뒤적이던 김정한은 전화기를 들었다.

"음, 나. 박 기자 잘 지내고 있나? 글쎄, 익명의 제보자가 기업과 정치인들의 연대 관계에 대해서 중요한 정보를 제공해왔는데 먼저 박 기자한테 전하고 싶네. 기자 회견은 천천히 하지. 일단 거기서 한번 의문을 제기해서 여론을 달궈봐. 국민적 여론이 떠오르면 그때 완전 공개하지. 어때? 자네는 특종을 챙기고 나도 손해 볼 것 같지는 않은데."

김정한은 느긋하게 몸을 의자 깊이 젖혔다.

"그래, 그래, 제일 먼저 의혹을 제기하는 게 어딘가? 그것만으로도 자네 신문사 제법 광고가 될걸? 어쨌든 우린 서로 손해 볼 게 없다고, 안 그런가? 하하하! 보면 좋아할 거리가 많아. 음, 그래, 그래. 나중에 기자 회견하고 난 후에도 자네하고 따로 만나지. 심층 기사 한번 써보라고."

김정한은 연신 얼굴에서 웃음이 떠나지 않았다. 그리고 간간히 폭소도 터졌다. 그렇게 은밀한 거래는 성사되고 있었다.

오후 12시. 김세화는 옷을 차려입고 대기하고 있었다. 계속 불안한 듯 양손을 비비고 입술에 침을 발랐다. 김세화는 점심도 먹지 못한 채 방 안에서 빙빙 돌아다니며 숨을 골랐다.

같은 시각. 이정우는 소고기를 김치와 함께 구워먹으며 정확히 밥 한 공기만으로 점심을 마쳤다. 국물이 들어간 음식은 먹지 않았다. 배가 부르지도 않고 허기지지도 않은 그런 상태를 유지하며 몸을 적절히 긴장시켰다.

오후 1시. 대검.

"경찰 병력은 세 포인트에 분산 배치해뒀습니다."

도명우의 보고를 받은 임수철은 고개를 끄덕였다.

"이제 걸려들기만 기다려야겠지."

같은 시각 북부 지검.

"무슨 소리야? 자네가 왜 강남으로 간다는 거야?"

지검장 김만석은 출동을 허락해달라는 채수연을 팔짱을 끼고 바라보았다.

"허락해주십시오. 아무래도 이상해요."

"자네 관할도 아니고 번지수가 틀렸어. 나한테 얘기할 사항도 아니야. 검경 협동으로 지금 작전 들어간 거 같은데 지금 이럴 때 경찰 병력을 지원받으려면 그쪽 경찰서장에게 부탁해봐."

"강남서 쪽에 알아봤는데 병력들이 최소한의 인원만 남기고 다 빠져나갔더라고요. 제 힘으로는 만족할 만큼 동원할 수가 없습니다. 지검장님께서 다리를 놓아주세요."

"이 친구야, 남부는 괜히 있나? 우리가 관할하는 지역이 아니야."

"조폭은 관할이 없잖아요."

"대검에서 알아서 한다잖아. 대검에서 요청한 지원만 하라고. 나서지 말게. 여기저기 설치고 다니면 나중에 구설수 생겨."

김만석이 단호하게 말했다. 채수연은 입술을 깨물었다.

오후 2시.

김세화가 탄 검은 세단이 조용히 일월을 빠져나오고 있었다. 운전자는 황석현의 심복 애꾸였다. 김세화는 뒷좌석에 앉아 연신 침을 삼키고 있었다. 애꾸가 말했다.

"김세화 씨,"

"예?"

"당신은 지금 편안하게 쇼핑을 하러 가는 겁니다, 그렇지요?"

"예."

"이상한 티 내지 마세요."

김세화는 손으로 가슴을 누르고 심호흡을 했다.

"김세화가 출발했습니다. 첫 접선 지역은 잠실입니다."

일월에서 하종화는 급히 이정우에게 사실을 알렸다.

"잠실?"

"예, 대외적으로는 쇼핑하러 나가는 거니까요. 백화점에서 랑데부할 것 같습니다."

"황석현은?"

"멀리서 따라가고 있습니다. 그건 김세화도 모릅니다."

"우리는 준비되었나?"

"예."

"우리도 움직이지. 애들 봉고에 태워. 그리고 하종화."

"예."

"전장에선 그냥 동료일 뿐이다."

"예?"

"너무 깍듯하게 굴지 마."

"아."

전장에서는 동료일 뿐? 무슨 뜻으로 한 말인지는 알았지만 하종화는 이정우를 그렇게 바라볼 수 없었다.

"마음만 감사히 받겠습니다."

"그리고 장동욱에게 연락해. 30분 후에 무조건 고길수 치라고."

"예."

이정우는 신발을 신고 일월의 넓은 뜰로 내려왔다. 하종화가 뽑은 정예 중의 정예 25명이 도열하고 있다가 이정우의 모습을 보고 일제히 양쪽으로 갈라지며 허리를 숙였다. 이정우는 미동도 않고 앞으로 나아가며 낮은 목소리로 말했다.

"준비해라."

순간 이정우의 길을 터주기 위해 양쪽으로 쫙 갈라선 녀석들의 입에서 합창 같은 대답이 터져 나왔다.

"예!"

오후 2시 30분.

역삼 부근에서 고길수는 안마 시술소 카운터 옆 쪽방에 드러누워 벽면에 설치된 TV를 보고 있었다. 똑똑.

"들어와."

문을 열고 들어온 건 외투를 차려입은 루비였다.

"출근했어요."

루비는 옷을 벗어 옷걸이에 걸고 출근 표를 빼 못에 걸었다. 고길수는 리모컨으로 TV의 화면을 이리저리 바꾸며 말했다.

"요즘은 그놈 안 와?"

"누구? 그때 그 사람이요?"

"그래, 하종화."

"안 오는데요?"

"이 자식이 그럼 움직이려고 그러나? 밖에 춥나?"

"춥죠. 겨울이잖아요. 오늘만 지나면 한 해가 바뀐다고요."

"흠."

고길수는 고개를 끄덕였다. 루비는 그런 고길수를 보다 다른 말이 없어서 그냥 문을 나섰다. 그때.

"어서 오세, 어?"

안마 시술소 카운터 앞에는 한 떼의 어깨들이 우르르 몰려 있었다. 그중 맨 앞에 서 있는 남자는 마치 가면처럼 무표정한 얼굴로 루비를 바라보고 있었다.

"누, 누구세요?"

"저쪽 방으로."

남자는 루비에게 눈으로 옆방을 가리켰다. 루비는 비틀거리며 그 방문을 열었다. 안마 시술소에서 일하는 아가씨들과 안마사들이 그 방에 겁에 질린 표정으로 모여 있었다. 남자가 말했다.

"나오지 마라. 나오면 죽는다."

루비는 얼어붙어 대답이 나오지 않았다. 덜컥! 루비가 방 안으로 들어서니 밖에서 조용히 문을 닫았다.

"현관 잠가라."

남자는 장동욱이었다. 어깨 둘이 현관문을 닫고 잠금 장치를 채웠다.

"준비."

쉭. 쉬쉭. 챙! 어깨들이 저마다 손에서 사시미와 알루미늄 방망이를 빼내 들었다.

"단번에 숨을 끊어라. 오늘 목적은 고길수를 묻어버리는 것이다."

장동욱이 낮은 목소리로 말했다. 어깨들이 자세를 잡으며 침을 삼켰다. 이윽고 장동욱이 말했다.

"돌격."

"우와앗!"

콰당! 한 녀석이 쪽방 문을 발로 걷어찼다. 편하게 누워 있던 고길수가 벌떡 몸을 일으켰다.

"뭐야?"

"으아앗!"

상황 파악이 되지도 않은 상황에서 한 녀석이 칼을 고길수의 복부에 박아 넣으려 몸을 날렸다. 고길수는 잽싸게 허리를 틀며 그 녀석의 손목을 쳤다. 동시에 녀석의 손에서 떨어지는 사시미를 낚아채 순식간에 눈알에 박아 넣었다. 콱!

"아악!"

고길수는 연이어 가장 앞선 녀석의 목을 사시미로 자르듯이 그어버렸다. 사각. 뒤이어 다른 녀석이 달려들었다. 하지만 고길수는 녀석의 다리를 걸어 넘어뜨리고 바로 그 뒤에서 달려드는 녀석의 목에 칼을 박았다. 쪽방이라 여러 명이 한꺼번에 들어설 수가 없었다. 고길수는 순식간에 세 명을 제압하고 목이 터지라고 외쳤다.

"기습이다! 기습이야!"

그 순간, 휘릭, 어딘가에서 사시미 하나가 날아왔다. 소리를 지르던 고길수는 미처 피하지 못하고 그 순간 얼어붙었다. 콱! 사시미는 고길수의 옆을 스치며 벽에 박혔다.

"고길수, 네 새끼들 길목은 다 막아놨다. 그러니 곱게 죽어라."

"넌?"

장동욱이 쪽방 앞에 버티고 서 있었다. 고길수는 침을 삼켰다.

"장동욱……."

오후 3시. 백화점 화장실.

김세화는 전화기를 들었다.

"어디에 있어요? 저 백화점 화장실이에요."

"몇 층이지?"

전화기에선 김민규의 목소리가 흘러나왔다.

"2층이요. 숙녀복 매장이에요."

"같이 있는 놈은?"

"한 명밖에 없어요. 그냥 운전 기사예요."

"몇 번째 칸이야?"

"왼쪽에서 두 번째."

"알겠다. 화장실에서 기다려. 조금 있으면 옆 칸에서 옷과 가발을 넘겨줄 테니까, 변장하고 밖으로 나와."

잠시 후 누군가 화장실 옆 칸으로 들어가는 기척이 나더니 이내 종이봉투가 김세화의 칸으로 넘어왔다. 안을 들여다보니 붉은색 가발과 가죽 옷, 선글라스, 가죽 부츠, 핸드백, 머플러 등이 들어 있었다. 그리고 쪽지가 있었다.

— 옷을 갈아입고 백화점 후문으로 나오면 세단이 있습니다. 차량 번호는 5688. 벗은 옷은 다시 종이봉투에 넣어 넘기세요.

김세화는 서둘러 옷을 갈아입고 화장실을 나섰다. 화장실 앞에는 애꾸가 버티고 있었지만, 정말로 김세화를 몰라보고 있었다.

"콜록."

김세화는 얕은 기침을 하며 애꾸의 시선을 돌렸다. 그리고 애꾸의 옆을 스치며 애꾸 말고는 누구도 들을 수 없는 작은 목소리로 말했다.

"따라와요."

84.

"장동욱……."

고길수는 입가를 실룩거리며 장동욱을 노려보고 있었다. 장동욱은 조용히 주먹을 쥐었다.

"한 가지 물어보자, 장동욱. 지금 네가 날 치는 건 다른 의미가 있는 거지?"

"다른 의미?"

"내 길목을 막아선 이유는 단 하나. 이사님과 김민규를 노리는 것 아닌가?"

장동욱은 조용히 말했다.

"그렇다."

"역시 그렇군. 제법 무서운 계획을 세웠군. 오늘로서 결판이 나겠구먼. 그렇다면,"

고길수는 얼굴을 들어 올렸다.

"여기서 무너질 순 없다!"

좌착! 순간 고길수는 번개같이 몸을 날렸다. 고길수가 움직이는 것과 동시에 장동욱이 왼발을 축으로 회전했다. 빡!

"키잉."

나는 듯 달려드는 고길수의 머리를 장동욱의 구둣발이 그대로 차올렸다. 고길수는 목이 부러질 듯 고개가 돌아갔다.

"커헉."

고길수가 입에서 피를 한 움큼 뿜어내며 비틀거렸다. 동시에 장동욱의 오른손 주먹이 그 입을 산산이 박살내고 있었다. 쾅!

고길수가 보기 흉하게 바닥에 쓰러졌다.

"처리해."

장동욱은 두말없이 뒤돌아섰다. 장동욱의 뒤에 있던 어깨들이 바닥에 늘어진 고길수의 머리를 붙잡아 상체를 일으켰다.

"ㄲㅇㅇㅇ."

그리고 신음하는 고길수의 배에 사정없이 사시미를 꽂아 넣었다.

오후 4시.

"연락이 왔습니다."

하종화가 말했다.

"C 호텔 지하에 외국인 전용 카지노가 있습니다. 김세화는 그곳으로 들어갔답니다."

이정우는 고개를 끄덕였다.

"현태철은 C 호텔에 투숙하고 있습니다. 현태철 쪽은 황석현이 대기 중입니다."

"호텔이면 치기 어렵지 않나?"

"CCTV가 복도마다 설치되어 있고 그런 호텔에서 일을 벌이기는 어려울 것 같습니다. 현태철은 호텔 17층 전체를 빌린 상태고 17층 복도엔 놈의 부하들이 죽 늘어서서 보호하고 있다고 합니다."

"카지노는?"

"C 호텔 카지노는 보수 공사 중입니다. 외국인 전용이라 내국인이 출입하기 쉽지 않고, 또 공사 중이라 남의 눈에 띌 염려가 없어서 접선 장소로 선택한 걸로 보입니다."

이정우는 고개를 끄덕였다.

"장동욱은?"

"고길수를 제압하고 인원 40명 중 20명을 데리고 호텔 쪽으로 이동 중입니다."

"장동욱에게 황석현을 지원하라고 해. 우리는 곧바로 카지노로 들어간다."

"정문으로 갑니까?"

"정문."

"보는 눈이 많을 겁니다."

"무조건 깨고 들어간다."

이정우의 대답은 거침없었다. 하종화는 고개를 숙였다.

"아니, 도대체 남의 관할에서 이렇게 소란을 피우는 이유가 뭡니까?"

강남 경찰서장은 조금 전 헐레벌떡 뛰어와 당장 경찰 병력을 모아달라는 한 여검사의 요청에 황당한 표정을 짓고 있었다. 그는 물론 채수연이었다.

"서장님. 길게 설명해드릴 시간이 없습니다. 이정우는 바보가 아니에요. 지금 당장 병력을 모아서 여기, 여기 이쪽에 배치해야 합니다. 현태철이 있는 C 호텔에는 특히 더!"

"아니, 이것 보세요. 대검에서 지원 요청이 들어와서 대부분 강북 쪽으로 병력을 보낸 상태입니다. 거기다 오늘은 연말이라서 더 이상 인원을 빼면 민생 치안에 치명적일 수가 있어요."

"그것보다 더 급한 일이 있기 때문에 이러는 거예요. 기류가 심상치 않아요. 내가 판단하기에는……."

"글쎄, 관할도 다르고 이런 막무가내 식 요청은 받아들일 수 없어요. 경찰을 우습게 보는 겁니까? 절차와 예의를 지키세요!"

"그럼 총기를 소지한 형사 몇 명만이라도 안 될까요?"

"관할이 달라서 안 된다지 않습니까?"

경찰서장은 버럭 소리를 질렀다. 채수연은 괴로운 듯 거의 울상을 짓고 있었다.

그때였다.

"어, 검사님?"

채수연이 돌아보았다. 해체된 특별 팀의 파트너였던 박종호가 거기에 서 있었다.

카지노.

"이쪽으로."

김민규는 막 들어선 김세화를 손짓으로 불렀다. 김민규는 홀 가운데 있는 테이블에 앉아 혼자서 칩을 가지고 놀고 있었다. 물론 김민규의 뒤로는 수십 명의 어깨들이 무서운 표정으로 병풍처럼 서 있었다.

"오, 오랜만이에요."

"그렇군."

김민규는 레드 칩 하나를 손가락으로 튀기며 옆자리에 앉은 김세화를 돌아보았다.

"그래. 얘기해봐."

"뭐, 뭘요?"

"뭐라니?"

김민규는 인상을 그렸다.

"난 거기 있으니까 숨이 막혀서 나오고 싶었던 것뿐이에요."

"나하고 지금 장난하나?"

김민규는 무섭게 김세화를 노려보았다.

"말이 다르잖아!"

쾅! 김민규가 주먹으로 테이블을 내리쳤다. 김세화가 어깨를 움찔거렸다.

그 무렵, 호텔 밖에 승합차 몇 대가 섰다. 그리고 어깨들이 우르르 손에 무언가를 하나씩 들고 내려서기 시작했다. 저벅저벅. 그들은 거침없이 문을 지나 걸어 들어가고 있었다. 놀란 프런트 직원이 용기 있게 그들의 앞을 막았다.

"누, 누구십니까?"

선두에 섰던 남자는 소매를 한번 훑는가 싶더니 이내 칼을 손에 쥐고 직원을 위협했다.

"카지노 어디 있지?"

"지, 지하에요."

"얼굴 기억해뒀다. 신고하면 어떻게 될까?"

남자는 겁에 질린 직원의 뺨을 칼끝으로 그어 내리며 차분하게 말했다. 그 차분하고 신사적인 음성과 거친 행동이 어울리지 않았다. 그러자 남자의 뒤에 서 있던 한참 어려 보이는 녀석이 앞으로 나섰다.

"가자, 하종화."

저벅저벅. 그들의 구둣발 소리가 홀을 가득 메우고 있었다. 직원은 가슴을 누르고 프런트로 달려가듯 다가가 전화를 들었다.

"프런트입니다. 무슨 일이 생기면 연락……."

그때였다. 쾅! 전화기가 산산조각이 나며 부서졌다.

"꺄!"

"악!"

놀란 사람들이 비명을 질렀다. 이번엔 황석현 무리들이었다. 그중 한 명이 알루미늄 방망이로 직원이 통화를 시도하던 전화기를 박살낸 것이다. 너무 놀란 직원은 전화기를 떨어뜨리고 바보같이 입만 벌리고 있었다. 황석현이 그런 그를 지나치면서 씩 웃음을 날렸다. 그리고 다시 수십 명이 황석현의 뒤를 따라 소란스런 구둣발 소리를 내며 지나가고 있었다.

"김세화!"

김민규의 고함이 터져 나왔다.

"무슨 꿍꿍이야? 엉? 무슨 꿍꿍이냐고!"

"아무것도 없어요. 난 그냥 도망치고 싶었을 뿐이라고요!"

김민규를 상대로 맞고함을 치는 김세화에게 어깨 몇이 다가가려 몸을 움직였다. 김민규가 손을 들어 그들을 제지했다. 그때였다. 콰장창!

"뭐야?"

빗장을 걸어두었던 문이 요란한 소리를 내며 부서졌다.

"너는?"

김민규는 지금껏 앉아 있던 테이블에서 서서히 몸을 일으켰다.

"이정우? 네가?"

김민규가 뭐라고 더 말할 찰나였다. 이정우는 아무런 감정 없는 낮은 목소리로 명령했다.

"쳐!"

85.

"우아아아아아아!"

우르르르. 이정우의 수하들이 치고 들어가는 순간 김민규의 수하들은 일시에 김민규의 앞을 막아서고 있었다. 김민규가 목소리를 높였다.

"죽여버려!"

타다닥, 탁. 몇 명이 테이블을 밟고 날아올랐다. 아래쪽에선 각목으로 뛰어오른 녀석의 정강이를 박살내고 있었다. 빡!

"쳐 죽여!"

순식간에 두 패가 엉겨 붙었다. 쩍쩍. 살이 터지는 소리가 울렸고 벌써 머리가 깨져 바닥을 뒹구는 녀석도 있었다. 그 틈에 김세화는 열린 문으로 달아났고 이정우와 김민규는 각자의 패거리들 뒤에 서서 서로 마주 보고 있었다. 그리고 하종화는,

"끼야앗!"

칼로 김민규 패거리들의 배를 긋고 눈을 찌르고 목을 뚫으며 거침없이 싸우고 있었다.

엘리베이터가 17층에서 멈췄다.

'17층입니다.'

녹음된 기계음의 안내 후 복도 끝에 설치된 세 개의 엘리베이터 문이 동시에 열렸다. 저벅.

"뭐야?"

듣던 대로 복도에는 검은 옷을 입은 녀석들이 양쪽 벽에 일렬로 붙어 서 있었는데 못해도 50여 명은 충분할 것 같았다. 그 중 한 녀석이 무서운 눈으로 황석현을 향해 다가왔다.

"뭐야? 이 새끼들."

그때였다. 엘리베이터에서 내린 황석현의 패거리들이 앞뒤 가리지 않고 일제히 달려들었다. 퍽! 다가오던 녀석의 콧대가 주저앉았다. 복도를 지키고 있던 녀석들도 뭔가를 깨달았다.

"이 새끼들! 쳐!"

"기습이다!"

다시 수십 명이 맞붙었다. 깡깡깡! 퍼퍽! 누구는 배에서 피를 흘리며 바닥을 기었고 어느 녀석은 장도리에 맞아 이마가 함몰되었다. 누군가는 깨진 이를 뱉어냈고 어느 놈은 휘청거리며 주먹을 날렸다. 어느 덩치 큰 녀석은 사시미 수십 대를 맞으며 절명했다.

"이게 무슨 소리야?"

현태철은 호텔 방에 앉아 쉬다가 밖에서 일어나는 소란 때문에 급하게 몸을 일으켰다. 복도에서 들려오는 건 분명 비명과 서로 죽고 죽이는 전쟁의 소리였다. 현태철은 서둘러 휴대폰을 들었다. 그러나 신호만 갈 뿐이었다.

"이건?"

더 이상 생각할 틈이 없었다. 작정하고 전쟁을 벌인 것이 분명했다. 현태철은 급하게 옷을 챙겨 입었다. 실로 수년 만에 실전에서 싸울 생각을 하니 피가 끓고 있었다.

"이 새끼들이. 동해의 현태철이 누군지 보여주마."

현태철은 침대 밑에서 길쭉한 진검을 빼내었다. 그리고 힘껏 문을 열었다. 쾅!

카지노 홀에서 하종화는 종횡무진이었다. 콱콱! 연달아 두 녀석의 목덜미에 칼을 쑤셔 넣고 나는 듯 테이블에 뛰어올라 다시 내려갈 순간이었다. 김민규의 오른발이 공중에 뜬 하종화의 발목을 후려쳤다. 퍽!

"엇!"

한순간 하종화는 중심을 잃고 허공에서 몸이 기울었다. 그때 김민규의 뒤후려차기가 그대로 하종화의 안면에 꽂혔다. 쾅!

"커헉."

중심을 잃은 상태에서 정통으로 머리를 맞은 하종화의 충격은 컸다. 어깨들과 싸우느라 미처 김민규를 의식하지 못한 탓이기도 했지만, 그것은 분명 김민규의 무서운 기습이었다. 일순, 양쪽의 싸움이 멎었다. 털썩.

"우욱."

바닥에 쓰러져 비틀거리는 하종화의 손을 구둣발로 지그시 짓누르며 김민규가 나섰다.

"놈들은 기껏 20명 남짓이다. 우리가 숫자는 압도적으로 많다."

김민규는 하종화의 손에서 칼을 뺏어 들었다. 그리고 사정없이 하종화의 옆구리를 찔렀다. 순간, 하종화의 비명이 터졌다.

"크아악!"

이정우도 흠칫했다. 김민규는 하종화의 다른 쪽 손에 칼을 꽂아 바닥에 고정했다.

"크허억."

"넌 칼이 없으면 별 거 아니지. 그리고,"

김민규의 시선이 이정우에게 꽂혔다.

"넌 아직 왼 주먹을 못 쥐는가? 일대일이라면 몰라도 혼자서 여러 명을 상대하려면 그건 좀 힘들겠군."

이정우는 아무런 말도 하지 않았다. 이정우의 주위로 20명 남짓한 인원들이 모여들었다.

순간 김민규가 소리쳤다.

"한 놈도 살려두지 마라! 쓸어버려!"

"현태철!"

모습을 드러낸 현태철을 보자마자 황석현이 소리치듯 말했다. 현태철은 픽 조소를 날렸다.

"현태철! 죽어라!"

한 녀석이 현태철을 향해 방망이를 치켜들었다. 순간 현태철의 몸이 번개처럼 움직이는가 싶더니 녀석의 들어 올린 팔을 그대로 잘라버렸다.

"엇!"

그와 동시였다. 현태철의 칼이 다시 한 번 춤을 췄다. 그리고 이번엔 녀석의 머리가 싹둑 잘려 날아갔다.

"헛!"

황석현의 입에서 저도 모르게 짧은 단말마가 솟아 나왔다. 황석현의 부하들도 싸움을 멈추고 얼어붙은 듯 현태철에게 집중했다. 현태철이 말했다.

"네놈들은 나를 잘못 봤다. 한 놈도 남김없이 몸뚱이를 잘라주겠다."

저벅! 현태철이 한 걸음 앞으로 나서고 있었다. 황석현이 저도 모르게 긴장된 소리로 외쳤다.

"두려워 말고 쳐라!"

하지만 황석현의 부하들은 서로 돌아보고 있었다. 쉽게 범접하지 못할 위엄이 현태철에게서 뿜어져 나오고 있었다.

"뭐 하는 거야? 쳐라! 넘기란 말이다!"

그 순간이었다. 현태철이 눈 깜짝할 사이에 앞으로 달려들더니 맨 앞에 있던 녀석의 목을 뎅겅 날려버렸다. 툭, 떼구루루, 턱! 떨어져 구르는 사람의 머리를 현태철은 축구공을 다루듯 발로 정지시키며 말했다.

"기습은 훌륭했다. 하지만 사람을 잘못 봤다."

"아, 아."

황석현은 저도 모르게 뒷걸음질을 치고 있었다. 현태철은 생각했던 것보다 훨씬 큰 인물이었다. 그가 풍기는 위압감이 복도 전체를 감싸 돌고 있었다.

"왼쪽을 노려!"

김민규가 소리쳤다. 이정우는 날아다니고 있었지만 싸우기가 쉽지 않았다. 정말 그랬다. 일대일로 싸울 때는 어떻게 요령을 피울 수 있었다. 그러나 혼자서 여러 명을 상대할 때는 사방을 칠 수 있는 타격이 필요했는데 도저히 그럴 수 없었다. 그리고 이정우가 데리고 온 녀석들은 불과 25명. 정예 중의 정예를 뽑았다고는 하지만 김민규의 패거리들 역시 만만치 않았다. 현태철을 지키는 최측근 김민규답게 그의 패거리들 역시 동해파 중에서는 최정예였다. 더구나 숫자가 40명이 넘었다. 처음 기습은 성공하는 듯했지만 시간이 지날수록 이정우 쪽이 밀리고 있었다. 그 순간 왼쪽 어깨를 빼며 거리를 재던 이정우에게 작은 허점이 생겼다. 그 순간 몸을 날린 건 김민규였다.

"엇!"

퍼퍽! 김민규의 왼손, 오른손이 그대로 이정우의 안면을 강타했다. 이정우는 급하게 고개를 젖히며 피했으나 사정없이 얼굴을 얻어맞았다. 쩍! 쩍!

"커헉."

순간 균형을 잃고 비틀거리는 이정우의 얼굴을 향해 김민규가 한쪽 발을 축으로 회전했다. 그리고 번개같이 다른 발을 꽂아 넣었다. 꽝! 마치 벽을 찬 것 같은 둔탁함을 느끼며 김민규는 뒤로 몇 걸음 물러섰다.

"어?"

"아직 안 된다. 내가 있는 한."

김민규의 발을 받은 건 하종화였다. 하종화는 김민규가 손등을 뚫었던 손으로 그의 발을 막았다. 동시에 이정우를 막아서고 있었다. 김민규의 입가에 쓴 미소가 맺혔다.

"하종화, 여기서 죽을 셈이군. 원대로 해주지."

하종화는 낮은 목소리로 등 뒤의 이정우에게 말했다.

"싸울 땐 동료라고 했나? 이정우, 동료로서 무례를 범한다. 오늘은 틀렸다."

"하종화……."

"내가 막을 테니 여기서 튀어라!"

하종화는 목이 터질 것처럼 소리쳤다. 동시에 손등이 뚫린 그의 손으로 온 힘을 다해 칼을 쥐고 김민규에게 달려들었다. 순간 김민규 앞을 어깨들이 막아섰다.

"너희들은 내 상대가 아니야!"

쉬익, 쉭. 터덕! 하종화는 한 손을 활짝 펼쳐 한 녀석의 턱을 쳤다. 그리고 몸을 회전하며 그다음 녀석의 목덜미를 다른 손에 잡은 칼로 잘라내고 그대로 김민규에게 돌진했다. 김민규는 칼을 피하며 손날로 하종화의 목을 쳤다.

"컥!"

"넌 끝났어."

그때였다. 꽝! 카지노 홀의 문이 활짝 열렸다. 일순 모두의 시선이 한곳에 쏠렸다.

"장동욱!"

이정우의 입에서 솟아 나온 한마디는 그것이었다. 그리고 장동욱의 입에서 벼락같은 외침이 터졌다.

"깨라!"

"우아아아!"

"이 개새끼들아!"

"좀만이들."

김민규도 맞서 소리쳤다.

"부숴버려!"

퍼퍽, 쾅쾅. 장동욱도 무리들 사이로 날아올랐다. 퍼퍼퍼퍽!

"한 놈, 두 놈, 세 새끼, 네 새끼."

김민규는 하종화를 내버려두고 급하게 걸음을 앞으로 옮겼다. 그런 김민규를 이정우가 막아섰다.

"이정우?"

"우린 여기서 끝내지."

"잘 자랐구나. 내가 널 살려 보낸 보람은 있어. 하지만 한쪽 손을 제대로 못 쓰는 이정우라면 흥미가 없군."

"그래? 그럴까?"

순간 우드드득 이정우의 왼손이 굽히고 있었다. 우드득. 우득.

"음?"

이정우는 왼손 주먹을 쥐고 쭉 뻗었다. 그것은 공기를 치며 커다란 소리를 내었다. 팡!

뎅겅! 뎅겅! 현태철은 현란했다. 황석현이 데리고 온 부하들 중 어느새 10여 명이 머리와 팔을 바닥에 떨어뜨리고 피를 흘리며 쓰러졌다. 현태철은 그들이 타고 온 엘리베이터 앞까지 몰린 황석현의 패거리들을 향해 거침없이 다가오고 있었다.

"어차피 여기서 도망가지는 못한다. 너희들은 그냥 내 이름을 빛내주면 되는 거야."

"현태철……."

황석현은 입술을 씹었다. 그때였다. 띵. 엘리베이터가 열렸다.

"음?"

"현태철, 칼 내려놔!"

여자의 앙칼진 목소리가 복도를 쩌렁 울렸다. 채수연! 채수연이었다.

"이건 뭐야?"

현태철이 어이가 없다는 듯 채수연을 바라보고 있었다. 채수연은 엘리베이터에서 한 걸음 앞으로 나섰다. 그리고 바로 그 뒤에 총구를 겨냥하며 박종호가 나타났다.

"뭐야? 이것들?"

채수연은 목소리를 높였다.

"경고한다. 공포탄 다 쐈어. 실탄이야. 칼 내리고 벽에 붙어."

"하아!"

현태철은 한숨을 쉬며 칼을 들고 있던 팔을 내렸다. 채수연이 외쳤다.

"바닥에 던지란 말이야! 새끼야!"

"쬐끄만 년이 정말 맛이 갔군."

"난 서울 북부 지방 검찰청 소속 검사 채수연이다! 너희들을 현행범으로 체포한다!"

"하하하!"

현태철이 실소를 터뜨렸다.

"검사가 언제부터 현장에 나온 거야? 꼴통인 모양인데 용기 있으면 어디 가까이 와봐, 이년아."

채수연은 심호흡을 했다. 그러면서 황석현의 패거리들을 헤치고 앞으로 나섰다.

"검사님, 가까이 가지 마십시오."

박종호가 뒤를 따르며 말했다. 하지만 채수연은 두려움을 모르는 듯 앞으로 나아갔다.

"현태철, 칼 버리고 벽에 붙어. 두 번째 경고다."

"크크크."

"칼 내리고 벽에 붙어. 마지막 경고다."

"후훗."

"현태철!"

"이번엔 네년 목이다!"

현태철이 고개를 치켜들었다. 그리고 내리고 있던 칼을 번쩍 들어 올렸다.

쉭-.

현태철의 칼이 빠르게 채수연의 머리를 향해 날아왔다.

그때였다.

탕! 박종호의 총구도 불을 뿜었다.

퍽! 막 칼을 내리치려던 현태철의 이마에 작은 구멍이 뚫렸다.

"으윽."

채수연의 얼굴에 피가 튀었다. 채수연은 눈길을 피하지 않고 한동안 그런 현태철을 노려보았다.

"으, 으."

박종호는 총구를 서서히 내렸다. 동시에 현태철의 몸뚱이도 그대로 뒤로 고꾸라졌다. 쿵! 조폭들이 당황한 얼굴로 채수연과 박종호를 바라보았다.

"모두 벽에 붙어!"

쩌렁. 채수연의 고함이 복도 천장을 찢어버릴 듯이 울렸다.

카지노 홀에서는 모두 엉겨 붙어 싸움이 한창이었다. 그 와중에 이정우와 김민규는 둘이서 모든 걸 쏟아 붓고 있었다. 둘은 서로 카지노 테이블을 올라갔다 내려갔다 하면서 격투를 벌였다. 김민규의 주먹은 한 번씩 이정우의 콧대를 주저앉히려 안면을 위협했고 이정우의 발은 몇 번씩 허공을 차며 이중 점프를 했다. 차라리 텅 빈 벌판이었으면 빨리 끝났을 싸움이었지만 곳곳에 벽이 있고 테이블이 있는 이런 곳에서는 서로 지형지물을 이용할 수가 있어서 쉽사리 결판이 나지 않았다. 둘이 정신없이 싸우는 와중에 장동욱이 있는 이정우의 어깨들이 김민규의 수하들을 서서히 밀어붙이고 있었다.

"이정우! 김인범 때문인가?"

"빚을 갚는 것뿐이다!"

"그렇게 허공에서 몇 번 뛰어봤자 소용없어. 테이블 뒤로 숨으면 그만이거든?"

"야앗!"

"오히려 이렇게 허점을 이용할 수도 있지!"

이정우가 다시 허공으로 차올랐다. 그때 김민규는 테이블 위로 뛰어오르며 그 반동을 이용해 허공에 뜬 이정우의 복부에 구둣발을 날렸다. 퍽!

"엇!"

이정우는 그대로 바닥에 추락했다. 단 한 순간, 그 단 한 순간이 순식간에 호각세로 진행되던 싸움을 바꿔버렸다. 김민규는 그 틈을 놓치지 않았다. 쉭! 김민규의 주먹이 그대로 비틀거리는 이정우의 안면으로 꽂혀 들어갔다. 이정우는 다급하게 손으로 그 주먹을 잡았다.

"어쭈?"

동시에 이정우는 김민규의 주먹을 잡아당겼다. 김민규의 몸이 앞으로 기울었다. 그 순간 이정우가 바닥을 발로 차며 떠올랐다. 김민규가 앞으로 중심을 잃으며 몸이 기울고 이정우의 상체가 뒤로 젖혀졌다 싶은 순간, 고무공 같은 탄력으로 이정우는 김민규의 머리에 박치기를 했다. 쾅!

"악."

김민규의 두개골이 흔들렸다. 휘청! 그리고 우두둑! 이정우는 왼손 주먹을 한껏 말아 쥐었다. 그 주먹이 김민규의 안면을 강타했다.

"이건 인범이 것!"

"끽."

김민규는 비명조차 내지 못했다.

"이건 하종화 것!"

연이어 오른손 주먹이 김민규를 강타했다. 꽝!

"커헉."

후드득. 김민규의 입에서 부러진 이가 흩어져 나왔다.

"그리고 이건,"

이정우는 눈으로 김민규의 머리까지 거리를 재고 있었다. 그리고 펄쩍 날아오르며 몸을 돌렸다. 이정우의 오른발이 폭격하듯 김민규의 얼굴에 꽂혔다.

"마지막!"

빠각!

뼈가 깨지는 소리가 났다. 김민규는 공중에 한 번 떠올랐다가 그대로 바닥에 내리꽂혔다.

쿠당탕.

그리고는 침묵이 흘렀다. 깊고 긴 침묵이었다.

애애애애애앵!

"예, 예, 지금 가고 있습니다, 예."

도명우는 병력을 지휘하며 강북에서 강남 쪽으로 미친 듯이 내달리고 있었다. 곳곳에 배치되었던 경찰 병력들도 모두 도심지를 가르며 폭주하듯 이동 중이었다.

"예, 채수연 말이 맞았습니다. 금방 갑니다. 다 잡을 수 있습니다. 예, 예."

도명우는 발을 동동 구르고 있었다.

"빨리! 더 빨리!"

애애애애애앵!

일월.

이상찬은 뒷짐을 지고 정원에 서 있었다.

"소식 들었어요?"

최현정이 급하게 달려왔다. 이상찬은 가만히 고개를 끄덕였다.

"정우는 이제 당당한 모습으로 돌아오겠군."

"예."

"그리고 나도 준비를 해야지."

"그래야겠네요."

"하아."

이상찬은 고개를 들어 하늘을 올려다보았다.

"이제 끝인가?"

"내일이 되면 한 해가 바뀌어요."

"그럼 시작인가?"

"글쎄요."

이상찬은 빙긋 미소 지었다.

"정우가 돌아오거든 내 소식을 전해주게. 축하한다고."

"예."

"정말 축하한다고 말이야."

이상찬은 그렇게 말하고 다시 하늘을 올려다보았다. 어느새 어둑어둑해진 하늘을 그는 흐뭇한 미소로 마냥 바라볼 뿐이었다.

에필로그

김정한 의원의 제보로 서울 지역 조직 폭력배 이상찬이 검거되었습니다. 이상찬은 보스 중의 보스라는 별명이 붙어 있는 실질적 거두이며 지난 12월 31일 강남 C 호텔에서 조직원들을 시켜 동해파를 흡수하는 과정에서 60여 명의 사상자를 내었습니다. 검찰은 당시 전쟁에 가담한 조직원들을 일망타진했으며…….

일월. 1월 1일. 이정우는 스무 살이 되었다.

뉴스에서는 연신 이상찬의 검거 소식이 흘러나왔고 김정한은 이상찬과 야당 의원들의 밀거래 내역이 들어 있는 서류를 공개하며 일약 정치권의 스타로 떠올랐다. 물론 그것은 최현정이 건네준 것이었다. 이상찬은 모든 혐의를 순순히 인정하고 수감되었다. 12월 31일의 전쟁 또한 전적으로 자신의 지시에 의한 것이었음을 인정했다. 황석현도 구속되었다. 채수연이 C 호텔 17층에 진입했을 때 있었던 자들은 남김없이 구속되었다. 하종화는 보석 석방 기간 중에 싸움에 참여한 것이 발견되어 재구속 대상이었지만, 그날의 전쟁으로 큰 부상을 입고 입원 중이라 연기되었다. 퇴원한다고 해도 곧바로 구속되어 벌을 받을 것이었다. 박정태는 아직 소생할 기미가 없었다. 김보영은 다시 미용실에 나가기로 했다. 이제 간단한 남자 커트는 해도 된다는 소리를 들었다. 장동욱은 아직 항복할 의사를 표명하지 않은 군소 조직들을 돌아다니면서 소탕할 계획이었다. 심영주는 조만간 이쪽 계통에서 벗어날 생각을 하고 있었다. 최현정은 여전히 회계를 맡고 있었다. 현태철은 사망했고, 김민규는 구속되었다. 김인범은 다행히 건강을 회복하고 있었다. 김인범은 이정우의 소식을 들었으며 이정우의 편지를 읽고 혼자서 눈물을 삼켰다. 편지에는 다음과 같은 말이 적혀 있었다.

나는 여러 사람의 목숨을 빚으로 졌고 다시 태어나려고 발버둥을 쳤다. 하지만 세상은 나를 내버려두지 않았고 나는 다시 가서는 안 될 길로 갔다. 그래서 나는 누구도 지키지 못했지. 그리고 알게 되었어. 내가 정말 강해지면 나도 내 친구도, 그 누구도 다치지 않을 거라는 걸. 난 세진이도, 두현이도, 형수도, 정태도, 그리고 너도 지키지 못했다. 내 주위에 있던 친구들은 모두 다치고 죽고 떠났어. 인범아, 넌 그렇게 되지 않도록 하겠다. 이제 감히 누구도 날 건드리지 못할 것이고, 감히 누구도 내 친구를 건드리지 못하겠지. 이제야, 이제야 내가 소망하던 삶을 살 수 있을 것 같다. 그러니 내 곁에 있어다오. 우리의 진짜 삶은 지금부터야.

이정우는 명실공히 서울을 통일했다. 동해파에 속해 있던 대부분의 군소 조직이 일주일 후 모두 인사를 오겠다고 다짐을 했다. 아마도 그때쯤이면 다시 일월의 정원이 고개 숙인 사람들로 가득 찰 것이다.

대검.

"그래서 여기까지 찾아왔나?"

씩씩거리며 자신을 찾아온 채수연을 임수철은 한숨을 쉬며 바라보았다.

"이상찬이 아닙니다. 실세는 이정우입니다."

"이정우는 미성년자잖아. 그 녀석이 실세라고 발표했다간 세상 사람들이 우리를 비웃을 거야."

"그게 무슨 상관이에요! 그 새끼들 전부 이정우를 보호하려 헛소리하는데 이상찬은 절대 아닙니다. 그가 지시한 게 아니에요."

"이것 봐, 채수연!"

"예."

"살다 보면 때론 알아도 속아야 할 때가 있어."

"예?"

"무슨 이유인지 모르겠지만, 이정우를 정치권에서 보호하기 시작했다. 뭔가 거래가 있었던 것 같지만, 우리가 손댈 수 없는 지점에 있어."

"그, 그런……."

"놈을 잡아넣을 기회는 있을 거야. 하지만 지금은 어쩔 수가 없어. 억울하지만 예의 주시하자고. 언젠가는 집어넣을 수 있겠지, 안 그런가?"

채수연은 주먹을 꾸욱 쥐었다. 뻔히 아는 악당을 손에서 놓치는 이 더러운 기분이란.

'이정우, 이걸로 끝이 아니야. 넌 반드시 내가 잡는다.'

채수연은 마음속으로 다짐하고 또 다짐했다.

'언젠가는 잡아넣을 것이다. 반드시.'

1월 5일 한진대학교.

"야! 이 한겨울에 누가 계절 학기 듣자고 한 거야? 너 죽을래?"

"어차피 메워야 할 거 아냐? 누가 F 받으래?"

"눈도 이렇게 많이 오는데 스키장이나 가야 하는 건데."

기소라와 박지영은 막 강의가 끝난 강의실을 나서며 투덜거렸다. 둘은 지옥의 교수라 불리는 지도 교수 수업을 듣다가 나란히 F를 받고 계절 학기를 신청했다.

"하여튼 우린 공부도 더럽게 못 해. 쪽팔려서 말도 못 하겠다니까?"

"시끄러. 시끄러. 시끄러."

기소라는 두 손으로 귀를 막고 고개를 절레절레 흔들었다.

그러다 문득 눈에 띄는 녀석이 보였다.

"어? 정우다!"

박지영이 기소라를 팔꿈치로 툭 밀었다.

"으응?"

이정우도 기소라를 돌아보았다.

"저, 정우야, 너 어떻게……?"

"다음 학기 복학하려고."

"저, 정말?"

이정우는 고개를 끄덕였다.

"지, 진짜?"

"그래."

"도, 돌아왔구나! 네가 돌아온 거야!"

기소라는 정말 기쁜 듯했다. 이정우도 그런 기소라를 보고 미소를 지었다.

"가만, 근데 우린 2학년 올라가는데 넌 1학년 복학이네?"

"그런가?"

"학교 다니다가 모르는 것 있으면 말해. 1학년 수업 내가 다 가르쳐줄게."

"웃겨? F 받은 주제에?"

"뭐? 박지영, 너 죽을래? 앙? 분노의 칼을 받아라!"

둘은 다행히도 변함이 없었다. 이정우는 그저 웃으며 복학 신청서를 들고 있었다.

"이번 학기 때 보자."

"어, 정우야, 그래. 그럼 오늘은 안녕!"

기소라는 환하게 웃으며 손을 설레설레 흔들었다. 박지영이 그런 소라를 잡아당겼다.

"빨리 와, 이것아. 주책 부리지 말고."

"내가 뭘?"

"아주 좋아한다고 광고를 하고 다녀라, 실없는 지집애야."

"어머, 씨발, 괜히 질투야!"

"야! 너 어디서 그따위 해괴한 욕을 배워온 거야? 응?"

"어머, 씨발, 남이야."

둘의 소리가 멀어져갔다. 이정우는 그 소리를 들으며 한동안 감회에 젖었다가 일월로 향했다.

"어디 갔다 오셨습니까?"

"학교에."

장동욱이 별채에 들어서는 이정우에게 깊이 인사를 했다.

"정원으로 나가보십시오."

"정원?"

"예, 벌써 세 시간째 눈을 맞으며 기다리고 있습니다."

"기다려?"

이정우는 복도를 통해 정원으로 연결된 문을 열었다.

"음?"

언젠가 이 정원을 가득 메웠던 어깨들이 있었다. 그런데 이번엔 그들보다 더 많은 것 같았다. 나무 사이로, 하얀 눈을 뒤집어쓴 어깨들이 빼곡히 들어차 무릎을 꿇고 있었다.

"동해파 밑에 있던 군소 조직들입니다. 이제 완전히 서울을 통일한 겁니다."

장동욱이 속삭이듯 말했다. 이정우는 고개를 끄덕였다.

"인사를 받았으니 돌려보내라."

"예."

이정우는 그대로 몸을 돌렸다. 그의 등 뒤로 고개를 숙인 헤아릴 수 없는 수많은 어깨들이 그를 배웅하고 있었다.

"이제 내가 원했던 삶을 사는 거야."

문득 이정우는 걸음을 멈추었다. 무언가 가슴속에서 뜨거운 것이 차올랐다. 이정우는 다시 걸음을 옮겼다.

그것은

힘차고,

빠른 걸음이었다.

끝.

© 오영석, 2016

초판 1쇄 인쇄일 | 2016년 4월 11일
초판 1쇄 발행일 | 2016년 4월 18일

지은이 | 오영석
펴낸이 | 정은영

펴낸곳 | (주)자음과모음
출판등록 | 2001년 11월 28일 제2001-000259호
주 소 | 04083 서울시 마포구 성지길 54
전 화 | 편집부 (02)324-2347, 경영지원부 (02)325-6047
팩 스 | 편집부 (02)324-2348, 경영지원부 (02)2648-1311
E-mail | neofiction@jamobook.com

ISBN 979-11-5740-135-2 (04810)
979-11-5740-133-8 (set)

이 책의 판권은 지은이와 (주)자음과모음에 있습니다.
이 책 내용의 전부 또는 일부를 사용하려면 반드시 양측의 서면 동의를 받아야 합니다.